KB053190

한미선 소설집

구들 밑에 일군 밭

구들 밑에 일군 밭

한미선 지음

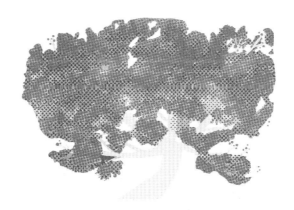

도서출판 말

차 례

1부

1부

구들 밑에 일군 밭

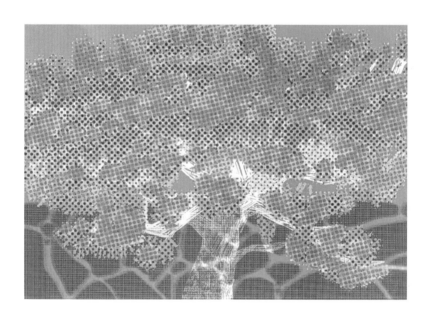

구들 밑에 일군 밭

열 살짜리 내 키와 맞먹을까? 낮은 돌담이었다. 성근 돌덩이 사이로, 더러 내 주먹을 애써 들이밀 만큼의 구멍도 숭숭 뚫려 있었다. 그 돌담 사이 끊어진 통로가, 대문을 대신했다. 가랑이를 최대한 벌리면 아마도 폭이 세 걸음쯤은 되었을 거다.

　　문을 들어서면 대여섯 명의 아이들이 씽씽 달리며 공차기를 할 만큼 마당은 꽤나 널널했다.

　　대문 오른편 구석에는 자그마한 포도나무가 둥치를 틀고 섰다. 거기서 건지는 것이란 말라빠진 꼭지 끝에 열 아무 개를 헤아릴까 말까 한 포도 알을 간신히 걸친 송이 몇 개가 고작이었다. 처음엔 쳐다만 봐도 헛바닥에 신 침이 괴는 녹색 콩낱 같은 알맹이가 따닥따닥하다가도, 제법 먹음 직스러운 남빛으로 변할라치면 어느새 하나둘 떨어져 나가 어김없이 그 앙상한 몰골로 탄력 없이 매달려 있는 것이다.

　　대문과 포도나무 중간쯤엔 백일홍나무가 서 있었다. 말이 서 있는 것이지 실제로는 누워 있다고 표현해도 그다지 어색하지 않을 정도로 기묘한 형상을 한 나무였다. 비비 틀리고 꼬인 가지들은 하늘로 오르기보다는 옆으로 내뻗치기를 훨씬 좋아했다. 뿌리는 분명 돌담 밖에 있지만, 내 다리통만 한 굵기의 가지가 돌담을 불쑥 뚫고 들어와 잔잔하고 여린 붉은 꽃잎들을 마당 구석에 흩뿌리고 있었다. 부잣집 정원에서 꽃을 피웠더라면 수백만 원의 가치는 족히 발휘했을 법한 이 백일홍은 식구들 그 누구의 관심도 못 받은 채로 제 몸을 이리저리 비틀며 자라고 있었다.

　　포도나무를 모서리로 하여 그 옆에는 돼지우리가 마당 반대편을 보고 있었다. 우리에는 늘 어미돼지와 새끼돼지가 꿀꿀거리며 먹이를 애원했

6

다. 투실투실한 살집을 출렁거릴 때가 되면 돼지들은 몇 장의 지폐를 어머니 손에 남기고 집을 떠났다. 그런 날이면 내겐 알록달록한 색조의 그림 무늬를 새긴 비닐 필통 한 개라도 쥐어지곤 했다. 돼지우리 앞에는 자그마한 두엄더미가 있었고, 할아버지는 이 두엄더미에 한 해만큼 쌓인 구정물, 개똥, 돼지똥, 짚풀을 봄철 밭농사에 소중한 양분으로 사용하였다.

두엄더미 옆에는 마구간이 있었다. 마구간에 말을 키웠던 적은 한 번도 없고, 그 넓은 마구간을 독차지한 것은 언제나 말 대신 개였다. 내가 갓 태어났을 때만 해도 소 키우는 곳으로 썼다는데, 왜 이곳을 외양간이라 하지 않고 마구간이라 불렀는지 지금 생각해 봐도 모를 일이다. 아무튼 그 먼 옛날부터 우리 식구들은 이곳을 마구간이라 불렀다.

마구간 옆이 바로 수십 년 동안이나 할아버지, 할머니 밥을 지어내온 정지였다. 아니, 할아버지의 할아버지 밥도 그 정지에서 지었다는 할머니의 말을 더듬어 보면 이 정지는 한 백년쯤 전부터 그 자리에 그렇게 있었는지도 모르겠다. 정지에는 내가 들어가 앉고도 남을 크기의 가마솥이 있었고, 가마솥 밑 아궁이에 눈물을 찔끔찔끔 짜내며 나뭇가지를 꺾어 넣는 일은 간혹 나의 몫이기도 했다. 사실 눈물을 짜면서까지 불 때는 일을 돕는 데에는 내게도 그럴만한 타산이 있어서였다. 이를테면 아궁이 한쪽 구석에 묻어둔 감자, 별식처럼 준비된 라면을 끓일 때 봉지 속에 남았던 라면 부스러기 같은 것들…… 아 잠깐 그 가마솥에 라면이 끓여지던 그즈음부터 아마 정지와 가마솥의 운명은 끝마칠 때가 되었음을 예고한 것이었다는 생각이 스친다.

정지에는 작은 쪽문이 나 있었다. 쪽문을 빠져나가면 작은 뜨락이 있었고, 뜨락 한구석에는 열매도 열리지 않는 아름드리 살구나무가 지붕보다 세 배는 높이 서 있었다. 창피해서 여태껏 아무에게도 말한 적이 없지만, 내게는 이 살구나무가 아주 각별한 의미를 지니는 것이다. 바로 이 살구나무 밑이 나의 진짜 탄생장소였던 까닭이다. 새벽녘의 진통을 덜기 위해 살구나무를 부여안고 섰던 어머니의 몸속에서 나는 땅바닥에 툭 떨어져 이 세상에서의 첫 번째 호흡을 들이킨 것이다.

정지를 중심으로 왼편에는 ㄱ자 모양으로 네 개의 방과 작은 부엌이 대문 앞까지 연이어져 있었다. 식구들의 밥을 지었던 그곳은 정지라 불렸고 방을 덮이기 위해 군불이나 지폈던 그곳은 부엌이라 했다.

두엄더미와 마구간 사이를 미끄러져 나가면 거기엔 마당 크기 반만 한 뒤란이 펼쳐졌다. 이 뒤란엔 자그마한 감나무와 대추나무 그리고 상추밭이 있었고, 때론 채송화 같은 키 작은 꽃들도 오종종하니 피었다. 가을이 되면 나는 뒤란에 아침저녁으로 뻔질나게 드나들었다. 찰감나무 때문이었다. 매일 아침 눈을 뜨자부터 익은 감을 헤아려보고 학교에 갔다 와서는 장대를 들이댔다. 장대 끝에 가지를 끼우고 장대를 한 바퀴 휙 돌리면 뚝 하고 가지 꺾이는 소리. 한꺼번에 더 많은 수확을 얻기 위해 며칠쯤 뒤란을 안 들여다보려고 애도 써봤지만, 장대 끝에 매달린 홍시를 손에 쥐는 쾌감의 흔적은 이틀도 안 되어 나를 또다시 뒤란으로 내몰았다. 대문에 서면 뒤란은 돼지우리와 마구간에 가려져 눈에 띄지 않았다.

2

뒷간은 대문 밖 길 건너에 있었다. 짚으로 엮은 흙벽으로 가려진 뒷간은 길 가던 아이들이 장난기로 뚫어놓은 구멍이 군데군데 나 있었다. 구멍 사이로 들여다보면 뒷간 안에서 일어나는 일은 무엇이든 엿볼 수 있었다. 사실 그 구멍 중 어떤 것은 내 손길도 묻어 있었다. 내가 구멍 뚫기에 동참했던 것은 할아버지 때문이었다. 짙은 눈썹에 꾹 다문 입술로, 내겐 한없이 두렵게만 느껴지는 할아버지가 뒷간에선 어떻게 하는지 견딜 수 없이 궁금했다. 하지만 정작 그 구멍으로 할아버지를 본 적은 한 번도 없었다. 뒷간 문을 열면서 어흠 하고 터뜨리는 할아버지의 기침 소리에 지레 놀라 마당 안까지 줄행랑을 쳤던 적이 몇 번 있었을 뿐이다.

뒷간에 가는 것은 정말이지 무던히도 싫었다. 그 속에 앉아 있으면 누군가가 등 뒤의 구멍으로 내 엉덩이를 지켜보며 낄낄거리는 것만 같았다. 게다가 바닥은 널판자로 어설프게 가로질러져 있었다. 가랑이를 벌려 두 다리를 판자 위에 걸치고 아래를 내려다보면 바닥은, 왜 그리도 깊게만 느껴지던지…… 자칫 발을 잘못 디디면 그 누런 오물 속에 빠져버릴 것만 같은 두려움에 오금이 저리기도 하였다.

그래서 작은언니와 작은오빠, 그리고 나는 두엄더미를 뒷간 대신 사용하였다. 아이들에게만 주어지는 일종의 특권 같은 것이었다. 대낮에는 사람들 눈에 띄지 않는 뒤란도 우리들의 훌륭한 배설장소로 쓰였다.

뒤란엔 한층 낮은 돌담이 둘러섰다. 그 돌담 너머에는 뒷집이 있었다. 내 턱에도 못 미치는 담 너머로 뒷집 마당은 한눈에 들어왔다. 하지만 앉으면 돌담 위로 처마와 지붕, 하늘 한복판을 찌르고 선 나무 끝 가지들만이 보일 뿐이었다. 그 집 마당 한가운데는 유난히 거뭇한 껍질이 거북이 등짝처럼 쩍쩍 갈라진 나무가 한 그루 서 있었다. 흡사 아주 먼 옛날부터 그곳에 똑같은 형상으로 서 있었을 것처럼 언제나 변함없는 모습이었다.

과부 아줌마 혼자 사는 집이었다. 언제 이 마을로 흘러 들어왔는지 동네 사람들과의 친분도 거의 없는 사람이었다. 인적이라고는 바느질감을 맡기는 동네 아줌마들이 가뭄에 콩 나듯 드나드는 것이 전부였다. 집 옆에 붙은 조그만 밭뙈기와 바느질이 아줌마의 생계 수단이었던 것 같다.

그 집은 언제나 고요했다. 고요가 지나쳐 괴괴한 느낌마저 드는 음침한 분위기였다.

뒤란이나 두엄더미 앞에서 볼일을 볼 때면 늘 뒷집이 넘겨다보았다. 무심코 거뭇한 나무를 올려다보며 '참 기분 나쁘게도 생겼다'는 음산한 생각에 나도 모르게 빠져들곤 했다. 그런 생각이 들면 후다닥 볼일을 끝내고 옷을 추슬렀다. 그리고 돌아서면 뒷집은 기억 속에서 멀어져 갔다. 그 나무에 잎이 트거나 꽃이 핀 기억이 전혀 없는 걸 보면 나무는 이미 그때 죽어 있었는지도 모를 일이다.

3

그 집에 그가 나타난 것은 내가 초등학교 4학년이 되던 봄이다. 군대에 갔던 과부 아줌마의 외아들이 돌아온 것이다. 그는 소리 없이 돌아왔다.

그가 돌아온 후 뒷집에는 어중간히 큰 소 한 마리가 새 식구로 나타났다. 내가 그를 처음 본 것은 냇가에서였다. 소를 씻겨 주고 있었다. 등이며 배며 꼬리를 살뜰한 손놀림으로 문질러주고 있었다. 제법 턱살이 두두룩하게 오른 얼굴이었다. 빛에 그을린 구릿빛 얼굴은 그를 더욱 건장하게 느끼게 해주었다.

"야야, 뒷집 금수가 군대 갔다가 미쳐서 돌아왔대이."

그가 미쳤다는 사실은, 그를 처음 본 며칠 뒤 할머니가 어머니에게 속삭이는 말을 엿듣고야 알게 되었다. 그러나 곧 그 말은 그렇게 몰래 할 필요가 없게 돼버렸다. 소문은 입에서 입으로 온 동네에 파다하게 퍼졌으니까. 아무도 그를 아는 체하지 않았고, 그 또한 동네 사람들에게 인사하는 걸 본 적이 없었다.

"젊은 아가 안됐지. 직사하게 얻어맞다 그만 정신이 나가서 삼 년도 다 못 채우고 돌아왔더마, 아들 하나 기다리던 지 애미가 불쌍하게 됐제."

산더미처럼 쌓아 올린 나뭇짐을 내려놓으며 할아버지는 혀를 끌끌 찼다. 어머니는 할아버지가 소문의 원인을 알아 온 그날 저녁 괜히 나에게 성화를 부렸다. 그리고 그 화살은 작은언니, 작은오빠에게 차례로 돌아갔다. 군대 간 지 일 년 된 큰오빠에게 편지를 안 쓴다는 이유였다. 성화에 못 이긴 우리 셋은 밥상 위에 머리를 맞대고 저마다 편지지에 큰오빠가 보고 싶다고 비명을 질러댔다.

그가 미쳤다는 사실을 안 이후 내게는 커다란 고민거리가 하나 생겼다. 뒤가 마려운 것을 어디서 해결할 것인가. 전처럼 뒤란이나 두엄더미에 가자니 그가 두려웠고, 행길 건너 뒷간에 가자니 그 또한 고역이었다. 결국 행길 건너 뒷간이 나을 듯싶었다. 그 집에서 빤히 건너다보이는 두 엄더미에서 볼일을 보다 그와 마주치는 날엔…… 생각만으로도 소름 돋는 공포의 순간이었다. 처음엔 정말 두엄더미 앞에 앉으면 오줌도 제대로 나오지 않았다. 쏴 하고 쏟아부을 듯이 빵빵해진 오줌보를 끌어안고 달려가도 뒷집만 쳐다보면 찔끔찔끔, 거리다가 한참 만에야 쫄쫄 하는 것이었다. 그러니 여유 있게 시간 잡고 뒤를 볼 수는 더더욱 없었다.

길에서 부딪친 그는 언제나 소와 함께 있었다. 늘 싱글싱글 웃는 희멀 건한 표정으로 소를 끌고 다녔다. 냇가에서 소에게 미역을 감겨주는 모습은 곧잘 눈에 띄었다. 그럴 때면 웃통을 훌훌, 벗어던지고 저도 물속에 머리를 처박곤 하였다. 때론 풀을 먹이러 갔다 오는지 저녁이 다 되어서야 냇가 건너 언덕에서 소와 함께 나타나기도 했다.

그가 미쳤다는 소문이 동네 구석구석까지 퍼지자 아이들은 음모를 꾸몄다. 음모를 주도한 것은 당연히 달호였다. 나보다 한 학년 위인 달호는 짓궂기로 유명한 아이였으니, 우리 동네에 미친 사람이 나타났다는 사실에 속으로 쾌재를 부르고 있었는지도 모른다. 음모라는 것은 기껏해야 그를 놀려주는 것이었다. 그가 지나는 길에 미리 아이들이 진을 치고 있다가 그가 지나가면 쫓아다니며 노래를 부르는 것이다.

"그음수우는 미쳤대요. 군대 가아서 미쳤대요. 은어마았고 미쳤대요."

멋모르는 1, 2학년짜리가 주로 나섰고, 개중에는 대여섯 살짜리 꼬마들도 끼어 있었다. 아이들은 여차하면 도망칠 준비를 하느라 뒤를 힐금힐금 돌아보며 노래를 불러댔고, 아이들 목소리에는 그가 어떤 반응을 할지, 잔뜩 기대감이 담겨 있었다. 그가 고개를 돌리자 아이들은 꽁지가 빠져라, 도망쳤다. 신발 한쪽을 떨군 아이, 길가의 밤나무 뒤에 숨은 아이, 뒷간에 뛰어드는 아이, 뒤도 안 보고 무조건 자기네 집으로 달려가는 아이, 그리고 뛰지도 못한 채 그 자리에 서서 울음을 터뜨리는 네다섯 살짜리 꼬마들. 한참 만에 조용해지면 아이들은 삐쭉삐쭉 고개를 내밀었고, 달호는 다시금 누가 맡기지도 않은 진두지휘를 나섰다. 무리 진 아이들은 이렇게 용감했지만 혼자 일 땐 그의 눈길조차 두려워 슬슬 피해 다녔다.

나는 그 음모에 절대 가담하지 않았다. 그건 내가 숫기가 없거나, 착한 아이여서보다는 공포감 때문이었다. 뒤란에서 오줌을 누다 그와 눈길이 낯부딪쳤던 공포감의 기억 때문이었다. 마려운 오줌을 참고 학교에서 돌아오니 어머니는 돼지우리를 청소하고 계셨다. 어머니를 믿고 나는 뒤란으로 달려들었다. 옷을 추키려 일어서려는데 그가 글쎄 나를 담 너머로 보고 있지 않은가. 온몸이 오싹하더니 다리가 후들거리고 심장이 파들거렸다. 냅다 방으로 뛰어들어 한참이나 문고리를 잡은 채 벌떡이는 심장을 진정시켰다. 겨우 좀 가라앉자 그제야 어렴풋이 그가 나와 눈길이 마주쳤을 때 씨익 웃었다는 사실이 기억났다.

아이들의 기대는 무너졌다. 그가 미친 사람에 걸맞은 무슨 색다르고 해괴한 반응을 보여줬으면 하는 아이들의 기대와는 달리, 그는 늘 아이들의 놀림에 내게 그랬던 것처럼 씨익 웃고 마는 것이었다. 몇 달이 지나도 그에게는 아무런 일도 벌어지지 않았다.

굳이 이상한 것이라면 수염을 잘 깎지 않는 것과 항상 아래, 위가 다 시커멓고 축 늘어진 작업복만 입고 다니는 것뿐. 그는 정성껏 소를 돌봤고 밭일에도 열심인 듯 보였다.

그가 미쳤다는 말은 어쩌면 뜬소문 같게도 느껴졌다. 달호는 지치지도 않고 또 다른 음모를 획책했으나 달호의 음모에 응해주는 아이는 점점 적어졌고, 그 음모에 가담하는 아이들도 시들한 기분들이 되었다.

볼일을 위한 나의 발걸음은 또다시 차츰 두엄더미로 향해졌다. 그만큼 그에 대한 공포감의 기억도 잊혀 갔다.

4

그에 대한 두려움도 호기심도 사라져 가던 어느 날이었다. 여름방학이 끝날 무렵이라 시간 가는 것이 더없이 안타깝게만 느껴지던 몹시도 무더운 날이었다.

갑작스레 뒷집에서 요란스러운 괴성이 들렸다. 살금살금 뒤란으로 다가갔다. 그가 과부 아줌마 머리채를 휘어잡고 온 마당을 헤집으며 고래고래 정말 미친 듯이 소리를 질러대고 있었다. 어머니는 나의 손목을 거칠게 당겨 방으로 밀어 넣었다.

하지만 와장창 우지끈 뭔가 깨지는 소리에 묻어나는 고함과 울음소리는 방에서도 간간이 가려들을 수가 있었다.

"얼마나 받아 처먹었나 이년아. 너같이 돈에 미친년은 죽어야 해. 죽어! 죽어! 당장 죽어!"

"이놈아 니 돌아오는 날만 애타게 기다렸다. 그런 애미한테 니가, 아악
…… 나더러 대체 어떡하란 말이냐?"

"이 화냥년아, 돈 많은 그놈이랑 붙어살면 될 거 아냐."

난 그의 목소리를 처음 들었다. 그러나 그들이 왜 그렇게 죽기 살기로
싸우는지 알 수가 없었다. 아무도 내게 정확히 말해 준 어른은 없었지만,
동네 아이들에게서 얻어들은 풍월로 싸움의 원인을 대강 눈치챌 순 있었
다.

그가 돌아오면서 과부 아줌마는 손바닥만 한 밭일은 아들에게 맡기고
이웃 동네일을 다니기 시작했다. 실성한 아들을 바깥일에 내보낼 순 없
었을 것이다. 주변 동네에서 가장 큰 연탄공장 인부들에게 밥해주는 일
이었는데, 그 공장 사장이 과부 아줌마를 찝쩍거렸다는 소문이 났다. 물
론 이것이 사실인지 아닌지 나로서는 알 도리가 없었다.

그날 이후 과부 아줌마는 집을 나갔다. 사람들은 공장에 딸린 부엌방
으로 거처를 옮겼다고 했다. 하지만 얼마에 한 번씩은 꼭 집에 들렀다. 그
가 집에 없는 틈을 타서 밥을 지어놓고 돌아가곤 했다.

흐드러지게 아카시아 하얀 꽃들이 피었을 때였다. 나무 밑에서 동네
아이들과 나는 아카시아 잎을 먼저 떨어내는 놀이를 하고 있었다. 째릉
째릉 매미 소리에 귀가 아릴 지경이었다. 내 차례가 되었다. 한꺼번에 최
대한 많은 잎을 떨어뜨리려고 엄지와 검지손가락을 모아쥐고 끄응 힘을
주고 있는 그때, 과부 아줌마가 막 골목길을 빠져나오고 있었다. 아이들
과 나의 눈길은 아줌마의 발걸음을 쫓았다. 잰걸음으로 마을 길을 올라
아스라이 모습이 사라질 때까지 아줌마의 옷고름은 내내 눈언저리를 닦

아내고 있었다. 아줌마가 사라지자, 아이들은 내게 어서 놀이를 계속하라고 재촉했다. 하지만 팽팽하던 손가락의 힘은 느슨해졌고, 나는 이파리 하나도 떨어내지 못했다.

5

그 일이 있은 뒤로 그의 모습이 눈에 띄는 일은 극히 드물어져 갔다. 나도 학교에 다니느라 방학 때처럼 자주 옆집을 기웃거리지는 않았다. 동네 사람들은 그의 정신병이 점점 심하게 도지고 있다고 수군댔다.

저녁을 물리신 할아버지는 담뱃대를 나무 재떨이에 탁탁 치며 말하였다.

"가 애미가 빚돈 내서 소를 샀다더구만. 그러믄 실성한 아들 눔 정붙이고 농사라두 지을 줄 알았는가 보데."

영문을 몰라 하는 나를 작은언니는 슬쩍 꼬집었다. 그리고 가만히 있으라는 뜻으로 손가락을 입에 갖다 댔다. 나는 궁금했지만 일단 잠자코 있는 수밖에 없었다.

이불 안에서 작은언니는 내게 소곤거렸다. 내가 학교에서 돌아오기 직전 뒷집에서 저번보다 더 큰 난리가 났었다는 거다. 뒷집에 빚쟁이가 왔었다는 것이다. 기한을 넘겨도 빚을 갚지 않아 소라도 끌고 가야겠다는 빚쟁이와 그가 대판 싸움을 벌였고, 소를 끌고 가려는 빚쟁이와 끌고 가지 못하게 서로 주먹질과 발길질로 치고받고 싸웠다. 그 사이에 소는 갈 피를 잡지 못해 길길이 울며 날뛰었고, 싸움판은 도끼가 등장하고서야 끝이 났다. 그가 도끼를 들고나와 휘두르자 겁먹은 빚쟁이는 도망치고 말았다는 것이다. 그날따라 청소 당번으로 걸린 탓에 나는 그 장면을 보지 못했다.

그 며칠 뒤부터 뒷집 소는 눈에 띄지 않았다. 그가 소를 도살해 버렸다는 소문도 돌았다. 달호는 그이 집 앞에 버려진 소내장을 제 눈으로 보았다며 잘난 체를 했다. 아무튼 소문과 함께 소는 사라졌다.

소가 사라진 지 두어 달쯤 되었을까? 뒷집에서는 별안간 쿵쿵하는 소리가 들렸다. 곡괭이나 망치로 벽을 때리는 듯한 둔탁한 소리였다. 저녁 무렵부터 나던 소리는 밤이 으슥해서야 멈추었다.

다음날, 아침 눈을 뜨기가 바쁘게 나는 마구간 기둥에 붙어섰다. 살그머니 뒷집을 넘겨다보았다. 뭘 하는 걸까? 간밤에 그 소린 대체 뭐지? 둔탁한 소리의 정체를 알고 싶은 나의 호기심은 다디단 아침잠마저 가시게 했다. 이른 새벽부터 그는 부지런히 일에 열중하고 있었다. 그는 이제 눈만 빠끔할 정도로 온 얼굴에 수염을 덮어썼다. 봄부터 여름 내내 입고 있던 그 시커먼 작업복을 여전히 걸치고 있었다. 그는 방에서 돌덩이 같은 것을 열심히도 들어내고 있었다. 그제야 간밤의 쿵쿵 소리가 무엇인지 알 수 있었다. 방의 구들장을 모두 두들겨 부수고 떨어져 나온 돌덩이, 흙덩이를 들어내는 것이었다.

아니, 이젠 어디에 누워 자려고. 그 해괴한 짓거리에 두려움보다는 킥킥거리는 웃음을 참을 수가 없었다. 맵싸한 공기가 코를 찌르는 데도 아랑곳하지 않고, 그의 얼굴에선 땀방울이 흐르는지 그는 연신 목에 두른 땟국물 흐르는 수건으로 이마며 목덜미를 훔쳐냈다. 그의 땀 흘리는 모습이 어쩐지 서글퍼 보여 웃음이 저절로 사그라들었다.

얼마 후 그의 집 마당엔 새로운 변화가 일어났다. 그는 자기만이 다닐 수 있는 통로만 간신히 남기고 처마 밑부터 온 마당 구석구석까지 땅을 파헤치기 시작했다. 흙을 다지고 거기에 가늘고 긴 고랑을 만들어 갔던 것이다. 고랑은 문지방 바로 밑에까지 그려졌다. 누가 보아도 그것은 밭 모양새를 하고 있었다. 마당 한가운데 나무는 작은 흙 물결 속에 외로이 떠 있는 그림같이 느껴졌다. 이제 그의 마당에 밭이 아닌 곳은 단 한 뼘도 남아 있지 않았다.

그는 마당을 일구고 연이어 부엌 바닥도 파헤쳤다. 구들장을 들어낸 것도 구들 밑의 땅마저 밭을 만들기 위한 것이었음을 짐작할 수 있었다. 밭을 일구어 나가는 그의 노력은 거의 필사적이었다.

이제 곧 서리가 내릴 텐데……. 갓 일군 밭이랑이 생명을 잉태할 씨앗들을 기다리며 마당에서 부엌에서 그리고 그의 구들장 방에서 하염없이 입을 벌린 채 겨울을 맞았다.

6

그를 마지막 본 것은 첫눈이 내린 겨울밤이었다. 추위와 어두움에 길 건너 뒷간까지 기어나갈 엄두가 도저히 나질 않았다. 더구나

같이 가줘야 할 작은언니는 이미 곯아떨어진 지 오래였다. 두려운 마음을 누르며 조용히 문을 열고 나가 두엄더미 앞에 섰다. 생각보다 날씨는 따뜻한 느낌이었다.

뒷집을 조심스레 넘겨다 보았다. 아마 촛불을 켜놓은 모양이었다. 떨어져 나간 창호지가 펄럭이는 문발에 웅크리고 앉은 그의 모습이 살랑살랑 흔들리고 있었다. 굵은 눈송이가 소복이 쌓인 새하얀 밤이었다. 그의 밭이랑에도 그 거뭇한 나뭇가지에도 말없이 눈은 내려앉고 있었다. 하얀 밤에 빛나는 그의 집이 뜻밖에도 어딘지 정감있게 다가왔다.

그날 밤엔 꿈을 꿨다. 그가 소를 몰고 나타났다. 동네 아이들이 떼 지어 뒤쫓으며 그를 놀려댔다. '그음수우는 미쳤대요. 그음수우는 미쳤대요.' 반복되는 합창 소리가 카랑카랑 마을 어귀로 퍼져갔다. 나도 아이들 틈에 끼어 있었다. 하지만 난 그 합창을 한마디도 따라 할 수가 없었다. 멀찍이 앞서가던 그가 갑자기 돌아섰다. 아이들은 순식간에 흩어졌다. 나만이 남아 공포에 질린 얼굴로 그를 마주 보았다. 그는 말없이 나를 건너다보았다. 수염이 없는 말간 얼굴이었다. 그러더니 입술 새로 하얀 이가 살짝 드러났다. 언젠가 보았던 그 미소보다 더욱 작고, 조용했으며, 한결 따뜻해 보였다. 그는 다시 돌아서서 언덕을 넘어갔다. 파란 풀들이 하늘하늘 춤추는 언덕이었다. 그의 발, 허리, 끝내는 머리까지 차례로 언덕을 넘어 내려갔다. 소도 함께 넘어갔다. 언덕이 텅 비어버릴 때까지 난 그 자리를 지켰다.

그날 이후 난 그를 보지 못했다. 동네 사람 누구도 그를 본 이가 없었다. 첫눈과 함께 그는 어디론가 가버린 것이다. 그가 사라졌지만, 그의 어머니는 돌아오지 않았다.

　그로부터 이 년 뒤 우리 집은 서울로 이사했다. 그 이태 동안 뒷집에는 아무도 살지 않았다. 서울로 올 때 그의 밭은 이랑들이 사그라져 다시금 평평한 마당으로 변해 있었다. 그의 밭은 한 번도 씨앗들을 물어보지도 못하고 사라져 버렸다.

개구리의 죽음

두 남자가 마주 앉아 있다. 한쪽 남자는 하얀 가운을 걸치고 온화한 미소를 띠고 있다. 마주 앉은 남자는 깡마른 체구에 볼이 움푹 파이고 광대뼈가 도드라져 나왔다.

더구나 그 남자는 까슬까슬하게 내민 수염마저 깎지 않아 더욱 수척해 보인다. 이 수척한 남자가 영욱이다. 하얀 가운을 입은 남자가 영욱에게 아까부터 뭐라고 나직이 말하고 있다.

"김 형, 마음을 편하게 가지고 우리 한번 진솔하게 대화를 나눠봅시다. 김 형이나 저나 다 같은 30대 아닙니까? 얘기하다 보면 서로가 통하는 바도 있을 것이고, 김 형이 느끼는 문제가 어찌 보면 우리 세대의 문제지 김 형만의 것은 아니라는 사실을 김 형 스스로 깨닫게 될지도 모릅니다. 그러고 나면 아주 쉽게 툴툴 털어버리고 일어날 수도 있을 겁니다. 어떻습니까? 한번 얘기를 나눠보시렵니까?"

지금껏 아무 말 없이 앉아 있던 영욱은 그제야 어려운 듯 말문을 연다.

좋습니다. 별로 잘난 과거도 아닌데 뭐 그리 숨길 게 있겠습니까. 어디서부터 시작할까요? 아무래도 대학 졸업하고 난 뒤부터가 좋겠지요?

아, 근데 선생님, 며칠 동안 밤새 뒤척이다 새벽녘에야 겨우 잠이 들었습니다. 오늘 밤엔 아무래도 수면제를 좀 먹어야 할 것 같군요. 선생님 허락이 없으면 통 주려고 하질 않습니다. 미리 일러 봐 주십시오.

그러니까, 제가 대학을 졸업한 건 1985년도였습니다. 저도 학생운동을 했던 다른 친구들처럼 공장에 들어가기로 마음먹었죠. 그땐 다들 그랬어요. 공장에 들어가는 것 말고는 길이 없었습니다. 안 그러면 기회주

의자였죠.

선생님은 이해가 가지 않으시겠지만, 멀쩡히 대학 졸업장을 가진 놈이 공장에 들어가는 것도, 그게 그렇게 쉽지가 않았습니다. 혈안이 돼서 위장취업자를 색출할 때였으니깐요.

고향에 내려가서 초등학교 때 친구네 집에 찾아갔습니다. 주민등록증을 훔치러 갔던 거죠. 대학을 다니지 않은 데다 군대까지 갔다 왔고, 또 제가 웬만큼 가족 사항도 아는 친구니, 저한테는 제격이었죠. 오랜만에 놀러 간 척하고 앉아 있다가 친구가 잠시 나간 틈에 지갑을 뒤졌습니다. 그렇게 훔친 주민등록증에 내 사진을 붙이고, 저는 김영욱이가 아닌 서영태로 변신했습니다. 아, 그 친구 이름이 서영태였거든요. 생각해 보면 제 인생은 그때부터 어딘가 어긋나기 시작한 게 아닌가 싶습니다.

그리고 나서, 선배가 공장에 들어가기 전에 한 달 정도는 공장지대 분위기를 익혀야 한다더군요. 그래서 저기 인천 제물포역 뒤에다가 방을 얻었습니다. 그 동네는 워낙 공장 노동자들이 많은 곳이라 밤 한 시만 되면 온 동네가 깜깜합니다. 그리고 아침에는 여섯 시만 되면 다들 일어나 집집마다 벅적대지요. 원래 놀고먹는 먹물들은 대개가 야행성 아닙니까? 남들 자는 밤에는 안 자고 꼼지락거리다가 낮에는 해가 중천에 뜨도록 늘어져 자는 거 말입니다. 그런데 남들 눈에 띄지 않으려고 밤 한 시면 불을 끄고 아침 일곱 시 반이면 집을 나와야 하니 미치겠더군요.

무작정 나와서는 하염없이 걸어 다녔습니다. 어떻게든 남들 퇴근할 때까지는 길거리에서 시간을 보내야 했던 거죠. 그 당시 내게는 통틀어 십 몇만 원 있었는데, 공장에 들어갈 때까지는 그걸로 버텨야 했으니 다방 같은 데는 엄두도 못 냈습니다. 선생님도 그런 경험이 있는지 모르겠습니다만 할 일도 없이 길거리에서 하루를 죽여야 하는 거, 그거 정말 미치는 노릇입니다.

그저 걸었습니다. 주안공단, 3공단, 5공단 인천 바닥 공단은 안 돌아다닌 데가 없습니다. 공장 안에서 다들 일하고 있는 시간에는 공단 거리엔 개미 새끼 하나 볼 수 없지요. 적막합니다. 너무 적막해서 가끔 어디선가 아악 하는 환청이 들려오기도 합니다. 어떤 때는 정말 저 공장 안에 사람들이 있는지 의심스럽기까지 할 정돕니다. 어쩌다 아련히 담벼락 너머에서 기계 돌아가는 소리가 윙윙하거나, 높다란 굴뚝에서 시커먼 연기가 스멀스멀 오르는 것을 보고서야 안심하기도 했습니다.

문득 그 공단 거리에서 하늘을 올려다봤습니다. 주체하기 어려울 만치 따사한 햇볕이 공단을, 그리고 나의 전신을 내리쪼이고 있더군요. 그리고 앞을 보니 아뜩한 공장 담벼락들…… 순간 현기증이 났습니다. 그래서 그 담벼락에 가만히 기대였습니다. 한줄기 눈물이 주르르 흐르더군요. 봄볕에 물든 담벼락의 온기가 따스하게 내 등짝으로 번져 드는 게 무던히도 서럽다는 생각이 들었습니다.

그렇게 한 달을 지내고 나니 무슨 일이건 일만 시켜 준다면 못 할 짓이 없을 것 같았습니다. 그 조용하던 공장에 퇴근 시간이 되면 꾸역꾸역 파란 작업복들이 밀려 나옵니다. 파란 옷을 입지 않은 건 나 혼자였어요. 사람들은 힐끗힐끗 나를 쳐다보며 지나쳤습니다. 뭐가 그리 재미있는지 깔깔거리는 웃음소리가 날 조롱하는 것 같더라고요. 나는 그들의 눈길과 부딪힐 것이 두려워 고개를 숙이고 땅바닥만 보며 걸었습니다. 정말 그땐 그 작업복이 어찌나 부럽던지.

한 달하고도 십삼일을 더 보내고 나서 결국 나도 공장에 들어갔습니다. 한 삼백 명쯤 되는 전자 부품공장이었는데, 첫 출근 하는 날은 나도 이제 떳떳한 노동자가 됐다는 생각에 은근히 뿌듯하더군요.

들어가고 나서야 그 공장에 나 같은 학삐리가 두 명이나 더 있다는 걸 알았습니다. 예? 학삐리가 뭐냐구요? 아, 그건 학생 출신을 가리키는 말입니다. 대학물 먹은 사람들요. 소위 위대한 노동자 계급에 비해 지식인은 관념적이고 허약하다는 뜻으로 그렇게 비하해서 들 불렀지요.

아무튼 그 공장을 일 년 팔 개월 동안 다녔습니다. 그 학삐리들 하고 같이 조합도 만들었고요. 그다음은 별로 말하고 싶지 않군요. 하여간 어느 날 아침 보안사 애들이 와서 저를 잡아갔습니다. 제가 가담하고 있던 조직이 들통난 거죠. 이젠 죽었구나 싶었는데 3박 4일 동안 취조만 하고 내보냈어요. 그리고 닷새 뒤에 영장이 떨어졌습니다. 징역 보내는 대신 군대에 보내려고 그랬던 거죠.

이때 가운을 입은 또 다른 남자가 문을 두드리고 고개를 들이민다. 줄곧 얘기를 듣고 있던 남자가 얼핏 인상을 찌푸리며 급히 손을 내젓는다. 그러자 그 남자는 도로 문을 닫고 사라진다.

선생님, 방금 그 간호사 말입니다. 나는 저 간호사만 보면 군대 갔을 때 상병 달고 있던 고참이 생각납니다. 혹시 내가 무슨 짓을 저지르지나 않나 해서 슬금슬금 살피는 눈매가 그 상병하고 똑같아요. 어디서 무슨 소릴 들었는지 나더러 빨갱이라면서…… 그 자식한테 맞기도 참 많이 맞았습니다.

하루는 모자를 삐뚜루 썼다고 워커 발로 정강이를 걷어차는 거예요. 너무나 화가 나서 어떻게든 분풀이를 해야겠다고 마음먹었습니다. 그때 우리 부대가 논둑길에 아스팔트 내는 작업을 하고 있을 무렵이었습니다. 한창 작업을 하다가 문득 길가 풀숲에서 뭐가 톡톡 튀어 다니는 게 보이더군요. 그게 뭔가, 하고 들여다보니 개구리더라고요. 때마침 나타난 그 개구리를 나는 상병이라고 생각했습니다. 그랬더니 그놈의 개구리를 갈가리 찢어 죽여버리고 싶더라고요. 튀어 다니는 개구리를 돌멩이로 때려 맞췄는데, 나중에 보니 사지를 축 늘어뜨린 채 개구리의 머리가 박살이 났더군요. 처음엔 얼마나 끔찍하고 가슴이 아런한지. 그치만 그 상병 새끼가 갈구는 날이면 또다시 개구리를 죽여버리고 싶은 생각이 굴뚝 같아졌습니다. 내가 던진 돌에 그놈이 잘 맞지 않는 날에는 밤새 분이 삭지 않았습니다. 다음날 작업장에 나가선 눈이 벌게지도록 개구리부터 찾아다니곤 했지요.

그렇다고 선생님, 내가 그때부터 뭐 이상증세가 있었다고 단정 짓지는 마십시오. 그런 식으로 개구리를 잡는 건 나만 했던 짓거리가 아닙니다. 다들, 꼴 보기 싫은 꼰대다, 생각하고 애꿎은 개구리만 족쳤던 거지요.

생각하면 개구리가 뭔 죕니까? 상병은 나를 때리고 나는 개구리를 죽이고…… 죽은 개구리 내장을 가만히 들여다보노라니 어쩌면 세상은 원래 그런 게 아닌가 하는 생각도 들더군요. 물고 물리고, 물고 물리는 거 말입니다. 그저 마지막에 물린 놈만 불쌍한 거죠. 어차피 그런 게 세상사

26

의 이치라면 물리지 않기 위해 발악하며 사는 길밖에 없는 거 아니겠습니까?

이거 얘기가 엉뚱한 데로 흘렀군요. 죄송합니다. 뭐, 하여간 그렇게 군대 생활을 마쳤습니다.

학수고대하던 제대날짜가 점점 다가오니 막상 겁이 나더군요. 살아가야 할 길이 아득하게만 느껴졌습니다. 결국 뚜렷한 계획 없이 제대했습니다.

그러고 나서 예전에 같이 활동했던 동료들을 정신없이 마구 찾아다녔습니다. 지금 생각해 보면 그때 내가 그들에게 무엇을 기대했는지도 모르겠습니다. 휴가 때 간간이 들려오던 풍문으로 예상했던 일이지만, 과거의 소식은 흔적도 없이 사라져 버렸더군요. 나를 먹고사는 게 바빠서 정신들이 없었고요. 누구는 선거철에 한판 잡아 볼까 해서 광고대행사를 차렸고, 또 누구는 출판사를 차렸고, 누구는 회사에 취직했고, 위장취업 말고 대학 졸업장으로 하는 취직 말입니다. 그리고 누구는 아예 시집가서 집안에만 들어앉았고. 뭐, 다들 그런 식이었습니다. 이도 저도 안 되는 애들은 배운 짓이 그 짓이라고 과외나 학원강사로 뛰고 있더군요. 물론 개중에 한둘은 아직도 과거의 희망을 실오라기처럼 부여잡고 있었지만요. 아무튼 공장에 남아 있는 학삐리라고는 눈을 씻고도 찾을 수가 없더라고요.

나를 공장에다 잡아넣었던 그 선배요? 그 사람이라고 별수 있겠어요? 을지로에 서너 평 남짓한 사무실을 얻어 기획사를 차렸더군요. 그 선배는 날 보더니 벌써 제대했냐고 깜짝 놀랍디다. 허기사, 먹고사는 데, 열중

하느라 세월 가는 거나 알았겠어요?

난 갑자기 내 과거를 잃어버린 것 같았습니다. 그것도 청춘을 말입니다. 이젠 영원히 보상받을 수 없는 내 청춘을 말입니다. 내가 누군가가 던진 돌에 얻어맞아 쓰러진 개구리 같다고 느꼈습니다.

자꾸만 피식피식 웃음이 나오데요. 그리고 이것이 어쩌면 필연적인 귀결일지도 모른다는 생각이 들더군요.

선생님도 생각해 보십시오. 소련이란 나라가 지금 어떻게 됐습니까? 그렇게 많은 피를 흘려서 얻은 혁명의 결과가 이제 저런 것 아닙니까? 레닌의 동상이 밧줄에 묶여 끌어내려지더군요. 이데올로기란 그렇게 허무한 겁니다. 젊은 혈기에 한 번쯤 빠지는 열병 같은 것에 불과한 것이더란 말입니다. 그렇지만 그 이데올로기 때문에 흘린 피는 누가 책임질 거며, 대체 누가 보상할 거죠? 좋습니다. 자기가 좋아서 죽은 자들이야 말 않겠습니다. 하지만 속절없이 희생당한 생명들은 누가 책임질 수 있겠냐, 이 말입니다. 그건 선생님도 질 수 없고, 나도 질 수 없고, 그 누구도 질 수 없는 거예요.

아니, 광주 사태도 마찬가지…… 아, 아닙니다.

영욱의 볼이 열에 올라 붉어졌다. 그는 갑자기 말을 멈추었다. 숨을 몰아쉬며, 목이 마른 듯 자꾸만 혓바닥으로 마른 입술을 핥는다. 가운을 입은 남자는 물을 한잔 따라서 그에게 준다. 그리고 영욱을 위로하려는 듯이 부드러운 목소리로 말한다.

"예, 김 형께서 하기 싫은 얘기는 하지 않으셔도 좋습니다, 그렇게 딱딱

한 얘기는 좀 접고, 아름답고 즐거웠던 얘기를 해주시지 않겠습니까? 뭐 연애 얘기 같은 거 말입니다. 김 형도 연애해 보신 적이 있을 거 아닙니까?"

물을 반 잔쯤, 꿀꺽꿀꺽 들이킨 영욱이 입가에 묻은 물을 손바닥으로 쓱 닦아낸다.

그리고 좀 전보다 훨씬 낮은 목소리로 얘기를 계속한다.

아닙니다. 이왕 나온 얘기니 말씀드리지요. 제 고향이 광주인 것은 선생님도 아실 겁니다. 광주 사태가 나던 해에 저는 고3이었습니다. 그때 정수가 계엄군의 총에 맞아 죽었습니다. 그것도 바로 제 옆에서요. 정수는 나하고 가장 친했던 친구였습니다. 넋 놓고 시위에 함께 나갔다가 그만 녀석이 당했던 거지요.

나는 학생운동에 가담하고, 공장에 들어가고 그런 것들이 모두 녀석의 피값을 보상하는 일이라고 생각했습니다. 그런데 그런다고 해서 녀석의 희생을 보상할 수는 없다는 사실을 뒤늦게야 깨달은 겁니다. 오히려 보상한다는 명분 아래 또 다른 희생을 부를지도 모르는 일이지요.

독일만 해도 그렇습니다. 통일된 독일이 통일하기 전 독일보다 낫다고 누가 장담할 수 있겠습니까? 우리나라도 마찬가지 아닙니까? 통일, 통일 하지만 얻는 것보다 잃는 게 더 많을지는 아무도 점칠 수 없다, 이 말입니다. 그러니 자기 이데올로기가 옳다고 해서 남에게 강요한다는 것이 얼마나 덧없는 짓입니까? 그 이데올로기에 희생된 사람들을 결코 책임질 수는 없으니까요. 게다가 침묵하는 다수가 그것을 진정 원하는지도 알 수 없는 일이고요. 그저 저마다 제 잣대를 대고 미주알고주알 하는 거지요. 이번 사건만 해도 그렇습니다. 선생님 같은 분이야 내 정신상태를 의심하겠지만, 어찌 보면 이건 그저 사소한 부부싸움으로 볼 수도 있는 거라고요. 모든 게 어떤 잣대를 들이대느냐에 따라 달라지는 것이 세상일입니다.

아까 선생님이 연애 얘기, 해보라고 말씀하셨죠?

예, 물론 저도 연애를 했습니다. 대학교 2학년 때부터 연애했던 해연이라는 여자가 있었지요. 같이 학생운동 했던 과 동기였습니다. 그 아이는, 컬러애니메이션 시대에 흑백 티브이 같은 아이였습니다. 아마 걔는 지금도 흑백시대를 살고 있을 겁니다. 아니, 2천년대가 된대도 〈인터내셔널가〉의 깃발을 내리지 않을 그런 아입니다.

제가 군대 갔다 올 때까지 연애 관계가 지속됐으니까, 만 팔 년 동안 연애한 셈이군요.

해연이한테 직장을 잡아야겠다고 말했습니다. 사실 나는 그때 직장을 잡으려고 이리저리 뛰어다니고 있었습니다. 나이는 많고 경력은 없고, 그렇다고 특별한 기술이 있는 것도 아니고, 게다가 전과까지 있으니, 마땅한 직장을 잡긴 거의 불가능했습니다. 일곱 번쯤 떨어지고 나니 이젠 더 이상 이력서를 작성할 기운도 없더군요. 육체노동도 생각해봤지만아, 그전에야 노동운동이라는 명분이, 하지만 자신이 먹고사는 직업으로 그걸 선택하기는 영 못 할 짓이더군요. 어떻게든 내 학력과 내 능력을 마음껏 발휘할 수 있는 그런 곳으로 가고 싶었습니다. 그런 모습을 쭉 지켜보던 해연이는 나더러 변했다고 말합디다. 그러더니 어느 날 헤어시는 게 서로에게 좋을 것 같다고 제안하더군요. '서로에게'라는 단어를 퍽이나 강조했습니다. 나는 그 제안을 반대할 용기도 명분도 없었습니다. 지금 생각해보면 해연이 말대로 그게 피차에게 잘된 일이지요.

마지막 만났던 날 나는 해연이를 집까지 바래다주었습니다. 모습이 사라질 때까지 골목길 앞에 서 있었지요. 해연이는 골목 모퉁이를 꺾어 돌아설 때까지 한 번도 뒤를 보지 않더군요. 사라지고 나서 나도 돌아섰습니다. 찌푸린 겨울 하늘에 눈발이 하나씩 둘씩 날렸습니다. 한참을 걷다보니 동작동 국립묘지 앞까지 가 있더군요. 절벽처럼 깎아지른 산언덕을 끼고 달리는 황황한 도심의 거리가 어쩐지 서글퍼지더군요. 그곳을 걷고 있는 것은 나 혼자였습니다. 차들만 내 곁에 경적을 울려 놓고 멀어져가는데, 자꾸만 눈발이 내 볼에 와서 녹아내렸습니다. 아린 바람이, 한줄기 내 가슴을 후비고 지나가니 이제 내게 남은 건 껍데기뿐인 것 같았습니다.

영등포까지 오니 날이 어두워지기 시작했습니다. 눈발도 제법 굵어졌지요. 주머니에 천 원짜리 두 장이 있더군요. 그 돈으론 포장마차에서 소주 한잔 걸치기도 힘들었지요. 그래서 고수부지로 갔습니다. 소주 두 병하고 담배 한 갑을 사서 말이죠. 검은 강물 위로 쏟아진 눈발이 흔적도 없이 스러지는 모습을 하염없이 바라봤습니다. 그냥 그 자리에 앉아 죽어버리면 어떨까도 생각해봤습니다. 술에 취해 잠이 들면 그냥 얼어 죽지 않겠습니까? 그러면, 다음날 이 세상은 어제처럼 나 없이 굴러갈 거고요.

하지만 죽는 짓도 용기가 없어 못하겠더군요. 비틀거리며 집으로 걸어가는데 그새 쌓인 눈 위에 내 발자국이 아른거렸습니다. 돌아보니 갈피를 못 잡아 흐느적거리는 어지러운 발자국들이 눈에 한가득 들어오데요. 그게 내가 지나온 자취였던 게지요. 그때 웬 사내가 내 어깨에, 부딪쳤습니다. 그 사내가 하는 말이,

"술 처먹으려면 곱게 처먹어. 이 새끼야!"

그러더군요. 나는 초점이 잘 잡히지 않는 눈으로 그 사내 얼굴을 뚫어져라 쳐다봤습니다. 머리에 무스를 처바른 양아치 같은 차림의 젊은 사내였는데, 척 보니 한눈에 봉제공장 재단사 같은 느낌이 들더군요. 나는 그 사내 멱살을 잡았습니다. 그리고 고래고래 소리를 질렀습니다.

"잘 만났다. 이 자식아. 그러잖아도 종일 널 찾아 헤맸다. 너, 이 새끼, 내가 어떤 사람인 줄 알아? 바로 너 같은 새끼들 때문에 청춘을 조져버린 사람이다, 이 말이야!"

술에 잔뜩 취한 내가 나보다도 훨씬 큰 그 사내를 당할 수가 없었지요. 그래도 죽자 살자 바짓가랑이를 붙들고 늘어졌습니다. 겨우 나를 떼놓은 그 남자가 눈바닥에 처박힌 내게 침을 퉤 뱉으며 한마디 하더군요.

"이렇게 질긴 놈은 생전 처음 보네!"

그리고 그 사내한테 늘씬하게 얻어맞았습니다.

"예, 지금까지 얘기 잘 들었습니다. 김 형, 피곤하시지 않습니까? 몹시 피곤해 뵈는군요. 피곤하시면 오늘은 그만하고 내일 또 계속하지요."

천천히 눈을 뜬 영욱은 고개를 가로젓는다.

아닙니다. 내일은 내 마음이 또다시 변해서 하기 싫어질지도 모릅니

다. 그리고 오늘은 어쩐지 내 마음을 다 털어버리고 싶군요.

그래서, 그다음에 어떻게 집에까지 갔는지 기억도 나질 않습니다. 다음날 일어나보니 점퍼 지프가 다 터져 나가고, 온몸에 멍이 들어 있더군요. 눈두덩이는 퉁퉁 부어 있고요. 그 푸르딩딩한 멍들을 쳐다보면서 나는 결심했습니다. 새로 태어나겠다고, 진짜 내 인생을 시작하겠다고 말입니다. 무슨 일이 있어도 성공해서 먼 훗날 반드시 보여줘야 한다고 다짐했습니다. 누구에게 보여줄 거냐고 물으면 딱히 할 말은 없습니다. 아무튼 내 인생을 앗아간 모든 것들에 대해서라는 막연한 말밖에는요.

며칠을 끙끙 앓고서야 일어났습니다. 몸이 정상으로 돌아온 날, 나는 종일 내 소유의 물품들을 정리했습니다. 대학 4년과 공장 2년이 담긴 모든 것들을 끌라냈지요. 그 어지러웠던 내 자취들을 모두 불살랐습니다. 타오르는 불길 앞에서 해연이 사진을 들여다봤습니다. 그리고 마지막 스러져 가는 불길 속에 사진을 던져 넣었습니다. 잠시 살아나던 불길이 이내 사그라들더군요. 다 타버린 재를 쓸어 담는데 공장 다닐 때 써먹었던 영태 주민등록증 귀퉁이가 눈에 밟혔습니다. 그리고, 다음날 한 벌 있는 양복으로 갈아입었습니다. 그리고 대학교 때 지도교수를 찾아갔습니다. 졸업하고 나서 처음 찾아갔던 거지요. 그런데 의외로 그 교수는 별로 놀라지 않더군요. 나는 무릎을 꿇고 앉아서 거의 울다시피 매달렸습니다. 단 하나의 가능성이라고 생각했으니까요. 내 얘기를 다 듣고 나더니 교수가 비수 같은 한마디를 하더군요.

'나는 언젠가 자네가 돌아올 줄 알았네.'

결국 그 교수가 추천장을 써줬습니다. 그렇게 해서 들어가게 된 직장이 지금 다니고 있는 곳이지요. 선생님도 아시겠지만, 우리 회사는 국내에서 세 손가락 안에 드는 광고업쳅니다. 넥타이를 매고 12층짜리 건물로 출근하는 첫날, 기분은 마치 막 떠나려는 막차를 겨우 잡아탔을 때 느끼는 그런 거였습니다. 그 큰 건물 속 어딘가에 나의 의자와 책상이 놓여 있다는 사실에 가슴이 벅차오르더라고요. 나는 그 회사에 뼈를 묻기로 작정했습니다. 내 인생의 승부를 걸었던 거지요.

내가 처음 맡은 일은 애기들 일회용 기저귀 광고였습니다. 나는 슈퍼가 눈에 띄기만 하면 달려들어 갔습니다. 그리고 주인한테 질문을 퍼부어댔습니다. 요즘 어떤 기저귀가 가장 많이 나가느냐, 그걸 찾는 이유는 무엇인 거 같냐, 당신이라면 어떤 제품을 권하겠느냐, 그 이유는 뭐냐 이런 것들이지요.

한번은 동네 슈퍼에서 한 젊은 여자가 우리가 수주받은 업체와 경쟁하는 업체의 기저귀를 만지작거리더라고요. 나는 첫눈에 그 여자가 애기 기저귀를 고르는 중이라는 것을 알았습니다. 나이로 봐서 첫애였을 거고, 그나마도 낳은 지 그리 오래되진 않았을 거라고. 그러고 보니 어쩐지 그 여자 얼굴이 산모처럼 푸석푸석한 거 같았습니다. 그런 젊은 주부의 구매심리를 파악하는 것은 무엇보다 중요한 일이었지요. 그래서 그 여자가 슈퍼 문을 막 나서려고 할 때 나는 말을 걸었습니다. 왜 그 물건을 선택하려 하십니까 하고 물으니 여자는 다소 의아해하는 눈치였습니다. 그래서 나는 좀 더 구체적으로 물었습니다.

'이를테면 피부와의 접촉면이 부드럽다던가, 흡수량이 많다던가, 뭐 어떤 이유가 있을 거 아닙니까?'

그 여자는 나를 위, 아래로 쭈욱 훑어보더니,

'아니 뭐 이런 남자가 다 있어? 재수 없으려니.'

한마디 던지고는 매몰차게 나가 버리더군요. 이번엔 오히려 내가 어안이 벙벙했습니다. 그 모양을 보고 있던 카운터 아줌마가 큰소리로 웃더니 내게 말했습니다.

'총각, 그 아가씨가 이제 금방 사간 건 생리대였다우.'

하하하, 우습죠? 처음엔 그런 엉뚱한 실수도 가끔 있었지만, 아무튼 광고라는 게 매력이 있었습니다. 그건 일종의 대중 심리를 파악하는 일이지요. 그 심리를 파악하고 그걸 찌르는 광고를 하면 백발백중 성공하는 겁니다. 불과 20초, 30초 주어진 시간 안에 대중을 내 손안에 쥐어 잡을 수 있다는 게 얼마나 기분 좋은 일입니까?

예를 들어볼까요? 막대아이스크림 광고 카피에 이쁘고 깜찍한 처녀애가 나와서 나는 '큰 게 좋더라!'라고 하는 게 있습니다. '이렇게 까서 드세요.' 하는 카피도 있지요. 선생님도 짐작하시겠지만 이게 다 성적 감각을 연상시키는 카피들입니다. 모르는 사람들은 몰라도 그런 데에 발달된 소비자들에게는 기억에 안 남을 수가 없지요.

그런데 그 대중 심리라는 게 전혀 다른 의표를 찌를 때도 가끔 있습니다. 도넛 선전을 하는 데 못생기고 뻐드렁니가 난 흑인 꼬마애가 도넛을 들고 있는 장면이 있습니다. 얼핏 생각하면 이해가 안 가는 일이지요. 그렇지만 그 사진 속엔 노련한 광고 맨의 아이디어가 번뜩이고 있는 겁니다. 도넛이 그 아이의 못생긴 얼굴 때문에 더 맛있고 고급스러워 보인다는 논리죠.

어때요. 재밌지 않습니까? 마르크스의 『자본론』에서는 광고가 아무런 가치를 창출하지 않는다고 주장하는지는 몰라도 여하튼 간에 광고로 인해서 제품의 매상이 달라지는 건 엄연한 현실입니다. 그건 소비자들이 광고 맨의 손아귀에 사로잡혔다는 증거지요.

나는 있는 상품을 좋게 선전하는 데 그치지 않고 한 걸음 나아간 새로운 구매 창조법을 골똘히 연구했습니다. 말하자면 새로운 심리를 만들어내는 거지요. 그런 시도를 작품으로 만든 게 작년 초에 티브이 광고로 때렸던 K-기업 사이다 선전이었습니다. 시원한 바다나 샘물을 배경으로 하는 사이다 선전은 식상한 것이지요. 획기적으로 고기 먹는 장면을 깔았습니다. 고기 먹고 난 다음에 개운한 사이다 맛을 그리워하게 만들겠다는 게 내 의도였지요. 팀장이 너무 파격적이라고 하더군요. 하지만 밀어붙였습니다. 결국 내 아이템이 선택되었습니다. 처음으로 순전히 나의 재량으로만 광고가 제작되었던 겁니다. 제작과정에 팀장은 거의 간여하지 않았습니다. 그건 정말 파격적인 일이었습니다.

여기까지 일사천리로 떠들어대던 영욱의 얼굴에 갑자기 한 가닥 그림자가 스친다.

그리고 잠시 말을 멈춘다. 등을 소파에 기댄다.

아무~튼 나는 자나깨나 광고와 함께 살았습니다.

광고 얘긴 그만하고 마누라 얘길 좀 해야겠군요. 선생님도 정작 궁금한 건 그것일 테니까요. 마누라하곤 재작년에 선을 봐서 만났습니다. 입사한 지 두어 달 되었을 때지요. 대학은 안 나왔지만, 얼굴도 그런대로 생겼고 순종적인 여자 같더군요. 사실 난 똑똑하고 배운 여자보다는 착실하게 나를 내조해줄 그런 여자를 찾고 있었습니다. 세 번쯤 만나고 나니 난 마누라가 내가 찾고 있던 꼭 그런 여자라는 걸 확신할 수 있었습니다. 그 여자는 레스토랑에 들어가서 먼저 앉을 자리를 선택하는 법이 없었습니다. 한번은 내가 창 쪽으로 앉았습니다. 그 여자는 따라 앉더군요. 또 한번은 정반대로 가장 시끄러운 룸 한복판에 앉았습니다. 그래도 그 여자는 말없이 따라 앉더군요. 그뿐만이 아니에요. 식사를 하던 중 비프 가스 조각이 내 손수건 위에 떨어졌습니다. 그러자 그 여자는 식사하다 말고 화장실로 달려가 손수건을 빨아다 주더라고요. 그 순간 결정해버렸습니다.

그래서 네 번째 만났을 때 내가 결혼하자고 했습니다. 단 내 말에는 무조건 복종하겠다고 약속한다는 전제 위에 결혼하자고 했지요. 만약 그러지 못하겠다면 이것으로 그만 만나자고 했습니다. 마누라는 잠시 망설이는 눈치더니만 시간을 좀 달라고 그러더군요. 나는 이 자리에서 답변을 들어야겠다고 대답했습니다. 한참을 있더니 마누라는 보일 듯 말 듯 고개를 끄덕거렸습니다. 결국 만난 지 석 달 만에 결혼식을 올려 버렸지요.

마누라가 내 기대에 어긋나지 않는 한 나도 마누라한테 잘해 줄 생각이었습니다.

이번에 불미스러운 사건이 터져 결국 여기까지 오게 됐지만, 그것도 곰곰이 생각해 보면 처가에서 과대 해석하고 있는 건지도 모릅니다. 오히려 원인은 마누라에게 있는데 말이죠.

"부인께서 어떤 원인을 제공했는지에 대해 말씀해 주실 수 있겠습니까?"

영욱의 시선은 문득 창문 쪽으로 향한다. 그리고 창밖 어딘가를 응시했다.

예, 이제야 본론이 나온 셈이군요. 애기 문제였습니다.

마누라가 임신한 것을 처음 안 것은 지난달이었습니다. 그날은 업무 때문에 몹시 신경이 날카로웠던 날이었지요. 아까 말했던 사이다 광고, 그 기업과의 계약 건 때문이었습니다. 만료되려면 아직 꽤 시일이 남았는데, 그 기업 홍보과장이 나를 개인적으로 부르더라고요. 이번에는 아무래도 C 기획으로 넘어갈 거 같다는 거예요. 제가 아이템을 냈던 광고 효과가 뭐 전혀 없다는 분석이 나왔다나. 처음에 그 아이템을 냈을 때는 기가 막힌다고 칭찬하던 자식이…… 그 광고가 연간 3억짜리 수줍니다. 그게 경쟁사로 넘어가면 회사 내에서의 내 입지는 찾기 어려워질 건 뻔한 일 아닙니까? 입지도 입지지만 내 자존심이 그걸 허락하지 않았습니다. 나는 열심히 홍보과장을 설득했습니다. 우리가 분석한 결과는 그게 아니라고 말이지요. 지금 당장은 큰 효과를 못 봤더라도 앞으로 일 년간만 새로운 이미지로 그런 식의 광고를 주입하면 반드시 좋은 성과가 올 거라고요. 아마 40퍼센트의 성인 남자는 고기 먹을 때 사이다를 반드시 찾을 거라고 말입니다. 지금도 그런 조짐은 서서히 나타나고 있다고 말입니다. 그랬더니 그 능구렁이 같은 자식이 며칠 후에 다시 얘기해 보자는 거예요. 돌아오는데, 심장이 벌떡거리는 걸 진정시키기가 어려웠습니다.

치밀어오르는 분노를 가라앉히려고 혼자 술집에를 갔습니다. 벌컥벌컥 맥주를 들이켰습니다. 근대 한 계집애가 막 들어와 옆 테이블에 앉으면서 제 친구에게 지껄이는 소리가 들리는 거예요.

'난 고기 먹고 나면 왜 그런지 시원한 맥주 한잔이 생각나더라, 얘.'

그 입방아 찧는 소리가 떨어지기가 무섭게 나는 그 테이블로 달려갔습니다. 그리고 그 계집애한테 부르르 떨며 소리를 질렀습니다.

'야, 이년아! 고길 먹고 나면 사이다가 생각나야 하는 거야. 알았어? 말똑바로 해!'

내 눈을 보더니 그년은 기겁해서 악, 소릴 지르더군요. 주인이 달려와 무조건 나더러 참으라고 했습니다. 종업원들이 택시까지 잡아주면서 말이지요.

그날 밤 한숨도 자질 못했습니다. 어떡하든 문제를 내 선에서 해결해야 한다는 생각만이 골똘했지요. 난 홍보과장의 심리를 분석하기 시작했습니다. 그러자 뭔가 가닥이 잡히더군요. 우선 나를 따로 보자고 한 것이 이상했습니다. 그것도 만료 기간 훨씬 전에 말이죠. 내 광고 효과가 좋지 않았다는 말도 그다지 강조한 것은 아니라는 생각이 들었습니다. 게다가 내 설명을 듣는 순간 능글맞은 미소가 스쳤다는 것도 기억이 났습니다. 결정적으로 이상한 것은 며칠 뒤에 다시 만나자는 약속을 한 것이었습니다. 그러자 결론이 나더군요.

이틀 후 과장을 다시 만났습니다. 난 봉투를 내밀었습니다. 봉투 속에는 십만 원짜리 수표를 다섯 장 넣었습니다.

'김영욱 씨, 이거 왜 이래? 난 이런 걸 바란 게 아니라고.'

그 밴댕이 낮짝 같은 얼굴을 이죽거리며 그 새끼가 그렇게 말하더군요. 그러면서 봉투를 업무수첩 사이에 끼우는 거예요.

'내가 이런 걸 받았다고 해서 그러는 게 아니고, 장담할 순 없지만, 아직 한 달가량 여유가 있으니까 서로 천천히 노력해 보자고. 아, 나야 원래 광고 제작 때부터 김영욱 씨 편 아닌가?'

그 상판대기를 한 대 갈겨 주고 싶은 걸 억지로 참고 돌아섰습니다.

마누라가 임신했다는 얘기를 꺼낸 것은 바로 그날이었지요. 잘 시간이 됐는데도 불을 끄지 않고 옆에 앉아서 잠옷 자락만 만지작거리는 거예요. 뭔가 말하고 싶은 게 있을 때면 마누라는 늘 그런 식이었습니다. 나는 한마디도 얘기하고 싶은 기분이 아니어서 모른 체하고 빨리 불 끄라고만 재촉했습니다.

그러고도 한참을 뭉그적거리더니 자기가 임신을 했다는 거예요. 그 말을 듣는 순간 강력한 전기가 내 머리통을 뚫고 지나가는 기분이었습니다. 나는 누워서 벽면을 향한 채 애를 떼라고 했습니다. 그랬더니 이번에는 훌쩍거리는 거예요. 이미 4개월이나 돼서 뗄 수 없다는 거예요. 그리고 주절주절 넋두리를 늘어놓았습니다. 애라도 있어야 살 것 같다는 둥, 다른 사람들은 다들 갖지 못해 애쓰는데, 왜 그러냐는 둥, 그러잖아도 내 눈치만 봤다는 둥, 그리고 내가 떼라고 할까 봐, 일부러 말 안 하고 이제야 한다는 거였습니다.

마누라에게 손찌검한 것은 그것이 처음이었습니다. 그건 엄연한 약속 위반이었으니까요. 내 말에 무조건 복종하겠다는 결혼 서약 말입니다.

"김 형, 나는 김 형의 입장은 웬만큼 이해할 수 있습니다. 저도 그런 경험이 있었으니까요. 나한테는 이제 초등학교 3학년 되는 아들아이와 유치원 다니는 딸아이가 하나 있습니다. 처음엔 내 아이가 생긴다는 게 기쁜 마음보다는 두렵고 불안했습니다. 처음 엄마가 되고 아빠가 되는 사람들에게는 누구나 그런 불안 심리가 암암리에 작용하지요. 하지만 첫아이를 키우면서 나는 예전엔 전혀 몰랐던 경이로운 세계와 인생의 재미를 발견했습니다. 그러고 나니 자신감이 생기더군요. 그래서 더 이상 낳기 싫다는 아내를 겨우 달래서 둘째 애를 낳았던 겁니다."

그건 선생의 경우죠. 나는 어쨌든 싫습니다.

아마도 선생이 가장 궁금해하는 건 왜 아이 낳기를 그렇게 싫어하는가에 대한 나의 심리겠죠? 그건 나로서도 뭐라고 꼬집어 말하기 어렵습니다. 아무튼 마누라의 배를 볼 때마다 그 속에 내 아이가 크고 있다는 게 혐오스러웠습니다. 물론 두렵기도 했고요.

이상한 일은 아이 생각만 하면 자꾸 개구리가 생각나는 거예요. 군대에서 내 돌에 맞아 죽은 개구리들 말입니다. 머리가 바스러져서 죽은 개구리, 내장이 널브러져 죽은 개구리, 다리 한쪽이 너덜거리면서도 나머지 세 다리로 도망치려고 기를 쓰는 개구리, 아직 살아남은 신경이 마지막 몸서리를 치며 파들거리던 그 생생한 모습들이 자꾸만 떠오르는 거예요. 신경이 조금만 날카로우면 아내의 배 안의 아이가 개구리처럼 보이더란 말입니다. 결국 아내가 내 손에 매를 맞고 유산했던 날은 정말 최악의 날이었습니다.

그 버러지 새끼가 나를 또 보자고 하더군요.

'어떡하든 김영욱 씨와 연장 계약하도록 노력해야 하겠는데 말야. 그게 글쎄 내 선에서 결정할 수 있는 일이라면 얼마나 좋겠나? 또 이미 대세가 기운 것은 우리 과 직원들도 다 아는 실정이니 김영욱 씨가 더 신경을 써야 하지 않겠어.'

이러면서 말꼬리를 빙빙 돌리는 거예요. 빤한 얘기지요. 윗선에도 돈을 먹여야 하니 돈을 더 갖고 오란 말이 아니겠습니까. 게다가 평직원들에게도 떡고물이 돌아가야 한다는 뜻이지요. 3억짜리 수주를 50만 원으로 연장하려고 했던 내가 어리숙했던 거지요. 아무리 생각해도 몇백은 쥐어 줘야 할 것 같더군요. 난감했습니다. 도저히 나로서는 감당하기 힘든 액수였습니다.

그래서 결국은 팀장에게 말했습니다. 그런데 그 자식도 한통속이더라고요. 나는 제 놈을 믿고 털어놨는데, 아 글쎄 그 새끼가 뭐랬는지 아십니까?

'아니, 그렇게 안 봤는데 김영욱 씨 영 쑥맥이구먼, 그런 문제를 나한테까지 가져오면 어쩌자는 거야. 그런 문제로 회사에 손 벌리면 우리 팀 이미지가 손상되지 않겠어? 그리고, 말이야 바른말이지 어차피 이번 건은 김영욱 씨 혼자 책임지다시피 한 일 아냐? 이제 와 그 업보를 팀 전체로 확대할 수는 없는 일이라고. 아무 소리 말고 이번만큼은 당신 혼자 힘으로 능력껏 해결해 봐!'

평소에 능력을 키우라고 부르짖던 자식이 바로 그런 때 능력이라는 말을 쓰더군요.

그날 마누라의 배는 유난히 불러, 보였습니다. 그러더니 개구리 똥구멍에 바람을 불어 넣을 때처럼 점점 불러 오르는 것 같았습니다. 그래서…… 마룻바닥에 엎드려진 마누라 치맛자락에 핏물이 스며 나오는 걸 보니 웃음이 나더군요. 그제야 할 일을 한 것 같은 시원한 생각도 들었습니다.

어쩌면 우리는 다 개구리인지도 모르지요. 군대에서 내 돌에 맞아 죽은 개구리 말입니다. 계엄군 총에 맞아 죽은 정수도, 눈 내리던 날 마지막으로 봤던 해연이도, 매 맞고 유산 당한 내 마누라도, 그래서 이 더러운 세상 구경도 못하고 저세상으로 간 우리 애기도…… 그리고 나 역시 어쩌면 한 마리 개구리 같은 존재인지도 모르겠습니다.

군대에서 내 돌에 맞아 죽은 그 개구리 말입니다.

선생님 몹시 피곤합니다. 이젠 가서 쉬어야겠습니다. 오늘 밤엔 수면제가 꼭 있어야 할 것 같군요.

영욱은 혼잣말처럼 흐느적흐느적 말을 잇다가 힘겹게 자리에서 일어난다. 처음 얘기를 시작할 때보다 그의 눈은 더욱 움푹 들어갔다. 그이 눈동자엔 아무것도 들어오지 않는 듯 흐릿하다.

그때 창밖에서 구급차가 요란한 소리를 내며 지나갔다. 영욱의 눈은, 갑자기 광채를 냈다.

"금방 무슨 소리 듣지 못했습니까?"

영욱은 급히 창문 쪽으로 달려갔다. 그리고 방안 공기를 찢을 듯한 날카로운 소리를 질렀다.

"서, 선생님, 피, 피하세요. 저기 계엄군이 몰려옵니다!"

타인들

거리감

노인네가 세상을 떴다니, 허탈하군. 줄잡아 십 년은 더 살 것 같더니만, 그래 뭐, 사는 게 그렇지. 누군들 한 치 앞을 알겠어.

그 전엔 몰랐는데, 다 익은 벼가 누렇게 처진 논도 참 보기 좋구먼. 떼글떼글 하니, 야무지게도 여물었어. 이 멀쩡한 나락을 눈앞에 두고 베지도 못하고 가다니, 노인네 막판에 뭐가 그리 바빴는가 모르겠네. 내 참 부자지간에 정이라곤 병아리 오줌만큼도 없는 줄 알았는데, 그래도 노인네가 갔다 하니 기분이 자꾸 꿀꿀해지는구먼. 답잖게 옛날 생각도 나고 말야. 회한이래나 뭐래나. 가방끈 긴 놈들이 이런 걸 두고 하는 말인갑네.

언젠가, 한번은 노인네 속사정을 들어보는 것도 괜찮겠다 싶었는데 아버지는 그때 왜 나를 잡지 않았소, 하고. 아니, 다 집어치우고 내가 도대체 왜 집을 등졌는지 그 이유를 알기나 하우, 하고 까놓고 물어보고도 싶었는데, 결국 기회를 영영 놓친 셈이군.

생각해 보면 사는 것도 참 우습지? 그때 형이 그 잘난 학교로 나를 찾아오지만 않았어도 지금쯤 나는 뽀다구 나는 인생을 살고 있을는지도 알 수 없는 일이니 말야. 술에 떡이 되어 내뱉은 그 한마디를 듣지 않았어도 말이야. 학교를 찾아온 형을 보았던 그 순간에 나는 이미 뭔가를 예감했는지도 몰라. 못 올 데를 찾아온 것도 아닌데 이상하게 형을 보자마자 알 수 없는 불안감으로 심장이 곤두박질쳤으니까.

그때 형이 하필 내 눈에 띌 건 뭐였는지. 컴컴한 교문 기둥 옆에 무슨 부댓자루처럼 구겨져 앉아 있던 형을 그저 지나치자면 얼마든지 그럴 수도 있었을 텐데. 게다가 소심한 형은 그때 내가 알은 체만 하지 않았어도 맘속에 있는 말을 묻어둔 채로 군대로 날아버렸을 테고, 그러면 나는 무난히 대학으로 골인할 수 있었을 게 아니냐 말이야. 아, 그런데 보충수업을 끝내고 쏟아져나오는 애들 틈으로 쭈그리고 앉았는 형 모습이 정통으로 눈에 꽂히더라니깐. 게다가 신기하게도 그게 형이라는 걸 금세 알아챘어. 형은 머리까지 빡빡 밀고 있었는데도 말야. 형이구나, 생각이 들자마자 심장이 쿵쾅거리면서 이유 없이 불안해지더라니까. 글쎄, 그게 왜 그랬을까? 이제야 말이지만 팔자가 이렇게 되려니까 그랬겠다 싶네.

그날 형은 교복을 입은 나를 끌고 술집에 갔었지. 형광등 불빛에서 보니까 형 눈에는 이미 초점이 없었어. 공부는 잘되냐, 자기는 세상이 싫다는 둥, 그러다가는 몸이 건강해야 공부도 할 수 있다는 둥. 횡설수설 꽁지도 대가리도 없는 말을 주워섬기더니만, 술집 바닥에다 뱃속에 걸 냅다 게우기 시작하는 거야. 내 참, 건더기는 하나도 없이 멀건 물만 토해내더군. 형을 끌고 술집을 나왔는데, 형은 전봇대 밑에서 쭈그리고 앉아 또 토해댔지. 나는 차라리 먹은 술을 다 토해내면 형이 깰지도 모른다고 생각했어. 그러면서 형을 집에 데려갈 작정으로 형 옆에 앉아 등을 두드려주었는데. 전봇대를 잡고 왝왝거리던 형이 갑자기 나를 밀어젖히는 거야, 무방비 상태였던 나는 벌러덩 나가자빠졌어. '잘난 척하지 마. 이 새꺄. 아버지가 그 잘난 논을 팔 것 같냐? 어떡하든 아버지를 꼬드겨서 출세해보고 싶으시겠지? 그래, 좋아. 그럼 어디 한번 해보라고, 해 봐.' 좀 전까지만 해도 병든 동태눈 같던 형 눈에서 불이 이는 걸 똑똑이 봤지. 그 소리를 듣는 순간, 머리에다 수백 볼트짜리 전기코드를 꽂은 것 같았어.

그래, 어떤 유식한 놈들이 사람에게는 운명이 바뀌는 순간이 몇 번 있다고 하더니만 내게는 꼭 그때가 그런 순간이었나 봐. 형은 그런 명언을 내게 남기시고는 군대로 줄행랑쳤고, 나는 다음날부터 공부를 작파했지. 아니 더 정확히 말하자면 내가 작파한 게 아니고 작파 당한 거지. 내 머릿속에는 미분 적분 대신…… 미분 적분? 하 참, 아직도 내 입에서 이런 말이 튀어나올 때가 있다니, 아무튼 형이 뱉은 말만 머릿속에서 뱅뱅 도는 게 도대체 공부가 되질 않는 거야. 형의 말을 곱씹고 곱씹었지.

솔직히 말해서 그전에도 형과 사이가 썩 좋은 편이었다고는 할 수 없었지. 아버지는 먹는 것 하나를 두고도 늘 형 우선이었고, 형 역시 좋은 건 으레 자기 차지인 줄 알고 살았지. 요리조리 공부 핑계를 대며 아버지 농사일조차 한 번 제대로 도와 본 적이 없었어. 대학 가서도 마찬가지였지. 차로 이십 분이면 뒤집어쓰는 거리를 버스 간격이 멀다고 자췻집인지 하숙집인지를 얻었고, 대학 간 후로도 리포튼지 뭔지를 써야 한다, 시험공부를 해야 한다, 이 핑계 저 핑계 댔고. 벼마당이를 할 때조차도 집에 한번 들리지 않았어. 덕분에 나만 뺑이 쳤지, 뭐. 열두 살 때부터 지게질까지 했으니 말 다했지. 그렇다고 난 그걸 크게 불만스럽게 생각하진 않았어. 형은 장남이니까, 그저 나는 나대로 열심히 공부하면 그만이라 생각했지.

헌데, 형은 그게 아니었던 거야. 내 인생이 자기보다 나아지는 것 자체를 용납할 수 없었던 거지. 제길. 나는 그때까지 형을 이기겠다거나 아버지를 내 편으로 꼬셔야겠다는 식의 생각을 머릿속에 떠올려 본 적도 없는데 말야. 소심해 보이기만 하넌 형의 어느 구석에 그런 비열한 악감정이 숨어있었는지 알 수 없는 일이었어. 억울하다는 생각이 확 들더군. 형이 그렇게 생각하는 한 나는 형 그늘에 가려 영영 빛 볼 일이 없다는 생각이 드는 게, 내 인생에는 도대체 희망이 없더라고.

거기까지 생각이 가니까, 학교 다닐 마음도 싹 가셨지. 맨날 보충수업에서 도망쳐 나와 통금시간이 될 때까지 길바닥을 헤매기 시작했어. 마음 밑바닥에서 끓어오르는 분노를 어떻게 할 수가 없었던 거지. 내 행동은 나도 걷잡을 수 없게 점점 엇나가기 시작했어. 시험답안지를 백지로 내고, 재 너머 패거리들하고 술집에 드나들고, 길거리에서 담배도 꼬나물고, 패싸움에도 일부러 끼어들어 아무나를 실컷 두들겨 패주기도 하고. 그런데 어쩐 일인지 그럴수록 나만 점점 더 외롭게 생각되는 거야. 누군가 내 마음을 받아주는 사람만 있다면 그 품에 안겨 실컷 울고나오 싶은 심정이었어. 누나라도 옆에 있었으면. 정말이지 난생처음 엄마가 다 보고 싶더라니. 내가 네 살 때 죽었던 엄마가 말이야. 솔직히 말해서 그 때까지만 해도 어쩌지 못하는 내 마음을 누군가 돌이켜 주기를 바라는 미련 같은 게 있었던 거지. 겉으로는 안 그런 척해도 나는 은근히 아버지 눈치를 살폈어. 아버지가 나를 잡아주었으면 하는 마음 같은 거였지. 그런데 말야, 아버지는 참 그 속을 알 수 없는 양반이었어. 내가 하고 다니는 짓거리를 모를 리가 없었을 텐데도 가타부타 말이 없는 거야. 난 어쩐지 아버지 마음을 믿을 수가 없었어. 형 말대로 내가 아무리 발버둥을 쳐도 아버지는 내 뒤를 밀어줄 마음 같은 건 애당초 없는 건지도 모른다는 생각이 내 마음속에 도사리는 거야.

그럴 즘에 형이 첫 휴가란 걸 나왔더군. '너 대체 왜 그러냐? 문제가 있으면 형한테 말해 봐라.' 누군가, 나를 잡아주길 간절히 바라던 그때 말을 걸어준 건 휴가 나온 형이었지. 어처구니없는 일이었어. 나를 붙잡고 형은 사정하다시피 하는 거야. 게다가 학교까지 찾아가서 담임을 만난 눈치였어. 위선적인 형의 모습이 가증스럽고 역겨웠지. 그래 나는 일을 치기로 작정했어. 보란 듯이 형에게 엿 먹일 일을 말야. 점심시간에 소주병을 끼고 혼자 학교 뒷산으로 올라갔어. 깡소주를 두 병 반쯤 까니까 일학년 애들이 교문으로 몰려 나가는 게 보이더라고. 그래서 산을, 내려왔지. 어떻게 내려왔는지 기억도 안 나. 애초에 내 계획은 술에 퍼져서 학교로 들어가는 것이었는데. 그러면 당연히 담임은 아버지나 형을 부를 거라, 생각했지. 형에겐 염장을 지르고, 아버지한테는 정말 승부를 걸어보겠다는 계산이었는데, 일이 참 이상하게 꼬인 거지. 학교를 나오는 애들을 거슬러 학교로 도로 들어가는데, 누군가 나한테 하는 욕지거리가 내 귀를 긁는 거야. '좆만한 게 지랄 염병을 떠네.' 걸음도 제대로 가눌 수 없는 와중에도 나는 그 소릴 정확히 들었지. 그 순간 눈에 띈 것이 칼이었어. 아마 과일 파는 리어카상 위에 놓여 있었던 과도였을 거야. 그걸 집어 들고 내게 욕지거릴 한 놈에게 달겨들었어. 그게 누군지도 몰라. 내 몸뚱아리 어느 구석에 그런 용기가 있었는지, 아무튼 그때 내 심정은 그놈이 내 부모를 쳐 죽일, 웬수라도 되는 것 같더라니. 다행히 녀석 교복 옆구리만 찢고 나는 길바닥에 나뒹굴어졌지만, 아마 정확히 조준했더라면 정말 그 칼로 사람을 찔렀을지도 몰라. 비칠대면서도 나는 그놈한테 계속 달겨들었고, 아이들이 내 양팔을 끼고, 끌고 갈 때까지 '죽여버릴 거야, 다 죽여버릴 거야.' 하면서 악을 써댔지. 그날 나는 교련 선생한테 몽둥이가 분질러지도록 정신없이 빳다를 얻어맞았어. 담임이 상담실로 왔을 때는 나도 술이 좀 깰 즈음이었는데 담임은 아버지를 데려오라고 했지. 목소리가 비장하더구먼. 이미 사태가 그냥 넘어갈 수 없다는 걸 나는 그 목소리로 알아챌 수 있었지.

술기운이 다 깨니까 몸이 말씀이 아니었어. 교복 단추는 다 뜯어져 있고 온몸이 욱신거려 걷기조차 힘들 지경이었지. 집에 오니까 아버지도 형도 없었어. 빈집에 미끄러져 들어가 이불을 뒤집어썼지. 몸이 불덩이처럼 뜨거워지고 손가락뼈, 발가락뼈, 마디까지, 끊어져 나갈 것처럼 아픈 걸 느꼈어. 그렇게 펄펄 열을 내며 앓다가 잠이 들었나 봐. 잠에서 깬 건 시간이 언젠지도 알 수 없는 깜깜한 밤이었어. 어디에 있는 건지, 전날 무슨 일이 있었는지, 정말 낯설더구먼. 한참을 생각하고 나서야 기억이 나더군. 얼마나 오랫동안 그렇게 누워 있었을까? 닭이 홰치는 소리가 들리더니 서서히 동이 터오기 시작했어. 어슴푸레 문짝이 밝아지니까 아버지 기침 소리가 내 방으로 건너오더군. 그러더니 문 열리는 소리, 쟁기 챙기는 소리가 들렸지. 나는 누운 채, 소리로 아버지 행동을 따라다녔어. 큰기침 소리가 한번 더 나더니 발소리가 멀어지기 시작했지. 그 소리가 다 사라지도록 나는 망설였어. 그러다 벌떡 일어났지. 아무렇게나 신발을 꿰차고 나오려는데 형 군화가 단정하게 놓여 있는 게 보이더군. 시집가기 전에 누나가 썼던 방 앞에 말야. 나는 아버지를 뒤쫓아갔지. 삽이며 괭이에다 삼태기까지 지게 뒤에 얹고 저만큼 걸어가는 아버지가 보였지. 나는 말없이 따라갔어. 그렇게 따라가다 보니 산 중턱 비탈까지 갔지. 그곳에 가 보니, 아버지가 밭 한 뙈기를 새로 일구고 있는 걸 대번에 알 수 있었어. 나는 밭머리에 서 있었고, 아버지는 혼자 괭이로 땅을 뒤지기 시작하더군. 꼼짝 않고, 아버지를 지켜봤지. 긴 밭을 한 줄 엎은 다음 아버지는 산 아랫마을을 내려다보고, 또 한 줄 엎고 담배 한 대 물고, 삼태기에다 돌까지 골라내서는 밭 가에 버리고, 또 한 삼태기 버리고. 아버지는 한 번도 나를 쳐다보지 않았어. 아버지는 내가 그곳에 서 있는 걸 분명 알고 있었어. 나한테서 그리 멀지 않은 곳에 서 있는 나무에 삽 한 자루를 기대놓고는 자신은 그걸 한 번도 쓰지 않았거든. 삽을 써야 할 곳에도 괭이만 쓰면서 말이야. 그건 내게 준 삽이었다는 걸 그제서야 깨달았지. 삽 한 자루. 그게 아버지가 내게 해주고 싶은 말이었나 봐. 그런 생각이 들자 그곳에 더 이상 있을 이유가 없었지. 나는 돌아섰어. '아버지, 아버지가 학교에 가서야 해요. 그러지 않으면 난 끝장이에요.' 마음으로는 수백 번도 더 불렀어. 하지만 끝내 한마디도 못 해보고 혼자 산비탈을 내려왔던 거야.

집으로 가는 길과 읍내로 들어가는 갈림길에 나는 집 쪽을 한 번 쳐다보았어. 그때 눈에 띈 것이 누렁이였지. 누렁이는 그 순간에 왜 그곳까지 와서 내 눈에 걸린 걸까? 누렁이를 보자 갑자기 누렁이가 미워지기 시작하는 거야. 이 모든 일이 누렁이 때문에 생긴 것처럼. 나는 짱돌을 집어 들고 누렁이한테 던졌어. 짱돌이 자기에게 날아오자 놀란 누렁이가 처음엔 몇 걸음 도망치더라고. 그러더니 여기저기 둘러보더니 다시 내 쪽으로 뛰어오기 시작하는 거야. 마치 자기에게 던졌을 리가 없다고 생각하는 것처럼 말이야. 난 더 큰 짱돌을 누렁이한테 던졌지. 그런데 그게 글쎄 누렁이 배를 정통으로 맞춰버린 거야. 캐갱캥 하며 누렁이가 자지러지는 소리를 내고는 그 자리에 쓰러지더니 일어나질 못하더군. 나는 누렁이가 죽을 거라고, 생각했지. 그때 누렁이는 새끼를 배고 있었거든. 저만치 집만 보이면 꼬리를 치며 달려 나와 나를 한 바퀴 휘돌고는 한 걸음 앞서 집으로 들어가던 누렁이었는데…… 몇 번씩이나 학교까지 따라와 수업이 끝날 때까지 교문 앞에서 나를 기다리던 누렁이었는데…… 사지를 떨며 컥컥대면서도 누렁이는 나를 처다보더군. 도저히 이유를 알 수 없는 폭력을 원망하는 눈빛으로 말이야. 그 눈빛이 도저히 누렁이에게 다가가지 못하게 만들었어. 얼른 고개를 돌려버렸지. 길바닥에 쓰러진 누렁이를 버려두고 나는 읍내 쪽 길을 선택하고 말았어. 어디로 갈 건지 정하지도 않은 채 기차역까지 걸어가는 동안 내 눈에서는 자꾸만 눈물이 흘러나왔지. 그렇게 뜨거운 눈물은 그때가 처음이자 마지막이었던 것 같아.

지나놓고 보니 어지간히도 어렸을 적 얘기구먼. 쳇. 노인네 그때 대체 무슨 생각으로 나를 외면했던 건지…… 정말 내게 삽자루밖에 줄 게 없었을까? 난 여태껏 그 속을 몰라. 내 입에서 나온 적도, 노인네 입에서 들어본 적도 없는 일이지.

하지만 사람이라면, 노인네도 힘들었을 거야. 십 년 만에 불쑥 나타난 내가 장가간다고 하니까, 논 한 뙈기 넘겨주면서 내 눈을 처다보지도 못했지. 눈을 마주치기는커녕 논문서도 내 손에 직접 건네주지 못해 멀찌감치 방바닥에 놓아둔 걸, 누나가 내 앞으로 밀어줬지. 쬐끄마한 짜투리 논이긴 했지만 어쩌면 그것이 망가진 내 인생에 대한 보상 같은 거라고, 생각했는지도 몰라. 형과 형수는 그렇다 쳐도 출가외인이 된 누나까지 불러놓고 땅문서를 내놓았으니, 노인네로선 어렵게 마음 쓴 셈이야.

아냐, 어쩌면 나 혼자 소설 쓰고 있는 건지도 몰라. 이가 갈리도록 미운

새끼를 용서하는 마음 같은 거였는지도 알 수 없는 일이지. 내가 이렇게 이 불쌍한 놈을 용서하니 너희들도 그러거라 하는 식의 용서 말야. 그래서 누나까지 불렀는지도 모르지.

말이 나왔으니 말이지. 십 년 만에 나타나서 같이 사는 마누라 전직이 술집 여자라니까 다들 뭐 씹은 얼굴들이 가관이더구먼. '식은 올렸냐?' 그 와중에도 형은 참 형다운 질문만 골라서 했지. 허기사, 그게 형 특기니까. 속으로는 밸이 다 꼬여도 겉으로는 점잔빼는 게 십 년 전이나 하나 달라진 게 없었어. 모르지. 옛날처럼 꼭지가 돌 만큼 술이 들어가면 내 싸대기라도 올려붙였을지. 하지만 불상사는 다시 없었지. 게다가 술집 여자를 제수씨로 받아들이는 결혼식까지 손수 주선했으니, 난 그저 감읍할 따름이지 뭐. 그럼, 그 논은 노인네하고 형이 합작해서 미운 놈 떡 하나 더 준 셈인 건가? 쳇, 그렇게 생각하니 기분이 어째 좀 찝찝해지긴 하지만 이제 와 그러거나 저러거나 뭐 상관있겠어?

옛날 일을 가지고 이러고 저러고, 따지고 싶은 생각은 추호도 없어. 그렇다고 내 인생을 돌이킬 수 있는 것도 아니고. 그런 과거지사를 들춰내서 내 몫을 챙기는 따위의 좀스러운 짓거리는 나하곤 거리가 먼 일이지. 누나는 오늘 종일 나한테 뭔가 얘기하고 싶은 눈치였어. 아무도 없이 나와 단둘이만 있게 되면 목소리를 낮추고 내 이름을 부르다가는 누가 들어오면 얼른 딴소릴 하곤 하더군. 노인네가 남기고 간 땅 문제를 의논하고 싶어 한다는 거, 누나가 말 안 해도 누나 속을 다 알지. 누나는 어렸을 때부터 내 편이었어. 그러니 노인네 유산이 내 몫만큼 내게 돌아오도록 만들고 싶어, 하리라는 것을 나는 이미 짐작하고 있었지.

하지만 정말이지 난 눈꼽만치도 그럴 생각이 없었어. 이유야 어쨌거나 철들면서 자식 노릇 한번 제대로 한 적이 없으니 입이 열 개라도 할 말은 없지. 미우나 고우나 노인네 마지막 가는 길, 눈 감긴 건 형과 형수였잖아. 장남 노릇은 나무랄 데 없이 한 셈인 거지. 어디 그뿐인가? 형은 오일장을 치르겠다고 하잖아. 상여까지 내서 제대로 된 장사를 치르겠다고 저렇게 벼르니. 처음 그 소릴 들었을 땐 솔직히 뭔 궁상인가 싶었어. 일가친척이라고 올 만한 손님도 변변히 없는데 말야. 남 앞에서 행세하고 싶어 하는 형의 근성이 또 발동했구나 싶었는데, 근데 곰곰이 생각해 보니 그렇게만 생각할 것도 아니다 싶데. 노인네가 코흘리개 적부터 장남을 끼고돈 게 다 이유가 있다는 생각이 들더란 말이지. 노인네 마지막 길에 호강하게 됐고 형도 뼈대 있는 가문이라고 사방팔방에 뽀다구 세울 기회가 됐으니, 누이 좋고 매부 좋은 거 아니겠어? 나야 동전 한 닢 보탤 처지가 못 되는 바에야 굿이나 보고 떡이나 먹으면 되는 거고. 그러고 보니 노인네, 제삿밥 얻어먹으려고 형한테 그렇게 끔찍했던 모양이네.

아무튼 우리 노인네는 조옿겠네. 요즘 같은 세상에 꽃가마 타고 저승 가는 게 어디 쉽디야.

뒤늦은 화해

아버지가 돌아가신 건 갑작스러운 일이었다. 나는 아버지가 건강하다고 믿었다. 물론 재작년 봄에 풍이 온 후로 왼쪽 다리를 제대로 쓰지 못한 것은 사실이다. 하지만 그건 얼핏 보아서는 다리를 저는지조차 알아보지 못할 정도로 미미한 것이었다. 게다가 품을 사기는 했지만 도합 이천 평이 넘는 논을 끝내 팔지 않고 당신이 손수 부쳐오지 않았는가. 허기사, 아버지가 그 논에 남다른 애착이 있다는 사실을 모르는 바는 아니다. 그러니 그건 순전히 아버지의 정신력 때문에 가능했던 일인지도 모를 일이다.

따지고 보면 아버지와의 사이가 이렇게 갈라진 것도 다 그 논 탓이다. 이제는 까마득한 옛날얘기가 되었지만 애초에 아버지는 나를 농고에 보내려고 했었다. 장남인 나를 농군으로 주저앉히겠다는 뜻이었다. 아버지 뜻을 알고 나서부터 난 내 삶에 미래가 없다는 것을 깨달았다. 담임과 누나에게 떼를 써서 고등학교는 간신히 인문계로 진학할 수 있었지만, 아버지가 나를 큰물로 놓아주지 않으리라는 건 자명한 일이었다. 왜냐하면 아버지는 내 뒤를 밀기 위해 땅을 파는 일 따위는 결코 안 할 분이었기 때문이다. 땅 말고는 달리 가진 재산이 없다는 걸, 장남인 나는 너무나 잘 알고 있었다. 아버지는 알고 계셨을까? 내가 얼마나 서울로 가고 싶어 했는지를. 그것이 가능하지 않다는 걸 깨달으면서 내가 얼마나 절망했는지를. 난 열심히 공부해야 할 이유를 찾을 수 없었다. 입시를 앞두었을 때쯤 나의 절망은 극에 달했고, 당연히 성적은 말이 아니었다. 하지만 대학 자체를 포기할 순 없었다. 예정된 수순대로, 읍내의 공업전문대학에 들어갔다. 아버지가 내게 양보할 수 있는 마지노선은 그 정도였으니까. 솔직히 말해서 말이 좋아 대학이지 그 학교는 고등학교나 다름없는 건물에, 모집정원조차 다 채우지 못하기 일쑤인, 어디 가서 명함도 내밀기 힘든 학교였다.

난 아버지가 겪었던 가난, 아버지가 짊어졌던 노동, 아버지가 당했던 모멸을 우리 집안에서 영원히 몰아내고 싶었다. 정말이지 내 대에서 집안을 일으키고 싶었다. 장남으로서 떳떳하게 집안을 책임지고 싶었다. 그런데 아버지는 그게 땅으로 가능하다고 믿었다. 세상의 변화를 받아들이지 않으셨다. 아버지 세대는 땅이 모든 것의 잣대였을지 몰라도 우리 세대는 그렇지가 않다. 학벌이 없으면 아무것도 이룰 수가 없다. 학벌 없는 사람이 견디기에 이 세상이 얼마나 야멸찬 것인지 아버지는 끝내 이해하지 않았고, 그래서 내 앞길을 막았다. 나는 그런 아버지를 이기지 못했다. 공전에 원서를 넣던 날, 나는 심한 패배감을 느꼈다. 그래서 입학식에 소자 참석하지 않았나. 그러면서 섬섬 아침저녁으로 아버지 얼굴을 마주 대하며 한집에서 살기가 힘들어졌다. 그래서 무리인 줄은 알면서도 어쩔 수 없이 학교 앞 자취방을 얻어서 집을 나간 것이다. 집을 나가도 마음을 잡지 못하기는 마찬가지였다. 결국 나는 군대를 선택했다. 모든 것으로부터 떠나있는 시간이 필요했다.

막상 군대 가려니까 동생이 걸렸다. 동생은 내가 군대에 있는 동안 대학에 입학할 나이가 될 것이었다. 난 아버지가 동생이라도 서울로 보내기를 간절히 바랐다. 내가 부족한 만큼 동생이라도 집안을 일으키는 데 강한 힘이 되길 바랐기 때문이다. 그건 어쩌면 가능한 일인지도 몰랐다. 아버지는 어렸을 때부터 나보다는 동생을 더 아꼈으니까. 논이나 밭으로 갈 때면 나를 부르는 대신 항상 동생을 앞세우고 다녔고, 아버지와 동생이 함께 일하는 모습은 늘 정다워 보였다. 그 둘 사이에 내가 끼면 언제나 나는 서먹했고, 외톨이가 되는 기분이었다. 게다가 동생은 공부도 제법 잘했다. 입대하기 전날, 나는 동생을 만나러 동생이 다니는 학교에 찾아갔다. 내 모교이기도 한 학교 교문 앞에 쭈그리고 앉아 동생이 나오기를 기다렸다. 친구들과 마신 이별주 때문에 잔뜩 취기가 올라 차마 학교 안으로 들어갈 순 없었지만, 취기가 오르면 오를수록 나는 동생을 꼭 만나고 가야 한다는 마음이 절박해졌다. 그때를 놓치면 다신 동생과 얘기할 기회가 오지 않을 것 같은 심정이 되었다. 나처럼 허물어지지 말고 밀어붙이라는 말을 꼭 전해주고 군대로 떠나고 싶었던 것이다. 땅바닥만 뚫어져라 보고 있던 내 눈앞에 누군가가 다가왔다. 동생이었다. 동생의 얼굴을 보자 느닷없이 동생과 술을 한 잔 나누고 싶다는 생각이 들었다. 그래 그깟 것 하는 기분으로 고등학생인 동생을 데리고 단골 술집을 찾아갔다. 그러고는 몇 잔 더 털어 넣은 것으로 기억된다. 혀 밑에서 자꾸만 말이 꼬이는 걸 느꼈던 기억도 나고, 토했던 것 같은 기억도 나긴 하지만 어떻게 내 자취방까지 돌아왔는지는 기억이 잘 나질 않았다. 정신이 든 것은 다음날 아침이었다. 짐 하나 남기지 않고 비워놓았던 자취방 맨바닥에서 심한 갈증을 느끼며 깨었다.

온정신으로 동생에게 당부하지 못한 것은 안된 일이었지만, 아무튼 내게 부족한 부분을 동생이 채워주길 바랐다. 그런데 결국 동생도 엇나가고 말았다. 아버지의 장벽을 넘을 수 없다는 걸 동생도 깨달았던 걸까? 첫 휴가를 나왔을 때 동생은 이미 공부에서 손을 놓은 것 같았다. 나는 너무나 안타까워 동생의 담임까지 찾아가서 동생을 부탁했다. 내가 할 수 있는 최선이었다. 그랬는데 동생은 나를 배반하고 말았다. 내가 귀대하기 이틀 전, 새벽바람에 나가서는 다시 집으로 돌아오지 않은 것이다. 다음날 학교를 찾아가서야 안 일이지만 동생은 벌건 대낮에 술을 먹고서 칼부림까지 한 모양이었다. 그것도 학교 앞에서. 분노를 넘어서서 허탈했다. 동생이 그런 식으로 내게 등을 돌리다니…… 귀대하려고 기차를 타는 순간까지도 헤매고 다녔지만, 동생은 어디에서도 찾을 수 없었다.

동생이 집을 나간 이후로 나는 생각이 바뀌었다. 내가 그렇게 힘없이 무너지면 안 된다는 것을 절감했다. 내겐 나를 도와줄 형제조차 남지 않았기에, 온전히 내 힘으로 집안을 떠안아야만 하는 현실을 깨달은 것이다. 내가 주저앉으면 우리 집안에는 더 이상 가능성이 없다, 그런 생각에 내 마음은 조급해졌다. 내가 걸어가야 하는 길이 분명히 보였다. 군대에서 돌아오자마자 지체하지 않고 공무원 시험 준비를 시작했다. 그리하여 비록 말단 행정직이긴 하지만 공무원 생활을 시작할 수 있었고, 나는 정말 성실히 한 계단 한 계단 밟아 올라가리라 마음먹었다.

그런데 그런 나의 결심은 현실 앞에서 어쩔 수 없이 흔들렸다. 명문대 법대 고시 출신이 국장으로 발령이 나 우리 청으로 오게 된 것이다. 그는 나와 동갑이었다. 당시 8급 공무원이었던 나로서는, 너무나 까마득해 보이는 고지에 그는 이미 다달아 있었다. 처음 그의 얼굴을 본 순간 나는 도저히 건널 수 없는 깊은 강이 내 눈앞에서 흐르는 걸 보았다. 게다가 그는 젊은 국장답게 부임 받아 오자부터 내사를 시작했다. 청에 드나드는 모든 자재관리의 하자를 적발해 내기 시작한 것이다. 내사를 시작한 지 며칠 되지도 않아 그는 배에서 기름을 내리는 과정에 상당량이 유출되고 있다는 사실을 알아냈다. 그 시절은 그랬다. 모든 게 허술했고, 물건을 빼

돌리는 것도 얼마든지 가능했다. 자리만 잘 차고앉으면 쉽게 재산을 모을 수도 있었고, 굳이 마음을 먹지 않아도 저절로 주머니에 떡고물이 여기저기서 굴러 들어오곤 했다. 관행이었다. 결국 불똥은 내게도 튀었다. 맹세컨대 난 관행 이상으로 내 몫을 챙긴 적은 결코 없었다. 우리 부서에서 나만큼 뒤가 깨끗한 사람이 없을 정도였고, 오히려 동료들은 그런 나를 은근히 비아냥거리다시피 했다. 하지만 기름 한 드럼통도 문제가 되기는 마찬가지였다. 내 힘으로 피해 가기가 힘든 일이 벌어진 것이다. 난 앞이 아찔했다. 내가 쌓아온 모든 것이 물거품이 될 처지에 놓였다. 국장이라는 위치는 말단 공무원 모가지 하나쯤은 우습게 떼었다 붙였다 할 수 있는 그런 자리였다. 학력이 한 인간에게 가져다준 무소불위의 권력을 뼈저리게 느꼈다. 애써 잊으려 했던 내 열등감을 그는 들쑤셔놓았고, 한 치 앞을 내다볼 수 없는 내 미래에 또다시 절망했다.

　그즈음이었다. 무슨 날벼락이 떨어질지 몰라 하루하루 가슴을 조여야 했던 그즈음, 공전 선배가 찾아온 것이다. 그 선배는 두부 공장을 함께 차려보자고 했다. 공장부지 설정이며, 자재 조달이며, 계획은 이미 세밀한 부분까지 짜인 상태였다. 거기에 결정적으로 내 마음을 움직인 것은 판로였다. 군부대에 납품하도록 이미 얘기가 다 되어 있다는 것이었다. 그 선배의 삼촌이 군대 말뚝 박은 상사라는 것을 나도 예전부터 알고 있는 바였다. 전쟁 때 자원입대하여 무공훈장까지 받은 데다, 전쟁이 끝나고서도 그대로 군에 눌러앉은 지 삼십 년이 넘었으니 웬만한 영관급들도 함부로 대하지 못하는 사람이었다. 어쭙잖은 계급보다 차라리 상사가 낫다며 진급 기회가 있었는데도 만년 상사를 고집했다는 얘기를, 학교 다닐 때 선배한테 들은 기억도 났다. 선배의 삼촌은 그렇게 부대 살림을 손아귀에 거머쥐고 있는 사람이었고, 다른 부대에도 넣을 수 있는 선을 대어주기로 확약이 되었다니 그만하면 다 된 밥이나 다름없게 느껴졌다. 도피처를 찾고 싶은 당시의 내 사정 때문이었을까? 아무튼 난 선배의 제안에 마음이 쏠렸다. 그래서 선배의 안내로 그 삼촌까지 만나보았고, 삼촌이 얼마 전부터 식자재 납입업무를 맡게 되었다는 사실을 알게 되었다.

선배의 삼촌을 만나고 오면서 나는 아버지를 설득하기로 마음먹었다. 아버지에게 손을 내밀기는 싫었지만 그런 걸 따질 계제가 되질 않았다. 하지만 그러잖아도 얼굴 맞대고 얘기조차 하기 서먹한 아버지에게 내가 직접 말을 꺼내기는 역시 어려운 일이었다. 나는 누나를 찾아갔다. 누나에게 직장에서 벌어지고 있는 사태까지 모두 실토할 수는 없었지만, 성심껏 그 일에 대한 내 뜻을 전했다. 내 얘기를 다 듣고 난 누나는 아버지에게 말을 건네보겠노라 약속했다. 어쩌면 누나가 아버지를 설득할 수도 있으리라는 희망이 느껴졌다. 게다가 내가 학교 다니던 시절과는 이미 사정이 확연하게 달라지지 않았던가. 논농사로는 입에 풀칠도 하기 어려울 만큼 쌀 시세가 떨어졌으니 아버지로서도 어쩌면 수긍하실는지도 모른다는 생각이 들었다.

그러나 그것은 나의 착각이었다. 집에 다녀간 누나가 아무래도 아버지는 논을 내놓을 것 같지 않다는 연락을 해 온 것이다. 연락받는 순간 솔직히 나는 아버지 논에다가 불이라도 질러버리고 싶은 심정이었다. 땅을 팔아 현찰을 그대로 은행에 넣어둔다 해도 이자가 얼마인가. 은행 이자도 안 나오는 논농사를 왜, 무엇 때문에 그렇게 고집하는 건지 나로서는 도저히 납득할 수가 없었다. 땅문서만 붙들고 앉아서 내 앞길을 막는 아버지와 난 영영 화해할 수 없을 것만 같았다. 다행히 직장 일은 부서를 옮기는 선에서 일단락되기는 했지만, 난 그 뒤로 아버지 논에 다신 발을 들여놓은 적이 없었다. 그때 나는 아들만큼은 내가 누워 자는 구들장을 뽑아서라도 공부를 시킬 것이며, 내 아집으로 인해 아들의 앞길을 막는 일 따위는 하지 않으리라 다짐했었다.

아버지는 그렇게 나를 짓밟으며 논을 지켰다. 일이 거기까지만 갔었어도 나는 아버지를 단순히 시대에 뒤떨어진 고집불통 정도로만 여기고 살아왔을 것이다. 그런데 아버지는 세상이 두 쪽 나도 내놓지 않을 것만 같던 논문서를 동생에게 내놓았다. 나로서는 어처구니가 없는 일이었다.

하루아침에 홀연히 사라졌던 동생이 십 년이란 세월이 흐른 뒤에 어느 날 불쑥 나타난 것이다. 동생은 덤프트럭 운전수가 되어 있었다. 동거하는 여자와 아이까지 있었다. 너무나 뜻밖의 일이었다. 백번 천번 양보해서 거기까진 다 이해한다고 치자. 그런데 제수씨가…… 아니 제수씨가 술집 여자였다는 사실 자체보다도 내 앞에서 서슴없이 밝히는 동생의 뻔뻔함이 나를 질리게 했다. 난 동생의 면상이라도 후려갈겨 주고 싶은 심정이었다. 그러나 어쩔 것인가, 돌이킬 수 있는 건 아무것도 없었다. 동생으로 인해 다시 집안에 소용돌이가 이는 것을, 나는 원치 않았다. 그동안 겪은 마음의 고통으로도 충분했다. 언제나 참고 견디는 것은 내 몫이지 않았는가? 달리 길이 없었다. 받아들일 수밖에. 어금니를 꽉 물었다. 무엇이 어찌 됐건 장남으로서의 내 도리를 다하리라 마음먹었다. 그건 내 신념이기도 했다. 가슴 속에서 끓어오르는 울분을, 피눈물로 삭히며 난 내

62

손으로 동생의 뒤늦은 결혼식을 치러주었고, 신혼여행까지 보내주었다.

　그런데 아버지는 동생이 신혼여행에서 돌아온 날, 내 눈앞에서 동생에게 저수지 밑에 있는 논의 땅문서를 내놓은 것이다. 나를 위해서는 단 한 뼘의 땅도 내놓은 적이 없던 아버지가, 그것도 나와 내 안사람, 동생과 누나를 나란히 불러 앉히고는 모두가 보는 앞에서. 정말이지 처음 몇 분간은 아버지가 대체 무슨 행동을 하는 것인지 그 자체를 이해하지 못했다. 그건 내 상식으론 있을 수 없는 일이었으니까. 동생 앞에 놓인 것이 논문서라는 것을 가까스로 알아차리고는 나는 망연히 아버지 얼굴을 쳐다보았다. 분노의 심정도 아니었고, 서러움도 아니었다. 그저 기가 막힐 뿐이었다. 순간 아버지의 눈길과 내 눈길이 마주쳤다. 아버지는 나를 외면하고 허공으로 눈길을 넌셨나. 아버시는 내 심성을 분명 헤아리고 있었다. 그러면서도 왜 논문서를 내놓은 것일까? 이유 한마디 없이 사라졌다가 변명 한마디 없이 나타난 동생의 결혼식을 난 내 피땀으로 번 돈으로 치러주었고 신혼여행까지 보내주었다. 그런데 왜? 나한테는 의논 한마디 없이. 동생에게 넘어간 재산이 아까워서가 아니었다. 아버지가 동생에게 건네준 것이 바로 논문서였기 때문이었다. 내 꿈과 희망을 짓밟으며 지켰던 논을, 그것도 내 양해 한마디도 구하지 않은 채 동생에게 넘겨주었다는 바로 그 사실이 나를 괴롭혔다. 그건 나에 대한 무시라고밖에 생각할 수 없었다. 아버지는 진정 마음 깊은 곳에서 나를 이 집안의 장남으로 인정하지 않았단 말인가? 그날 이후로 내 마음은 아버지에게서 완전히 떠나버렸다. 아니, 아버지는 당신과 닿지 못할 곳으로 나를 내쳐버린 것이다.

말하기 부끄러운 얘기지만, 그 뒤로 아버지와의 대화를 일절 단절해버렸고, 아버지와 함께하는 밥상마저 피했다. 내 마음을 눈치챘는지 아내는 아예 아버지 상을 아버지 방에 따로 들이기 시작했다. 덜그럭거리는 서로의 수저 소리만 들으며 나는 안방에서, 아버지는 건넌방에서 밥상 앞에 앉았다. 생각대로 아버지 역시 내게 말을 거는 일이 없었고, 오히려 혼자 밥상 받는 걸 편해하시는 눈치였다. 그것이 나를 더욱 비참하게 만들었지만, 아버지와 나 사이에는 이미 넘을 수 없는 간격이 굳어져 갔다. 아버지는 아버지 혼자서 농사를 지었고, 나는 아버지와 무관하게 직장을 다녔다. 며칠씩 얼굴 한번 부딪치지 못하기가 일쑤였다. 그렇게 세월이 갔다.

그러다 재작년 아버지에게 풍이 왔다. 난 아버지가 이젠 농사에서 손을 떼실 수밖에 없겠구나 싶었다. 아버지가 논을 어떻게 처리할지가 내심 궁금하기도 했다. 그런데 아버지는 다시 일어났다. 그리고 논으로 다니셨다. 다른 집 논에 파랗게 모가 심어지면서 나는 아버지 논이 궁금했다. 출근길에 일부러 아버지 논에 들러 보았다. 십수 년 만에 처음 있는 일이었다. 예전에는 분명 논이었는데 밭으로 바뀌어버린 곳이 여럿, 눈에 띄었다. 구식 이양기를 가지고 힘겹게 모를 내는 아버지 모습을 먼발치에서 볼 수 있었다. 멀리서 보아도 아버지 몸이 예전과 다르게 어설프다는 걸 느낄 수 있었다.

불안하다 싶었는데, 그때 아버지는 이양기를 잡은 채로 힘에 부쳤는지 논바닥에 털썩 무릎을 꿇고 말았다. 나는 순간 아버지에게로 뛰어갈 뻔했다. 그러나 내 마음이 나를 그 자리에 서 있도록 다시 잡았다. 아버지를 미워한 세월이 너무 오랜 탓일까? 갑자기 눈에서 눈물이 핑 돌았다. 이유는 정확히 설명할 수 없었지만, 그냥 아버지가 슬퍼 보였다. 나의 노여움이 아무런 의미가 없을 만큼 아버지는 이미 늙고 병들어 버리신 것이었다. 다음날 아침, 아버지 논에 심어진 파란 모들을 보고 싶다는 생각에 나는 또 논에 들렀다. 그런데 아버지는 논둑에 서 있고, 동네 청년이 모를 내고 있었다. 가끔 아버지는 모판만 나를 뿐이었다. 결국 품을 산 모양이었다. 콤바인으로 벼를 털 때도 아버지는 품을 샀다. 하지만 아버지 논두렁은 언제나 깨끗했다. 예초기를 돌리는 정도는 아버지 힘으로 해냈던 것이다. 아내에게 넌지시 농사일을 그만두시게 해보라고 말했지만, 아버지는 동이 트면 어느새 논으로 달리는 모양이었다. 그래서 나는 아버지 건강을 믿었다.

올봄에 아들이 대학에 들어갔다. 나는 아들을 서울로 보냈다. 그렇게 밟아보고 싶었던 대학의 교정을 아들의 입학식 날 비로소 밟게 되었다. 뭉클했다. 한없이 기쁘면서도 가슴 한쪽이 아팠다. 아들과 함께 걸으면서 난 내 인생의 숙제를 마친 것 같은 마음이 되었다. 이젠 정말 아버지와 화해할 때가 되었다고도 생각했다. 그러나 나는 끝내 기회를 잡지 못했다.

아들 합격 턱을 내라는 성화를 부리던 직장 동료들을 집으로 불렀을 때, 난 아버지와의 사이에 가로막힌 벽을 허무는 기회가 되길 바랐다. 그래서 그들을 아버지에게 인사시키려 했다. 인사하려는 사람들이 방문 앞에서 왁자한데도 아버지는 방문조차 열지 않았다. 아내가 몇 번씩이나 아버지를 불렀지만, 대답이 없었다. 주무시는 모양이라며 아내는 사람들을 안방으로 끌고 갔다. 아버지는 정말 주무셨던 것일까?

결국 아버지와 나는 수십 년간 따스한 말 한마디 건네보지 못한 채 영원히 헤어졌다. 아내의 얘기로는 점심 겸에 논에 한 번 다녀오신 뒤로 기척이 없으셨단다. 저녁상을 드리러 들어가 보니 이미 돌아가신 후였다는 것이다. 아버지는 끝내 내게 기회를 주지 않고, 떠나셨다. 한집에 살면서도 서로 없는 듯이 살았던 그 오랜 세월이 가슴에 사무쳐 온다. 돌이킬 수만 있다면, 다시 기회만 주어진다면 난 아버지와 화해하고 싶다. 그러나 늦었다. 간밤엔 한숨도 자지 못했다. 모든 것이, 후회되고 안타까웠다. 아주 어린 시절부터 지금까지의 세월이 주마등처럼 내 뇌리를 스쳐갔다.

사는 동안 나는 아버지의 눈물을 단 한 번 보았다. 어머니의 상여가 우리 집 마당을 떠나던 순간 무섭게만 느껴지던 아버지의 눈에서 눈물이 흘렀다. 그때가 일곱 살이었던가? '내도 느그 어매랑 저 상여 타고 같이 가고 싶고 마.' 아버지는 내 어린 손을 꼭 쥐고 그렇게 말씀하셨다. 나는 아버지 마지막 가시는 길을 상여에 태워 보내드리기로 마음먹었다. 비록 늦었지만, 살아서는 보여드리지 못한 내 마음을 보여드리는 일일지도 모른다는 생각이 들었기 때문이다. 제 마음을 상여로 대신합니다. 아버지 용서하세요.

알 수 없는 마음

나 혼자서 감당하기에는 너무 벅찬 일이야. 그렇다고 누구에게 말을 건네볼 엄두도 나지 않아. 그래도 이런 말을 터놓을 피붙이는 둘째뿐인데, 둘째한테도 차마 말이 나오질 않아. 몇 번씩이나 불러 앉혔다가는 걷어치우고 말았어. 막상 둘째 얼굴만 보면 차라리 속이 시커멓게 타는 값이라도, 말을 안 꺼내는 게 나을지도 모른다는 생각이 드는 거야. 그러다가 혼자 생각하면 이대로 덮어둘 수는 없다는 생각이 다시 들고. 그래, 그럴 수는 없어. 죽이 되건 밥이 되건 터뜨려 보는 거야. 첫째와 올케가 어떤 낯짝을 하는지 내 두 눈으로 똑똑히 보고 싶다고. 그런데, 그런데 말야. 아버지 장롱엔 왜 아무것도 없는 거지? 옷 갈피갈피 주머니 속까지 다 뒤졌는데도 아무것도 안 나왔잖아. 혹시 아버지는 내가 이 일을 들춰내는 걸 바라지 않으셨던 건 아닐까? 그렇담 대체 우리 집엔 왜 들르신 거냐고?

딸자식도 자식인데 딸네도 좀 들르면 어디가 덧나냐고 늘 말했지만. 아버지는 우리 집에 오신 적이 없었어. 시아버님 칠순 때 한번 들른 후론 말야. 그게 한 십오 년쯤은 된 일일 거야. 그런데 그끄제 밤에 불쑥 우리 집 대문 앞에 서 계셨던 거야. 처음엔 컴컴해서 그게 누군지 알아보지도 못했어. '나다' 하는 소리를 들었을 때, 난 가슴이 철퍼덕 내려앉는 줄 알았어. 너무 늦어서 돌아가실 수도 없었지만, 주무시고 가라고 깔아드린 자리에 떡하니 누우시는 걸 보니 어쩐지 마음이 불안해서 견딜 수가 없는 거야. 아침상을 물리자마자 일어나시긴 하셨지만, 난 도대체 아버지가 왜 우리 집에 들리신 건지 그땐 그 이유를 알 수가 없더라고. 내내 기색을 살폈지만, 아버지는 끝내 아무 말씀 않고 집으로 가셨거든. 그런데 어제 저녁에 아버지가 돌아가셨다는 거야. 이게 도대체 뭐냐고. 죽기를 작정하고 일부러 찾아오신 망종 걸음이 아니면 뭐냔 말야. 차마 말씀은 없었어도 나더러 아버지 마음을 알아달라는 부탁이 아니면 뭐겠냐 말야. 아니, 다 떠나서 느닷없이 돌아가신 게 아니라면 최소한 내겐 무엇이건 남기고 싶은 말씀이 있으셨을 것 아니냐고.

일이 이 지경이 된 건 당연지사일지도 몰라. 지금까지 첫째와 올케가 아버지한테 어떻게 했냐 말야. 아버지를 골방 같은 구석탱이 쪽방에다 밥상마저 따로 차리는 건 나도 알고 있었어. 그때라도 내가 나섰어야 했던 건데. 그래도 난 설마 했지. 어쩌면 집에 들어오는 시간이 일정치 않은 첫째와 때를 맞춰 상을 차리기가 어려워서겠지 하면서 나는 좋게만 생각하려고 했지. 그런데 조카 때문에 들렀을 때는 끝내 못 볼 꼴까지 봤어. 아버지 머리맡에 놓인 다 불어 터진 라면을 보았을 땐 너무 분해서 이가 갈릴 지경이었지.

조카가 대학에 합격했다는 소식을 듣고서도 그냥 앉아 있을 수가 없었어. 몇 푼 안 되는 돈이지만 봉투를 해 들고 간 날이었지. 이젠 우리 친정도 일어서려나 보다 싶어, 내게도 한량없이 기쁜 일이었어. 가 봐야지, 가 봐야지 하면서도 돈이 뭔지, 형편이 그렇지를 않아 결국 입학식도 한참 지난 후였어. 대문도 열린 채 안방에선 왁자지껄하는 소리가 나는데, 남자들 구두가 한가득이더라고. 대번에 그게 무슨 일인지 알 수 있었지. 괜히 술자리 홍을 깨기가 싫어서, 부러 인기척 내지 않고 아버지 방으로 건너갔어. 내가 들어가자 아버지가 이불을 쓰고 누웠다가 부스스 일어났는데 그 몰골이, 정말 볼 수가 없더라고. 볼살이 내려 광대뼈만 불쑥 나온데다 산까치 머리같이 치솟은 허연 머리가 꼭 껍질만 남은 산송장 같더라니. 안방에선 첫째 웃음소리가 터져 나오는데 아버지는 햇빛도 제대로 안 드는 어두컴컴한 방구석에서 퀭한 눈만 꿈뻑거리고 계시는데, 정말 이럴 수는 없다 싶더라고. 그것뿐이 아냐. 나를 더욱 기막히게 만든 것은 밥상이었어. 손도 대지 않았는지, 그릇에 고봉으로 팅팅 부른 라면에 김치 한 사발, 물 한 대접, 그게 전부였어. 난 너무 분해서 냅다 부엌으로 달렸는데 정작 내 눈을 뒤집히게 만든 것들이 부엌에 널려 있었어. 새우튀김, 닭볶음탕, 팥시루떡에다 수정과까지, 잔칫상도 그런 잔칫상이 없을 거야. 하도 분하니까 화도 안 나고 눈물만 주르륵 흐르데. 아버지에게 갖다 드리려고, 난 새 접시에다가 그것들을 담기 시작했어. 안방에선 연짝 웃음소리가 나오고, 웃음이 터질 때마다 내 손이 부들부들 떨리더라고. 그러고 있는데 마침 올케가 나왔지. 손에 빈 접시가 들려 있는 게 분명 음식을 더 가지러 나온 게 틀림없었을 거야. 난 올케를 쳐다보지도 않고 아버지에게 상을 넣어드리고 그 길로 돌아섰어. 봉투를 전하러 갔던 것도 까맣게 잊어버리고 말야.

그 뒤로 친정에 연락하지 않았지. 마음 같아서는 그때 안방 문을 열어젖히고 한바탕해대야 속이라도 풀릴 것 같았지만 손님들이 있는 앞에서 차마 그럴 수가 없었어. 이럴 줄 알았으면 차라리 그때, 그렇게라도 했더라면, 아버지 한이나 덜 할 것을……. 올케보다 더 나쁜 건 첫째야. 지가 아무리 철이 없었다고 해도 숟가락 하나 변변히 없는 살림을 그만큼이라도 일궈놓느라 아버지가 얼마나 고생하셨는지는 알 거 아니냐고. 더구나 장남이랍시고 갖은 혜택을 다 받고 자란 게 저지 누구야? 그런데 어떻게 이럴 수가 있냔 말야. 그래 놓고 정작 아버지가 돌아가시니까 오일장에 상여까지 내겠다고? 가증스러운 일이야. 그건 아버지를 위해서가 아니라 자기를 위해서겠지. 회사 사람이나 동네 사람들에게 겉치레라도 보여서 자기 낯이나 내려는 얄팍한 수작이라는 걸, 다른 사람은 몰라도 나는 다 안단 말야.

첫째는 어렸을 때부터 자기밖에 몰랐어. 조금만 일해도 여기가 아프다 저기가 아프다, 거기다 공부는 꼴 같지 않게 하면서도 서울로 유학 가고 싶어 안달이었지. 우리 형편에 첫째에게 그렇게 퍼붓다가는 거덜 나기, 십상이었어. 그런데도 아버지는 첫째가 하자는 대로 시늉을 다 하시려는 거야. 난 애초부터 아버지에게 첫째를 농고로 보내자고 했지. 겨우겨우 마련한 논 몇 뙈기를 그렇게 홀라당 날려버리면 도대체 집안 살림은 뭐가 되냔 말야. 거기다가 둘째는 어떡하고. 희생은 나 하나로 됐지. 세 살 터울로 바싹 크고 있는 둘째를 대책도 없이 희생시킬 수는 없는 거 아니냐고. 그런데도 학교에서 담임이 오라느니 가라느니 법석을 떨어대더니만, 결국 아버지는 첫째를 인문계로 보내셨어. 사실 뭐, 나도 첫째를 반드시 농고에 보내겠다고 생각한 건 아냐. 그만큼 공부라도 남다르게 하던가, 아니면 차라리 농사일에 마음을 잡던가, 둘 중 하나를 제대로 하라는 거였지. 이를테면 첫째의 마음을 다잡게 만들려는 채찍이라고 해도 틀린 말은 아닐 거야.

첫째가 고등학교에 입학하면서 아버지는 곧장 소를 키우기 시작하시는 거야. 가뜩이나 농사일에 손이 쉴 날이 없는데, 소는 어떻게 키우냐고 반대했지만, 아버지는 대답이 없으셨어. 빨래를 개어 넣다 장롱 속에서 아버지가 나 몰래 첫째 앞으로 들어놓은 삼 년짜리 적금통장을 보고서야 그 이유를 알았지. 결국 예비고사 점수가 서울로 보내고 싶어도 보낼 수 없는 수준이었으니 첫째도 하는 수 없이 공전으로 가긴 했지만. 어쨌거나 그 돈과 소는 고스란히 첫째에게로 돌아간 셈이지. 돈도 돈이지만, 내가 시집온 후로 가뜩이나 집이 텅 빈 것 같았을 텐데도, 첫째는 혼자만 빠져나가 자취했어. 말이 자취지, 하루 세 때를 꼬박 사 먹고 다녔으니 하숙비보다 더 들었으면 더 들었지, 덜 들지는 않았을 거야. 그런데도 휴학계를 내고 영장 나오는 날까지 자취방 신세를 졌으니 말 다 했지 뭐.

나 역시도 첫째를, 제대로 된 대학에 보내고 싶은 마음이 왜 없었겠어. 하지만 그게 어디 우리 형편에 될 말이었냐고. 괜히 되지도 않을 일에 밑천을 들이다가 친정이 알거지로 나앉을까 겁이 났던 거지. 게다가 말이야 바른 말이지. 뒤를 민다면 첫째보다는 차라리 둘째를 미는 게 백번 천번 낫다고 생각한 거고. 결국 둘째가 엉뚱한 길로 빠져, 일이 죽도 밥도 아니게 되었지만 말야. 생각해 보면 둘째가 집을 나간 것도 어찌 보면 첫째 탓이지 뭐. 아버지하고 둘째, 달랑 둘만 남겨두고 저 혼자 읍내로 나가버렸으니, 어린 나이에 얼마나 견디기 힘들었겠냐고. 엄마도 없이 크는 동생이 나쁜 친구들 꼬임에 빠지지 않게 보듬어주는 게, 다 첫째 지가 해야 마땅한 일 아니었냐고.

첫째가 엉뚱한 욕심만 부리는 버릇은 직장을 다닐 때도 발동이 되었지. 느닷없이 찾아와서는 사업인지 뭔지를 한다며 아버지에게 땅을 팔아서 자기 뒤를 밀도록 좀 전해달라는 거야. 나는 어이가 없었지. 멀쩡한 직장을 놔두고 무슨 뜬금없는 사업이라니. 더구나, 같이 한다는 친구를 도대체가 믿을 수가 없었어. 대학 졸업한 지가 언젠데 그때까지 온전한 직장에 뿌리를 내리지도 못하고 여기저기 떠도는 반건달이었거든. 그 일의 전망이 어떠니 판로가 어떠니 문자를 써가며 내게 설명하는데, 첫째가 말을 하면 할수록 그 일이 시답잖게 생각되는 거야. 자칫하다간 그나마 지켜온 땅이라도 말아먹겠다 싶은 생각밖에 안 들더라고. 나중에 아버지 한테 여차, 저차 첫째 애기를 전하면서 아무래도 포기하는 쪽이 나을 것 같아 내 선에서 잘랐다고 했지. 아버지는 아무 말씀도 안 하시더라구. 아버지 역시 내 생각과 같으셨던 거야.

하여튼 난 시집을 와서까지도 자나 깨나 친정 걱정에서 헤어날 날이 없었어. 시집오기 전에는 말할 것도 없이 아버지가 불쌍했어. 엄마가 세상을 버린 해에 나는 열한 살이었어. 그 나이에 엄마를 대신해서 밥 짓고 빨래하고 틈만 나면 아버지를 따라 밭에 가서 김을 맺지. 고등학교는 내, 스스로가 포기해 버렸어. 월동초, 미나리, 열무, 상추, 얼갈이, 시금치…… 푸성귀란 푸성귀가 날 때마다 그걸 곱게 다듬어서 장에 내다 파는 일도 내 몫이었지. 언젠가 열무를 팔던 때였을 거야. 아침결엔 곧잘 팔리던 열무가 점심때가 지나면서부터는 영 팔리질 않는 거야. 가뭄에 콩 나듯 한 단씩 팔리더니 해가 저물어 가는데도 마지막 두 단이 팔리지 않았어. 아침엔 그렇게 싱싱하던 열무가 축 늘어져 있었지. 물을 축여서라도 일단 이파리를 살려놔야 되겠다 싶었어. 어떡해서든 그걸 마저 팔고 갈 욕심이었던 거지. 그래서 물을 좀 얻으려고 만둣집에 들어갔었는데, 거기에 글쎄 중학교 때 한 반이었던 친구들이 떼로 모여 앉아 만두를 먹고 있었던 거야. 고등학교 교복들을 입고 있었지. 난, 나쁜 짓을 하다 들킨 애처럼 얼굴이 화끈 달아올라서는 만둣집 문을 닫는 둥 마는 둥 도망쳐 나왔어. 두 단만 남았던 게 일을 친 거지. 난 혹시라도 친구들과 부딪칠까 봐, 늘 토요일, 일요일은 피해서 장에 나가곤 했어. 고등학교 애들이 학교를 파할 시간이 다 되면 한 단값 덜 받고 식당에 떨이로 넘겨버렸고. 그런데 그날 두 단만 남았던 게 문제였던 거야. 겨우 두 단인데, 제값 주고 사 갈 손님이 금방이라도 나타날 것 같은 생각이 자꾸만 들었던 거지. 시장이 멀어지자 나는 그 자리에 털썩 주저앉았어. 무슨 정신으로 거기까지 왔는지도 몰라. 다라 속에는 나처럼 기진맥진 널부러진 열무가 두 단 뎅 그라니 앉아 있었지. 그 아까운 열무를 냅다 패대기를 쳐댔어. 그땐 아깝다는 생각은 안 들고 그저 밉기만 했지. 빈 다라를 끼고 터덜터덜 한참을 오다 보니 그제서야 버린 열무가 아까운 거야. 어떻게 해. 다시 돌아가서 흙을 털어내고 다라에 담아왔지.

난 그렇게 살았어. 나이 어린 동생들을 배불리 먹여야 한다는 생각에 골병드는 줄도 모르고 일했고. 우리 집이 부자 되는 꿈만 꾸면서 말이야. 처음 아버지가 논을 산다고 할 땐. 난 미칠 듯이 좋았지. 논을 산 이튿날엔 이른 새벽에 달려 나갔어. 우리 집 논을 보려고. 그런데 벌써 아버지가 논에 나와, 서 계신 거야. 나도 아무 기척도 않고 아버지를 바라봤지. 희끄므레 안개도 가시지 않은 논배미를 돌고 돌면서 온 논을 어루만지시는 거야. '어디, 손볼 데가 있나 싶어서.' 뒤늦게 나를 보시고는 어설피 웃으시는 거야. 나는 아버지가 왜 거기 그렇게 계신지를 알아챘고, 아버지도 내 마음을 아셨던 거야. 아버지와 나는 그렇게 살았던 거야. 집안에 무슨 일이 있으면 아버지는 늘 나한테 의지했고, 나는 엄마 대신 집안 살림을 꾸려왔지.

아버지는 언제나 내게 미안해하셨어. 시댁 식구들 예단도 변변히 못

해서 시집보내실 때는 얼마나 면목이 없어 하시던지. 둘째에게 저수지 밑에 있는 논을 떼어줄 때도 마찬가지였어. 이미 출가외인이 된 지가 오래인 내가 있는 앞에서 둘째에게 논문서를 넘겨주신 거야. 말은 안 해도 아버지는 내 허락을, 받고 싶으셨던 거지. 논문서를 내 손으로 둘째 앞으로 밀어놓으니까 그제서야 아버지는 안심하는 기색이 역력했어. 괜히 헛기침만 하더라구. 내가 왜 아버지 마음을 모르겠어. 엄마 얼굴도 기억 못 하면서 자란 둘째에게 마음이 쓰이신 거지. 솔직히 생각하면 그런 식으로 우리에게 등을 돌린 둘째가 괘씸한 건 사실이야. 그렇지만 마누라가 술집에 나간 적이 있건, 다방에 나간 적이 있건, 가정을 꾸리고 살겠다는 게 그나마 고마우셨던 거지. 술집을 다녔다는 데야, 사실 처음엔 나도 좀 찜찜하긴 했지. 하지만 그 집 형편도 형편인데, 동생들 뒷바라지하느라 잠시 그렇게라도 돈을 벌었다는데 남의 일 같지가 않더라고.

이제 아버지가 남기고 가신 저 논을 첫째가 어떻게 할지는 알 수 없어. 하지만 난 그건 아무래도 좋다고 생각해. 한 뙈기 내어줬으니 둘째 몫은 이미 아버지 살아생전에 챙겨주신 셈이고. 법에서는 출가한 딸에게도 유산을 나눠주라고 한다지만, 나야 이날 이때껏 욕심부리며 산 적이 없어. 그저 아버지가 돌아가시는 날까지 아버지 손으로 그 논을 지키게 해드리고 싶었을 뿐이야. 그래서 첫째가 그 논을 팔아 사업하겠다고 안달할 때도 거절했던 거지. 다만 논을 보면 아버지를 보는 것 같아 마음에 걸려. 이제 아버지 없는 논이라고 생각하니 그게 가슴을 치는 거지.

아까 논에 나가 보았지. 아버지 논에 벼가 그대로 있었어. 다들 벌써 타작을 끝낸 지가 오랜데 말야. 이제 오늘내일 느닷없이 서리가 올지도 모르는데, 아버지가 돌아가실 작정을 안 했다면 벼를 여태껏 안 베었을 리가 없을 거야. 더구나 지난 폭풍 때 쓰러진 벼를 여기저기 살뜰히도 묶어 세워놓았더라고. 그런 벼를 여태 그냥 두셨다니……. 아버지 손길이 스쳐 간 나락들이 내 가슴팍을 아프게 후비는 것 같았어. 이제 주인을 잃은 논이라고 생각하니, 그 논을 장만하던 때의 기억이 어제 일같이 떠올라. 첫째는 저 논들을 다 팔아버리겠지? 지가 농사를 지을 리는 만무하니까 말야. 그러면 이 논들은 생판 남에게 넘어갈 텐데. 아버지가 그걸 받아들이실까? 아냐. 아버지는 죽어서라도 논을 팔고 싶진 않으실 거야. 남에게 팔지 못하게 차라리 등기를 무덤까지 가져가고 싶으셨는지도 몰라. 등기? 그래 등기. 아버지는 그 등기를 언제나 장롱 서랍 두 번째 칸 맨 밑바닥에 깔아 놓으셨더랬어. 그런데 오늘 아침 오자마자 장롱을 다 뒤졌는데도 등기는 없었잖아. 그럼 이미 누가 치웠다는 말인가. 그러고 보니 내가 장롱문을 열었을 때 누군가 깨끗하게 정리해 놓은 느낌이었어. 속옷 한 장 꺼낸 흔적이 없이 말끔하게 개켜진 상태였거든. 평소에 올케가 아버지 장롱을 그렇게 정리해 놓고 살 리도 만무고. 맞아. 내가 집에 오기 전에 올케나 첫째가 벌써 장롱을 뒤졌던 게 분명해. 그럼, 그럼. 아버지 유서도 보았겠지. 그랬으니 내 눈에 유서가 띌 리가 있었겠냐고. 이제, 이제 어떻게 한다? 유서는 어쨌냐고 차라리 탁 터놓고 첫째한테 말을 해볼까? 아냐. 첫째보다는 어쩌면 올케한테 말하기가 쉬운 일인지도 몰라. 그랬는데 올케가 모르는 일이라고 잡아떼면 그땐?…… 그래도 둘째하고 먼저 의논해 보는 게 순서겠지? 근데 둘째에게 대체 뭐라고 하냐고? 아아. 또 머리가 빠개져 나갈 것처럼, 지끈거리기 시작하네. 아이구, 아버지. 마지막 순간까지 왜 이렇게 저를 어렵게 만드시는 거예요.

이해할 수 없는 사람들

난 이 집 식구들을 정말이지 이해할 수가 없어. 누가 뭐래도 자기들이 나한테 할 말은 없을 거야. 그런데도 뭐가 그리들 당당한지. 결혼하고 지금까지 시집 뒤치다꺼리하는 일에 난 이제 진저리났어. 내가 질려버리기 시작한 건 결혼하면서부터였지. 우리가 결혼하기 근 십 년도 전에 출가한 고모를 시집보낼 때, 진 빚이 그때까지 남아 있었다고 말하면 누가 믿겠냐고. 이건 돈이 문제가 아니야. 도대체가 상식을 벗어나는 일 아니냐고. 그런데 고모는 어떻게 했어. 삼촌 장가갈 때도 달랑 양복 한 벌로 입을 씻더니, 우리 큰애 대학 갈 땐 아예 모른 척 넘어가더라니. 명색이 장질 조칸데 어떻게 그렇게 시치미를 뗄 수가 있냐고. 천하에 남들도 그렇게 힘든 학교에 붙었으니 얼마나 좋겠냐며 입에 침이 마르게 칭찬을 해대는 판에, 고모란 사람은 이렇다 할 인사치레 한번 없었어. 많아서가 맞이 아니야, 단돈 만 원이라도 보태 쓰라면서 인사는 해야 형제가 아니냐고. 그런데 축하한다는 말 한마디 변변히 들어본 적이 없으니 이건 도대체가 말이 안 되는 거야.

백번 천번 양보해서 돈으로 못한 것은 돈이 없어 그랬겠다, 이해해 줄 수도 있어. 이건 친정이 아예 자기 손아귀에 있다고 생각하는 것 같아. 멀쩡히 사람이 있는 줄 알면서도 기척도 없이 들어와 남의 살림까지 뒤지는 거야. 나한테 양해 한마디 구하지 않고 아버님 상까지 차려서 들어가더라고. 남이 보면 아버님 병수발을 혼자 다 드는 줄 알겠어. 아버님이 쓰러지셨을 땐 나타나지조차 않았던 사람이 말야.

그런데 장삿날에 저건 또 무슨 짓이냐고. 오자마자 눈물 몇 방울 흘리는가 싶더니, 곧장 아버님 장롱부터 뒤지기 시작하는 거야. 난 처음엔 왜 그러는지를 도저히 이해할 수 없었어. 뭔가를 찾고 있는 것 같다는 생각이 들자, 난 고모가 뭘 하려고 했는지를 알았지. 고모가 찾는 건 등기서류였던 거야. 그러더니 아깐 논에 갔다 오는 눈치더라고. 삼촌도 장사 치르러 와서는 논부터 둘러보고 오더니만, 그새 누가 논을 싸 짊어지고 도망이라도 갔을까 봐 그러는지 원. 삼촌도 마찬가지야. 자기가 언제부터 집안일에 알은 제나 한 석이 있나고, 이제 아버님이 돌아가시사 무섭게 논부터 살피는 거냔 말이야.

솔직히 말해서 내가 사기 결혼 당한 거 같은 기분까지 들었던 건 다 삼촌 때문이라고. 삼촌이란 사람이 내 눈앞에 나타나기 전까지 나는 애아버지한테 동생이 있다는 말을 생전 들어보지조차 못했어. 결혼하기 전에는 창피해서나 그랬다 치잔 말야. 하지만 결혼하고 나서도 집 나간 동생이 있다는 얘기는 입도 뻥긋 한 적이 없다고. 고모도 그렇고, 아버님도 그래. 이 집안 누구 하나 삼촌 얘기를 내게 일러준 사람이 없었어. 그런데 결혼한 다다음 해, 초가을이었을 거야. 웬 낯선 남자가 마치 제집인 것처럼 들어와서는 문지방에 척 걸터앉는 거 있지. '이 집 아들이올시다' 하고 말은 했지만 난 그 말을 믿지 않았어. 아니 믿지 않은 게 아니고 믿을 수가 없었던 거지. 애 아버지한테 아무리 전화를 걸어도 자리에 없다고만 그러고. 집안에 있을 수가 없어서 애를 들쳐업고 문밖에 나가 서 있었어. 원래 기다리면 더 안 오는 법이라더니 그날따라 너울너울 해가 다 져버리고 나서야 지게를 걸친 아버님이 저만치서 걸어오시는 게 보이는 거야. 그땐, 이젠 살았구나 싶더라고.

"드릅이 하두 좋아 뵈서……."

그제서야 아버님 지게에 드릅나무가 잔뜩 쌓아 올려진 게 보이더라구. 그날따라 늦은 이유를 아버님은 그렇게 말씀하신 거지. 그제야 내가 아들이라면서 안방에 마음대로 들어와 누워 있는 남자 얘길 했지. 지게를 내려놓으시던 아버님이 잠시 멈칫하는 것 같았어. '애비한테 연락해라.' 그 남자를 보기도 전에 아버님은 내게 그렇게 딱 한마디 하시고서는 방으로 들어가셨고, 뒤늦게 도착한 애 아버지도 이렇다 저렇다는 말도 없이 방으로 쑥 들어가 버리는 거야. 세 남자가 방에서 얼마나 오래 앉아 있는지. 무슨 얘기들을 하는 건지, 방문에 귀를 갖다대도 들리질 않더라고. 얼마쯤 시간이 지나니까 애 아버지가 하는 말이 그 남자가 우리 애 삼촌이라며 나더러 인사를 하라네. 참 내, 아닌 밤중에 홍두깨라더니. 이 집안에서 벌어지는 일들이 하나같이 그런 식이었어. 그래 뭐 좋아. 다들 한통속이 돼 가지고 감쪽같이 나를 속인 것까지 참아 줄 수 있어. 그런데 말이야 그것도 모자라 우리 애보다 더 큰 애까지 달린 삼촌이란 사람을 결혼식까지 치러줘야 한다는 거야. 결혼식 말까지 나올 때는 정말이지 내가 빼도 박도 못하는 덫에 걸린 것 같은 기분이더라고.

'때가 되면 말하려고, 했어.' 삼촌 일에 대해 애 아버지가 한다는 말은 고작 그거였다고. 나를 질리게 만들기는 애 아버지도 다른 식구들 못지

78

않았어. 남이 볼 때는 큰 소리 한 번 안 내면서. 뒤에서만 남의 속을 벅벅 긁어대는 게 바로 애들 아버지였다고. 삼촌 결혼식도 독판 자기가 나서서 치러준 거라고. 그것도 내 주머닛돈까지 긁어서 말야. 자기 식구들 일이라면 물불 안 가리고 감싸고 돌면서, 처가 장인 장모한테는 여태 손가락 하나 제대로 싸매준 일이 없었다니까. 말이 나왔으니 말이지. 도깨비같이 나타난 삼촌 때문에 우리 엄마 회갑 잔치에 사람 구실 못하게 됐던 거 아냐? 내가 말이야. 아들이라고는 나랑 열세 살 터울인 막내 하나뿐인 집안에 맏딸 아니냐고. 그런 장모한테 맏사위가 당연히 아들 노릇 해야 하는 걸, 자기가 몰라? 그런데 이건 회갑 잔치에 쓰려고 아끼고 아껴서 모아둔 돈까지 탈탈 털어 동생 결혼식을 치르는데 세상에 가만히 있을 여자가 어딨냔 말야. 그때를 생각하면 지금도 낯이 뜨거워신나고. 기껏 통생들한테 엄마 회갑 잔치는 반드시 해드려야 한다고 우려내고서는 정작 잔치 때는 속이 다 들여다뵈는 얄팍한 봉투 한 장으로 때웠으니. 동생들도 동생들이지만 제부들한테 얼굴을 들지 못했다니까. 삼촌 문제는 입이 써서 지금은 말 한마디 하기 싫지만. 여하튼 난 그것까지도 참았어. 그게 다 박복한 내 팔자려니, 없는 집안 장남한테 시집간 게 잘못이려니, 하면서 난 쓰다 달다 말 한마디 않고 혼자 다 삭혔단 말야.

그런 마당에 아버님은 삼촌한테 떡하니 논까지 넘겨주시더라고. 그것도 애 아버지나 나한테 사전에 의논 한마디 없이, 더더군다나 그것도 일년 사철 물 마를 일이 없다는 저수지 아래 알짜배기 논을 말야. 가뜩이나 엄마 회갑 잔치 때문에 울화가 치밀어올라 죽겠는 마당에, 이건 해도 너무들 한다 싶더라고. 생각 같아서는 시아버지고 뭐고 한바탕 삿대질이라도 해야 속이 시원할 것 같더라고. 아버님도 한 가닥 양심은 있었는지 내 얼굴을 바로 보지도 못하시데. 괜히 마른기침만 자꾸 뱉으시면서 내 눈을 피하더라니. 그래도 어떡해? 내가 벙어리인 셈 치고 넘어가는 수밖에. 금시는 너무 분해서 심장이 다 벌렁거리더니만, 시간이 지나가니 그런대로 용납이 되더라니. 언제 떼어줘도 줄 건데 살림이라도 제대로 차리라고 다 저 필요할 때 주는 게 낫겠다 싶은 생각이 들더라니까. 벙어리 삼 년, 귀머거리 삼 년이라더니 시집가서 이날 이때까지 늘 그런 식으로 내가 물러서고 양보하며 살 수밖에 없었던 거라고.

그런데 그땐 애 아버지가 외려 그게 아니더라니. 아버님이 삼촌한테 논을 떼어주시자 안절부절 못하는 거야. 오죽했으면 끊었던 담배까지 다시 피웠겠어. 자다가 인기척에 눈을 떠보면 깜깜한 방안에 혼자 앉아 담배만 뻑뻑 빨아대는 걸 한두 번 본 게 아니야. 나 참. 어차피 애까지 달린 거 모른 척하고 지나가면 그만일 수도 있는 결혼식은 두 발 벗고 치러줬잖아? 그런데 그깟 논은 왜 그렇게 애가 쓰이냐고? 아버님 돌아가시고 줄 걸 미리 줬다, 생각하면 그만인 것을. 그 속은 도대체 알다가도 모르겠다니.

하여간 아버님하고 사이에서도 내 속 썩은 건 다 말 못 해. 원체 부자지간에 어딘지 격이 져 있는 것 같아, 늘 내가 불편했는데. 논을 떼준 뒤론 아예 직접 대고 말도 하는 법이 없더라고. 그러면서도 허구헌 날 아침, 저녁으로 진지는 얼마나 드셨냐, 이웃집 마실은 나가시냐, 기침 소리가 나는데 감기드신 건 아니냐, 시집살이도, 시집살이도 그런 시집살이가 없을 거야. 그러더니 아버님에게 풍이 온 후로는 나더러 농사일을 그만두게 만들라고 닦달하는 거야. 글쎄 그게 어디 내 맘대로 되는 일이냐고. 당신이 좋아서 일을 놓지 않는 걸 난들 무슨 용빼는 재주가 있냔 말야. 그리고 아버님이 어디 며느리 말을 들을 양반이야? 그건 자기가 나보다 더 잘 알잖아? 그래서 한마디 했다가 날벼락 맞은 걸 생각하면……. 말이야, 바른 말이지. 평생을 농사일에 매달려 사신 양반이 일을 놓으면 뭘 하시겠어? 그래 내가, 힘든 일이야 어차피 품을 사서 하는 건데 오히려 소일거리로 풀이라도 깎으시는 게 아버님 건강에 나을지도 모른다고 했더니, 그 말끝엔 아예 내가 무슨 자기 아버지를 농사일에 부려 먹기라도 하는 것처럼 몰아붙이더라니. 그깟 쌀 몇 가마에. 정말이지 가관이더라고. 가뜩이나 시세 없는 쌀값에 이 일 저 일 다 품으로 짓는 농사 아니야? 거기다 거름까지 사서 들이댔으니, 차 떼고 포 떼고 손에 남는 게 몇 푼이냔 말야. 그래도 없는 깃보다아 보탬이 된 건 사실이지만. 그게 되면 일나나 뇌겠냐고. 차라리 많기나 하면 당해도 억울하지나 않겠어. 근데 이건. 내가 그깟 게 탐이 나서 아버님을 논으로 내몰기라도 하는 것처럼 눈을 부라리더라니. 내가 정말 욕심이 있는 여자 같았으면 시누이가 졌던 빚까지 갚아주며 살았겠어? 거기다가 뜬금없이 나타난 삼촌 결혼식을 차려 줬겠냐고. 사실 내가 그렇게는 못하겠다고 발딱 나가자빠지면 안 되는 일 아니었냔 말야? 그런 사정을 누구보다 잘 아는 이가 어떻게 내 속을 그렇게나 긁어대던지 원. 한참, 그럴 때는 꼭 귀신 씌인 사람 같아서 상대하기도 겁이 나더라니.

애들 아버지는 애들 아버지대로 그러고, 아버님은 또 어땠는 줄 알아? 겉으론 말씀이 없기는 애들 아버지하고 똑같으면서도 뒤로 사람을 아주 미쳐버리게 만드는 게, 이건 차라리 잔소리를 달고 사는 시어머니가 낫겠다 싶더라고. 밥때가 되면 상 한번 차리기도 어디 쉬웠는 줄 알아? 상을 차려 놓으면 애들이 부르러 다니다가 애가 터지지를 않나, 멀쩡한 반찬들을 다 놔두고 물에 밥을 말아 김치 쪽만 해서 드시지를 않나, 국수 삶는 걸 보고서도 논에 가실 채비를 하질 않나, 할 수 없이 따로 차려드리면 밥 생각이 없다, 하시고. 삼시 세 때 밥 하나를 가지고도 사람을 아주 진이 빠지게 만들더니. 병이 드신 후로는 아예 사람하고 어울리는 법도 없었어. 가뭄에 콩 나듯이 한 번씩 다니던 마실도 안 나가시고, 동네 친구분들이 찾아와 머리맡에 앉아도 이부자리에 누운 채로 일어나 앉으시지도 않는 거야.

정을 떼려고 그랬는지, 생각해 보면 그게 다 돌아가시려고 그랬었나봐. 얼마 전에 손에 웬 보따리를 들고 들어오시는 거야. 생전 어디 나다니시는 일도 없었으니, 난 그날도 그저 논에 가셨겠거니 했던 참이었어. 들어오시는 차림은 여느 때랑 같았는데 손에 보따리가 들려 있는 거야. '수의다.' 보따리를 장롱에 넣으시면서 딱 그렇게 한 마디를 하시더라구. 느닷없이 수의라는 말에 섬뜩한 기분이 들었지만, 살아있을 때 수의를 마련해놓으면 더 오래 산다고들 하니까, 그래서 그런 거겠지 하고 나도 말았어. 어차피 더 이상 물어봐야 시시콜콜 말씀할 양반도 아니니까. 그러더니 그끄저께는 두루마기까지 차려입고는 어딜 나서시는 거야. 내가 어딜 가시는 거냐고 물어도 '내일 오마' 그 말씀만 하시고는 나가시더라고. 다음날 돌아오시고 나서도 가타부타 말씀이 없으셨지. 괜히 시끄러울까봐 애들 아버지한테는 한마디도 안 했어.

지금 와서 돌이켜보니 돌아가시려고 그랬구나 싶지만, 사실 그때는 이

해가 안 되더라고. 풍이 온 후로는 밥 가지고 사람 미치게 만드는 그 버릇도 점점 심해졌어. 입에 맞을 만한 반찬을 애써서 만들어 놓으면 젓가락도 대지 않고, 밥을 차리면 국수가 낫겠다, 숭늉을 드리면 찬물을 달라, 짜서 못 먹겠다, 매워서 못 먹겠다, 나도 나중엔 정말 지겹더라고. 그래서 아예 상을 차릴까요? 물어봐서 그러라고 하면 차리고, 밥을 차릴까요? 다른 걸로 차릴까요? 해서 원하시는 대로 따로 해 드렸지.

고모가 왔던 그날만 해도 그래. 큰애 대학 입학 턱이랍시고 애들 아버지 직장에서들 온다길래 이것저것 혼자 준비를 해대느라 정신이 없었어. 겨우 손님상부터 내고 아버님 상을 차리겠다고 하니 라면이나 끓이라시는 거야. 그랬는데 고모가 마침 그걸 보고서는…… 내가 자기 아버지한테 녁을 섯 하나 제대로 챙겨주시 않는 설로 알았는지 어쨌는지 자기 멋대로 부엌살림을 뒤져서 상을 차려 들이밀고는 횅하니 가버리데. 그 뒤에다 대고 이러고 저러고 나도 변명하고 싶은 생각도 안 나더라고. 지금 이 나이에 시누이 무서울 것도 없고 뒤가 꿀릴 것도 없으니까.

마음 상하기로 치자면 내가 더 상하는 게 이치가 아냐? 자기들은 도대체 뭐냔 말야. 아버님이 쓰러졌다고 해도 약 한 첩 사 들고 오길 했어? 침한 번 맞혀 드리기를 했어? 다들, 지 사는 핑계 대면서 손도 까딱 안 하더니 그 잘난 논도 유산이랍시고, 다들 젯밥에만 눈독 들이는 게 앞 다르고 뒤 다른 사람들인 걸 내가 모를까 봐? 오늘 같은 날 말야. 장롱을 뒤져대질 않나, 사람 눈을 슬슬 피해 가며 자기들끼리 수군거리질 않나. 벼룩도 낯짝이 있지. 떼어줄 거 다 떼어주고 갚아줄 거 다 갚아췄는데 뭘 또 바란다는 거야? 내가 자기들한테 논을 뺏길까 봐 등기를 감췄다고 지금 생각들 하겠지? 장롱 뒤지는 꼬락서니야 기가 막힐 노릇이지만. 처음엔 나도 아차 싶더라니. 아버님이 수의를 사다 뒀던 게 생각나서, 확인해 보느라 장롱 열다가 등기가 눈에 띄어 치워둔 건데, 괜히 오해받겠다 싶어 찜찜하더라고. 그런데 오늘 내도록 생각해 보니 그게 아냐. 내내 내가 시치미를 떼면 어떻게 나올 건지 두고 보는 것도 구경거리다 싶더라고. 그래 나는 자기들이 뭐라 하기 전에는 아무것도 모르는 척 입을 다물 작정이야.

애들 아버지는 상여를 내겠다고 하대. 때가 어느 때라고 그런 생각을 하는지. 막판까지 개도 못 주는 병이 도진다 싶은 생각이 들어서 한마디하려고 했더니, 아버님이 오래전부터 바라시던 일이라고 말하면서 눈시울까지 벌게지는 것 같더라고. 그래 난 아무 말도 안 했어. 지금까지 그보다 더한 일도 얼마든지 치르고 살아왔는데, 이제 와서 그거 하나 못해 드릴까 싶어서였지. 하기사, 아버님도 성격이 좀 뭣해서 그렇지 혼자서 없는 살림에 힘들게 사셨겠지? 마지막 가시는 길이라도 좀 편히 누워가시라고 그러지 뭐.

그나저나 아버님은 알고나, 가신 건지 몰라. 미우나 고우나 당신 생각하는 건 맏아들밖에 없다는 거 말야.

깊이를 알 수 없는 거리

할아버지? 할아버지…….

할아버지가 돌아가셨단다. 할아버지가. 할아버지란 존재는 대체 내게 무슨 의미일까?

흰 고무신, 지게, 논, 삽과 괭이 그리고 낫…… 그리고 또 뭐가 기억나지? 말씀이 없으셨고, 기계를 싫어하셨고, '할아버지, 밥 차렸대요.' 하고 어린 나를 논으로 몇 번씩이나 부르러 가게 했고, 그래서 엄마를 짜증 나게 했고, 가족 중 그 누구와도 친한 사람이 없었고, 늘 이른 새벽에 일어나셨고, 그리고 또, 그리고, 등이 굽으셨고.

내가 기억하는 한 할아버지는 늘 일하는 사람이었다. 내가 눈을 떴을 때 할아버지가 잠자리에 누워계신 걸 한 번도 본 적이 없었다. 새벽 공부에 시달려야 했던 고3 때도 나는 할아버지가 덜그럭거리며 쟁기를 챙기는 소리에 눈을 뜨곤 했으니까. 할아버지는 논에서 살았고, 밭에서 살았다. 해가 뜨면 일을 시작했고 해가 지면 다음날 일을 준비했다.

할아버지는 무엇 때문에 그렇게 일하신 걸까? 가족들을 위해서였을까? 아니었다. '집안 살림 건사할 만큼 농사래도 지었으면, 아주 사람을 길바닥에 세워두겠네.' 아침 밥상을 차려도, 점심 밥상을 차려도, 언제나 제때 오지 않는 할아버지에게 엄마는 늘 그렇게 혼자 투덜거렸다. 그래, 아니었다. 최소한 엄마는 할아버지가 우리 가족들을 먹여 살리기 위해 일하는 게 아니라고 생각했던 게 분명하다. 그건 아버지도 마찬가지였다. '열심히만 해라. 얼마든지 뒤를 밀 테니까. 난 너희 할아버지하고는 달라.' 아버지는 내게 등록금을 주거나 학원비를 주거나 책값을 줄 때 언제나 그렇게 말했다. 심지어는 버스비를 줄 때까지도. 아버지의 말을 돌려서 풀이해보면 할아버지는 아버지처럼 자식을 위해 모든 걸 헌신하지 않은 사람이다. 그러니 아버지에게도, 할아버지는 가족을 위해 일한 것이 아니게 된다.

그랬다. 할아버지는 등이 휘도록 일만 하고 살았지만, 가족 누구한테도 환영받지 못했다. 삼촌은 명절 때도 우리 집에 거의 온 적이 없었다. 그것은 삼촌의 아버지인 할아버지를 보러오지 않았다는 말과도 같은 뜻이 된다. 자식이 부모를 보러오지 않는다는 것은 부모를 마음에서 인정하지 않는다는 것이 아닐까? 그러니 내 생각이 맞는다면 삼촌 역시 아버지 생각과 다르지 않을 것이다.

단 한 사람, 고모는 좀 다른 것 같았다. 하지만 그것도 사실은 잘 모른다. 단지 고모가 가족들 앞에서 할아버지를 험담하는 말을 들어본 적이 없다는 것뿐이다. 그것이 할아버지를 인정했다는 증거일까? 나는 잘 모른다. 비록 고모가 할아버지를 힐난하는 말을 내뱉은 적은 없다지만 어쩌다 우리 집에 들른 고모가 환하게 웃는 모습으로 돌아간 적이 없었다. '남이 보면 혼자서 자기 아버지 걱정 다 하는 줄 알겠네.' 고모가 우리 집에 왔다 간 다음에는 엄마는 고모 등 뒤에서 그렇게 고모를 못마땅해했다. 그것이 고모가 할아버지를 너무 생각해줘서 부담스럽다는 얘긴지, 아버지 걱정 혼다 다 한다는 말이? 나는 그 진의를 모른다.

아무튼 할아버지는 우리 가족들을 끌어모으는 구심점이 아니었다. 오히려 모든 가족이 할아버지를 중심에 두고 방사선으로 흩어졌다고 하는 것이 더 정확할 것이다. 그래서였을까? 내 마음에는 나도 모르는 사이, 할아버지를 부정하는 버릇이 생겼다. 철이 들면서는 할아버지가 자기 몸처럼 아끼는 땅들도 싫어졌다. 할아버지가 일생을 바친 노동의 의미가 가족들에게는 없었고, 나 역시 그 노동의 의미를 알지 못했다. 그래서 그

땅들의 의미도 알지 못했다.

아주 어렸을 적엔 나도 할아버지에 대해 그렇게 생각하진 않았다. 할아버지를 따라 논에 가거나 밭에 가면 언제나 놀거리가 많았다. 할아버지가 일하시는 동안 나는 논두렁에서 메뚜기를 잡으러 다녔고, 돌방 틈에 숨은 가재를 잡았다. 종일 할아버지는 나를 상관치 않으셨다. 그것이 나를 편안하게 했다. 할아버지가 일이 끝나면 내가 잡은 것들을 병에다 담아서 같이 집으로 돌아왔다. 하지만 내가 할아버지를 따라다니는 걸 엄마는 늘 못마땅해했다. '이런 걸 잡아다 어쩌겠다는 거야?' 엄마가 그렇게 말할 때만 해도 나는 내가 잡아 온 것들을 뒤처리하기가 귀찮아서 그러는 잔소리쯤으로 여겼다. 하지만 엄마의 뒤에는 아버지가 있었다. 내가 4학년, 5학년 학년이 올라갈수록 엄마는 해가 질 무렵까지 할아버지 논에서 할아버지와 함께 있으면 나를 서둘러 부르곤 했다. '아버지가 오실 때가 됐는데, 해 뿌리가 빠지도록 뭘 하는 거야?' 나는 자연스럽게 아버지가 원인인 것을 알았다. 나는 어느새 내가 할아버지 땅에 가는 걸 싫어하는 것은 정작 아버지인 것을 알았다. 그래서 아버지 눈을 피해서 할아버지 땅에 가야 한다는 것을 깨우쳤다. 할아버지 논에서 해가 저물면 나는 불안해졌고, 아버지가 집에 계신 날은 방에만 틀어박혀 공부하는 척했다.

자고 일어나기만 하면 풀이 한 뼘씩 자라있던 여름이었다. 나도 낫을 들고 할아버지를 따라다니며 논두렁에 풀을 베었다. 엄마는 동생 학교에 갔기 때문에 시간을 맞춰 나를 부르러 오질 못했다. 문득 하늘에 해가 어느새 붉어져 있는 걸 올려다보시더니 할아버지가 어서 들어가라고 서둘렸다. 난 할아버지를 논두렁에 두고 혼자 집으로 돌아왔다. 소리가 나지 않게 낫을 걸어두고 현관문을 열었더니 아버지 구두가 놓여 있었다. 아버지는 이미 퇴근했던 거다. 나는 도둑질하다 들킨 사람처럼 심장이 쪼그라드는 것만 같았다. 발소리도 내지 않고 내 방으로 들어갔는데, 그때 나는 간이 덜컥 내려앉는 줄 알았다. 아버지가 내 책상 앞에 앉아 있었다. 아버지는 무엇인가를 들여다보고 있었다. 나는 그게 내 일기장인 것을 알아보았다. 내 콩팥이 벌떡거리는 소리가 들렸다. 일기장에 할아버지를 따라간 얘기들을 잔뜩 늘어놓았기 때문이었다. 나는 아버지 손에서 내 일기장을 뺏어내고 싶었다. 그러나 그럴 용기가 없었다. 아버지는 나를 쳐다보지도 않았다. 하지만 그 옆모습에서 금세라도 폭발할 것만 같은 노여움을 보았다. 나는 울고 싶을 만큼 무서웠다. 어금니를 꽉 물고 눈을 꾹 감은 채 아버지는 한참을 그대로 있었다. 책상 위에 놓인 아버지 손등에서 불끈 힘줄이 솟더니 아버지가 입을 열었다. '나는 네 할아버지하고 다르다. 시간이 있으면 공부를 하란 말이다. 공부를!' 아버지가 내 방에서 나갔다. 아버지가 일으킨 바람에 내 머리칼이 흔들렸다. 그때 내 아랫도리가 젖은 것을 알았다. 나는 울었다. 아버지가 이미 사라진 등 뒤에서. 내 마음에 왜 그런 감정이 떠올랐을까? 그건 서러움 같은 것이었다.

그때가 초등학교 6학년이었다. 그 후로 나는 다신 할아버지의 땅을 밟지 않았다. 내 마음속 진실을 감추는 법을 배웠다. 나마저 가지 않는 땅은 오로지 할아버지만의 것이었다. 그런데도 할아버지는 변함이 없었다. 해가 뜨면 그 땅으로 가고 해가 지면 집으로 돌아오시는 것이었다. 할아버지는 내 감정을 헤아리셨을까? 할아버지 땅에 가지 않고부터 처음엔 분명 미안함 같은 것이 내 안에 꿈틀거렸다. 그것이 점차 서먹함으로 변해가더니 어느새부턴가 할아버지와 부딪치고 싶지 않았다. 아마 그즈음부터였을 것이다. 할아버지를 바라보는 가족들의 시선을. 아버지, 엄마, 고모, 삼촌, 그 누구로부터도 할아버지는 환영받지 못하는 존재라는 사실도 어렴풋이 깨달아갔다. 그러면서 내게도 할아버지가 이해할 수 없는 존재로 비추어졌다. 그 뜨거운 태양 아래 살갗이 타는 노동의 의미도 알 수가 없었다. 그것은 어쩌면 부질없는 자기 욕망을 채우는 자위행위였는지도 모른다는 생각을 아주 시간이 많이 흐른 후에 나는 했다. 어쨌거나 내 마음은 그렇게 변해갔지만, 할아버지는 털끝만큼도 변함이 없었다.

할아버지와 멀어져가는 만큼 나는 내 안에 감추고 싶은 비밀도 없어져갔다. 그렇다고 내 마음속에 아버지가 들어온 것도 아니었다. 아버지가 내게 원하는 것은 나를 위해서가 아니라 아버지를 위한 것이라고 느꼈다. 내가 갖고 싶은 진실도 없었다. 내가 무엇을 바라는지도 몰랐다. 톱니바퀴처럼 나는 학교와 집 사이를 굴러다닐 뿐이었다.

내가 무엇을 원하는지조차 모른다는 것, 그것이 나를 불안하게 했다. 내 속에 분명히 살아나는 욕구들은 가족들에게서 벗어나고 싶다는 것뿐이었다. 그것이 내가 간직한 진실이라면 진실이었다. 벗어나서 어디로 가고 싶은가도 없었다. 그냥 벗어나는 것, 그것 자체가 도달하고 싶은 지점이었다. 고등학교에 입학할 때, 내가 공부를 잘하면 아버지가 나를 서울로 보낼 거라고 엄마는 내게 말했다. 그 순간 나는 길을 보았다. 엄마는 열심히 나를 응원했다. 나의 성공이 동생들의 앞날까지도 열어줄 거라고, 했다. 그래서 나는 공부를 했다. 미친 듯이 공부했다. 그러나 내가 본

길은 엄마와 같은 것이 아니었다. 엄마는 나를 통해 가족의 결합을 보았다면, 나는 공부로써 가족과의 분리를 꿈꾸었다. 공부를 하는 것이 할아버지에게서 멀어지고, 할아버지 땅에서도 멀어지고, 엄마 아버지와도 멀어지는 길이었다. 질식해 버릴 것 같은 가족의 굴레에서 벗어나는 길이었다. 일단 그러고 나면 나는 진정으로 내 안에 진실을, 내가 가야 할 진정한 길을 찾아낼 수 있을지도 모른다고 생각했다.

'나는 너를 믿는다. 니가 우리 집안을 일으키거라.' 입학식 날, 아버지는 내게 말했다. 그 말을 들을 때 나는 솔직히 조금 흔들렸다. 유년의 시절 할아버지가 그러했듯이, 아버지란 존재가, 아버지의 꿈이 잠시 내 속에 들렀다.

그러나 나는 보았다. 아버지가 그토록 바라던 대학에 와서 비로소 나는 세상을 보았다. 사람들은 누구나 나처럼 자신들이 영원히 안주할 벙커를 찾고 있었다. 하지만 몸에 맞는 벙커를 찾은 것은 몇몇 귀족들뿐, 나머지는 모두 갈 곳을 몰라 깜깜한 밤하늘을 그저 흐르기만 하는 유성들이었다. 단 한 차례의 전투에서도 이겨보지 못하고 쓰러진 질럿 드라군의 시체들이었다. 아버지가 꿈에도 열망하던 명문대학을 나와 물질적 풍요에 편승하려는…… 하지만 원초적 전투에서조차 살아남기 힘든 것은 마찬가지…… 그것은 이미 20세기의 꿈이었을 뿐이다. 21세기는 전혀 다르다. 세상은 온통 갖가지 전투에서 패배한 시체들의 썩어가는 냄새로 가득 차 있었다. 가엽게도 아버지는 그걸 모른다. 아버지는 그저 썩은 동아줄을 붙잡고서 그걸 가장 화려한 세상 속으로 접속시켜줄 초고속 열차라고 믿고 있다. 아, 순진한 아버지, 세상은 이미 고래 뱃속보다 어둡고,

게임 속의 미로보다 복잡해졌는데…….

나는 그래도 나만의 벙커를 찾고 싶다. 내 몸에, 내 맘에 딱 맞는. 영원히 내가 숨을 수 있는. 하지만 지금 나는 내 몸의 치수조차 모르지 않는가? 이미 늦어버린 것은 아닐까? 끝내는 썩어가는 시체들 속에 묻혀 한 줌의 오염 덩어리로 전락하는 것은 아닐까? 불안하다. 무섭다. 한 치 앞을 알 수 없어 예전보다 더 두렵다.

이제 할아버지를 땅에 묻으러 고향으로 간다. 할아버지를 묻으면서 나는 내 속에 조금이라도 남아 있는 가족의 이미지도 함께 묻을 테다. 그러면 이전의 나도 묻히겠지? 나를 어떤 선입견도 없는 백지로 만들고 싶다. 그러면 누가 아는가? 이 캄캄한 세상 저만치에 서서 빛을 반짝이는 등대를 보게 될는지.

아버지의 자리

호주머니를 뒤졌다. 5천 원짜리 한 장과 천 원짜리 넉 장, 그리고 몇 개의 동전과 토큰이 있었다. 나의 사회적 행위의 허용치는 기껏 9천 원 남짓으로 한계 지워진 셈이다. 나는 포장마차의 천막을 뚫고 비쳐 나오는 주황색 불빛을 먼발치에 두고 잠시 망설였다. 집 앞에서 내리지 않고 세 정류장씩이나 일부러 지나쳐 온 것은 이 포장마차를 의식해서였다. 그런데도 나는 내게 주어진 9천 원어치의 사회성 앞에서 또다시 주눅 들고 있었다. 가볍게 한번 체머리를 쳐버리고는 포장마차 안의 카바이드 불빛의 세계로 진입했다. 내가 앉은 왼편 구석에는 말없이, 노인네가 양념을 다지고 있는 주인 여자의 손길만 멀거니 바라보고 있었고, 설설 김이 솟아오르는 어묵 든 솥 너머 구석 편에는 모자를 푹 눌러쓴 한 쌍의 연인이 나지막한 밀어를 아른아른 속삭이고 있었다. 잠시 후 내 앞에 진로 소주 한 병과 국물이 놓였고, 뒤이어 철판 위에서 지글지글 구워진 꽁치 두 마리가 가쁜 김을 뿜어 올리며 누웠다. 왼편에 앉아 있던 노인이 내 몫의 꽁치를 넘겨다보았다. 나도 그쪽을 넘겨다보자 노인은 재빠르게 주인 여자의 움직임에 시선을 박았다. 내 눈길에 걸린 것은 빈 소주병과 김도 오르지 않는 국물 대접, 고춧가루 양념이 점점이 흩어져 있는 것으로 보아 깍두기 몇 점이 담겼던 듯한 빈 접시였다. 나는 한 잔을 들이켰다. 식도를 타고 들어간 차디찬 알코올이 싸아 위장까지 훑어내리는 것을 생생하게 느꼈다. 금세 뱃속이 알알해지고 목구멍이 홧홧해졌다. 그제야 아침 식사 이후로 비어 있는 위장을 여태껏 빈 채로 방치했음을 기억했다. 쓴웃음이 올라왔다.

"여러분이 이제부터 맡게 될 주요 업무는 사무실로 찾아오는 진학대상자들과의 상담입니다. 여러분처럼 일정한 지적 수준이 갖추어진 고학력 출신자들이 아니면 교재 내용과 각 전공 분야에 대한 상세하고도 폭넓은 상담업무를 완벽하게 처리해내는 것은 도저히 불가능한 것이지요."

결론은 텔레폰 세일이었다. 신입 사원 담당 팀장이라는 여자는 구구절절이 기름 바른 소리를 해대었으나 이미 수개월 동안이나 구인 광고를 쫓아다닌 내 귀에는 그쯤 하면 무슨 일인지 감을 잡고도 남을 일이었다. 최근 이삼 년 사이에 졸업한 상고나 공고 출신자들의 명단과 연락처를 재주껏 입수해서, 느닷없이 전화를 걸어 진학 의사를 슬쩍 떠본 후, 긍정적인 반응을 보이면 달려들어서 대학 진학을 부추기고, 그 말에 솔깃해서 찾아온 열아홉, 스물, 스물한 살짜리에게 진학의 실제적 가능성을 불어넣으며, 결국은 그물에 걸린 물고기들에게 입시용 교재 시리즈를 파는 일이었다. 종로 한복판, '○○교육진흥원'이라는 그럴듯한 간판이 붙어 있던 그 건물의 7층에선 넥타이를 매고 블라우스 정장을 입은 대졸 남녀들이 종일 전화기를 붙들고 생판 얼굴도 모르는 사춘기 갓 넘긴 청춘들에게 대학 시절 몸에 밴 온갖 이지적인 언어로 대학을 가라, 대학을 가라고 종다리처럼 재재거리며 자신의 수당을 올리기에 열을 내고 있었다.

난 맨 뒷줄에 앉았다. 여차하면 자리를 뜨겠다는 타산이 이미 내 마음 저편에 도사리고 있었다. 교육장을 메우고 앉은, 예비신입들의 70~80퍼센트는 여자였다. 상담업무 어쩌구 하는 말이 나오면, 기대감에 긴장된다는 듯이 여자들의 어깨는 탄력 있게 세워졌고, 수당 어쩌구 하는 말이 나오면 그들의 어깨는 힘없이 휘어지는 것 같았다. 내가 일어서기 전에 교육장을 빠져나간 사람은 둘이었다. 바로 내 왼편에 앉아 있던 남자와 앞줄에 앉았던 여자였다. 교육이 끝나기도 전에 자리를 박차고 나가는 그들은 분명 구직세계의 베테랑들이 확실했다. 주요 일간지에 사원모집 광고가 꽤 크게 났던데다 격식을 갖춰 시험도 보고 합격통지서도 받는 등, 제대로 된 절차를 밟았다는 사실에 일말의 기대감을 걸어보는 초짜들만이 교육장을 떠나지 못했다. 아니면 더 이상 이력서를 작성해볼 여력조차 남지 않은 막바지 실업 인생들만이 남아 있을 터였다. 나는 일어서기로 마음먹었다. 내가 엘리베이터 쪽을 향해 걷기 시작하자 공교롭게도 또 한 명이 내 뒤를 따라 나왔다. 나는 일부러 화장실을 찾아 들어갔다. 대졸자들만이 쓰는 화장실답게 바닥의 타일이 반들거리며 빛을 낼 정도로 깨끗했다. 요의를 전혀 느끼지 않았던 탓에 방울수를 셀 수 있을 만큼의 소변이 찔끔거리며 변기로 떨어졌다. 창으로 다가갔다. 출근 러시아워가 훨씬 지났는데도 동대문 방향의 차들이 밀리고 있는 종로 거리가 내려다보였다. 엘리베이터가 한 번은 지나갔을 것이 분명하리라 생각될 즈음에야 화장실에서 나왔다. 빨리 건물을 뜨고 싶었다. 발걸음을 빠르게 놀렸다. 엘리베이터를 향해 커브를 트는 순간 나는 못 볼 것을 본 것처럼 이맛살을 찌푸렸다. 좀 전 내 뒤를 따라 나왔던 회색 양복이 여태 그곳에 서 있었다. 이미 피할 수도 없었다. 나는 모른 체했다. 바지 주머니에 양손을 찔러넣고 엘리베이터의 위치를 알려주는 번호판만 올려다보았다. 엘리베이터 안에는 다행히 위층에서 내려오는 사람들이 서너 명 있었다. 나는 문 바로 앞에 섰다. 문이 열리자마자 잽싸게 튀어 나가 회색 양복의 손길이 안 닿는 곳으로 사라질 요량이었다. 그러나 나의 노력은 허사였다.

"저, 교육장에서 나오셨죠?"

"네…… 그런데요?"

하는 수 없이 걸음은 늦췄지만 나는 여전히 앞만 바라보며 마지못해 대답했다.

"왜, 왜, 끝나기도 전에, 나오셨죠?"

나는 어이없어 피식 웃었다.

"들어보면 뻔하지 않습니까? 댁하고 같은 이유겠죠."

"그, 그렇죠? 결국은, 결국은 교재 세일을 하라는 얘기겠죠? 이 비슷한 곳에 속사정도 모르고 일주일쯤 나가다가 그만둬 버렸는데, 어쩌다 또…….'"

회색 양복은 만길음쯤 저저 내 뒤를 따라오며 풀죽은 목소리로 중일거렸다. 버스정류장 앞에 섰다. 내가 물었다.

"어느 쪽으로 가십니까?"

회색 양복이 버스를 타야 한다면 나는 지하도를 건너야 한다고 말할 참이었다. 거꾸로 그가 지하도로 내려가야 한다면 나는 버스를 타야 한다고 말할 생각이었다. 회색 양복은 대답 대신 주먹을 입에 대고 괜한 헛기침을 두어 번 했다.

"저기, 저, 이렇게 만난 것도 인연인데, 시간이 있으시면 차라도."

나는 그제야 그가 아직은 구직세계의 초보자임을 확신했다. 회색 양복은 누군가에게 마음에 맺힌 울적하고 막막하기 그지없는 심정을 풀고 싶은 것이다. 동병상련의 처지에 놓인 내가 그 적격일 것이다. 내가 그에 응한다면 우리는 분명 어딘가 찻집이 아닌 술집을 찾아들 테고, 술이 오르면 좀 전에 확인한 회사를 성토하기에 열을 낼 테고, 그러다 보면 거창한 사회비판, 세상 한탄, 신세타령으로 너절한 시간을 보낼 것이다. 그리곤 무수한 퇴근자들이 들이닥치도록 술집에 죽치고 앉았을 것이고, 결국은 퇴근자들의 물결 속에서 우리도 일과를 마치고 집으로 퇴근할 것이다. 그러나 초보자인 회색 양복은 아직 모른다. 그렇게 마신 술이 깰 때면 더욱 심한 공허감이 내일 아침 가슴 속에 꽉 들어차리라는 것을. 또한 그는 모른다. 술자리에서 쏟아놓은 온갖 학연과 지연, 혈연의 인맥 속에서 우리 둘을 구체적으로 이어줄 누군가의 끈을 발견한다는 것이 얼마나 곤혹스러운 수치심으로 남게 될 것인지를.

"그랬으면 좋겠습니다만, 제가 일이 좀 있어서요."

나는 시계를 들여다보며 바쁜 척 회색 양복의 제안을 거절했다. 단호한 나의 거절에 그는 하는 수 없이 지하도를 내려가 도시의 어디론가 사라졌다. 그도 이제 곧 알게 되리라. 이렇게 만난 인연은 익명인 채로 헤어지는 것이 가장 현명한 길이라는 사실을. 회색 양복의 뒷모습이 사라지자 감당하기 벅찬 공백의 시간과 나와는 무관하게 쉴 새 없이 돌아가는 도시의 일상이 나에게 남겨졌다.

아스팔트 위의 자동차들이 뿜어내는 매연과 소음 속에서 박 병장의 목소리가 울려왔다. 나는 소리를 삼켜버릴 듯 입을 벌리고 귓구멍을 틀어막았다. 그러자 이번에는 박 병장의 목소리가 가슴 깊숙한 곳에서 울려나왔다. 나는 반사적으로 앞으로, 앞으로만 발걸음을 내밀었다. 대신 잔인할 만큼 낯설게 느껴지는 거리에서 종일 쓸데없이 품을 팔았던 장딴지가 날연히 고단한 긴장을 풀기 시작했고, 뺨이 얼근하게 달아오르고 있었다.

다시 잔을 채웠다. 그때 왁자한 소리가 천막 안으로 밀려 들어왔다. 이미 어디선가 한잔을 걸친 것이 분명한 세 명의 30대 샐러리맨들이었다. 좁은 포장마차 안을 휘둘러보던 그중 하나가 연인들 옆쪽으로 자리를 잡았다. 나머지 두 사람도 그를 따라 ㄱ자로 꺾어진 위치에 자리를 잡았다. 더 이상의 속삭임이 불가능해졌기 때문인지 연인들은 여전히 모자를 눌러쓴 채 자리에서 일어섰다.

"이거라도 드실라우?"

주인 여자가 연인들이 남기고 간 술병을 치켜들고 노인네에게 말했다. 그제야 여태껏 노인네가 처음 봤던 그 모습 그대로 그곳에 앉아 있음을 깨달았다. 술병에는 한 잔도 채 안 될 만큼의 술이 남아 있었다. 노인네의 대답이 채 나오기도 전에 여자는 노인 앞에 술병을 옮겨다 놓았다. 술병과 나무 탁자가 부딪치며 내는 마찰음이 퉁명스럽게 울렸다. 병에 담긴 술을 술잔에 따라 넣은 노인은 단숨에 술잔을 들이키더니 늘어진 볼따구니를 씰룩거리며 식어 빠진 국물을 가늘게 떨리는 손으로 한 숟가락 입에 넣었다. 입가로 흘러내리는 국물을 소매로 스윽 문질러내곤 이내 아까와 똑같은 모습으로 앉아 있었다. 나는 내 술병을 보았다. 두 잔이 조금 넘을 만큼 남아 있었다.

"이거 생각 같아서는 김 차장 코빼기에다 사직서라도 확 집어 던졌으면 싶은데."

탄력 없는 새끼줄처럼 풀어진 넥타이 매듭을, 느슨하게 목에 걸고 있던 남자가 말했다.

"이봐, 정 대리. 나는 말야. 이미 사직서를 써 가지고 다닌다고. 이제 보라고. 여차하면 가만있지 않을 거라고."

나와 가장 가까운 위치에 앉아 있던 남자가 한쪽 다리를 다른 쪽 무르팍 위에 양반다리처럼 올려놓고 정말 양복 안주머니에 사직서가 있기라도 한지 제 가슴팍을 손바닥으로 퍽퍽 쳐대며 흰소리를 쳤다. 나는 그들의 배부른 허풍이 역겨워졌다. 더 이상 그들의 얘기가 귀에 들려오는 것이 싫었다. 노인 쪽으로 고개를 돌렸다. 치지직 카바이드 불빛이 잠시 자지러지다 다시 곧추 일어섰다. 자세히 보니 노인은 턱을 가볍게 달달 떨고 있었다. 심하진 않지만 오래전에 풍이 온 이후 완치되지 못한 것이 분명했다.

"우리 말만 이러지 말고 한판 붙어 보자고. 아, 밥줄 끊어질 각오를 하는데 뭐 못할 짓이 있겠냐 말이야."

세 번째 남자가 말했다. 그의 혓바닥은 어지간히 꼬부라져 있었다.

"아, 그럼. 밥줄만 아니면 뭘 못하겠어."

양반다리가 과장된 태도로 어깨까지 흔들어대며 고개를 끄덕였다. 하지만 그의 말은 한판 붙겠다는 말인지, 밥줄 때문에 그러기 어렵다는 말인지 애매하기 짝이 없게 들렸다. 나는 이미 따라놓았던 술잔을 들이키고 일어섰다. 두 잔가량 남은 내 술병을 말없이 노인 앞으로 밀어 놓았다.

"고마우이. 자네 같은 자식을 둔 부모는 오죽이나 조으까. 부모를 잘 섬겨야 복 받는 법이야. 부모를 천대하는 건 후레상놈이나 하는 짓이지. 암, 그렇고 말고."

소주 두 잔에 노인은 어눌한 발음으로 감격했다. 노인의 값싼 감격이 한없이 누추하게 느껴졌다. 천막을 제치고 나왔다. 잠시 현기증이 일면서 난데없는 별들이 내 망막 안으로 점점이 쏟아져 들어왔다. 망막 위로 떨어지는 별들을 물리치며 포장마차를 등지고 휘청휘청 걷다 힐끗 돌아보았다. 천막에 드리워진 노인의 그림자가 소리 없이 일렁이고 있었다. 일교차가 제법 큰 날씨였다. 한낮엔 따갑게 느껴지기조차 했던 햇살이 사라지고 선뜻한 바람이 살몃살몃 속살을 파고들어 왔다. 하지만 가슴은 답답했다. 넥타이 끈의 매듭을 신경질적으로 잡아당겨 아무렇게나 주머니 속에 쑤셔 넣었다. 도로변의 차 소리가 성가시게 느껴졌다. 골목길로 접어들었다. 내게는 가장 힘든 길, 거리에서 하루해를 보내고 집으로 돌아가는 이 길이 아득하게만 다가왔다. 힘든 숙제를 뒤로 미루는 심정으로 천천히 걸었다.

"하 이병, 내 이런 말 하긴 뭣하긴 하지만, 정 마땅찮은 일 없으면 내 밑에라도 와서 일해 보지 그래. 뭐 몸으로 때우는 일이라 그렇긴 하지만 말야, 그래도 일당은 세다고. 궁할 땐 찬밥 더운밥 가리지 말아야지, 안 그래? 아, 그러다 좋은 자리 생겨서 간대도 나 안 말린다고."

보름 전쯤 술자리에서 내뱉던 박 병장의 목소리가 바람을 타고 뒤통수에서 쟁쟁 울려왔다. 박 병장은 나보다 나이가 오히려 한 살 아래였다. 하지만 늘 나를 동생 취급했고, 제대할 즈음 군에서 불렀던 호칭을 아직도 그대로 썼다. 군에서의 계급 때문만이 아니라 스무 살이 채 못돼 노가다 판에서 굴렀던 그는 산전수전 다 겪은 인생 행로만큼이나 나이가 들어 보여 나 역시도 때로는 진짜 그가 형뻘인 것으로 착각할 지경이었다. 여느 고참과는 달리 각별한 친구처럼, 형제처럼 가깝게 지냈던 탓에, 지금까지도 연락을 끊지 않았던 박 병장의 제안은 술김이라지만, 내 처지를 돕고 싶은 마음에서 한 말이라지만 목에 가시처럼 가슴에 걸렸다.

타둑타둑. 무거운 내 발자국 소리가 연립주택 담벼락을 따라 길게 울렸다. 신음 같은 긴 한숨을 내뱉었다. 주택가에 자리 잡은 초등학교 앞의 문방구점 주인이 서터를 내리고 있었다. 문방구점 불빛에 시계를 비춰 보았다. 어느새 10시를 넘고 있었다. 시간을 확인하자 내 생각은 재빠르게 형에게로 날아갔다. 형과 부딪치지 않으려면 오히려 서둘러야 할 시각이었다. 금세 술기운이 가셨다. 집으로 꺾어지는 골목 앞의 가로등이 눈에 들어왔다. 매일 그러듯이 어머니와 형수 중, 누가 문을 열어줄 것인가를 점쳤다. 어머니가 열어준다면 취기를 과장하리라 마음먹었다. 취한 척 방에 가서 엎드려 있으면 어머니는 찬물이나 한 그릇 떠다 주는 것으로 내 하루의 마감을 도와줄 것이다. 형수가 열어준다면 맑은 정신을 가장하기로 마음먹었다. 어차피 형수는 내게 아무것도 묻지 않을 테니까. 그래도 나는 어머니가 열어주기를 기대했다. 그러나 가로등을 끼고 골목으로 들어서자 내 소박한 바람조차 깨어졌다. 조카를 업고 집 앞에서 서성거리던 형수와 맞닥뜨린 것이다. 형의 점퍼 속에 머리끝까지 푹 싸인 조카는 이미 잠들었는지 기척이 없었다.

"날씨가 추운데 왜 나와 계세요?"

조카의 울음을 잠재우려고 나왔으리라 짐작은 하면서도, 나는 어줍잖은 귀가 인사를 대신하며 얼버무렸다.

"형진이가 하도 보채서. 도련님, 저녁 드셔야죠?"

"아닙니다. 먹고 왔어요."

나의 취기를 눈치채지 못하게 서둘러 대답하고는 열린 대문을 밀었다. 형수는 어정쩡하니 내 뒤를 따라 들어왔다. 마루에 들어서자 나는 형수가 쌀쌀한 밤기운에도 왜 굳이 형진이를 업고 나와 재웠는지를 눈치챘다. 아버지가 누워 있는 쪽방에서 울음소리가 새 나오고 있었다. 어머니의 울음소리였다. 나는 말없이 현관문 옆에 있는 내 방문으로 들어가 딸깍 문을 잠가버렸다. 그리고 누웠다. 따스한 방에 눕자 다시 약간 취기가 오르는 듯했다.

"차라리 빨리 죽으란 말예요. 뭐 한다고 이제껏 내 가슴에 못 박고…… 진작에 자식들한테 아비 노릇 했어야지, 그러면 이렇게 됐어도 떳떳할 것을……."

어머니의 울음 섞인 목소리가 환히 들렸다. 나는 귀를 틀어막았다. 지겨웠다. 아버지의 신음까지, 들숨, 날숨까지 가려 들리는 이 방도 지겨웠다.

내가 군에 입대할 때까지 우리는 세 칸짜리 집에서 살았다. 우리 가족이 한 칸짜리 사글세와 두 칸짜리 전세를 전전했던 시절, 어머니와 형과 누나의 지상목표는 방 세 칸이 있는 집을 사는 것이었다. 내가 초등학교 1학년 때 집을 나간 아버지에 대한 기억이 내겐 애당초 별로 남아 있을 것이 없었으나, 나와는 나이 차가 많이 벌어지기에 분명 수많은 기억을 간직하고 있었을 형과 누나, 심지어는 어머니조차도 아버지와의 기억 대신, 집을 사기 위한 꿈으로 자신들을 몰아치는 듯했다. 고등학교 1학년이 되던 해, 산동네이긴 했지만 마침내 우리는 세 칸짜리 집으로 이사했다.

봉천동에 세 칸짜리 집을 계약한 날은 오후 내내 봄비가 속살거리던 이른 봄이었다. 밤이 늦도록 어머니와 누나, 나는 잠들지 못하고 형을 기다렸다. 우리 집을 갖게 되리란 기쁨에 우리는 조금 흥분되어 있었다. 아주 늦도록, 형은 돌아오지 않았다. 그때껏 형이 그렇게 늦게까지 귀가하지 않은 적은 없었다. 기쁨에 들떴던 흥분은 차츰 불안에 젖은 긴장으로 변해갔다. 어머니는 말없이 이불만 꿰매었고, 어머니를 소리 없이 돕던 누나는 저도 모르게 차 소리가 날 때마다 문밖을 내다보았다. 이따금 힘겹게 삼양동 골짝 끝까지 소리가 올라왔다, 지친 듯이 돌아서 내려가는 택시의 엔진 소리도 끊어진 지 오래였다. 책상 앞에 앉은 내 눈꺼풀이 졸음의 무게에 짓눌리기 시작할 때, 형이 벌컥 방문을 열어젖혔다. 우산 없이 나갔던 형의 전신이, 구두 밑창에 새어 들어간 빗물에 양말까지 젖어 있었다. 방안으로 들어서는 형의 머리 꼭대기에서 모락모락 김이 올랐다. 형이 방으로 들어오자 물컥 술 냄새가 온 방을 순식간에 휘감아버렸다. 형은 몹시 취해 있었다. 수건으로 형의 젖은 머리를 닦아 주려는 누나의 손길을 휘여 뿌리치며, 형은 안주머니 깊은 곳에 간직해 두었던 계약서를 어머니 앞에 내어놓았다. 빗물이 봉투 가장자리까지 스며들었으나 신기하게도 계약서만큼은 빳빳이 마른 채였다. 형은 어머니의 두 손을 부여잡더니 방바닥에 코를 처박을 듯이 상체를 주억거렸다.

"어머니, 이제 시작이에요. 이건 시작일 뿐이라니까요. 저는 반드시 우리 집을 지킬 겁니다. 두고 보세요. 동욱이, 우리 동욱이 녀석은 남들처럼 대학에 보낼 거고요. 이 두 눈에 피눈물이 맺히고 이 몸뚱아리가 가루가 되는 한이 있어도 우리 집안을 보란 듯이 일으켜 세울 거라고요. 어머니."

　같은 소리를 반복하던 형은 자꾸만 시죽시죽 헛웃음을 지었다. 그러나 고개 든 형의 눈은, 벌겋게 충혈되어 젖은 뺨 위로 걷잡을 수 없는 액체를 자꾸만 흘려보냈으니, 나는 그때 형이 그 순간 바로 피눈물을 흘리고 있는 것은 아닌가 생각했다. 어머니는 아랫입술을 사리물고 형의 말에 그저 고개만 끄덕였다. 형은 그날 잠자리에 들어서까지 팔을 휘저어대며 어머니께 했던 말을 헛소리처럼 뇌까렸다.

　"어머니, 이건 시작이에요. 저는 말이죠, 저는요, 우리 집을 지킬 겁니다. 누가 뭐래도 다시 일으켜 놓을 거라고요."

　이사 간 직후, 형은 결혼했고 집안의 기둥이었던 어머니가 안방을 썼다. 누나는 낭연히 어머니 방에서 기거했고, 행운스럽게도 나는 녹방을 쓰게 되었다. 형이 흘려야 할, 어쩌면 이미 흘리고 있었을지도 모를 피눈물에 가장 무감했던 내가 가장 큰 행운을 누렸다. 내겐 집을 지켜야 한다거나 집안을 다시 일으키겠다거나 하는 희망이나 의무 같은 건 애초에 없었다. 그래서 나는 형의 피눈물에 그토록 무감정할 수밖에 없었고, 비현실적일 만큼 과장되게 느껴지는 형의 눈물 어린 다짐이 낯설고 어색하기조차 했다. 내 방을 갖게 되었다는 그 정도의 평화와 안락과 자유에만 그저 만족했다. 아무튼 방 세 칸짜리 집 어느 구석엔가 배어 있을 형의, 어머니와 누나의 땀과 눈물을 실감할 수 없었던 내겐 세 칸짜리가 가져다준 나의 공간, 나의 방만이 의미 있게 느껴졌다. 하지만 내게 주어진 평화와 안락과 자유도 결국 끝이 났다. 아버지가 돌아온 것이다.

아버지가 무일푼으로 돌아온 것은 내가 대학교 2학년이었던 초겨울이었다. 우리 가족 누구도 예기치 못했던 일이었다. 아버지의 출현은 다른 가족의 기거 원칙을 깨뜨리지 못했다. 아버지는 내 방에서 더부살이를 시작했다. 내 방을 함께 쓰기 시작한 얼마 동안 아버지가 하는 일이란 방 안에 죽치고 앉아 책꽂이에 꽂혀있는 내 책들을 뒤적여 본다거나 갈 곳도 아는 데도 없는 발길로 동네를 휘젓다 돌아오곤 하는 것이 고작이었다. 나는 아버지에게 '식사하시래요'처럼 꼭 필요한 말 이외에 먼저 말을 붙인 적이 없었고, 내게 이것, 저것 묻던 아버지 역시 '네', '아니오'로만 일관하는 나의 응답에 지쳤는지 내게 말을 걸어오는 일이 없어졌다. 견디기 난처한 침묵을 피해 나는 일부러 잠든 척 누워 있을 때가 많았다. 그러면 아버지는 어둠 속에서 조심스레 일어나 벽에 걸린 점퍼 주머니에 숨겨두었던 이 홉들이 소주병을 더듬더듬 찾아내어 어금니로 뚜껑을 따서는 맨입에 술을 쏟아 넣었다. 처음엔 기괴하기 짝이 없는 아버지의 행동에 나는 잠에 빠져버린 듯 숨을 죽이고 움직이질 못했다. 다음날 아침이면 빈 소주병이 숨어있을 아버지의 점퍼 주머니만이 불뚝한 채, 아버지는 아무 일도 없었던 듯이 일어났다. 달빛에 창밖 나무 그림자가 내 방안에까지 드리워지던 날 밤이었다. 난 실눈을 뜨고 아버지의 행동을 낱낱이 지켜보았다. 병뚜껑을 따는 손길이 몹시 떨었다. 새우깡 부스러기 한 조각의 도움도 없이 소주 한 병이 아버지의 위로 다 흘러 들어가자 아버지의 호흡도 안정되었고 떨리던 손길도 가라앉았다. 달빛에 환히 드러난 아버지의 얼굴은 알코올 중독 초기쯤은 돼 보였다. 다른 가족들이 아버지의 알코올 중독 상태를 눈치챘는지 아닌지 나는 몰랐다. 아무튼 난 아무에게도 내색하지 않았다. 아버지는 나의 공간, 나의 자유를 그런 식으로 침범했다. 항상 낯선 이방인이 등 뒤에서 나를 지켜보고 있다는 생각에 난 방에서 책에 집중할 수도, 평온하게 잠을 잘 수도 없었다. 왜 대체 왜 지금 와서. 불고한 이방인에게, 나의 자유를 이토록 철저히 유린당해야 하는가. 아버지라는 사람의 출현으로 인해 치러야만 했던 그 엄청난 희생을 난 수용할 수 없었다.

입대하고 싶었다. 하지만 그럴 수 없었다. 누나가 결혼하기 전에 나는 졸업을 해야 했다. 내 학비의 원천은 누나의 월급봉투였으니까. 입대조차 할 수 없었던 내가, 선택할 수 있었던 길은 내 공간에서 스스로 떨어져 나가 바깥에서 자유로워지는 것이었다. 새벽부터 도서관에 나가거나 밤늦게까지 길거리를 배회하였고, 리포트 작성을 핑계로 친구 녀석 자취방에서 뒹굴다가는 며칠 만에야 내 방에 기어들기도 했다. 한밤중 어둠 속에서 아버지가 술병 뚜껑을 따는 소리가 들리면 나는 이불을 걷어차며 신경질적으로 돌아누웠다. 이내 아버지도 내 심중을 꿰뚫어 보는 듯했다. 내가 집에 있는 날이면 나보다 훨씬 먼저 일어나 어디론가 슬그머니 사라졌고, 가족들 몰래 술병 따는 일도 눈에 띄게 줄어갔다. 어쩌다 창백한 안색으로 손끝을 바르르 떠는 아버지를 목격할 때가 있었지만 나는 모른 체했다. 분명 알코올이 갈급한 것이었다. 그럼에도 아버지는 필사적으로 술을 줄여 나갔다.

4학년 1학기가 되었을 때 누나는 결혼했다. 결혼 상대는 대기업 부장 자리에 앉아 있던 사람이었다. 학벌이나 재력, 그 어느 면으로도 가당치 않은 결혼이었으나, 결혼이 가능할 수 있었던 것은 매형이 한번 상처한 경험이 있는 데다 나이가 누나보다 아홉 살이나 위라는 이유 때문이었다. 가난에 지친 누나는 결혼하겠다고 나섰다. 그 무엇에도 자신의 주장을 앞세워 본 적이 없는 누나의 태도는 결연했다. 누나의 고집에 밀린 듯 어머니와 형은 침묵했다. 엄밀히 말하자면 반대하지 않는 방법으로 그 결혼을 찬성했다고 보는 것이 맞을 것이다. 아버지 없는 집을, 서로 의지하며 지켜왔던 어머니와 형의 고단한 선택이었는지도 모른다. 나는 아버지의 속마음을 눈치챘다. 그토록 힘겹게 술과 멀어지려던 아버지가 누나의 결혼 말이 나오고부터는 복덕방 영감들과 만땅이 되도록 취해 와서는 소리 없이 맨바닥에 곤드라진다거나 담뱃재가 방바닥에 떨어지도록 창밖만 내다보고 있다거나 아무튼 아버지의 태도엔 반대의 빛이 선연했다. 하지만 아버지에겐 발언권이 없었다. 그 누구도 아버지의 의사에 무관심한 듯이 보였다. 결국 아버지는 결혼식장에서 누나의 손을 매형에게 넘겨주었다. 누나의 손을 잡고 식장에 입장했던 아버지의 모습은 형식뿐인 아버지의 자리 지키기였다. 찬성하는 자, 반대하는 자 모두가 침묵했고, 침묵으로 인정을 대신했던 결혼이었다. 연민도 사랑도 없는 결혼이었다.

방 세 칸짜리 집을 위해 몸과 마음을 다 희생했던 누나는 우리 집에서 자기만의 방을 단 한 번도 가져본 기억 없이 그렇게 우리 곁을 떠나갔다. 하지만 아버지는 누나가 비워준 안방으로 들어가지 못했다. 그 자리를 차지한 건 그해 다섯 살이 되던 첫째 조카였다. 아버지와 어머니와 형, 셋은 아무도 아버지의 기거 문제를 거론하지 않았다. 그냥 있는 그대로 시간만 흐를 뿐이었다. 숨이 터져버릴 것 같은 낯섦, 아버지와의 동거생활에 참기 어려울 만큼 내가 염증을 내었을 바로 그즈음, 또 하나의 사건이 벌어졌다. 아버지가 고혈압으로 쓰러진 것이다. 나는 어떠한 책임감도 의무감도 없이 입대했다. 적어도 제대할 때는 뭔가 변화되어 있으리라는 기대감만 간직했던 도피. 그것은 분명 도피였다.

변화는 분명히 있었다. 내가 군에 있는 동안, 우리 집은 집값의 절반 이상을 빚으로 떠안긴 했지만, 산동네가 아닌 평지의 네 칸짜리 단독주택으로 이사했다. 이사한 집에서의 안방은 형과 형수의 차지가 되었다.

나로선 그 까닭을 정확히 알 순 없지만, 그 사이 형과 어머니의 위치가 바뀌어 있었다. 그렇다고 어머니가 아버지와 합류한 것은 아니었다. 어머니는 첫째 조카와 함께 기거하고 있었고, 아버지는 한 사람이 쓰기에도 좁은 정도의 쪽방을 혼자 썼다.

내가 쓰고 있는 이 눈산방은 제대하기 이틀 선까시 줄곧 세를 놓고 있었다. 그러니까 우리 가족 중에서 이 방을 써본 것은 유일하게 나 혼자였다. 이 방의 비밀을 알고 있는 것도 우리 가족 중에서는 나 혼자였다. 천장의 구조 때문인지, 아니면 무슨 다른 건축상의 결함 때문인지 알 수는 없지만, 이 방에 앉아 있으면 눈을 감고도 집안에서 일어나는 모든 일을 거의 완벽하게 추리할 수 있었다. 문 하나가 마루를 정면으로 하고 있어서 마루방에서 나는 소리의 미세한 차이조차 판별이 가능한 일이라지만 문제는 바로 옆의 쪽방, 즉 아버지 방에서 나는 소리까지도 마루방 이상으로 세밀하게 감지할 수 있다는 사실이었다. 게다가 문도 없이 마루에서 곧바로 연결된 부엌은 물론 바람이 부는 방향에 따라 안방에서 나는 웬만한 크기의 소리 역시 알아들을 때가 많았고, 고요할 때면 그 방에서 나는 작은 소리까지 명확하진 않더라도 웅웅거리는 정도로는 들려왔다.

단지 어머니 방에서 나는 소리만큼은 거의 들리지 않았다. 처음 이 사실을 알았을 땐, 이 방을 거쳐 간 셋집들이 우리 집의 비밀을 낱낱이 알아 버렸으리라는 생각에 나는 나의 치부를 드러낸 것처럼 부끄러웠다. 그런데 문제는 단순히 남들이 우리 집안의 치부를 알게 됐으리라는 그런 데 있는 것이 아니었다. 이 방의 구조 자체가 내게 고통이었다. 아버지의 병세가 심해질수록 방이 내게 주는 고통도 더욱 심해져 갔다. 진통제의 효력이 떨어졌을 때 아버지가 내뱉는 신음은 듣기에도 참혹했다. 신음에 잠이 깨면 나는 아침이 되도록 내내 잠들지 못하고 견뎌야 했다. 입대하기 전 아버지와 같은 방을 쓸 때 느꼈던 염증보다 훨씬 인내하기 어려운 고문이었다.

어머니는 또 한차례 아버지더러 이제, 그만 죽으라고 재촉했다. 하지만 지난 8개월에 걸친 이 방에서의 생활을 통해 나는 이미 알고 있었다. 이 집에서 아버지의 죽음이 닥치는 순간을 정작 두려워하고 늦춰보고자 진정으로 애를 쓰는 것은 어머니뿐이라는 사실을. 진작에 아비 노릇을 제대로 했어야 이렇게 됐어도 떳떳할 거라는 말은 얼핏 들으면 아버지에 대한 원망 같았지만 실은 아버지를 병원에 입원시킨다거나 치료를 위해 적극적으로 나서지 않는 자식들, 더 정확히 말하면 형에 대한 원망의 우회적 표현이었다. 아버지가 쓰러진 뒤 형은 아버지를 들쳐업고, 용하다고 소문난 야매 침집을 여기저기 찾아다녔었다. 아버지가 받아본 치료는 그것이 전부였다. 아버지 자신이 더 이상의 치료는 불필요하다며 거부했고, 아버지의 완강한 저항에 형은 더 이상 어쩔 도리가 없다는 듯 짐짓 물러섰다. 아버지의 치료를 그 정도 선에서 끝내는 것을 어머니는 침묵으로 받아들였다. 그 침묵이 찬성을 의미하는 건 아님이 분명했다. 찬성도 반대도 침묵의 형식으로 표현하는 우리 집안의 아주 오래된 습성의 발현일 뿐이었다. 하지만 형에 대한 어머니의 원망은 그저 그 정도로 본뜻조차 읽어내기 힘들 정도로 미미했고 그것도 아버지 앞에서만 속을 내비칠 뿐이었다. 결코 한 걸음도 더 나가 표현되어 본 적이 없었다. 형과 형수에게 병원 얘기를 단 한 번도 비춰 본 적이 없고, 형과 형수 쪽에서도 야매 침집을 수소문하고 다녔던 뒤로 그 문제를 꺼내 본 적이 없기는 마찬가지였다. 서로가 뇌리에서 '병원'이라는 단어를 지워버릴 수 없었지만 아무도 구체적으로 그 단어를 입에 올리는 사람은 없었다. 사실대로 말하자면 형과 형수, 그리고 나는 언제부턴가 아버지의 죽음을 기다리고 있는 셋이라고 나는 생각했다. 떨어져 사는 누나도 마찬가지였다.

"이럴 때 나라도 힘이 됐으면 좋으련만. 저렇게 사시는 것보다는 빨리 돌아가시는 게 우리에게나 당신에게나 차라리 편할 텐데……."

지난주에 소고기 등심과 전복을 사서 집에 들렀던 누나는 혼잣말처럼 중얼거렸다. 아버지의 죽음에 누구보다 솔직했던 것은 가족 중 가장 마음이 결곡했던 누나였다. 매형은 경제권을 누나에게 넘기지 않았다. 이해타산이 칼처럼 분명한 매형은 장인의 병고를 외면했고, 사실 형과 형수가 나서지 않는 한 매형이 나설 이유도 딱히 없었다. 누나로선 손써볼 도리가 없었고, 돌아가시기 전에 입맛에 맞는 음식이라도 원 없이 해드리자는 것이 누나의 소박한 생각이었다.

누나를 제외하면, 죽음을 기다리는 우리는 침묵하고 있었고, 아버지의 죽음을 온몸으로 거부하고 있는 어머니만이 입버릇처럼 죽음을 기도하고 있었다. 아이러니였다.

초인종이 울렸다. 형이었다. 예상대로 어머니는 울음을 뚝 그쳤다. 형이 집에 있는 한 어머니는 눈물을 흘리는 일이 없었다. 그게 언제부터였을까? 각박한 삶의 서러움에 겨운 어머니의 눈물을 형이 위로했고, 누나는 돌아앉아 애써 눈물을 감추었으며, 영문도 헤아릴 수 없는 나이였던 나는 철없이 달동네 둥근달에 돌팔매질을 해대며 투덕투덕 떨어지는 눈물을 덩달아 주먹으로 씻곤 했더랬는데…… 그게 언제부터였던가? 그 모든 땀과 눈물을 응축하여 세 칸짜리, 세 칸짜리를 넘어 네 칸짜리 집에서 살게 된 지금 우리에겐 더 이상 그런 일이 일어나지 않았다. 아버지의 몫까지 함께 짐 져야 했던 어머니와 형, 두 사람 사이에 완전한 일체감이 가능했던 것은 세 칸짜리 봉천동 집을 계약하던 그즈음까지가 아니었을까? 아버지의 복귀가 어머니와 형 사이의 일체감을 흔들어 놓게 된 결정적 계기가 되었던 건 아닐까? 아무튼 어머니 어깨에 실렸던 짐까지 점차 제 어깨에 받아 실은 형은 적어도 내 눈엔 짐과 더불어 권리까지 어머니에게서 넘겨받은 것으로 보였다. 네 칸짜리 집으로 이사 온 후, 이 집의 가장으로서 권한은 어머니에게서 형에게로 완벽하게 넘어간 것이 확실했다. 안방의 기거권과 가장권을 형은 동시에 점령한 것이었다. 형의 구두 소리가 내 창의 계단을 타고 올라왔다. 형은 예정된 궤도 위를 움직이기 시작했다.

"다녀왔습니다."

형은 쪽문을 열고 아버지에게 무채색의 언어로 짤막하게 인사했다. 저 인사는 형 스스로가 설정한 큰아들로서, 가장으로서의 의무였다. 형은 그 의무를 한 번도 깨뜨리지 않았다.

"그래, 피곤할 텐데, 어여 건너가 씻고 저녁 먹어라."

아버지 대신 어머니가 대답했다. 형은 안방으로 갔다. 옷을 갈아입고 있을 터였다. 어머니도 슬며시 자신의 방으로 돌아갔다. 화장실 문이 열렸다. 형이 씻으러 들어간 것이다. 식탁에서 달그락거리는 소리가 들렸다. 늦은 저녁 식사를 시작하는 것이었다.

전화벨이 울렸다. 형수가 형에게 전화기를 넘겨주었다.

"고생은 뭐, 할 수 없는 일이지."

누나의 전화였다. 누나는 분명 아버지로 인한 일상적인 고생을 함께 짐 지지 못하는 데 대한 미안함을 표시했을 터였다.

"지금 당상 위독하신 것도 아닌데. 뭘, 바쁠 텐데 그럴 필요까진 없나니까."

형의 어조가 한층 부드러워졌다. 전화의 대상이 매형으로 바뀐 것이었다. 나이로 치면 매형이 훨씬 연장자였으나 형은 손윗사람으로서 매형에게 말을 놓았다. 그러나 가족 중에 형이 가장 공손하게 대하는 것은 매형이었다. 형의 공손함은 매형이 이사로 승진하고 나서 그 정도가 더욱 강해졌다. 어쩌면 가족 중에 형이 인정하는 유일한 사람이 매형인지도 모른다.

"동욱인 들어왔소?"

형은 이미 대문을 들어설 때부터 내방에 불이 켜진 것을 보았을 터였다. 그런데도 건조한 어조로 형수에게 나의 귀가를 확인하는 것이다. 저것이 형이었다. 저것이 이 집안 가장으로서의 형의 모습이었다.

"일찍 들어오셨어요."

형수가 간결하게 대답했다. 형수는 어떠한 상황에서도 불필요한 말을 덧붙이는 일이 없었다. 형에게도, 어머니에게도, 내게도, 형수는 최소한의 언어로, 형과 어머니, 나 사이를 줄다리기하며 최소한의 평화를 지켰다. 형 역시 더 이상 묻지 않았다. 이내 마루와 부엌이 조용해지고 안방에선 나지막한 티브이 소리가 새어 나왔다.

바깥이 조용해지자 어머니가 움직이기 시작했다. 조심조심 부엌 쪽에서 부시럭대는 소리가 들리더니 어머니가 쪽방으로 건너왔다. 이제 치료가 시작될 참이었다. 어머니가 아버지에게 행하는 치료라는 것은 하루에 한 번 이 시간쯤에 아버지의 환부에 찹쌀가루를 이긴 반죽을 갈아 붙여주는 것이었다. 사 년 전 고혈압으로 쓰러졌을 때 아버지는 왼팔과 왼쪽 다리를 쓰지 못했다. 야매로 놓은 침이 효력을 발휘한 탓인지 시간이 흐르면서 왼쪽 다리의 마비는 어느 정도 풀려 지팡이를 짚고 간신히 걸을 수는 있었다. 그런데 내가 제대하기 좀 전부터, 성했던 오른쪽 종아리 부위에 종기 같은 것이 나기 시작했다. 어머니는 물론 아버지 자신조차도 처음엔 별 심각한 문제로 생각하지 않았던 듯했다. 다른 가족들이 무관심했던 것은 말할 필요도 없었다. 무관심 속에서 종기는 커갔다. 끝내 종기는 아버지의 오른쪽 다리마저 제대로 쓸 수 없게 만들어 버렸고, 최근에는 아버지 혼자 힘으로 화장실 출입조차 할 수 없게 만들었다. 사태가 그렇게 진전되자 어머니가 내놓은 처방이 찹쌀가루로 독을 빼는 것이었다. 나는 아버지의 환부를 직접 본 적이 없었다. 다만 발목까지 동여맨 붕대의 밑단을 보았을 뿐이었다. 아버지의 환부는 어머니와 아버지 두 사람만이 교환했고, 누구도 그 성역을 침범하려 의도하지 않았다.

아버지는 아이처럼 어머니의 처방에 순응했다. 진을 빼는 아버지의 신음이 시작되었다. 고통의 비명을 어금니로 깨물고 있는 동안 어머니는 조심조심 어제 붙여놓은 붕대를 떼어내고, 알코올로 환부 주위를 소독한 뒤, 새로 이긴 반죽을 환부에 바르고 붕대를 다시 동이고 있는 것이었다. 치료하는 시간 동안 의사와 환자 사이에는 말이 없었다. 간간이 다급하게 토해내는 아버지의 신음이 들려왔다. 치료가 다 끝나고 나서도 한참 동안 둘 사이에는 아무 말도 오고 가지 않았다. 그러고서 얼마나 시간이 흘렀을까?

"여보, 나 당신에게 하고 싶은 말이 있어."

문득 환자가 밀문을 열었다. 목소리는 낮았지만, 독기가 다 빠져나간 듯이 맑았다. 순간 나는 어머니의 치료가 정말 효과를 보고 있는 것은 아닐까 의심이 들 정도였다.

"뭔데요?"

의사의 목소리 역시 부드럽고 온화했다.

"나, 나 말이오. 당신이 이렇게 정성껏 치료해 주는데, 이 다리 꼭 나을게. 꼭 나아서 당신하고 산책도 다니고, 약수도 뜨러 다니고 그럴게. 내 당신하고 살면서 한 번도 못 그랬지? 두고 봐. 정말이야. 당신 내 말 안 믿는구려?"

아버지의 목소리에는 가벼운 웃음기마저 배어 있었다.

"이 양반이 다 늦게 망령이 들었나? 행여 그런 망상 같은 헛소리는 집어치우고 이렇게 내가 내 손으로 돌봐줄 때 어여 죽어요. 나보다 먼저 죽어야 당신도 편한 거예요."

어머니는 아버지의 말을 가볍게 물리쳤다. 그러나 나는 느꼈다. 어머니의 목소리에도 행복한 웃음기가 스며있다는 것을.

"당신은, 당신은 그게 탈이야. 사람이 너무 강한 척하면 언젠가 부러지는 법이오. 내가 죽으면 당신도 외로울걸? 그땐 누가 당신 투정을 들어주겠소? 솔직히 말해 봐, 당신도 내가 죽는 게 싫지?"

두 사람은 죽음을 놓고 장난처럼 토닥거렸다.

"그, 그래요. 이렇게 누워서 나무토막처럼이라도 지켜주고 있으니 이제 우리 인생에 바랄 수 있는 희망이 뭐가 있겠어요? 단 하나 희망이 있다면, 이러다가 어느 순간 우리 둘이 함께 훌쩍 바람처럼 세상을 떴으면 하는 거예요."

어머니 목소리에는 금세 물기가 맺혔다.

"그땐 젊어서 욕심이 내 눈을 멀게 했소. 이렇게 지나고 보니 아무것도 아닌 것을. 아무것도 아니었는데…… 아무것도 아닌 것 때문에 너무나 소중한 것들을 잃어버렸던 삶이었구려. 몇 번씩이나 죽으려고 했었소. 나 자신조차도 버리려고 했지. 나, 나를 용서해 주겠소?"

나는 아버지가 왜 집을 나갔는지 정확히 모른다. 다만 누나를 통해 들었던 얘기는 아버지가 사업을 무리하게 확장하려 하다가 도산했었고, 그 뒷감당을 책임지지 못했던 아버지는 종적을 감추었다는 정도였다.

"동욱이 넌 기억 안 나니? 니가 국민학교에 들어가기도 전에 말야. 아버지 친구분들만 놀러 오시면 넌 그 앞에서 하모니카를 불었는데."

가뭇없는 꿈을 그리듯이 마음에 감춰 있던 옛일을 누나가 내게 말하면 난 정말 하모니카를 들고 나이 든 아저씨들이 주욱 둘러앉은 앞에 섰었던 것 같은, 사실인지 아닌지도 모를 기억이 아슴아슴 떠오르다 사라질 뿐이었다. 정확히 말하자면 나는 누나가 말했던 그런 기억에 별다른 관심이 없었다. 그랬기에 구태여 기억해내려 애쓸 필요도 없었다. 누나가 말을 하면 그저 그 순간 그랬었던가 싶다가도 이내 내 머릿속에는 다른 생각들로 가득 채워지곤 했었다. 아버지에 대해 들은 얘기는 그 정도일 뿐이었다. 젊은 날 아버지의 꿈이 무엇이었는지, 그 좌절이 아버지에게 어떠한 절망과 고통을 안겨다 주었는지에 대해서 누나는 말해 준 적이 없었다. 어머니나 형도 마찬가지였다. 더 분명히는 어머니나 형이 아버지 얘기하는 것을 한 번도 본 적이 없었다.

"이젠, 이젠 미움도 증오도 없어요. 그, 그러니 용서할 것도 없고요."

한참을 침묵으로 버티던 어머니의 눈물은 한층 격렬해졌다. 제대하고 나서 본 어머니는 예전보다 눈물이 헤퍼졌다. 그러나 헤퍼진 어머니의 눈물은 아버지 앞에서만이었다. 우리 형제들 앞에서는 아니었다. 아니, 사실 내게 말을 하다 눈물이 갈쌍거리는 것은 몇 번 본 일이 있었다. 절대 눈물을 보이지 않는 것은 형에게였다. 어머니가 형 앞에서 마지막으로 오열을 터트렸던 것은 그날이었을 것이다. 아버지가 십삼 년 만에 집으로 돌아오던 날.

"니가 동욱이로구나."

가로등 불빛을 등지고 서서 나를 뚫어지게 바라보던 남자가 한참 만에 입을 열었다. 순간 싸늘한 바람이 내 이마를 스치더니 열린 대문이 덜컹

소리를 내었고, 잔가지에 붙어 있던 마른 잎들이 수수수수 울었다. 등줄기를 타고 소름이 훅 끼쳤다.

"누, 누나, 누나!"

왜 누나를 찾았을까? 열린 대문을 그대로 둔 채 난 혼겁을 해서 집안으로 뛰어들며 누나를 정신없이 불러댔다. 야간반 근무를 나가려 준비하던 누나가 조심스럽게 대문 앞으로 걸어갔다.

"아버지! 세상에 이럴 수가, 아, 아버지죠?"

대문 밖으로 나간 누나의 비명 같은 외침이 들려왔다.

어머니와 형, 아버지라는 사람이 안방에 대면하고 앉았다. 사실, 사실은 아무도 마주 보고 앉은 사람은 없었다. 어머니는 상반신을 외로 틀어 벽면을 바라보았고, 아버지는 고개를 약간 젖힌 채 어머니가 바라보고 있는 벽면으로 난 창문에 시선을 두었으며, 형은 어머니와 아버지의 중간쯤 되는 지점 방바닥에 눈길을 내리박고 있었다. 나는 어머니 뒤에서 아버지를 반쯤 외면한 자세로 앉았다. 볼이 발갛게 달아오른 누나가 생강차를 아버지 앞에 놓아주었다. 형수는 조카를 업고 방문 밖에서 서성였다.

"잘 오셨습니다."

지루하도록 긴 침묵 끝에 형이 이윽고 말문을 열었다.

어머니가 무언가를 향해 저항하는 몸짓으로 말을 하고 싶어 했다.

"어머니! 받아들이셔야 합니다. 아직 숙진이가 결혼하지 않았습니다. 동욱이도 어린 나이고요. 우리 집엔 아버지라는 존재가 필요합니다. 인정하셔야 해요. 어머니, 어머니가 받아들이셔야 합니다."

형의 마음은 이미 결정되어 있었다. 단호한 어조로 형은 어머니를 설득했고, 사실 그 목소리의 무게감은 설득이라기보다는 강요라고 느껴질 만큼 강경했다. 형과 어머니가 선택할 수 있는 길이란 달리 없었는지도 모른다.

"난, 나는…… 너 너무, 긴, 너무 긴, 세월이었어…… 십, 십삼 년이라는 건 너무, 너, 너무 긴 세월이었단 말야. 내게는……."

난 어머니가 아니, 사람이 그토록 애끓게 우는 것을 처음 보았다. 심장이, 가슴 양편의 폐가 다 조여들고, 어머니의 몸속 저 밑바닥의 창자까지 토해낼 것 같은 울부짖음. 그 울부짖음 속에 어머니는 너무 긴 세월이었다는 말만 간헐적으로 반복했다. 아버지 앞에 놓인 생강차는 싸늘하게 식어 실오라기같이 오르던 김까지 잦아들었고, 언제부턴가 내내 고요히 감고만 있던 아버지의 두 눈에서는 소리 없이 눈물이 뺨을 타고 흘렀다. 그것이 마지막이었다. 어머니가 형 앞에서 눈물을 보인 것은, 십삼 년간 아버지의 자리까지 지켜왔던 어머니가 무너져내린 것은 어쩌면 그 한순간이었는지도 모른다.

"……고깃배도 타 보고, 항구에서 짐꾼 노릇도 해보고, 벽돌도 찍어 보고 그랬더랬는데, 몸속에 남은 건 알코올 기운뿐이구려…… 후후, 하지만 이젠 됐소. 큰아이가 저렇게 든든하게 집 울타리를 지키고 있고, 당신이 이렇게 나를 받아주었으니, 이제 나는 이승에서의 속죄를 마친 것처럼 홀가분한 마음이오."

아버지는 나직하게 소리 내서 웃기조차 하였다. 두 사람은 평생을 살맞대고 살아온 노부부보다 더 정답고 평화롭게 아무 걱정도 없는 듯한 음성으로 도란도란 얘기를 이어갔다. 나는 두 사람의 도란거리는 소리를 들으며 잠의 나락으로 떨어졌다.

내가 눈을 뜬 것은 갈증 때문이었다. 머리맡에도 물이 없었다. 문을 잠 그고 잠이 든 까닭에 어머니가 물을 갖다 놓질 못한 모양이었다. 더듬더 듬 냉장고에서 찬물을 찾아 들이킨 후, 화장실에 들어갔다. 밤새도록 쌓 였던 배설물을 쏟아내며 무심히 눈길을 휴지통에 돌렸다. 광목천 끄트머 리가 휴지통 뚜껑 밖으로 비죽이 삐져나온 것이 눈길에 띄었다. 어젯밤 에 어머니가 아버지의 환부에서 갈아붙인 붕대인 듯했다. 나는 허리춤을 추스르고 쓰레기통을 열었다. 둘둘 말아 넣은 광목천을 꺼냈다. 천천히 말려진 붕대를 폈다. 붕대를 펴보던 나는 경악하며 타일 바닥에 붕대를 떨어뜨리고 말았다. 미란靡爛! 길이로 보아 발목부터 무르팍까지는 감아 올렸을 천이 온통 피와 고름 범벅이었다. 미란, 이건 이미 종기라고 말할 수 없었다. 아버지의 다리는 썩어 문드러지고 있었다. 다시 붕대를 들어 올렸다. 가운데 부분에는 누런 고름 덩이와 검붉은 핏덩이가 찹쌀 반죽 에 뒤엉켜 있었고, 양쪽 가장자리에는 아버지 다리의 성한 부위에서 말 라붙은 찹쌀 반죽을 뜯어내느라 생살이 찢기어지면서 흐른 것이 분명한 생피가 배어 있었다. 아버지의 다리는 썩고 있었다. 문드러지고 있었다. 살이 썩고 혈관과 근육이 썩고 어쩌면 뼈까지 썩어들어가고 있는지도 모 를 일이었다. 어째서였을까? 그토록 처참한 신음을 들으면서도, 화장실 조차도 자신의 힘으로 갈 수 없게 만든 낡은 잠옷 속에 숨겨진 그 다리를 보면서도 나는 한 번도 썩고 있는 다리를 상상해 본 적이 없었던 건 대체 어째서였을까? 아버지의 신음이 어찌 그리 참혹할 수 있었는지, 그 적나라한 현장을 이제야 내 눈은 목격한 것이다. 썩은 내를 풍기는 피고름 속을 손가락으로 후비면 뼈까지 가닿을 듯한 아버지의 환부가 눈에 보이는 것 같았다. 헛구역질이 올라왔다.

화장실의 작은 창문을 급히 열었다. 찬 공기가 빨려들어 왔다. 나는 바쁘게 새벽공기를 들이마셨다. 그리고 폐 속 가득한 미란의 냄새를 토해 냈다. 검푸른 새벽하늘에 예리한 금빛 쇠갈고리 모양을 하고 그믐달이 떠 있었다. 풍만했던 보름달이 기울어지고 이지러지는 마지막 순간 뿜어내는 날카로운 금속성의 빛은 최후의 자기 존재를 알리는 냉정한 신호 같았다. 이제껏 나는, 우리는, 막연히 아버지의 죽음을 기다리고 있었다. 종아리에서 무릎까지 썩어들어가도록 찹쌀 반죽 처방이나 하는, 이 웃지 못할 희극이 어찌 21세기가 다가오는 서울 한복판, 네 칸짜리 단독주택에서 벌어질 수 있단 말인가. 형은 아버지의 허벅지가 썩어들어가도록 이 집을 살 때 빌려 쓴 융자금을 갚고 있을 것이고, 아버지의 복부와 흉부가 썩어들어가도록 조카들의 교육보험료를 꼬박꼬박 낼 것이며, 아버지의 뇌수까지 썩어들어가도록 더 큰 집을 마련할 꿈에 혈안이 되어 있으리라.

나는 피와 고름 덩이의 광목천을 화장실 바닥에 폈다. 이제 조금 있으면 아침 준비를 하기 위해 형수가 일어날 것이다. 화장실에 들어온 형수가 미란의 현장을 목격하도록 정성스럽게 광목천을 화장실 바닥에 깔았다. 나는 형수를 화장실로 착오 없이 유인하려고 일부러 화장실 불을 켜둔 채로 내 방에 돌아왔다. 숨을 죽이고 형수가 일어나기를 기다렸다. 마루방에 걸린 자명종 시계가 6시를 알리자 안방 문이 열렸다. 형수의 발걸음이었다. 형수는 화장실 쪽으로 걸어갔다. 화장실 문이 열렸다. 순간 아무 소리도 없더니, 잠시 뒤 새벽녘의 고요를 깨고 형수의 구역질 소리가 들려왔다. 꽤 오랜 시간을 형수는 토했다. 어머니 방문이 열렸다. 어머니가 급히 화장실 쪽으로 다가갔다.

"아무것도 아니에요, 어머니."

어머니가 화장실 문 앞에 섰을 때 이미 형수는 화장실 문을 닫고 나왔다. 잠시 후 부엌에서는 여느 때처럼 형수가 아침을 준비하는 소리가 들려왔다.

나는 6시 50분을 기다렸다. 형이 일어나는 시간이었다. 6시 45분. 나는 형보다 한 걸음 앞서 일어나 화장실로 들어갔다. 쓰레기통을 열었다. 미란의 증거물은 쓰레기통 속에 아무렇게나 널브러져 있었다. 나는 일부러 화장실에서 지체했다. 이윽고 형이 화장실 손잡이를 비틀었다 잠겨져 있는 것을 확인하자 형은 안방으로 돌아갔다. 나는 아버지의 썩은 살이 잘 보이도록 쓰레기통 뚜껑을 열어놓은 채로 화장실을 재빠르게 빠져나와 내 방으로 들어왔다. 형이 화장실로 들어갔다. 화장실에서 들려오는 소리에 귀 기울였다. 쏴아아 물소리만이 들려왔다. 나는 이불을 뒤집어썼다. 어제와 그제와 그끄저께와 다름없이 형의 식사하는 소리가 이불 속까지 뚫고 들려왔다. 출근 시간의 궤도에서 한치도 벗어나지 않고 형은 돌고 있었다.

"다녀오겠습니다."

쪽방의 아버지에게 어제와 그제와 그끄저께와 똑같은 목소리로 인사했다. 형이 구두를 신는 소리가 났다. 형수와 초등학교 2학년 큰조카와 어머니가 마루에 도열했다.

"동욱인 아직 안 일어난 거요?"

형은 형수에게 물었다.

"내비 둬라. 피곤한 모양이더라."

어머니가 나서서 낮은 소리로 형을 말렸다.

"젊은 놈이 해가 중천에 뜨도록, 내 참. 아, 그리고 저녁에는 매부가 병 문안 차 들른다고 했으니 저녁 준비 좀 해 놓구려."

형은 말했다. 쪽방에선 아버지의 다리가 썩고 있는데, 그 다리에서 문 안 인사 오는 매형의 저녁 준비를 이르고 있었다. 나는 자리에서 벌떡 일 어났다. 미란의 승거를 복격한 형의 얼굴을 확인하고 싶었다. 내 방문을 거칠게 열어젖혔다. 느닷없는 나의 출현에 모두의 시선이 내게로 모여졌 다. 나는 두 눈을 부릅뜨고 형을 정면으로 노려보았다. 나의 시선에서 튀 는 불꽃에 움찔 형의 눈동자가 흔들렸다. 그것은 아주 짧은 순간이었다. 형은 외면했다. 금세 평정을 되찾은 형의 얼굴엔, 그 어디에도 미란의 흔 적이 남아 있질 않았다.

"엄마, 엄마, 형진이 좀 봐."

형이 막 현관문 쪽으로 돌아서려 할 때 큰조카가 소리쳤다. 안방에서 두 살배기 조카 형진이가 어느 결에 마루로 기어 나오고 있었다. 그런데 그 형상이 기묘했다. 오른쪽 다리를 뻗치고, 왼 팔꿈치는 굽힌 채 가슴팍 에 고정한 상태에서 오직 오른손과 왼발을 굴려 엉덩이로 마룻바닥을 뭉 개며 문칫문칫 마루로 나오고 있었다.

"히히, 할아버지 흉내를 똑같이 내잖아. 그치, 할머니."

"아니, 쟤가!"

이미 형보다도 앞질러 현관문 밖에 서 있던 형수가 쏜살같이 뛰어 들어가 형진이를 안고 엉덩이를 찰싹 때렸다. 형진이가 느닷없이 날아온 매에 울음을 터뜨렸다. 발갛게 달아 있던 형수의 볼은 형진이의 울음소리가 커질수록 더욱 새빨갛게 열을 냈다. 큰조카는 재미있어 죽겠다는 시늉을 하며 깔깔거렸다. 그랬다. 아버지의 오른쪽 다리가 썩어들어가기 시작할 무렵 아버지가 화장실을 다니는 모습이었다. 뇌리에 박혀 있던 모습을 두 살배기는 이 순간 무심코 행동으로 옮겼다. 아버지는 저렇게조차도 움직일 수 없게 되었는데 불과 한 달 전까지만 하더라도 아버지는 분명 저런 형상으로 화장실을 다녔다.

"아범아, 늦겠다."

어머니가 금방 눈물이라도 떨굴 듯 일그러졌던 자신의 표정을 간신히 수습하며 한편으로 형수의 등을 안방으로 떠밀어 넣고 다른 한편으론 형의 출근을 재촉했다.

"예, 그럼."

형이 어머니와 내 눈길을 외면하고 절도있게 머리만 숙인 채 현관을 나섰다. 나는 형의 뒤통수를 쏘아보았다.

"저녁에 매부가 온다고 했다. 어디 나가지 말고 매부한테 인사드려라."

현관 계단을 내려가면서 형은 내게 말했다. 여전히 고개조차 돌리지 않은 채였다. 형이 대문을 닫기 전에 나는 내 방문을 메치듯이 힘껏 닫아버렸다. 일순간 이 집안에 흘렀던 혼돈과 불안과 긴장의 회오리가 순식 간에 말끔히 걷히고 다시금 어제와 그제와 그끄저께와 똑같은 일상으로 돌아갔다.

조금 있다가 어머니가 내 방에 들어왔다.

"어제 나갔던 일이 잘 안된 모양이구나. 그렇다고 덜컥 허투루한 직장 을 함부로 잡아서는 안 된다. 누가 뭐래도 마음 편히 먹고, 시간이 좀 걸 리면 어떠냐? 단단한 곳을 잡아야 해. …… 그리고, 그리고 말이다. 별일 없으면 한 이삼일 집에 있으면 안 되겠냐? 어제 느이 형수가 아버지를 변 기에 올려 앉히다가 허리를 좀 삐끗한 모양이다. 심하게 다친 건 아니니 이삼일만 봐주면 될 듯싶은데, 게다가 아무래도 애가 선 모양이더라 만…… 그러닌 그리 알고 어여 아침 녁사."

어머니는 슬그머니 내 머리맡에 돈을 놓고 나갔다. 돌돌 말아놓은 만 원짜리가 열 장이었다. 어머니는 자신의 경제력을 나름의 방법으로 지키 고 있었다. 틈틈이 누나가 남몰래 쥐어서 주는 용돈과 명절 같은 때 매형 과 형이 공식적으로 주는 용돈, 그리고 봉투 붙이는 부업으로 나가서 벌 어들이는 돈이 어머니가 확보한 경제력 전부였다. 그 돈으로 어머니는 조카의 군것질거리나 연필을 사 주었고, 아버지의 간식거리를 마련했으 며, 실업 상태인 나의 용돈을 대고 있는 것이었다. 어쨌거나 어머니는 형 에게 기대지 않고 독자의 경제력을 확보한 셈이었다. 그렇게 면밀한 어 머니가 오늘 아침 형과 나 사이에 처음으로 부딪쳤던 그 팽팽한 긴장의 원인을 나의 실업문제로만 이해한 모양이었다.

십삼 년 만에 나타난 아버지를 받아들일 수 없을 것처럼 거부의 몸짓으로 오열하던 어머니는 아버지 생명의 연장을 간절히 꿈꾸고 있고, 아버지를 받아들여야 한다고 그토록 강경하게 어머니를 설득했던 형은 정작 아버지의 죽음과 고통을 외면하고 있다. 이 역시 아이러니였다. 그 끔찍한 미란의 현장을 목격하고서도 형의 표정은 태연했다. 어쩌면 형과 형수는 진작에 아버지의 다리가 이미 썩어가고 있다는 사실을 알고 있었을는지도 모른다. 우리 집안의 오래된 습성, 침묵으로 외면하고 있는 것일 뿐일는지도. 그렇지 않고서야 어찌 그리 태연할 수 있겠는가? 나는 어머니가 놓고 나간 지폐를 손아귀에 꽉 움켜쥐고 결심했다. 아버지를 죽이기로. 이미 아버지는 죽어가고 있었다. 정확히 말하면 내가 아버지를 죽이는 것이 아니라, 그것은 죽어가는 아버지를 돕는 것이다. 어느 날 갑자기 아버지가 죽는다 해도 이젠 이 집안에서 아버지의 죽음을 의아하게 생각할 사람은 아무도 없다고. 예고되었던 사실이 그저 실제적인 사실로 확인된 이상, 짐짓 모른 체, 기다리고 있던 사실이 현실로 닥친 이상이 아니고 그 무엇이겠는가? 다만 저 다리가 나아서 산책하게 될 날이 올지도 모른다고 꿈꾸는 아버지, 이 세상을 아버지와 함께 뜨고 싶어 하는 어머니가 마음에 걸릴 뿐이었다. 하지만 그것은 그저 꿈꾸길 희망하는 자의 허망한 꿈일 뿐, 이 상황을 더 지속한다는 것은 아무런 의미도 없다. 역시 숨 쉬는 순간마다 고통의 연속인 아버지에게나, 숨죽인 채 아버지의 죽음을 기다리고만 있는 우리에게나, 그 모두에게 아버지의 죽음을 당겨주는 것이 최선의 길이다. 수면제가 좋으리라. 잠들기 전 수면제를 치사량이 넘도록 타 먹은 아버지가 아침에 아무 고통도 없는 모습으로 잠든 듯이 이 세상을 떠나는 것이 가장 좋으리라.

126

큰조카가 학교에 가고, 어머니는 봉투 붙이러 가고, 형수는 형진이를 업고 시장에 갔다. 나는 우선 수면제를 사두는 것이 좋겠다고 생각했다. 어머니가 준 지폐를 모두 바지 주머니에 쑤셔 넣고 대문을 나섰다. 완연한 봄이었다. 바람에 솜털 같은 꽃씨들이 제 깃들 곳을 찾아 나닐었다. 햇살은 산만하게 내리쪼였고, 볕 바른 담벼락 위에서 동네를 떠돌던 도둑고양이가 나른하게 기지개를 켰다. 병아리처럼 노란 단체복을 입은 유치원 꼬마 서넛이 골목 앞에서 재잘거리며 뜀박질하고 있었다. 곧 봄이 갈 것이다. 여름이 올 것이다. 여름이 오면 아버지의 다리는 더 빨리 썩어들어갈 것이다. 미란의 냄새가 온 집안을 휘어 감고, 살아있는 우리의 몸도 썩은 내로 문드러질 것이다. 여름이 오기 전에 아버지는 삶을 마쳐야 한다. 그것이 아버지의 행복이다. 아버지의 삶이 여름을 넘긴다년 아버지는 두 번 죽을 것이다. 아버지 육신의 세포들이 썩어서 죽고, 썩어가는 육신으로 인해 아버지의 영혼도 무너져 죽을 것이다. 나는 발걸음을 빨리했다. 버스를 탔다. 정확히 일곱 정거장째에서 내렸다. 그쯤만 해도 나를 알아볼 사람은 아무도 없었다. 약국을 훑기 시작했다. 골목 안쪽에 있는 한 약국에 들어갔다. 천장까지 약이 쌓여 있었다. 이 많은 의약품 중에 아버지가 쓰고 있는 것은 변비약과 진통제뿐이었다. 오랫동안 누워 있었던 탓에, 아버지는 만성 변비에 시달리고 있었고, 지독한 통증으로 지칠 때마다 진통제로 고통을 순간순간 달랬다. 서른도 채 안 넘긴 듯이 보이는 젊은 여자가 조제실이라 쓰인 칸막이 뒤편에서 나왔다.

"저, 수, 수면제 좀 주, 주시겠어요?"

나도 모르게 나는 말을 더듬고 있었다. 약사가 날렵한 금테안경 유리 건너에서 나를 마주 바라보았다. 매섭게 느껴졌다.

"본인이 드실 건가요?"

"네, 피, 피곤한데도 자, 잠을 잘못 자서 그러거든요."

이번에도 역시 나는 나도 모르게, 변명하고 있었다.

약사는 여전히 내 눈을 정면으로 바라보았다. 나는 눈길 둘 곳을 찾아 이리저리 진열대에 놓인 약품들을 살폈다.

"바륨이 있는데, 주민등록증 좀 주시겠어요?"

약사의 말에 나는 뒤통수를 한 대 얻어맞은 느낌이었다. 일반 사람들이 수면제를 사는 데 주민등록증을 제시해야 하는 정도의 절차가 필요하리라는 생각을 미처 떠올리지 못한 것이다.

"집, 집이 바로 요 앞이라, 안 가져온 모양인데요. 저, 한 다섯 알 정도만 사면 되는데."

서둘러 윗도리 아랫도리에 달린 모든 호주머니를 뒤지며 난처한 표정으로 조금만 사면 된다는 사실을 강조했다. 집에서 입던 그대로 추리닝 바지에 슬리퍼를 끌고 나온 것은 정말 잘한 일로 생각되었다.

"그럼 집에 가서 가져오시죠. 다섯 알 아니라 단 한 알을 사도 주민등록증을 갖고 오셔야 하는데요."

사무적으로 말하며 약사는 조제실 뒤편으로 다시 사라졌다. 그렇다고 이대로 집으로 돌아갈 수는 없었다. 어쩌면 너무 젊은 여자라 지나치게 깐깐하게 구는 건지도 모른다는 생각이 들었다. 나는 다시 약국 간판을 찾기 시작했다. 천천히 지나치는 척하며 유리문 안으로 얼핏 보이는 약사의 나이를 가늠해 보았다. 첫 번째는 중년의 여자였다. 그대로 지나쳤다. 두 번째로 찾아낸 약국엔 이마가 벗겨진 백발의 머리가 보였다. 유리문을 밀었다. 도수 높은 돋보기를 쓰고 신문을 보던 중이었다. 나는 말을 더듬지 않으려고 노력했다.

"바, 바륨 있어요? 몇 알만 사고 싶은데요."

내 말이 떨어지자 늙은 약사가 의아하다는 듯이 나를 올려다보았다. 돋보기 위로 치켜뜬 눈으로 나의 아래위를 훑어보더니 아까부터 보고 있던 신문으로 시선을 거두었다.

"우리 약국엔 그런 약 없어. 의사 처방받아서 사라고."

시선을 아예 신문에다 붙박아둔 채 늙은 약사는 느릿느릿 반말을 던졌다. 다시 약국 문을 닫았다. 나는 짜증이 났다. 그 많은 영화나 드라마, 소설에서 약을 믹고 죽으리던 주인공들은 대체 어디서 수면제를 샀단 밀인가? 때마침 나타난 놀이터 벤치에 앉아 정신을 가다듬었다. 젊은 여자가 입속으로 중얼거렸던 약품명을 내가 정확히 지칭한 것은 실수였는지도 모른다. 여전히 내 말투가 불안해 보였는지도 모를 일이다. 나는 다시 한 번 시험해 보기로 했다. 그다음 눈에 띈 약국의 약사는 40대 후반 정도는 되어 보였고, 안경을 쓰지 않았으며, 몸체는 다소 비대해 보였다. 난 천천히 또박또박 말했다. 자연스럽게 보이기 위해 최선을 다했다.

"몸이, 많이 피곤한데도 잠을 잘못 자거든요. 그런 데에 먹을 만한 약이 있을까요?"

약사는 안쪽에 세워진 찬장으로 가더니 녹색 껍질로 포장된 약을 가져왔다. 비. 습. 관. 성. 수. 면. 유. 도. 제. 아. 졸. 정. 표면에 쓰인 글자가 한 자 한 자, 내 망막에 새겨졌다.

"수, 수면젠가요?"

처음엔 성공적이다 싶을 만큼 태연스러웠던 내 목소리가 정작 수면제를 받아 들자 떨리기 시작했다.

"그렇지요."

약사는 의외로 심드렁한 말투로 대답했다. 나는 서둘러 돈을 꺼냈다. 내 의사와는 달리 후들거리기만 하는 손으로 돌돌 말린 돈뭉치에서 만 원짜리 한 장을 꺼내기란 쉽지 않았다. 그때 운 좋게도 다른 손님이 들어왔다. 약사는 새 손님에게 뭐라고 말을 건넸다. 약사가 거슬러주는 천 원짜리를 한 손에 움켜쥐고는 뒤도 돌아보지 않고 놀이터로 걸음을 재촉했다. 놀이터 앞까지 와서야 안도감이 느껴졌다. 좀 전 그 벤치에 앉았다. 호흡을 가다듬었다. 머리에서 떠오르는 질문들을 약사에게 단 한마디도 묻지 못했다. 이 약은 주민등록증 없이 사도 되나요? 이 약을 많이 먹으면 죽게 되는 거죠? 얼마나 먹으면 죽게 되나요? 아무것도 묻지 못했다. 약사에게 거슬러 받은 돈을 세어 보았다. 8천 원. 약값은 고작 2천 원이었다. 포장 비닐 속에 나란히 담긴 열 알의 아졸정이 손끝에 느껴졌다. 난 갑자기 의심이 갔다. 이 약이 정말 사람을 죽일 수 있을까? 그런 약을 주민등록증도 없이. 약국 문을 닫고 나올 땐 그저 소리 음성의 형태로만 내 기억 속에 저장되었다. 그런데 지금 그 소리 음성의 구체적 의미를 나의 두뇌는 새로이 인식하고 있었다.

나는 네 개의 약국을 더 들렀다. 한 골목만 따라 올라가도 두세 개의 약국은 금방 찾아낼 수가 있었다. 거의 비슷한 방법으로 아졸정 사십 알을 더 샀다. 나는 아무것도 더 이상 묻지 않았다. 네 명의 약사 중 주민등록중을 요구한 경우는 한 명도 없었다. 네 명은 한결같이 술과 함께 먹어서는 안 된다는 말을 덧붙였다. 다시 버스를 타고 집으로 돌아왔다. 돌아오는 내내 내 머릿속에는 두 개의 문장이 마치 주문처럼 아른거렸다. '절대 오차는 없어야 한다. 반드시 술과 함께 먹어야 한다.' 나도 모르게 어금니를 있는 힘껏 앙다문 탓에 아래턱이 뻐근해졌고 관자놀이께가 지끈거렸다. 그래도 만일의 경우, 만일의 경우 잘못된다면? 절대 오차는 없어야 한다. 골이 빠개질 것 같은 두통에 이즈음에서 일단 생각을 멈추기로 했다. 구체적인 실행에서 한 치의 오차도 허용하지 않으려면 아무래도 의예과 친구놈한테 도움을 얻어야겠다고 생각했다. 그가 눈치채지 못하게 도움을 얻는 방법은 그 방법은…… 일단 두통이 가라앉은 다음에 그 모든 걸 다시 생각해야지, 그래, 다시 생각하자.

"거기 누구 없냐?"

아버지가 쪽방에서 나를 찾았다. 넋 나간 사람처럼 마루방 의자에 앉아 밖을 내다보던 내게는 아버지의 목소리가 마치 나를 4차원 세계에서 현실 세계로 끌어당기는 마법의 자력선같이 생소하게 느껴졌다. 내가 방문을 열자 아버지는 형수가 아닌 내가 나타난 것이 반가웠던 모양이었다.

"아직 안 나갔구나, 화장실을 좀 갔으면 싶구나."

나는 아버지의 등 뒤에서 양 겨드랑이를 두 팔로 끼었다. 아버지는 두 다리를 늘어뜨린 채로 화장실까지 끌려왔다. 화장실 바닥에 앉은 아버지는 성한 오른편 손으로 바지를 엉덩이 절반쯤 걸치도록 내렸다. 아버지가 바지 내리는 것을 기다려 나는 호흡을 가다듬고 다시 힘을 모아 아버지를 변기에 앉혔다. 아주 오랜만에 나는 아버지 방에 들어가 보았다. 제대한 후 인사를 하느라 들어온 적이 있었을 뿐, 잠시 물이나 약을 넣어주려 들렀던 이외에 내가 아버지 방에서 오랜 시간 머물렀던 적은 없었다. 나는 찬찬히 방을 둘러보았다. 아주 작은 아버지만의 세계였고, 가족들과 격리된 아버지의 유배지이기도 했다. 가구라곤 문갑이 전부였고, 방구석 쪽의 소반 위에 12인치짜리 티브이가 놓여 있었으며, 티브이는 외부와 단절된 아버지를 위한 형의 유일한 배려로 보였다. 벽엔 아버지가 그나마 복덕방을 드나들 기력이 있던 시절까지 입었을, 이제는 아무짝에도 소용없는 옷가지가 걸려 있었다. 늘 기대어 앉았을 벽면에는 누렇게 기름때가 절어 본래의 벽지 색을 알아볼 길이 없었고, 제대로 세탁하지 않은 베개 위에는 허옇게 머리비듬이 내려앉아 있었으며, 먹물이 여기저기 묻은 이불이 아버지가 누워 있다 빠져나간 모양 그대로 깔려 있었다. 문갑 위에는 오른쪽 다리가 저렇게 되기 전까지 붓글씨를 써놓았던 신문지들이 쌓여 있었고 먹물이 쩍쩍 금을 내며 말라붙은 벼루와 붓, 연적, 문진들이 놓여 있었다.

나는 아버지가 붓글씨를 써놓은 신문들을 뒤적였다. 『천자문千字文』에 나오는 글자들을 한 글자씩 예서체로 정성들여 써 놓은 것들이었다. 아버지는 꽤 나이가 들 때까지 증조할아버지에게서 한학을 배웠다고 했다. 한학을 배운 아버지의 붓글씨는 내 눈에도 꽤 수준급으로 보였다. 쌓여 있는 신문지들을 주욱 훑어보던 내 눈길에 걸리는 글자들이 나왔다. 醫療, 醫藥, 醫術, 治療, 完治, 病院, 疾病, 高血壓, 種湯 이런 내용의 글자들을 몇 번씩이나 반복해서 써놓은 신문지가 여러 장 있었다. 아버지가 얼마나 살고 싶어 했는지, 얼마나 정확한 치료를 갈망했는지 알려주는 암호문같이 느껴졌다. 하지만 아버지는 어머니와의 밀어 속에서도 치료를 원한다는 말은 한 번도 뱉은 적이 없었다. 살고 싶어 하는 아버지에게 연민이 느껴졌다. 지금도 저 다리가 나아서 산책할 수 있을 날을 기대하는 아버지의 어리석음에도 연민이 느껴졌다. 나는 내 마음에서 일어 오르는 연민을 눌러야 한다고 생각했다. 숨을 깊이 들이마셨다. 오랜 시간, 아버지의 유배지에 배어 있던 미란의 냄새가 콧속으로, 폐 속으로 빨려들어왔다. 미란의 냄새가 뭉긋뭉긋 일어나던 연민을 가라앉혔다.

"동욱아!"

아버지가 쉰 소리로 나를 불렀다. 나는 신문지를 있던 대로 급히 챙겨놓고 화장실로 날려샀나. 아버시들 면기에서 내려놓았나. 면기 안에는 새까만 염소똥 같은 것이 몇 점 떨어져 있을 뿐이었다. 20분이 넘는 힘겨운 노력의 결과는 그것이 전부였다.

다시 자리에 누운 아버지의 야윈 이마에 신경 줄이 발딱발딱 서 있었고, 빗질도 안 한 성성한 흰 머리칼 밑에는 송글송글 땀방울이 맺혀 있었다. 화장실에 다녀오는 것조차도 아버지에겐 감당하기 힘든 노동이었다. 나는 외면하고 방문을 나서려 했다.

"너랑, 이, 이렇게, 단둘이, 마주 보는 것이, 차, 참으로 오랜만이구나."

숨을 몰아쉬며 아버지는 한마디씩 토해냈다. 그 낯설었던 침묵을 견디기 힘들어 새벽부터 도서관에 나갔고, 자신의 안식처를 유린당한 들개처럼 밤거리를 배회하던 시절, 군대 가기 직전, 어쩌다 아버지와 함께 있었던 건 잠자는 순간뿐이었다. 그런데 지금 아버지는 무척이나 오래도록 그리워하던 벗을 대하는 것처럼 나를 반기고 있다. 아버지는 분명 나와 얘기하고 싶은 것이다. 방문 손잡이를 잡은 채로 나는 아버지를 내려다보았다.

"바쁜 일이, 없으면, 좀 앉지, 그러니."

나는 손잡이를 놓았다. 아버지 머리맡에 앉았다. 아버지의 희었던 눈자위는 금방이라도 고름이 툭 터져 나올 것처럼 누렇게 변색해 있었다. 아버지는 한참이나 호흡을 고르느라 애를 썼다. 시선을 천장의 어느 한 점에 고정한 채 잔잔하게 말을 이었다.

"지키는 것보다, 버리는 것은, 훨씬, 쉬운 일이지. 나는, 버리는 쪽을 선택했었다. 말하자면 쉬운 쪽을, 선택한 거지. 느이 형은, 내가 지키지 못했던 것을, 지키고 있다. 지키기 힘든 것을, 지키는 사람은, 모질어야 한다. 형은, 힘든 것을, 지키고 있는 게야. 니가, 도와야 한다. 느이 에미가, 내 자리까지, 지켜오는 동안, 느이 형이, 그랬던 것처럼, 이젠 니가, 느이 형을, 도울 차례다. 마지막 순간까지, 내가 느이 형을, 도울 길이 없는 것이, 그저 안타깝고, 부끄럽다. 성가신 짐이라도, 되지 말았어야 하는 것을…… 오래전부터 네게, 하고 싶었던 말을, 이제야 하는구나."

순간 나는 깨달았다. 아버지가 왜 자신의 환부를 어머니에게만 보이는지를. 어머니가 누나 집에 들렀다가 하룻밤을 묵고 온 적이 있었다. 그때 어머니를 대신하여 형수가 찹쌀 반죽을 갈아붙이려 했다. 아버지는 끝내 거부했다. 아버지는 자신의 고통을 자식에게 알리지 않는 것만이 현재 자신이 형을 도울 수 있는 유일한 길이라고 생각한 것이 분명하다. 또다시 울컥 연민의 감정이 일었다. 연민을 누르기 위해 나는 더욱 깊게 숨을 들이마셨다. 아버지는 한참 말을 끊었다. 거친 숨소리도 차츰 가라앉았다.

"미안한 일이다만, 부탁이 또 하나 있다. 내게, 내게 말이다. 수면제를 좀 사다 다오."

나는 하마터면 네?라는 경악의 반문을 던질 뻔했다. 수면제라는 단어는 나의 뇌수를 뚫고, 척추를 타고 흘러 손발에 경련이 일게 했다. 아버지가 내 마음을 환히 꿰뚫어 보고 있을지도 모른다는 생각에 소스라쳤다. 장판에 그려진 꽃무늬만 바라보던 나는 나도 모르게 아버지 얼굴로 시선을 내리꽂았다.

"자, 잠을 잘못 자서 그런다. 느이 에미가 진통제도 하루에, 두 알밖에 주지 않는구나."

내 심성을 산파했는지 아버지는 얼른 말을 덧붙었다. 아버지의 입가에 겸연쩍은 미소가 흘렀다. 웃음을 짓는데도 이상하게 입가가 자꾸만 일그러졌다. 아버지의 저런 웃음을 본 적이 있었다. 누나가 결혼하고 난 뒤 내가 마지막 학기 등록을 할 때였다. 그때 아버지는 내 등록금을 내놓았다. 근 이 년간 복덕방을 드나들며 알게 된 사람들을 통해 붓글씨로 가훈을 적어주거나, 한자문을 쓴 병풍을 만들어 주거나 하여 수고비 조로 푼돈처럼 받았던 돈을 꼬박 모아두었던 것이었다. 그 돈을 내어놓던 아버지가 저런 미소를 지었었다. 나는 한순간 어지럽게 일었던 경악스러운 혼란을 평정하고 아버지에게 가부를 답하지 않은 채 일어섰다.

"도, 동욱아!"

내가 일어서자 아버지가 나를 다급하게 불렀다. 나는 돌아보았다. 천장에만 머물렀던 아버지의 눈길이 내 눈동자를 맞바로 칩떠보았다. 아버지 이마에 몇 가락 굵은 주름이 잡혔다. 나는 흠칫했다. 아버지의 움푹 파인 눈길에 불꽃이 일고 있었다.

"혼자 남을, 느이 에미가, 가슴에 맺힌다만, 내 몸은, 내가 잘 안다. 나는 이미, 글렀다. 내 부탁을, 들어줄 수 있는 건, 너밖에 없다. 나를 도와다오."

아버지의 눈에서 이는 불꽃은 내 머리를, 내 가슴을, 내 팔다리를 덮었다. 전신에 마비가 왔다. 아득한 현기증과 함께 나는 그 자리에 쓰러질 것 같았다. 간신히 내 몸뚱이를 지탱하고 있던 다리가 후들거렸다.

활짝 열린 마루 창으로 봄 햇살이 쏟아져 들어오고 있었다. 내가 어떻게 아버지의 유배지를 빠져나와 이곳에 있는지, 바로 직전의 일이 머나먼 옛일처럼 기억에 없었다. 발바닥이 따스했다. 햇발이 달구어 놓은 마루에 온기가 스며든 것이었다. 저 먼 곳 태양에서 시작된 열기가 내 발밑까지 닿은 것이다. 햇살은 저리도 부서지고 있고 내 발밑은 이리도 따사로운데, 유배지에 고립된 아버지는 죽음을 갈망하고 있다. 그 갈망을 나를 통해 이루려 하고 있다. 햇살에 부끄러웠다. 내 발밑까지 닿은 온기가 나를 부끄럽게 했다. 불룩하게 배를 내민 바지 주머니를 더듬었다. 열 알씩 들어 있는 다섯 개의 봉투를 꺼냈다. 그중 한 개의 봉투를 찢어 비닐 안에 들어 있는 한 알을 왼손 엄지손가락으로 밀었다. 나의 오른손바닥에 하얀 아졸정이 떨어졌다. 손아귀를 부르르 움켜쥐었다. 내 모든 힘을 다해, 그 한 알의 수면제를 쏟아지는 햇살 속으로 던졌다.

나머지 수면제를 한 알, 한 알 까서 화장실 변기 속에 넣었다. 작은 물방울을 튀기며 떨어진 마흔아홉 알의 수면제들이 변기 밑바닥에 가라앉왔다. 초인종이 울렸다. 형수가 돌아온 것이다. 쏴아아 물을 내렸다. 마흔아홉 알의 수면제가 변기 속으로 사라졌다. 형수가 부엌에 들어간 사이 나는 전화 수화기를 들었다. 현장에 나가 있다는 박 병장의 목소리는 꽤나 시간이 흐른 후에 수화기에서 흘러나왔다.

"박 병장, 전에 했던 제안은 아직도 유효한 거지?"

"그럼, 나야 언제든지 환영이지. 말했던 대로 일급이든 주급이든 하 이병이 원하는 방식대로 지급할 거고."

한참이나 머뭇거리던 박 병장이 서그럽게 대답했다.

수화기를 놓고 나는 조카의 일회용 기저귀를 찾았다. 그중 두 장을 꺼내어 잇대어 붙였다. 두 배쯤으로 커진 기저귀를 가지고 아버지의 유배지를 무너뜨렸다.

"형수를 부르지 말고 여기에 그냥 용변을 보세요. 제가 돌아와서 갈아드릴게요."

처음으로 아버지에게 따뜻한 미소를 보냈다. 거부의 몸짓을 하던 아버지는 나의 완력에 못 이겨 받아들였다. 아버지의 아랫도리를 다 벗겼다. 내가 처음 보게 된 아버지의 남성男性은 부끄러움으로 성을 내었다. 기저귀를 채우고 가슴팍까지 이불을 올려주던 내 손길에 아버지의 볼이 스쳤다. 까슬하게 돋아난 흰 수염이 아련한 감촉을 전해주었다.

"아버지, 다음 주쯤엔 일단, 저랑 같이 병원에 가요. 그다음 문제는 그다음에 고민하고요."

나는 진심으로 말했다. 아버지의 주름살이 실룩거렸다.

"다 부질없는 소리."

내 말에 대한 아버지의 대답이었다. 아버지는 눈을 감고 있었다.

나는 난생처음 먼 길을 떠나는 심정으로 옷을 갈아입었다. 대문 밖에는 아까보다 더욱 찬란해진 햇살이 완숙한 봄을 드러내고 있었다. 양손을 뻗쳐 햇살을 받았다. 그때야 아슴아슴하기만 했던 기억이 안개가 걷히듯 선명해졌다. '엄마야 누나야 강변 살자 들에는 반짝이는 금모래빛 뒷문 밖에는 갈잎의 노래 엄마야 누나야 강변 살자.' 내가 아버지에게 배웠던 하모니카, 아버지가 내게 가르쳐 주었던 하모니카. 그 설익은 선율이 분명하게 기억났다. 내가 국민학교에 들어가기 전 해였던가, 그러니까 아버지가 집을 떠나기 전 해, 아버지는 아버지의 친구들 앞에서 자랑스러운 웃음을 머금고 내게 하모니카를 불어보라 하였다. 나는 박자도 높낮이도 제대로 맞지 않은 〈엄마야 누나야〉를 참으로 열심히도 불었더랬다.

용산의 비가

대호는 하늘을 한번 올려다보았다. 맵싸한 바람 사이로 똘망똘망한 별빛들이 쏟아져 내리고 있었다. 무심결에, 그의 입술 새로 가느다란 한숨이 새어 나왔다. 점심시간에 사무실까지 부리나케 달려가 받았던 형의 전화 목소리가 아직껏 귀에 쟁쟁거렸다. 대호는 무력하게 고개를 떨구었다. 전화도 전화려니와 2주 만에 돌아온 야근 탓인지 갑자기 피곤기가 확 몰려들었다. 낮은 철문은 낡아빠진 초록 페인트칠이 여기저기 벗겨진 채 언제나처럼 삐걱거리며 열려 있었다. 대호는 힘없이 대문을 밀고 들어갔다. 아귀가 잘 맞지 않는 이음쇠의 마찰음도 함께 삐거-억 하고 길게 울었다.

대문 안에 들어서자 바로 옆에서 책이며 신문지며 박스 나부랭이들을 질질 흘리고 있는 김 노인의 리어카가 곧바로 눈에 띄었다. 순간 대호의 이맛살이 심하게 찌푸려졌다. 리어카가 저렇게 아무렇게나 내팽개쳐져 있다는 것은 분명 김 노인이 어디선가 술을 퍼마시고 있다는 증거였다. 그렇지 않다면 리어카는 손잡이를 하늘로 향하고 마당 구석에 단정히 서 있을 터였다. 김 노인은 오늘 밤도 분명코 만취되어서 들어올 것이었다. 그러면 그의 판에 박은 듯한 주사는 두어 시간은 족히 반복될 것이다. 생각이 거기까지 미치자 대호는 그만 견딜 수 없이 짜증스러워졌다. 대호는 김 노인의 리어카 위에 쌓아 올려진 폐품 더미를, 마치 그곳에 술에 곯아떨어진 김 노인이 엎드러져 있기라도 한 듯이 멸시와 증오의 눈초리로 한참이나 쏘아보았다.

"총각, 이제 들어오는구랴. 아유, 그래. 그 영감님 또 한잔 꺾으러 간 모양이야. 아, 모르는 사람들끼리 세를 살다 보면 이런 사람도 만나고 저런 사람도 만나는 거 아니겠어? 갈 곳 없는 노인네가 신세타령 하나 부다, 하고 젊은 사람이 참아야지. 안 그러우? 괜히 소리를 빽빽 질러대서 그렇지, 뭐 특별히 남에게 피해를 주는 것도 아니잖수? 그나저나 이제 황천길도 멀지 않은 영감이 걸핏하면 웬 술은 그리 마셔대는지, 원. 저러다 어느 날 우리 집에서 객사라도 하면 그 일을 대체 어떡해? 궁상맞게 그 나이에 빨래하고 앉았는 꼬락서니 보기도 지겹고, 휴지 팔아 겨우겨우 내는 월세 받아먹기도 미안쩍고……, 도대체 같이 살기로 했다던 딸은 왜 안 나타나는 거야? 내가 이거 무슨 팔자에도 없는 시집살이람."

대문 소리에 미닫이문을 열고 내다보던 이천댁은, 대호가 리어카를 노려보고 섰는 모습에 흠칫하더니만, 김 노인에 대한 푸념인지 대호에 대한 훈계인지 모를 소리를 시네 버블어대면서 대호의 입을 막았다.

이천댁의 긴 사설을 듣는 둥 마는 둥 대호는 제 방으로 쑥 들어가 버렸다. 이천댁의 사정을 다 아는 대호로서는 마땅히 그녀에게 할 말이 떠오르질 않았다.

김 노인이 처음 이 집을 찾은 것은 올 6월, 복덕방을 통해서였다. 이천댁은 백발이 성성한 노인네를 사글셋방에 혼자 들여놓기가 영 꺼림칙했다. 그러자 눈치 빠른 복덕방 장 영감이 몇 달만 있으면 미국서 사는 딸이 돌아와 함께 살게 될 거라고, 그녀를 구슬렸다. 장 영감이 김 노인의 눈치를 슬금슬금 보며 이천댁을 설득하는 동안, 김 노인은 뒷짐을 지고 먼 데 하늘만 올려다보고 있었다. 썩 내키지는 않았지만, 방이 쉬 빠지지 않을 철이라 결국 이천댁은 김 노인에게 내주기로 마음먹었다. 칠순이 다 된 노인네가 혼자 사는 모습이 안쓰러워, 이천댁은 은근히 음식도 날라다

주고 옷가지들도 간간이 가로채서 대신 빨아주었다. 하지만 6개월이나 지난 오늘까지도 정작 김 노인의 입에서는 딸 얘기가 한 번도 나온 적이 없었다. 아니, 찾아올 기미라곤 애당초 없는 듯도 했다. 그래도 이천댁만은 김 노인의 딸이 나타나기를 이제나, 저제나 하며 초조하게 기다리고 있는 듯했다.

"맨정신에는 그렇게 말이 없는 양반이 술만 들어갔다 하면 웬 주접인지? 에휴, 오늘 밤에도 편히 자기는 다 틀린 모양이야. 남의 세 얻어먹고 사는 일도 할 짓이 아니라니까!"

혼자 궁시렁대던 이천댁은 부엌문을 드르륵 밀어젖히더니 텅 소리를 내며 닫아버렸다.

대호는 서둘러 잠자리를 깔았다. 김 노인이 돌아오기 전에 깊이 잠들어 버리는 게 최상책이라고 판단한 때문이었다. 옷을 갈아입고 대충 수돗가에서 세수를 끝내고 방도 대강 훔쳤다. 그리고 이불속으로 기어들었다. 하지만 정신은 더욱 또렷해졌다. 김 노인 때문에 잠시 잊고 있었던 낮의 전화가 다시금 귓가에서 맴맴 돌았다.

"대호야, 아부지 저러고 누워 계신 지 벌써 오 년짼디, 이제 언제 돌아가실런가 워찌 알겠냐? 니가 직접 눈으로 못 봐서 그렇제, 요새는 하루가 다르게 해골 그림자가 얼굴에 쫙 퍼진단 말이씨. 그러다 덜컥 돌아가시는 날엔 시신을 대갈빡에 이고 있을 수도 없잖냐, 이 말이여. 머리에 피도 안 말라서부텀 타향살이 허는 니한테는 미안시런 말이지만서두 어쩌것냐. 아, 니두 농촌 사정 알자녀. 나도 허구싶어 이짓 해는 것두 아니구. 그라니 쪼까 힘들더라두 아부지 장사 채비를 니가 맡아야 안 쓰것냐?"

대호는 그런 전화를 벌써 세 차례나 받았다. 거의 한 달에 한 번꼴이었던 것 같다. 그때마다 어떻게 한번 해보자고 대답은 했지만, 사실 대호로서도 별달리 뾰족한 대책이 있었던 건 아니었다.

"씨발, 부랄 두 쪽밖에 가진 거 없는 놈한테 뭐 어떡하라는 거야?"

엎치락뒤치락하던 대호는 시계를 보았다. 바늘은 11시를 넘어서고 있었다. 이제 형광등을 아예 꺼버려야겠다고, 생각이 들었다. 그때였다.

"이천댁! 이천댁!"

김 노인의 걸쭉한 목청이 울리더니 이내 철문을 손으로 두들겨대는 소리가 꽝꽝거렸다.

사실 이천댁이란 이름은, 김 노인이 이천댁에게 지어순 것이었다. 김 노인이 이천댁 집에 세든 지 달포쯤 지났을 때였다. 수돗가에서 이불 빨래를 하느라 한창 정신이 없던 이천댁을 뒤에서 물끄러미 바라보고 있던 김 노인이 불쑥 이렇게 중얼거렸다.

"이천에서 온 게야. 싹싹한 품새가 필시 경기도 이천에서 왔는걸."

달포 동안이나 한집에 살면서도 김 노인이 남에게 먼저 말 거는 걸 본 적이 없었던 이천댁에게는 깜짝 놀랄만한 일이었다. 더구나 김 노인의 그 말은 이천댁의 고향을 족집게처럼 알아맞힌 것이었다.

또 한번은 이천댁이 김 노인에게 김치 한 사발을 갖다준 일이 있었다. 김 노인은 빈 김치 사발을 이천댁 마루 위에 슬며시 얹어놓으며, "김치맛도 꼭 이천 것이야." 라고 혼잣말을 하는 것이었다. 그런 일이 있은 다음, 김 노인은 술이 떡이 되어 들어오는 날이면 멀쩡히 열려 있는 대문을 꽝

꽝 두드리며 "이천댁!" 하고 소리를 질러대곤 하였다. 김 노인이 그러면 서부터 이 집에 세 든 사람들은 모두 그녀를 '주인아주머니'라는 말 대신 '이천댁 아주머니'라고 부르게 되었다. 대호네 위층 셋방에서도 창문을 여는 소리가 들렸다. 김 노인의 모습을 확인하려는 셋방살이들의 호기심의 표현일 것이었다. 대호는 이불을 머리끝까지 뒤집어썼다. 곧이어 대문을 밀어젖히는 소리가 삐이익, 꽝 하며 신경이 곤두설 만치 날카롭게 밤의 공기를 흔들어 놓았다. 드디어 김 노인이 방문 앞에 넘어지는 소리가 쿵 하고 들렸다. 다소 작아진 노인의 혀 꼬부라진 목소리가 다시 시작되었다.

"산 좋고 물 맑은 곳으로 돌아가라고. 이놈의 세상은 언제부턴지 서로 뜯어먹으려고 눈알이 시뻘개진 각다귀판이 돼버렸어. 각다귀판이! 그러니 어서 돌아가라고. 나쁜 놈들, 땅이 무섭지도 않느냐 말이야. 즈이 놈들이 그렇게 살다가 땅이 주는 업보를 받고 말 테지. "

"아유, 영감님! 깍다기판이고, 깍두기판이고 간에 밤이 늦었어요. 얼른 들어가 주무세요. 아침 일찍 일하러 나가야 하는 사람들도 생각 좀 해주셔야죠."

이천댁이 마루 문을 열고 머리만 내민 채 째지는 소리를 비명같이 내질렀다. 하지만 김 노인은 이천댁의 말소리가 전혀 귀에 들리지 않는 듯, 제 할 소리만 계속했다.

"우리 아버님도 말씀하셨어. 땅은 다 알고 있다고. 그런데 땅이 무섭지도 않냐 말야. 땅의 기운을 거역하는 놈들은 제 명에 못 산다고, 아버님이 말씀하셨어. 내가 아무리 배운 게 없어도 우리 아버님 가르침만은 두 눈에 흙이 들어가기 전에 잊어버리지 않을 거다. 이, 나쁜 놈들아!"

"정말이지, 그놈의 땅 타령. 나 참, 나이 오십 먹도록 하늘이 무섭다는 말은 들었어도 땅이 무섭다는 말은 처음 듣네. 영감님! 이젠 좀 들어가시라니깐요."

"어떻게 된 게 이놈의 세상은 각다귀판이여. 뭔가 잘못됐어. 잘못됐다니깐. 빨리 바로잡아야 해. 이 우매한 백성들아. 그걸 너희들이 모른단 말이여!"

"아이고, 난 몰라! 그렇게 세멘 바닥에서 밤을 새우건 말건 난 상관 안 해요!"

이천댁은 드르륵 쾅 미닫이문을 닫고 들어가 버렸다. 여기저기서 덩달아 방문 닫는 소리가 들렸다. 대호는 벌떡 일어났다. 티브이를 켰다. 마지막 뉴스를 하고 있었다. 대호는 김 노인의 걸그렁거리는 목소리가 귀에 들리지 않을 때까지 힘껏 볼륨을 높였다.

"예산안 심의에 들어간 여야는…… 국방비를 둘러싸고 쟁점이…… 새로운 국회의 참모습을……. "

"우리 아버님께서는…… 땅과 사람이 잘 어울려야…… 제 명에 못 산다고 그러셨다니까……. "

티브이 소리와 김 노인의 땅 타령은 서로 뒤죽박죽 섞여 마디마디 끊어졌다. 끊어진 마디 사이를 뚫고 이천댁은 거의 발악적으로 소리를 질렀다.

"이봐, 대호 총각! 티브이 좀 꺼! 젊은 사람이 이해해줘야지 어쩔 거냐고? 아, 저 영감님! 이젠 다 알았다고요. 우리가 우매해서 깍두기판이 됐으니 제발 좀 들어가요!"

이번엔 창문에 매달려 대호의 방 쪽과 김 노인 쪽을 번갈아 쳐다보며 호소하는 이천댁의 목소리가 갈라졌다. 그래도 티브이 볼륨은 줄어들지 않았고, 김 노인의 주사도 그칠 기색이 없었다. 이천댁까지 가세한 셋의 줄다리기는 제각각 가고 싶은 방향으로 내달렸다.

"아유, 내가 미친년이여, 미친년. 하루아침에 과부가 돼갔고는 이 후암동 골채기에서 방 몇 칸 덧붙여 서 푼어치 세를 받아 살겠다고 나선 내가 미친년이여."

드디어 이천댁이, 자조 어린 푸념을 끝으로 제일 먼저 줄다리기 끈을 놓았고, 잠시 후 김 노인의 주사도 시들시들 잠들어 갔다. 그러자 '내일의 날씨'를 알리는 아나운서의 목소리도 잦아들었다.

대호는 살며시 방문을 열고 내다보았다. 모든 방에 불이 꺼지고 노인은 잠이 든 듯 시멘트 바닥에 웅크린 채 기척이 없었다. 대호는 김 노인 앞에 섰다. 노인은 꿈쩍도 하질 않았다. 대호는 김 노인의 방에 불을 켜고 난 후, 노인을 가뿐하게 안았다. 자그마한 체구에 무게가 별로 느껴지지 않았다. 방안에는 비키니 옷장이 하나 서 있고, 옷장 옆에는 소반이 덩그러니 놓여 있었다. 그리고 벽에는 여기저기 입던 옷가지가 걸려 있었다. 김 노인을 방에 눕힌 후 대호는 선 채로 노인의 얼굴을 들여다보았다. 고집스럽게 앙다문 입가의 주름은 온 얼굴의 크고 작은 굴곡으로 이어져 있었다. 김 노인이 구체적으로 무엇을 하고 살아왔는지는 몰라도 그 주름들은 그가 얼마나 세파에 시달렸는지를 웅변적으로 말해 주었다.

"난 당신 같은 고집불통 영감쟁이들이 정말 싫어. 고집 하나만 믿고 버티다가 결국은 제 묻힐 자리 하나 마련 못해서 마지막 순간까지 자식들을 괴롭히는 그런 영감쟁이들은 딱 질색이란 말야!"

나지막이 중얼거리는 대호의 말이 끝나자 이제껏 자는 듯이 고요하던 김 노인이 눈을 번쩍 떴다. 대호는 순간 가슴이 철렁 내려앉는 것만 같았다. 재빨리 돌아서서 노인의 방을 나왔다. 문밖에 서서 대호는 방 쪽에 귀를 기울여 보았지만 아무런 인기척도 나질 않았다. 대호는 애써 발소리를 죽이며 제 방으로 들어갔다. 한바탕 전쟁을 치르고 난 뒤의 고요함 속에서 대호는 잠이 들었다.

김 노인은 대호가 눕혀준 그대로 꿈쩍 않고 누워서 천정만 뚫어지게 쳐다보았다. 눈에는 눈물이 주룩 흘렀다. 차가운 눈물이 눈가 주름을 타고 귓속으로 사뭇 흘러들었다. 천상 벽지의 꽃무늬 사이로 노인은 아버지의 모습을 떠올렸다. 어언 오십 년이란 세월이 흘렀다. 그것은 눈을 부릅뜬 채 숨을 거두는 모습이었다. 아버지는 턱수염을 부르르 떨면서 열아홉 살이었던 김 노인의 팔목을 힘껏 거머쥐었다. 그리고 뱃속 저 깊은 곳에서 끓어나오는 소리를 한마디 한마디 토해냈다. 그것은 아버지가 이승에서 남긴 마지막 말이었다.

'설인아. 저, 저놈들이 설봉산의, 혀, 혈을, 끊게, 둬선, 절대 아, 안된다. 절대!'

김 노인의 눈에는 소리 없는 눈물이 자꾸만 넘쳤다. 그렁그렁한 눈물 사이로 아른대는 또 다른 아버지의 모습이 있었다. 그것은 설봉산 기슭에서 아름드리 쇠말뚝을 그러안고 뒹구는 모습이었다. 아버지의 등짝을 채찍이 휘감았다. 그래도 아버지는 쇠말뚝을 놓지 않았다. 몽둥이가 내리꽂혔다. 아버지는 더욱 악착같이 쇠말뚝에 달라붙었다. 아버지의 흰 옷이 찢어졌다. 아버지는 벽력같이 소리를 질렀다.

"안 된다. 이놈들아. 설봉산의 혈을 끊을 수는 없다. 네놈들이 이 쇠말 뚝으로 조선의 맥을 끊을 수 있을 것 같드냐!"

찢어진 옷 새로 맨살이 드러났다. 아버지의 살집이 터져 붉은 피가 흰 옷을 선연히 물들여갔다. 그럴수록 아버지의 몸은 아예 쇠말뚝의 일부가 되어가는 것 같았다.

김 노인은 마침내 작은 흐느낌으로 울기 시작했다.

대호는 대문을 열려다 말고 김 노인의 방을 살폈다.

"아직 기척이 없는 걸 보니 여태 주무시는 모양이우. 이제 해가 중천에 뜨면 또 두루마기를 해 입고 어딘가 나가겠지."

부엌에서 일손을 보고 있던 이천댁이 고개를 내밀고 아침 인사를 대신 했다.

"두루마기요?"

"아, 예. 아 참. 그리고 어젯밤엔 죄송했습니다. 피곤한 데다 안 좋은 일도 있어서 그만."

"알어, 알어, 젊은 혈기에 그럴 수도 있는 일이지 뭐. 이러니저러니 해도 불쌍한 영감 아니우. 저 나이에 자식도 없이 혼자 궁상떨고 있는 심사가 오죽이나 처량맞겠수. 귀신은 경문에 막히고 사람은 인정에 막힌다고, 아 나도 어쩔 수 없이 영감을 돌보다시피 하는 처지가 됐지만. 남편 자식새끼 다 잡아먹은 팔자에 이젠 나이꺼정 먹어가니 그전하고는 생각이 달라지는 게 한두 가지가 아닙디다. 아, 대호 총각도 나이 드신 아버님이 계시질 않어? 아버님 생각해서라도 좀 참으라고. 이런 일도 얼마 가겠어? 머잖아 미국서 딸이 오면 혹시 아우? 그땐 사례라도 톡톡히 받게 될지? 호호호."

"아, 예. 그럼, 일 다녀오겠습니다."

자칫하면 발목 잡히겠다 싶었는지 대호는 인사를 서둘렀다.

"아 참, 내 정신 좀 봐. 출근할 사람을 붙들고 아침부터 무슨 수다람? 그래, 그래. 아무튼 같이 사는 날까지 한 식구처럼 지내자고!"

문밖까지 따라나서며 이천댁은 대호를 배웅했다. 이천댁의 말소리를 떨쳐버리려는 듯 대호의 발걸음은 점점 빨라졌다.

심 노인의 방문이 열리너니 무루마기까지 자려입은 난복한 한복차림의 김 노인이 말끔한 모습으로 나왔다. 마루에 걸터앉아 막 장바구니를 풀어헤치던 이천댁이 김 노인을 향해 호들갑을 떨었다.

"아이그, 영감님. 좀 더 주무시질 않고, 간밤엔 왜 또 그러셨어요? 이젠 나이 생각도 좀 하셔야죠?"

김 노인은 이천댁의 호들갑엔 대구하지 않고 어흠, 기침만 한번 내뱉고는 흰 고무신을 찾아 신었다.

"아침도 안 드시고 어딜 가세요? 해장국이라도 한 그릇 말아 드셔야 속도 풀릴 게 아녜요?"

김 노인은 아예 이천댁을 못 봤다는 듯이 훌쩍 대문을 나섰다.

"오늘은 일 안 나가세요?"

이천댁은 엊저녁부터 마당에 내팽개쳐진 채로 서 있는 리어카를 쳐다보며 연신 질문을 던졌다. 하지만 김 노인에게서 대답이 나올 리는 없었다. 멀어져가는 김 노인의 뒤에서 이천댁은 그다지 화가 나지는 않은 어투로 욕설을 퍼부었다.

"저놈의 영감탱이 주둥아리는 술을 퍼넣어야만 벌어지나? 아, 근데 술 퍼먹은 다음날마다 두루마기까지 해 입고 도대체 어딜 쏘다니는 거야?"

대호는 아침 일찍부터 서둘렀다. 오랜만에 호젓이 산에 올라 몸속의 묵은 찌꺼기를 털어버리고 싶었다. 북한산 입구에 도착했을 때, 아직 이른 탓인지 등산객이 몇몇밖에 눈에 띄질 않았다. 대호는 이렇게 사람이 없는 산을 오르는 게 늘 좋았다. 특히나 겨울 산이 오르는 묘미가 있다고 생각했다.

지난번에 온 눈이 아직 곳곳에 녹지 않은 채로 남아 있었다. 눈 밑에는 가끔 얼음이 감춰져 있기도 했다. 발밑에 얼음이 밟히는 순간마다 허리까지 휘청했지만, 그 고비를 하나씩 넘으면 가슴이 뿌듯했다.

대호보다 먼저 백운대에 와 있는 사람은 불과 네댓 명에 불과했다. 이제 우이동 입구에서는 사람들이 줄지어 산을 오르기 시작할 시각이었다. 안개가 끼어 시계가 그리 넓지는 못했다. 대호는 김이 오르는 이마의 땀을 훔치며 사방을 향해 야호 소리를 질렀다. 속이 확 뚫리는 듯한 기분이 들었다. 그러고는 앉기 좋은 바위를 골라잡아 담배를 한 대 피워 물었다. 땀이 서서히 식어가기 시작했다. 대호는 한기에 몸서리를 치며 문득 옆 바위를 쳐다봤다. 순간 대호는 들고 있던 담배를 떨어뜨렸다. 김 노인이었다. 아까부터 그 자세로 앉아 있었던 듯 그윽하게 어딘가를 응시하고 있었다. 대호보다 훨씬 전에 산에 오른 게 분명했다. 대호는 아는 체를 해야 할지 말아야 할지 망설였다. 김 노인의 술주정 때문에 몇 차례 심리전을 벌이기는 했어도 정작 직접 얘기를 나눠본 적은 없던 터였다. 엉거주춤 일어나서 김 노인에게로 다가갔다.

"영감님, 이렇게 이른 아침부터 산에는 어쩐 일이십니까? 오르시느라 힘드셨죠?"

김 노인은 미동도 없이 바라보던 곳을 그대로 바라보고만 있었다.

"산에는 자주 오르시는 모양이죠?"

역시 김 노인은 대답이 없었다. 대호는 돌아서려 했다. 그때 김 노인은 허리를 펴고 팔을 휘두르며 입을 열었다.

"저 정정한 기운을 좀 보아. 얼마나 아름다운가 말이야."

대호가 김 노인의 목소리를 들었던 기억은 술에 만취되어 걸그렁거릴 때뿐이었다. 그러나 지금은 그런 목소리가 아니었다. 노인의 것이라고는 전혀 믿을 수 없을 만큼 맑았다. 대호는 똑바로 김 노인의 얼굴을 쳐다보았다. 그의 표정 또한 대호가 한 번도 본 적이 없는 그런 것이었다. 술에 곯아떨어졌을 때의 피폐하고 고집스러워 뵈는 표정도 아니었다. 그렇다고 술기운이 없을 때의 그 무표정한 모습도 아니었다. 웃음 띤 눈매와 미소를 머금은 입술이었다. 흡사 어린 손자의 재롱을 바라보는 할아버지와 같은, 그런 온화한 표정이었다.

"저 웅장한 지기地氣를 보아. 백두에서부터 시작된 용龍의 맥세脈勢가 태백산맥으로 이어지고, 태백산맥에서 다시 광주산맥으로 뻗어 나온 맥脈이 여기 삼각산에서 종宗을 일으키는 형국이니 어디 하나 흠잡을 데가 없단 말이지."

김 노인은 마치 백두산과 태백산맥, 광주산맥을 눈앞에 두고 그리듯이 말을 이어 나갔다. 그리고 그 표정이 이번에는 존경하는 스승을 우러르는 경외감으로 점차 바뀌어 갔다.

"저기 북악산이 바로 서울의 주산主山이야. 그러니 좌청룡의 자리에는 낙산이 자리 잡고 있고, 우백호의 자리에는 인왕산이 서 있는 모양새지. 북악산 맞은편에 있는 남산이 안산案山에 해당하고, 그 뒤에 있는 관악산이 조산朝山에 해당하니, 결국 남산과 관악산이 주작朱雀인 셈이지."

안개밖에 보이지 않는 먼 허공을 향해 이리저리 팔을 휘두르며 설명하는 김 노인은 껄껄 웃기까지 했다. 김 노인의 태도는 대호에게 얘기하는 건지 혼자 독백을 뇌까리는 건지 구분조차 할 수 없을 정도로 앞만 바라보고 있었다.

"주산과 조산의 관계는 흡사 이런 것과 마찬가지일세. 주산이 주인이라면 조산은 손님이고, 주산이 임금이라면 조산은 신하에 해당하는 격이지. 그러니 주산은 당연히 그 웅장한 자태를 자랑해야 하고, 조산은 주산의 기세를 넘봐선 안 된다네. 그런데 안타까운 일은 주산인 북악산보다도 조산인 관악산이 근 두 배나 높단 말일세. 객이 주인의 자리를 넘보고, 신하가 임금의 자리를 넘보는 것과 똑같은 이치란 말이야. 그러니 어찌 외세의 간섭과 신하의 모반이 잦지 않을 수 있겠나?"

알 듯 모를 듯한 소리에 망연히 듣고만 있던 대호는 그제야 알겠다는 듯이 김 노인에게 탄성을 올렸다.

"아하, 영감님! 거, 풍순가 뭔가 그런 거 하셨군요?"

순간 김 노인은 대호를 힐끗 쳐다보았다. 눈초리가 어찌나 매서운지 대호는 자신도 모르게 주눅이 들고 말았다.

"푸, 풍수지리라는 거 말입니다."

김 노인은 대호의 말에는 아랑곳없이 다시금 앞을 바라다보면서 얘기를 이었다.

"북악산이 그렇게 허약해서 그 뒤에 이 삼각산이 받치고 서서 북악산을 진호하고 있는 것이지."

김 노인의 얼굴에는 어느덧 침통한 그늘이 드리워졌다.

"참으로 신비로운 일이지. 땅은 사람의 운명을 바꿔놓으면서도, 또 제 모습이 사람의 모습을 닮아 가기도 한단 말이야. 서울의 지도를 가만히 펴놓고 보게. 쏙 무궁화꽃이 만개한 형상이거든. 그 무궁화의 수술이 있는 자리가 바로 용산이고. 원래 용산은 우백호의 맥이 한강에 닿는 부분이었어. 그 모습이 흡사 용이 물을 마시는 모양과 같다 하여 이름도 용산이 됐지. 그것이 지금은 남산 쪽으로 약간 옮겨와 무궁화꽃의 수술 자리를 차지하고 있는 것이야. 그런데 그 용산의 형상이 또다시 무궁화가 피어나는 모습이란 말이야. 통탄할 일은 그 무궁화 한 가운데에……."

김 노인이 얘기를 채 끝맺지 못하고 말꼬리를 흐렸다. 김 노인의 얘기를 솔깃해서 듣고 있던 대호는 그만 웃음을 터뜨리고 말았다.

"하하하, 그러니 우리는 무궁화 속의 무궁화에서 살고 있는 거로군요. 특별시민 중에서도 특별시민인 셈이고요. 재미있는데요. 그치만 설사 그렇다 하더라도 그런 건 다 우연의 일치 아닙니까? 또 땅 모양이란 게 이리 보면 이렇게 보이고, 저리 보면 저렇게 보이는 거겠죠. 요즘같이 달나

라까지 갈 만큼 과학이 발달한 시대에 누가 그런 미신 같은 것을 믿나요?"

대호의 말이 끝나기가 무섭게 김 노인은 벌떡 일어섰다. 대호도 엉겁결에 따라 일어섰다. 김 노인은 말없이 대호의 눈을 정면으로 쏘아보았다. 그러더니 낮지만 단호한 목소리로 호통을 쳤다.

"고이얀 놈! 네 놈처럼 제 눈깔 앞에 뵈는 것만 믿는 돼먹지 못한 잡것들하고는 상종할 가치도 없다!"

옷자락에서 바람이 일 정도로 휙 돌아서더니 김 노인은 혼자서 내려가기 시작했다. 하지만 비탈진 길을 내려가는 김 노인의 모습은 불안하기까지 했다. 대호는 노인의 마음을 이렇게 상하게 만들 의도가 전혀 없었기에 김 노인의 분노는 예견조차 못했던 것이었다. 김 노인의 모습이 한참 멀어지고 나서야 겨우 정신이 들었다. 하지만 아무리 생각해도 자신이 그렇게 심한 욕을 들어야 할 만큼 잘못했다고는 생각되지 않았다. 뒤늦게서야 대호도 부아가 치밀었다.

"고집불통 영감쟁이가 어디서 미신 나부랭이 같은 것을 얻어듣고 와서는. 이게 무슨 재수에 옴 붙은 날이람."

더 이상 산에 있고 싶은 마음이 사라진 대호도 어기적어기적 내려가기 시작했다.

김 노인의 이마에선 연신 땀이 흘러내렸다. 폐품을 가득 실은 리어카를 끌고 가파른 언덕길을 오르기가 여간 힘겹지 않았다. 겨울 해가 짧아 뉘엿뉘엿 지려 하니 바람이 한층 세차졌다. 쉬고 싶은 마음이 간절했지만 축축해진 온몸에 한기가 밀어닥칠 것을 생각하니, 그것도 별로 내키지 않았다.

"아이고 이거, 김 영감 아니오."

장 영감이었다. 그는 복덕방 문을 열어젖히고 나와서 퍽이나 반가운 듯이 김 노인을 불렀다. 김 노인보다도 최소한 십 년쯤은 손아래일 장 영감은 늘 이렇게 김 노인과 맞상대하러 들었고, 아예 무시하는 언사를 쓸 때도 한두 번이 아니었다. 장 영감의 목소리를 알아들은 김 노인은 못 들은 체 리어카 손잡이에만 힘을 주고 끙끙, 걸어 올랐다. 그러자 장 영감이 허겁지겁 달려왔다.

"김 영감, 귀가 먹은 게요? 날씨도 추운데 우리 가게 가서 차나 한잔하고 가시오."

김 노인은 숨을 할딱거리며 사기 발을 삽아끄는 장 영감을 힐끔 쳐다 보며, "난 하나도 춥지 않소." 하고서는 여전히 리어카 손잡이에만 더욱 힘을 꾹 주었다.

"이 양반, 고집은 여전하구먼. 아, 우리 가게에 빈 박스가 몇 개 있단 말요. 다 저 생각해서 주려니까 쓸잘데없는 고집은 무슨 고집이야?"

"오늘은 더 이상 가져갈 기운도 없소이다."

김 노인은 장 영감의 가게에는 들어갈 의사가 없다는 듯이 단호하게 말을 끊었다. 장 영감의 낯빛도 굳어졌다.

"할 수 없군. 내 김 영감에게 긴히 전할 얘기가 있어서 그러는 거요."

장 영감은 이렇게 말을 던져 놓고는 올 테면 오라는 식으로 제가 먼저 앞장섰다. 김 노인은 장 영감 쪽은 쳐다보지도 않고 묵묵히 언덕길을 오르는 데만 열중했다. 당연히 따라오리라 믿고 앞장섰던 장 영감이 깜짝 놀라서 김 노인에게로 다시 달려왔다.

"아이, 이거 왜 이러시오. 김 영감. 내 꼭 할 얘기가 있어서 그러니 잠시만 있다 가십시다. 십 분이면 됩니다."

"정 할 얘기가 있거든 굳이 가게까지 갈 거 없이 여기서 하구려."

"길바닥에서 할 얘기라면 내가 왜 굳이 가게까지 가자고 이렇게 부탁하겠습니까? 정말 십 분이면 되니, 들어 가십시다."

그제야 김 노인은 하는 수 없다는 듯이 길 한구석에다 리어카를 세워두고 장 영감을 말없이 따라갔다.

"커피, 커피 드릴까?"

"난 싫소."

김 노인의 단호한 거절에 무색해진 장 영감은 다소 거만한 표정으로 소파에 앉아 있는 김 노인을 내려다보며 물었다.

"김 영감, 거, 고물상에서 라면 박스 하나에 대체 얼마씩 쳐 줍디까?"

김 노인은 장 영감의 말에는 대꾸도 없이 땟국물이 낀 목수건으로 연신 목덜미의 땀을 훔쳐냈다. 그러자 장 영감은 혼잣말처럼 중얼거리며 마주 앉았다.

"아, 그 나이에 힘들지도 않수? 이젠 좀 편한 일을 찾아야지. 황천 가는 길에까지 저놈의 리어카를 끌고 갈 작정이요?"

장 영감은 난로 위에 놓인 보리차를 김 노인에게 따라주면서 힐금힐금 김 노인의 안색을 살폈다. 하지만 무심한 듯이 보이는 김 노인의 표정을 도무지 읽을 재간이 없었다.

"저기 뭣이냐. 그래, 김 영감은 고향이 서울이오? 아, 이거 돌부처하고 얘기하는 것도 아니고, 가는 말이 있으면 오는 말도 있어야 얘기가 될 거 아니오?"

장 영감은 억지로 화가 난 체, 소리를 버럭 질렀다.

"서울에는 할 일이 있어 잠시 들른 거라고 전에 말하지 않았소."

김 노인이 비로소 입을 열었다. 그러나 장 영감의 목소리에 비해 김 노인의 목소리는 너무 낮았다.

"아 참, 그랬지! 이런 정신머리 하곤. 늙으니까 이렇게 다람쥐 알밤 까먹듯 홀망홀망 까먹는 일이 한두 가지가 아니라니깐. 허허허- 그건 그렇고 슬하에 자식은 없는 게요? 그 할 일이란 게 뭔진 모르겠지만서도 그렇지 않고서야 이렇게 늘그막까지 타지에서 고생시킬 자식이 어디 있담."

심 노인의 한마디가 몹시 반가운지 상 영감은 지나칠 정도로 호들갑을 떨며 웃어젖혔다. 그러면서 슬그머니 자식 얘기를 넘겨짚는 것이었다.

"대체 할 얘기란 게 뭐요?"

김 노인이 정색하자, 장 영감도 어쩔 수 없다는 듯이 정색하였다.

"그럼, 내 본론을 얘기하리다. 김 영감 이제 보니 아주 대단한 사람이더군. 풍수지리에 도통했다고 온 동네에 소문이 쫙 퍼졌습디다."

김 노인은 흠칫했다. 김 노인의 표정을 눈치챈 장 영감은 이때다 싶어 얼른 말꼬리를 이었다.

"아, 내가 누구요. 후암동 바닥에서 잔뼈가 굵은 사람 아니요? 이 바닥 일은 내 손바닥 들여다보듯 훤히 꿰뚫고 있다고요. 김 영감 일이라고 내 모를 줄 알고? 하하~ 그래서 김 영감 좋은 일 시켜 주려고 이렇게 마음먹은 거요. 그 좋은 실력 썩히지 말고 써먹을 자리 알아봐 줄 테니 나만 한번 믿어 보구려."

김 노인은 사태를 대충 짐작할 수 있었다. 북한산에서 대호를 만났던 얘기가 필시 이천댁에게 전해졌을 것이고, 말 많은 이천댁이 또 여기저기 자랑삼아 따발거리고 다녔을 게 분명했다.

"난 아니오. 예전에 우리 아버님이 그러셨단 얘기지. 나하곤 상관없는 일이니 그만 일어나겠소."

벌떡 일어서는 김 노인을 따라 장 영감도 황급히 일어나면서 김 노인의 팔목을 끌어당겼다.

"아버님이 하셨으면 그 자식도 배운 풍월이 있을 게 아니오? 이건 대강 풍월만 읊으면 되는 일이라고. 아, 무식한 서울 놈들이 풍수가 뭔지 지리가 뭔지 알게, 뭐야. 내가 이래 봬도 이 후암동 바닥에 부자들하고는 다 끈이 닿는다고. 그러니 그 사람들 못자리나 슬슬 봐주면 저 쓰레기 나부랭이 긁으러 다니는 일보다는 훨씬 나을게, 아냐? 제깐 놈들이 좌청룡 우백호가 뭔지나 알겠냐고?"

문까지 반쯤 열었던 김 노인이 천천히 뒤돌아서서 장 영감의 얼굴을 정면으로 쳐다보았다. 장 영감은 그것이 제 말에 호의를 보이는 것이라, 판단했는지 김 노인의 동의를 구하면서 하던 말을 내처 달렸다.

"아, 그래. 내 말도 일리가 있지? 내가 벌써 일은 반쯤 성사시켜 놨다고. 정 사장 말야, 정 사장. 저기 분당에다 사뒀던 땅값이 하루아침에 뛰는 바람에 벼락부자가 된…… 누군지 몰라? 저 큰길 가에 있는 영진빌딩 주인. 그 뭐냐 1층에 대우자동차 판매장이 큼지막하게 들어선 그 빌딩 주인 말야. 그 사람 이제 후암동에선 내로라하는 재벌이 됐다고. 내가 그 정 사장한테 김 영감 얘기를 침이 마르도록 칭찬했더니, 자넬 꼭 한번 보고 싶대. 마침 명당자리로 큼지막한 선산을 하나 사두려고 했던 참이라더 군. 처음 장사일수록 그런 재벌하고 거래해야 한다고. 그러고 나면 그다음 장사는 술술 풀리게 되어 있는 법이야. 그럼, 정말 그렇지 않고. ”

김 노인의 앙그러진 두 주먹이 부들부들 떨렸다. 얼굴 근육까지 푸들거렸고, 눈에는 거의 살기 같은 것이 뿜어져 나왔다. 김 노인의 살기를 느낀 정 영감의 말소리가 점점 쪼그라져 들어갔다. 갑자기 김 노인이 괴성 같은 소리를 질렀다.

“네 이 노옴!”

김 노인의 갈라 찢어지는 듯한 괴성에 놀란 정 영감은 털썩 소파에 주 저앉고 말았다. 그 틈에 탁자 끝에 있던 재떨이가 바닥에 떨어지면서 요란한 소리로 딸그랑거렸다. 김 노인의 쉰 소리가 부르르 떨리며 울려 나왔다.

“우리 아버님이 그런 땅 도적놈들 못자리나 봐주라고 내게 풍수를 가르친 줄 아느냐. 내가 삼십 년이 넘도록 방방곡곡을 누비고 다녔지만, 제 부모 시신까지 이용해 부귀영화를 지키려는 날도적놈들 못자리를 봐준 적은 여태껏 한 번도 없었다. 그런데 이제 와 니놈이 날더러 그 도야지만도 못한 놈들한테 빌붙어 먹으라고? 니놈을 처음 봤을 때부터 내, 니놈의 본성을 알아봤다. 너 같은 놈은 된맛을 봐야 해!”

김 노인은 장 영감의 멱살을 끌어올렸다.

“이 영감탱이가 이거 미쳤나. 이거 놓지 못해!”

장 영감이 김 노인의 손목을 힘껏 뿌리치며 문 쪽으로 밀쳤다. 그러자 반쯤 열려 있던 문 사이로 밀려나 김 노인은 길바닥으로 나동그라졌고, 그 충격으로 문짝 하나가 떨어지면서 문짝에 끼워져 있던 유리가 박살이 났다. 김 노인보다도 훨씬 젊을 뿐만 아니라, 체구까지 큼직한 장 영감의 힘이 월등할 것은 당연한 일이었다.

"아이고, 저놈의 영감탱이가 남의 가게 문을 다 부수네!"

장 영감이 문 앞까지 달려 나와 소리를 질렀고, 김 노인은 비실비실 일어나더니 다시 장 영감에게로 달려들었다.

"이놈아, 땅 도적놈들에게 명당이 있을 것 같더냐? 그런 천벌을 받을 놈들은 아무리 명당을 잡아봐야 발복發福하지 않는 법이다. 발복은커녕 그런 놈들한테는 명당자리도 도시혈逃屍穴이 되고 말 거다. 땅이 사람을 알아본다 이 말이다."

"아이고, 사람 잡겠네. 이 미친 영감탱이가 사람 잡는다."

구경꾼이 하나둘씩 몰려들자 장 영감은 김 노인이 잡은 멱살에 쩔쩔매는 척하면서 연신 사람들에게 도움을 호소했다.

"땅은 거짓이 없고, 용서도 없다. 이놈아. 땅이 너희 같은 도적놈들에게 반드시 보복할 날이 올 거다."

때마침 달려 나온 슈퍼주인 김 씨를 보더니 장 영감은 구세주를 만난 듯 소릴 질렀다.

"기, 김 씨! 나 좀 살려줘. 이놈이 날 잡네."

"아이고, 김 영감님. 왜 이러세요. 하실 말씀이 있으시면 말로 해야지, 이게 무슨 해괴망측한 짓입니까요."

정 영감과 김 노인 사이에 김 씨까지 끼어들어 셋은 한데 엉켜 이리로

우 몰렸다가 다시 저리로 우 몰리기를 몇 차례나 거듭했다. 결국 김 노인은 지칠 대로 지쳐 땅바닥에 널브러졌고, 장 영감은 배를 움켜잡고 아구구구 소리를 질렀다.

"영감님, 이게 웬 변이에요? 아이고머니나, 이 입가에 피가 터진 것 좀 봐!"

누군가 소식을 전갈했는지 구경꾼들 틈새를 비집고 나타난 이천댁이 자지러질 듯 소리 지르며 김 노인을 일으켜 앉혔다. 그러더니 이천댁은 문득 엄살을 떨고 있는 장 영감을 두 눈에 쌍심지를 돋우고 올려다봤다.

"저 능구렁이 같은 영감탱이가 또 무슨 모사를 꾸몄구만!"

"아니, 저 여편네가 남의 속도 모르고, 아이고, 아이고, 허리야!"

이천댁을 향해서 빌끈하던 장 영감이 한 손으로 허리뼈를 너듬으니 죽는시늉하였다. 장 영감의 엄살에는 아랑곳하지 않고 이천댁이 제 어깨에다 김 노인을 부축하고 일어서니 빙 둘러섰던 구경꾼들은 자연스럽게 그들에게 길을 터주었다.

"쥐뿔도 가진 게 없는 놈이 씸통머리만 남아서, 야, 이 영감탱이야. 우리 가게 문짝 안 고쳐주면 당장에 네놈을 고소하고 말 테다."

김 노인의 뒤통수에다 대고 냅다 고함치는 장 영감과 김 노인을 번갈아 쳐다보던 슈퍼주인 김 씨는 뭐가 뭔지 모르겠다는 듯이 어깨를 으쓱했다. 그리고 손바닥을 툴툴 털며 김 노인과 이천댁을 바라보면서 혼잣말을 했다.

"아무튼 그림 한번 좋네. 다 늙은 홀애비가 막바지에 좋은 과부 만났어."

김 씨가 자기 가게로 들어가자 모여 섰던 구경꾼들도 저희끼리 수군대며 하나, 둘 흩어졌다.

한참이나 언덕을 더 올라와 낡은 대문이 저만큼 눈앞에 나타나자 김 노인은 한사코 쉬다 들어가겠다고 고집을 부렸다.

"바람이 찬데, 감기 들겠세요. 어서 들어가서 뜨거운 물찜질이라도 하셔야죠."

벌써 어둠이 짙어져 언덕 저 아래 장난감 같은 집들에는 불빛이 예쁘게 새 나오고 있었다. 김 노인이 언덕 아래가 환히 내려다뵈는 자리를 골라 털썩 주저앉자, 들어가자고 보채던 이천댁도 그 옆에 살그머니 쪼그리고 앉았다.

"바람이 좋구만…… 원래 지기란 바람에 흩어지고 물에 머무는 법이지. 불에서 흩어지고 사라져가는 바람을 잘 끌어들여 간수하고, 물을 얻을 수 있는 땅을 찾자는 게 풍수란 말이여…… 오늘 밤은 바람이 좋구만…… 땅은 거짓이 없고 용서도 없어. 그런데 그걸 제 욕심만 차리는 인간들이 알 리가 없거든."

바람이 김 노인의 머리카락을 이리저리 헤집어 놓다가, 이번에는 이천댁 치맛자락을 자꾸만 들춰냈다. 이천댁은 펄럭거리는 치맛자락을 여미며, 김 노인의 말에 연신 고개를 끄덕였다.

"그럼요. 영감님 말씀이 맞고말고요."

한동안 김 노인은 넋이 나간 듯 앉아만 있었다. 그러더니 문득 이천댁을 조용히 불렀다.

"이천댁 나도 고향이 이천이라오. 설봉산 밑에서 태어났지. 아버님이 설봉산 정기를 받으라고 내 이름자에 설 자를 붙였어."

"저도 다 짐작하고 있었애요."

"저승에서 아버님을 만날 때 떳떳하게 뵐려구 이승에서 뭔가 하나는 해 놓고 가려고 했는데…… 내일이 아버님 돌아가신 지 꼭 쉰 해가 되는 날인데…… 어느 결에 덧없이 나이만 이렇게 먹고, 이젠 늦었어. 나도 아버님을 따라가야 할 때가 됐나 봐. 이승에서 이 육신이 할 일이 이젠 없는 거 같아."

이천댁의 눈가에 물기가 어렸다. 김 노인 몰래 치맛자락을 끌어당겨 눈굽을 찍었다.

"왜 그렇게 약한 말씀만 하세요. 그럼 남편, 자식새끼 다 잡아먹은 지 시리도 복도 없는 서 같은 년은 벌써 죽었어야 하세요."

이천댁은 살포시 김 노인의 손을 그러쥐었다. 노인의 손은 이미 얼음처럼 차져 있었다.

김 노인은 한 손에 사과, 배, 대구포가 담긴 봉지를 들고, 한 손엔 정종을 든 채 대문을 밀었다. 아직 부기가 내리지 않은 푸석한 얼굴에다 다리마저 약간 절었다. 왠지 집안에는 적막한 기운이 감돌았다. 방문을 열자 문지방 바로 앞에 곶감이 한 접시 놓여 있었다. 분명 이천댁이 갖다둔 것일 거였다.

김 노인은 한복으로 갈아입었다. 그리고 소반에다 흰 모조지를 깔고, 사 온 제물들을 하나하나 올려놓기 시작했다.

"이천댁 아주머니!"

대문 소리가 덜컹하더니 대호의 목소리가 들렸다. 이내 드르륵 소리와 함께 이천댁의 힘들여 낮춘 목소리도 들려왔다.

"아유, 대호 총각! 오늘은 좀 조용히 해. 술도 잘 안 먹던 총각이 오늘따라 왜 이리 취했어?"

대호는 이천댁네 마루에 쿵 하는 소리를 내며 주저앉았다가 제힘에 못 이겨 뒤로 벌렁 자빠졌다.

"아, 예? 예! 제가 오늘 한잔했습니다. 기분이 좆 같애서 한잔했다고요. 제가 말이죠. 천만 원을 융자 낼라고 했거든요. 그래서 생산 과장한테 보증 좀 서달라고 부탁했단 말이죠. 그랬더니 이 새끼가 비실비실 웃으면서 뭐랬는지 아십니까? 뭐, 자기도 융자를 내야 한다나요. 그러니 저더러도 보증을 좀 서 달래요. 글쎄, 드러운 개자식! 서주기 싫으면 솔직히 싫다고나 할 것이지. 세상은 다 썩었어요, 썩었다니까요."

"그래, 알았어. 하고 싶은 얘기가 있으면 내일 다시 하자고. 오늘은 어여 들어가서 잠이나 자, 응?"

"나 같은 놈하곤 얘기도 하기 싫다 이 말이죠? 조옹습니다."

대호는 휘청거리며 마당 가운데로 걸어가다가는 문득 돌아섰다. 허리가 건들거리며 이천댁을 바라보았다.

"근데 말이죠. 제가 왜 돈이 필요한 줄 아십니까? 아버지, 그 잘난 우리 아버지. 이제 곧 깨꼬닥할 꺼래요. 그러니 저더러 무덤 자리 구해오래요. 자식이 하는 소리는 콩으로 메주 쑨대도 안 듣고, 거, 뭐냐, 응 그렇지. 농자천하지대본인가 뭔가 귀신 씻나락 까먹는 소릴 하더니만 이젠 다 떨어먹고 알거지가 됐어요."

대호는 주섬주섬 제 방문을 열려다 김 노인의 리어카를 보았다. 그러더니 갑자기 분노가 치밀어 오르는지 휘청휘청 다가가 리어카를 냅다 걷어찼다. 리어카는 대문 구석 편으로 밀려가 텅 하며 부딪쳤다.

"니기미 무슨 지랄 좆 같은 풍수야, 풍수가. 뻐드러져 누울 땅 한 뙈기 없는 놈한테 뭔 놈의 얼어 죽을 풍수냐 이 말이야."

"아이그, 정말, 대호 총각. 진짜 안 들어갈 테야. 내가 무슨 팔자에 총각 술주정까지 받아야 하냐고."

"예, 알겠시다. 이천댁 아주머니가 나를 정 꼴 같지 않게 여기신다면 곱게 꺼져 드려야죠."

대호는 그제야 제 방으로 기어들어 갔다. 대호의 방문을 안쓰럽게 쳐다보던 이천댁은 저도 모르게 혀를 끌끌 찼다.

"이놈의 집구석엔 딱해 빠진 일뿐이니, 정말 무슨 수를 내든가 해야지 원."

이천댁도 종종걸음으로 방으로 들어갔다.

김 노인은 사위가 고요해지자, 다시 제물을 정돈하기 시작했다. 소반 위에 과실이며 포들이 가지런히 놓이자 무릎을 꿇고 가만히 눈을 감았다. 지난 50년의 세월이 주마등처럼 스쳤다.

맨 먼저 왜놈의 채찍에 쓰러지는 아버지를 소나무 뒤에서 겁에 질려 숨어보고 서 있던 제 모습이 떠올랐다. 그리고 서른둘에야 늦장가 들어 만난 아내의 얼굴이 떠올랐다. 그 아내와 한집에서 산 것은 겨우 두 해였다. 이젠 아내의 얼굴마저 선명하지 않았다. 그 당시 김 노인은 세월이 더 가면 아버지의 유언을, 영영 지키지 못할 것 같은 조바심에 몸이 달았다.

왜놈들이 끊어놓은 명산의 맥들을 다시 이어놓고 돌아오겠다고 말했을 때, 어처구니없어 하던 아내의 모습이 아련히 떠올랐다.

일 년 만에 집에 돌아왔을 때 아내는 이미 어디론가 사라지고 없었다. 동네 사람들은 어느 뜨내기와 눈이 맞아 도망갔다고 전했다. 결국 김 노인에게는 전라도, 경상도, 강원도, 충청도를 흘러 다녔던 떠돌이 인생의 흔적밖에 남은 것이 없었다. 한 일이라곤 기껏 남의 못자리나 봐주며 연명한 것이 전부였다. 이제 기력은 쇠잔해졌고, 마음은 고향을 향하고 있었다. 고향으로 돌아가기 전에 마지막으로 할 일을 찾아 서울로 온 것이었다.

김 노인은 정종을 부어 소반에 올렸다. 그리고 일어나 절을 했다.

제사상을 거둔 후, 김 노인은 서울로 올라올 때 써두었던 편지를 다시 한번 꺼내 보았다. 두 번, 세 번 읽어 본 후 안주머니 깊은 곳에 간직해 두었다.

새벽녘이 되자 밤을 뜬눈으로 새운 노인은 대문을 나섰다. 아직 아무도 깨지 않았는지 불이 켜진 방은 하나도 없었다. 흰 고무신을 꺼내 신고, 숨죽여 대문을 나섰다. 새벽바람이 김 노인의 두루마기를 후려쳤다. 김 노인은 먼저 남산에 오르고 싶었다. 서울의 안산인 남산에 올라 서울을 굽어보고 싶어진 것이다. 남산이 막아주고 있기에 북쪽에서 불어오는 바람에도 서울의 지기가 흩어지지 않으니, 얼마나 고마운 산인가!

남산에 오른 후, 김 노인이 이태원에 온 것은 오후가 되어서였다. 크리스마스를 앞둔 이태원 거리는 대낮부터 흥청거리기 시작했다. 이곳저곳에서 캐럴이 경박스럽고, 요란하게 울렸고, 머리 짧은 흑인과 백인들이 한국 여자들과 삼삼오오 짝지어 다녔다. 한복 차림이 그들의 눈엔 영 이상스러웠는지, 그들은 김 노인을 별세계의 인종처럼 힐끗힐끗 쳐다보며 지나쳤다.

이태원부터 걷기 시작하여 용산 미군기지 앞에까지 온 것은 이미 저녁 무렵이었다. 김 노인이 도착했을 때 마침 노인의 키보다도 훨씬 큰 국방색 얼룩무늬 군용트럭이 막 문을 나서서는 큰 도로로 꺾고 있었다. 트럭을 몰던 백인 병사가 김 노인을 보더니 휘익 하고 휘파람을 불었다. 그는 이곳에서 미군 병사들과 실랑이를 몇 차례나 벌였던 김 노인을 어느 땐가 본 적이 있는 모양이었다. 김 노인은 오늘만큼은 그들과 실랑이하고픈 마음이 없었다.

김 노인은 품속의 편지를 꺼내 손에 들었다. 오늘은 그냥 이곳에 하염없이 서 있기로 작정하였다. 그러면 언젠가는 이 편지를 받아주겠지 싶었다. 문 앞에서 보초를 서고 있던 백인 병사가 김 노인과 눈이 마주쳤다. 김 노인은 피하지 않고 눈길을 맞받았다. 한참을 같이 쳐다보던 병사는 눈길을 다른 곳으로 돌렸다. 김 노인은 지구 끝까지라도 쫓아갈 듯한 눈길을 간단없이 병사에게 보냈다. 병사는 딴 곳을 보는 체하다가 슬금슬금 김 노인의 눈치를 살폈다. 그때마다, 어김없이 김 노인이 쏘아 보내는 눈화살을 맞고 얼른 피해버리곤 하는 것이었다.

지나가는 흑인 병사들이 뭐라고 제 나라말로 떠들었다. 그러나 김 노인의 귀에는 아무것도 들리지 않았다. 가끔 한국 사람들도 지나쳤다. 그들은 김 노인의 몰골을 보더니 정신병자쯤으로 판단했는지 슬슬 피해서 달아났다. 그러나 김 노인의 눈에는 그들도 보이지 않았다. 군용트럭의 경적이 빵 하고 울렸다. 그것조차도 김 노인의 귀에는 머나먼 어린 시절에 들었던 기적 소리처럼 들렸다. 오직 김 노인의 눈에는 보초를 서고 있는 백인 병사밖에 보이지 않았다. 다른 모든 것들은 환각 상태처럼 현실세계에서 멀어져 갔다.

아침부터 꾸물거리던 하늘에선 눈발이 날리기 시작했다. 이내 눈발은 풍성해졌다. 김 노인의 머리와 어깨에도 굵은 눈송이들이 내려앉기 시작했다. 이미 김 노인의 하반신은 자신의 것처럼 느껴지질 않았다. 몇몇 백인 병사들이 〈화이트 크리스마스〉를 부르며 지나갔다.

점차 보초 병사의 모습이 가물거리기 시작했다. 갑자기 앞이 아득해지더니 온통 세상은 황톳빛으로 변했다. 황톳빛은 다시 깜깜한 절벽 세계로 변하더니, 그 절벽 세계에 무수한 별들이 반짝거렸다. 그 별들을 향해 팔을 허우적거리던 김 노인이 풀썩 앞으로 쓰러졌다. 노인의 머리와 어깨에 쌓여 있던 눈도 부스스 땅에 쏟아졌다.

그이 손아귀에 쥐어져 있던 편지가 파득파득 거리더니 노인의 손에서 빠져나갔다. 편지는 바람결에 따라 휘휘 돌더니 노인에게서 저만치 멀어진 눈 위에 떨어졌다. 다리통에 꼭 끼는 백바지에 가죽점퍼를 걸친 짧은 머리의 백인이 무심코 편지를 밟았다. 잠시 후 편지는 흑인 병사의 발길에 채어 차도로 날아들었다. 마침 속도를 한창 놓고 달리던 미군 지프차에 깔린 편지는 지프차가 지나간 후 만신창이가 되어 갈가리 찢어진 채차 뒤꽁무니에서 제멋대로 솟아올랐다.

168

미군 사령관 앞으로 보냄

　본인은 한반도에서 태어나 한반도에 묻힐 백성 중의 하나이다. 배운 것이 없고 그래서 아는 것은 없으나, 백두산에서 시작된 용의 혈맥이 남도 끝까지 굽이쳐 흐르기에 온 나라의 지기가 충만하다는 사실만은 분명히 안다. 가슴 아픈 일이나 반도가 갈라져 있고, 그 이남의 중심은 서울이다. 서울은 이남에서 찾아보기 드문 명당이다. 이 명당의 지기를 잘 가다듬는 것은 반도 전체를 잘 가다듬는 것과 버금가게 중요한 일이다. 무릇 땅은 사람의 운명을 좌우하면서도, 사람의 삶을 닮아 간다. 즉 지기와 인기, 천기는 서로 조화로워야 하며, 그 조화를 깨뜨렸을 때 땅은 가차 없는 보복을 한다. 땅은 거짓이 없고, 용서도 없는 법이다. 이것이 본인이 본인의 부친과 그보다도 더 먼 옛 조상에게서 배워온 삶의 법도이다. 그러니 서울의 지형이 무궁화가 만개하고 있는 형상이라는 사실은 무엇을 의미하는 것이겠는가? 무궁화의 수술에 해당하는 자리가 바로 용산이다. 그리고 용산은 만개하기 직전의 무궁화 형상이다. 이것은 다 지기와 인기가 상통하고 있다는 증거임에, 다름 아니다. 그런데 그 용산의 한가운데에 바로 당신들이 들어앉아 있는 것이다. 이는 한민족의 표상인 무궁화 속의 정수리에 당신들이 들어앉은 것이나 진배없는 형상이니 이 어찌 지기와 천기를 깨뜨리는 부조화라 아니할 수 있겠는가. 동양과 서양의 땅의 이치가 다르고 또 동양과 서양사람의 생리가 다를진대 그 자리가 어찌하여 당신들이 있을 자리이겠는가. 어서 빨리 당신들의 자리로 돌아가라. 다시 한번 이르거늘 땅은 거짓이 없고 용서도 없는 법. 땅의 기운을 역행하는 자에게 땅은 언젠가 보복한다. 그것이 설사 당장이 아니라 하더라도 땅은 인간에게 그 대가를 언젠가는 반드시 돌려준다. 언젠가는!

한반도에 묻힐 백성 金雪仁 김설인

조각조각이 난 편지가 거리에 흩어지고 눈바닥에 쓰러진 김 노인의 주변에는 사람들이 모여들었다. 미군들은 저희끼리만 아는 말로 쑥덕대며 구경했다. 그러나 누구 한 사람 선뜻 김 노인의 몸에 손을 대려고 하지 않았다. 한 미군의 팔짱을 끼고 걷던 한국 여자가 구경꾼 새로 들여다보다가 김 노인을 보더니 '마이클!' 하며 기겁하곤 도망쳤다. 김 노인을 둘러싼 구경꾼 중에는 스무 살 남짓해 보이는 한국 청년도 끼어 있었다. 그는 뒷머리를 길게 기르고, 까만 가죽바지에 부츠를 신고 있었다. 그의 청재킷 등판에는 굵은 글씨로 유. 에스. 아미. 라고 쓰여 있었다.

산이 흐르다

그때 어머니의 표정은 대체 왜 그랬을까?

하얗게 질린 안색과 가늘게 떨리던 입술. 그리고 반대편에 펼쳐진 들 녘으로 향한 눈에서는 분명 소리 없는 눈물이 흐르고 있었다. 게다가 한쪽 뺨을 감싸 쥔 손길 하며, 바로 세우지 못하고 앞으로 쓰러질 듯 휘어진 등허리는, 흡사 어머니가 그 사내한테 무슨 큰 죄나 지은 듯이 보이게 했다. 사내는 두 눈에 쌍심지를 돋우면서 어머니를 대문 밖으로 밀쳐냈고, 어머니는 그 완력에 못 이겨 한두 걸음씩 뒷걸음질 쳤으나, 결단코 돌아서지는 않았다. 사내의 바로 뒤엔, 그의 아내로 보이는 40대의 소복 입은 여자가 어찌할 바 모르는 안타까운 눈빛으로 서 있었고, 그 외에도 예닐곱 명쯤 되는 여자들이 죽, 둘러서서 저희끼리 수군거리며 내다보고 있었다. 그러나 누구 하나 나서서 말리지는 않았다. 내 눈엔 혼자만 대문 밖으로 밀려난 채 서 있는 어머니의 모습이 거기 모인 사람들에게 마치 뭔가 용서를 빌고 있는, 용서해 주기 전에는 결코 떠날 수 없노라고 애원하는 듯이 보였다.

그때의 느낌은 이후에 그 장면을 곱씹고 곱씹어 보면서 생겨난 것들이지 당시는 그저 영문을 몰라 기가 막힐 뿐이었다. 그것은 어머니가 그 집에 들어간 지 불과 십 분도 안 돼서 벌어진 일이었다. 어머니는 극구 혼자 들어가겠다며, 나더러는 마을 입구까지 타고 갔던 택시에서 기다리고 있으라 했다. 하지만 도시 생활에 찌든 나는 오랜만에 보는 시골의 집이며, 밭 그리고 흙길이 주는 정감이 너무 좋아, 잠깐이나마 산책이라도 하고픈 마음이었다. 그래서 굽어진 마을 길 뒤로 총총히 사라진 어머니를 무심결에 따라가고 있었다. 바로 그 순간, 내 앞에 펼쳐진 장면은 도저히 믿기지 않는 그런 것이었다. 갑자기 사내는 집안으로 뛰어 들어가더니 신발조차 신지 않은 채 문밖까지 다시 나와 어머니 발밑에다 흰 봉투를 획 집어던졌다. 집어던지면서 그는 분명히 그렇게 말했었다.

"쌍, 이따위 드런 돈 먹고 내가 잊어버릴 줄 알았나 보지. 당신네들, 사람 잘못 봤어. 잘못 봐도 한참 잘못 봤단 말야."

얼이 빠져 쳐다만 보고 있던 내가 끼어든 것은 바로 그때였다.

"대체 무슨 일인지는 몰라도, 어쨌거나 문상을 오신 어른한테 이렇게 행패하는 법이 어딨습니까?"

격앙된 내 목소리에 그제야 어머니는 나의 존재를 확인했는지 내 팔목을 순식간에 낚아채며 돌아섰다.

"니가 나실 일이 아니다. 가사!"

어머니의 목소리가 너무나 단호해서 나는 그만 어머니의 팔에 끌려 뒷걸음질을 쳤다. 나의 출현에 멈칫하던 사내는 이내 비웃음 어린 눈길로 내 눈을 쏘아보았다.

"보아하니 자식새끼로구만, 그 애비에 그 새끼라더니, 뻔뻔스럽긴."

사내의 말에 참을 수 없는 모욕감을 느껴 나도 모르게 주먹이 불끈했으나, 어머니는 앞만 보고 걸으며 움찔하는 내 팔을 세차게 끌어당길 뿐이었다.

"이 집이 어디라고 지들이 코빼기를 내밀어. 내 눈에 흙이 들어가기 전에 당신네 씨족들이 이 동네에 얼씬이나 할 수 있을 줄 알아."

사내는 어머니와 나의 뒤통수에다 대고 고래고래 소리를 질렀다. 그럴수록 어머니의 발걸음은 더욱 허우적거리며 나를 끌어당겼다.

"아, 이 여편네, 뭐 하는 거야. 저거 빨리 갖다주지 못해? 가져가서 즈 희 새끼들하고나 잘 먹고, 잘 살라 그래."

사내의 목소리는 멀어져서 아주 작게 들렸다. 그때야 어머니는 내 팔 목을 놓고 앞서 걷기 시작했다. 잠시 후 마을 길 어귀를 돌아선 우리에게 까지 어느새 달려왔는지 소복 입은 여자는 내 뒤를 바짝 쫓아와 숨을 할 딱이며 소매를 잡아당겼다.

"저, 이거."

나는 앞서가는 어머니를 힐끗 쳐다보았다. 어머니의 뒷모습은 그저 아 무 생각 없이 휘청휘청, 발걸음을 더 빨리하는 데만 몰두해 있는 듯이 보 였다. 엉거주춤 서 있는 내게 여자는 재촉하듯 다시 한번 봉투를 들이밀 었다. 엉겁결에 내가 봉투를 받아 들자 여자는 휑하니 돌아서서 치맛자 락을 걷어쥐고 왔던 길을 도로 내달렸다.

봉투에는 부의賻儀라는 글자와 함께 엉뚱하게도 김상호金尙鎬라는 내 이름이 쓰여있었다. 또박또박 정성 들인 그 글씨체는 어머니가 직접 쓴 게 분명했다. 나는 얼핏 봉투 안을 들여다보았다. 뜻밖에도 그 속엔 현금 이 아니라 수표가 있었다. 잠시 망설이다 궁금증에 난 그만 꺼내 보고 말 았다. 백만 원권이었다. 수표는 무려 다섯 장이나 되었다. 나는 그새 저 만치 떨어진 어머니를 쳐다보았다. 눈이 녹아 질펀해진 상태에서 그대로 얼어붙은 땅바닥은 울퉁불퉁하게 사람 발자국이며 자전거 바큇자국들 을 그대로 드러냈다. 그 위를 걷는 어머니의 발걸음은 금방이라도 넘어 질 것처럼 불안해 보였다.

나는 책상 위에 놓인 흰색 복사 용지에 끄적거리기 시작했다. 어머니

표정, 조의금, 오백만 원, 못 잊는다?, 그 애비에 그 새끼?

난 문득 책상머리에 놓인 아버지 사진으로 눈길을 던졌다. 돌아가시기 이태 전에 아버지와 나, 단둘이 설악산에 올랐을 때 내가 직접 찍은 것이었다. 쏟아지는 봄 햇살을 올려다보고 있는 아버지는 살아생전 언제나 그랬듯이 단정한 은발에 환한 미소를 머금고 있었다. 아버지가 돌아가시고 난 뒤, 난 늘 아버지와 함께 지내는 것처럼 생각하고 싶어 이 사진을 책상머리에서 한시도 떼놓지 않는다. 이제 만 삼 년째 내 책상머리에 저렇게 서 있는 아버지는 내겐 언제나 힘이 되었다. 마음 상하는 일이 있을 때마다 나는 아버지 얼굴을 마주했고, 한참을 그러고 나면 기분이 맑아지곤 했었다. 나는 사진을 끌어당겨 새삼스레 자세히 들여다보았다. 파란 하늘을 배경으로 한 그 신신한 눈매와 곧게 편 허리, 그리고 구김 없는 웃음은 일상에 허덕이는 내 어깨를 당당하게 살아야 한다며 다독여 주는 듯했다.

아버지가 누군가에게서 원한을 사다니? 그건 도저히 있을 수 없는 일이다. 내가 아는 한 아버지는 작은 벌레의 생명에도 한없는 애정을 품는 성품이었고, 아버지 주위에는 늘 아버지를 마음으로 따르는 사람들로 북적댔다. 그렇다면 그 사내는 대체 왜?

기억을 더듬어 보면 전날 어머니가 회사로 전화를 걸어 나를 찾을 때부터 심상치가 않았다. 어디가 아픈 사람처럼 목소리에는 기운이 하나도 없었다.

"내일 중으로 꼭 가봐야 할 곳이 있다. 근데 길이 멀어 혼자 나설 엄두가 나지 않는구나. 네가 좀 데려다줬으면 해서……"

결국 비행기 예약을 해 놓겠다는 말을 듣고서야 어머니는 수화기를 놓았다. 수화기를 놓기 직전, 몹시 망설이는 듯하더니만 한마디를 덧붙였다.

"근데, 저, 상호야. 이 얘기는 누나한텐 하지 말았으면 좋겠구나. 아니, 뭐 별 뜻이 있어서 그러는 건 아니고, 건강도 안 좋은데, 먼 길 다니러 간다는 걸 알면 내켜 하지 않을 것 같아서 하는 말이다."

누나는 나보다 무려 열두 살이나 손위이다. 아버지가 하던 사업들도 누나가 다 물려받았다. 그러니 아버지가 은혜를 입은 이가 죽었다면 사실 그건 나보다도 누나가 먼저 상관해야 할 일이었다. 그런데 어머니는 왜 누나가 아닌 내게 그런 부탁을 했을까?

돌아오는 길에서도 어머니는 다시 한번 짤막하게 당부했다.

"누나한텐 없었던 일로 하는 게 좋겠구나."

그곳 택시에서도, 비행기에서도 내내 창 쪽 어딘가 한 곳만을 응시하며, 전혀 말을 않던 어머니가 불쑥 이렇게 말을 던진 건, 집 앞까지 도착했을 때였다. 하지만 전날 전화에서와는 달리 이 말 이외엔 아무런 토를 달지 않았다. 나는 그저 침묵으로 어머니의 당부에 암묵적인 동의를 표했다. 그건, 그저 동의라기보다는 '분위기에 압도당한 강제적 합의'라고 표현하는 쪽이 훨씬 정확한 것일 거다. 그때 내 머리에서는 의문들이 꼬리에 꼬리를 물고 쏟아져 나왔지만, 결국 단 한마디의 질문도 어머니에게 던지지 못했다. 더구나 어머니는 함께 타고 온 택시를 타고 내가 문밖에서 그대로 돌아가길 원했다. 나는 어머니의 요구를 받아들이는 수밖에 달리 도리가 없었다. 나는 택시 옆에 선 채로 여자가 건네준 봉투를 그저

야 내밀었다. 어머니는 '賻儀'라는 글자를 들여다보며 잠시 어떤 깊은 생각에 빠지신 것 같더니만 말없이 봉투를 받으셨다. 택시 안에서 나는 뒤돌아보았다. 택시가 긴 골목을 빠져나올 때까지 어머니는 아주 작아진 모습으로 그대로 서 있었다. 평소 같으면 몇 번씩이나 손을 흔들었을 어머니는 흡사 무엇인가에 홀린 사람처럼 가로등 불빛 아래에서 망연히 택시 꽁무니를 바라보고만 있었다. 어머니의 모습은 어쩐지 끝도 없이 쓸쓸하고 초라해 보였다.

난 다시 펜을 들었다. 그리고 종이에 누나라는 단어를 몇 번씩이나 끄적거렸다.

어머니는 왜 누나에겐 이 일을 굳이 숨기려 하는 걸까? 혹시 누나는 이 일과 관련해서 뭔가 알고 있다는 걸 의미하는 것은 아닐까?

생각할수록 내 머릿속은 아무것도 풀리지 않은 채 뒤죽박죽 복잡해지기만 했다. 답답한 마음에 담배를 물고 불을 붙였다. 깊게 빨아들인 연기를 내뿜으며 창 앞에 섰다. 창밖은 이미 밤이었다. 7층 아래로 내려다보이는 거리는 수많은 불빛을 토해내고 있었다. 그리고 차도는 퇴근 차량으로 꽉 메워졌다. 맞은편 호텔에서 나오는 차들이 빽빽한 차들 틈새를 비집고 끼어들기를 하려 낑낑거렸고, 차선 위의 차들은 빨간불로 바뀌기 전에 건너려고 줄을 이어 밀어붙였고, 결국 차들이 교차로까지 빼곡히 들어찬 상태에서 그만 신호가 바뀌고 말았다. 다시 좌회전 신호를 받은 차들이 교차로를 진입하려고, 미처 빠지지 못한 차들 옆구리에 머리를 들이밀고, 교차로를 건너갈 틈을 찾느라 우왕좌왕하고 있었다. 교차로는 신호고, 차선이고 완전히 무시된 아수라장이 되었고 차들은 가로 세로로 뒤엉켜 갈 길을 찾지 못하고들 있었다.

"어이, 김 대리! 다들 퇴근했는데 혼자 남아서 뭐 하는 거야?"

갑작스레 나를 부르는 소리에 깜짝 놀라 뒤돌아보았다. 혼잡한 퇴근 거리를 내려다보며 누나와 이번 사건의 관계를 풀 수 있는 단서를 이리저리 찾고 있던 나의 상념을 깬 건 인사과의 조 과장이었다.

"아, 아닙니다, 과장님. 내일까지 해서 올려야 할 기안이 있어서 손 좀 보느라고."

나는 담뱃불을 끄면서 조 과장에게 대답했다.

"응, 나도 이제 퇴근하는 중인데 마침 엘리베이터가 7층에서 서더라구. 그래서 혹시나 하고 들러 본 건데, 같이 내려가지."

내 책상 옆에 선, 조 과장의 눈길이 방금 끄적이던 메모지에 머물렀다.

"그러죠, 뭐. 저도 막 퇴근하려던 참이었습니다."

나는 얼른 책상 위에 널려진 업무 용지들을 정리하며, 그 사이에 메모지도 슬쩍 끼워 서랍에 넣어 버렸다.

모두 퇴근했는지 7층에서 1층까지 내려올 동안 아무도 엘리베이터를 잡는 사람이 없었다. 조 과장과 나는 막상 서로 할 말을 찾지 못해 층수를 알려주는 계기판만 맨숭맨숭하게 올려다보았다. 현관문을 열자 매운바람이 얼굴로 몰아쳤다. 나는 코트 깃을 올리고 그 속에 목을 잔뜩 움츠러뜨렸다. 그리고 손을 코트 주머니에 구겨 넣었다. 조 과장은 주머니에서 까만 가죽장갑을 꺼내 끼면서 말했다.

"집으로 갈 거야?"

"아, 아뇨. 오늘 약속이 있어서요."

난 그만 거짓말을 하고 말았다. 딱히 거짓말을 해야 할 분명한 이유는 없었지만 조 과장과 계속 있고 싶은 기분은 아니었다. 신속하게 헤어지는 길은 약속이 있다는 핑계를 대는 방법밖에 없다는 순간적 판단이 그만 거짓말을 하게 만들었다. 조 과장은 영 서운하다는 표정이었다.

"그래? 음, 그래도 조금만 시간이 있으면 간단하게 소주 한잔, 어때?"

나는 시계를 들여다보는 체하며 곤란하다는 표정을 지었다.

"글쎄, 그럴 시간은 안 될 것 같은데요."

장갑 낀 손으로 손바닥을 마주치며 잠시 생각하던 그는 불쑥 내 팔을 억세게 감아쥐고 끌기 시작했다.

"이렇게 둘이 만나기도 쉽지 않은데, 커피라도 한잔하고 가자고. 약속이야 쫌 늦겠냐고 연락하면 되잖아."

조 과장은 아예 마음을 결정해버린 태도였다. 하는 수 없이 그의 손에 끌려가던 나는 회사 바로 옆에 있는 레스토랑 '르느와르' 앞에 섰다.

"여기보다는 좀 더 가자. 이왕이면 참신한 데가 좋잖아? 조금만 가면 분위기 괜찮은 데가 있다고."

르느와르는 애당초 생각에도 없었다는 듯이 조 과장은 내쳐 걸었다. 거리는 제법 되었다. 횡단보도를 건너고도 한 정거장쯤은 족히 되었을 거리에 있는, '피가로'라는 카페로 그는 앞서 들어갔다. 그곳은 별로 참신할 것도 없는 그저 그런 카페였다. 촌스러워 보이는 꽃무늬 의자며, 낡은 석유난로가 오히려 분위기를 해치고 있었다. 아무튼 그곳은 르느와르보다 못하면 못했지, 하나도 나을 게 없는 그런 후줄근한 카페였다.

"분위기가 괜찮다더니만 제 눈엔 영 아닌데요."

나의 시큰둥한 반응엔 못 들은 척 대답도 없이, 조 과장은 탁자에 놓인 메뉴판을 훑기 시작했다.

"시간이 없다니까, 음, 뭘로 하나? 그래도 스카치 한 잔은 해야겠는데, 자넨 뭘로 하겠나? 아, 뭐, 같은 걸로 하자고. 여기요, 여기 스카치 두 잔!"

나는 선택의 여지도 없이 스카치를 마시게 돼버렸다.

"김 대리는 그렇게 인사과 일을 적성에 안 맞아 하더니만 어떻게 홍보실 일은 재미 좋은가 봐? 코빼기도 통 볼 수 없으니 말야."

아가씨가 나른, 스카치를 단숨에 들이키며, 농담 반 진담 반으로 나를 비아냥거렸다.

"네, 뭐, 일이란 게, 다 그렇죠."

인사과에서 두 달도 안 되어서 홍보실을 지원한 나로서는 사실 과장에게 미안한 면도 있었다. 그러니 자연히 내 대답은 궁색할 수밖에 없었다.

"여기 스카치 둘! 얼음 조금만 넣고 독하게 해서 큰 잔에다 가득 담아줘!"

조 과장은 이번엔 아예 인사치레로도 내 의사를 묻지 않고 스카치를 또 시켰다. 아가씨는 아까보다 조금 큰 잔으로 가져왔다. 조 과장은 아가씨를 보며 능글맞은 윙크를 했고, 아가씨는 별로 싫지 않은 표정으로 샐쭉하니 돌아섰다.

조 과장의 일방적인 넋두리는 이제 자신의 신세타령으로 넘어갔다.

"내, 자네니까 이런 속사정까지 털어놓네만, 참 사는 게 지랄 같아."

유난히 나와 친분이 있는 사이였던 것처럼 말을 꺼냈다. 그런데 내게 조 과장은 떨떠름한 존재였다. 그가 내게 어떤 호감이 있는지 몰라도 내

180

게서 그는 그저 두 달 정도 스쳐 지나간 상사였을 뿐이고, 별 관심을 끌지 못했던 인간이었다. 굳이 말하자면 불만 섞인 듯한 그의 일상적인 어투를 싫어하는 쪽에 가까웠다.

"거, 왜 있잖아, 영업부에 신 차장. 그 사람 몇 살인 줄 알아? 나보다 무려 세 살이나 어리다고. 그런데다 그 친구 영업부에 배치되고 나서 영업부 실적이 그전보다 3 프로나 늘었다지, 뭐야. 곧 있으면 부장으로 승진한다는 설이 구구하다고. 내가 내색을 안 해서 그렇지, 나보다 까마득히 어린 후배한테 차장님, 차장님 하는 것도 참기 힘든데, 나 참, 이제 부장님이라고 불러야 할 판이니, 원, 자네도 더 살아보면 알겠지만, 이런 대기업에서 끝까지 살아남는다는 게 얼마나 숨통 조이는 일인 줄 아나?"

마치 그런 마음고생 때문에 머리가 다 빠져버렸다고 하소연하듯, 과장은 연신 텅 빈 앞이마를 가로지른 몇 올의 머리카락을 쓸어대며 말했다. 그런 과장이 승진과 관련하여 신세타령하는 건 처음이었다. 그가 아무리 느물느물 넋두리하기 좋아하고 회사 불평 늘어놓기 좋아한다고 평판이 난 사람이라지만 나 같은 손아래 하급 직원에게 승진 문제까지 털어놓은 건 의아한 일이었다. 나는 그의 얘기에 귀를 기울였다. 그러나 그의 입에서 나오는 얘기는 역시 그저 그렇고 그런 얘기였다.

"저도 이 나이에 아직 대리 딱지를 못 뗐는걸요. 뭐."

나는 건성으로 그의 넋두리를 한마디 거들었다.

"아, 자네야 고시인가 뭔가 하느라고 애초에 사회생활을 늦게 시작한 케이스잖아, 두고 보게, 돌아오는 인사이동에는 대리 딱지 떼게 될 테니까."

과장은 내 경우와 자기 경우는 비교할 수조차 없다는 양, 고개를 끄덕이며 호들갑을 떨었다. 내 마음은 어느덧 누나와 관련한 생각에 가 있었다. 누나는 무언가 분명 알고 있을 것 같은, 그래서 아무래도 누나를 만나봐야겠다는 쪽으로 마음이 굳어져 갔다.

"이대로 계속 가면 내가 짐 싸 들고 나가는 수밖에 없지 않겠어. 아, 절이 싫으면 중이 떠나는 법 아냐? 그래, 안 그래? 떠나자니 막상 또 뭘 하겠나? 이제 자식새끼들 돈 쓰는 구멍은 점점 커질 판인데. 이거 내가 괜한 신세타령만 늘어놓는군. 에, 또, 그건 그렇고, 김 대리!"

갑자기 나를 부르는 소리에, 고개를 숙이고 스카치 잔만 만지작거리고 있던 나는 조 과장을 정면으로 마주 보았다.

"내가 말야, 전번에 부탁한 거 어떻게 좀 신경 쓰고 있나?"

"뭐, 뭐 말씀이십니까?"

나는 조 과장이 무슨 말을 하는지 정말 알아듣지 못했다.

"아, 이 사람, 이거 왜 이리 젊은 사람이 기억력이 없어? 거, 왜 인사고과 산정에 필요하다던."

난 그제야 기억해냈다. 이주 전쯤엔가 9층 사장 비서실에 결재서류를 전달할 일이 있어 비상계단으로 올라가다 우연히 조 과장과 부딪친 적이 있었다. 그는 지나가는 듯한 말로 우리 부서와 이 년 차 사원들에 대한 근황을 살펴보고 특기사항이 있으면 인사과에 알려달라고, 했었다. 내가 의아한 표정을 지었더니 그는 계단을 빠른 걸음으로 내려가다 뒤돌아보며 말을 덧붙였다.

"아, 왜 늘 하는 거 있잖아. 이를테면 업무실적, 업무태도라든가 회사에 대한 불만 사항, 업무 외 활동 사항 같은 거. 혹시나 인사고과 산정에 도움이 될까 해서 그래."

그때 당시도 그런 종류의 업무협조 사항을 왜 체계를 밟아 요청하지 않을까라는 의문이 들긴 했지만, 그가 하도 대수롭지 않게 부탁하는 바람에 나 역시 가볍게 그러마고 대답했다. 막연히 내가 잠시나마 인사과를 거쳐 간 경험이 있어 그러는 것이겠거니 하고 생각했을 뿐이었다. 그 뒤로 까마득히 잊고 지냈다. 그런데 그걸 조 과장은 지금 얘기하고, 있는 것이다. 그러면 과장은 그냥 한번 지나가는 말로 부탁해 본 것이 아니란 말인가? 아무튼 나는 한 번도 신경 써서 생각해 본 적이 없는 터였기에 당연히 대답할 말이 별로 없었다.

"글쎄요, 필요한 자료야 이미 부서 차원에서 보고가 됐을 테고, 뭐, 특별한 게 있을 게 있나요?"

과장의 표정은 몹시 못마땅한 눈치였다.

"그래도 자넨 신입 사원들하고 각별한 사이 아냐? 그러니 개인적으로 그 친구들 근황을 잘 알 거 아닌가?"

그는 내게 무슨 얘기라도 꼭 듣고야 말겠다는 태도였다. 상사에게 후배 사원들의 이름을 거들며, 그들의 업무 실정을 보고한다는 게 어쩐지 낯설고 어색하게 느껴졌다. 하지만 과장의 끈질긴 태도에 나는 어느새 그에게 해줄 말을 이리저리 궁색한 대로 생각하고 있었다.

"음, 강희태…… 그 친구는 아주 열심이에요. 지가, 필요하면 알아서 야근도 잘하고요. 왜 과장님도 아시죠? 요번 신모델에 대해 능률협회에 올린 홍보자료, 그 친구가 도맡아 작성하다시피 했다니까요. 우리 부서에서도, 신입치곤 아주 훌륭했다고."

"그래, 그건 다 아는 얘기고…… 또 다른 사람은?"

나는 우선 생각나는 대로 우리 부서 신입 사원 중에서 가장 뛰어난 기량을 보이는 강희태 얘기를 꺼냈다. 그러나 과장이 원한 건 그 얘기가 아니었던지 내 말을 중간에서 끊어버렸다.

"그리고, 장진규, 그 친구도 성실해요. 지금까지 한 번도 지각이나 결근 같은 걸 해본 적이 없어요. 언제나 15분 전에 출근해서 6시 10분이면 칼같이 퇴근해요. 그래서 우리 부서에서는 별명을 아예 칼이라 붙였어요."

"응, 계속 더 얘기해 봐."

과장은 흥미가 가는 눈치였다.

"야근하는 법은 없어도 근무 시간에 한해서만은 무척 성실하죠. 귀찮은 일이 떨어져도 불평 한마디 없고, 굳이 자기 앞에 떨어진 업무가 아니어도 남의 일을 아주 잘 도와줘요. 그래서 사람들이 모두 좋아하는 편이고요."

"업무에 관한 얘기 말고, 또 딴 얘기는 없어?"

나는 인사고과에 관련된 문제라면 업무에 관한 부서 내 일반적 평가가 도움이 되리라 생각했다. 그러나 과장이 원한 건 업무에 관한 얘기가 아닌 모양이었다.

"글쎄요, 그리고 또 뭐가 있나? 아, 한울타리래나 뭐래나 하는 탁구 서클, 그 친구가 나서서 만든 거예요. 일주일에 한 번씩 모여서 탁구 치고 술도 한 잔씩 하나 봐요. 삼 년 차까지 탁구 치러 다니니, 우리 부서에 때 아니게 탁구 붐이 일었지 뭐예요."

"그래, 그래. 바로 그거야. 그게 바로 운동권이라는 증거라니까!"

내 귀에 간신히 들릴 정도로 과장은 혼자 중얼거렸다. 나는 예기치 않게 튀어나온 과장의 반응에 어이가 없었다. 당혹해하는 내 표정을 보더니 과장도 자신이 뭔가 실수했다고 뒤늦게 깨달은 것 같았다.

"아, 아니. 이를테면 그렇다는 얘기야. 자네도 알다시피, 세상이 아무리 바뀌었어도 여전히 계급투쟁 운운하는 작자들이 있어요. 게다가 이젠 옛날처럼 마르크스, 레닌이 아니라 김일성의 주체사상까지 수용하는 세력이 있다는 건 이미 공공연한 비밀이잖는가? 장진규, 그 친구야 그렇게까지는 아니더라도 혹시나, 혹시나 해서 하는 말이야."

과장은 이렇게 된 마당에야 아예 드러내놓고 얘기하는 것이 낫겠다고 생각한 모양이었다. 나는 깨달았다. 오늘 조 과장이 나를 만난 것은 우연이 아니었다는 사실을. 그가 우리 부서에 들른 것도 우연이 아니었고, 극구 차 한잔을 권한 것도. 회사 사람들이 많이 다니는 르느와르를 피해, 볼품없는 카페를 찾아온 것도 의도적이었으며, 만나자마자 자기 신세타령을 늘어놓은 것 역시 나름의 계산 때문이었을 것이다. 그가 처음부터 듣고자 했던 것은 장진규에 관한 것이었다. 그리고 과장은 장진규와 내가 같은 대학 출신이라는 점을 포착했을 것이다. 가슴 속, 저 밑바닥에선 과장에 대한 저항감 같은 것이 불쑥 밀고 올라왔다.

"하지만 장진규는 대학 다닐 때 이렇다 할 전력도 없잖아요?"

나는 장진규가 과장이 생각하는 그런 사람이 아니라고 항변하고 싶었다. 그건 그에 대한 우호감이나 의리 같은 것 때문이 아니라, 오로지 과장에 대한 배타적 감정 때문이었다.

회심의 미소, 바로 저런 걸 그렇게 부를 것이다. 아무튼 과장은 그런 유의 웃음을 흘리며 나를 순진하다는 듯이 바라보았다.

"글쎄, 역으로 생각해 보면 그게 바로 골수라는 반증일 수도 있지 않을까?"

갑자기 내겐 과장이 같은 직장에 다니는 상사가 아니라, 프로급 정보요원같이 생각되었다. 눈빛조차 여느 때와는 달라 보였다. 그리고 그 정보요원이 지금 나를 포섭하려 하는 것같이 느껴졌다. 처음부터도 내켜한 건 아니었지만, 생각이 거기에 이르자 나는 단 일 분이라도 더 이상 이자리에 지체하고 싶지 않았다. 시계를 들여다보았다. 이미 초침은 8시 17분을 가리키고 있었다. 어느 결에 과장과 이렇게 마주 앉은 지가 한 시간이 훨씬 넘어 버린 것이다.

"벌써 시간이 이렇게 됐네. 저, 이젠 일어나봐야 할 것 같은데요."

잠시 대화가 끊긴 사이를 비집고 나는 재빨리 일어날 의사를 밝혔다.

"어? 어, 그래. 약속이 있다고 했지? 이거 본의 아니게 내가 시간을 너무 많이 빼앗었구먼."

갑자기 일어나겠다는 말에 과장은 잠시 당혹해하는 것 같더니만 이내 자신도 일어날 채비를 갖추었다.

"또 할 얘기는 기회를 봐서 다음에 하지 뭐. 아무튼 자네 나 좀 도와주게."

코트를 걸치며 던진 조 과장의 말에 나는 순간 소름이 돋았다. 그는 날아예 확실한 자신의 협력자로 지목했음을 노골적으로 표현하고 있었다.

대체 장진규의 일이 과장과 어떤 이해관계가 있단 말인가? 정말 그는 이 건과 관련해서 승진의 통로를 확실히 찾기라도 했단, 말인가?

나는 도움을 요구하는 과장의 말을 못 들은 체하며 앞서 걸어 나왔다. 지갑을 꺼내는 나를 밀쳐내며, 과장은 자신이 지불하겠다고 나섰다. 난 사실 예의로 지갑을 꺼낸 것이 아니었다. 내가 마신 스카치의 값이 과장 돈으로 지불된다면 내내 나를 꺼림칙하게 만들 것 같았기 때문이었다. 그러나 결국 난 그 기회마저 잃고 말았다.

과장이 시야에서 사라지자 나는 우뚝 멈춰 섰다. 머릿속은 마치 엉켜 진 실타래 같았다. 횡단보도에 파란불이 켜졌다. 횡단보도까지 꽉 채워 버린 차들 사이사이로 흡사 미로찾기를 하듯이 한 떼의 사람들이 건너오 고, 또 건너기고 있었다. 난 물끄러미 긴니는 사람들의 모습을 바라보며 어디로 갈까를 망설였다. 그제야 아까 과장과 얘기하던 도중 누나를 만 나보기로 마음을 정했던 사실이 기억났다. 누나가 지금쯤 어디에 있을까 를 생각해 보았다. 시계를 보았다. 8시 30분. 집에 들어갔을지도 모를 시 간이었다. 이미 집에 들어갔다면……어머니가 마음에 걸렸다. 그렇다면 오늘 만나는 건 포기해야 할 일이었다. 나는 공중전화기를 들었다. 혹시 나 하는 기대감으로 번호판을 두드렸다.

"현암언론문화재단이죠? 저 동생되는 사람인데, 이사장님 계십니까?"

전화를 받은 남자는 잠시 기다리라고 했다. 잠시 후 수화기에서 누나 의 목소리가 흘러나왔다.

"누나, 저 상호예요."

"응, 상호니? 내가 아직 퇴근 안 한 걸 어떻게 알고 이리로 전화했어?"

"아니, 혹시 계실까 해서요."

"그래, 며칠 있다가 열릴 세미나 준비 때문에 여태 이러고 있구나. 그러잖아도, 너한테 할 말도 있었는데, 아무튼 잘했다."

누나는 마치 내가 전화하길 기다렸다는 듯이 받았다.

"무슨 할 말."

"응, 딴 게 아니고, 어머니 말야. 요즘 어머니가 좀 이상하시다."

누가 옆에서 엿들을까 겁내는 사람처럼 누나의 목소리는 낮아졌다. 나는 긴장되어 침을 꼴깍 삼켰다.

"갑자기 식사도 제대로 못하시고, 저렇게 시름시름 앓으시는구나. 통 말씀도 안 하시고 종일 벽 쪽만 바라보고 누워계신다. 병원에 가자니 굳이, 싫다시고, 너한테 연락하겠다니, 별거 아닌 일에 성가시게 굴지 말라며 그것도 극구 말리셔."

"언제부터 그러셨는데요?"

"한 사나흘 전쯤. 그래, 금요일이다. 지난주 금요일. 사실 아픈 거야 노인네이니 그럴 수도 있겠지만 말야, 요번에 어머니가 앓으시는 건 꼭 무슨 이유가 있는 것 같거든. 생전 어디 나돌아다니지도 않던 양반이 지난주 금요일 어디를 좀 급히 다녀오실 일이 있다고 나가시더니 밤이 다 되어서야 들어오셨지 뭐니. 그러고는 그날부터 내 저러시는구나."

"지난주 금요일요?"

그날이었다. 나를 데리고 문상갔던 바로 그날이었다.

"그런데 말야. 더 이상한 일은……."

무슨 말인지 누나는 한참이나 망설였다. 나는 누나 입에서 나올 말이 몹시 궁금했다. 그때 전화기에서 통화가 끊어질 거라는 예고음이 뚜뚜 울렸다. 재빨리 오십원짜리 동전 하나를 다시 넣었다. 그리곤 누나의 말을 재촉했다.

"무슨 말인데요?"

"아무래도 안 되겠다. 너 지금 시간 있으면 우리 사무실에 좀 들러라."

"글쎄, 무슨 얘긴데 그러세요?"

난 일단 전화를 통해 듣고 싶었다. 내가 연거푸 재촉하자 누나도 마지 못해 얘기를 꺼냈다.

"그게 그러니까 말이지, 목요일 오후에 어머니가 사무실로 전화하셨어. 용건은 돈이 필요하다는 거야. 너, 어머니 성미 알지? 용돈을 드려도 쓸 일이 없다고 도로 내놓으시는 양반 아니냐? 그린네 뜬금없이 돈이 필요하시다는 거야. 어디에 쓰실 거냐고 물으니까 그냥 알 거 없다며 무조건 필요하다는 거야. 얼마면 되겠냐고 했더니 글쎄, 뭐라 하셨는 줄 아니? 많을수록 좋다는 거야. 그래서 금요일 오전에 출근하면서 통장이랑 도장, 주민등록증을 아예 통째로 맡기고 필요한 만큼 찾아 쓰시라고 했어. 저녁에 퇴근해서 보니까 어머니는 안 계시고 통장이 화장대 위에 놓여 있길래 펴봤더니, 오백만 원이나 찾아 쓰셨지 뭐니. 통장엔 겨우 십삼만 몇천 원만 남겨놓고 몽땅 찾으신 거야. 아마 더 있었으면 더 찾으셨겠다 싶더라."

"어디다 쓰셨는지 여태껏 말씀을 안 하세요?"

"말씀이 다 뭐니? 그날 밤부터 저러고 계시는데…… 너희 매형한테도 말 한마디 못하고 혼자 속만 끓이다가 너한테도 전화할까 말까 얼마나 망설었는지 아니? 얘, 상호야, 넌 혹시 무슨 눈치 같은 거 채지 못했니?"

어머니는 누나한테 정말 한마디도 하지 않은 거였다. 난 갑자기 누나를 통해 내가 가졌던 의문들을 풀어볼 용기를 잃어버렸다.

"같이 사는 누나도 모르는데 전들 뭘 알겠어요? 아무튼 제가 어머니께 안부 전화를 드릴게요. 그러고 나서 찾아뵙던가."

"난 혹시 넌 무슨 눈치라도 알고 있는가 했더니만. 전화해도 나한테서 무슨 얘기 들은 내색은 절대 하면 안 된다. 그냥 우연히 안부 전화를 드린 것처럼 해. 알았지? 하여간 대체 이게 무슨 일이람."

누나는 혹시나 기대했다가 내게서 아무것도 건지지 못해서인지 약간 짜증 섞인 말투였다.

"그럴게요."

"그래, 그럼 너희 댁한테도 안부 전해라."

나는 힘없이 수화기를 내려놓았다. 어떻게 한다? 믿었던 한 가지 가능성이 벽에 부딪히자 난 그저 막막해졌다. 전화박스에서 내려서서 문득 하늘을 올려다보았다. 가로수 가지 사이로 초승달이 실눈을 뜨고 웃고 있었다. 이제 방법은 하나밖에 없질 않은가? 달을 쳐다보며 난 갑자기 마음을 정해 버렸다. 만나리라. 그 사내를 직접 만나리라. 돌아오는 일요일에 그를 만나러 내려가기로 마음을 먹자 전철을 향한 내 발걸음은 어느새 빨라지기 시작했다.

"김 대리님! 오늘은 함께 가시죠? 말로만 하시지 말고 진짜 실력으로 한번 붙어보자고요."

190

장진규가 자기 책상을 정리하며, 사무실 안의 다른 사람들에게도 다들릴 정도의 목소리로 내게 말했다. 난 달력을 쳐다보았다. 목요일이었다. 그들의 모임이 있는 정규 요일이었다.

"다음에 기회 있으면 함께 가지. 오늘은 일도 좀 있고, 집에도 일찍 가봐야 해서."

오늘 준비해 놓아야만 할 사보 브리핑 작업이 있긴 했지만, 그건 한 시간 정도면 끝날 일이었다. 그러니 조금 늦게라도 충분히 그들과 함께 할 수 있는 처지였다. 그런데 난 또 거짓말을 한 것이다. 애초에는 한 번쯤 따라가 볼 생각이었다. 그런데 조 과장과 피가로에서 만난 후로는 그것이 생각대로 되질 않았다. 흡사 죄지은 사람처럼 괜히 장진규의 얼굴을 쳐다보기가 어려웠다. 그뿐 아니라 엘리베이터나 비상계단을 오르내릴 때는 조 과장과 부딪칠 것이 은근히 걱정돼 슬금슬금 눈치를 살펴야 했다.

"아이고, 또 빼시네. 대리님, 거, 중학교 때 탁구선수였다는 거, 순 거짓말 아닙니까?"

장진규는 호탕하게 웃어젖히며 농담했다. 그러자 다른 직원들도 동조한다는 뜻으로 낄낄거렸다.

"아, 아냐. 그건 사실이라고."

난 다소 기죽은 목소리로 부정했다.

"예, 그렇다니까 믿죠. 아무튼 다음 주는 꼭 비워놓으셔야 해요. 오늘만 양보하는 겁니다."

그는 평소의 성격대로 깨끗하게 물러섰다. 그리고 그와 함께 한 때가 우르르 사무실을 빠져나갔다. 한두 명 남아 있던 사람들도 잠시 후 퇴근하자, 사무실엔 나 혼자 남게 되었다.

난 장진규의 책상 앞으로 천천히 다가갔다. 문 쪽을 한번 쳐다본 다음 그의 책상 위를 찬찬히 살펴보았다. 책꽂이엔 온통 업무와 관련된 책자며, 서류철뿐이었다. 서랍은 잠겨 있었다. 나는 내 행동에 스스로 겸연쩍어 피식 웃으며 돌아섰다. 돌아서는 순간 내 눈에 걸린 것이 있었다. 책상 한쪽 옆, 사보를 쌓아둔 위에 놓인 장진규의 다이어리였다. 잠시 망설이다 문 쪽을 다시 한번 힐끗 쳐다보았다. 아무런 인기척도 없었다. 그의 다이어리를 뒤적이기 시작했다. 마구 휘갈겨진 글씨체로 쓰인 내용은 구미공장과 광주공장을 취재한 내용이었다. 그것이 다였다. 빈 페이지들을 빠르게 훑어 넘어간 후 다이어리를 닫으려 할 때, 맨 뒤편에 뭔가 깨알 같은 크기의 글씨로 쓰여 있는 것을 발견했다. 난 재빨리 그 부분을 다시 폈다. 거기엔 모임의 목표와 대상에 대해 상세히 적혀 있었다.

이건 분명 탁구 모임에 대한 장진규의 생각을 정리한 것이었다. 나는 급하게 다음 페이지를 폈다. 거기에는 우리 부서 사원들 이름의 한글 철자 이니셜 같은 것이 쭉 적혀 있고, 각각마다 그 사람에 대한 장진규의 판단인 듯한 평가도 적혀 있었다. 그 맨 끝에 쓰인 몇 줄이 내 눈길을 확 끌어당겼다.

ㄱㅅㅎ : 고시 실패로 뒤늦게 입사. 부유한 집안 출신. 죽은 부친에 대한 자긍심과 존경심이 대단히 큼. 우유부단하고 섬세하며 여린 성격. 정치의식은 낮으나 기본적인 인간성과 정의감이 풍부함. 업무에 성실. 모

임에 대해 소극적이나 우호적인 관심이 있음.

　나는 다이어리를 덮어 버렸다. 그리고 팽개치듯 있던 자리에 던져 놓았다. 화끈 달아올라 뜨거워진 볼을 만져보았다. 다리에 힘이 풀려나가는 듯했다. 천천히 내 자리로 돌아와 털썩 주저앉았다.

　바로 그때였다. 급한 발소리가 문 쪽에서 들려왔다. 나는 문 쪽으로 고개를 들었다. 뜻밖에도 장진규가 가쁜 숨을 몰아쉬며 사무실로 들어오고 있었다. 난 얼른 고개를 숙여 업무를 보는 체했다. 그는 급히 자기 책상 쪽으로 다가가다 문득 나를 확인했는지, 내 쪽을 향해서 말을 던졌다. 어쩐지 그의 목소리에는 다소 어색한 기운이 깔려 있었다.

　"아, 아직도 퇴근 안 하셨어요?"

　나는 그제야 그를 쳐다보았다.

　"응, 이제 다 돼가네. 근데 자넨 웬일인가?"

　그는 겸연쩍게 웃으며 대답했다.

　"아뇨, 뭣 좀 잊어버리고 간 게 있어서."

　그는 아까보단 훨씬 느려진 발걸음으로 자기 책상으로 갔다. 그때 문 쪽에서 인기척이 느껴졌다. 문 쪽으로 고개를 돌렸다. 순간 내 가슴은 철렁 내려앉는 것 같았다. 일거리를 싸 들고 퇴근 시간 정각에 집으로 가지 않은 것을 후회했다.

　"음, 우리 성실파 김 대리, 역시 아직 퇴근 안 했군."

　조 과장은 저쪽 구석진 곳에서 자기 책상을 뒤지고 있는 장진규를 보지 못한 모양이었다. 나는 괜히 가슴이 두근두근했다. 나를 향해 다가오는 조 과장을 본 장진규는 씩씩한 목소리로 먼저 인사를 던졌다.

"안녕하십니까? 과장님."

과장은 그제야 장진규를 알아보았다.

"자, 자네도 있었군. 그, 그래 오랜만이야."

잠시 과장의 표정엔 매우 난처한 빛이 잠시 스쳤으나, 이내 그는 태연해졌다.

"김 대리, 부장님은 벌써 퇴근하셨나?"

그는 마치 부장에게, 볼 일이 있었던 것처럼 엉뚱한 질문을 내게 던졌다. 그때 마침 전화벨이 울렸다. 수화기를 들며 그렇다는 의미로 비어 있는 부장의 책상 쪽을 턱으로 가리키자 그도 부장의 자리를 돌아다보았다.

"상호니? 마침 자리에 있어서 다행이다."

내 목소리를 단번에 알아들은 건 누나였다.

"예, 저예요. 누나."

난 마주 서 있는 과장을 두고 개인 용무의 전화 받기가 어색해서 잔뜩 목소리를 죽이고 몸을 옆으로 돌렸다. 누나는 내 목소리의 변화를 느낀 모양이었다.

"응, 무슨 일이 있는 모양이구나. 그래, 간단히 용건만 얘기할게. 다른 게 아니고 아무래도 집에, 한번 들러야겠다. 어머닐 아무래도 입원시켜 드려야 할 것 같구나."

"예, 그래요. 오늘 들를게요."

나는 얼른 수화기를 놓았다. 뒷짐을 지고 서 있던 조 과장은 혼잣말처

194

럼 중얼거렸다.

"꼭 만나봐야 할 일이 있는데, 이거 낭팬걸. 뭐, 할 수 없지. 그럼 다음에 또 보세."

돌아서 나가는 과장의 뒤통수에다 대고 장진규는 또다시 우렁찬 목소리로 인사를 했다. 과장이 나가고 잠시 후 장진규도 나갔다. 나는 그가 던진 인사에 얼굴을 숙인 채 고개만 끄덕였다. 그의 발걸음 소리가 완전히 사라지자 일어나 창밖을 내려다보았다. 과장으로 보이는 남자가 주차장 쪽으로 걸어가는 것이 보였다. 조금 있다가 장진규가 회사마당을 바람처럼 가로질러 나갔다. 난 그의 책상을 돌아다보았다. 생각대로 사보 위에 놓여 있던 다이어리가 없어졌다. 그는 분명 깜빡 잊고 간 다이어리를 찾으러 그렇게 급하게 달려온 것일 거다.

어머니 얼굴은 말이 아니었다. 입술은 바싹 말라서 허옇게 껍질이 일었고, 질끈 동여맨 머릿수건 사이로 삐죽삐죽 흘러나온 머리카락과 한 자나 들어간 듯한 퀭한 눈은 흡사 중병을 앓는 환자의 모습이었다. 머리맡에 놓인 미음 그릇은 수저를 대지도 않은 상태로 놓여 있었다. 누나는 팔짱을 낀 채, 불쑥 찾아온 눈앞의 재난을 도통 이해할 수 없다는 표정으로 서 있었다.

극도로 쇠약해진 몸을 회복시키려면 입원하는 수밖에 없다고 누나는 어머니를 설득했다. 안정과 영양, 지금 어머니에겐 그것이 필요하다고, 누나는 몇 번씩이나 강조했다. 결국 나도 누나 의견에 동의하는 수밖에 없었다. 그러나 난 알고 있었다. 병원이 어머니 몸을 회복시켜 주지는 못하리라는 것을.

난 못 견디게 알고 싶었다. 무엇이 어머니를 저렇게까지 만들어 놓았는가? 어머니가 앓고 있는 깊은 마음의 병은 대체 어디에서 시작한 것이란 말인가? 어머니를 도울 방법은 정말 없단 말인가? 사실 어머니도 어머니지만 나를 더욱 견딜 수 없게 만든 것은 이 사건에 필시 아버지와 어떤 연관이 있으리라는 추론 때문이었다. 나는 생각을 바꾸었다. 도저히 일요일까지 이대로 기다릴 수가 없다. 그래서 단 이틀을 더 기다리지 못하고 이렇게 새벽 첫 비행기를 타고야 말았다.

승강장에 대기하고 있던 택시에 올라탔다. 그리고 그날 어머니가 말했던 지명을 나도 그대로 기사에게 얘기했다.

"아저씨, 배암골 부탁합니다."

그러나 기사는 백미러로 나를 넘겨다보며 고개를 갸우뚱했다.

"혹시 새암골 말씀하시는 거 아닙니까? 제가 알기로는 이 근방엔 배암골은 없는데요."

난 갑자기 자신감을 잃었다.

"여기서 약 십 분쯤 가던데, 마을 거의 다 가서 오른편에 시커멓게 말라 죽은 고목이 한 그루 서 있고."

"아, 예. 새암골이 맞습니다. 무당이 굿하다가 악귀가 붙었다고 태워버렸다는 나무, 말씀하시는 거죠?"

기사는 확신을 얻은 듯 힘있게 액셀을 밟았다.

"굿하다가 태워 버렸다니요?"

나는 기사의 말이 이색적으로 들려 다시 물었다. 뭔가 자신에게 물어

주는 것이 신바람 나는지 기사는 연신 백미러를 힐금힐금 넘겨다보며 말했다.

"몇십 년도 넘은 오래된 얘기라나 봐요. 그 마을에 안 좋은 일을 겪고 나서 동네 사람들이 모여 한꺼번에 굿을 한 적이 있었는데, 그때 신이 내린 무당이 맨발로 마을 아래 서 있는 나무까지 달려가 미친 듯이 소리를 쳤대요. 내가 악귀를 불살라버리겠다 하고 말이죠. 우리 회사에 그 동네 토박이가 있는데, 그 사람한테 다 얻어들은 얘기예요. 그 사람은 어렸을 때 굿하던 장면을⋯⋯."

기사는 한번 시작된 얘기를 목적지에 도착할 때까지 끝내지 않을 작정인지, 계속 떠들어댔다. 하지만 내겐 이내 그의 말이 들리질 않았다. 머릿속은 온통 사내와 부딪칠 걱정으로 가득 차 버려서였다. 택시는 곧바로 시내를 빠져나갔다. 낮은 야산과 구릉들이 연이어진 시골 포장도로를 질주하고 있었다. 차가 속도를 낼수록 내 마음도 확고해졌다. 무슨 일이 있어도, 어떤 수모를 당하더라도 내막은 확실히 알아내고야 말겠다는 쪽으로 내 마음은 굳어져 갔다.

"손님, 다 왔습니다."

언제부턴지 말을 멈추고 운전만 하고 있던 기사가 차를 세우며 말했다. 예기치 못한 기사의 안내에 나는 깜짝 놀라 사방을 두리번거렸다. 그러나 주변은 어딘지 낯설게만 보였다. 어머니와 함께 왔던 그곳이 아닌 듯도 싶어, 나는 기사에게 다그쳐 물었다.

"나무는 그 나무는 어딨죠?"

"나무요? 그건 좀 전에 지나지 않았습니까? 저기 집들 보이는 데가 말씀하시던 새암골이고요."

기사는 뒤편 어딘가 먼 데를 가리키다가, 이내 밭고랑 옆에 난 좁다란 길, 저편으로 모여앉은 집채들을 가리켰다. 못미더웠으나 내릴 수밖에 달리 방법이 없었다.

"저 손님, 있다가 다시 시내 공항으로 돌아가실 겁니까요?"

요금을 내는 내게 기사는 물었다.

"예, 볼일이 끝나면."

내 말이 채 끝나기도 전에 기사는 반가운 듯이 받았다.

"그러면 말이죠. 제가 여기서 볼일 끝나실 때까지 기다릴까요? 어차피 택시 잡으려면 한 삼십 분 큰길까지 걸어가셔야 할 텐데, 큰길에서도 빈 택시 잡을라치면 수월찮을 거구만요."

난 그제야 돌아갈 차편이 마땅찮다는 사실을 깨달았다. 아직은 이른 시간이긴 했지만, 오후에라도 출근할 생각을 하면 시간이 그리 넉넉하지는 않았다. 기사는 시간당 만 오천 원씩의 대절료를 요구했다. 좀 비싸다는 생각이 들긴 했으나 이렇게 된 마당에 난 기사의 요구를 받아들이는 수밖에 없었다.

마을 길은 아무래도 눈에 익지 않았다. 길을 물어볼 사람을 두리번, 두리번 찾았다. 하지만 어른은 눈에 띄지 않고 초등학교 3, 4학년쯤 되었을까 싶은, 머슴애들 세 명이 길가에 쪼그리고 앉아 땅바닥에 금을 그으며 저희끼리 뭔가를 수근대고 있었다. 난 아이들 곁으로 다가갔다.

"얘들아, 여기가 새암골이란 곳이냐?"

아이들은 일제히 나를 돌아다보았다. 여섯 개의 눈동자들이 말똥말똥

나를 올려다보기만 하더니, 그중 머리를 가장 짤막하게 깎은 한 아이가
대답했다.

"맞는데요."

"그럼, 저 혹시 이 주변……."

"얏, 도망가자!"

내가 상갓집이 어디냐고 물으려 하자 아이들은 갑자기 일어나 쏜살같
이 마을 뒤편 산 쪽으로 달음질쳤다.

"허, 조놈, 조놈들 좀 보게."

아이들이 무엇에 놀라 도망쳤는지 나는 이내 알 수가 있었다. 백발이
성성하고 턱엔 흰 수염이 두 뼘 길이는 족히 될 법한 노인네가 나타났기
때문이었다. 노인네는 지팡이를 한 손에 들고 한두 설음 아이들을 다그
치는 시늉만 하더니 금세 혀를 끌끌 차며 웃고 말았다.

"꼭두새벽부터 잭패질 할 궁리에 저래 정신들이 팔렸으니, 이 담에 커
서 뭣들 할라는지, 원."

노인은 혼자 중얼거리면서 낯선 이방인에 대한 의구심의 눈초리로 나
를 쳐다보았다. 두어 차례 그런 눈빛으로 나를 쳐다본 후, 아무 말 없이
내 앞을 지나치려 하였다.

"저, 어르신네, 죄송하지만 지난주에 상을 당한 댁이 이 주변에 혹시 있
습니까?"

노인네는 더욱 이상하다는 눈빛으로 나를 쳐다보았다.

"돌아가신 선친께서 아시는 분이라, 저는 상주 되는 어른의 성함조차
제대로 알지 못하고 왔습니다, 급한 마음에 그만."

노인은 더욱더 집요한 눈길로 나를 쳐다보았다. 그 눈길에 나는 그만 도망친 아이들처럼 지레 주눅이 들고 말았다. 결국 나는 하지 않아도 좋을 사죄의 말까지 덧붙였다.

"죄송합니다."

노인은 좀전의 눈길을 거두고 느릿느릿 말문을 열며 내가 지나쳐 왔던 쪽을 가리켰다.

"봉재네 집을 말하는가 본디……허기사 여그 새암골에 상 당한 집이 거기밖에 없어. 그랄라믄 쩌그 아래짝으로 갔어야제. 날 따라오시우, 시방 나도 그짝으로 가는 중이니께."

"예, 예."

나는 허리를 숙여 감사의 뜻을 표했으나 노인은 이미 앞장서서 걷기 시작했다. 흰 수염을 쓸며 걷는 노인의 뒷모습은 정정해 보였다. 허리도 그다지 굽지 않았을 뿐더러, 지팡이는 아예 들고 걸었다. 걸으면서 노인은 연신 길가의 나뭇가지를 꺾어 살펴보기도 하고, 지팡이로 흙을 파 뒤져 유심히 그 흙을 손바닥에 놓고 비벼보기도 하였다. 전혀 나를 의식하지 않는 듯한 태도였다. 난 노인의 걸음 속도에 맞추어 걷다가 멈추기를 여러 차례 반복하였다.

"올핸 눈이 이 모냥으로 왔으니 보리농사는 어떡한다……."

노인은 걱정스러운 얼굴로 뒷짐을 진 채 하늘을 올려다보았다. 나도 무심히 노인을 따라 하늘을 올려다보았다. 하늘은 뭐라도 내릴 것처럼 꾸물꾸물했다. 해는 구름에 가려 간신히 자신의 존재를 알리고 있었는데, 그 모습은 흡사 창호지 두어 겹 뒤에서 새어 나오는 백열전구 불빛 같왔다.

"서울서 온 모냥인데, 그래, 봉재 애매하고는 어떻게 되는 사인데, 이래 먼 길을 찾아왔누?"

노인은 불쑥 내게 말을 걸었다. 봉재란 분명 그 사내를 가리키는 이름일 터였다. 나는 그제야 그날, 그 상주 되는 사내의 어머니가 돌아가신 것임을 처음 알았다. 나는 엉겁결에 둘러댔다.

"저희 어머니가 살아생전에 은혜를 많이 입은 분이라 해서요. 뒤늦게라도 인사를 드리는 게 도리일 것 같아서."

그때였다. 노인이 갑자기 나를 돌아다보았다. 그 눈초리는 아까 처음 봤을 때보다 훨씬 더 의구심을 감추지 못하는 그런 것이었다. 잠시 내 얼굴을 살피던 노인은 다시 천천히 돌아서서 걷기 시작했다.

"반평생을 실성하다 죽은 사람이 누구한테 뭔 은혜를 줬다는 겐지."

순간 나는 발걸음을 멈추었다. 반평생을 실성하다 죽었다는 말이 내 뒷덜미를 후려치는 것만 같았다. 잠시 서 있던 나는 잰걸음으로 노인 옆으로 다가갔다.

"저, 사실 전 그저 심부름을 온 처지라 그 댁 사정을 전혀 알지 못합니다. 그런데 돌아가신 분이 정신병자였단 말입니까? 왜, 그랬죠?"

"봉재 애비가 죽고 나서였제, 그때 이 동네에 죽은 사람이 어디 한둘이었어야제."

길은 낮은 야산의 오솔길로 접어들고 있었다. 그 길은 둘이 나란히 걷기에는 너무 좁았다. 나는 자연스레 처음처럼 노인의 뒤에 서서 쫓아갔다. 노인은 지팡이로 아직 눈이 녹지 않은 길섶을 휘저으며 걸었다. 눈 밑에는 지난 늦가을에 내려앉았을 낙엽들이 뒹굴고 있었다.

"뭐니, 뭐니해도 불쌍한 건 봉재 애미여. 봉재도 고생은 고생같이 했제, 그 어린 나이부터 뱃놈이 돼갖고, 실성한 애미까지 보살펴야 했으니……."

나는 그날 보았던 그 사내의 모습을 떠올렸다. 풍성한 베옷에 가렸어도, 다부지고 널찍했던 그의 가슴팍은 눈으로 느낄 수가 있었다. 어머니를 한 손에라도 움켜쥘 것 같던 그 억센 손아귀. 그는 뱃사람이었던 거였다. 나는 온 신경을 다 동원해서 웅얼거리듯 내뱉는 노인의 말소리를 하나라도 놓치지 않으려 집중했다.

"그 가슴에 맺힌 한이 오죽했으면 성태댁한테 그리 했을까. 지나도 몇십 년 지난 일인데 여적까정……."

갑자기 내 머리끝에서 시작하여 등줄기를 타고 한 가닥 전류가 아득하게 흘러내렸다. 노인의 입에서 나온 성자, 태자는 아버지, 아버지 이름이 아닌가.

노인은 지난주에 어머니가 그 사내에게 당했던 봉변을 누구에게선가 들어 알고 있음이 분명했다.

대체 봉재 애비라는 사람은 왜 죽었죠? 그 옛날 이 동네 사람들이 떼 지어 죽기라도 했단 말인가요? 대체 왜? 우리 아버지가 그들의 죽음과 무슨 관계가 있기라도 하단 말인가요?

내 가슴속에서는 노인에게 대들듯이 질문들이 터져 나왔다. 하지만 정작 입 밖으론 단 한마디도 나오질 않았다. 더구나 노인은 이미 나와 대화를 나누고 있는 것이 아니었다. 그는 무언가 회고에 빠져 그저 아픈 기억을 더듬으며 간간이 혼자 중얼거리고 있을 뿐이었다.

"사람 운명이란 도무지. 어릴 적부터 한 동네에서 크던 부랄친구끼리 죽고 죽이는 웬수가 돼서 죽어서까지 등 돌리게 됐으니 원, 그런 게 다 업 본 게지."

노인은 허망한 듯이 먼 데 산을 올려다보았다. 나는 한쪽 손을 들어 옆에 서 있던 나무를 잡았다. 그리고 몸의 무게를 나무에 실었다. 노인의 말이 비수처럼 내 가슴에 꽂혀 왔다. 명치끝이 아려 나는 허리를 구부렸다.

앞서가는 노인은 이미 야산의 오솔길을 벗어났다. 나는 천천히 노인의 뒤를 따라갔다. 맞은 편에서 50대의 한 남자가 걸어왔다. 그는 노인에게 공손하게 인사를 했다.

"일찍 기침하셨구만요."

"음, 오랜만일세. 이장댁에 볼 일이 좀 있어서."

노인은 헛기침을 뱉어내며 인사를 받았다.

"그럼, 살펴 가시소."

남자는 노인이 지나가도록 길을 비켜서며 고개를 숙였다. 휘어진 길모퉁이를 돌아서자 담벼락에 붙어서서 키득거리던 아이들 몇몇이 노인을 보았는지 우르르 도망쳤다. 뒷모습이 얼핏 아까 그 아이들 같기도 했다. 아이들이 붙어서 있던 담벼락에는 분필 그림이 덜 그려진 채로 남겨져 있었다. 여자아이와 남자아이가 입을 대고 있는 그림이었는데, 아마 제 또래 친구 중에 누군가를 골려주려고 그려놓은 모양이었다.

"그놈들, 참."

뒤늦게 그림을 쳐다본 노인은 겸연쩍은 듯 혼자서 입맛을 쩍쩍 다시었다. 그리고 노인은 나를 돌아보며 말했다.

"이리로 쭉 올라가면 밤나무가 선 대문이 있는데, 그 집을 끼고 오른쪽으로 돌아 세 번째 집이 봉재네 집일세, 그럼 살펴 가시게."

그때 주변이 내 눈에 익숙하게 들어왔다. 그곳은 어머니와 함께 쫓겨가듯이 걸어 내려갔던 바로 그 길이었다.

"저, 어르신네, 뭣 좀 하나만 물어봐도 되겠습니까?"

노인은 의아한 표정으로 나를 쳐다보았다. 나는 용기를 냈다.

"저, 그 댁 상주 되는 분의 어른이, 누구에게 죽임을 당했습니까?"

노인은 수염을 한번 쓸어내리고 뒷짐을 지며 말했다.

"심부름을 왔으면 문상이나 얼른 하고 갈 게지, 웬 젊은 사람이 남의 집 깐탄에 그리 궁금한 게 많은가?"

"아까 혼자 하시는 말씀 들으면서 그냥 궁금해져서 그럽니다."

나는 무슨 잘못이라도 저지른 사람처럼 위축되었다.

"내가 괜한 소리를 떠든 게로군. 허기사, 아무리 심부름 온 처지라 해도 문상할 집 사정을 알고 가는 게 예의긴 하지만서두, 벌써 세월이 많이 흐른 얘길세, 참 생각만 해도 험한 세상이었제. 좌니 우니하고 갈라지더니만 결국 친구에게 당한 꼴이지. 그 일로 봉재 애미는 실성했고, 김참봉댁 어른도 자살을 하고, 성태 그 친구는 즈희 댁하고 단둘이 어느 날 홀연히 동네를 떠버렸어. 아니지, 아니지, 그때 세 살인가 네 살인가 봉재하고 동갑짜리 딸래미가 있었구만…… 그 친구들 맨날 술 한 잔씩 들어가면 어깨 걸고 비틀비틀 거리며 사둔맺겠다고, 동네방네 고함치던 모습이 아직도 눈에 선한데……그럼, 잘 다녀가게."

노인은 지팡이를 가로쥔 채 뒷짐을 지고 갈 길을 갔다. 나는 망연히 노인의 뒷모습이 사라질 때까지 바라보았다. 노인이 말하는 김참봉 댁 어른이라는 건 할아버지를 가리키는 것일 거였다. 예전에 아버지로부터 고조할아버지인가 참봉을 지냈다는 얘기를 들었던 기억이 났다. 할아버지는 결국 아버지 때문에 자살했다고 노인은 말하고 있다. 내 가슴 속은 한바탕 광풍이 쓸고 지나간 마당처럼 스산하고 어지러웠다. 그리고 저 밑바닥부터 저려 왔다.

노인이 사라지고 나서 나는 그 집 쪽을 멍하니 쳐다보았다. 그리고 그때 한없이 쓸쓸하고 외로워 보이던 어머니 표정이 떠올랐다. 나는 그 집을 지나쳐 뒷산 마루로 올라갔다. 거기에서 그 집 마당을 내려다보았다. 사람이 사는 집 같지 않게 고요해 보였다. 난 천천히 발길을 돌렸다.

"아이고, 벌써 볼일을 마치셨고만요."

택시 기사는 반갑게 나를 맞으며, 문까지 열어주었다. 택시는 왔던 길을 돌아서서 달리기 시작했다. 잠시 후에 내 시야로 뭉툭 뭉툭 굵은 가지만 몇 개, 검게 남은 그 나무가 들어왔다. 멀찌감치 앞에 서 있던 나무는 내 옆을 비켜서더니 저만치 뒤로 물러갔다. 난 달음질쳐 달아나는 나무에서 눈을 떼지 않고 돌아보았다.

"아저씨, 아까 저 나무를 왜 불태워버렸다고 했죠?"

기사는 이미 처음처럼 주절주절 풀어낼 신명은 잃은 모양이었다.

"전쟁 때 인민군 쪽을 도왔던 사람들이 몽창 붙들려 죽었던 모양이에요. 그래서 전쟁이 끝나고 한참 뒤에 세상이 좀 잠잠해지니까 동네 사람

들이 굿을 했는데, 무당이 저 나무에 악귀가 붙어서 그런다고 태워버렸
대나 봐요."

기사의 말이 나를 먹먹하게 만들었다. 난 그 나무가 너무나 작아져, 보
이지 않을 때까지 눈길을 뗄 수가 없었다.

결국 예정보다 일찍 서울에 도착했다. 나는 발길을 병원 쪽으로 돌렸
다. 지금쯤 누나가 입원 수속을 마쳤을 것이었다.

어머니는 햇볕이 잘 드는 독실에서 영양주사를 맞으며 누워 계셨다.
창 쪽으로는 산이 보여 서울에 있는 병원치곤 정경이 꽤 좋았다. 병실에
들어서는 나를 쳐다보는 어머니의 눈빛에서는 아무런 감정도 읽을 수가
없었다.

"응, 상호 왔니. 회사에서 빠져나오느라 고생했겠구나."

어머니 옆에 서서 화병에 꽃을 꽂고 있던 누나가 내게 말을 건넸다.

"내 친구가 내과 과장으로 있었으니 망정이지, 잘못했으면 병실도 못
구할 뻔했어. 요즘 이렇게 좋은 위치의 병실 구하기도 쉽지 않더라."

누나는 은근히 자신의 노력으로 좋은 병실을 구했음을 과시하고 싶은
모양이었다. 나는 아무 소리 없이 침대 위 어머니 옆에 걸터앉았다. 그리
고 어머니 머리를 짚어보았다.

"일이 바쁠 텐데, 뭣 하러 왔어. 어여 들어가 봐라."

나는 묵묵히 어머니 가슴을 쓸어내렸다. 그 가슴 속에 묻혀 있을 세월
을 그려보며, 천천히 아주 천천히 쓸어내렸다.

"들어가 볼게요. 이따가 저녁때 봐서, 다시 들리던가, 하겠습니다."

206

어머니는 눈으로 인사를 하였다. 누나가 나를 따라 나왔다.

"내일부터 간병인을 두기로 했다. 오늘은 아무튼 내가 병실을 지키겠지만 내일부턴 도저히 그럴 수가 없어. 다음 주 수요일이 세미나라 도저히 몸을 뺄 수가 없거든."

긴 복도를 지나 엘리베이터 앞에 누나와 나는 나란히 섰다. 엘리베이터 옆 공간에 긴 의자가 놓여 있었다. 그 옆에는 커피 자동판매기가 설치되어 있었다.

"커피 한잔, 하실래요?"

난 문득 누나에게 커피 한잔을 권했다.

"응? 응, 그러지, 뭐."

누나는 의외라는 표정을 짓고는 곧바로 의자에 가서 앉았다. 나는 커피를 두 잔 뺐다. 누나는 다리를 꼬고 한쪽 팔짱을 낀 채 커피를 받아 들며 의자 등받이에 몸을 기대었다. 나는 몸을 잔뜩 앞으로 수그리고 앉으며 두 손으로 커피잔을 맞잡았다.

"저, 누나, 아버지, 아버지 말이에요."

난 누나의 얼굴을 보지 않고 고개를 숙인 채 어렵게 한마디를 꺼냈다.

"너, 아버지 보고 싶은 병이 또 도진 모양이구나."

당연하게도 누나는 나의 심중을 전혀 읽어내지 못했다.

"아버진 이북이 고향이랬죠? 삼팔선이 생기면서 단신으로 월남했다고 하셨죠?"

"응, 그래. 근데 새삼스럽게 그 얘긴 왜?"

"그런데 어떻게 아버진 사업에 성공할 수 있었죠? 내 말은, 사업 기반을 어떻게 마련하실 수 있었나 하는 거예요?"

"그 시절에 자수성가한 사람이 다 마찬가지 아니니? 아버지 피땀으로 하신 거지, 너 왜, 쌀장사며 자전거포며 닥치는 대로 일하셨다는 얘기 들은 기억이 없어? 그나저나 아닌 밤중에 홍두깨라더니 너 갑자기 무슨 생각을 하는 거야?"

난 천천히 고개를 들었다. 내 눈길에 커피잔을 들고 있는 누나의 손이 들어왔다. 가냘프고 고왔다. 갸름한 손톱은 깨끗하게 다듬어져 있었고, 엷은 분홍색 매니큐어가 손톱을 더욱 핏기 없게 만드는 것 같았다. 어머니를 밀쳐내던, 땅바닥에 봉투를 집어던지던, 그리고 허공에 바람을 일으키며 어머니를 향해 삿대질하던 그 사내의 손이 기억났다. 난 고개를 좀 더 들고 누나의 얼굴을 마주 보았다. 화려하지 않은 적당한 화장기가 누나의 교양과 품위를 돋보이게 해주고 있었다. 아마 40대 초반이라 해도 믿을 만한 얼굴이었다. 이미 깊게 이마와 볼에 골이 패어 있던 그의 얼굴이 생각났다. 뚜렷하고 명확하게 설명하기 힘든 어떤 적의감 같은 것이 내 속에 일었다. 그리고 동시에 내 속에서 일어나는 그런 적의감이 싫기도 했다.

"아, 아뇨. 그냥 갑자기 아버지가 살아오신 생애에 대해 구체적으로 아는 게 너무 없다는 생각이 갑자기 들어서요."

나는 쓴웃음을 지어 보였다. 그리고 의자에서 일어났다. 누나도 따라 일어섰다. 엘리베이터가 내려오다 우리 앞에 멈추었다. 엘리베이터 안에는 아무도 없었다. 문이 닫히기 직전 누나는 급하게 그러나 분명하게 말했다.

"아버지는 피땀으로 일군 재산을 털어, 재단을 세우셨어. 그것 하나만으로도 아버진 의심할 바 없이 충분히 훌륭하신 거야!"

엘리베이터 문이 닫혔다. 엘리베이터는 윙 소리를 내며 급강하했다. 훌륭하신 거야 라고 외치던 누나의 목소리가 귓전에서 계속 왕왕거렸다.

책상 위에 놓인 자료는 벌써 삼십 분째 같은 페이지에 펼쳐져 있었다. 난 고개를 들어 사무실을 한번 둘러보았다. 컴퓨터를 두들기고 있는 사람, 신문스크랩을 하는 사람, 책상에 얼굴을 처박고 뭔가 열심히 보고 있는 사람. 각양각색의 모습으로 저마다 제 일에 열중하고 있었다. 벽에 걸린 시계를 올려다보았다. 5시 10분. 하지만 나머지 50분 동안 이대로 앉아 있을 자신이 없었다. 가뜩이나 퇴근 시간 다 돼서 출근한 마당에 또 자리를 비우기는 좀 뭣했지만 나는 사무실을 나와 1층 휴게실로 내려갔다. 청량음료를 한 잔 뽑아 들었다.

잔을 들고 서서 잠시 망설였다. 난 결국 3층 도서실로 향했다. 사원들을 위해 마련한 사내 도서실이라 그리 장서량이 많은 편은 아니었지만, 분야별로 짭짤하게 읽을거리들이 구색을 갖추고 있었다. 나는 '한국사'라고 쓰인 책꽂이로 다가갔다. 한국전쟁 또는 6.25전쟁이라는 제목이 붙은 책들을 차례로 살펴보았다. 그중 한 권을 뽑아 들었다. 브루스 커밍스가 쓴 『한국전쟁의 전개 과정』이라는 이름의 책이었다. 난 책꽂이 앞에 선 채로 책을 펼쳐보았다. 전쟁 당시의 사진들이 글과 함께 실려 있었다. 문득 폭격을 맞은 평양 거리를 찍은 사진이 눈에 들어왔다. 사진 속 평양 거리에는 서 있는 건물이라곤 하나도 없었다.

"대리님, 뭘 그렇게 열심히 보십니까?"

깜짝 놀라 돌아보았더니 장진규가 내 등 뒤에서 벌쭉하니 웃고 있었다.

"아니, 자료를 좀 찾아볼 게 있어서 왔다가 그냥. 자네는 웬일인가?"

나는 책꽂이에 책을 도로 꽂고 또 다른 책을 둘러보는 체하며 그에게 물었다.

"저요? 전『70년대 회사연감』을 좀 찾아보려고요."

"그래? 회사 관련 책자는 저쪽 안쪽 코너에 비치되어 있을걸."

"그래요? 그럼 저쪽에 가서 찾아보겠습니다."

장진규는 내 마음을 헤아린 듯 얼른 안쪽 코너를 향해 갔다. 그가 막 책꽂이를 끼고 꺾어지려 할 때 난 급하게 그를 불러 세웠다.

"잠깐만! 저, 오늘 별일 없으면 나랑 술 한잔, 안 하겠어?"

몸을 뒤로 젖히고 책꽂이 뒤에서 고개를 빼내어 나를 쳐다보던 장진규는 기분 좋게 웃으며 응답했다.

"좋죠, 대리님만 괜찮다면 저야 언제든지 환영입니다."

"그래, 그럼 있다 보자고."

장진규가 회사 관련 코너로 간 뒤, 난 다시 그 책을 꺼내 들었다. 그리고 사진들을 쭉 살펴보았다. 사진 속에 나온 사람들은 하나같이 감당하기 힘든 고통과 불안, 분노에 몸부림치고 있었다. 나는 전쟁 관련 책을 두 권 더 골라 대여신청서를 썼다.

하늘은 오전보다 훨씬 맑아졌다. 하지만 어스름이 내리면서 날 선 바람이 세차게 불어댔다. 장진규와 나는 말없이 회사 뒤편 골목을 향해 종종 걸었다. 우리는 죽 늘어 서 있는 네다섯 개의 감자탕 가게 중 가장 안쪽 집으로 들어갔다. 퇴근하자마자 곧바로 온지라 아직 술집 의자들은 텅 비어 있었다. 자리에 앉은 장진규의 머리가 온통 헝클어져 삐죽삐죽 거 꾸로 섰다. 나는 내 머리를 툴툴 털며 가르마를 정리했다. 그도 웃으며 나 를 따라 머리를 쓰다듬었다.

"그래, 업무는 재미있나?"

막상 이렇게 앉고 보니 무슨 말을 나눠야 할지 서먹했다. 그래서 업무 얘기를 꺼냈다. 그와 단둘이 술자리를 하는 건 오늘이 두 번째였다. 한번 은 내가 홍보실로 오고 난 직후, 같은 대학 출신이라는 명분으로 술을 산 적이 있었다. 장진규도 조금은 어색한 모양이었다. 평소의 그답지 않게 목소리에 쑥스러운 기색이 배어 있었다.

"재미는요?"

숟가락과 젓가락을 내 앞에 놓아주며 장진규는 겸연쩍게 웃었다. 잠시 후 감자탕과 소주병이 서먹한 둘 사이의 공간을 조금은 메워주었다. 난 그의 잔을 채워주었다. 그도 내 잔을 채워주었다. 거푸 그렇게 두 잔을 주 고받자 우리는 다소 풀어진 분위기가 된 듯하였다. 게다가 미닫이문이 드르륵 열리면서 한 패거리가 들어왔다. 그들이 두 개의 탁자를 채워버 리자 분위기는 한결 편해졌다.

"참, 대리님! 한국전쟁에 관심이 많으신가 보죠?"

그는 아까 내가 들쳐 보던 책 제목을 본 모양이었다.

"아니, 뭐 그냥 있길래."

"브루스 커밍스 같은 경우는 한국전쟁을 다룬 미국학자 중에서는 드물게, 객관적 사실을 있는 그대로 접근한 사람이죠. 하지만 그 역시 전쟁 성격을 바라보는 기본 관점에선 남한과 북한의 국내전이라는 미국식의 시각을 벗어나지 못했죠. 사실 한국전쟁은 미국이 동아시아를 독식하려는 데서 발발한 국제전적 성격을 배제할 수가 없는데 말입니다."

나는 그의 말이 정확히 이해되지 않았다. 그래서 다소 의아하다는 표정으로 그를 바라보았다.

"아, 물론 이런 시각으로 보는 학계의 입장이 있고, 저는 그 입장에 동의하고 있는 것뿐이죠."

그는 털털하게 웃으며, 자기 말을 다시 한번 해석해 주었다. 나는 취기가 올라왔다. 그제야 새벽에 공항에서 샌드위치를 하나 사 먹은 후론 아무것도 요기한 것이 없음을 깨달았다. 식도를 타고 내려가는 알코올은 금세 온몸으로 퍼져갔다.

"근데 말야, 자네, 이런 건 어떨 것 같아? 에, 가령 이북이 고향이 아니면서도 그런 것처럼 주민등록을 위조할 수 있냔 말야?"

말을 뱉어놓고 난 후, 질문이 너무 노골적이었다는 후회가 일었다. 하지만 이미 뱉어진 말이었다.

"충분히, 가능하죠. 전쟁통에 그런 종류의 민원 서류가 불타버린 예가 한둘이 아니었을 테고, 인구이동도 대단히 심했을 때였으니까요. 그러니 아무도 모르는 곳에 가서 자기 멋대로 본적지를 신고했다고 해서 알 사람이 누가 있었겠어요?"

장진규는 전쟁 얘기를 계속했다. 전쟁 성격을 다시 규명해야 한다는 얘기를 반복했다. 점점 취해가면서도 장진규가 한국사에 대해 대단히 해박한 지식을 갖고 있다고 생각했다. 내 혀는 이미 조금씩 꼬부라지기 시작했다.

"에, 난 말야. 무식해서, 그런 거 잘 몰라. 고시원에서 오 년을 꼬박 썩은 놈이 세상 물정을 뭘 알겠어?"

난 자조적으로 날 비하했다. 장진규가 허물없이 웃는 모습이 눈에 가물가물했다.

심한 갈증 때문에 잠에서 깼다. 욱신대는 두통도 느껴졌다. 냉장고까지 걸어가기가 몹시도 힘에 겨웠다. 물 두 컵을 연달아 들이켰다. 벽시계는 새벽 6시 23분을 가리키고 있었다. 난 천천히 물통을 챙겨 와서 다시 자리에 누웠다. 누워서, 찬찬히 어제 일을 되새겼으나 야금야금 필름이 끊겨 나갔다.

장진규는 한국전쟁에 대해서 계속 제 주장을 피력했고 난 무식해서 잘 모르겠다고 했었다. 그는 역사는 현재 인간의 삶까지 지배하고 있기에 결코 잊어서는 안 된다고 주장했고, 난 잊어버려야 좋을 것들은 빨리 잊는 게 나을지도 모른다고 말했다. 그리고 우리 얘기는 회사에 대한 것으로 이어졌었다. 아무래도 내가 조 과장 얘기를 먼저 꺼낸 것 같은데, 어떻게 얘기를 시작했는지는 기억이 나질 않았다. 그리고 분명히 기억이 나는 대목이 있었다. 장진규가 조 과장에 대해서 한 말. 조 과장이 정보사 출신이고, 회사는 일부러 그런 출신을 인사과에 영입한 것이며, 그가 평소 회사 불평을 늘어놓는 것은 자신의 그런 역할을 감추기 위한 것일지도 모른다는 얘기였다. 그런 얘기를 뱉은 걸 보면 장진규도 어제 많이 취했었던 모양이었다. 그런데 그는 대체 어떻게 그런 사실들을 알고 있을까? 취중에 들었던 의문이 다시 고개를 들었다. 하긴 내가 인사과에 근무한 적이 있긴 하지만 워낙 짧은 기간이었고, 무엇보다 난 아예 조 과장에 대해 관심조차 없었다. 당시 인사과 직원 중 조 과장의 이력에 대해 모르고 있었던 건 어쩌면, 나 혼자였는지도 모른다는 생각이 들었다.

어느 시점인지는 정확히 기억나지 않지만, 장진규는 나를 선배라 불렀고 나는 그에게 진규야라고 반말했다. 그런 다음에 내가 아버지에 관한 얘기를 했던가? 조 과장 얘기를 한 이후론 전혀 기억이 나질 않았다. 어떻게 술집을 나와 이렇게 우리 집에 누워 있는지를 전혀 알 수가 없었다. 난 아버지에 대해 장진규에게 말하지 않았기를 바랐다. 설사 꺼냈다 하더라도 그도 나처럼 기억하지 못하기를 간절히 바랐다. 은근히 회사에서 장진규의 얼굴을 마주칠 일을 생각하니 공연히 얼굴이 달아올랐다.

나는 설핏 다시 한숨 잠을 잤다. 깨어나니 두통은 한결 가라앉았지만, 출근 시간이 너무 빠듯했다. 아침도 거른 채 출근을 서둘렀지만, 회사 정문에 도착했을 땐 이미 시계가 8시 30분을 넘기고 있었다. 회사 문을 들어서는 사람은 나 혼자뿐이었다.

그때였다. 현관문으로 장진규가 나오고 있었다. 그의 뒤에는 낯모르는 건장한 남자가 양편으로 바싹 붙어서 있었다. 난 뭔가 분위기가 심상치 않음을 느꼈다. 그때 장진규도 나를 알아보았다. 그는 불편한 걸음걸이로 내 쪽을 향해 다가왔다. 그의 손목엔 수갑이 채워져 있었다. 내 앞에 선 그는 환하게 웃어 보였다.

"선배님, 어젠 고생 많이 하셨죠. 언제가 될진 잘 모르겠지만 다음에

뵙죠. 몸 건강히 지내십시오. 그리고 제 책상에 꽂혀 있는 다이어리 좀 빨리 챙겨주십시오."

장진규는 마지막 말을 낮고 신속하게 덧붙였다. 나는 정지된 시간 위에 서 있는 느낌이었다. 두 남자는 장진규를 대기하고 있던 검은 세단에 실었다. 세단은 이내 회사 문을 빠져나갔다. 장진규는 마지막 순간까지 나를 돌아다보았다. 사라지는 세단 뒤에서 불어온 한 줄기 바람이 휙 나를 쓸고 지나갔다. 나는 세단이 사라지고 난 뒤에도 한참이나 그 자리에 서 있었다.

힘없이 현관문을 열었다. 현관 로비에서 조 과장이 낯선 남자와 얘기를 나누고 서 있었다. 나는 얼른 고개를 돌렸다. 과장은 나를 잠시 쳐다보는 듯하더니만, 이내 아랑곳하시 않고 그 남자와 계속 얘기를 나누었다. 난 빠른 걸음으로 엘리베이터 앞으로 갔다.

사무실에서는 온통 술렁이는 분위기였다. 몇몇은 복도를 나와 두런두런 얘기를 나누었고, 또 몇몇은 식수대 앞에서, 또 몇몇은 책꽂이 앞에 서서 작은 소리로 이야기를 나누었다. 차장과 부장은 어디로 갔는지 자리에 없었다. 난 재빨리 장진규의 책상 주변으로 가서 살펴보았다. 업무자료들 사이에 다이어리가 꽂혀 있었다. 사람들이 안 보는 틈을 이용해 얼른 다이어리를 뺐다. 그리고 창 앞에 섰다. 장진규를 실은 세단이 사라져 간 곳을 하염없이 바라보았다.

오전 내도록 차장과 부장은 자리에 돌아오질 않았다. 아무도 업무를 보려는 사람이 없었다. 점심시간이 되자 다들 식당으로 내려갔다. 누군가 내게 같이 가자고 했으나 난 조금 있다 가겠다고만 말했다. 사무실이

팅 비자 전화를 들었다.

"공항이죠? 저 강릉행 티켓을 한 장 예약할 수 있을까요? 오늘요, 반드시 오늘이어야만 하는데요, 아, 다섯 시 반요? 예, 예 감사합니다. 김상호. 610925-1342211. 네, 맞습니다."

난 그의 집을 다시 찾아가기로 결정했다. 오늘 밤, 그 집에서 묵으리라 마음먹었다. 그가 나를 밀쳐내면 그의 집 앞 담벼락에 기대서라도 오늘 밤을 보낼 것이고, 다행히 그가 나를 받아준다면 밤새워 그와 얘기를 나눌 것이다. 만약 그가 없다면 그의 아내와 살아온 날들을, 살아갈 날들을 나눌 것이다.

2부(연작)

창밖으로 세상이 보인다

새로운 시작은 눈물로

택시의 차창 밖으로 어머니는 손을 내젓는다. 이제 돌아가라는 뜻이다. 손을 젓는 어머니는 웃음을 짓는다. 웃는 어머니의 얼굴이 자꾸만 일그러진다. 사실은 울고 있는 거다. 택시는 교차로에서 좌회전한다.

"제길, 어머니가 무슨 죄람? 진우 형도, 참."

사라지는 택시 꽁무니를 바라보고 섰던 민태가 넋두리처럼 중얼거린다. 문득 민태는 법원 쪽을 홱 되돌아본다. 침을 퉤 내뱉는다.

"개자식들, 대체 지금이 어느 땐데 사 년씩이나 때려?"

영규는 말없이 교차로 쪽을 향해 걷기 시작한다. 민태도 따라 걷는다.

"이렇게 썩을 바에야 차라리……."

"……."

"자수했으면 반성문이라도 써서 어떻게든 빠져나올 궁리를 하던가."

"……."

"아, 이제 와 뭣 한다고 자수를 했담? 이왕 개기던 거 공소시효까지 개길 것이지."

영규는 아무런 응답이 없다. 영규는 버스정류장에서 걸음을 멈춘다. 민태도 따라 멈춘다. 둘은 잠시 말이 없다.

"진우 형 속은 도대체가 알 길이 없단 말야."

둘은 다시 말이 없다. 민태는 담배를 꺼내 문다. 깊은 호흡과 함께 연기가 거침없이 쓸려 나온다. 쓸려 나온 연기는 용트림하다가 이내 대기 속에 용해되어 사라진다. 사라지는 연기에 시선을 둔 채 민태가 말문을 연다.

"기분도 그렇잖은데, 술 한잔 어때?"

영규는 하늘을 올려다본다. 지독하게 맑고, 한 가지 색으로 파랗기만 하다. 어쩐 일인지 가을 하늘처럼 높다. 아까부터, 실은 진우가 구속되었다는 사실을 알고 난 후부터 줄곧 떠오르던, 하나의 영상이 또다시 스치고 지나간다. 영상 속의 진우는 푸른 수인복을 입고 구치소 운동장을 혼자 달리고 있다. 하얗게 높은 구치소 담장이 진우를 둘러싸고 빙글빙글 돌고 있다.

진우 형은 어디를 향해 달리는 걸까?

진우가 딛고 간 흙바닥도 빠른 속도로 질주한다. 영규는 가벼운 현기증을 느껴 고개를 떨군다. 영규는 시계를 들여다본 후 민태 쪽으로 고개를 돌린다.

"가봐야 할 거 같아. 출근 시간이 다 됐어."

담배를 구두 바닥에 비벼 끄며 민태도 비로소 영규 얼굴을 마주 본다.

"그래? 그럼 술 대신 차라도 하지."

"아냐, 지금 가야 해."

대답하는 영규의 눈길에 표정이 없다. 민태의 얼굴에 쓴 웃음이 스친다.

"그래. 니, 마음 알겠다. 나 늦게까진 회사에 있을 거니까 나중에라도 생각나면 전화해."

민태는 지갑에서 명함을 꺼내 영규에게 건넨다. 민태의 뒷모습이 지하도 아래로 완전히 가라앉을 때까지 영규를 바라본다.

(주)대진실업 대리 박 민 태.

명함을 주머니에 쑤셔 넣은 영규는 다시 시계를 본다. 출근 시간까지
는 아직 네 시간 남짓 여유가 있다. 영규는 잠시 생각한다. 버스에 올라탄
다.

교문을 들어서자 처음 영규의 시야를 가득 채운 것은 진홍빛과 샛노란
유채색의 어우러짐이다. 대운동장을 감싸고 둘러쳐진 진달래와 개나리
는 절정을 이루고 있다. 영규는 눈이 부시다. 잠시 눈을 감는다. 부신 눈
을 가늘게 뜨고 콘크리트 바닥을 따라 걷는다. 둘, 셋씩 짝을 진 청춘들이
걷고, 앉아 있으며, 또 서 있기도 하다. 그들은 또래끼리만 나눌 수 있는
은밀한 속삭임의, 즐거움에 겨워 허리들이 꺾인다. 영규는 가던 발길을
멈춘다.
　문과대.
　문과대 앞에 섰다. 파르르 가슴을 쓸고 지나가는 거센 파장에 영규의
몸은 녹아내리듯 가늘게 떨린다. 고개를 치켜들어 옥상을 올려다본다.
　기, 하, 형.

머리 위에서 땅바닥으로 내리꽂히는 날카로운 외침이 들렸다. 영규는
고개를 쳐들었다. 옥상 난간에 사람이 매달려 있었다. 기하였다. 기하는
마치 난간을 발판 삼아 하늘로 비상하려 몸부림치는 듯이 보였다. 영규
가 올려다본 기하의 키는 불과 두 뼘 남짓이었다. 메가폰의 비명이 두 번
더 울렸다. 난간에서 두 개의 현수막이 지상을 향하여 급강하하였다. 석
조건물 벽을 때리며 빠른 속도로 낙하하는 현수막의 막대가 자신의 머리

를 강타할 것만 같은 착각에 영규는 움찔 눈을 감았다. 다시 눈을 떴을 때 영규는 세로로 길게 내려 떨어진 글씨를 보았다.

레이건 방한 결사반대

내정간섭 미국 결사반대

결사반대, 결사반대, 결사, 결사, 결, 사……. 광목천에는 분명히 빨간 글씨로 '결사'라고 쓰여 있었다. '결코'가 아닌 결사였다. 글씨의 의미를 확인한 순간 영규의 심장은 얼어붙을 것만 같았다. 기하의 분기에 찬 목소리는 메가폰을 여과하면서 제대로 알아들을 수가 없었다. 대신 영규의 귓전을 울리는 소리는 며칠 전 기하와 주고받던 말이었다.

"영규야, 결사가 무슨 뜻인 줄 아니? 목숨을 건다는 뜻이야. 너 정말, 내정 간섭하는 미국을 결사반대하는 거냐?"

"형, 그럼 난 구호를 다시 만들래요."

"어떻게?"

"내정간섭 미국 결코 반대!"

"핫, 하, 하."

한 떼의 학생들이 문과대 앞으로 모여들었다. 메가폰에서 웅웅 하는 소리가 들리자 그들도 구호를 따라 외쳤다. 레이건 방한 결사반대, 내정간섭 미국 결사반대. 진우의 눈에서 낯선 빛이 번쩍 일었다. 안경 유리에 정면으로 부딪친, 햇빛이 부서진 거였다. 바람이 불었다. 하늘에서 학생들 머리 위로 분홍, 연두, 노란색의 색지가 춤을 추며 쏟아져 내렸다. 올려다본 하늘은 온통 색지들의 천국이었다. 하늘이 색지로 뒤덮이자 일제히 함성이 터졌다. 하나, 둘 색지들이 자유로운 비행 끝에 무사히 지상에

착륙하기 시작했다. 바로 그 순간, 갑자기 무리 속에서 심한 동요가 일었다. 순식간에 대열은 무질서하게 도서관 쪽으로 질주하여 흩어졌다. 메가폰 속 기하의 목소리는 더욱 날카롭고 높게 울렸다.

"이 자식, 뭐 하는 거야. 짭새한테 맞아 죽고 싶어?"

누군가 날쌔게 영규의 팔을 낚아챘다. 영규는 그 팔이 이끄는 대로 뛰기 시작했다. 그 팔은 문과대 뒤를 돌아 대열들이 흩어져 간 것과는 반대쪽으로 방향을 잡았다. 숨이 찼다. 온몸의 혈관이 있는 대로 팽창하였다. 흉부가 파열할 것 같은 통증을 느꼈다. 영규는 가슴의 통증 때문에 더 이상 뛸 수가 없었다. 교양관 4층이었다. 영규를 이끌던 팔은 안전지대라 생각했는지 그곳에서 멈추었다. 팔의 주인은 민태였다. 숨을 몰아쉬는 영규의 목구멍은 침으로 마구 찔러대는 것처럼 따가웠다. 민태는 문과대 쪽으로 난 복도의 창을 열었다. 메가폰의 날카로운 비명이 가늘게 들려왔다. 기하는 아직도 날카로운 비명을 지르고 있었다. 비명의 의미는 알아들을 수가 없었다. 경각에 걸린 목숨을 지키기 위해 마지막 순간 저항하고 있는 짐승의 울부짖음 같은 소리였다. 시간이 얼마나 흘렀을까? 심장을 옥죌 것 같은 날카롭고 가는 비명이 갑자기 뚝 그쳤다. 침묵과 평화의 시간이 돌아온 듯했다. 영규와 민태의 가쁘던 숨소리도 차차 잦아들었다. 영규는 아무 생각도 떠오르지 않았다. 그저 가슴 속이 진공상태가 되어버린 것 같다고, 느꼈다.

심장의 박동 속도가 정상으로 돌아왔다. 심하게 따끔거리던 목젖도 그저 쐐 한 느낌만 남았다. 민태는 바지 주머니를 뒤졌다. 민태의 바지 주머니에서 나온 것은 마구 구겨진 연두색 종이였다. 민태는 차분히 종이를 폈다. 하늘에서 지상으로 춤추며 내려왔던 16절 색지였다. 반듯하게 문질러 펴려고 종이를 쓸던 민태의 손바닥에 잉크가 묻어났다. 등사기로 밀어낸 색지의 잉크는 아직 채 마르지도 않은 상태였다. 민태는 미간에 힘을 모아 한 자 한 자 읽어 내려갔다. 마지막 한 자까지 읽은 민태는 영규의 어깨를 가볍게 쳤다. 내도록 창밖만 응시하던 영규의 시선이 민태가 내민 색지 유인물로 옮겨졌다. 하단에 굵고 거친 필체로 적힌 구호에 영규의 눈길이 맨 먼저 꽂혔다.

내정간섭 미국 결사반대.

순간 영규의 무릎이 뚝 꺾이면서 그만 복도 바닥에 주저앉고 말았다. 민태의 발밑에 고개를 처박은 영규는 울음을 터뜨려 버렸다.

"기하형은 죽게 될 거야. 난 알아, 결사가 무슨 뜻인지. 난 봤단 말야, 그 말을 할 때 기하형 눈빛을……."

격렬하게 들썩거리는 영규의 어깨 위에 민태가 조용히 손을 얹었다.

"연행됐다고, 죽는 건 아냐, 우리도 4학년이 되면 기하형처럼 용감하게 싸우자."

영규는 잔디에서 일어선다. 봄볕이 따사롭다. 내리쪼이는 볕을 향해 고개를 든다. 모든 것이 평화다. 평화가 낯설다. 영규는 다시 걷는다. 영규는 무심결에 추모비가 있는 서관 잔디밭을 향한다. 문득 걸음을 멈춘다. 발길을 돌린다. 교양관 앞 게시판엔 크고 작은 벽보들이 가득하다.

새내기들아, 얼굴 좀 보여도.

안 나오면 국물도 없다, 잉. 새내기 환영회.

한번 만나 줘요, 울랄랄라.

대광인이여, 새내기들과의 만남의 자리를 마련하였습니다.

문득 영규는 교양관 입구 쪽을 바라본다. 한 무리의 청춘들이 흐드러진 웃음을 피워내며 쏟아져 나온다. 스무 살, 젊음이다. 스무 살이 무연한 웃음과 평화를 남겨놓은 채 영규 곁을 스쳐 간다. 영규는 깨닫는다. 교문을 들어서는 순간, 눈을 감아버릴 만큼 부셨던 것은 진달래가 아니라 개나리가 아니라 바로 젊음이 뿜어내는 기운이었음을. 모든 것이 젊다. 이 젊음들이 낯설다.

그저 달리는 데에만 온 신경이 집중되어 있다. 빈 차임을 확인한 애기 업은 아줌마가 손짓한다. 영규는 보지도 못했다는 듯이 지나친다. 얼마 못 가 넥타이를 맨 중년 신사가 엄지손가락을 세워 보인다. 영규는 오른발에 힘을 주어 액셀을 밟는다. 1차선으로 차선을 옮긴다. 목적 없이 강변도로로 접어든다. 멀리 국회의사당이 모습을 드러낸다. 차들이 속도를 줄인다. 체증 구간에 접어든 것이다. 막히는 것이 싫다. 거침없이 달리고 싶다. 영규는 강 건너편을 바라본다. 그곳 차들은 아무런 방해물 없이 속도를 내고 있다. 영규는 차선을 바꾼다. 여의도 인터체인지를 이용하여 강 건너편 도로로 진입한다. 막히지 않아 좋다. 거침없이 달리고 싶다. 기어를 사단으로 바꾼다. 액셀을 밟는다. 엔진 소리가 숨 가쁘게 높아진다. 속도계의 바늘이 잠시 진저리를 치다, 쭉 뻗어 오른다. 차는 바람을 가르며 질주한다. 영규는 깨닫는다. 질주에 목적이 없음을.

진우 형은 어디를 향해 달리는 걸까?

구치소 운동장을 끝없이 달리는 진우의 영상이 다시 떠오른다. 진우는 비 오듯 땀을 쏟는다. 대지를 박차며 내딛는 발길을 그래도, 멈추지 않는다. 속도를 늦추지 않는다. 영규는 진우의 눈을 찾는다. 그 초점이 어디를 향하고 있는지 알고 싶다. 영상 속의 진우는 눈을 보여주지 않는다. 차는 어느새 자유로를 달린다. 자유로를 지나 통일로를 달리고 있다.

영규는 오두산 통일전망대에서 차를 세운다. 주머니를 뒤져 명함을 꺼내 든다. 공중전화박스를 향한다. 번호판을 누른다.

"네, 대진실업입니다."

"민태? 나, 영규."

전화 속의 민태는 잠시 말이 없다.

"짜식, 기다리고 있었다, 그래 어디야?"

이번엔 영규 쪽에서 말이 없다. 전화기에서 동전 떨어지는 소리가 난다.

"꽤 먼 곳인 모양이구나. 내가 그리로 갈까?"

"아냐, 내가 갈게."

전화박스의 유리문에 어스름이 내린다.

구로역 역사에도 어스름이 내리고 있었다. 영등포 방향 플랫폼 맨 앞 벤치. 어스름에 웅크리고 앉아 있는 진우의 검은 실루엣을 영규는 보았다.

"공장에서 일했을 때 아는 얼굴이라도 부딪히면 어쩌려고 이곳에서 보자고 그랬어?"

"우린 이곳에서 적지 않은 땀과 눈물을 흘렸지. 오늘은 마지막으로 공단을 보고 싶었어."

"마지막?"

청량리행 전동차가 들어왔다. 이곳 어디엔가 가정을 꾸리고 있을, 한 무리의 사람들을 토해냈다. 대신 이곳 어딘가에 일터가 있을 퇴근길 노동자들을 가득 싣고 전동차는 멀어져 갔다. 전동차가 몰고 와서 남겨놓고 간 바람이 몹시 찼다. 영규는 점퍼 깃을 올렸다. 진우는 미동도 없이 그 바람을 다 맞았다. 플랫폼에는 둘만 남았다.

"어디 좀 들어가지. 춥지 않아?"

"많이 야위었구나…… 이년 육 개월이라는 세월, 쉽지 않았지?"

"나와서의 생활도 만만치가 않을 거야. 조직도 사라졌고, 동지도 흩어지고, 무엇을 해야 할지도 막막할 테지."

"나와보니 그냥, 그냥 모든 것이 과거가 돼 버린 것 같아. 우리가 희망과 분노와 사랑으로 싸워왔던 그 하루하루들이."

"나야 뭐, 정작 고생하는 쪽은 형이지."

"조직이 살아남기 힘들다는 걸 난 예감하고 있었지. 미안하다, 널 거기에 끌어들이는 게 아니었는데."

"형! 나 아무것도 후회하지 않아. 그땐 그게 최선이었을 거야."

"사람들은, 세상이, 참 많이 변했어."

두 번째 들어오는 전동차의 강한 진동음이 진우의 낮은 목소리를 삼켜

버렸다. 사람들을 토해내고 다시 싣기를 아까처럼 반복했다. 또다시 둘만 남았다. 영규는 진우의 말을 다시 묻지 않았다. 발이 시렸다. 영규는 신발 속에서 발가락을 꼼지락거려 보았다.

"택시 시작했다는 소식 들었다. 계속할 생각이니?"

영규는 말이 없었다.

"나, 자수할 생각이다."

"?"

영규는 진우의 옆모습을 보았다. 전등 빛에 그림자 진 얼굴이 많이 상하고 지쳐 있다고 느껴졌다.

"형량이 짧진 않을 텐데."

"세상엔 쉬운 일이 하나도 없는 것 같아."

"어차피 자수할 생각이라면 진작에 하지 그랬어?"

"니가 출소하는 날을 기다렸다. 네 얼굴은 보고 가야 할 것 같아서."

세 번째 전동차가 멀리서 들어오고 있었다. 의정부행이었다. 진우는 일어섰다. 영규도 따라 일어섰다.

"왜, 벌써?"

"전철 세 대가 들어 올 동안만 널 보기로 작정하고 나왔다. 오래 있으면 쓸 데 없는 말만 하게 될까 봐서. 우리는 많은 꿈을 꾸며 숨 가쁜 청춘을 보냈지. 하지만 지금은 말이 필요한 때가 아닌 것 같아."

전동차가 달려오는 방향을 향해 진우는 마주 뛰기 시작했다. 요란한 전동차의 굉음을 뚫고 진우의 목소리가 영규에게로 들려왔다.

"접견 같은 건 오지 마라, 씩씩하게 살고 있어야 한다!"

진우는 사람들 속으로 사라졌다. 차가 멈추고 문이 열렸다. 사람들이 내리고 또 탔다. 차가 다시 움직이기 시작했다. 내린 사람들은 플랫폼을 빠져나갔다. 진우는 없었다. 진우를 태운 전동차가 어둠 속에 긴 꼬리를 감추었다. 플랫폼에 서 있는 건 영규 혼자뿐이었다.

다음날 진우는 자수했고, 곧 구속되었다.

민태는 점점 취해가고 있다. 취하는 속도에 따라 말이 많아진다.

"난 도대체가 알 수 없어. 진우 형 속을 말야. 명쾌한 말발과 도리, 패기는 다 어디 가고 이제 와 제 발로 기어들어 가 포로가 되다니…… 난 진우형이 끝까지 살아남을 줄 알았어. 아니, 그래 줬으면 하고, 바랬지. 근데, 이건, 아 기왕지사 그렇게 된 거 빠져나올 수라도 쓰던가. 대체 패배주의인 거냐, 무모한 저항인 거냐? 임마, 넌 알 거 아냐?

"함부로 단정하지 마. 둘 다 아냐!"

내내 입을 다물고 있던 영규의 목소리가 의외로 단호하다. 의외의 단호함에 민태는 놀란다.

"그래, 내 주제에 무슨 할 말이 있다고."

영규는 화제를 돌리고 싶다고 생각한다.

"친구들하고는 연락하고 지내니?"

"친구들? 우리에게 친구가 있던가? 보자. 누가 이 시대에 살아남은 우리의 친구인지. 뭐, 기호는 기획사를 차려서 여전히 입에 풀칠하기 바쁘고, 철중이는 고시 공부 시작했고, 민수는 소설 쓴다고 틀어박혔고, 진성이, 범철이는 학원강사로 빠졌고, 정래는 집에서 돈 대준 걸로 아예 학원을 차려서 꽤 잘 나가는 모양이더라만, 만나서 들어 보면 다들 왜 사는지 모르겠대. 참, 정찬이 있지. 총학생회장 했던…… 걔는 너 빵에 있을 때 국회의원 출마한 거 알지. 전번엔 물먹었지만, 다음번엔 승산이 있다나 봐. 너나 진우 형도 그렇게 순진하게 지하에서 떠돌 게 아니라 진작에 정치판에나 뛰어들 걸 그랬어."

영규는 또다시 화제를 바꾸고 싶어졌다.

"너, 사는 건 어떠니?"

"사는 거? 마누라에다 애까지 둘 딸린 중소기업 대리 인생이란 게 뻔하지."

자조 어린 민태의 말투가 영규를 쓸쓸하게 한다.

"왜 그래? 너보다 살기 힘든 사람도 많잖아."

"후후, 그건 그렇지. 나처럼 대학 졸업장 갖고 안정된 밥줄 잡은 놈도 우리 중엔 드물지. 난 이렇게 막차를 타고 빠져나와 밥줄을 잡았는데, 진우 형은. 형은 우리 세대에서 막차를 집어 타고 깜빵으로 달려갔군."

푸념처럼 내뱉는 민태의 중얼거림에 영규는 가슴이 뻑뻑해진다. 갑자기 민태가 영규의 코끝까지 닿을 만큼 얼굴을 들이댄다.

"영규야, 우리 지금 학교에 한번 가보지 않을래?"

영규의 얼굴에 한 가닥 웃음이 스친다. 미소가 쓸쓸하다.

"좋아."

교문 앞에 차를 세우자 민태가 먼저 내린다. 민태는 앞서 걷기 시작한다. 밤 12시가 넘은 학교엔 온통 어둠뿐이다. 대운동장을 넘어 저편에 세워진 정경대, 문과대, 사범대, 그리고 도서관. 어둠 속에 웅크린 건물들의 형상이 마치 이쪽을 노려보며 달려들 때를 기다리는 덩치 큰 짐승 같다. 민태는 교양관 앞을 지나 서관으로 향한다.

민태도 기하형을 생각하는구나.

민태 뒷모습이 자꾸만 휘청거리고 있다.

둘은 민주열사 추모비를 머리맡에 두고 눕는다. 밤하늘에 별이 가득하다. 법원 앞에서 본 하늘이 맑고 파랬음을 영규는 기억한다. 기하가 죽었다는 것은 소문일 뿐, 이 추모비는 그저 소문의 형식일 뿐, 어쩌면 저 별들처럼 아득한 어딘가에서 기하는 살아가고 있을는지도 모른다고 영규는 생각해 본다.

"기하형은 정말 죽었을까?"

영규가 나직이 묻는다.

"하긴, 우리 중에 아무도 형의 시체를 본 사람은 없지."

기하가 구속되고, 진우도 구속되었다. 진우는 문과대 옥상으로 올라가는 층계 앞에 책상과 걸상으로 바리케이드를 쳤다. 기하를 연행하려 달려드는 사복형사들에게 각목을 휘둘렀다. 폭력행위에 관한 법률 위반 혐의로 진우는 구속되었다.

그리고 얼마 후, 하나의 소문이 전해졌다. 기하는 감옥 대신 군대로 보내졌다는. 영규는 어쩌면 잘된 일인지도 모른다고 생각했다. 민태도 그렇게 생각했다. 그해 겨울, 진우가 풀려났다. 징역 2년에 집행유예 3년,

둘은 확실히 잘된 일이라고 생각했다.

1984년 봄, 대학의 운영은 대학에 맡긴다는 자율화 조치가 내려졌다. 학원가에는 자율화 바람이 불기 시작했다. 그 바람을 타고 학교 안 벤치에 진을 치고 앉아 있던 사복형사들이 사라졌다. 이젠 사복들이 완전히 사라졌다고 믿길 즈음, 또 하나의 소문이 들려왔다. 이번 소문은 최악이었다. 기하가 군에서 사고로 죽었다는 소문이었다. 소문으로 군에 갔던 기하가, 소문으로 죽어 돌아왔다. 영규와 민태가 마지막으로 확인했던 기하의 삶은, 교양관에서 들은 메가폰 속의 날카로운 비명 같은 함성이었다. 그 소리가 울리던 날, 영규가 민태의 발밑에 엎드려서 했던 말대로 기하는 정말 죽었다는 것이다.

기하의 영성을 앞가슴에 안은 진우가 대열의 앞장을 섰다. 대열은 학생회관에서 출발하여 교양관, 정경대를 거쳐 문과대에 도착했다. 옅은 안개비가 사람들의 옷자락을 적셔왔다. 문과대 앞에서 옥상을 올려다보며 진우가 목놓아 소리쳤다.

"기~ 하~ 형~, 기~ 하~ 형~."

진우는 영정을 부여안은 채 콘크리트 바닥에 무릎을 꿇고 엎디었다. 진우의 애끓는 부르짖음이 사람들의 마음에 울려왔다. 다시금 대열은 사범대를 향했다. 한걸음 옮길 때마다 대열의 규모는 눈덩이처럼 불어났다. 도서관, 경영대, 법대를 지나 대열의 앞머리가 교문 앞에 도착했을 때 대열의 꼬리는 아직도 문과대에 머물렀다. 사상 최대 규모의 교문 대치전이 시작되었다.

"그날 시위는 참 대단했어. 안개비에 팬티까지 젖도록 싸웠던 날 말야."

민태도 그날을 생각하는구나.

"그래, 스크럼이 대운동장을 한 바퀴 완전히 감고도 끝이 나질 않았지."

"스크럼 한 줄이 이십 명, 아니 삼십 명은 됐을걸?"

"그래, 지금 그 사람들은 다들 어디에서 뭘 하고 있을까?"

"학원강사, 기획사, 고시원, 정치판, 소설가 지망생, 대진실업 대리, 그리고 택시 기사, 깜빵."

"너 참, 이제 다리는 괜찮냐?"

"그날 싸움에서 최루탄 파편에 찍혔던 거 말야."

"으응, 그게 언제 일인데, 이젠 세월이 많이 흘렀잖아."

"세월?"

"그래, 세월! 스무 살, 스물한 살 적 일들이니. 다들 전설 같은 얘기가 돼버렸어. 세상은 정말 많이 변했고…… 누구는 투쟁경력 팔아서 출세 가도를 향해 달리고 있고…… 똑같은 생각으로 싸웠던 너나 진우 형은 감옥에 갇히는 시대가 됐으니…… 난 솔직히 뭐가 뭔지 모르겠더라."

무수한 사람 중에 또 한 사람, 민태도 세상이 변했다고 말한다. 무엇이 변한 걸까?

갑자기 민태가 쿡쿡 옆구리에서 터져 나오는 웃음소리를 낸다. 영규가 민태 쪽으로 고개를 돌린다. 민태는 점점 웃음을 참지 못한다. 웃음의 틈새로 간신히 말한다.

"너, 너 말야, 기, 기억나냐, 결코, 결코 반대."

민태는 결국 참지 못한 웃음을 정면으로 터뜨려 버린다. 민태의 웃음소리에 영규의 웃음도 커진다. 민태가 장난처럼 구호를 외친다.

"레이건 방한 결코 반대!"

구호를 외친 민태의 웃음소리가 더욱 커진다. 영규가 민태의 구호를 받는다.

"내정간섭 미국 결코 반대!"

둘은 일어나 앉아 서로의 어깨를 툭툭 치며 웃어젖혔다. 웃음 끝에 영규가 일어선다. 기하가 살고 있을지도 모를 별을 향해 소리친다.

"기하형~"

민태가 앉은 채로 손나팔을 만든다. 문파내 쪽을 향해 소리친다.

"기하형~"

영규가 돌아선다. 서울구치소가 있으리라 짐작되는 허공을 향해 소리친다.

"진우형~"

민태도 영규의 방향을 따라 손나팔을 든다.

"진우형~"

기하형~ 진우형~ 진우형~ 기하형~.

영규와 민태는 서로의 등을 기대어 앉는다. 가슴에 맺혀 있던 무언가가 소리로 증발해 버린 것 같다. 그 빈자리로 외로움이 밀려든다. 이젠 모든 것이 침묵 속에 가라앉는 것 같다. 저렇게 많은 빛을 토해내는 별들에게서도 소리가 없다. 지구는 그렇게 큰소리를 내며 자전한다는데, 지구 표면에 앉은 둘에게 들리는 건 오직 서로의 숨소리뿐이다. 밤이 되자 급격히 떨어져 가는 기온에 으스스 한기가 든다. 술기운이 완전히 사그라든다.

"거기 누구야?"

손전등이 내쏘는 두 개의 빛줄기가 저편에서 희번덕거리며 다가온다. 그중 하나가 두 사람의 주변을 어지럽게 흔들더니 둘의 얼굴을 환한 원 속에 가둔다. 둘은 미동도 않고 앉아 있다. 빛줄기의 길이가 점점 짧아진다. 두 얼굴로 내리쏘는 빛의 촉수가 점점 강해진다. 손전등의 빛줄기는 민태를 집중해 공격한다.

"여기서 뭐 하는 거요?"

민태는 실눈을 뜨고 올려다본다. 오그라든 동공에 아무것도 보이지 않는다.

"이 학교 졸업생입니다. 학교 근처에 놀러 왔다가……."

빛줄기가 이번엔 영규의 얼굴을 쏜다. 그러더니 땅바닥으로 내리꽂힌다.

"지금이 새벽 2시요. 나이도 제법 자신 양반들이 애들처럼 밤늦게, 어서들 집에 가요."

얼굴 없는 익명의 빛줄기가 두 사람을 훈계한다. 환한 원 속에 노출된 풀잎들이 파리해진 모습으로 가늘게 떨다, 이내 어둠 속에 숨는다. 익명의 빛줄기가 돌아가, 기다리고 있던 익명의 빛줄기와 만난다.

"뭐래요?"

"졸업생이래. 놀러 온 거래나 봐."

"이 늦은 시각에요?"

"냅둬, 자네도 오래 근무하다 보면 저런 친구들 가끔 보게 될 거야. 그래도 요즘은 뜸해진 편인걸."

두 개의 빛줄기가 건물 벽과 잔디, 나무 잎새 사이를 휘휘 저으며 속삭인다. 멀어져간다.

"이제, 그만 가자. 회사에 들어가야 할 시간이다."

영규의 말에 민태가 말없이 먼저 일어선다. 영규도 따라 일어선다. 앞서가던 민태가 추모비를 돌아본다. 영규도 돌아본다. 어둠과 침묵 속에 추모비는, 홀로 서 있다. 영규가 민태를 앞질러 걷는다.

"집이 어디냐? 데려다줄게."

"아냐, 늦었을 텐데, 그냥 가라. 난 택시 타고 갈게."

"이것도 택시야."

민태가 어이없는 웃음을 짓는다. 민태의 몸이 택시 안으로 미끄러져 들어간다.

"좋아, 그럼 봉천동으로!"

꽤나 높은 언덕길을 오른다. 민태가 가볍게 손을 든다. 영규는 브레이크 페달을 밟는다.

"오르기가 만만찮지. 여기가 받들 봉 자, 하늘 천 자, 하늘을 받들고 사는 동네다. 달동네란 뜻이지 뭐. 우리 집은 저 골목 맨 끝이야."

민태는 창을 연다. 담배를 꺼낸다. 둘은 각자 자기 쪽에 가까운 창에 기대어 연기를 뿜어낸다.

"항소심에는 애들을 부를게. 법정이 그렇게 썰렁해서야 어디, 다들 저

먹고살기 바빠도 진우 형 재판이라면 그래도 올 녀석들이 꽤 있을 거야."

"이번 재판 결과가 어떠하건 항소를 안 할 생각이다. 어머니를 좀 설득해줘."

두 번의 접견을 거부하고 세 번째에야 진우는 나왔다. 부질없는 인사말만 주고받다, 접견 시간이 끝날 즈음 진우가 돌연 던진 부탁이었다.

"누가 죽겠다니? 빵도 사람 사는 곳이야. 그렇게 어두운 표정 짓지 마라. 이건 패배주의가 아냐, 이유 없는 반항도 아니고. 그저 사람에겐 입을 다물어야 할 시기가 필요하다고 생각할 뿐이야. 재판 결과에 대한 내 판단도 있고. 내 마음을 이해한다면 말없이 도와줬으면 한다. 생각이 바뀌거나 필요하다고 느낄 때 너를 부를게."

말을 마치고 돌아서는 진우의 뒷모습이 반듯했다.

"너, 택시는 계속할 생각이냐?"

영규는 담배의 불씨를 차창 밖으로 털어낸다. 땅바닥에 떨어진 불씨가 가뭇가뭇 흐려지더니 이내 꺼진다.

"진우 형은 항소 안 할 거다."

"왜? 일 년쯤은 깎일 텐데!"

민태는 아주 빠른 속도로 고개를 반복하여 끄덕인다. 체념한다는 뜻이다.

"그래, 그래, 뭐, 삼 년이나 사 년이나 도낑개낑이지."

민태는 차 문을 연다. 열린 차 문을 잡고 선 채 한마디를 덧붙인다.

"아무튼 애들한테 연락해서 후원회라도 만들어 볼게. 그럼 잘 가라. 연락 또 하자."

차 문을 힘껏 닫은 민태는 미리 손에 쥐고 있던 무엇을 차창 안으로 휙 던진다. 영규가 무어라 말할 틈도 없이 골목을 향해 냅다 뛰어간다. 그 순간 영규는 발견한다. 뛰고 있는 민태가 오른발을 가볍게 절고 있는 모습을. 영규의 가슴 한편이 아르르 저려온다. 골목으로 꺾어지기 직전, 민태가 돌아보고 소리친다.

"입금에 보태라. 내가 무슨 팔자에 공짜 택시 타겠니?"

그제야 민태가 던져놓고 간 것이 만 원짜리 석 장임을 확인한다. 영규는 차를 돌린다. 가로등 불빛 아래 민태의 작아진 모습이 백미러 안에 서 있다.

충전소에는 차고지로 돌아가려는 택시들이 꽉 들어찼다. 세상은 어두운데, 환하게 불 밝혀진 충전소만은 도떼기시장처럼 붐벼댄다. 한참 만에야 영규 순서가 돌아온다.

"오늘은 입금도 못 하고 땡땡이를 친 모양이군."

영규는 소리 나는 쪽을 돌아다본다. 여러 차례 회사에서 부딪힌 적이 있는 낯익은 얼굴이다. 희끗희끗한 머리카락의 그는 10.5라고 찍힌 영규 쪽의 계기판을 쳐다보며 말을 붙인다.

"아, 예, 집에 일이 좀 있어서."

영규는 그쪽의 계기판을 쳐다본다. 빠르게 넘어가던 숫자가 39.7에서 멈춘다.

"자네, 이제 얼마나 됐지?"

"넉 달 조금 더 됐습니다.

"한참, 힘들 때고만."

"14.5리터 남았습니다."

가스 티켓을 내미는 영규에게 충전소 직원이 14.5라고 갈겨 쓴 다른 티켓을 건네준다.

"아직 나이가 있을 때 딴 일을 찾아봐. 운짱에 한번 이력이 붙으면 나처럼 평생 핸들 잡고 살게 된다고. 눈에 띄지도 않게 야금야금 사람 목숨 갉아먹는 게 택시여."

"아저씨는 이천칠백 원 더 주시고요."

영규는 차를 뺀다.

"나머지는 백 원짜리로 바꿔 줘."

평생 핸들 잡고 살았다는 그이 손에 수십 개의 백 원짜리 동전 떨어지는 소리가 영규 귀에 울린다. 퇴근하는 이 길, 헤드라이트로 가야 할 어둠 속의 길을 비춘다. 두 개의 눈이 차보다 영규보다 밤길을 먼저 달려 나간다.

종일 가슴에 맺혀 있던 응어리가 조용히 녹아내려 눈으로……배어난다. 영규는 울고 있다.

창밖으로 세상이 보인다

내게도 그런 시절이 있었다. 원점에서 X축과 30도 각도로 세워진 10센티미터의 막대를 Y축을 중심으로 360도 돌렸을 때 생기는 삼각뿔의 체적이 얼마인지, 무게 3킬로그램의 공이 지상 12미터의 높이에서 땅에 떨어졌을 때 생기는 에너지의 양이라든가 관계대명사의 용법 같은 것, 뭐, 그런 것에 나의 온 운명을 걸었던 시절 말이다. 그땐 정말이지 사인, 코사인값에, 유기화합물 명칭 하나하나에 내 인생의 열쇠가 숨겨져 있는 것으로 알았다. 그 열쇠를 움켜잡지 않으면 내 인생은 더없이 누추하고 초라한 몰골로 전락할 수밖에 없으리라 확고히 믿었다. 그것들을 얼마만큼 정확하고도 많이 내 머리에 입력시켜서 응용할 수 있는가 하는 능력에만 나의 미래에 대한 보장 정도가 걸려 있는 것으로 감쪽같이 믿어왔다.

우스운 일이다. 나의 운명을 사인, 코사인, 탄젠트에 걸다니. 그렇게 더디고도 불확실하며 자질구레한 것들이 아니어도, 사람이 운명을 걸 수밖에 없는 일들이 어느 날 문득, 닥친다는 사실을 난 지금 알고 있다. 저기, 눈길을 자박자박 걸어가고 있는 저 여자! 오윤주. 난 내 인생의 절반에 해당하는 운명을 저 여자에게 주기로 결정했다. 그리고 나머지 절반은 언젠가는 부딪치게 될 미지의 세계를 위해 남겨놓기로 했다.

생각해 보면 명희에게 감사해야 할 일이다. 마스카라가 덕지덕지 붙은 촌스러운 화장에다 팬티까지 보일 똥 말 똥 깡똥하게 올라붙은 미니스커트 하며 처음엔 궁둥짝이라도 냅다 질러주고 싶은 충동에 울화통이 터졌는데. 하긴 그때만 해도 난 명희 말대로 교과서밖에 모르는 숙맥이었으니까.

명희는 새엄마가 데리고 들어온 딸이다. 아니, 정확하게 말하면 새엄마가 우리 집에 들어온 지 반년쯤 후에 딸이랍시고 딸려 들어온, 딸려 들어온? 이것 역시 정확한 표현이 아니다. 명희가 제 발로 딸려 들어온 게 아니라 사실은 가출한 지 이미 2년도 넘은 명희를 결국 찾아내어 딸이라는 명분으로 끌고 온 것은 새엄마였으니까 말이다. 미아리라나 어디라나 술집에 나가고 있는 것을 찾아낸 모양인데, 새엄마는 그간의 명희 행적에 대해 아버지나 나에게 소상히 밝히길 원치 않는 눈치였다. 아버지는 명희에 대해, 쓰다 달다 말이 없었다. 그러나 나는 불만이었다. 가뜩이나 새엄마와의 생활도 겨우 적응해가고 있는 판국에, 이번엔 그 딸이라는 게, 또.

고2 여름방학 어느 날 아버지는 거나하게 취한 눈으로 내게 물었다.

"얘, 준오야, 이 애비가 말이다, 저, 저기 말이다."

아버지는 하기 힘든 말을 할 때는 언제나 취한 눈으로 그렇게 더듬는다.

마흔이 다 돼 낳아서 세 살 나던 해부터 아버지 홀로 기른 자식의 뜻을 존중하면서도 그 자식이 어려웠던 모양이다. 아무튼 아버지가 어렵게, 어렵게 꺼낸 얘기는 아버지의 재혼 문제였다. 처음엔 피식 웃음이 나왔다. 십수 년을 아무 말 없이 살아오다 이제 환갑을 맞을 나이가 다 되어가는 아버지가 무슨 늦바람이 났나 싶었다. 정체를 설명하기 힘든 불쾌감마저 일었다.

"니, 이제부텀 진짜루 공부에 매달려야 할 때가 됐잖냐. 천금 같은 시간에 밥하고 빨래하는 게, 이 애비는 도무지 원."

아버지는 아버지 자신이 아니라 나를 위해서 재혼을 생각하는 거였다.

"니가 영 내키지 않으면 말고."

마땅치 않아 하는 내 표정을 슬찟 넘겨다본 아버지는 얼른 덧붙였다. 나는 잠시 나를 자책했다. 이젠 아버지 마음도 헤아려야 할 나이가 됐다고도 생각했다. 어쩌면 나이 든 아버지에게도 재혼은 꼭 필요할 거라는. 나는 마음이 변하기 전에 재빨리 대답했다.

"아녜요. 전 찬성이에요. 새엄마는 꼭 필요하다고 생각해요."

난 보았다. 내 대답을 들은 아버지의 얼굴이 내가 일등 한 성적표를 받을 때만큼이나 환해지는 것을.

그렇게 해서 새엄마가 들어왔다. 다 늙은 나이에 쑥스럽게 무슨 식 같은 걸 올리냐며 결혼식도 생략했다. 그렇지만 알고 있다. 결혼식마저도 치르지 않은 것은 공부 이외의 문제로 나를 번잡스럽게 만들지 않으려는 아버지의 노력이었다.

처음엔 새엄마와의 생활이 몹시 불편하고 어색했다. 호칭을 부르는 것도 그랬고, 빨랫줄에 걸린 여자 속옷을 보는 것도 그랬으며, 아무 때나 안방 문을 열 수 없는 것도 그랬다. 그러나 기막히게 편리한 것도 많았다. 늘 밥통 속에는 새로 지어진 밥이 있었고, 냉장고에는 언제나 시원한 보리차가 한 병 가득했으며, 책상 위에는 갈아입어야 할 옷들이 깔끔하게 손질된 채 기다리고 있었다. 난 곧 어색함과 편리함을 맞바꾸기로 마음먹었다. 그렇게 마음먹자 더디지만 익숙해져 갔다.

바로 그럴 무렵 명회가 나타난 것이다. 아버지는 명회의 출현을 예측했는지 몰라도 아무튼 난 전혀 아니었다. 새엄마에게 나보다 겨우 한 살

적은 딸이 있다는 사실을 난 새까맣게 모르고 있었다. 난데없는 계집애가 오빠라고 부르는 것만도 소름 돋칠 일인데, 그 꼬락서니란 게. 명희 얼굴을 처음 본 순간 이건 어디에선가 잘못 풀려가고 있다고 생각했다.

그런데 명희는 달랐다. 처음 보자마자 아무런 거리낌 없이 사근사근 나를 오빠라고 불렀다. 나중에 깨달은 거였지만 그게 다 명희의 술책이었고, 첫눈에 명희는 나를 졸로 본 거였다. 명희는 나를 이용해 새엄마의 사슬에서 도망칠 작전을 치밀하게 세운 것이었다.

명희는 사람 하나가 간신히 누울 공간밖에 남지 않은 창고방을 썼다. 다락이 있었더라면 당연히 그리로 갔어야 할 온갖 잡동사니가 모두 그 방에 처박혀 있었다. 처음 한동안 씻는 일, 먹는 일, 화장실 가는 일 이외에 명희는 그 방에서 나오는 일이 좀체 없었다. 종일 그 방 문틈에서 흘러나오는 시끄러운 음악 소리만이 명희의 건재함을 확인시켜 줄 뿐이었다. 토요일이나 공휴일을 제외하면 새벽같이 학교에 갔다가 도서관에서 밤늦게야 돌아오는 내가 명희 얼굴과 부딪치는 것은 하루에 한두 번이 고작이었다. 어쩌다 세수할 때, 어쩌다 화장실에 드나들 때, 그때마다 명희는 내게 애교 어린 미소를 보내왔고, 그때마다 나는 모른 체했다.

내가 처음으로 명희와 말을 나눈 것은 책 때문이었다. 1학년 때 쓰던 화학 자습서를 찾아볼 일이 생긴 게 화근이었다. 난 무심히 창고방 문을 열었다. 거기에는 내가 썼던 모든 책과 노트들이 보관되어 있었다. 학년이 바뀌어 이젠 필요 없을 책들을 청소부들이 챙겨가기 쉽도록 대문간에다 쌓아두면, 어느새 아버지는 고스란히 그것들을 창고방에다 옮겨놓곤 하였다. 그래서 작년부턴 아예 내 손으로 창고방에다 전해에 쓰던 책들을 정리해 두었다. 이상하게 그땐 그 방에서 라디오 소리도 나질 않았다. 책을 찾는 데만 몰두했던 나는 그만 그 방에 명희가 있다는 사실을 깜빡 했던 거다. 문을 여는 순간 누워 있던 명희가 벌떡 일어나 앉았다. 아차 싶었다. 잠시 망설였다. 이왕 이렇게 된 거 책을 찾기로 마음먹었다. 방 안으로 한발을 들여놓으면서 나는 명희의 머리맡에 놓여 있던 약병 같은 걸 보았다. 내 눈길이 약병을 스치는 걸 명희는 눈치챘다. 명희는 약병을 끌어당겨 안았다. 나는 못 본 체 등을 돌리고 책을 찾았다. 화학 자습서를 챙겨 일어설 때 명희가 약병을 만지작거리며 먼저 말을 건넸다.

"오빠도 이거 한번 먹어볼래?"

"그, 그게 뭔데?"

"러미날!"

"러……."

"러미날이라니깐."

"그게 뭐 하는 건데?"

"감기약."

난 명희 얼굴을 정면으로 내려다보았다. 마주 올려다보는 명희 눈에 초점이 흐린 것을 그제야 알았다. 기분이 상해버렸다.

"나 감기 안 걸렸어."

신경질적으로 한마디 내뱉고 돌아서는 내 뒤통수에다 명희는 리듬을 타며 한마디 덧붙였다.

"감기 안 걸렸을 때 먹으면 기분 좋아지는 약."

약이라는 마지막 단어가 떨어지자마자 명희는 깔깔거리기 시작했다.

명희의 웃음소리는 내 방에까지 들려왔다. 그 웃음소리에 나는 뜻밖에도 심한 모멸감을 느꼈다.

새엄마는 잠시도 명희가 집에 혼자 있을 틈을 주지 않았다. 그렇게 세월을 끌다 보면 제풀에 마음을 돌릴 거라 믿는 눈치였다. 새엄마는 시장에 갈 때도 아예 명희를 데려갔다. 난 그때마다 명희가 복잡한 시장통에서 냅다 도망쳐 버릴지도 모른다고 생각했다. 그러나 어쩐 일인지 명희는 비닐 꾸러미를 잔뜩 해 들고 제가 앞장서다시피 대문을 들어섰다. 봐줄 사람이 없어서인지 점차 명희의 화장하는 일도 시들해졌다. 화장기 없는 명희의 얼굴은 의외로 청순해 보였고, 열여덟 제 나이티가 숨김없이 느러났다. 하지만 옷차림은 늘 그 모양이었다. 젖가슴의 굴곡이 다 드러나는 쫄쫄이 천으로 만든 티를 입거나, 엉덩이 살의 팽만감으로 솔기가 툭 터져버릴 것 같은 스커트 따위를 입었다. 명희가 가진 옷은 그런 것밖에 없었는지도 모른다.

그렇게 한 달쯤 지났을까? 명희는 창고 방에서 빠져나와 턱을 괴고 마루턱에 쪼그리고 앉아 있을 때가 많아졌다. 그리고 마당 가에 막 피기 시작한 흰씀바귀꽃이나 하늘에 둥싯대며 떠가는 구름을 하염없이 바라보곤 했다. 때론 흰씀바귀를 뜯어 꽃잎을 하나하나 떼어내고, 떼어낸 꽃잎 끝의 톱니 모양 결을 따라 가늘게 찢어내기도 하였으며, 찢어낸 꽃의 잔해를 마당에 후루루 뿌리기도 했다. 그런 모습이 처연하게 느껴지기도 했다.

새엄마의 감시도 조금씩 소홀해지는 듯했다. 명희를 집에 두고 외출하는 일도 드문드문 생겼으니 말이다. 그렇다고 새엄마가 명희를 안심하고 있는 건 전혀 아니었다. 외출은 아버지나 내가 있을 때만 하였다. 나가면서는 명희가 아닌 아버지나 내게만 돌아올 시간을 일러주었다. 그건 그동안의 감시를 부탁한다는 뜻이 포함되었다. 말하자면 감시의 임무를 다른 사람에게 넘길 수 있을 만큼만 소홀해진 거였다.

그날은 일요일이었다. 아버지가 도급 타는 날이었다. 전날 밤늦게부터 후득후득 빗살이 트기 시작하더니 일요일 아침에도 비는 그칠 기색이 없었다. 아버지는 도급 타는 날이면 비가 와도 이런 날 한몫해야 한다며 늘 정시에 출근했다. 그날도 어김없이 새벽 4시에 출근했다. 웬 봄비가 이렇게도 설쳐대나. 잠결에 나는 아버지의 짜증 섞인 목소리와 비 긋는 소리를 설핏 들었다. 잠이 깨서는 도서관에 가려고 가방을 챙길 생각이었다. 챙겨야 할 책들을 꺼내놓고 창을 열었다. 빗줄기가 새벽녘보다 더욱 굵어진 듯했다. 나는 책들을 다시 책꽂이에 꽂았다.

오랜만에 느지막이 아침을 먹고 책상머리에 앉았다. 무한급수 편을 폈다. 그때 내 방문을 누가 살짝 두들겼다. 새엄마였다. 바바리까지 걸친 모습이 외출하는 것임을 한눈에 알 수 있었다. 예상대로 예전에 시장에서 같이 장사하던 친구 아줌마에게 다녀오겠다는 얘기였다. 새엄마는 창고방 쪽을 힐금힐금 쳐다보며 목소리를 한껏 낮추었다. 명희가 듣지 못하게 하려는 의도였다. 명희 방에서는 라디오 사이클을 이리저리 돌리는 소리가 났다. 명희는 애당초 새엄마의 동태엔 관심이 없는 모양이었다. 제 딴에 목소리를 낮추고 살금 거리는 새엄마의 짓거리에 푸 웃음이 나왔다. 조심조심 마루방 미닫이문을 여닫는 소리와 대문 닫는 소리가 추적거리는 빗소리 새로 들려왔다. 나는 다시 눈길을 무한급수로 돌렸다.

X가 무한히 0으로 갈 때, X가 무한히 1로 갈 때, 무한히 어느 특정 숫자를 향해가는 문자들의 세계에 나는 몰입해 들어갔다. 문득 등 뒤에서 누군가 뚫어져라 보고 있는 듯한 인기척을 느꼈다. 참으로 소름 끼쳤다. 휙 고개를 돌렸다. 순간 철퍼덕 가슴이 내려앉는 것처럼 놀랐다. 명희가 반쯤 열린 문밖에 서 있었다. 놀란 가슴을 쓸면서 시계를 보았다. 새엄마가 나간 지 삼십 분도 채 안 되는 시간이었다.

"오빠 놀랐어? 방문 여는 소리도 못 듣고 공부하길래 다시 닫으려는 참이었어."

명희는 미안해 하는 티를 냈지만 그건 말뿐이었고 표정은 천연덕스러웠다. 어느 결에 명희는 내 의사도 묻지 않고 방으로 들어와 책상이며 책꽂이들을 둘러보았다.

"오빤 공부 아주 잘한다며?"

명희는 내 책상 옆으로 다가서서 펼쳐놓은 책들을 힐끗 쳐다보고는 이번엔 아예 방바닥에 퍼질러 앉았다.

"이렇게 사는 거 지겹지 않아?"

"너, 너도 다시 학교 다니지, 그래?"

"학교? 흥, 난 그런데 취미 없어."

어렵게 꺼낸 내 말이 땅에 떨어질 틈도 없이 명희는 되받아쳤다. 계절에 이른 핫팬츠를 입은 명희의 하얀 허벅지 살결이 눈에 들어왔다. 나는 눈길을 피했다. 피해도 자꾸만 망막에 명희의 허벅지가 아른거렸다. 명희의 입가에 살짝 웃음이 스쳐 가는 것 같았다. 갑자기 명희는 내 의자 곁으로 바싹 다가앉았더니 내 팔목을 잡고 남방 소매를 밀어 올렸다.

"애개, 무슨 남자 손목이 이렇게 가늘어? 털도 없고, 맨날 공부만 하니 그렇지. 이것 봐, 내 손목 굵기랑도 맞먹겠다."

내 눈에 들어온 명희의 손목은 당연히도 나보다 훨씬 가늘었다. 명희는 능청스럽게 손목을 견주어보는 척하면서 맨송맨송한 내 팔과 자기 팔을 부볐다. 부드러운 여자의 살이 주는 미세한 감각이 내게로 전해져왔다. 나의 팔 속에 감추어진 신경들이 흥분하는 것을 느꼈다. 피하지방보다 더 깊숙한 어느 곳을 간질이는 것 같기도 하고, 낭떠러지에서 떨어질 때 느끼는 아뜩한 현기증 같기도 한, 아무튼 말로는 설명이 잘 안되는 그런 느낌이었다. 태어나서 처음 느끼는 감정이었다. 내 손이 가늘게 떨렸다.

"동생이 손을 잡는 데도 이렇게 떨어? 애인이 잡아주면 중풍 환자라도 된 거 같겠네."

명희는 해죽해죽 웃으며 내 손을 잡았다. 내 손을 슬며시 당겨다가 자기 뺨과 목덜미를 스치게 하더니 아주 느린 동작으로 다시 자신의 가슴께로 가져갔다. 이미 내 손은 여자의 젖가슴을 느끼고 있었다. 그저 경련을 일으키고 있을 뿐 이상하게 내 손은 명희를 밀쳐내지 못했다. 명희가 조금씩 몸의 무게중심을 뒤로 이동하면서 내 팔을 잡아당겼고, 나는 서서히 명희의 손길에 이끌렸다. 어느새 명희의 몸은 방바닥에 뉘어졌고 내몸은 명희의 몸을 덮었다. 명희의 입술이 내 입술에 닿았다. 더운 숨결이 느껴졌다.

모든 것이 또렷이 보인 것은 그 순간이었다. 내 행위의 의미를 분명히 깨달은 것은 그 순간이었다. 내 바지 속 앞도리 쪽으로 명희 손이 불쑥 들이쳤던 그 순간. 나는 명희를 있는 힘껏 밀어내고 벌떡 일어섰다. 돌연한 나의 행동에 명희는 잠시 말이 없었다.

"어차피 우린 피 한 방울 섞이지 않은 남남이잖아?"

"나가!"

뒤돌아선 채 나는 단호하게 내뱉었다. 느릿한 동작으로 명희도 일어났다.

"교과서밖에 모르는 얼뜨기 숙맥!"

내 뒤통수에 한마디 쏘아붙이고는 명희는 깔깔거리며 방을 나갔다. 나는 의자에 털썩 주저앉았다. 하지만 무한급수는 이미 내 머릿속을 떠나 있었다. 명희는 콧노래를 흥얼거렸다. 발소리, 문을 여닫는 소리가 나라는 존재를 완전히 무시하고 있다고 느껴질 만큼 거침없었다. 나의 모든 감각은 내 방 밖에서 소리로 들려오는 명희의 움직임에만 집중했다. 명희는 안방 문을 열었다. 서랍장이나 장롱문을 여는 삐걱거리는 소리와 함께 한동안 안방에서 머물렀다. 안방 문이 닫혔다. 명희는 여전히 노래를 흥얼거렸다. 다시 창고방 문이 열렸다. 문을 열어놓은 채였는지 콧노래 소리가 조금 멀게 들려왔다. 그렇게 시간이 한참을 흘렀다. 명희는 내 방으로 걸어왔다. 벌컥 문이 열렸다.

"나, 이제 가!"

나는 돌아보지 않았다. 등 뒤에서 짙은 화장 내가 훅 끼쳐왔다. 명희가 마당으로 나갔다. 잠시 후에 무엇인가를 내 책상 위로 툭 던졌다. 비를 맞은 흰씀바귀꽃 한 송이였다.

"오늘일, 너무 마음 쓰지 마. 사실은 진짜 그럴 생각은 전혀 없었으니까."

명희는 다시 깔깔거리면서 문을 닫았다. 대문 닫는 소리가 들렸다. 흰 씀바귀꽃에서 떨어진 물기가 펼쳐놓은 책으로 스며들었다. 순간 엉뚱하게도 나는 명희가 그리워졌다. 내 손을 잡아끌던 손길과 그 살의 접촉이 남기고 간 여운이 밀려들었다.

나중에야 안 일이지만 명희는 안방 장롱 속에 있던 새엄마의 패물과 현금을 모조리 뒤져갔다. 챙길 것 다 챙겨 벌건 대낮에 당당하게 걸어 집을 나갔던 것이다. 새엄마는 명희의 또 한 번의 가출이 어떻게 해서 가능했는지 나에게 설명을 원하는 눈치였다. 나는 아무 말도 하지 않았다. 마음속으로야 내가 몹시도 원망스러웠겠지만 차마 나를 탓하지는 못했다. 오히려 패물까지 뒤져갔다는 사실로 인하여 나와 아버지를 더욱 어려워했다. 더 이상 명희를 찾아다닐 엄두도 내지 않았다. 그런데 아버지는 달랐다. 그대로 두면 영영 망쳐버린다며 찾아야 한다는 주장이었다. 나로서는 명희의 얼굴을 다시 대면할 용기도 없었지만, 그리움의 감정 또한 간절했다. 내가 어느 쪽을 원하는 건지 나 자신조차도 명확히 알지 못했다.

명희가 떠나간 뒤로 나는 집중력을 잃었다. 무한급수, 보케블러리, 데어, 데스, 뎀, 덴. 그 어느 것도 나의 관심을 끌지 못했다. 당연한 일이지만 내 성적은 곤두박질쳤다. 담임은 한때의 슬럼프일 거라고 위로했고, 아버지는 조만간 다시 성적이 오를 거라고 믿고 싶어 했다.

그럴 즈음 나는 삼수를 찾아갔다. 삼수는 폭행으로 소년원을 갔다 온 후, 자퇴해버린 1학년 때 같은 반 친구였다. 이름 때문에 재수, 삼수는 따 놓은 당상이라고 놀림을 받았다. 누군가 내게 그런 놀림을 주었다면 나는 몹시 화가 났을 테지만, 삼수는 그런 농담에 그저 시큰둥할 뿐이었다. 기말고사 때 아무런 조건 없이 삼수가 내 기말고사 답안지를 베끼도록 도와준 적이 있었다. 삼수의 부탁 때문이었다.

"성적이 올라야만 오토바이를 사 주겠대. 이번, 한 번만이다."

부탁하는 녀석의 태도가 너무 당당해서 나는 기분이 좀 상했지만, 어차피 내 성적에는 하등 영향을 미칠 일이 아니었기에 선선히 허락했다.

"필요할 땐 언제든지 찾아와. 내가 널 도와줄 날도 올지 아니?"

냉면값을 치르면서 삼수가 했던 말이었다. 내가 삼수를 찾은 건 삼수의 그 말이 기억났던 까닭이나. 그러나 딱히 삼수에게 어떤 구체적인 노움이 필요해서는 아니었다. 그저 막연한 기대였다. 삼수를 만나면 뭔가 풀릴 것 같은.

"있다, 새벽 한 시 정각에 대학로로 와. 멋진 걸 보여 줄 테니."

삼수의 첫 제안은 오토바이 야간폭주였다. 삼수는 리더였다. 삼십여 대의 오토바이가 일제히 도심을 질주하는데, 정말이지 굉장했다. 아스팔트 바닥이 파일 것 같은 속도와 소형차 정도는 분해해 버릴 수 있을 것 같은 소리. 정신없이 회전하는 바퀴에서 뿜어나오는 그 현란한 빛. 나는 속도와 소리와 빛 속에 나 자체가 해체되는 느낌이었다. 게다가 달리는 차들 사이로 춤추듯이 이리저리 몸체를 기울여 미끄러져 나가는 스릴…… 삼수의 손가락 끝이 어디를 가리키는가에 따라 무리는 우회전, 좌회전, 유턴을 자유롭게 했다. 질주하는 우리에겐 신호도 차선도 그저 또 하나의 스릴을 보태주는 도구일 뿐 아무런 의미가 없었다. 교통경찰조차 속수무책으로 우리를 바라보기만 했지, 그 어떤 제재도 가하지 못했다.

한 시간 반 가량의 폭주 끝에 우리는 왕십리에서 해산했다. 삼수의 손짓에 따라 일제히 제각각의 방향으로 흩어졌다. 가끔 남자애가 뒤에 타기도 했지만, 대부분은 여자애를 뒤에 태우거나 혼자였다. 삼수 등에 찰싹 들러붙어 있던 나는 갑자기 부끄러운 생각이 들었다. 하지만 달리 도리가 없었다. 삼수는 내가 원하기만 하면 언제든지 자기들 무리 속에 끼워주겠다고 했다. 나는 말없이 고개만 천천히 끄덕여 보였다. 새벽녘이 되어서야 집으로 돌아왔다. 아버지는 출근 시간이 훨씬 지났음에도 그때까지 출근하지 않았다. 대문을 열어주던 아버지가 말없이 서 있었다. 나는 아버지 눈길을 마주 받을 자신이 없었다.

"친구 집에서 자고 왔어요."

고개를 떨군 채 나는 먼저 마루에 올라섰다.

"준오야, 나는 너만 믿고 산다."

등 뒤에서 아버지는 애원조인지, 힐난조인지 모를 말투로 내게 말했다. 나는 그 말을 털어버리려고 빠른 속도로 방에 들어와 문을 닫아 버렸다. 아버지는 출근했다. 방바닥에 엎드린 내 귀에 아버지의 발걸음 소리가 울려오더니 잠시 후에 사라졌다. 발걸음 소리처럼 아버지와 나는 그렇게 멀어져가고 있었다.

그날은 눈이 아주 많이 왔다. 해가 지면서 눈은 그쳤지만, 지붕 위, 밭 위, 나뭇가지 위에 두텁게 눈은 내려앉았다. 아버지는 돌아오지 않았다. 난 아버지가 없는 방에서 혼자 기다리는 것이 싫었다. 나 혼자 있을 때 어둠이 찾아오는 게 싫었다. 난 집을 나섰다. 아버지가 돌아올 길을 따라 천천히 걷기 시작했다. 아무도 밟지 않은 곳의 눈은 내 발목까지 올라왔다. 눈 위에 나는 꽃잎을 만들었다. 내 작은 발바닥으로 다섯 개의 꽃잎을 열 개도 더 만들었다. 아버지가 돌아올 길을 바라보았다. 아무도 오지 않았다. 난 또 걸었다. 하얀 눈이 쌓인 곳에 또다시 꽃잎을 만들었다. 해가 졌다. 해가 져도 눈은 하얗게 빛이 났다. 난 추워졌다. 마을 입구에 있는 감나무에서 교회까지 뛰었다. 교회부터 감나무까지 다시 뛰었다. 또다시 교회까지 뛰기가 너무 싫었다. 너무 싫어 눈물이 나올 지경이었다. 아버지가 돌아올 먼 길을 다시 바라보았다. 사람이 달빛에 걸어오고 있다. 난 아버지라고 생각했다. 아버지께로 날려갔다. 아버지는 등을 내어 주었다. 아버지 등에 업힌 나는 아버지 입에서 나는 술내를 맡았다. 그 술내가 그렁거리던 내 눈물을 삼켜버리게 했다. 난 시린 손을 아버지 양겨드랑이에 밀어 넣었다. 아버지는 꼭 끼여주었다. 따스했다.

"아부지 소 땜에 그러제?"

"그려, 우리 소가 개값이 되었구마."

나는 아버지가 슬퍼하고 있다고 생각했다. 할 수만 있다면 그 슬픔을 내 힘으로 쫓아버리게 하고 싶었다.

"내가 이담에 돈 많이 벌어, 아버지 소 더 많이 사주게."

나의 말이 아버지의 슬픔을 쫓아버릴 수 있을 거라 믿었다.

"준오야, 애비는 니한테 돈 바란 적이 없데이. 니가 있으면 소는 없어도 되는고마."

아버지의 슬픔은 달아나지 않았다. 오히려 아버지를 화나게 한 것이 나는 안타까웠다. 나는 아버지 등 위로 얼굴을 묻었다. 바람이 지나갔다. 자꾸만 자꾸만 바람이 지나갔다.

"그럼 난 학교 가서 공부만 열심히 하면 되나?"

"준오야, 니, 서울 가고 싶나? 서울 가 공부하고 싶다 했제?"

아버지의 목소리에서 슬픔이 달아난 것 같았다. 슬픔이 없는 아버지 목소리가 반가웠다.

"웅, 서울 가고 싶다. 서울 가 공부하고 싶다."

"그럼, 니, 말이다. 종필이 하고 순호, 대식이 못 봐도 괜찮쟈?"

난 미처 동네 친구들 생각을 하지 못했었다. 아버지가 종필이, 순호, 대식이 얘기를 꺼내자 나는 정말 불안해졌다.

"그럼, 난 누구하고 메뚜기 치나?"

"서울에도 니, 또래 아들이 많다. 새로 친구를 사귀야제."

아버지의 말이 조금은 나를 위로했다. 게다가 서울 가면 순호 할아버지에게 담뱃대로 머리통을 얻어맞는 일도 없으리라고 생각하니 더욱 위로가 되었다. 나는 하얀 눈 위를 싸르락싸르락 걷는 아버지의 발걸음 소리를 들으며 내가 장차 가게 될 서울, 내가 장차 만나게 될 새 친구들을 그려보았다.

대문을 닫아주고 돌아온 새엄마가 내 방으로 들어왔다. 이불을 뒤집어쓴 채 나는 꼼짝도 하질 않았다.

"에휴, 친구 집에서 자면 전화라도 할 것이지. 밤새 한숨도 못 주무시고 출근하셨잖아. 저러다 사고라도 내면 어쩌려고."

새엄마는 내가 전혀 기척을 않자 제풀에 말문을 닫고 나갔다. 조심스레 닫기는 문에서 딸깍 소리가 들리는 순간, 난 잠시 울었다. 망망대해에 떠 있는, 배 위에 누워 있는 거라고, 생각했다. 배는, 불어오는 바람에 따라, 밀려드는 파도에 따라 흔들렸다. 내 몸도 따라 흔들렸다. 나의 미래는 어디로 흘러가고 있는 걸까? 그렇게 생각하자 내 눈에선 잠시 또 눈물이 흘러내렸다.

그 후로도 가끔 삼수를 만났다. 삼수의 등에 붙어 몇 번이나 더 야간폭주를 즐겼다. 하지만 미아리엔 다시 가지 않았다. 성적은 오로지 급강하할 뿐, 완만하게라도 상승곡선을 탈 기미를 보이지 않았다. 아버지나 새엄마는 나에게 더 이상 아무 말도 하질 않았다. 다만 아버지는 술을 마시는 날이 늘었고, 새엄마는 아버지와 나 사이에 흐르는 긴장 속에 숨죽였다.

삼수와 결전을 치르게 된 것은, 네 번째 야간폭주에 끼었던 날 벌어진 일 때문이었다. 우리는 미아리고개에서 돈암동 로터리 방향을 향해 달리고 있었다. 우리가 일으킨 바람 때문에 도로변에서는 마른 흙먼지가 일었다. 우리들의 속도와 엔진 소리로 인해 앞서 달려가던 차들이 겁을 먹고 주춤거렸다. 그런데 택시 한 대가 차를 세우더니 창문으로 운전수가 머리를 내밀었다. 새하얗게 새어버린 머리였다. 운전수는 우리 쪽을 향해 주먹을 휘두르며 뭐라고 악다구니를 썼다. 엔진 소리에 묻혀 목소리는 전혀 들리지 않았지만, 그의 태도로 보아 우리에게 욕설을 퍼부어대고 있음이 분명했다. 그 택시를 막 지나쳐 온 삼수가 손을 들어 택시를 가리컸다. 난 뒤돌아보았다. 뒤를 따라오던 우리 일행 중 하나가 위협적으로 오토바이를 택시에 가깝게 들이댔다. 운전수의 머리가 차창 속으로 사라져 버렸다. 오토바이의 속도가 늦춰지는가 싶더니 택시의 백미러가 떨어져 나갔다. 뒤를 이은 서너 대의 오토바이가 똑같은 방법으로 택시의 문짝을 걷어차며 로터리 쪽으로 달려왔다. 적색신호를 이용하여 삼수는 다시 미아리 방향으로 유턴했다. 다른 일행들도 일제히 따라 돌았다. 순식간에 벌어진 일들이었다. 길음동께에 오자 삼수는 손을 흔들었다. 해산을 의미하는 신호였다. 종로, 신촌을 거쳐 세검정까지 가려던 계획을 취소한 거였다. 일행은 정릉 쪽으로, 삼양동 쪽으로, 수유리, 장위동, 종암동 방향으로 뿔뿔이 흩어졌다.

삼수는 우이동으로 오토바이를 몰았다. 늘 삼수 주변을 그림자처럼 호위하는 두 대의 오토바이만이 우리를 따라왔다.

"내려 줘, 빨리!"

나는 삼수에게 소리 질렀다. 삼수는 내 말엔 아랑곳하지 않고 계속 달리기만 했다. 나는 있는 힘을 다해 달리는 오토바이 위에서 삼수의 몸을 흔들었다. 오토바이가 기우뚱거렸다. 하는 수 없이 삼수는 멈추어 섰다. 나는 재빠르게 훌쩍 뛰어내렸다. 삼수를 노려봤다. 삼수는 여전히 오토바이에 앉은 채 왼발은 차도에 오른발은 보도블록에 올렸다. 그리고 팔짱을 했다.

"갑자기 왜 그래?"

삼수의 표정은 냉랭했다.

"너, 너 어쩌면 아버지 같은 사람한테."

분을 참기 어려웠던 내 목소리는 떨리기까지 했다. 삼수의 얼굴에 비아냥거리는 웃음이 떠올랐다.

"오오라, 니네 아버지가 택시 기사라 이거지? 우리가 그 자식한테 가볍게 손맛을 봐준 게 그렇게도 마음에 걸리…….'

순간 나는 삼수의 얼굴을 향해 주먹을 내질렀다. 기습적인 공격이었지만 민첩한 삼수의 몸놀림에 내 주먹은 삼수의 얼굴을 스쳤을 뿐이었다. 몇 걸음 뒤에 서서 관망하던 두 명의 일행이 동시에 나를 둘러쌌다. 삼수와 두 명은 삼각형 꼴로 위치를 잡았고, 나는 그들이 그린 삼각형의 무게 중심 지점에 서게 되었다. 삼수가 손을 들어 두 사람의 다음 행동을 막았다.

"그래, 우리 아버지는, 택시 운전한다. 손님들한테, 전 원 이천 원 받은 걸로, 나는 책 사고, 밥 먹고, 잠잔다."

가쁜 숨을 몰아쉬며 나는 한 마디 한 마디 꼭꼭 씹어서 뱉어냈다. 하지만 그건 내가 처음부터 의도했던 말은 아니었다. 삼수 아버지가 병원 원장이라는 사실, 그저 나를 짓눌렀던 잠재적인 열등감의 표현이었는지도 몰랐다. 삼수는 내 주먹이 스친 부분을 가볍게 문지르더니 고개를 돌려 차도에 침을 뱉었다. 다시 나를 쳐다보는 삼수의 표정은 뭔가를 결심한 듯싶었다.

"너, 나랑 맞짱 뜨고 싶니?"

나는 삼수의 말뜻을 미처 알아들을 수가 없었다.

"일대일로 붙어 보겠냐는 거야."

"좋아!"

이것 역시 내가 의도했던 바는 아니었다. 하지만 삼수의 제안을 듣자 나는 아랫도리부터 뻐근하게 솟구치는 전의를 느꼈다.

"타! 쟤네들은 증인으로 데려간다."

삼수가 둘에게 눈짓했다. 삼수는 도선사로 올라가는 중간쯤의 공터에서 멈췄다.

새벽 두 시가 조금 넘은 시각이었다. 사람은 우리 넷뿐이었다. 문명의 빛은 아무 데도 없었다. 주위를 가늠할 수 있는 빛이라곤 별과 달뿐이었다. 잠시 시간이 지나자 어둠에 익숙해진 동공 속으로 모든 것이 들어왔다. 나는 달빛이 그렇게 환한지 처음 알았다. 두 사람이 양 끝에 섰다. 삼수와 나는 그 둘의 사이에 섰다. 무기를 쓰지 말 것과 옷이나 몸을 잡지 말것, 아랫도리를 치지 말 것 등의 원칙을 한 사람이 말했다. 삼수와 나는 동의했다. 물 흐르는 소리가 들려왔다.

나는 삼수의 싸움 상대가 못 되었다. 삼수는 이미 싸움에 단련된 몸이었다. 나는 무분별하게 달려들었고, 삼수는 가볍게 내 주먹을 피했다. 수비만을 주로 하던 삼수는 이따금 내게 주먹을 날렸다. 그때마다 나는 턱, 어깨, 가슴팍을 정통으로 얻어맞았다. 삼수의 주먹은 한 번도 빗나가지 않았다. 삼수의 주먹이 내 몸의 어느 부분인가를 강타할 때마다, 돌려차기로 날아온 발길에 흉부나 등짝을 걷어차일 때마다, 난 아픔이라곤 전혀 느끼지를 못했다. 오히려 내 전신을 휩쓸고 지나가는 건 야릇한 쾌감 같은 거였다. 혀에 찝찔한 맛이 스며들어 왔다. 나는 기운이 없었다. 아무 데나 땅바닥에라도 드러눕고 싶은 심정이었다. 몸도 제대로 가누지 못하는 내 몰골을 쳐다보던 삼수가 방어 태세를 풀었다. 순간 나는 사력을 다해 삼수의 턱을 올려 쳤다. 정통으로 맞았다. 삼수는 뒤로 나가떨어졌다.

주저앉은 채로 삼수가 나를 올려다보았다. 삼수의 입에서 진한 액체가 흘러나왔다. 삼수가 빙긋 웃었다.

"내가 졌다. 이만 항복한다."

삼수의 낮고도 분명한 목소리를 듣는 순간 나는 그 자리에 털썩 주저앉고 말았다. 승리를 인정받은 나에겐 서 있을 기력조차 남아 있지 않았고, 항복을 선언한 삼수는 힘있게 일어나 바지를 털었다. 싸움이 끝나자 증인의 역할을 맡았던 두 사람은 돌아갔다. 삼수는 나를 부축해 물가로 내려갔다. 앉기 편한 바위에 나를 앉혔다. 삼수는 웃통을 벗었다. 러닝셔츠만 남겨놓은 채 다시 옷을 입었다. 러닝셔츠를 물에 적셔서는 내게 내밀었다. 난 삼수의 셔츠로 조심조심 내 얼굴을 닦아냈다. 내 모습을 보고 섰던 삼수가 큰 웃음을 터뜨렸다. 나는 웃지 않았다.

우리는 각자의 바위에 말없이 앉아만 있었다. 물 흐르는 소리만이 내 가슴 속에 가득 차올랐다. 물소리 틈새로 삼수의 굵고 단호한 음성이 들려왔다.

"준오, 잘 들어 둬. 난 너희 아버지한테 아무 감정 없어. 아까 그렇게 비꼬듯이 말한 건 진심으로 사과한다. 하지만 분명한 건 난 그렇게 구질구질하게 틀에 박힌 삶을 살고 싶지 않다는 거야. 그건 우리 아버지나 너네, 아버지 시대 때 얘기야. 난 마음만 먹으면 순식간에 수백, 수천만 원도 벌수 있어. 난 우리 아버지하고도 달라. 두고 봐. 나의 시대, 나의 미래, 나의 운명을 내 방식대로 만들어 갈 거야. 그걸 방해하는 놈들은 가만히 두

지 않겠어. 단, 나를 방해하지 않는 한 나 역시 아무도 간섭하지 않는다. 어차피 인생에는 여러 가지 길이 있는 거니까!"

난 그때만 해도 삼수가 하는 말의 의미를 정확히 이해하지 못했다. 막연히 전해져 오는 건 그 말에 실린 무게감과 함부로 어찌해 볼 수 없는 권위 같은 것이었다. 그래서 나는 아무런 말도 할 수가 없었다. 땀이 완전히 식자 몸이 추워졌다. 후들후들 떨리기 시작했다. 그런데 이상하게 삼수보다 먼저 일어나겠다는 말이 나오질 않았다.

"그만 가자."

삼수가 일어나자 나도 일어설 수 있었다. 삼수는 아현동 언덕까지 나를 태워주었다. 우이동에서 아현동까지 오는 동안 우리는 한마디도 하지 않았다. 나는 삼수의 허리를 꽉 끌어안고 내 몸을 삼수의 등에 최대한 밀착시켰다. 삼수의 체온이 내 몸으로 옮아왔다. 언덕 앞에서 나는 내렸다. 삼수를 등 뒤에 둔 채 언덕을 오르기 시작했다.

"니 주먹이 그렇게 센 줄 난 오늘 처음 알았다."

고함 소리 끝에 웃음소리가 들리더니 이내 오토바이의 엔진 소리가 높아졌다. 뒤돌아보았다. 이미 삼수는 그 자리에 없었다. 나는 내 주먹을 내려다보았다. 가로등에 비추어진 손등엔 생채기투성이였다. 갑자기 비실비실 웃음이 나기 시작했다. 비어져 나오는 웃음을 참고 참다 끝내는 터뜨려 버리고야 말았다.

삼수에게서 연락이 온 건 그로부터 꼭 열흘 후였다. 삼수가 내게 먼저 전화한 것은 처음이었다. 그날 이후 나는 사흘 동안 앓아누웠다. 일주일

간의 결석 끝에, 다시 학교에 나가기 시작한 지 사흘밖에 안 되었을 때였다. 공부에도 속도가 있었다. 최소한의 속도를 유지하고 있어야 가속도 내기도 쉬운데 최소한의 속도마저 놓아버린 나는 수업내용조차도 알아듣기 힘들었다.

신촌에 나타난 정장 차림의 삼수는 어느 때보다도 깔끔해 보였다. 오토바이도 없었다.

"이태원!"

삼수는 택시를 잡았다. 나는 삼수가 하는 대로 내버려 두었다. 삼수는 연신 좋은 일이 있다며 약간 들떠 있는 듯했다. 삼수가 데려간 곳은 이태원의 어느 바였다. 바에는 사람들로 꽉 차 있었다. 외국 사람들도 많았다. 삼수는 웨이터에게 무슨 말인가 일러놓고 나를 안쪽 밀실로 데려갔다. 밀실에는 세 명의 남자와 한 명의 여자가 양주를 마시고 있었다. 모두가 내 또래들이었다. 벽에는 샤갈이 그린 것 같은 색채의 그림이 걸려 있었고, 오디오 시스템과 60인치는 족히 되어 보이는 화면이 설치되어 있었다. 스피커에서는 〈킬리만자로의 표범〉이 흘러나오고 있었다. 바닥에는 진홍빛 카펫이 깔려 있었다. 나는 소파 귀퉁이에 엉덩이를 겨우 걸친 채 생경하고 신기하다는 눈길로 뚤레뚤레 구경했다.

"전에 말했던 그 친구야. 준오, 이쪽은 나랑 같은 그룹에 속해 있는 친구들이고, 니가 우리 그룹에 같이 끼었으면 싶어서 마련한 자린데."

삼수는 미리 와 있던 네 명과 나를 번갈아 보며 말했다. 그러나 아무도 선뜻 인사를 하는 사람은 없었다. 게다가 윤주를 제외한 나머지 셋은 조금씩 취해 있는 것 같았다.

"이거 처음이라 어색하고만. 윤주, 어때? 윤주부터 자기소개를 좀 하지."

윤주라는 여자가 선선히 자기를 소개했다.

"윤주라고 해요. 오윤주."

삼수가 한 명 한 명 지적하자 다른 네 명도 자신의 이름을 밝혔다. 난 세 명의 이름은 하나도 머릿속에 들어오지 않았다. 가장 처음 소개를 한, 오윤주라는 이름만 정확히 기억했을 뿐이다. 서로의 이름을 밝히자 대화는 또 끊겨, 분위기가 머슬머슬했다.

스피커에서는 여전히 〈킬리만자로의 표범〉이 반복하여 나오고 있었다.

"윤주가 준오 옆에 좀 앉지, 그래. 처음이라 어리둥절할 텐데 말 상대 좀 해주라고."

삼수는 윤주와 자리를 바꿔 앉았다. 끊임없이 내 입장과 분위기를 신경 써 주기가 곤혹스러웠던 삼수는 윤주에게 그 짐을 떠넘겼다. 어차피 분위기가 모두 함께 어울릴 수 없게 돼버렸다고 삼수는 판단한 모양이었다. 자리를 옮긴 삼수와 세 명은 이내 자신들의 화제를 잡고 얘기를 시작했다. 나는 아무런 할 말이 없었고, 삼수네가 정확히 무슨 얘기를 하는지도 알아들을 수 없었다. 크리스탈 어쩌구 할 때는 보석 얘기를 하는가 싶었는데, 메스암페타민 어쩌구 할 때는 의약품 얘기를 하는 것도 같았으나, 콧킹이니 프리베이스, 사끼 등등의 생소한 말은 무슨 뜻인가조차 알아들을 수가 없었다. 나는 이방인이 된 것만 같았다. 그들의 대화에 신경을 끊고, 윤주에게 관심을 돌려보기로 했다. 윤주는 화장기를 거의 눈치챌 수 없을 만큼 아주 엷게 화장하였다. 가늘게 꼭 다문 입술에서는 고집과 결단력 같은 것을 느낄 수 있었고, 짙은 눈썹과 까만 눈동자는 이지적으로 느껴졌다. 연한 분홍빛의 블라우스에 자줏빛 우단으로 만들어진 조끼, 물방울무늬의 플레어스커트는 유행을 탄 옷차림이 아닌데도 촌스럽게 보이지 않았다. 오히려 대단히 싱그러우면서도 세련돼 보였다.

나는 나도 모르게 명희와 윤주를 비교해 보았다. 그 어느 면에서도 윤주는 명희가 결코 따라잡을 수 없을 만치 세련됐다.

윤주는 말이 없는 여자였다. 묻는 말에 네, 아니요, 정도의 대답이 고작이었다. 지금 나오는 저 노래 좋아하세요? 네. 음악을 좋아하시나 보죠? 네. 학교 다닐 때 수학을 좋아하셨나요? 아니요. 그러나 윤주는 자신의 신상에 관한 질문에는 대답 없이 웃기만 했다. 이제 공부는 그만두실 생각이세요? 하지만 그땐 내가 웃었다.

대체 몇 번이나 반복해서 들었던 걸까? 계속해서 흘러나오는 노래의 어느 한 대목이 나의 뇌리에 깊숙이 파고들었다.

사랑이 외로운 건 운명을 걸기 때문이지
모든 것을 거니까 외로운 거야

윤주는 술도 별로 마시지 않았다. 술에 익숙지 못한 나는 어느 결에 취해 오기 시작했다. 취해 오는 중에도 나는 윤주를, 그녀를 사랑하게 될지도 모른다고 생각했다. 명희도 아닌, 미아리 텍사스도 아닌, 윤주라는 여자를. 술기운을 빌려 나는 윤주의 뺨을 쓸었다. 윤주가 미소를 지어 보였다. 애틋하게 느껴졌다. 윤주는 자기 뺨에 놓인 내 빈손을 들어 나의 무릎 위로 되돌려놓았다.

"우리 이름만 밝히지 말고 다른 얘기도 좀 해보지, 그래."

윤주가 막 내 손을 나의 무릎 위로 되돌려놓던 순간 누군가 크게 소리를 질렀다. 난 순식간에 술기운이 가셔 버리는 듯했다. 고개를 들었다. 앙큼한 눈꼬리에 독기를 담고 곱슬머리 친구가 지른 소리였다. 모두 의아한 눈빛으로 곱슬머리를 쳐다보았다.

"내 생각엔 돌아가며 아버지 직업을 밝혀보는 것도 서로를 이해하는 데 도움이 될 것 같은데 말야."

"아아, 이거 왜 이래? 기분 좋게 술 마시는데 술자리 깨려고 그래? 준오야, 이 친군 원래 주사가 심하니까 이해하라고."

삼수는 난처해 하며 한편으로 곱슬머리를 말리고, 또 한편으로는 나를 설득했다.

"내 말이 틀렸어? 이름 석 자 가지고 뭘 알겠냐고. 서로를 잘 이해해 보자는 좋은 뜻에서 한 말이라고. 그럼 우리 쪽은 내가 다 아니까 대신 내가 소개하지. 이쪽은 의사, 이쪽은 회계사, 저쪽은 변호사, 우리 아버진 산부인과 의사, 윤주네 아버진 검사, 그쪽은 어떻게 되지?"

곱슬머리는 비웃음을 띤 표정으로 깐족이며 물었다.

"그쪽도 사자가 붙긴 마찬가지네. 기사 말야."

곱슬머리 오른편에 앉아 있던 친구가 곱슬머리의 질문에 응수했다. 그러자 폭소가 터져 나왔다. 내 안에서 견디기 힘든 모멸감이 끓어올랐다.

"너희들 도대체 왜 이러는 거야. 손님을 불렀으면 예의가 있어야지."

삼수는 몹시 성이 난 태도로 소리쳤다. 나는 모멸감을 눌러 앉히고 냉정을 되찾으려 애썼다.

"왜 이래? 난 처음부터 반대였다고. 서로 비슷한 처지끼리 비슷한 물에서 놀아야 짝이 맞는다고."

윤주는 고개를 숙이고 있었다. 윤주의 표정을 볼 수가 없었다. 내 속에서 냉정함이 모멸감을 이기고 있었다.

"너희들이 정 이러면 난 일어나겠어. 준오야 가자. 치사한 자식들."

삼수는 냅떠 일어섰다. 난 천천히 일어섰다.

"삼수, 너 그럴 필요 없다. 말씀 잘 들었습니다. 사전에 그렇게 한다하는 집 자제분들이 모인 곳인 줄 알았더라면 난 아예 이 자리에 오지도 않았을 겁니다. 그럼요. 비슷한 저시끼리 비슷한 불에서 놀아야지요. 그럼 전 유감없이 이 자리를 떠나겠습니다."

한 판 시비라도 붙기를 은근히 바랐던 곱슬머리의 표정은 김이 빠진 듯했다. 뒤도 돌아보지 않고 나는 자리를 빠져나왔다.

"미안, 미안하다. 정말 미안하다. 내 불찰이었어. 사실은 곱슬머리 그 자식이 윤주를 좋아하거든. 니가 윤주 뺨을 만지는 걸 보고 괜히 시비 붙인 건데, 옹졸하고 더러운 자식. 일이 이렇게 될 줄은 정말, 난 우이동에 갔던 그날 이후로 니가 마음에 들어 우리 모임을 함께했으면 싶었던 건데, 내 마음 이해하지? 내 저 자식하곤 이제 결별이다. 아냐 오늘 내친김에 끝장을 봐야겠어."

내 뒤를 쫓아 나와 정신없이 자기변명을 하던 삼수는 뭔가를 결심한 듯 바로 다시 뛰어 들어갔다.

나는 천천히 걷기 시작했다. 지나치는 사람들과 자꾸만 어깨를 부딪쳤다. 이태원의 휘황한 불빛 아래서도 늦가을의 밤은 제법 찼다. 바지 주머니에 손을 찔러넣었다. 길거리에서 호객행위를 하는 삐끼들이 천천히 지나가는 승용차에다 대고 소리를 질렀다. 번잡하고 호화롭고 다채로운 거리가 나와는 한없이 멀게 느껴졌다.

이태원 상가 지대를 빠져나오자 인조 불빛이 사라진 거리는 갑자기 어두워졌다. 그때 뒤에서 누군가 내 팔짱을 끼었다, 뜻밖에 윤주였다. 나는 그 자리에 멈추어 서서 윤주를 바라보았다. 윤주는 말없이 팔짱 낀 채 내 팔을 잡아끌었다. 우리는 말없이 걸었다. 미군기지 앞을 지나, 전쟁기념관을 지나, 삼각지까지 온 우리는 다시 갈월동으로 걸어갔다.

"만나고 싶으면 이리로 연락하세요."

내내 말없이 걷던 윤주는 전화번호가 적힌 메모지를 손에 쥐여주었다. 내 대답을 기다리지도 않고 윤주는 갈월동에서 택시를 타고 사라졌다. 윤주가 탄 택시가 내 시야에서 사라질 때까지 그 자리에 서 있었다.

대문을 열어준 새엄마가 눈짓했다. 기척을 내지 말고 내 방으로 들어가라는 뜻 같았다.

"준오 놈, 안방으로 오라고 해."

안방에서 아버지의 목소리가 제법 크게 들려왔다. 아버지는 술을 마시고 있었다. 벌게진 눈으로 아버지는 나를 칩떠보았다.

"이놈아, 내가 지금까지 널 어떻게 키워왔는데, 에미 없이 크는 자식 행여라도 어떻게 될까, 숨소리 한번 크게 못 내고 살아왔다. 농사지어서, 소 팔아서, 택시 몰아서 꿀리는 것 없이 해주려고 그렇게 피눈물을 삼키며

268

아등바등했는데, 이제 와 니 놈이 웬쑤 행세를 하려 드는구나."

아버지가 내게 욕설 같은 놈 자를 붙이긴 처음이었다. 이렇게 넋두리를 널어놓기도 처음이었다. 이태원에서 돌아온 나는, 이제 막 윤주와 헤어진 나는 아버지의 신세타령이 역겨웠다. 그래서였던지 내 생각보다 훨씬 나쁘고 심하게 아버지를 몰아붙였다.

"누가 아버지더러 그렇게 살아달라고 애원했어요? 왜, 이제 와 저한테 신세타령이에요? 아버지 인생은 아버지 인생이고, 제 인생은 제 인생이니까 상관 말란 말……."

"예이 잇, 천하에 나쁜 놈!"

아버지는 느닷없이 일어나더니 내 뺨을 후려갈겼다. 다시 치려는 아버지의 팔목을 삽났다. 이미 나이가 늘어버린 아버지가 나를 이기기에는 힘이 너무 약했다.

"전, 전, 말이에요. 아버지처럼 그렇게 구질구질하게 살지는 절대 않을 거예요. 아시겠어요?"

아버지 손을 팽개쳐버리고 난 내 방문을 힘껏 닫은 뒤 잠가버렸다. '내가 죄 많은 년이지, 다 내가 들어오고부터…….' 마루방에서 새엄마의 흐느끼는 소리가 들려왔다. 아버지가 내 방문을 두들겼다.

"준오야, 준오야. 애비가 때린 거, 내가 다 잘못했다. 문 좀 열어라. 도대체 왜 이러는 거냐? 니가 왜 이러는지 애비한테 말 좀 해 다오. 니가 해 달라는 대로 다 해주마. 대체 왜 갑자기 이러는 거냐? 조금만 기다리면, 조금만 기다리면 니가 예전처럼 돌아갈 줄 알았다. 그런데…… 니가 원하면 무릎이라도 꿇으마. 말 좀 해봐라. 왜 이러는 거냐? 나도 니가 이 못

난 애비처럼 구질구질하게 살길 원치 않는다. 그러려면 공부해야 한다. 이놈아, 공부를……."

삼수가 내게 소개해 주려던 그 모임은 '표범의 눈'이라는 이름의 서클이었다. 그날 보았던 대로 의사, 변호사, 소위 명망가의 자식들로 구성된 서클이었고, 그들은 계획이 세워지면 여행을 함께 다니기도 했고, 포커도 즐겼으며, 마약도 했다. 내가 알아들을 수 없었던 그 생소한 낱말들은 대부분 마약에 관한 것이었다. 그들은 한 끼에 이십만 원, 삼십만 원을 써가며 환각의 세계를 즐겼다. 윤주도 마약을 했다. 윤주를 통해 나도 마약을 맞았다. 카페의 밀실에서. 바늘 끝이 내 팔뚝의 핏줄을 지그시 눌렀다. 팽팽한 긴장감이 전신을 휘감았다. 주사기의 바늘 끝과 핏줄 사이의 긴장 끝에 바늘이 핏줄을 뚫고 들어갔다. 증류수 속에 녹아 있던 크리스탈이 핏줄을 타고 들어갔다. 눈을 감았다. 멀리에서 색소폰 소리가 들려왔다. 색소폰 소리는 점점 내게로 가까이 오더니 내 몸을 타고 흘렀다. 내 몸은 소리의 높낮이에 따라 허공을 날았다. 나는 음표가 되었다. 음표가 된 나는 오선지 위를 부드럽게 날아다녔다. 내 몸은 새의 깃털보다도 가벼워졌다. 행복했다. 그 순간 그대로 죽고 싶었다.

"처음 맞을 때 단 한 번밖에 느낄 수 없는 희열이야. 잘 느껴봐, 그리고 이렇게 휠을 잡아봐."

오선지 위를 날고 있는 내게 윤주는 속삭이며 나를 안았다. 우리는 좁은 카페 밀실에서 춤을 췄던 것 같다. 내겐 더 할 수 없이 넓은 대지였고 창공이었다.

나는 그렇게 마약의 세계를 알게 되었고, 오윤주라는 이름으로 열병을 앓으며 겨울을 맞았다. 예정대로 삼수는 학교를 그만두었고 가출했다. 삼수가 어디서 무엇을 하는지 나는 알지 못했고 삼수의 부모도 알지 못했다.

"준오, 너에겐 또다시 빚을 졌다. 하지만 니가 어디서 무엇을 하건 내 도움이 필요하다면 내게 연락해라. 윤주를 통하면 나를 찾을 수 있을 거다."

윤주를 통해서 받은 삼수의 편지에는 그렇게 쓰여 있었다.

겨울은 잔인했다. 내게 돌이킬 수 없는 선택을 요구했다. 어젯밤 나는 그녀에게 내 열아홉 동정을 주었다. 그리고 오늘 아침 스물을 맞았다. 그 어려운 선택의 길림길에서 내가 윤주 쪽을 택하기로 결정지은 것은 입시장에서였다.

일, 이 교시에서 받은 시험지 중 내가 정답을 쓸 수 있었던 문제는 절반 정도였다. 그 절반은 순전히 1, 2학년 때 쌓아둔 가락이었다. 점심시간에 나는 운동장 스탠드에 쭈그리고 앉았다. 날씨는 맑았지만 바람이 매서운 날이었다. 잠바 깃을 세워 턱을 묻고 내 인생에 대해 진지하게 생각해 보았다. 아버지와 윤주, 어느 한쪽을 선택해야 하는 길에 놓여 있다고 생각했다. 엄지와 검지로 애꿎은 동전만 비벼대던 나는 이 세상에서 먼저 알게 된 것은 아버지 쪽이라는 생각에 이르렀다. 아버지를 앞면, 윤주를 뒷면으로 정했다. 동전을 던졌다. 뒷면이 나왔다. 윤주……. 윤주와의 만남은 삼수로 이어진다. 삼수와 만난다는 것은 무엇인가? 난 삼수가 어떤 일을 하는지 안다. 언젠가 우이동에서 삼수가 내게 말했던 돈, 삼수는 돈을 벌고 있을 것이다. 마약을 통해서.

아버지 얼굴이 떠올랐다. 분명 지금 교문 밖에서 나를 기다리고 있을 아버지. 뺨을 맞은 이후로 나는 아버지와 단 한마디도 나누질 않았다. 어쩌다 부딪쳐도 서로가 어색하게 눈길을 피했다.

아버지는 아현동 언덕 밑에 회사택시를 세워 둔 채 기다리고 있었다. 내려가는 나를 보자 말없이 운전석 옆문을 열어주었다. 나는 뒷문을 열고 뒷자리에 앉았다. 고사장까지 아버지는 아무 말도 하지 않았다. 나도 창밖만 내다보았다. 몇 번씩이나 나와 같은 고사장으로 가는 수험생이 차를 세웠다. 아버지는 그냥 지나쳤다.

"시험, 잘 치그라. 느이 죽은 에미가 도와주겠지."

고사장 앞에 내려놓으며 아버지는 비로소 입을 열었다. 아버지 얼굴을 돌아보았다. 아버지 주름진 눈에는 눈물이 그렁했다. 나는 외면했다. 하마터면 나도 눈물을 보일 뻔했다.

다시 동전을 던져보았다. 앞면이 나왔다. 아버지를 선택한다는 것이 구체적으로 무엇을 의미하는가를 생각했다. 어차피 삼류대학이다. 그것도 잘해야만. 이력서를 들고 삼류회사 낡은 건물을 기웃거리는 내 모습이 그려졌다. 싫었다. 재수를 생각해 보았다. 그 긴 한해를 사인, 코사인과 씨름할 정열이 내겐 남아있질 않았다.

다시 동전을 던져보기로 했다. 이번에는 세 번. 첫 번째는 아버지가 나왔다. 두 번째는 윤주가 나왔다. 크게 숨을 들이마셨다. 메마른 칼바람이 내 얼굴을 쓸고 갔다. 마지막 세 번째 동전을 던졌다. 할 수 있는 만큼 높이 던졌다. 동전이 굴러 아래쪽 계단참에서 멈췄다. 나는 달려가서 들여 다보았다. 윤주였다. 일어섰다. 운동장에 서 있는 건 나 혼자였다.

나머지 시간에는 아예 시험지를 보지 않았다. 지그재그로 무늬를 만들어 답안지를 채워 넣었다. 시험 종료종이 울리자 나는 후문으로 시험장을 빠져나왔다.

오늘 아침 호텔 침대에서 일어나 맨 먼저 창문을 내다보았다. 밤새 눈이 하얗게 내려 있었다. 나는 윤주를 깨웠다. 창가로 데려와 하얀 세상을 보였다. 윤주는 행복한 얼굴로 내 가슴팍에 안겨 왔다. 나의 스무 살 청춘의 첫 아침이 이렇게 하얗게 시작된 것이다. 윤주와 함께.

작별 인사를 하고 저만치 걸어가던 윤주가 골목길로 사라졌다. 나는 그녀에게 내 운명의 절반을 주기로 오늘 아침 결성했다. 나머지 절반은 미지의 나의 미래에서 부딪치게 될 그 무엇에 걸게 되겠지.

먹이사슬의 꿈

서랍 속엔 넉 장의 수표가 남아 있었다. 아무런 수치도 기입되지 않은, 그래서 대체 얼마만큼의 가치를 발휘하게 될지 아직 알 수 없는 종이 조각이었다. 연섭은 지금까지 숱하게 보아온 그 종이들을 새삼스레 빤히 들여다보았다. 수표를 들고 있던 손에서, 가늘게 경련이 일었다. 경련을 진정시키려는 듯 연섭은 눈을 감고 깊게 숨을 들이켰다. 그때 방문 밖에서 인기척이 들려왔다. 연섭은 퍼뜩 정신을 수습하며 재빨리 수표를 안주머니에 넣었다. 얼른 경대에 비친 제 모습을 바라보며 넥타이를 고쳐 매는 데 열중하는 체했다. 방문을 살그머니 열고 들어온 사람은 연섭의 딸 지은이었다. 거울에 비친 지은의 모습을 보았으나 연섭은 모른 척 넥타이 매무새만 고쳤다. 지은은 무슨 말인가 할 듯하면서도 입을 열지 못하고 벽에 기대서서 연섭의 뒷모습만 바라보았다. 연섭은 또 하나의 인기척을 느꼈다. 비스듬히 각도를 기울여, 거울 속에 비친 열린 문밖을 내다보았다. 그곳엔 아들 경찬이 서 있었다. 경찬은 지은을 노려보고 있었다. 경찬의 눈 노림에 이끌려 지은은 방에서 빨려 나갔다. 연섭은 넥타이를 매만지던 손길을 놓고 거울 속의 자신을 넋 놓고 바라보았다.

　“아침 차렸어요.”

　연섭은 아내 현희를 돌아보았다.

　“요즘 아이들이 왜 저렇게 일찍 일어나는 거요. 방학인데 늦잠도 안 자고.”

　“경찬이는 여섯 시면 일어나서 공부해요. 지은이를 공부하라고 깨우는 것도 경찬이고요.”

"입시 공부하는 것도 아니고, 중학교 1학년짜리가 무슨 새벽 공부를 한단 말이요? 더구나 이제 겨우 초등학교 2학년이 된 녀석까지……."

"낸들 알아요? 즈이들끼리 부지런 떠는 걸 말릴 필욘 없잖아요. 집안 돌아가는 분위기가 심상찮은 건 애들이 먼저 안다고요."

연섭은 아이들마저 어른들의 고통에 지나치게 예민해지는 것이 싫었다. 울컥 치미는 홧김에 경찬의 방으로 성큼 다가갔다. 닫혀 있는 문 사이로 지은의 흐느끼는 소리가 들려왔다. 소리 나는 것을 억지로 참는 울음이었다.

"이게 그만 울라니까, 너 자꾸만 말 안 들을 거야?"

경찬의 윽박지르는 말소리에 지은의 울음소리는 한결 커졌다. 조금만 있으면 터져버리고야 말 듯 아슬아슬한 흐느낌이었다.

"너 이거 가져. 접때 이거 갖고 싶다고 그랬지? 대신 그만 울어. 너, 엄마 아빠가 왜 저렇게 고생하시는 줄 알아? 너하고 나 때문이란 말야. 우리 둘을 훌륭하게 키우려고, 알았어? 그것도 모르고 울보 같은 게."

경찬이가 이번엔 유화책을 쓴 모양이었다. 그 유화책이 먹혀들었는지 지은의 흐느낌은 점점 사그라들어갔다. 연섭은 경찬의 방문을 열지 않았다. 잡았던 손잡이를 소리 나지 않게 놓고 안방으로 돌아왔다.

"당신 정말 우리 식구 알거지 될 때까지 밀어붙일 작정이에요?"

현희는 잔뜩 독이 오른 눈으로 연섭에게 따지고 들었다. 연섭은 그제야 수표를 꺼낸 서랍을 닫아놓지 않았음을 깨달았다. 그 사이 현희는 서랍 속의 수표가 고스란히 없어진 걸 확인한 거였다. 연섭은 대답 없이 식탁에 앉았다. 현희도 따라와서 연섭과 마주 앉았다. 좀전의 독기가 빠진 늙어진 소리로 연섭을 다시 설득하기 시작했다.

"결단을 내려야 할 때라고요. 이제 더 매달려봤자 그 회사 살리긴 글렀단 말예요. 여보, 제발, 우리 늦기 전에 집이라도 건져요. 네? 그리고 조금 시간을 갖고 다른 살길을 찾읍시다. 애들 데리고 한데로 나앉을 순 없잖아요. 더 끌고 간다는 건 자살행위나 마찬가지라고요."

"오늘내일 건만 막으면 7일에 2,300 결제 들어올 게 있어요."

"당신 그거 믿고 버티자는 거예요? 그까짓 석 달짜리 어음 받아서 또 깡 해서 쓰면."

"그건 현찰 결제요."

"현찰이건 뭐건 마찬가지예요. 거긴 대전 데파트처럼 내일 아침 무너지지 않는다는 보장이 있나요?"

"미도파가 무너지면 대한민국 백화점은 다 무너질 거요."

"그래요. 당신 말대로 칠일, 2,300 현찰이 들어온다고 칩시다. 그 결제 믿고 8, 9, 10일 줄줄이 들어올 수표는 뭘로 막죠? 여보, 나 요즘 꿈속에서도 돈 빌리러 다니는 거 알아요? 이젠 지긋지긋하단 말예요. 사돈의 팔촌까지 거들며 돈 꿔달라, 수표 빌려달라 하는 거 이젠 정말 못 하겠다고요."

"그렇다고 기업 하는 사람이 회사가 어렵다고 제 한 몸 살 궁리만 할 순 없잖소. 견딜 때까지 견뎌봐야지."

"그 견딜 때까지 견딘 게 지금이라고요!"

연섭은 숟가락을 놓고 일어섰다. 가뜩이나 팍팍한 밥알을 도저히 넘길 수가 없었다.

"언니한테 알아봐 달라는 거, 결과가 어떻게 됐는지 열한 시 정각에 핸드폰으로 연락해 주구려."

연섭이 구두를 신으며 그때껏 식탁에 앉아 있는 현희를 외면한 채 말했다.

"당신, 정 이렇게 나오면 저도 저대로 생각이 있어요."

현희 역시 입술을 앙다물고 비장한 어투로 연섭을 외면한 채 말했다. 연섭은 현희를 바라보았다. 현희는 연섭의 눈길을 받지 않았다. 경찬의 방문이 열렸다. 연섭과 현희의 눈치를 할금할금 살피며 먼저 나온 것은 지은이었다. 경찬은 지은의 뒤편에 주춤하니 섰다. 연섭은 지은에게로 눈길을 돌렸다. 아직 물기가 남아 있는 눈을 씻으며 지은은 가슴팍에 새 깃 그대로인 파스텔동을 안고 있었다. 그것은 경찬에게 생일기념으로 연섭이 사 준 것이었다.

"저, 아빠, 나 있잖아, 이제 드림랜드 안 가도 돼."

연섭이 눈길을 주자 지은이 용기를 내어 더듬거렸다. 연섭은 손짓으로 지은을 불렀다. 다가온 아이의 머리와 뺨을 쓸어주며 나지막이 말했다.

"아빠는 한번 약속한 건 지키는 사람이에요."

방긋거리는 미소와 함께 뺨에 입 맞추는 아이를 떼어놓고 연섭은 한마디를 덧붙였다.

"그럼 있다 11시 결에 내가 집으로 전화하리다."

말을 마치기가 무섭게 연섭은 현관문을 나섰다. 시동을 건 후 연섭은 아파트를 올려다보았다. 현희는 없고 아이들만이 9층 베란다에서 연섭을 향해 손을 흔들었다.

현희가 회사를 정리하자고 조르기 시작한 것은 대전 건이 터지던 다음 날부터였다.

"이건 계획된 부도라고요. 경영진이라는 작자들 하나같이 온데간데없이 사라진 걸 보면, 이건 뒷구멍으로 빼돌릴 건 다 빼돌린 다음에 의도적으로 부도를 내버린 거지 뭐겠어요. 나쁜 놈들."

서울로 돌아오는 차 안에서 현희는 내내 울분을 터뜨렸다. 실제 책임질 만한 경영진은 코빼기도 찾아볼 수 없었고, 채권단 회의를 주도하고 있는 건 관리 차장이라는 사람이었다. 대전 데파트의 실정을 잘 아는 채권자들의 얘기는 한결같이 경영진들의 행방은 물론 그 가족들마저도 현재로선 종적을 알아낼 수가 없다는 것이었다.

"우리, 우리 여기서 한 푼도 못 건지면 어쩌죠? 우리 회산 어떻게 되는 거냐고요?"

분기에 치를 떨던 현희는 서울에 거의 와선 석 달간 받아놓은 어음 8,270을 걱정하기 시작했다. 사실 그것은 대전 데파트의 부도 소식을 듣는 순간부터 연섭의 머릿속을 떠나지 않는 문제였다. 관리 차장이라는 사람은 그저 며칠만 기다려 달라는 말과 매장의 물건을 빼지 말아 달라는 말만 반복했다. 매장 물건을 빼면 당장 영업이 중단될 수밖에 없으므로 그렇게 되면 채무이행은 완전히 불가능해진다는, 듣기에 따라서 반협박조의 발언이기도 했다. 하지만 그건 연섭의 귀에도 마지막 순간까지 건질 건 건져보겠다는 의미로 들렸지, 완전한 채무이행은 이미 불가능한 사태로 비쳤다. 더구나 이미 웬만큼 돈이 될 만한 것에는 죄다 압류가 들어온 상태였고, 수억대의 채권자들도 수두룩한 상황에서 연섭네에게로 돌아올 건 아무것도 없으리라는 것은 불을 보듯 뻔한 일이었다.

"은행에 압류 조치를 부탁해 보지 뭐."

현희의 불안감을 달래기 위해 연섭은 애써 담담한 어투로 말했다.

"은행요? 걔네가 무슨 애가 말라 이 귀찮은 일에 손을 대겠어요. 설사 그런다 해도 이젠 압류할 건덕지조차 안 남은 거 당신 눈으로 못 봤어요?"

현희의 말이 맞았다. 당좌계 직원은 자신들이 간여할 일이 아니라며 발뺌했다. 결국 단돈 백만 원짜리의 압류 조치도 취하지 못한 채 이제껏 보름이란 시간이 흐른 것이었다.

그날 밤새 연섭은 잠들지 못했다. 현희도 마찬가지였다. 숨소리가 고르는 듯하여 이젠 잠들었나 싶으면 또다시 현희는 한숨 소리와 함께 돌아눕곤 하였다. 하는 수 없이 연섭은 마루방 소파로 나와 앉았다. 바깥은 희뿌옇게 밝아오기 시작했다. 소리 없이 따라 나온 현희가 두 개의 잔에 술을 채워왔다.

"왜 여태껏 자지 않고."

현희의 기척을 줄곧 알고 있었으면서 연섭은 그제야 현희를 올려다보았다. 술잔을 건네준 현희는 베란다 창 앞에 서서 아파트 단지의 삭막하고 거대한 콘크리트 덩이들을 내다보았다. 현희는 술을 들이켰다.

"지금까지 곰곰이 생각해봤는데, 저는 늦기 전에 손을 떼는 게 현명하다는 결론을 얻었어요. 대전 데파트 같은 법인체들도 저렇게 계획적으로 부도를 내는데 우리 같은 개인회사라고 그렇게 못할 게 어딨어요? 훨씬 간단한 일이잖아요. 뒤처리만 잘하면 법적으로 하자 될 것도 없고요."

"왜 끝까지 해보지도 않고 그런 소릴 하오."

"끝까지 가면 그땐 이미 늦는다고요."

현희의 의사는 확고했다. 팔천만 원이 넘는 자금의 공백을 메운다는 것은 현재의 회사 사정으로 불가능하다는 사실을, 현희는 연섭만큼이나 명확히 알고 있었다.

"이젠 여름 상품도 끝이라고요. 가을 상품은 뭘로 준비하죠? 아니, 가을 상품은 차치하고라도 당장 돌아오는 수표 막을 능력이라도 있냔 말에요. 사원들 월급은 줘야 회사가 굴러갈 거 아녜요? 이번엔 지은이 교육보험까지 해약할 건가요?"

"그만해."

연섭은 현희의 말을 막긴 했지만, 실은 연섭 자신이 아까부터 생각해 오던 바를 현희가 내뱉고 있는 것이었다. 손을 뗀다는 것, 그 대목까지 생각은 수없이 이르렀지만, 그때마다 강진, 박강진 전무의 얼굴이 떠올라 번번이 생각을 지우고 있었다.

"대전 데파트 결제는 물 건너간 거 당신이 더 잘 알잖아요. 형사 처리도 못하는 어음 갖고 민사소송 걸어봐야 어느 천년에, 세월이 가도 갚을 생각이 있는 인간들이면 그렇게 처리했겠어요? 거기서 단돈 천만 원이라도 건지면 내 손에 장을 지진다고요. 고집부리지 말고 잘 좀 생각해봐요. 대전 건 아니어도 숨 돌릴 틈조차 없었잖아요? 그런데 이렇게 좀 더 끌어가 봐야 남는 게 뭐냔 말예요. 기껏해야 사원들 월급 몇 달 더 주는 것밖에 없잖아요. 사원들도 그런 걸 원하는 건 아닐 거예요. 어차피 언젠가는 문 닫을 거라면 차라리 한시라도 빨리 각자 제 갈 길 가도록, 풀어봐 주는 게 그 사람들한테도 좋은 거라고요. 다 같이 몰살하느니 누구 하나라도 사는 길을 선택하는 것이 현명해요. 당신, 뒤처리 때문에 그러는 거예요? 그거야 최 과장한테 맡기면 되잖아요. 그 사람 눈썰미도 있고, 꼼꼼하고, 입도 무겁잖아요. 그 사람한테 맡기면 뒤탈 없이…….”

“제발, 제발 회사 일은 나한테 좀 맡겨 둬.”

연섭은 아내가 회사 사정을 잘 알도록 방치한 것이 후회스러웠다. 그러나 사실 그건 연섭 자신이 어쩔 수 없이 자초한 일이기도 했다. 자금회전이 어려울 때마다 아내에게 부탁했고, 아내가 친정과 대학 동창들 끈에 매달려 얻어온 현찰이며, 수표들이 여태껏 회사를 유지해온 버팀목이었음은 명백한 사실이었다. 그런 식으로 회사 일에 간여해 온 현희는 몸은 회사 밖에 있어도 회사 안에 근무하는 사원만큼이나 회사 사정을 꿰고 있었다. 사원들도 아내 대하긴 단순한 사장의 부인이 아니라 회사의 경영 간부 같은 존재로 대하였다. 더구나 최근에는 최 과장과 부쩍 친해져 그에게서 회사 돌아가는 사정을 소상히 듣고 있다는 사실을 연섭은 알면서도 모른 체했다.

“좋아요, 당신 마음대로 하세요. 단 더 이상 저한테 손 벌리지 마세요. 그리고 그 고집 때문에 당신 감옥 가고 우리 세 식구 길바닥에 쫓겨나는 꼴 저는 못 봐요. 그렇게 되면 그걸로 당신과 난 끝장이라는 사실만 분명히 알아두세요.”

그렇게 선언한 현희는 술잔을 식탁에 팽개치듯 던져놓고 방으로 들어가 버렸다.

그 후로 보름이나 지났다. 그 사이에도 현희는 마지못해 오백만 원, 삼백만 원 두 차례나 둘러왔다. 그것은 연섭의 마음을 회유하기 위한 최소한의 미끼 같은 것이었다. 난 막판까지 이렇게 성실한 내조자였다, 그런데도 당신이 파멸로 이끈다면 그건 전적으로 당신 책임이다, 뭐 이런 식의 의미가 돈 속에 담겨 있다고 연섭은 느꼈다. 둘러온 돈을 내놓을 때마다 늦기 전에 손을 떼야 한다는 사실을 강조하는 것도 잊지 않았다. 비밀리에 새로 구할 집을 알아보고 있다고 넌지시 일러주기도 했다. 그러다 오늘 아침 연섭이 남아 있는 수표를 모조리 챙기자, 자신대로 생각한 바가 있다고 단언한 것이다. 그건 이혼을 의미한다는 사실을 연섭은 익히 알고 있었다. 연섭의 목구멍에서 쓴 물이 올라왔다.

사원들은 이미 출근하여 제자리를 지키고 있었다. 사흘에 두 번꼴로 지각하던 디자이너 미스터 홍도 자리에 앉아, 외국 패션잡지를 뒤적이고 있었다. 요 근래 지각하는 사원은 단 한 명도 없었다. 사원들의 심리도 흡사 아이들 같다고 연섭은 생각했다. 책상 위에 놓인 월별계획표가 눈에 들어왔다. 결제해 줘야 할 날짜와 액수와 업체명, 결제 들어올 날짜와 액수와 업체명, 수표 돌아오는 날짜와 그 액수가 빽빽하게 적혀 있었다. 공휴일을 제외하면 비어 있는 칸은 8월 한 달 사이에 불과 두 개뿐이었다. 박 전무가 들어왔다. 잠시 연섭의 책상머리에 서 있던 박 전무는 책상 옆의 소파에 앉았다.

"진성하고 명우에 오늘 결제해야 할 게 있네, 170하고 310. 현찰 결제야. 어제 급여 지급하고 남은 게 통장에 좀 있어서 그건 어떻게 되겠지만, 수표 돌아오는 건……."

"알고 있어. 부탁해 둔 곳도 있고, 좀 있다 내가 을지로 사무실에 나가볼 걸세."

"진해 신규매장 건은 어떻게 할까? 석 달 어음으로 결제하겠다는 게 마음에 걸리긴 하지만, 대신 수수료는 16퍼센트만 띠겠다더군. 위치도 에스컬레이터에서 내리면 정면으로 보이는 곳에 주겠다 하고……."

"오늘 하루만 더 생각해 보지."

연섭은 이마에 손을 짚은 채 눈을 감고 말했다. 박 전무는 무슨 말인가 더 할 듯하다가 입을 다물고 말없이 나갔다. 연섭의 목덜미에서 땀이 흘러내렸다. 명함함 맨 앞에 놓아둔 한 장의 명함을 꺼냈다. 수화기를 들었다. 잠시 들고 있던 수화기를 다시 놓았다. 손수건으로 목덜미와 이마의 땀을 훔쳐냈다. 또다시 수화기를 들었다. 명함에 적힌 번호를 눌렀다. 뚜우 뚜우 신호가 울리기 시작했다. 상중을 롯데호텔에서 우연히 부딪쳤던 것이 작년 가을이었다. 연섭은 수화기를 내려놓았다. 차마 상중에게 도움을 요청할 수는 없는 일이라고 마음을 다잡았다. 연섭은 오늘 해야 할 일들을 정리해 보았다.

오전 10시 중소기업은행에 통화할 것, 11시 현희에게 확인 전화할 것, 12시 신한은행 수표 확인할 것, 2시 을지로에 들를 것, 4시 돈암동 정 사장 만날 것, 아차 그 사이 어느 땐가 최 과장한테 진행 상황 보고받을 것…….

그 이후 시간에는 연섭이 어느 곳에서 무얼 하고 있을지 자신으로서도 가늠할 수가 없었다. 머리가 지끈거렸다. 시계는 어느새 10시를 가리키고 있었다. 수화기를 들었다.

"중소기업은행 대출계입니다."

"과장님 부탁드립니다."

"어디신데요?"

"저 에딘버러의 성연섭이라고 합니다만."

"과장님은 지금 자리에 안 계신데요."

"어디 멀리 가셨습니까?"

"글쎄요. 잘 모르겠는데요."

"그럼 죄송하지만 김 대리님 좀 부탁드립니다."

"잠시만 기다리세요"

"전화 바꿨습니다.

"에딘버러 성연섭입니다."

"아, 네. 사장님 안녕하세요?"

"며칠 전에 말씀드린 건, 오늘 확인하기로 해서 전화드렸습니다.

"예, 그러잖아도 전화드리려던 참이었는데, 이거 전화상으로 이런 말씀 드리게 돼서 어쩌지요? 말씀하신 그 집이 이미 저당 설정이 되어 있더군요."

"그건 그때 이미 말씀드리지 않았습니까? 하지만 불과 오천 융자 내느라……."

"예, 예. 물론 그렇죠. 근데 얼마가 됐건 일단 설정이 들어와 있는 부동산을 담보로 하는 게 좀처럼 쉽지 않아서 말이죠. 더구나 요즘 저희 지점이 긴축상태라 저나 과장님은 어떻게든 가능한 쪽으로 해보려고 했는데, 지점장님 선에서 그만…… 두어 달 전만 해도 혹시 가능했을지도 모르겠는데, 그땐 지금보단 문이 넓었거든요."

연섭은 애걸하고 싶지 않았다. 충분히 예상했던 바인 데다, 지금까지의 경험으로 은행에서 한번 안 된다고 하면 그것으로 끝이라는 사실을 너무나 잘 알고 있었기 때문이다.

"잘 알았습니다."

맥없이 수화기를 놓았다. 금고 다이얼을 맞추었다. 다시 안쪽 문에 열쇠를 꽂았다. 열쇠 구멍 주위의 감청색 도색이 군데군데 벗겨져 있었다. 연섭은 벗겨진 부위를 어루만져 보았다. 마지막 문까지 열린 금고 안에, 얌전히 놓여 있던 어음을 모두 꺼내 들었다. 그중 대전 데파트 어음 석 장을 뚫어져라 들여다보았다. 이젠 휴지 조각이나 다름없는 종이쪽지였다. 석 장의 어음을 힘껏 손아귀에 구겨 쥐었다. 마구 구겨진 어음을 마치 휴지통에 집어 던지듯 금고 속에 던져넣고는 문을 닫았다. 수화기를 들었다. 내선 3번을 눌렀다.

"네, 에딘버러 영업부입니다."

"최 과장? 나야, 먼저 나가서 저기 세라비에서 좀 기다리고 있어. 지금 곧 뒤따라 나갈게."

금고에서 꺼낸 두 장의 어음과 한 장의 가계수표를 책상 위에 펼쳐놓았다. 액수와 지급일자, 발행자 명의를 찬찬히 살펴보았다. 문득 다시 수화기를 들었다. 신호가 울렸다. 뚜우, 뚜우, 뚜우, 네 번, 다섯 번, 여섯 번…… 연섭은 신호가 떨어지는 횟수를 셌다. 열네 번째에야 응답의 소리가 들려왔다. 현희의 목소리였다.

"나요. 부탁한 건 어떻게 됐오?"

"이백은 어떻게 해보겠대요."

"있다 오후에 다시 연락하리다."

현희 쪽에서 먼저 전화를 끊었다. 연섭은 쓴웃음이 나왔다. 오백, 삼백, 이백, 대전 건 이후로 현희가 둘러댄 돈의 액수였다. 한두 번만 더 부탁하면 현희는 십만 원짜리 자기앞수표 한 장으로 명분을 세울 판이었다. 그것이나마 구하기가 만만치는 않았을 테지만, 최소한의 명분 세우기와 함께, 이건 자신에 대한 명백한 저항행위라는 사실을 연섭은 깨달았다. 책상 위에 늘어놓은 어음을 안주머니에 챙겨 넣은 후 일어섰다. 천천히 방안을 휘둘러 보았다. 책상, 소파, 옷걸이, 에어컨, 창립기념으로 사다 걸었던 저명 화백의 산수화, 책꽂이, 그곳에 꽂혀 있는 의류산업 관련 정보지들…… 대부분 창립 후 6년 동안 함께 살아온 집기들이었으며, 재떨이 서류철 하나에도 연섭의 손때가 묻지 않은 것이 없었다. 연섭은 마지막으로 좀 전에 꺼내놓았던 명함을 지갑에 간직하고는 결심한 듯 빠른 걸음으로 문을 나섰다.

"여깁니다."

최 과장은 쉽게 눈에 띄지 않는 안쪽 위치의 테이블에 자리 잡고 있었다. 연섭은 매사에 주도면밀한 최 과장이 간혹 섬뜩하게 느껴진다. 지금이 꼭 그런 순간이다. 삼십 대 중반의 이 젊은 남자가 왜 이런 궂은일에 발 벗고 나설까 하는 의문이 다시금 연섭의 뇌리를 스쳤다. 연섭이 자리에 앉았다. 홍차와 커피가 오자, 최 과장은 연섭이 말문을 열기도 전에 낮은 목소리로 얘기를 시작했다.

"어제 한신코아 매장의 물품도 마지막으로 뺐습니다. 이제 스물세 개 매장에서 당장 영업에 차질이 없을 정도의 최소한의 물량만 남겨놓은 셈이죠. 물론 지금이라도 물품은 도로 갖다 놓을 수 있고요. 그러면 아무런

288

하자도 발생하지 않을 겁니다. 매장에서 빼낸 물품은 전에 말씀드린 대로 중계동에 한 달 기한으로 빌린 임시창고에 적재해 놓았습니다."

연섭의 반응이 전혀 없어서인지 최 과장은 말을 끊었다. 연섭은 홍차 잔을 입술에 대었다 도로 놓았다.

"덤핑 루트는 알아봤나?"

"그럼요. 종합시장이나 남대문 같은 데선 그것만 전문으로 취급하는 사람들이 있잖습니까?

"친다면 얼마나 건지겠나?"

"여름 상품과 가을 상품은 20퍼센트, 겨울 상품은 10퍼센트 안팎 정도 될 것 같습니다."

연섭은 가슴 밑바닥에서부터 아려오는 듯한 동증을 느꼈다. 자신도 모르게 깊은숨을 들이켰다가 천천히 내쉬었다. 연섭의 표정을 본 최 과장은 얼른 덧붙였다.

"대신 물건을 건네주는 즉시 현찰과 맞바꾸게 되는 것입니다. 지방 시장으로 빼는 것까지 감안하더라도 만 이틀이면 일을 마무리 지을 수 있습니다."

연섭에게는 최 과장의 덧붙인 말이 그다지 위로가 되질 않았다. 연섭은 고개를 숙인 채 말없이 홍차 잔만 어루만졌다. 한참이나 침묵을 지키던 최 과장이 다시금 말문을 열었다.

"오늘이나 늦어도 내일 중으로는 결단을 내리셔야 합니다."

"?"

연섭은 최 과장의 눈을 마주 보았다. 최 과장은 눈길을 피하지 않았다.

"가장 큰 문제는 매장 영업입니다. 최소한의 물량만 남겨놓은 상태기 때문에 이대로 며칠만 지나면 영업에 차질이 옵니다. 정리 쪽이건, 버티는 쪽이건 최대한 빠른 시간내 선택하시는 것이 손실을 줄이는 길이라는 사실은 명백합니다. 두 번째, 세 번째는 만약 정리하는 쪽을 선택한다면 지금이 적시라는 뜻인데……, 두 번째는 바로 어제가 월급날이었다는 점입니다. 시간을 조금 더 끌면 또다시 한 달분의 급여 지출은 각오하셔야 합니다. 세 번째는 요번 주와 다음 주 중에 현찰 결제받을 게 몰려 있잖습니까? 넉넉잡고 20~30퍼센트 이월시키는 조건으로 하면 은행이나 채권자들에게서 압류 조치가 들어오기 전에 현찰을 건질 수 있겠지요."

연섭은 고개만 끄덕였다. 최 과장이 정리한 내용은 이미 연섭의 머릿속에서도 몇 번씩이나 반복 검토되었던 사항들이었다. 사실 내일만 해도 늦는다. 오늘 중으로 결판내야만 한다. 그 네 번째 이유는 오늘과 내일 중으로 돌아올 수표가 이달 중 가장 많기 때문이었다. 어차피 부도를 낸다면 오늘, 내일 돌아오는 수표부터 부도 처리하는 것이 덜 손해 보는 방책일 터였다.

"그래, 자네 생각은 어떻게 하는 것이 좋을 것 같은가?"

"제가 이 판국에 감히 무슨 말씀을 드리겠습니까? 저 역시도 다 같이 몰살하느니 누구 하나라도 사는 길을 선택하는 것이 현명하다고 생각합니다."

최 과장은 어색하게 웃더니, 이윽고 정색하고 말을 맺었다. 순간 연섭은 둔기로 뒤통수를 한 대 얻어맞은 것 같았다. 방금 최 과장의 말은 토씨 하나 틀리지 않게 들어본 말이었다. 아내에게서였다. 연섭이 모르는 사

290

이에 현희가 최 과장을 설득했음이 틀림없었다. 현희는 분명 최 과장에게 모종의 사례를 약속했을 것이라고 연섭은 생각했다. 짐작은 하고 있었지만 사실로 확인하는 것은 역시 씁쓸한 일이었다. 누구나 꺼릴 만한 일에 처음부터 최 과장이 왜 이토록 열성적이었는지 이유는 분명했다. 생각이 거기에 미치자 연섭은 더 이상 자리에 머물러 있기가 싫었다.

"어떻게 하실 생각이십니까?"

연섭이 자리에서 일어날 기세를 보이자 최 과장이 다급히 물었다.

"오후 5시에서 6시 사이에 호출하겠네."

"저, 한 가지 문제가 있습니다.

"?"

"만약 정리하게 된다면 사무실 4층에 있는 재고와 신상품은 어떻게 할까요?"

연섭은 그제야 4층 신상품에 생각이 미쳤다. 아내가 최 과장의 도움을 받아 계획적으로 자신을 몰아붙이고 있다는 생각에 경황이 없었다. 연섭은 정신을 가다듬었다. 냉정한 어조로 입을 열었다.

"그렇게 된다면 같이 덤핑치는 수밖에 별수 없지 않겠나?"

"물론, 그런데 말이죠. 전무님이…… 대전 건이 터지고 나서 전무님이, 밤 9시, 10시가 돼야 퇴근하십니다."

박 전무가 사무실을 지키고 있는 한 비밀리에 물건 빼내는 것은 불가능하다는 뜻이었다. 최 과장의 입에서 나온 전무님이라는 음절이 연섭의 가슴을 후벼대는 듯했다. 최 과장의 말은 박 전무의 눈을 속이는 건 연섭이 처리해야 할 일이라는 뜻이기도 했다.

"다른 사원들은 별문제 없겠나?"

"그러니까 오늘 내일이 적시라 하지 않았습니까? 일반사원들이야 눈치챈다 해도 물건을 빼버린 다음에야 별도리 없을 거고, 일이 끝난 다음에도 급여는 지급한 직후이기 때문에 별다른 동요는 없을 겁니다. 생산직 쪽에도 이 주임 통해서 대전 데파트 피해액을 충분히 부풀려서 흘려놓았기 때문에 오히려 어제 월급이 무사히 지급된 걸 감지덕지하고 있는 분위기니까요."

"물품을 꺼내려면 시간이 얼마나 걸릴 것 같은가?"

"네 시간 정도는 걸릴 것 같습니다.

"알았네."

연섭은 먼저 거리로 나왔다. 거리엔 한낮의 무더위가 쏟아져 내리고 있었다. 그늘 한 점 없이 맨몸으로 햇볕을 쬔 차 안은 질식할 것처럼 숨이 막혔다. 에어컨을 최강으로 틀어놓은 후 건물이 만들어 준 불과 두 뼘 가량의 그늘로 숨어들었다. 그때 손에 들고 있던 핸드폰이 울었다.

"성 사장인가? 날세. 박 전무."

박 전무의 목소리에 연섭은 가슴이 후둑후둑 뛰었다.

"그래, 나야. 말하게."

"응, 지금 막 당좌계에서 연락이 왔는데 오늘 다섯 장이 들어왔다는구면. 3,700."

"오늘 돌아올 건 넉 장에 3,200일 텐데."

"그러잖아도 자네 나가자마자 프린세스에서 연락이 왔어. 미처 날짜가 안됐는데 넣었다고, 미안하지만 사정 좀 봐 달라고 말야."

292

박 전무의 목소리는 더위만큼이나 축 늘어지고 무겁게 들렸다.

"알았어. 저기, 어차피 4시까진 힘들 거 같으니까 4시 정각에 자네가 당좌계에 연락해서 연장을 걸어줘. 그리고 나 오늘은 아무래도 회사 다시 못 들어갈 거니까 자네가 자리 좀 지켜주게."

"그런 거야 걱정, 말게. 아무튼 자네 혼자 고생시키는 것 같아 마음이 안됐네."

"있다가 다시 연락하겠네. 자리에 꼭 있게."

핸드폰 스위치를 끈 후, 연섭은 그늘을 벗어나 온몸으로 햇빛을 받았다. 금세 이마며 목덜미로 땀방울이 흘러내리더니 이내 등판까지 젖어들었다. 박 전무와 함께 달려온 지난 6년이란 세월이 흡사 이런 불볕더위 속 같았다고 연섭은 생각했다. 차 안은 그새 많이 식어 있었다. 햇빛에 달구어진 몸이 시원하게 느껴졌다. 박 전무와의 세월에는 경기가 반짝하고 풀렸을 때나 개발된 아이템이 히트 쳤을 때, 가끔 이런 단비 같은 시원함을 맛본 적도 있음을 기억했다. 모든 것을 함께 했던 박 전무, 이제 그를 배신해야 할지도 모른다고 연섭은 생각했다.

걸어 다니는 사람은 여느 때보다 훨씬 적어 보였다. 군데군데 정류장엔 가로수가 만들어 놓은 손바닥만 한 그늘 속에 사람들이 오밀조밀 서 있었다. 연일 내리치는 직사광선의 열기에 아스팔트 위에 그려진 차선들이 적당히 늘어뜨린 새끼줄처럼 군데군데 꼬이고 휘어졌다.

오래전에 화재가 쓸고 지나간 흔적처럼 건물 벽은 온통 거뭇거뭇한 땟국물이 흐르고 있었다. 좁고 비탈진 층계참 사이사이에 덕지덕지 덧쌓인 땟자국은 건물이 살아온 세월이라면 세월 같은 것을 보여주는 나름의 모습이었다. 이러한 건물의 외양과는 달리 사무실 안은 대단히 깨끗하고 시원했다. 분명히 내장만 다시 한 것일 거였다. 연섭은 재빨리 볼일을 마치고 이곳을 빠져나가고 싶었다. 상담용 소파에 앉자마자 어음과 수표를 꺼냈다. 금고에서 꺼내온 두 장의 어음과 한 장의 수표부터 내놓았다. 몇 차례 본 적이 있는 남자가 연섭이 내놓은 어음을 훑어보기 시작했다. 기껏해야 서른서너 살밖에 먹지 않았을 하관이 빠르고 날렵해 보이는 남자였다. 첫 번째 어음을 살펴보던 남자의 얼굴에 슬쩍 웃음기가 돌았다. 연섭도 그가 훑어보는 어음을 넘겨다보았다. 상장회사에서 발행한 것인데다 결제 기한도 20일밖에 남지 않은 1,300짜리였다. 나머지 두 장을 살펴보던 남자의 얼굴이 다시금 무표정해졌다. 출입문 바로 앞 책상에 앉아 있던 아가씨가 오렌지주스를 가져왔다. 연섭은 단숨에 마셔버렸다.

"이건 4퍼센트, 나머진 두 갠, 5퍼센트입니다."

"총 얼마 되는 거죠?"

"계산을 좀 해봐야겠는데요, 2100에 5퍼센트면 110, 110이 두 달 반이니까……."

남자는 전자계산기를 두들기기 시작했다. 남자는 수치 확인을 여러 번씩 하는 모양이었다. 시간이 꽤 지났다. 연섭은 한없이 지루하게 느껴졌다.

"3565로 떨어지는데요."

연섭은 머릿속에서 재빨리 계산을 돌려보았다. 335만 원, 선이자로 띠겠다는 계산이었다.

"제가 발행한 가계수표도 할인해 주실 수 있겠습니까?"

"믿을 만한 사람의 이서가 되어 있습니까?"

남자는 곧바로 마땅찮은 얼굴이 되었다.

"아니요. 지금은 아닙니다."

"하하, 그럼 안 됩니다. 사장님도 잘 아시잖습니까. 그런 수표는 이 을지로 바닥 어디서도 안 받아줍니다. 믿을 만한 사람의 이서를 받아서 그 사람을 보내십시오. 그래야 흥정이 되지요. 이나 저나 지금 내놓으신 것만 편리를 봐 드리려 해도 저희 잔고를 탈탈 털어야 할 판이고요."

남자는 도리어 안심하는 표정이었다. 거부할 수 있는 명분이 너무나 뚜렷했기 때문이었다. 연섭은 예상대로 포기하리라 마음먹었다.

"그럼 그거라도 주십시오."

"수표로 받아 가실 거죠?"

연섭은 고개를 끄덕였다. 남자는 잠시 밖에 나갔다가 돌아왔다.

"여기 확인증, 좀 써 주십시오. 요즘 경기가 부쩍 안 좋아진 모양이지요? 아무리 힘든 고비여도 자기 어음이나 수표를 제 손으로 할인하는 일만은 말리고 싶습니다. 그게 순전히 제 살 깎아 먹긴데, 그것도 생살을 깎아 먹는 것이죠. 갑자기 돈방석이라도 쏟아질 케이스가 있다면 모를까, 그렇게 해서 오래 버티긴 거의 불가능하죠. 하하, 이거 사장님 앞에서 문자 썼습니다. 이게 다 이 바닥 물을 몇 년 먹다 보니 자연히 얻어들은 풍월이지요."

연섭이 확인증에 사인한 후 무표정하게 천장만 올려다보자 남자는 제풀에 말을 그쳤다. 한참 동안 침묵만이 두 사람 사이를 지배했다. 이윽고 주스를 가져왔던 그 아가씨가 수표를 가져왔다. 연신 이마의 땀을 닦아

내는 동안 아가씨의 귀밑머리에서 땀이 줄줄 흘러내렸다.

"그래도 이 정도의 현찰을 앉은자리에서 돌릴 수 있는 곳도 그리 흔하지는 않을 겁니다."

수표를 건네주며 남자는 자못 만족스러운 표정을 지어 보였다. 좀 전에는 잔고를 탈탈 털어야 한다고 엄살을 부리던 자가 지금은 이렇게 재력을 과시하는 게 연섭은 역겨웠다. 아마도 안전한 어음이라면 얼마든지 받아주겠다는 뜻일 것이었다.

뜨겁기만 하던 열기 사이로 바람이 스며들었다. 하지만 습기를 잔뜩 먹은 열풍이라 불쾌지수만 더욱 높여줄 뿐이었다. 연섭은 하늘을 올려다보았다. 울뚝불뚝 솟아오른 고층 건물의 머리 위를 잿빛 구름이 서서히 덮기 시작했다. 시계를 보았다. 2시 37분. 지갑에서 명함을 꺼냈다. 세화물산 상무 김상중. 명함을 든 채 연섭은 넋 빼고 시선을 도로 위에 던졌다. 아스팔트에서 뿜어나오는 열기가 아른거렸다. 열기에 지친 차들이 신호대기에 걸려 교차로 앞에 빽빽하게 열을 지어 신호가 떨어지기를 기다리고 있었다. 신호가 떨어졌다. 밀려 있던 차들의 앞머리가 움직이기 시작했다. 다시 적색신호로 바뀌었다. 교차로를 빠져나간 차들은 불과 몇 대뿐, 나머지는 다시 적색신호에 붙잡히고 말았다. 연섭은 다시금 명함을 지갑에 넣었다.

정 사장은 막 사무실을 나서려던 참이었다. 오퍼상을 경영하면서 사채에도 손을 대고 있는 정 사장은 언제나 그렇듯이 별다른 표정이 없었다.

"어떡하지요? 지금은 돈이 없는데 말이죠."

연섭이 내놓은 백지수표 넉 장을 받아보지도 않고 정 사장은 거절의 뜻을 비쳤다. 연신 손수건으로 벗긴 이마의 땀을 닦아 내고 있었으나, 에어컨이 가동되고 있는 사무실은 전혀 덥지 않았다.

"직접 돌려주시기가 어려우면 이서만이라도……."

"글쎄 그게, 제가 거래하는 곳에서 바로 엊그제 딱지를 잘못 받는 사건이 터져서 그걸 수습하느라 진땀을 빼고 있는 통이라 이런 걸 부탁하기가 영 쉽지 않아서 말입니다."

연섭보다 십 년은 위인데다 많은 거래가 오간 사이임에도 정 사장은 늘 연섭에게 깍듯한 존칭을 썼다. 거래 이상의 인간적인 유대관계를 만들지 않으려는 의도였다.

"정 사장님께서 거래하시는 곳이 여러 군데 있지 않습니까?"

"성 사장님, 최근에 벌써 두 차례나 이런 방식으로 돌려드리지 않았습니까? 그러니 저쪽에서도 성 사장님 수표를 받으려 들지를 않는 거죠. 솔직히 말씀드려 그쪽 눈으로는 적신호로 보이는 거겠지요."

"정 사장님, 지난 오 년 동안 제가 드린 어음이나 수표가 말썽을 일으켰던 적이 한 번도 없었잖습니까? 지금도 저희, 회사 내부의 경영 문제 때문이 아니라 일억이나 되는 대금 결제일이 저쪽 사정상 늦어져서, 잠시 자금회전에 압박받고 있기 때문이라니까요."

"저야 성 사장님을 믿지요. 하지만 제 수중에 돈이 없는 걸 어떡합니까? 문제는 저쪽에서 믿어줘야지요."

"이번 한 번만입니다."

정 사장은 손가락 끝으로 무릎을 가볍게 치며 심각한 표정을 지었다.

"잠시만 기다리고 계십시오."

정 사장은 밖으로 나갔다. 연섭은 시계를 보았다. 3시 45분. 은행에 연장을 걸어야 할 시간이었다. 앞으로 두 시간 이내에 돈을 넣지 못하면 부도 사태가 터진다. 담배에 불을 붙였다. 조급하게 빨았다. 4시 20분이 넘어서야 정 사장은 돌아왔다.

"저쪽에서 제 것만이 아니라 또 한 사람 이서를 요구하는군요. 그래도 하시겠습니까?

정 사장의 목소리는 감정을 읽을 수가 없는 무채색의 그것 같았다.

"그럼 어떻게 되는 거지요?"

"얼마를 원하십니까?"

"천짜리 넉 장, 두 달입니다."

그제야 정 사장은 탁자 위에 놓인 넉 장의 수표를 집어 들고 살펴보았다.

"한도액 이상으로 발행하시겠다는 말씀이군요."

"……"

"이런 경우 받는 쪽 입장에선 위험부담을 안을 수밖에 없는 것, 이해하시겠지요? 중간에서 이서해 줄 사람에게 3부 5리는 가야 하고, 돈을 내줄 쪽에서는 8퍼센트를 부를 겁니다."

연섭은 정 사장의 몫까지 합쳐 머릿속에서 계산을 시작했다. 연섭이 계산을 미처 하기 전에 정 사장의 입에서 결론이 먼저 떨어졌다.

"2,840입니다."

선이자로 1,160을 부른 셈이었다. 순간 연섭은 정 사장에겐 이미 거래 의사가 없는 것임을 알아챘다. 정수리 끝까지 피가 역류하는 것을 느꼈다. 연섭은 일어섰다.

"무리가 되실 거라는 건 압니다. 하지만 이런 경우 저희로서도 어쩔 수가 없다는 걸 이해해 주시기 바랍니다."

정 사장은 무채색의 변명 투로 인사를 대신했으나 연섭을 잡지는 않았다. 연섭은 계단 난간을 잡고 잠시 섰다. 심한 현기증이 느껴졌다. 간신히, 건물에서 빠져나왔다. 후덥덥하기 짝이 없는 열풍이 불어왔다. 연섭은 상의를 벗어 쥐었다. 아까보다 잿빛 구름이 더욱 넓게 하늘을 덮고 있었다. 서편 하늘 구석에는 잿빛보다 짙은 먹구름이 서서히 얼굴을 내밀고 있었다. 시계를 보았다. 4시 50분. 연섭은 운전석에 앉았다. 에어컨 바람이 나오는 곳에 얼굴을 묻고 정신을 가다듬었다.

3,560에 현희가 마련한 200을 너하면 3,760. 이것으로 오늘 3,700은 막는다. 막으려면 지금 은행에 넣어야 한다. 현희에게도 지금 넣으라고 해야 한다. 연섭은 핸드폰의 번호판을 누르기 시작했다. 번호판을 누르던 손길을 멈춘다. 내일 돌아올 4,400은 어떻게 막을 것인가. 핸드폰의 스위치를 껐다. 지갑을 뒤졌다. 명함을 또다시 꺼냈다. 번호판을 눌렀다. 신호가 갔다.

"세화물산입니다."

아가씨의 목소리가 발랄하게 들려왔다.

"김 상무님 부탁드립니다.

"김 상무님이라고요?"

"네, 김상중 상무님 말입니다."

"아, 전무님 말씀이시군요. 실례지만 누구시라고 전할까요?"

작년 가을 상무였던 상중은 또다시 전무로 탈바꿈되어 있었다. 연섭은 잠시 말문을 잃었다.

"친, 친구라고 전해 주십시오."

"잠시만요."

대기중 음악 소리가 들려왔다.

"네, 전화 바꿨습니다."

"……."

"여보세요, 말씀하세요. 여보세요? 여보세요? 이거 뭐야, 한창 바쁠 때……."

뚜뚜뚜뚜뚜뚜…… 끊어진 전화기 속에 숨가쁜 신호음만이 남았다. 스위치를 껐다. 연섭은 망연히 창밖만 내다보았다. 가로수 잎새들이 열풍에 부대끼고 있었다. 열풍으로 인해 힘겹게 몸을 뒤척이는 잎새들을 바라보며 천천히 명함을 찢었다. 그리고 핸드폰의 번호판에 영업부 직통번호를 느리게 눌렀다. 팽팽하게 잡아당기고 있던 두 개의 끈 중 한쪽을 놓아버리는 순간이었다. 연섭은 어쩌면 애초부터 예정되었던 결과일지도, 자신은 진작부터 저쪽 끈을 놓기를 의도했는지도 모른다고 생각했다.

"에딘버러 영업붑니다."

"난데, 재고는 놔두고 신상품만 빼게. 시간이 얼마나 걸릴 것 같은가?"

"두 시간 반 정도는 걸리겠는데요."

연섭은 시계를 보았다.

"8시까지면 뺄 수 있겠군. 서두르게. 옮기는 일이 끝날 즈음해서 다음 일 처리 문제는 자네 호출기에 음성녹음으로 남겨놓겠네."

"저."

"박 전무가 사무실을 뜨면 곧바로 시작해."

"네, 알았습니다."

연섭은 다시 번호판을 눌렀다. 현희가 받았다.

"중요한 것들만 챙겨서 어서 이사 준비해요. 알아봤다는 집은 내일 중에 장모 명의로 계약하고. 계약금은 내일 오전 일찍 당신 통장으로 넣을 테니까. 나머지는 차질 없이 처리하도록 최 과장한테 일러놓으리다. 애들은 내일 오전 일찍 친정에 보내도록 하고, 나는 당분간 지방에 좀 내려가 있을 생각이오."

"여보, 잘 생각하셨어요. 집 문제는 제가 다 알아서 처리하고 회사 문제는 최 과장이 책임 있게 처리할 테니 당신은 아무 걱정 말고 뒷일이 웬만큼 마무리될 때까지 당분간 피해 계세요. 요양하는 셈 치고요. 그리고…….."

"그리고 또 뭐요?"

"어차피 이렇게 된 거, 당신이 잘 알아서 하시겠지만, 당신, 당신 말예요. 장사밑천이라도 건져낼 요량은 하시는 거죠?"

집만이라도 건지자고 애원하던 현희가 이제 와선 장사밑천까지 뽑아내야 한다는 것이었다. 연섭은 아무런 말도 덧붙이고 싶지 않았다.

"이만 끊겠소."

일방적으로 스위치를 꺼버린 연섭의 손이 가늘게 떨렸다. 말없이 손에 잡힌 핸드폰을 내려다보았다. 마지막 한 통화가 남아 있었다. 스위치를 켰다.

"안녕하세요. 에딘버러입니다.

"사장인데, 박 전무 바꿔요."

"전화 바꿨네."

"난데, 의논할 일도 있고 해서, 밖에서 좀 봤으면 싶은데, 거기, 혜화동 거기가 어떤가, 르네 말야, 6시에 르네에서 보지."

"6시면 시간이 빠듯할 것 같은데."

"그럼 6시 10분, 아니 20분이면 충분하겠지."

"그래, 내 지금 곧바로 나감세."

박 전무는 선선히 약속에 응했다. 스위치를 끈 후, 연섭은 숨을 몰아쉬었다.

박 전무가 나타난 것은 연섭이 이미 석 잔째 잔을 채우고 있을 즈음이었다.

"자네 오늘 이거 초저녁부터 웬일이야?"

안경을 벗어들고 땀을 훔치며 박 전무는 자리에 앉았다.

"밖에 많이, 덥지?"

"응, 소나기라도 한줄기 그으려나 봐, 어떻게나 끈적거리는지. 그나저나 무슨 일인데, 그렇게 급히 보재?"

"아냐, 일은 뭐, 같잖은 일에 쫓겨 우리 술잔 나눠 본 적도 오래됐잖아? 그래서."

박 전무는 어이없다는 듯 웃었다.

"사람, 싱겁긴. 그래, 오늘 건은 무사히 넘어갔나?"

연섭은 가타부타 말없이 탁자에 눈길을 둔 채 쓸쓸히 웃기만 했다. 박 전무는 더 이상 묻지 않았다.

"아까 연장 걸려고 전화했더니 당좌계 신 대리가 닦달하더구먼. 1차 부도낸 경험이 있는 회사라 특히 주의해달라고 말야. 은행 사람들하고 통화하려면 입맛이 써서, 원, 설사 일이 터져도 즈이들이야 일 원 한 장 손해 안 보면서 왜 그리 뻣뻣하게 구는지."

지금쯤이면 2차 부도처리를 했으리라 연섭은 생각했다.

"오늘은 우리 업무 얘기 말고 대학 시절 얘기 같은 거나 하면서 속 편히 술 한잔, 하지."

연섭은 화재를 다른 곳으로 돌리고 싶었다.

"자네 오늘 좀 이상해. 무슨 일 생긴 거야?"

"아, 아니래도, 그냥 이 끝도 없는 부도 전쟁에 지쳤나 봐."

연섭은 잔을 들이켰다. 박 전무도 들이켰다. 둘은 말이 없었다. 연섭은 또다시 들이켰다. 박 전무도 들이켰다.

"요즘 자네 보기가 영 면목이 없구먼. 내 확실하지 않아서 말은 안 했네만, 우리 매부한테 부탁 중이야."

"?"

"응, 매부한테 땅이 좀 있거든, 그 땅을 담보로 해서 자금 좀 융통해 달라고."

연섭은 손을 내저었다.

"재작년에 자네 집 저당 잡힌 것만 해도 아직 처리 못 했는데, 또 무슨."

"그렇게 따지면 자네 집도 온전치 못한 건 매한가진 걸 뭐."

"하여튼, 그렇게 빌리면 그것도 빚인데. 그리고 난 자네에게 경영 문제에 대한 부담을 지우고 싶지 않아. 그건 육 년 전 자네를 이곳으로 끌어들일 때부터 합의했던 원칙 아닌가?"

"그야 그렇지만, 아무튼 그 문제는 좀 더 생각해 보자고."

연섭은 취기가 올라왔다. 종일 식사를 제대로 한 적이 없음을 기억했다. 시계를 보았다. 7시 32분.

"자네 재작년에 한성백화점에서 부도났을 때 기억나나?"

애써서 다른 얘기로만 돌리려던 연섭이 제 입으로 2년 전 일을 끄집어냈다.

"그럼, 그걸 어떻게 잊나? 참 어려운 고비였지. 난 그때 자네가 어느 순간 자포자기해 버릴까 봐 어찌나 조마조마하던지. 우리 직원도 직원들이지만, 우리가 쓰러지면 덩달아 쓰러질 수밖에 없는 하청업체도 한둘이 아니잖은가, 대전 데파트 때문에, 우리가 이렇게 궁지에 몰리듯이 말야, 그 생각만 하면 등골이 오싹했지."

박 전무의 말에 연섭은 가슴 한복판을 모래바람이 쓸고 지나가는 것만 같았다. 또다시 잔을 비웠다.

"후후, 그래도 자넨 그때 그런 내색 전혀 하지 않았지. 지금 생각해 보면 꿈만 같아, 어떻게 그 시기를 견뎠는지…… 그때, 천만 원짜리 처형 수표를 빌렸었는데, 은행 다니는 우리 처형 말야. 근데 이거 사채꾼들이 깡하려고 가져간 어음을 안 받아주는 거야. 돈이 없다고 딱 잡아떼더군. 걔네들, 회사 기울어가는 건 귀신같이 냄새 맡잖아. 그래서 통장에 남은 돈, 다 털어 우리 경찬이 적금까지 해약하니까, 잊어버리지도 않아. 678만 7,200원이 되더라고, 천 원짜리까지 은행에 넣으니 그게 3시 50분이었어. 비도 참 억수로 쏟아지는 날이었는데, 물에 빠진 쥐새끼 꼴이 되어서 처형한테 전화했지. 처형은 자기 목 잘리게 됐다고 악을 쓰데. 도저히 눈물을 막을 길이 없더구먼. 사람들이 힐끗힐끗 쳐다보는데 창피한 줄도 모르고, 마흔씩이나 넘게 먹은 놈이 은행 공중전화박스에 매달려 애처럼 눈물을 철철 흘리는데……."

연섭은 말을 잇지 못했다. 눈시울이 붉어지며 눈물이 차올랐다. 일어나 화장실을 찾았다. 시계를 보았다. 7시 53분. 세면대에 머리를 박았다. 2년 전 그때처럼 눈물이 솟구쳤다. 수돗물로 씻어내도 자꾸만 뜨거운 눈물이 눈가로 번졌다. 다시 시계를 보았다. 8시 정각이었다. 이젠 모든 것이 끝났다고 생각했다. 그렇게 생각하자 마음이 서서히 가라앉았다.

"그래, 정말 힘든 세월이었네. 그렇게 견디는 순간 순간, 과정 과정이 기업 하는 사람들의 역할 아니겠나?"

오랫동안의 침묵 끝에 박 전무가 말을 이었다. 박 전무의 목소리엔 아무런 기운도 담겨 있질 않았다.

"그럼, 우리 같은 사람들의 꿈은 뭔가? 대체 언제까지 오후 4시 은행 마감 시간에 혼겁해서 쫓겨 다니는 쳇바퀴 노릇을 계속해야 하는 거지?"

연섭이 박 전무에게 따지듯이 물었다. 어딘가 냉소적인 기운이 배어 있는 말투였다.

"그야 뭐, 언젠가 한국경제가 화끈하게 풀리는 날이 오면 우리에게도 꿈이 생기겠지."

박 전무는 힘없이 웃었다. 연섭은 박 전무의 쓰디쓴 웃음소리에서 박 전무가 이미 연섭의 결정을 눈치챘음을 느꼈다. 연섭도 따라 허전하게 웃었다. 둘은 서로의 마음을 감추듯 그저 허전하게만 웃었다.

"자넬 내 사업에 끌어들인 게 잘못이었나 봐."

"무슨 소리, 안 그랬으면 지금쯤 감원 대상에 끼지 않으려고 윗사람 눈치나 보는 신세가 됐겠지. 아무튼 난 후회는 없네. 내가 내린 판단이 지금까지 어긋나 본 적도 없고, 앞으로도 내 판단을 난 믿고 싶어."

"?"

"처음 자네가 이 일을 제안했을 때 이미 했던 말 같은데, 난 자네가 기업인으로서, 페어플레이하리라 믿고, 자네 같은 사람이 커야 한다고 확신한다는 말, 말야. 대학 다닐 때도 그렇게 생각했었지."

박 전무가 실낱같은 희망에 기대를 걸고 있다고, 그 기대감으로 연섭에게 압력을 넣고 있다고 연섭은 생각했다. 연섭은 웃었다. 허탈했다.

"오늘은 하도 답답해서 그 친구 생각까지 해보았는데……, 상중이 말야. 그 친구 정도라면 어떻게 이 난관을 뚫고 나가는 데 도움이 될 수 있을 것도 같아서. 자네가 안 되면 나라도 나서볼까 하고 말야. 허기사 그 야심찬 친구가 어떻게 나올는지는 알 수 없는 일이지만, 역시 부질없는 생각이지?"

상중과 연섭의 과거를 너무도 잘 알고 있는 박 전무는 연섭의 기색을 살피더니 제풀에 그만두었다.

"나는, 나는 자네의 기대에 턱도 없이 못 미치는 사람이지만 자네를 믿는 내 마음은 여전하네. 그만 일어나지. 여보게 강진이."

연섭은 박 전무라는 호칭 대신 강진이라고 불렀다. 연섭은 지친 표정으로 일어났다. 9시가 넘은 시각임에도 더위는 여전했다. 술기운 때문에 더위는 더욱 심하게 느껴졌다. 하늘엔 어느새 먹구름으로 뒤덮였다.

"한줄기 퍼부었으면 좋겠구먼, 술을 마셨으니 어차피 택시를 타야 할 텐데, 자네 먼저 타지?"

박 전무의 목소리엔 온기가 하나도 없었다.

"아냐, 난 잠깐 들러볼 데가 있어서."

연섭은 빈 택시를 잡았다. 택시 속에 박 전무를 밀어 넣었다.

택시 속에서 박 전무는 연섭에게 나지막이 말했다. 그도 성 사장이라는 호칭 대신 연섭이라고 불렀다. 믿는다고. 믿는다는 것이 아니라, 믿고 싶다고 말했다. 눈길은 연섭을 외면하고 있었다. 택시는 움직이기 시작했다. 연섭은 말없이 멀어져 가는 택시에 손만 흔들었다.

'내일 오전 중으로 수금이 가능한 곳은 내가 조치해놨네, 그건 내가 직접 처리할 거니까 자네가 걱정하지 않아도 될 테고, 덤핑대금은 수고스럽겠지만 자네가 받는 즉시 집사람에게 넘겨주도록 하게. 그 이외의 모든 것은 박 전무와 의논하여 박 전무 지시대로 따르게. 박 전무에게는 내일 중으로 회사 사정을 상세히 정리해서 서면으로 받아 볼 수 있도록 처리하겠네. 물론 박 전무에게 편지로 전하겠지만, 첫째 순서는 사원들 퇴직금 처리고, 두 번째는 박 전무 집 담보로 대출받은 것 해결하고, 세 번째는 하청업체 결제하고, 그 이외의 부채는 어차피 남을 텐데 최대한 합의를 보는 수밖에 더 있겠나? 그리고 박 전무 퇴직금과 대출 건은 자네가 특히 신경 써서 처리해 주게. 마지막으로 내 차는 홍사단 바로 우측 골목에 세워뒀네, 차 안에 핸드폰도 넣어둘 테니 얼마 되진 않겠지만 처분해

서 뒤처리하는 데 보태게.'

미리 준비된 원고를 읽어내리듯 거침없이 할 말을 마친 연섭은 별표 버튼을 다시 눌렀다.

'네, 수신되었습니다.'라는 안내의 목소리가 나오자 핸드폰을 껐다. 연섭은 천천히 자신의 차가 있는 곳으로 갔다. 차 문을 열고 서랍에 핸드폰을 넣었다. 그리고 차 문을 잠갔다. 이제 오늘 할 일은 모두 끝났다. 참으로 긴 하루였다. 지나가는 택시를 잡았다.

"손님, 어디 가세요?"

"술 한잔, 더 하려고 하는데요. 기사님 편하신 대로 내려주세요."

"어디, 저 강남 신사동이면 되겠습니까?"

"좋습니다.

택시가 한남대교로 들어서자 일순간 세상이 백주대낮처럼 환해졌다. 그 순간을 타고 강물의 잔물결이 연섭의 시야에 가득 찼다가 사라졌다. 잔물결은 물결이 아니라 마치 수백, 수천 개의 성난 눈이 희번득거리는 것처럼 보였다. 소나기가 퍼붓기 시작했다. 헤드라이트 불빛을 뚫고 내리꽂히는 빗살을 바라보던 연섭이 갑자기 기사에게 물었다.

"기사님은 요즘 사업 재미가 좋으십니까?"

"하하하, 기껏해야 영업용 택신데 사업이랄 게 뭐 있습니까? 그래도 이게 현찰 장사 아닙니까? 매일매일 현찰 만져보는 재미지요."

현찰이라는 말에 연섭은 명치끝이 아려왔다. 현찰, 현찰이라고 혼자서 낮게 뇌까려 보았다.

"현찰요……그렇죠, 장사는 수표 막을 걱정 없는 현찰 장사가 제일이지요."

신사동 사거리에서 연섭은 내렸다. 사람들은 갑자기 쏟아지는 비를 피해 건물로, 처마 밑으로, 차 안으로 숨어들었다. 거리엔 사람이 없었다. 이 년 전 그날처럼 비가 쏟아졌다. 장대 같은 빗줄기가 연섭의 정수리부터 발끝까지 내리쳤다. 하늘을 향해 고개를 젖혔다. 따갑게 후려치는 빗줄기가 뺨을 때린 후 목덜미로, 가슴팍으로, 온몸으로 흘러내렸다. 그때 연섭은 딸 지은과 드림랜드에 놀러 가기로 약속했던 사실을 기억해냈다.

부자유친

1919년 3월 1일, 그러니까 기미년 삼일 만세운동이 터지던 바로 그 역사적인 날에 장덕배 회장은 태어났다. 귀빠진 날, 얘기만 나올라치면 장 회장은 늘 내가 태어난 날은 말이여 하며 목울대를 세우는데, 그렇다고 장 회장이 그날의 의미를 진지하게 새겨본다거나 뭐 그런 적은 단 한 번도 없다. 목심 주는 이유는 그저 사람들이 다 알아주는 뜻깊은 날 태어난, 자신의 인생이 어디가 특출해도 특출할 수밖에 없다는 의미와 자신이 하는 일은 누구보다 잘 풀려가게 되어 있다는, 일종의 '팔자론'을 강조하고픈 데 있었을 뿐이다. 장 회장이 이런 팔자론을 확신하게 된 데는 또 다른 이유가 하나 더 있었는데, 그것은 태어나자부터 꼬박 하루 동안 그가 오른 손아귀를 꽉 움켜쥐고 펴질 않았었다는 사실이다. 그놈 참, 재물 하나는 번듯하게 모으겠구먼. 손아귀를 움켜쥐고 있는, 갓 태어난 장덕배 회장을 들여다보던 장 회장 중조부의 입이 헤벌쭉해지더라는 얘기는, 장 회장의 부친이 명줄을 놓는 그 순간에도 되새기고 갔다는 것이다. 장 회장이 태어난 것이, 신시申時. 조선 천지 골골샅샅에서 한창 대한 독립 만세 소리가 드높아지기 시작했을 때였는데, 바로 그 순간 장 회장은 세상의 재물을 한 손에 움켜쥐겠다는, 적어도 장 회장을 비롯하여 그 일가족들은 그런 의미로 믿어 의심치 않았던, 야심 찬 주먹을 불끈 쥐고 있었던 셈이다.

　　태어난 일시의 영화를 입었음인지, 아니면 그 주먹 탓이었는지 아무튼 장 회장은 1995년 현재, 비록 재벌 축에는 못 끼어도 남들에게 꿀릴 것 없을 만큼의 재산을 모은 건 사실이다. 당장 운영하고 있는 덕진실업만이 아니라 방방곡곡에 흩뿌려 놓은 땅덩이며, 집채, 건물이 열 손가락을 헤아리니 장 회장의 자산이 정확히 얼마인지는 아무도 알 수가 없었다. 누군가 장 회장의 근 여든 평생을 옆에서 주욱 지켜본 이가 있다면 장 회장의 재산에는 눈물겨운 장 회장의 노력이 담겨 있기도 하다는 말이다. 감기 고뿔조차도 남 줘 본 적이 없으며, 강물도 쓰면 줄게 되어 있다고 철석같이 믿었던 관계로 그는 여지껏 한번 움켜쥔 것은 절대 다시 토해내는 법이 없었다. 그렇다고 돈으로 벼슬 사는 개다리참봉 같은 식의 허우세도 결코 피워본 적이 없었다. 가진 것 높이 행세하지 않고 오히려 가진 것 낮추보고 더 많은 것 탐내왔던 장 회장이었다.

지금 장 회장의 행색을 한 번만 확인해 본다면 그의 눈물겨운 노력에 관한 한 긴 설명도 사실은 필요 없다. 아직은 검은 올도 성글게 눈에 띄나, 남아 있는 숱으로 따지자면 굳이 이발소에 갈 것도 없는 머리카락은 그런 핑계로 이발사의 도움 없이 적당히 뒤로 쓸어 넘겼고, 아랫도리는 맏손주 형식이가 이젠 작아서 입지 못하는 면 추리닝 바지를 걸치고 있었다. 그게 그만 옹그라진 장 회장의 작은 몸집에 가슴까지 올라오는 데다 허리 고무줄마저 없었다. 하여 허리춤을 두세 번 접은 후 낡은 넥타이 끈으로 질끈 동였는데, 나일론 넥타이 줄이 가끔 저절로 미끄러져 끌러지기가 일쑤였다. 그렇다고 끌러지지 않도록 단단히 조이자면, 뒷일 보러 갈 때마다 정성들여 풀어야 하는 수고스러움이 귀찮아 다시 동여주는 방편으로 견디고 있었다. 솔기까지 닳아 한번 어긋나게 잡아당기면 사정없이 미어져 버릴 것 같은 후줄근한 와이셔츠 밑단이 넥타이로 동여맨 허리춤을 가렸으니 그나마 다행이라고 하겠다.

누구든 덕진실업에서 일하게 되면 첫날부터 반드시 이 장 회장과 상면하게 되는데, 그것은 3시부터 5시까지, 오후 교대 시간에는 반드시 정비실 입구의 소파에 앉아 차가 들고나는 것을 한 대 한 대 확인하기 때문이다. 누런 속 창자가 흘러나온 데다 워낙 때 더께가 덧쌓여 이젠 원래의 색조차 가늠할 수 없을 만치 구접스러운 소파는 장 회장의 행색과 너무도 똑 닮아 보였다. 하지만 도끼눈을 뜨고 기사들의 일거수일투족을 살피던 시절도 이젠 다 지나간 세월. 근래에는 눈시울이 축 처진 거적눈을 꿈벅거리다 이내 쏟아지는 졸음에 고개를 가누지 못할 때가 태반이었다. 어느새 그늘이 뒤로 물러나 뜨거운 볕에 노출돼버린 몸이 달면 거시시한 눈을 뜨고 목덜미의 땀을 훔쳐내며 딱 세 뼘만큼만 그늘 속으로 다시 숨는 것이었다. 그러잖아도 검버섯이 활짝 핀 얼굴과 팔이 사시장철 내리쪼이는 볕에 그을려 아예 거무데데한 그 피부색을 애초부터 가지고 태어난 듯이 보였다.

처음 덕진실업에 입사한 기사들은 이렇게 괘꽝스러운 장 회장의 몰골을 보고, 너나없이 이 회사 사장이 아량을 베풀어 거둔 갈 데 없는 동네 노친네겠거니 생각했다. 이를테면 허접쓰레기나 치우는 대가로 몇 푼씩 쥐여주는. 태반은 졸고 앉았을망정 교대 시간 소파를 떠나지 않는 것은 장 회장이 가진 일생의 신조 때문이었다. 남들이야 박정하니, 더럽게 인색하니 뒷말들이 구구하지만, 세상사 인심이야 쌀독을 따라가기 마련이라는. 돈 있는 곳으로 사람이 끓고, 돈 있는 곳에서 힘이 나오며, 돈 있는 곳에 이름 남길 길도 있다는 불변의 신조 같은 거였다. 신조는 신조를 낳았는데, 장 회장의 돈에 대한 신조는 곧 사람에 대한 신조와도 상통했다. 아무도 믿을 수 없고 믿어서도 안 된다는 인간관 말이다. 그러다 보니 일생을 살아오는 동안 눈에 들고차는 사람이 한 사람도 없었다. 무슨 꼬투리에 걸려서건 한결같이 못마땅해 보이고 마뜩찮게 생각되는 것은 장 회장에겐 불행한 일이라면 일이겠다.

장 회장의 인생관이 워낙 이러했음에도 요즘 장 회장은 남에게 말 못할 고민으로 끌탕을 앓고 있었다. 아들 진광을 끝내 내쳐야 하느냐 마느냐 하는 문제였다. 아무리 세상 사람을 믿을 수 없고 믿지도 말아야 한다는 신조로 일생을 굽힘 없이 살아온 장 회장이기로서니 아들조차 등 돌려야 한다는 건 사실 좀 괴로운 일이었다. 아들에 대한 문제가 어제오늘 일은 아니지만 이젠 정말 막바지 고비에 올라섰음을 장 회장은 실감하는 것이었다. 한시도 떼어놓고 살 수 없는 손이나 발처럼 의심이라는 놈을 몸에 달고 다니는 그에게 아들까지 의심한다는 일 자체가 괴롭기보다는, 실상은 아득바득 쌓아온 재산을 무덤까지 싸가져 갈 수 없다는 데에 참을 수 없는 고통의 내막이 있었다. 자신의 이름자 중의 덕德과 아들 이름자의 진辰을 따서 덕진실업이라고 이름 짓고 결국 아들을 사장으로 들여앉힐 때는 자산을 아들에게 물려주는 수밖에 달리 뾰족한 수가 없다는 비장한 승복이었더랬다.

"빙충맞은 놈!"

요즘 진광의 문제를 생각할 때마다 무시로 터져 나오는 말이었다.

장 회장의 인간관과 관련하여 반드시 하나 짚고 넘어가지 않을 수 없는 예외가 있었는데, 그것은 맏손자 형식이었다. 형식에게는 자신의 피땀 어린 숟가락 하나까지 물려주고 죽어도 아깝지 않을 것 같았다. 그나마 믿을 건 형식밖에 없다고 생각하자, 이제 고등학교 3학년이 된 그놈의 턱수염이 감실감실해지는 것도 재산이 부는 걸 보는 것처럼 즐거운 일이었다. 내내 덕진실업 배차 사무실 귀퉁이 골방에서 기식하다가 가끔 아들 집에 들렀던 것도 다 형식의 얼굴을 보기 위함이었다. 할아버지 몸에서 냄새난다며, 형식은 장 회장을 달가워 않는 눈치였지만 그것마저도 장 회장은 귀애했었다. 이게 장 회장의 유일한 낙이라면 낙이었다. 장 회장이 형식을 이토록 눈에 들어 하는 것도 알고 보면 꿈 때문이었다.

형식이 태어나던 날 밤, 꿈에서 장 회장은 맑은 개울가를 걷고 있었다. 문득 풀섶에서 실뱀 한 마리가 나타나더니 장 회장의 발부리를 스쳐 개울 위쪽으로 올라갔다. 저놈을 잡아 생사탕이라도 해 먹으리라 생각하며 막대기를 짚고서 뱀을 쫓아가는데 이놈이 자꾸만 할금할금 돌아보는 게 꼭 장 회장을 어서 따라오라고 하는 것 같았다. 그러더니 문득 물가 바위틈으로 사라져 버렸다. 그 바위를 있는 힘껏 들어내 보니 아 글쎄 아른대는 물살이 투명한 금빛으로 부서지고 있는 게 아닌가. 바위를 들어냈는데도 흙탕물 하나 없이 맑은 물밑에서 눈 시리게 햇빛에 반사되고 있었던 것은 사금이었다. 사금 조각들이 넓게 깔려 있었다. 누가 볼세라 허겁지겁 사금을 쓸어모으다 잠에서 깼는데, 바로 그때 손자를 낳았다는 전화를 받았던 것이다. 용한 해몽가가 있어 이 꿈 얘기를 들려준다면 그 역시 그렇게 풀이할는지는 도무지 알 수 없는 일이나 아무튼 이런 연유로 장 회장은 형식이 자신과 똑같은 팔자로 타고났다고 믿게 되었다. 이에 비해 아들 진광을 낳을 때는 장 회장이 언제나 입버릇처럼 달고 다니듯 태몽이라곤 개꿈조차 꾸어보질 못했다.

'그저 형식이가 빨리 커 줘야지.'

진광에게 빙충맞은 놈이라는 욕설을 쏜 다음에 늘 이어지는 장 회장의 애틋한 바램이었다. 더구나 형식이 공부도 그런대로 상위권에서 벗어나지 않으니 장 회장은 형식을 한번 믿어보리라 굳게 마음먹었던 것이다.

장 회장은 소파에 앉았다. 기승을 부리던 더위가 마지막 용트림을 하고 있었다. 종일 아스팔트 도로 위에서 직사광선에 시달릴 대로 시달린 택시들이 속속 기어들어 왔다. 막 들어서는 차의 엔진 소리에서도 짜증스러운 열기가 푹푹 묻어나왔다. 금세 회사마당에는 손을 대면 데일 만큼 달구어져 훅훅 대는 택시들로 가득 찼다. 여기저기서 물줄기들을 뿜어댔다. 물을 먹은 타이어들에서 풀풀 김이 올랐다. 고무 발판들이 보닛 위로 기진한 듯이 척척 늘어져, 쏟아지는 물줄기에 열기를 식혔다. 한차례 미역을 감은 차들은 잠시 산뜻해졌다. 그러나 이내 햇볕이 정수리부터 발끝까지 내리쪼이며 퍼부어진 물을 다 증발시켜 버렸고 차량의 도색마저 무채색으로 빨아들일 듯 달려들었다. 택시들은 대책 없이 쏟아지는 햇볕 아래 알몸으로 저항하였다.

"입추도 지난 놈의 날씨가, 이거 원, 많이 했냐?"

"말 마라 야, 출근 피크타임에 을지로 가자는 어떤 미친놈 땜에 이 가슴이 멍들어 버렸다."

"요즘 출근 시간 바라보다 꽝 나기 일쑤다. 꼭두새벽에 영등포역이나 서울역에서 장거리 한두 탕 뛰어야지. 나 봐라. 오늘 첫타로 영등포에서 원당, 2만 원짜리 하나 물었잖냐. 돌아 나오다가 신촌 떨거지 또 하나 물고."

"저거, 저거. 내사마 허구헌 날 영등포 가봐야 대림동밖에 없데. 니 구라치는 거 아이가."

"뭐 구라래기 보담은 애기인즉슨 그랬으면 얼마나 좋겠냔 말씀이지."

"니 행임한테 한번 맞아 볼기가?"

"아이고 행임요, 마 잘못했씸더."

이제 막 일을 마치고 온 기사들이 와자하게 너스레를 떨었다. 장 회장은 정비실 안쪽에서 분주해진 마당을 내다보고 있었다. 영만이 선코질러* 정비실을 거쳐 배차 사무실 안으로 들어갔다.

"5분마대 스위치 눌러대너라, 손구락에 쥐나겄디야."

고막을 후비듯 파고들던 드릴 소리가 잠시 멈춘 새로 영만의 푸념이 들려왔다. 에어컨 센서를 갈아주지 않은 조 부장더러 들으라는 소리였다. 휴가 떠난 배차 주임을 대신해서 배차업무를 보고 있던 조 부장은 영만의 푸념 소리가 무색할 만큼 냉랭한 표정이었다. 매끈한 얼굴에 땀 한 방울 찾아볼 수 없는 조 부장의 얼굴에선 더위조차 느껴지질 않았다. 가타부타 대꾸 없이 영만이 내놓은 입금액만 챙길 뿐이었다.

장 회장은 못마땅한 눈초리로 영만의 뒤통수를 꼬나보았다. 영만은 절대 가해 사고를 내는 법이 없었다. 운전 솜씨가 워낙 좋았던 그는 가끔 트렁크나 뒤 범퍼를 받혀오는 피해 사고를 물고 왔는데, 그것도 일하기 싫을 때 음주 운전자나 초보운전자들을 골라 일부러 사고를 유인했던 경우였다. 그때마다 장 회장은 무슨 놈의 사고냐고 기를 썼지만, 속으로는 피해 사고가 가져다주는 달콤 삼삼한 이익에 그윽이 만족해하였다. 장가도

---

* 누구보다 먼저 앞질러

안 간 놈이 노름에 미친 거야 꼴 보기 싫었지만 그야 내 주머니 축나는 일은 아니라서 모른 체하면 그만이었는데, 영만이 장 회장 눈에 결정적으로 미운털이 박히게 된 것은 지난달 일이었다. 뜬금없이 회사 통틀어 다섯 명 있는 여기사들에게 생리휴간가 뭔가를 줘야 한다며 남자기사들의 서명을 받겠다고 설쳐댄 것이었다. 그게, 다 미스 권한테 혼이 빠져 그렇게 된 일이라는 것은 장 회장도 소문 들어 알았지만, 서명운동이 흡사 노총각 구제 운동처럼 돼버려 영만과 별 친분 없는 웬만한 기사들도 서슴없이 서명해 주었었다. 장 회장으로선 쓴 물이 올라올 지경이었다.

"회장님, 이렇게 더운데 오늘도 나와 계세요?"

장 회장은 고개를 돌렸다. 그늘신 사무실 안쪽을 보다가 그만 햇빛이 마주 바라보이자 눈물이 지금지금 흘렀다. 늘어진 눈구석을 찍어내고 고개를 다시 드니 인사했던 이는 엔진오일이 담긴 주전자를 들고 저만치 늘어선 차들 사이로 걸어가고 있었다. 영규였다. 장 회장은 성글게 홈질해서 잡아당긴 것처럼 오글조글 주름진 입술을 하부죽하게 내밀고 고개를 갸우뚱하니 체머리를 쳤다. 예의 바르고 결근 없이 꼬박꼬박 정시 출근하는 데다 입금 한번 밀리지 않건만, 웬일인지 장 회장은 영규가 내키질 않는다. 지금까지 수십 년간 아구닥질하며 대해온, 뱀뱀이가 없이 거세기만 했던 무수한 기사들과는 달리 영규가 어딘지 모르게 염렵하게 느껴졌고, 그 속엔 뭔가 셈속이 있을 것만 같았으며, 바로 그런 의구심이 찜찜함으로 남았던 것이다. 반드시 저놈이 뒤에서 꼬드긴 게야. 이렇다 할 증거도 없이 지난번 생리휴가 문제가 영규로 인해 발단이 났을 거라고 장 회장은 넘겨짚었다. 이런 판단을 터무니없는 것으로만 몰아붙일 수는 없었던 것이, 그것은 수천 명의 기사를 겪어 내면서 세퍼드처럼 숙련된 본능적 감지력 같은 것이기도 했으니까. 그렇잖음, 그것들이 미쳤어, 2~3년씩 엎디어 있다 난데없이 생리 휴가래는 걸 들고나오는 게 그게, 다 뭐가 있는 게지. 언감생심 의견요청선지 나발인지를 갖잖게 들이밀었던 것도 다 뭐가 있는 게여. 웅얼거리던 장 회장은 입맛이 쓰고, 뒷골이 당겼다. 요즘은 이렇게 복잡한 문제만 머릿속에 떠오르면 여지없이 두통이 왔고, 이내 귀찮은 생각이 들었다. 일이 년 전만 해도 없던 일이었다. 한 해, 두 해가 다르고, 하루, 이틀이 달랐다. 나이 탓이라 생각됐다.

누군가 등나무 쪽에서 풀죽은 모습으로 힘없이 걸어왔다. 이 씨였다. 이 씨는 마흔 줄이 훨씬 넘어 택시를 시작한 이래, 개인택시 받아 나갔던 서너 달을 제외하면 꼬박 십이 년이란 세월을 덕진에서 일했다. 장 회장의 침침한 안력에도 반쯤은 넋이 나간 이 씨의 눈동자가 느껴졌다. 덕진실업 십이 년 동안 자잘한 접촉 사고 한번 없었던 이 씨가 개인택시를 받은 지 두 달 만에 인사 사고를 낸 것은 참으로 뜻밖이었다. 사고로 인해 개인택시를 팔아넘기고 다시 덕진실업을 찾아왔을 때, 장 회장은 그런 악재를 자신의 회사 밖에서 내준 것이 고마울 지경이었다.

유순하고 성실하며 사람 좋은 이 씨가 장 회장의 눈 밖에 날 일은 하등 없을 성싶었으나, 천만에 이, 이 씨에게도 장 회장은 내심 탐탁지 않은 구석이 있었다. 그것은 엉뚱하게도 이 씨의 아들 준오 때문이었다. 오래전 국민학교 다니던 준오를, 이 씨가 택시 앞자리에 태우고 왔을 때가 곧잘 있었다. 한창 뛰어다니며 장난질을 칠 나이였건만, 내내 등나무 아래 오

320

도카니 앉아만 있다가 이 씨의 손에 이끌려 돌아가곤 했던, 어린 준오의 모습을 장 회장은 지금도 생생히 기억하고 있었다. 세상이 뒤집힌다 해도 남의 일에 간참을 않고 뒤에서 제 할 일만 하며, 꿀 먹은 벙어리처럼 말이 없던 이 씨가 단 하나 남들 앞에 내세우는 게 있었다면 그건 아들 자랑이었다. '우리 준오 그놈이 이번에도 일등을 했으니 내가 한턱내야지.' 어쩌다 한 번씩 기사들에게 제 손으로 술 사겠다 나서는 이 씨의 얼굴은 겸연쩍어하면서도 벙싯벙싯 벌어지는 입을 감추지 못했다. 그럴 때면 장회장도 그에 질세라 맏손자 형식의 자랑을 입에 침이 마르도록 해대었다. 이때 장 회장의 자랑은 언제나 좀 과장되었다. 반에서 5등 한 것을 전교에서 5등 했다는 식으로 떠벌이다 보면 장 회장도 사실인 것처럼 생각키워시기가 일쑤었나. 하시만 상 회상의 부풀린 사랑은 오래 가질 못했다. 바람 빠진 고무공처럼 제풀에 시들해졌는데, 알고 보니 준오와 형식은 같은 학교에 다니고 있던 것이었다. 더구나 형식을 통해 확인한 바에 따르면 준오는 정말 전교 1, 2등을 다투는 수재였다. 그러던 준오가 올 들어서 형편없는 대학조차 떨어지고 집마저도 나가버렸다는 얘기를 들었을 때 장 회장의 마음 한편에는 고소한 감도 없지 않았다.

"이제 끝났는가?"

"아, 아니요. 야간반인걸요."

갑작스러운 장 회장의 인사에 그제야 퍼뜩 정신이 드는 모양으로 이 씨는 서둘러 대답했다.

준오가 집을 나갔다는 사실을 안 후부터는 장 회장은 다시금 손자 자랑을 안심하고 널어놓을 수 있었지만, 그 대신 이 씨를 마음에 켕겨 할 또

다른 문제가 생겼다. 예전과는 달리 하루가 멀다 하고 술 마시는 데다 늘 잠도 못 잔 듯한 푸석한 얼굴을 볼 때면 조만간에 대형 사고라도 한번 크게 칠 것 같은 조바심이 일었다. 아무리 대형 사고를 낸다 한들, 피해 사고라면야 걱정 없을 테지만 가해 사고라면 이만저만 골칫거리가 아닐 수 없다.

"아들래미 소식은 여태 없고?"

자식으로 인해 애끓는 동병상련의 연민이랄까? 속에서 밀려오는 조바심을 누르고 장 회장이 그나마 안부를 먼저 물어주는 건 이 씨밖에 없었다.

"온다간다 말없이 떠난 놈인데, 무슨 소식이 올 리 있겠어요."

볕에 시들어진 풀잎처럼 기운 없는 대답을 하며 이 씨의 눈길은 먼 데 하늘을 더듬었다. 솜을 뭉쳐놓은 듯한 마른 구름만이 군데군데 한자리에 붙박고 서 있을 뿐이었다. 그 어름 어딘가에 아들이 있어 찾는 것만 같던 눈길이 한참 만에 땅바닥으로 툭 떨구어졌다.

"아무리 내 피 받은 자식이어도 개망나니같이 굴면 없는 셈 쳐야지, 별수 있어? 어여, 잊어버려야 마음 편히 차를 몰지."

이 씨는 말이 없었으나 장 회장의 말에 정작 눈살을 찌푸린 것은 장 회장 자신이었다. 아들 진광의 생각이 다시 고개를 쳐든 때문이었다. 장 회장의 입에서 끙하는 신음이 새나왔다.

그때 짤막하고 방정맞은 경적이 가볍게 두 번 울렸다. 정비실로 들어가려는 차가 입구를 막고 있는 장 회장더러 좀 비켜달라는 뜻으로 울린 것이었다. 정비실 안쪽으로 썩 들어앉은 장 회장의 눈꽁댕이가 어느새 살짝 올라가더니 부지런히 차체를 빠른 눈매로 훑었다. 시죽시죽 웃으며 차에서 내린 것은 빵떡 김 씨였다. 앞이마에서 뒤통수까지 머리카락이 흉하게 빠져버린 대머리 때문에 삼복더위에도 빵떡모자를 벗지 않아 이름보다는 빵떡이라는 별명으로 통하는 이였다.

"그란 눈…… 빠꾸덩이 나가서…… 그라니깐……."

철판 두드리는 망치 소리와 공기분사기에서 바람이 뿜어나오는 소리가 뒤섞여 장 회장에게 질러대는 빵떡 김 씨의 목소리를 자꾸만 삼켰다. 김 씨는 온통 땀에 절어 번들거리는 튼실한 웃통을 드러낸 채, 망치질하던 정비사에게 다가가 자신의 차를 가리키며 뭐라고 말했다. 행여 차체에 흠집이라도 내오진 않았나 했던 것이 사실이었지만, 장 회장은 아닌 듯 얼른 고개를 반대쪽으로 돌렸다. 하지만 여전히 떫은 표정이었다.

"앗타 거, 빠꾸덩이 나가서 다마 한나 갈아낄려는 거니께 걱정 마시씨요. 그리고 또 뭣이냐, 히장님 지가 오널은 히장님 디릴라꼬 요로코롬 선물꺼지 준비혀 왔응께 한분 보시겠어라우?"

장 회장에게 다가온 김 씨가 넉살 좋게 말을 붙였다. 이게 또, 이렇게 비위를 살살 맞춰가며 간살부리는 걸 보니 뭔 꿍꿍이가 있는 게지 하면서도 장 회장은 김 씨가 선물이라고 내놓는 걸 쳐다보았다.

"궁상스럽기 만날 넥타이 끄내끼 좀 그만 매고 이제 가죽띠 한분 써 봇씨요, 잉."

"아, 왜 오늘도 입금 안 벌고 그 짓 했어?"

말은 엉뚱한 데를 찌르면서도 장 회장의 오른손은 어느새 허리띠를 받아들었다. 김 씨는 장 회장의 말을 긍정도 부정도 않으며 천태만상으로 아예 노래를 불렀다.

"오널 몬 벌믄 내일 벌구, 내일 몬 번 건 모리 벌믄 되지 뭔 걱정이간디요?"

허리띠를 건네준 김 씨는 잰걸음으로 사무실에 들어가 버렸다.

"뭔 일 있어도 입금 밀리는 건 안 돼?"

김 씨의 뒤통수에다 다급하게 소릴 질렀지만, 그쪽에선 대답이 없었다. 장 회장은 김 씨가 또 입금을 미루리라는 걸 눈치챘다. 하지만 손에 들려진 가죽띠가 다그치질 못하게 말렸다. 헹, 지, 주제에 돈을 벌어? 노름하는 것들은 당최. 설레발을 치며 머리를 가로젓던 장 회장은 허리띠를 찬찬히 살펴보았다. 그리고 이건 아껴놓았다 돌아오는 손자 생일에 주리라 마음먹었다.

한창 북새통이더니만 꽉 차 있던 차들이 한 대 두 대 썰물처럼 회사마당을 빠져나갔다. 소란스러움이 조금씩 가라앉자 장 회장은 이윽고 졸기 시작했다. 장 회장이 졸음에서 완전히 깨난 것은 수리중이거나 고정 기사가 없는 몇몇 대를 제외하고 나가야 할 차들은 웬만큼 나갔을 때였다.

몇 번씩 몸을 움찔움찔하다가 겨우 일어섰다. 근간에 들어서는 무릎께에 힘을 쓰기가 영 어려워졌기 때문이었다. 잠시 몸을 눕혀야겠다고 생각하며 사무실로 휘적휘적 걸어갔다. 구중중한 늙은 홀아비 냄새가 풀풀 나는 골방에는, 땟국에 절은 요가 매양 퍼진 채로였고, 역시 땟국물이 흐르는 옷가지며, 화투장, 겉장이 너덜너덜해진 『토정비결』, 돋보기, 신문 나부랭이들이 좁디좁은 방안에 너저분했다. 요 위에 앉은 장 회장은 선풍기 스위치를 눌렀다. 요란스럽게 덜덜거리며 이 빠진 날개가 돌기 시작했다. 그나마 그 바람에 땀이 식었다. 누우려던 마음을 고쳐먹고『토정비결』갈피에 꽂아두었던 두 장의 사진을 꺼내 또다시 곱지 못한 눈매로 내립떠보았다. 한 장은 진광이 젊은 여자의 어깨에 팔을 걸고 걷는 장면이었고, 다른 한 장은 역시 두 사람이 호텔 같아 보이는 건물 문을 나서고 있는 장면이었다.

대체 이게 어떤 년일꼬?

잠시 스치며 사귀는 술집 여자 정도라면 그래도 낫겠다 싶었다. 하지만 그게 아니라 진짜 그 연앤가 뭔가, 미쳐 죽고 못 사는 관계라면 큰일도 보통 큰일이 아니었다. 그래서 여자의 생활비나 집 같은 것까지 진광이 책임지겠다고 나선다면. 생각이 거기까지 미치자 장 회장의 가슴 속에서 횟숭이 울뚝불뚝 숫+졌다.

"빙충맞은 놈!"

진광은 원체 택시회사 경영을 떠맡는 걸 달가워하지 않았다. 어디에 매여 일하는 걸 워낙 싫어하는 성미기도 했지만, 턱없이 택시회사 같은 건 우습게 여겨서기도 했다. 한다하는 부잣집 자식임네 하고 건들대는 껄렁패들과 어울려 다니며 경마니, 카바레니 일찌감치 재미지게 돈 쓰는 요령만 터득한 진광을 덕진실업 사장으로 들어앉히기까지 장 회장의 마음고생은 자못 심각했다. 그나마 다행이라면 그때까진 여자 문제로 집까지 끌고 들어와 장 회장을 속 썩인 일은 없다는 점이었다. 결국 돈줄을 완전히 끊어버리자 진광은 제 발로 기어들어 왔다. 처음 얼마 동안은 장 회장의 경영방침에 노골적으로 어깃장을 놓기 시작했다. 그의 어깃장은 보기에 따라선 건설적이라고도 할 수 있었다. 물론 장 회장에겐 전혀 아니었지만.

"아버지는 구식이라고요. 이깟 택시회사가 무슨 전망이 있다고. 택시 회사 한다는 말, 친구들한테도 창피해서, 못하겠어요. 세상이 변했단 말 예요. 큰돈 벌려면 통 크게 투자해야 한다고요."

구식이니 어떠니 하는 건 아무래도 괜찮았다. 구식이건 신식이건 돈만 벌어준다면 그게 무슨 상관이겠는가 싶었다. 아무거라도 좋았다. 하지만 택시가 전망이 없다느니, 통 크게 투자해야 한다느니 하는 말에는 요지부동이던 장 회장 간도, 덜컥거릴 때가 있었다.

택시가 정말 전망이 없을까?

그럴 때면 몇 번씩이나 곱새겨 보았다. 물론 몇 가지 어려운 점이 있다는 건 장 회장 스스로가 피부로 느끼고 있는 바였다. 지하철이 개통되고 마을버스도 속속 늘고 있을 뿐 아니라 자가용 대수도 불기만 하는 추세니, 택시 수입이 현격히 줄어드는 것은 뻔한 노릇이었다. 그래도 그건 기사들 문제일망정 장 회장 자신의 문제라고는 생각되지 않았다. 길바닥 사정이야 어떻건 정해놓은 입금액은 또박또박 들어오게 되어 있으니 말이다. 문제는 기사들이 돼먹지 못한 요구조건을 들고나오지 못하도록 단도리만 잘하면 되는 것이었다. 조합장 선거 때나 또 임금협상 때만큼은 조합 간부들에게 아깝지만 두 눈 질끈 감고 뒷돈 먹이는 것도 다 기사들을 단도리하기 위함이었다. 기사 모집에서 겪는 애로사항도 마찬가지였다. 택시 몰겠다는 사람들이 줄을 서던 시절보다야 뭣하긴 하지만 여태껏 기사가 없어서 차를 왕창 세웠던 적은 한 번도 없었다. 세상에 어떤 돈벌이가 그 정도 어려움이 없으리.

여기까지 생각하면 장 회장의 덜컥 걸리던 간도 확실히 원점으로 돌아와 다시금 요지부동의 태세를 갖추는 것이었다. 역시 택시만큼 확실한 장사도 없었다. 그대로 현찰 장사 아닌가 말이다. 아주 가끔이지만, 사업 한답시고 부도니, 뭐니 재산 다 털어먹고 제 한 몸 오갈 데가 없어 결국 덕진실업 문을 두드리는 신세로 전락한 사장 출신들을 보면, 현찰 장사의 감칠맛 나는 매력을 새삼 확인하곤 했던 것이었다.

정 회장에게는 움직이는 것 중에 제일은 현찰이요, 쌓아둘 재산으로 제일은 부동산이었다. 사실 장 회장의 경험에서 부동산은 각별한 것이었다. 그것은 도망갈 위험이 하나 없는 가장 안전한 축재방식일 뿐 아니라 스스로 새끼까지 치는, 아니 어디 새끼만 쳤던가, 제 몸보다 수십, 수백 배나 큰 황소 어미를 놓고 오는 금송아지였기 때문이다. 장 회장의 자산이 이만큼 불 수 있었던 것도 택시만으론 턱도 없었고 알고 보면 다, 그 신통하기 짝이 없는 요술 단지 땅 덕택이었다. 때문에 덕진실업에서 한 푼이라도 더 현찰을 남기고, 모여진 현찰로 땅 한 뙈기라도 더 사둔다는 것이 장 회장이 터득한 자산축적의 지름길이요 철칙이었다.

"애꿎게 돈을 왜 땅이나 집에 묶어 둬요? 까짓거 세받아서 몇 푼 늘리냐고요. 그리고 언제까지 땅값, 집값이 오르기만 할 거 같아요? 이러다 매매도 안 되고 시세도 떨어질 날이 온다고요. 그렇게 되면 앉아서 날벼락 맞는 꼴로 생돈만 날리게 될걸요."

이런 대목에서 장 회장의 요망스러운 간은 또, 한번 덜컥거린다. 매매도 안 되고 시세도 떨어질 날이 올 거라는 말에 섬뜩했다. 하긴 그랬다. 지난 1, 2년 사이 그 요술 단지가 예전처럼은 기력을 못 쓰는 게 사실이었다. 더구나 진광의 말처럼 그런 날이 오면 수억, 수십억을 고스란히 날리게 될 것이니 그 무슨 낭패이겠는가? 가슴이 후둑후둑 뛰었다. 물론 투자해서 더 많은 이윤을 남길 방법이 있다면야 그보다 더 좋은 일은 없을 터였다. 하지만 무엇으로?

진광은 레저타운을 짓겠다고 말했다. 계획 하나는 어마어마했다. 수영장, 골프장까지는 그렇다 치더라도 스키장까지 갖춘 콘도를 지어 휴양왕국 같은 걸 짓겠다는 것이었다. 이건 장 회장이 가진 모든 부동산을 털고 덕진실업까지 팔아넘겨도 턱도 없이 모자랄 판이었다. 합자 방법, 분양자를 미리 모아 자금을 끌어들이는 방법, 건축회사와의 계약조건 등에서 융통성을 가지면 충분히 가능하다고 진광은 침을 튀겨가며 장 회장을 설득했다. 아무리 들어봐야 장 회장에겐 허황한 꿈이었다. 용빼는 재주를 부려 설사 그게 가능하대도 그렇게 한 곳으로 돈을 쏟아 넣었다가 잘못되기라도 하는 날엔? 장 회장은 고개를 절레절레 흔들었다. 더구나 진광이 그런 큰 사업을 일으켜 성공시킬 수 있으리라는 믿음이 장 회장에겐 전혀 없었다.

태몽이라곤 개꿈조차 없던 놈이 무슨, 제깐 놈한텐 덕진실업 하나도 과분할 거구먼.

역시 부동산이 안전하게 생각되었다. 거기에서 고정적으로 나오는 셋돈도 장 회장을 더할 수 없이 안심하게 만들어 주었다. 생각해 보면 여태 오르기만 했던 부동산 시세가 하루아침에 폭락하는 날도 영 올 것 같지는 않았다.

"아버진 형식이마저 구질구질하게 맨날 건달패 같은 기사들하고 일이만 원 갖고 다투게 만들 작정이세요?"

해도 해도 먹혀들지 않는 장 회장에게 진광은 이번엔 형식의 장래 문제까지 거들고 나왔다. 사실 이 문제는 장 회장에게도 좀 걸리는 문제였다. 그로서도 손자만큼은 뭔가 세상 사람들도 고개 숙일 만한 큰일을 했으면 싶었다. 텔레비전 뉴스 같은 데서 세상을 손에 넣고 쥐락펴락한다는 재벌들이 나오면 장 회장의 오장육부 저 밑바닥에선 부러움과 시새움이 용골대질쳤다.* 하지만 그렇게 가는 길을 몰랐다. 막연한 기대 같은 거였다. 틈새를 눈치챈 진광이 더욱 풀세게 밀어붙였다.

"아버지는 요즘 세상 돌아가는 거 잘 모르셔서 그렇겠지만요. 앞으로 각광받을 사업은 레저산업이라고요. 입에 풀질하는 거에 매달리던 시대는 시났나 이섭니다. 형식이 세대는 섬섬 더할 거라고요. 지금부터 발 빠르게 뛰어들어, 기반을 다지지 않으면 시대에 뒤떨어지게 될 건 뻔하단 말입니다. 아뇨, 지금도 이미 늦었다고 볼 수 있죠. 처음부터 끝까지 내 돈 들이지 않는 방법도 얼마든지 있다고요. 아버지. 난 형식이를 남의 푼돈이나 주우러 다니게 만들 순 없어요. 절대!"

어느새 진광은 레저타운 건설이 애초부터 형식을 위한 계획이었던 것처럼 말하고 있었다. 근 일 년이라는, 기간 동안 졸라대던 진광의 계획 하나를 결국 장 회장은 들어주기로, 결정했다. 속리산 근경에 있는 임야를 매입하기로 한 것이다. 이 결정에는 장 회장 나름의 주먹구구식 타산이 깔려 있었다. 임야라고는 하지만 어디로 달아날 위험이 없는 부동산임에

---

* 병자호란 때 청나라 장수 용골대가 조선에서 난리친 행동을 비유로 쓴 말.

는 분명했고, 그러니 작은 덩어리 몇 개 팔아서 크다마한 땅덩이 하나쯤으로 바꿔놓는 것도 마음 든든한 일이라 생각했다. 그 땅에다 뭘 짓건 말건 그거야 당장 문제도 아니고, 얼마든지 생각해 볼 시간은 있었으므로 장 회장은 느긋했다. 이 무엇보다 장 회장의 귀를 솔깃하게 잡아당긴 것은 인근 지역의 개발계획에 따라 몇 년 후에는 현재 시가의 두 배는 족히 될 거라는 진광의 귀띔이었다. 진광의 말만 믿고 덥석 땅을 사들일 장 회장이 아니었다. 아들 몰래 손을 놓아 알아본 결과 실제 그런 계획이 추진되고 있다는 사실을 확인할 수 있었다. 그렇게 몫 좋은 땅이 남아 있는 건 워낙 덩어리가 커 웬만해선 엄두를 낼 임자가 나서지 않기 때문이라는 거였다. 진광으로서야 레저타운 건설의 꿈에 부풀어 임야 매입을 서둘렀는지 몰라도, 장 회장으로서는 일종의 부동산 투기하는 기분으로 매입을 결정했다. 동상이몽이었다. 설사 두 배까지 뛰지는 않는다손 치더라도 손해 볼 건 없다는 것이 장 회장의 배포였다.

이때만 해도 이 땅이 부자지간을 오늘날 이렇게까지 갈라놓는 결정타가 되리라는 건 진광도 장 회장도 상상할 수 없는 일이었다. 그것이 장 회장의 말마따나 태몽도 없이 태어난 진광의 운명인지 어쩐지, 매입한 지 녁 달쯤 지났을 때 그만, 이 임야는 그린벨트라는 요물에 묶여버렸다. 인근 지역 개발계획 운운은 부동산 전문 브로커들의 장난일 뿐이었다.

"내가 귀신이 씌었지. 허파에 바람만 잔뜩 들어간 그 빌어먹을 놈의 말을 곧이듣다니."

그린벨트 소식이 전해지자 장 회장은 입에 게거품을 물고 길길이 뛰었다. 자신 역시도 브로커들의 속임수에 넘어가 매입 결정을 내렸건만, 일이 이렇게 된 건 오직 진광의 탓만으로 생각되었고, 또 그렇게 몰아붙였다. 아무리 생각해도 이건 남이 눈 똥에 주저앉는 격이었다. 진광의 입장에서도 그것은 빵빵해질 대로 빵빵해진 고무풍선이 한순간에 터져버린 것 같은 허탈감을 안겨주었다. 아무튼 이 사건 이후로 장 회장은 아들의 일이 잘 안되는 것은 길한 태몽을 갖지 못한 때문임을 더욱 확신하게 되었고 그것이 아들의 팔자인 이상 지금까지도 그래 왔지만, 앞으로도 진광에게 정도 이상으로 기대하지 않으리라 마음먹었으며, 한편 진광은 마치 꽁지 빠진 새마냥 추레한 모습으로 회사를 겉돌기 시작했다.

그나저나 이건 누가 찍어서 보냈을꼬?

여태껏 사진을 들여다보며 진광을 앞에 두고 쏟아부어야 할 욕설을 되새김질하던 장 회장의 머릿속에서 꼬리를 물고 드는 생각은 사진을 누가, 왜 보내주었나 하는 사실이었다. 사진은 그끄저께 회사로 도착한 것이었다. 발신인은 없고 수신인만 장 회장 명의로 된 흰 봉투 속에는 편지지에 싸인 사진만 두 장이 달랑 들어있었다. 이렇다저렇다 단 한마디의 말도 없었다. 아무래도 여자 쪽과 관련 있는 누군가가 보냈을 것 같았다. 혹시 남편 있는 여자가 아닌가 싶었다. 장 회장은 돋보기를 들이댔다. 단발머리하고 짧은 치마를 입은 품새며, 삼십 안짝으로 보이는 앳된 얼굴이 유부녀 같아 보이지는 않았다. 그럼 여자의 오빠나 아버지가 관계를 끊게 하려고 보낸 것은 아닐까? 그럴 의도였다면 사진은 장 회장 본인이 아니라 며느리에게로 보냈을 게 마땅하리라 생각되었다. 그 순간 장 회장의 뇌리를 번쩍 스치고 지나가는 무엇이 있었다.

"돈이다!"

자신도 모르게 장 회장은 소리를 내질렀다. 이 관계를 빌미로 누군가 돈을 뜯어내려 작정하고 있으리라는 데 생각이 미친 것이다. 생각이 한 번 거기에 이르자 그건 틀림없는 사실처럼 다가왔다. 하필 자신에게 사진을 보낸 데는 그것 말고 다른 이유가 없을 듯싶었다. 이 간단한 사실이 왜 이제야 생각났는지 모를 일이었다. 장 회장은 가슴 속에서 옹글옹글 울화가 치밀었다.

  "웬쑤 같은 놈!…… 빙충맞은 놈!…… 난장을 칠 놈!……."

  욕지거리가 저절로 입에서 터져 나왔다.

  "장덕배! 이 돈밖에 모르는 영감탱이, 어딨어? 빨리 안 나와. 사장은 어디 갔어?"

  회사마당에서 누군가 걸걸한 쇳소리로 장 회장과 진광을 찾고 있었다. 정비사들도 일을 마친 뒤라 고장 난 차를 수리하는 기계 소리도 없는 시각이었다. 마당에서 지르는 목소리가 장 회장의 골방까지 환히 들렸다. 장 회장은 재빨리 불을 끄고 바깥쪽으로 귀 기울였다.

  "오 년씩이나 군말 없이 일해줬는데 그깟 인사 사고 하나 냈다고 퇴직금 한 푼 없이 내쫓아? 내 이놈을 그냥."

  두어 달쯤 전에 사고를 내고 퇴사했던 정 씨였다.

  "저놈이 어쩐 일로 또 와서 행패랴?"

  장 회장은 혼잣말로 중얼댔다. 사고 직후 근 달포 동안은 사흘이, 멀다 하고 찾아와 땡깡을 놓더니만 요즘 한 달 동안은 잠잠해서 이미 장 회장은 정 씨 일을 새카맣게 잊고 있던 참이었다.

  "회장님도, 사장님도 지금 안 계신다니까요. 이러지 말고 나가서 얘기

합시다. 나가자고요."

조 부장의 목소리였다. 정 씨 목소리보다야 한결 낮았지만 조 부장의
목소리도 장 회장에게까지 들릴 만큼은 컸다. 장 회장은 조 부장의 목소
리가 구세주의 그것처럼 반가웠다.

"조 부장이 아직 퇴근을 안한 모양이지. 참, 볼수록 근실한 데가 있긴
한데 말야."

숙직을 맡은 정비사가 쫓아 나가는 소리도 들렸다. 이럴 땐 그저 난 모
르쇠하고 자리를 피하는 게 상책이었다. 장 회장은 살그마니 신발을 발
에 꿰었다.

"사람을 이런 식으로 속이면 안 돼요…… 정 씨, 이봐요 정 씨…… 글
쎄, 이거 놓으래니끼, 사장이 제 입으로 오늘 보자고 했단 말요, 퇴식금
주겠다고…… 아저씨, 정신 차려요, 사장님은 요새 아예 회사에 나오시
지도 않는단 말예요…… 이제, 보니 아들놈도 지애비를 꼭 닮아 처먹었
어…… 정 씨 이러지 말고 일단 나가서 조용히 얘기하자니까…… 달리 수
가 있어요? 아저씨가 잊어버려야지. 아저씨 혼자만 그랬던 것도 아니
고."

나갈 차들이 다 빠져나가 헐렁해진 마당에서 세 사람은 이리 밀고 저
리 밀리며 각자 제 할 소리만 제각각 떠들어댔다. 2층 기숙사에서 고스톱
치던 패들도 내려오는 소리가 들렸다. 장 회장은 세 사람이 몸싸움하는
틈을 타서 몰래 뒷문으로 회사를 빠져나왔다. 빠져나오긴 했으나 뒤꼭지
에는 정 씨가 진광을 거들었던 대목이 목에 가시처럼 남았다. 정 씨가 헛
소리를 하는 건지 진광이 또 무슨 흰소리를 깔았는지 알 수 없는 조화 속

이었다. 헴 헴, 답답한 마음을 괜한 헛기침으로 달랬다. 입추가 지나긴 지난 모양이었다. 어둑해진 거리엔 한결 기온이 내려간 바람이 설레설레 불었다. 이제 가을이 멀지 않음을 예고하는 바람이었다. 오래지 않아 한낮의 불볕더위도 가을바람에 어쩔 수 없이 밀려나리라. 해가 바뀌는 것도 아니고 한철 계절이 바뀌는 기운에도 장 회장은 괜스레 더 착잡해졌다. 이것도 나이 탓이라 생각됐다. 회사에서 꽤 멀어지자 장 회장은 문득 말뚝처럼 섰다. 갈 곳이 없었다. 예전 같았으면 손자를 보러 가기라도 하련만 그놈의 생리휴가 사건 이후로 아들의 집에 발그림자를 아예 끊어버린 장 회장이었다. 잠시 생각했다. 잘됐다 싶게 할 일이 생각났다. 어깃 어깃 발짝을 다시 떼기 시작했다.

"아유, 회장님. 웬일이세요?"

주인 여자가 호들갑스레 장 회장을 맞아준다. 유들진 살집에다 나이에 걸맞지 않게 탱탱한 피부를 가진 여자였다. 껍데기만 남은 북어포 같은 체구에 윤기나 탄력이라곤 병아리 오줌만큼도 찾아볼 길 없는 장 회장과는 아주 대조적으로 보였다. 장 회장은 등판까지 축축해졌다. 이건 더위 때문이 아니라 기가 쇠잔해져, 쏟아져 내리는 땀이라고 생각했다. 가만히 앉아 있어도 가래가 끓고 숨이 차오르는 담천증도 훨씬 심해졌다. 몸만이 아니었다. 기억력도 하루가 달랐다. 멀쩡히 방금 한 일도 홀망홀망 까먹기가 예사다. 요즘은 회사에 돈이 들고나는 서류를 보는 일도 혼란스러웠다. 이렇게 자신의 나이에 대한 위기감을 느낄 때마다 진광이 더욱 믿게 생각되었다.

"세쌀*이 빠져 죽을 놈!"

"뭐라구요?"

물수건과 컵을 가져온 주인 여자가 장 회장의 혼자 욕설에 화들짝 놀라며 되물었다.

"아 아니, 그냥 혼잣말이여. 그건 그렇고, 저 낼모레 우리 정비사들 회식할 거니깐 두루 알아서 잘해주라고. 거, 비계 쪽이 좀 섞여도 괜찮으니까 근수는 실하게 웃짐 쳐서 주고."

장 회장은 냉수로 달게 목을 축였다.

"알았에요, 알았어. 덕진실업 회식 어떡해야 하는지 저희가 이젠 더 잘 안다고요. 하여튼 회장님 정비사들만큼은 엔간히 챙기려고 애쓰시네요."

주인 여자는 장 회장이 정비사들 회식을 주기적으로 챙기는 걸 칭찬하는 말인지, 아니면 이왕 하는 회식에 삼겹살 한두 근 갖고 발발 떠는 걸 비웃는 말인지, 그도 저도 아니면 그나마 회식도 없는 기사들에겐 너무 혹독하게 구는 거 아니냐는 힐난조의 말인지를, 갈피 잡을 수 없이 애매하게 던져놓고 눈웃음쳤다. 실제 장 회장은 한 달에 한 번꼴로 정비사 회식을 자신이 직접 데려와서 치러주었다. 기사들이 개겨 봐야, 지 일당 지가 까먹는 꼴이지만 정비사들이 농땡이를 부리면 이건 문제가 다르기 때문이다. 그만큼 사고도 잦아질 수밖에 없고 고장으로 애꿎게 차가 서는 날도 많아지는 것이다. 그러니 회식은 정비사들만큼은 단단히 휘어잡아보려는 최선의 노력이었던 셈이다. 택시를 하려면 정비사와 조합을 꽉 잡

---

* 혀의 방언으로 심한 욕할 때 혀가 빠져죽을 놈으로 씀.

아야 한다는 것이, 장 회장의 지론이었다.

물수건으로 이마, 목덜미, 팔뚝까지 훔쳐냈다. 꼬질꼬질한 때가 그대로 묻어난 수건을 놓고 장 회장은 일어섰다.

"아니, 그, 말씀하러 오신 거였애요?"

뭐래도 한 끼 팔아주고 가나 싶었던 여자가 서운한 듯이 물었다.

"뭐, 그게 아니라, 그저 산보 겸해서 지나는 길에."

"아드님은 씀씀이가 퍽 쎄시더구만."

이미 심사가 까드러워진 여자가 언짢은 듯 말했다. 여자의 입에서 진광의 얘기가 나오자 장 회장은 문고리를 잡은 채로 여자를 돌아보았다.

"며칠 전에 오셨애요. 친척 동생이라던가 뭐래던가, 아주 예쁘게 생긴 단발머리 아가씨까지 데리고 와서 걸찐하게 한판 팔아주고 가신걸요."

순간 장 회장의 표정이 연기 마신 고양이상처럼 사나워졌다. 여자는 자신이 뭔가 잘못 뱉었음을 깨달았다.

"뭐, 그렇다고 아드님이 헤프게 낭비하실 분은 아니지만."

어느 대목을 어떻게 잘못 뱉은 것인지 알 수 없었던 여자는 엉뚱한 곳을 찌르며 수습해 보려 했다.

장 회장은 진광의 여자 문제가 혹시나 누군가 돈을 뜯어내기 위해 만들어 낸 단순한 모함일는지도 모른다는 일말의, 정말 실오라기 같은 일말의 기대감이 있었다. 왜냐면 별가지 문제로 속을 썩여도 여자 문제만큼은 이렇다 하게 터져본 적이 없기 때문이었다. 이 기대가 완전히 무너져 내렸다. 더구나 정비사들이 정규 회식을 하는 곳임을 알면서도 버젓이 나타났다는 것은 아예 내놓고 장사하겠다는 심보일 터였다. 장 회장은 대책도 없이 마음만 바빠졌다. 홱 하니 문을 밀어젖혔다.

"그럼, 낼모레 꼭 오세요. 아주 푸짐하게 해드릴 테니."

무슨 일인지 심사가 틀어져 몇 푼 안 남는 회식이나마 끊어버릴까, 목소리엔 다분히 걱정기가 담겨 있었다.

허리띠를 고쳐매더니 장 회장은 뒤도 보지 않고 걷기 시작했다. 걸음을 빨리하려 했으나 발자국을 빨리 떼는 대신 엉덩이만 바쁘게 해해 돌려질 뿐이었다. 장 회장의 머릿속엔 번개 같은 생각들이 빠른 속도로 지나갔다. 회사가 보일 즈음 그나마 걸음도 숨죽일 수밖에 없었다. 마당 귀퉁이가 들여다뵈는 건물 벽에 붙어 멀찌감치서 회사 동정을 살폈다. 정비실 입구 머리맡에 걸어놓은 전등 빛이 눈에 들어왔다. 마당에선 별다른 기척이 없는 듯싶었다. 장 회장은 가로등 불빛에 노출되지 않은 벽면에 바싹 붙어 살쾡이처럼 한 걸음씩 소리 없이 회사 쪽으로 다가갔다. 불빛을 등지고 한 사람이 회사 문을 빠져나왔다. 장 회장은 어둠 속에 몸을 숨긴 채 유심히 살폈다. 조 부장이었다. 혼자였다. 장 회장은 조 부장이 자신을 확인할 수 있을 만치의 위치로 나갔다.

"회, 회장님. 어디 가셨다가, 정 씨, 정 씨가 왔었습니다."

조 부장은 무척 놀라는 투로 말했다. 장 회장의 돌연한 출연에 놀랐을 뿐, 정 씨가 왔을 땐 분명 방에 있다가 난동을 피해 뒷문으로 도망쳤다는 사실을 충분히 알고 있을 조 부장이었다.

"이젠 갔는가?"

장 회장은 애써 심상한 말투로 물었다.

"예. 어찌나 곤조를 부리던지, 겨우 얼러서 보냈습니다만."

조 부장의 말속엔 장 씨가 언제 다시 올는지 알 수는 없다는 뜻이 담겨
있었다.

"아니, 한 달 동안이나 잠잠하던 놈이 뭔 뚝심을 먹고 또 왔던가, 그래."

진광이 불러서 왔다는, 정 씨 말의 내막을 장 회장은 우회적으로 확인
하고 싶었다.

"전들 압니까? 뭐, 술잔이나 걸치다 보니 또 울화통이 치민 모양이죠.
자기 말로는 사장님이 퇴직금 주겠다고 오라 해서 왔다지만, 술 취해서
횡설수설하는 사람 말을 믿을 수가 있어야 말이지요. 회사에도 안 나오
는 사장님이 그런 약속을 하셨을 리도 없고."

조 부장은 나서서 정 씨를 말릴 때와는 달리 남의 일처럼 여유 있게 말
했다. 사실 정 씨가 그다지 취했던 건 아니었다. 그러나 조 부장은 의도적
으로 정 씨의 취기를 강조했다.

"지깐 놈이 별수 있어? 그러다 지쳐 떨어지겠지."

장 회장은 혼잣말처럼 웅얼거렸다.

"그럼 편히 쉬십시오."

조 부장은 먼저 인사했다. 장 회장은 서둘러 조 부장을 불러세웠다.

"여 여보게, 저, 자네 말야, 요즘 진광이를 본 적이 있나?"

한참을 망설이는 눈치더니만 장 회장은 결국 진광의 얘기를 꺼냈다.

"아, 아뇨. 그때 이후로 회사에 통 나오시질 않는데, 저라고 만나 뵐 재
주가 있겠습니까?"

조 부장이 말하는 그때란 생리휴가 문제로 장 회장과 진광이 대판 싸
웠던 날을 가리키는 것이었다. 장 회장은 또다시 뭔가를 골똘히 생각하

는 눈치였다. 그러더니 목구멍까지 올라오는 말을 꿀꺽 삼키고 고개를
저었다.

"아니, 됐네, 들어가게."

그때 조 부장의 얼굴에 엷은 미소가 흘렀다. 장 회장의 속을 꿰뚫어 보
고 있다는 의미, 비웃음, 자신만만함, 뭐 이런 것들이 한데 뒤섞인 그런
묘하게 음충맞은 웃음이었다. 그러나 장 회장은 어둠 속에 가려진 그 소
리 없는 웃음까지 알아보진 못했다. 식당 여자에게서 진광의 얘기를 들
었던 그 순간, 사실은 조 부장에게 진광의 뒷조사를 시켜볼 요량이었다.
그래서 조 부장이 퇴근하기 전에 회사에 도착하려 서둘러 돌아왔다. 하
지만 지금 마음을 바꾸어 먹었다. 어쩐지 그것이 썩 좋은 방법은 아닌 것
같았다. 이직 시킨 속의 여지 문제로 뭔가 구체적인 일이 터진 것은 아니
라고 자위하며 일단 좀 더 생각해 보는 쪽으로 마음을 돌린 것이었다. 사
실 장 회장이 마음을 고쳐먹은 정작의 이유는 막상 조 부장에게 그런 속
사정까지 드러내자고 보니 석연찮은 점이 걸렸기 때문이었다.

수돗물로 푸푸 얼굴을 씻어내고 등나무 밑에 앉은 장 회장의 생각은
이번엔 조 부장에게로 갔다. 진광이 회사를 겉돌기 시작하면서 점차 회
사 살림을 떠맡기 시작한 건 자연히 조 부장이었다. 장 회장 자신이 예전
처럼 관장하기에는 이미 힘에 부쳤고, 장 회장 매부의 종질뻘인 그가 생
판 남도 아닌지라 개중 의지할 건 조 부장뿐이었다. 사실 의지했다기보
다는 달리 수가 없었다는 것이 훨씬 정확한 말일 거였다. 이를테면 울며
겨자 먹기인 셈이다. 그런데 요즘은 뭔가 께름칙해진 것이었다.

장 회장이 그렇게 생각하게 된 계기는 에어컨의 센서 때문이었다. 지

난주에 영만이 타는 4,139호 에어컨의 센서가 고장이 났다. 에어컨 파이프가 얼어붙어 가동 소리는 요란했지만, 찬바람이 전혀 나오질 않자 영만은 조 부장에게 에어컨의 센서를 바꿔 달라고 했다. 조 부장은 일언지하에 거절하고 몇 분에 한 번씩 손으로 껐다 켰다 하라고만 했다. 물론 20만 원도 넘게 먹힐 일을 들어주지 않은 것이야 장 회장으로선 쌍수 들어 환영할 일이었지만, 문제는 조 부장의 처리 태도였다. 전에는 조 부장이 그렇게 독단으로 처리한 일이 결코 없었다. 하찮은 일이라도 언제나 장 회장의 지시를 받아 그 지시대로 처리할 뿐이었다. 돈이 나가는 일이라면 손톱만 한 쓰임새도 일일이 보고하고 설명해 주던 조 부장이었다. 빵떡 김 씨가 새 타이어를 하나 달라고 떼쓸 때만 해도 그랬다.

"회장님이 갈라고 그러시던가요? 회장님 허락받아 오세요." 해서 장 회장에게로 보내면, "아직 쓸 만하니까 조 부장이 그런 게지." 하며 슬쩍 책임을 조 부장에게로 돌렸다. 그런 식의 핑퐁 게임을 한 지 보름쯤 지났을 때 빵떡 김 씨가 장 회장 눈앞에 심하게 닳은 면에 철사가 드러나기 시작하는 타이어를 들이밀었다. "험히 몰고 다니지 좀 말어." 라면서 그제야 조 부장에게 넌지시 갈아주라고 말했다. 이미 이땐 열흘, 보름이나 더 굴리고 폐타이어를 만들었다는 사실에 그지없이 만족스러울 때였다.

그러던 조 부장이 에어컨의 센서에 대해서 한마디 의논도 없었던 것이다. 바꿔 주지 않는 쪽으로 처리했으니 장 회장으로서도 까탈을 잡을 건덕지가 없어 모른 척 지나쳤지만, 찜찜하고 석연찮기가 이를 데 없었다. 뭐랄까, 아들 진광의 자리를 차고앉더니, 이젠 장 회장 자신의 자리마저 넘보는 듯한 느낌을 지울 수가 없었다. 더듬어보면 조 부장의 태도가 사뭇 달라지기 시작한 것은 생리휴가 건이 있고 난 후부터였다.

여기사 다섯 명이 연서하여 생리휴가에 관한 의견요청서라는 걸 조합에 건네주었고, 난처해진 조합장이 비루비루 얼버무리며 그걸 장 회장에게 전해주었다. 영만이 바람 잡고 다니는 통에 남자기사들 사이에서도 여기사들 생리휴가는 진작 줬어야 한다는 의견이 지배적이었다. 장 회장은 어이가 없었다. 지난 수십 년간 택시 하면서도 생리휴가 달라는 얘기는 처음이었다.

"별, 별, 얘길 다 들어보겠네. 정신 나간 것들. 누가 그걸 하라고 했나, 택시를 몰라고 했나."

요청서를 들고 온 조합장의 면전에서 펄쩍 뛰기는 했지만 이미 사태는 장 회장의 주특기인 그냥 모르쇠 하는 방식으로 빌어붙이기 어려웠다. 하지만 이런 일을 직접 처리하기가 체면 적었을 뿐 아니라, 이렇게 귀살스러운 일을 누가 대신 나서서 없던 것으로 마무리 지어줬으면 하는 안일한 생각도 은근히 들었다. 더구나 회사를 겉돌기만 하는 진광을 어떡하든 제자리에 그루앉히는* 수밖에 달리 도리가 없다고 한창 다짐하고 있었던 참이었다. 새로 매입한 땅이 그린벨트에 묶이고 난 뒤 진광은 아예 회사마저도 2, 3일에 한 번꼴로 얼굴을 들이밀었다가는 온다간다 말없이 사라져 버리는 실정이었다.

그러나 그제쯤 장 회장의 생각은 조금씩 변하고 있었다. 곰곰이 생각해 보면 그린벨트에 묶였을 값에 그것도 땅은 땅이었다. 평당 몇백 원 하

---

* 앞으로 할 일에 대해 터전을 바로잡아준다.

던 시절 화곡동 일대의 볼품없는 땅을 사둔 것이 그만 수백, 수천 배로 치솟는 통에 졸지에 한밑천 잡아 사업을 일으키게 되었고, 강남땅이 자산을 반석처럼 다져 주었던 소중한 경험을 가진 장 회장은 그린벨트라고 결코 낙담할 일은 아니라는 쪽으로 생각이 옮아갔다. 그게 어느 날 활짝 풀려서 일확천금을 안겨다 주는 일이 없으리라고 그 누가 장담하겠는가 말이다. 다만 서운한 것이 있다면 그 일은 자신이 무덤 속에 묻힌 후에나 올 거라는 사실뿐, 어쩌면 자신에게 그랬던 것처럼 형식에게 가져다줄 운명의 요술 보따리인지도 몰랐다. 아니 형식의 태몽에서 금싸라기를 쓸어모으지 않았던가? 서광이 비치는 듯싶었다. 이렇게 생각되자 진광에 대한 미움도 다소 누그러들었고, 진광의 마음을 다시 한번 다잡아 보리라 작심할 생각도 생겼다. 장 회장은 이번 일을 진광이 나서서 해결하게 하리라 마음먹었다.

"생리휴가?"

장 회장이 내민 요청서를 밤새 술을 폈는지 게슴츠레한 눈으로 들여다보던 진광이 한마디 툭 뱉었다. 그러더니 책상머리에 요청서를 획 내던졌다. 장 회장은 불끈 치밀어 오르는 욕지거리를 간신히 참고 진광을 외면한 채로 하려던 말을 던졌다.

"니가 나서서 해결해야것다."

"손해나면 얼마나 난다고, 줘 버리지 뭘."

진광 역시 장 회장을 외면한 채 혼자 하는 투정처럼 짜증을 부렸다.

"뭐야 이놈아!"

장 회장의 눈에 쌍심지가 돋구어졌다.

"그럼 나더러 여자들 앞에 가서 치사하게 그깟 하루를 주네, 마네 시비 붙이란 말예요."

진광은 좀 전과는 다르게 장 회장의 눈을 맞바로 쳐다보며 기세를 올렸다.

"회사를 운영하다 보면 쓴맛 단맛 다 보게 마련이지, 네놈처럼 단맛만 찾는 인간이 이 세상천지에 또 어디 있단 말이냐?"

두 사람의 분위기가 험악해지자 사무실 안에 있던 직원들은 슬슬 눈치를 보며 자리를 피했다. 막판까지 남아 있던 조 부장도 자리를 떴다. 직원들이 모두 나가자 진광의 목소리는 한결 거세어졌다.

"누가 이놈의 회사 떠맡고 싶다고 그랬어요?"

장 회장은 벌띡 일어섰다.

"아니면, 아니면 어쩔 테냐?"

장 회장 소유의 부동산을 절반 가량 그린벨트에 쓸어 넣은 전적이 있어서인지 진광은 씩씩거리기만 할 뿐, 곧바로 맞대답하질 못했다.

"니 놈은 변변한 태몽 하나 갖고 태어나질 못했어. 지, 분수를 알아야지, 팔자를 알아야지."

장 회장은 불뚝하는 심정을 다소 누그러뜨리고 말했다. 딴에는 진광을 설득하려는 의도였다. 그러나 그게 도리어 진광의 성질을 긁어놓았다.

"그놈의 태몽, 태몽. 얼어 죽을 미신 나부랭이를 무덤까지 지고 가지 그래요."

진광의 목에 핏줄이 붉거져 나왔고, 관자놀이께가 파득파득 뛰었다. 진광의 입에서 무덤 어쩌구 하는 말이 튀어나오자 그만 장 회장은 피가

거꾸로 솟고 모세혈관이 터져 버릴 것만 같았다. 여느 사람 같으면 그저 지나칠 수도 있는 말이겠다 싶지만, 장 회장에게는 그게 그렇지가, 않았다. 그만큼 그는 자신의 나이에 예민해져 있었던 까닭이다. 어떡하든 아들의 마음을 다잡아 보겠다던 생각이 그 순간 물거품처럼 사라져 버렸다.

"이, 이놈이 이젠 애, 애비를 빨리 죽으라고, 내, 내놓고 축원을, 하는구나. 벼락을 맞을 놈. 두고 봐라, 이놈아. 내가 무, 무덤 아니라, 무덤할애비엘 가도, 네놈한테 십 원 한 장 남겨놓나…… 급, 급살 맞아 죽어도, 시원찮을 놈."

눈을 희뜨고 숨이 차 헉헉대며 장 회장은 진광에게 악담을 퍼붓고 멱살을 거머쥐었다. 진광은 장 회장이 해석하는 바의 의미로 말한 것은 결코 아니었다. 하지만 살 만큼 산 아버지가 모든 재산권을 자신에게 넘겨주고 이젠 그만 사라져 줬으면 했던 것은 사실이었다. 그게 무덤이건 뭐건 간에. 장 회장 역시 진광에게 십 원 한 장 남기지 않겠다는 것은 미리 그렇게 결심한 바는 아니었다. 하지만 말을 뱉은 그 순간, 장 회장의 머리는 재빠르게 회전하여 모든 자산을 형식에게 직접 물려줘야겠다고 마음먹게 된 것이다. 진광은 힘을 추지 못하는 장 회장을 가볍게 밀쳐냈다. 맥없이 소파에 나가떨어진 장 회장을 내려다보는 진광의 눈에 불이 이는 듯싶었다. 진광은 진광대로 한 푼의 유산도 자기 앞으로 물려주지 않겠다는 장 회장의 말에 참기 어려운 분노와 적개심이 끓어올랐다. 요청서를 들여다볼 때의 그 게슴츠레하던 눈이 완전히 딴 사람의 것처럼 변해 있었다. 어찌나 매섭고 날카로운지, 그 눈초리를 정면으로 맞으면 장 회장의 살점이라도 찌르고 들어갈 기세였다.

양쪽은 이렇듯 의도하지 않게 자신의 본심을 드러내었고, 그 본심은 서로의 폐부를 뚫어버린 돌이킬 수 없는 화살이 되었다.

이윽고 진광의 입에서 나온 목소리에는 비웃음과 증오와 결연한 의지가 완연히 배어 있었다.

"사람들이 언제까지 다 아버지 편인 줄 아세요? 아버지 마음대로 하시죠. 저도 저대로 다 생각이 있으니깐요."

진광은 결별의 선언을 던지고 문짝을 날려버릴 듯이 열어젖혔다. 이 마지막 말, 비수 같은 마지막 말의 의미를 장 회장은 진작에 새겨들어야 했다. 하지만 심장이 조여드는 듯한 통증으로 컥컥 숨을 몰아쉬던 장 회장에게는 진광의 말이 그저 귓전에서 웅웅거릴 뿐이었다.

진광이 나가고 기다렸다는 듯이 곧바로 조 부장이 들어왔다. 찬물을 떠다 주고 손발을 주물러주던 조 부장은 경리직원이 사 온 우황청심환까지 개어 장 회장의 입에 넣어 주었다. 겨우 정신을 수습하고 고른 숨을 내쉬기 시작할 때였다.

"회장님 제 생각엔 말이죠."

조 부장은 조심스럽게 말문을 열었다. 장 회장은 의아한 눈길로 조 부장을 쳐다보았다.

"생리휴가 문제 말입니다. 제 생각엔 무조건 안 된다고 하기는 무리인 것 같습니다. 기사들이 이 문제에 관심이 많고, 지지하는 쪽으로 마음들이 기울었습니다. 작은 일 갖고 말썽 생기게 하는 것보다는 명분도 얻고 실리도 얻을 수 있는 방향으로 타협을 보는 것이 어떨까 싶은데요."

조 부장은 문득 말을 멈추고 장 회장의 기색을 살폈다. 장 회장은 계속 해보라는 뜻으로 가볍게 턱을 내밀었다.

"하루를 주되, 쉬건 말건 자유의사로 선택하게 만드는 겁니다. 안 쉬면 지금처럼 똑같이 하고, 쉬면 대신 특별수당 3만 원을 떼는 것이죠. 어차 피 특별수당이야 26일 무결근, 무사고, 무위반일 때 지급하는 것으로, 기 사들도 알고 있는 거 아닙니까? 그러니 25일 근무자에게는 줄 수 없다고 하는 것이죠. 남자기사들도 그저 생리휴가를 줘야 한다는 데 찬성하는 것이지 돈까지 얹어줘야 한다고 생각지는 않을 겁니다. 대신 생리휴가를 인정하는 뜻에서 하루를 써도 만근수당 13,000원은 지급하는 겁니다. 그 러면 회사로선 명분도 생기질 않겠어요? 그런 식으로 처리하면 특별수당 3만 원, 일당 12,000원, 승무수당 4,800원이 제해져서 도합 46,800원이 빠지게 되고, 이걸 입금 58,000원에서 빼면 11,200원만 회사가 손해 보 면 됩니다. 여기사들 쪽에서도 휴가 한번 쓰는데 근 5만 원 깎이니 분명 쉽게 쓰지 못하고 지나갈 경우가 태반이 될 겁니다. 더구나 여자들 생리 는 한 달에 한 번 규칙적으로 있질 않습니까? 그러니 고정적인 날짜를 정 해놓고 세 번 이상 불규칙하게 사용하면 휴가를 취소한다는 단서를 붙이 는 겁니다. 명분은 생리휴가라고 달아놓고 각자 필요한 일이 있을 때마 다 쉬려는 게 여기사들 심리니까요. 이렇게 하면 두고 보십시오. 몇 달 안 가서 반드시 흐지부지되고 말 겁니다."

조 부장은 자신 있게 말을 맺었다. 처음부터 끝까지 어디 하나 빈구석 없이 아귀가 딱 맞아떨어지는 조 부장의 얘기가 장 회장은 신통방통하게 느껴졌다. 11,200원을 회사가 손해 보게 될지도 모른다는 게 마음에 걸리긴 했지만 얼마 안 가 흐지부지될 거라는 말에 힘을 얻었다.

"그, 그럼, 이번 일은 자네가 좀 어떻게 나서서 처리해 보겠는가?"

조 부장의 예견은 적중되었다. 소식을 들은 남자기사들도 하루 쉬는 쪽이 안 쉬는 쪽하고 똑같이 받을 수는 없는 일이라며 그만하면 됐다 싶은 눈치들이었고, 대세에 밀린 여기사들 역시 속 빈 강정 같은 타협안에 떨떠름한 표정들이었지만 순순히 물러섰다. 소문만 무성하던 생리휴가 문제가 조 부장의 재량으로 무난히 마무리되자 장 회장은 조 부장이 기특하게 생각되기보다는 진광에 대한 역증이 더욱 솟구쳤다. 아무튼 벌어질 대로 벌어진 장 회장과 진광의 틈바구니에 조 부장은 이렇게 적시를 타고 미끄러지듯 파고들어 와, 확고한 자기 자리를 다진 셈이었다.

장 회장은 등나무 의자에서 힌침을 밍기직거리다 일어섰다. 쇄 번 실을 걸은 탓인지 무릎에 힘을 주기가 영 고통스러웠다. 허리춤을 추키고 넥타이 끈을 다시 한번 동이며 어두운 마당에 순서 없이 여기저기 웅크리고 앉아 있는 차 대수를 세기 시작했다. 일을 나가지 않은 차가 여섯 대 서 있었다. 정비실에는 두 대가 있었다. 도합 여덟 대라고 막 셈을 끝냈는데, 리프트에 높지거니 올라앉아 장 회장을 굽어보고 있던 또 한 대가 눈에 걸렸다. 장 회장의 작은 눈매가 씰쭉하니 올라갔다.

"킁, 오늘은 5, 6만 원 손해보는구만."

장 회장 특유의 계산법이었는데, 오후반 때는 1,200만 원, 오전반에는 1,160만 원이 기준이었다. 가령 오후반 입금이 1,206만 원이 들어오면 장 회장은 1,206만 원을 번 것이 아니라 홑 6만 원밖에 못 번 것으로 생각하였고, 거기에서 2~3만 원 빠질라치면 그날은 1,197~1,198만 원을 번 것이 아니라 오히려 2~3만 원을 생으로 날려버린 날처럼 생각하였다. 장 회장은 목구멍에서 걸그렁대던 가래침을 캭 하고 톺아냈다. 입가에 늘어붙어 간댕거리는 가래침을 퉤 뱉어내어 오랜 세월 기계 기름에 절어 이젠 아예 까맣게 번지르르해진 정비실 흙바닥에 떨구었다. 땅에 떨어진 가래를 신발 바닥으로 문질러대다가 믿을 놈 하나 없는 이놈의 세상이 가래침만큼이나 더럽게 느껴졌다.

러닝셔츠에 속옷 바람으로 장 회장은 자리에 누웠다. 잠이 통 오질 않았다.

이놈한테 보내주던 월급까지 끊어야 하나?

진광을 내칠지 말지를 두고 들이치락내치락했다. 고개를 저었다. 회사에서 지급하는 카드만 해도 몇 개씩 만들어 가지고 있는 진광이 월급을 보내주지 않는다 해서 겁먹을 건 이미 아니었다. 장 회장은 문득 일어나 앉아 『토정비결』을 폈다. 자신의 명년 운세가 쓰인 곳을 폈다.

동편에서 온 가인을 만나나 이로움인가 해함인가
목이 마른 길손에게 바닷물이 무슨 소용일꼬

돋보기 속에 한 자, 한 자, 들어온 글자들은 장 회장의 부화만 돋구어놓았다. 책을 팽개치고 다시 누웠다.

내가 더도 말고 꼭 십 년만 젊었더래도, 생각 같아서는 진광의 호적이라도 파내버리고 싶었다. 유산상속이야 이미 마음먹은 바 있다지만 지금 당장 누가 회사를 돌볼 건가. 자신은 힘이 없고 손자 형식은 너무 어린 것이 한스러웠다. 그야말로 죽은 자식 부랄 만지기 식으로 열두 살 때 차에 치어 잃었던, 둘째 아들까지 눈앞에 가물거렸다. 새삼스레 살아있으면 오죽 좋으랴 싶었다. 피땀으로 일궈놓은 살점보다 소중한 재산을 마음 놓고 맡길 자식이 없는 자신의 처지가 한없이 서럽게 생각되었다. 무덤까지 가져갈 수 있다면 좋으련만, 아니 더도 말고 꼭 십 년만 젊었더래도……. 이런저런 속절없는 생각이 맴도니 가슴만 답답했다. 진광 생각으로 뒤척이던 장 회장은 설풋 잠의 나락으로 빠져들었다.

꿈속에서 여러 사람을 보았다. 둘째 아들이 삼륜차에 뛰어드는 모습도 보았고, 잡으러 가는 장 회장을 피해 도망치는 진광의 뒷모습도 보았으며, 땅바닥에 주질러앉아 가쁜 숨을 몰아쉬는 장 회장을 뱀껍질같이 싸늘한 미소로 쳐다보는 조 부장의 얼굴도 잠시 스쳤다. 그러다 장 회장이 잠을 깬 것은 20여 년 전에 세상을 뜬 부인 때문이었다.

부인은 하얀 치마저고리를 입고 있었다. 어디론가 같이 걸어가고 있었다. 산길이었다. 양편엔 굴참나무가 몹시 우거져 있었는데 그 사이로 두 사람이 나란히 걸으면 딱 맞을 만한 길이 가르마처럼 선명하게 나 있었다. 부인은 앞서 걸었고, 장 회장은 허겁지겁 그 뒤를 따르고 있었다. 그런데 이상하게 아무리 걸음을 빨리해도 부인을 따라잡을 수가 없었다. 임자, 임자 좀 천천히 걸어. 장 회장의 애원에도 부인은 뒤돌아보질 않았다. 장 회장은 다시 걸음을 재촉했다. 부인의 치맛자락이 손에 잡힐 듯싶었다. 장 회장은 손을 내밀어 잡으려 했다. 그 순간 어느새 부인은 좀 전과 똑같은 거리만큼 앞서 있었다. 오르막길이 시작되었다. 끝이 없을 것 같은 길은 산을 타고 곧바로 산등성이를 넘어갔다. 지칠 대로 지친 장 회장은 그만 생시처럼 화가 치밀었다. 헹, 임자 혼자 가든가 말든가, 난 예서 쉬어갈 터. 나무 둥치에 걸터앉으며 심통을 부렸다. 선들바람이 불었다. 굴참나무 가지가 흔들리며 잎새들이 솨아 하고 울었다. 마음도 거나해졌다. 진작 쉴 걸 하며 고개를 들었을 때 부인은 산마루 꼭대기에 서 있었다. 처음으로 장 회장을 향해 마주 보며 선 부인이 장 회장에게 손짓했다. 어서 오라고, 어서 오라고, 하얀 치맛자락이 살풋살풋 나부끼며 손 흔드는 그 모습이 바람결 따라 춤을 추는 학처럼 고왔다.

마누라가 이제 나를 데려갈라고 그러나?

미지근해진 자리끼를 들이키며 시계를 보았다. 12시였다. 마음이 영 개운치가 않았다. 속도 없는 마누라쟁이 같으니라고. 도와주지는 못할 망정 자신을 부르던 망자에게 공연히 서운한 생각마저 들었다. 장 회장이 이렇게 덕진실업 골방에서 뒤숭숭한 꿈자리에 시달리고 있던 바로 그 순간 홍제동 스위스그랜드 호텔에서는 장 회장으로선 차마 상상도 못 할 일이 벌어지고 있었다. 호텔 나이트 구석 자리에 두 사람이 비밀스럽게 마주 앉아 있었다. 조명에 두 사람의 얼굴이 드러났다. 장 회장의 아들 진광과 장 회장 매부의 종질 조 부장이었다. 조 부장은 양복 안주머니에서 두툼한 서류뭉치를 꺼내 진광에게 건넸다.

"그래 정 씨가 제, 시간에 왔던가?"

서류를 받아 든 진광의 얼굴엔 불안한 기색이 역력했다.

"그럼요. 사장님이 직접 퇴직금 문제를 의논하자고 했는데 안 오겠어요? 정각 8시에 칼같이 왔던걸요. 예상대로 회장님은 뒷문으로 피해버리셨고요."

진광의 얼굴에 슬쩍 웃음이 번졌으나 불안한 기색은 여전했다.

"정말 나중에 뒤탈이 없을까?"

줏대 없는 놈. 지, 주제에 무슨 사업을 한다고. 일 년도 못 가서 다 털어먹을 거다. 조 부장은 속으로 진광을 이렇게 비웃었으나 결코 겉으로 내뱉지는 않았다. 능력도 없이 겉멋만 들어 좌충우돌하는 진광과 머리와 담력, 실무능력을 골고루 갖췄지만 기를 펴볼 재력의 배경이 없는 자신을 비교하니 세상은 새삼 불공평하다는 생각에 비위가 상했다.

"팔아넘기는 것도 아니고 담보로 돈을 돌리는 건데요, 뭐. 일단 일이 벌어진 다음에야 회장님인들 뭘 어쩌시겠어요? 당분간은 회장님 눈을 피하는 한이 있어도 전망 있는 사업을 일으켜 놓기만 하면 지금은 아니어도 나중엔 회장님 역시 잘했다 싶으실 겁니다."

조 부장의 말에 진광은 적이 안심되는 모양이었다. 고개를 몇 차례 끄덕이더니,

"그렇겠지? 아버지도 이젠 그 나이에 한발 물러날 때가 됐어. 앞뒤 꼭 막힌 고루한 생각에서 좀 벗어날 때도 됐고, 저번에도 그게 그린벨트에만 안 묶였어도…… 하여간 잘해 보자고. 이번 호텔 건설 건은 정말 확실한 거니까. 일이 잘돼야 자네도 그 구질구질한 덕진에서 손을 떼지."

조 부장은 쑥스러운 웃음을 지어 보였다.

"제 문제는 크게 신경 쓰지 마십시오. 저 역시도 회장님이 아까운 돈 썩히고 있는 게 안타깝고, 더 크고 시대에 맞는 사업을 펴야 한다는 생각에 전적으로 공감해서 형님을 도운 거니까요. 전 그저 형님 능력만 믿습니다."

조 부장은 넌지시 진광을 형님이라고 불렀다. 먼 친척뻘이긴 하나 조 부장이 덕진실업에 들어오기 전엔 상면조차 한 적이 없는 관계인 까닭에 조 부장은 진광에게 늘 사장님이라는 깍듯한 호칭을 잊지 않았었다.

"아, 아냐. 이 사업은 자네같이 명석한 머리를 가진 사람이 꼭 필요하다고. 자네가 아니었으면 아버지가 한시도 틈새 없이 등짝에 깔고 있을 이 서류를 감쪽같이 빼낼 기발한 생각을 누가 해냈겠나?"

"그래도 제가 이번 일에 개입되었다는 사실은 절대 아무에게도 말씀하시면 안 됩니다."

"그야 여부가 있나? 사나이가 하는 일에 약속을 지키는 건 철칙이지."

기분 좋아진 진광의 유치하기 짝이 없는 허풍에 조 부장은 웃음이 났다.

"다른 게 아니라 자칫하면 그런 사소한 문제로 다 된 밥에 재 뿌릴까 걱정돼서 그럽니다. 회장님 성격 잘 아시지 않습니까? 형님 혼자 하신다면 몰라도 저까지 개입된 걸 아시면 용납하지 않으실 겁니다. 그건 그렇고 미스 리하고는 잘돼 갑니까?"

"자네가 아주 진흙탕에서 흑진주를 찾아냈더구먼. 술집 여자답지 않게 지적이고 세련됐어."

"그래도 지나친 관계는 곤란합니다. 저야 형님이 답답하실 때 엔조이할 상대 정도로 생각하고 소개해 드린 거니까요. 큰일 하실 분이 여자에 빠지면 일도 망치기 쉽습니다."

조 부장의 말은 진광의 기분을 살살 녹이는 듯했다. 한껏 부풀어진 진광은 호탕한 웃음을 터뜨렸다.

"하하하, 자네 눈에 내가 그렇게 데면데면해 보이나? 걱정, 말게, 아직 그렇게 심각한 관계도 아니고."

네놈을 주무르는 건 식은 죽 먹기다. 이젠 마지막 수순만 남았다는 걸 네놈의 돌머리로는 상상도 못 할 거다. 조 부장은 이번에도 목구멍까지 간질이는 그 말을 뱉지 않았다. 그에게는 이미 덕진실업이 자신의 손아귀에 들어왔다고 느껴졌다.

"그냥 노파심에서 해본 말입니다."

"그렇잖아도 조금 있으면 미스 리가 올 텐데 같이 한잔 어때?"

두 사람이 이런 얘기로 장 회장의 뒤통수를 치고 있을 때, 장 회장은 엉뚱하게 꿈속에서 본 부인에게 푸념을 늘어놓고 있던 것이었다.

회사마당으로 들어오는 차의 엔진 소리가 밤의 정직을 흔들어 놓았나. 내내 꿈 생각에 젖어 있던 장 회장이 문밖을 내다보았다. 배차사무실로 이 씨가 들어왔다.

"왜 벌써 시마이한 거야?"

장 회장은 이 씨에게 소리쳤다.

"손님도 없고, 마음도 안 잡히고, 해서."

이 씨는 반을 접어 입금을 넣은 노란 운행일지를 장 회장에게 내밀었다.

"그려, 그럴 땐 일찍 일찍 들어오는 게 돈 버는 거여. 차는 갖다 줄 겐가?"

행여 이 씨가 사고라도 낼까, 마음 쓰였던 장 회장은 알맹이 없는 역성을 들어주었다.

"그래야지요."

장 회장은 흰색 운행일지를 새로 꺼내 이 씨에게 주었다. 이 씨가 돌아나가자 노란 운행일지를 폈다. 그 속에는 만 원짜리 여섯 장이 얌전하게 누워 있었다. 장 회장은 갈퀴 같은 손으로 마치 손자의 머리를 쓰다듬듯 지폐를 쓸었다.

그놈이 정신 나갔지. 이렇게 앉아 있으면 매일같이 따박따박 현찰 들어오는 장사가 어딨다고 그걸 마다해. 바로 그때 배차사무실의 전화벨이 요란하게 울렸다. 밤이라 더욱 크게 들렸다.

또 어떤 시러배 겉은 놈이 결근하겠다는 겐가?

장 회장은 궁시렁대면서 시계를 보았다. 1시가 조금 넘었을 뿐이었다. 결근을 알리는 전화가 오기에는 너무 이른 시각이었다. 배차 받침 위에 놓인 전화기를 들었다.

"여보시오."

장 회장이 퉁명스럽게 말했다.

"영감님 잘 들으세요. 아드님이 부동산 등기서류를 잡히려 합니다. 의심나시면 스위스 그랜드 호텔 나이트로 지금 가보세요."

음산하게 낮은 전화기의 목소리는 뚝 끊겼다.

"뭐, 뭐, 뭐라고."

다급하게 되물었지만, 전화기 속에서는, 뚜우 신호음만 들려왔다. 전화기를 잡은 장 회장의 손이 풍 맞은 사람처럼 떨렸다. 수화기를 내동댕이친 채 방안으로 뛰어들었다. 장판 밑을 열어 보았다. 진광의 집에 다신 발그림자를 않겠다고 결심한 후 송두리째 들고나와 아직 적당한 장소를 찾지 못해 이곳 장판 밑에 숨겨두었던 서류가 온데간데없이 사라졌다. 장 회장의 가슴이 두방망이질쳤다. 눈두덕이 푸륵푸륵 떨렸다. 무엇을 어찌할 줄 몰라 허둥거리다 속옷 바람으로 마당까지 달려 나갔다.

"이, 이, 이 씨, 이봐 이 씨, 자, 잠깐만 기다리라구."

보닛을 열고 냉각수를 채워 넣던 이 씨가 장 회장 쪽으로 고개를 돌렸다. 이 씨의 대답을 미처 듣기도 전에 장 회장은 다시 방으로 들어왔다. 바짓가랑이에 다리가 자꾸만 헛 꿰어졌다. 와이셔츠 구멍은 아예 맞춰지지가 않아 앞 단추를 활짝 열은 채로 달려 나왔다.

"이 씨, 이 씨, 스위스 호텔 좀 가자구."

미처 제대로 신지 못한 신발 한쪽이 자꾸만 벗겨졌다. 마음이 바빠진 장 회장은 벗겨진 신발을 손에 든 채 차에 올라탔다.

"무슨 일이 있으신 거예요."

의아한 눈으로 이 씨가 물었다. 장 회장의 귀엔 이미 이 씨의 말도 들리지 않았다.

"아, 뭘 하는 거여, 스위스 호텔로 가자니깐."

이 씨는 더 이상 묻지 않았다.

"옷은 좀 바로 입으셔야지요."

침착하고 낮은 이 씨의 말에 장 회장은 그제야 와이셔츠 단추를 잠그기 시작했다. 갈퀴손이 여전히 떨렸다.

"자식인 게 아니라 웬쑤여, 웬쑤."

분에 찬 장 회장의 목소리마저 푸르르 떨렸다. 이 씨는 장 회장의 얼굴을 돌아다보았다. 자식인 게 아니라 웬수라는 말이 마음에 걸렸다. 이 씨의 눈매가 서늘하게 깊어졌다. 핸들만 잡고 있던 이 씨가 자신의 처지를 생각하며 입을 열었다.

"자식 마음 헤아리지 못하는 애비도 그놈에게는 웬수처럼 생각되겠지요."

이 씨의 목소리에는 한숨이 섞여 있었다.

장 회장은 이 씨 말에 대꾸를 않았다.

"정히 그놈이 안 돌아오면, 그게 다 내가 지은 업이라는 거겠지."

물기가 배여 있는 이 씨의 혼잣말이 사그라드는 촛불처럼 조용히 잦아들었다.

"무슨 놈의 신호가 이렇게 많은 거여."

이 씨의 말을 듣는지 마는지 장 회장은 횡단보도에 켜진 파란신호를 밉살스럽게 흘겨보았다.

새벽길이라 차는 거침없이 달렸다. 호텔 앞에 도착하자 장 회장은 이 씨를 돌아다보지도 않은 채 문으로 뛰어들었다. 나이트클럽의 웨이터들이 장 회장을 가로막았다.

"여긴 할아버지 같은 사람이 오는 데가 아니에요."

"이거 놔라, 이놈들아. 내 아들놈 내가 찾겠다는데 느이 놈들이 뭔, 상관이여. 나도, 나도 돈을 내면 될 거 아니냔 말여."

왁살스럽게 팔을 잡고 늘어지는 서너 명의 웨이터들에게 둘러싸인 장 회장은 생선처럼 팔딱거렸다. 웨이터들에게 욕설을 퍼부으면서도 눈매는 현란한 조명으로 반짝대는 클럽 안쪽을 바쁘게 훑었다. 몇 차례 클럽을 후비던 장 회장의 눈길이 어느 한구석에 가서 박혔다. 입구 쪽의 소란을 무심코 쳐다보던 진광의 눈과 맞부딪친 것이었다. 장 회장은 숨이 컥막혀오며, 눈에 불꽃이 튀었다.

"저, 저, 저놈 잡아라!"

뜻밖의 상황에, 부딪친 진광 역시 장 회장 이상으로 허둥대기 시작했다. 옆에 끼고 앉아 있던 여자의 존재도 순간 잊어버리고 벌떡 일어섰다. 포수의 총구를 확인한 꿩새끼처럼 도망칠 구멍을 찾아 헤매었다. 비상구를 본 진광은 꽁지가 빠져라, 그 틈으로 사라졌다. 어떻게 알고 왔지. 어떻게 알고 왔지? 비상구로 도망치는 진광은 주문을 외듯 쉴 새 없이 같은 말만 중얼거렸다. 하지만 진광의 머릿속엔 장 회장이 들이닥치기 직전까지 함께 있었던 조 부장의 모습이 떠오를 기미라곤 털끝만치도 없었다. 그런 기미는커녕 조 부장이 자리를 뜬 다음에 일이 터진 것이 일나나 나행인가라고 되뇔 뿐이었다.

뻔히 눈앞에서 도망치는 진광을 보면서도 뒷덜미를 움켜잡을 수 없는 장 회장은 가슴이 바싹바싹 타들어 가는 것 같았다. 진광을 쫓아가기는커녕 웨이터들의 힘에 밀려 오히려 뒷걸음질 치고 있을 뿐이었다. 이 순간 장 회장을 더욱 안타깝게 만든 일이 벌어졌다. 웨이터들과 씨름하는 통에 그만 장 회장의 허리끈이 끌러져 버린 것이었다. 오른손 왼손 번갈아 가며 허리춤을 움켜잡느라 장 회장은 마음껏 저항할 수가 없었다. 제대로 요동조차 치지 못하는 장 회장을 웨이터들은 아예 번쩍 들어 올리다시피 하여 밀어냈다. 몸으로 저항할 수 없었던 장 회장은 이마에 핏줄이 발딱 서도록 힘주어 다음과 같은 소리를 반복하여 질러댔다.

"저놈 잡아라! 내 돈 내놔라! 저놈 잡아라! 내 돈 내놔라!"

꽃이 진 자리

생기를 머금은 채, 분홍빛 백일홍 꽃잎들이 마당 가득 내려앉았다. 가지엔 위태로운 생명에 파들거리는 몇 점만이 남아 있다. 한 번만 가만한 바람이라도 불어온다면, 주절거리는 조용한 빗물이라도 가닿는다면 소리 없이 땅바닥으로 내려앉을 참이었다. 이젠 가을도 다 갔다. 이 씨는 마루턱 밑 층계참에 앉은 꽃잎부터 주웠다. 주운 꽃잎을 손바닥에 올려놓았다. 다섯 개가 왼손바닥 위에 올려졌을 때 이 씨의 눈길은 하염없이 손바닥에 머물렀다. 고르게 다섯 등분이 난 오판화가 솥뚜껑만한 이 씨 손에서 아주 작게 보였다.

"칩제? 애비 등에 찰싹 달라붙거라."

옹송그리고 엎드린 준오가 널찍한 이 씨 등판에서 아주 작게 느껴졌다.

먼 길을 걸어온 이 씨의 몸에선 열이 났다. 술기운이 겹친 탓이었다. 오랫동안 마을 입구에서 서성였던 준오의 몸은 아주 찼다. 기다림에 지쳐 몸이 얼어버린 것이었다. 준오가 차디찬 조막손을 이 씨의 겨드랑이 틈새로 밀어 넣었다.

"아부지, 소 땜에 그라제?"

준오 손의 냉기가 이 씨 몸으로 전해져왔다. 이 씨는 양 겨드랑이에 힘을 주어 준오의 손을 꼭 끼었다.

"그려, 우리 소가 개값이 되었꾸마."

저녁 무렵까지 내린 눈 위에 달빛이 부서졌다.

"내가 이 담에 돈 많이 벌어 아부지 소 많이 사주꺼로."

눈이 덮인 모든 것에서 반사된 흰빛이 날카로웠다. 이 씨의 눈빛도 날카로워졌다.

"준오야, 애비는 니한테 돈 바랜 적이 없데이. 니가 있으믄 소는 읎어도 되는구마."

이 씨는 눈 쌓인 마을의 기와지붕과 블록담을 쳐다보았다. 지붕과 담에 내려앉은 환한 달빛이 눈부셨다.

"순호 할부지가 그러던 걸 뭐. 돈 많이 벌어서 아부지 호강시키드리야 한다꼬."

준오는 이 씨 등 뒤에 귀를 갖다 대었다. 저 앞에서부터 달려오는 바람 소리를 들었다.

"순호 할부지가 술을 많이 드시서 그런 소릴 한 게지."

바람이 눈가루를 한 웅큼 몰고 와서 이 씨 얼굴에 뿌렸다. 이 씨는 눈을 감았다.

"그럼 난 핵교 가서 공부만 열심히 하믄 되나?"

날카로웠던 이 씨 눈매가 풀렸다. 뚝 하고 가지 꺾이는 소리와 후두두 눈덩이 떨어지는 소리가 밤의 정적을 흔들었다. 길가에 선 늙은 밤나무 가지가 눈의 무게에 그만 지쳐버린 것이다. 소리에 놀란 준오의 작은 몸이 이 씨 등에서 달싹거렸다.

"준오야, 니 서울 가고 숲나? 서울가 공부허고 숲다 했제."

으씩으씩 걷던 이 씨의 발걸음이 반 폭으로 줄어들었다. 반편 고개를 돌려 준오의 대답을 기다렸다.

"응, 서울 가고 숲다. 서울가 공부 허고 숲다."

떽떼그르 구를 것처럼 동그랗게 눈을 뜨고 준오는 이 씨의 귓가에 속삭였다.

"그럼, 그럼, 니 말이데이, 종필이허고 순호, 대식이 못 봐도 괜찮쟈?"

준오는 종필이네 집 쪽을 쳐다보았다. 눈 덮인 흰 밭 너머 감나무 새로 종필이네 집 불빛이 비쳤다.

"아주 못 보게 되나?"

이 씨의 몸체가 가락에 맞추듯 흔들거렸다.

"그랄런지도 모르제."

이 씨의 발걸음은 어느새 순호네 담 밑 고샅을 돌고 있었다. 순호 할아버지의 기침 소리가 담 밖까지 쫓아 나와 준오의 귀청을 때렸다.

"그럼, 난 누구하고 메뚜기 치나?"

허리께로 내려간 준오를 이 씨는 추켜 업었다.

"서울에도 니, 또래 아이들이 많데이. 새로 친구를 사귀야제."

이 씨가 몰아쉬는 한숨은 크고 깊었다. 서울 가면 순호 할아버지의 긴 담뱃대로 머리통을 얻어맞는 일은 없으리라는 생각에 준오의 눈이 잠시 기쁨으로 빛났다.

"가들도 낭그타기 잘허나?"

이 씨는 걸음을 멈추었다. 이 씨 눈에 백일홍나무가 가득 들어찼다. 잔가지 끝까지 내려앉은 소담스러운 눈송이들이 제철을 만난 꽃잎 같았다. 준오를 내려놓았다. 이 씨 겨드랑이 밑에서 한결 온기를 되찾은 준오의 작은 손이 이 씨의 손아귀에 답싹 들어왔다. 휘휘 비틀며 하늘로 오르는 백일홍의 우묵한 몸체를 둘은 달빛을 등진 채 나란히 바라보았다.

"준오야, 우리 서울 갈 제 저 낭그 가지가제이. 종필이가 보고 싶을 젠 저 낭그 한분 치다보고, 저기 비틀어진 몸통에 올라앉아 순호랑 놀던 생각허믄 안 되겠나? 서울 아이들도 부러워할 기다. 그려, 그려, 저 낭그를 가지가제이. 가지가서 다시 심제이."

이 씨의 손 위에 꽃잎들이 두툼하게 쌓였다. 시멘트로 덮은 마당의 가장자리엔 흙밭이 있었다. 이 씨는 주위 모은 꽃잎들을 흙밭에 뿌렸다. 무서리처럼 꽃잎들이 흙 위로 내려앉았다. 이 씨는 장독대로 갔다. 또다시 난만하게 흩어진 꽃잎을 주위 모았다. 장독 사이엔 떨어진 지 오래되어 형체를 알 수 없을 만큼 뭉크러진 낙화가 쌓여 있었다. 이 씨는 낙화의 시신들을 두 손으로 쓸어모았다. 이 제 기지 끝에시처럼 싱그러운 모습을 잃지 않은 꽃잎들과 갈색 흙 사이에 시신들을 안장시켜 주었다.

"또 꽃잎들을 줍고 있어요? 빗자루로 쓸면 될 걸 왜 자꾸만 손으로 그러세요?"

장바구니를 든 이씨 부인이 수돗가에 서 있었다.

"이제 힝둥새가 찾아올 철도 다 지나가는데, 올해는 힝둥새가 안 오려는 모양이오."

이 씨는 흙 묻은 손을 늘어뜨리고 구만리 장천을 헤매는 듯한 눈길로 하늘을 올려보았다. 지붕에 가려진 하늘은 조각나 있었다. 조각난 파아란 하늘 끝은 너무도 멀었다.

"새는, 아침에 찾아와야 반가운 손님이 온대요."

마당에서 올려다본 하늘엔 해가 없었다.

"우리 준오는 손님이 아니오."

어디에 있는지도 모를, 해가 비춰주는 햇살로 나무 그림자가 마당에 드리워졌다.

"이제 곧 저녁이 될 텐데, 밤에 우는 새는 불길한 징조예요. 새 울기를 기다리지 마세요."

이씨 부인은 이 씨 앞에 빗자루를 가져다주었다.

"문을 닫지 말고 가구려. 언제 우리 아이가 그 문을 들어설지 모르는 일이잖소."

소리 없이 이씨 부인은 대문을 나섰다. 이 씨는 나무 그림자를 밟았다. 싸르락싸르락 눈길을 밟는 소리가 나는 듯했다.

이 씨는 호미를 찾아내었다. 나무 밑동을 싸고 있는 낙엽들을 긁어냈다. 맨살로 드러난 흙에 고랑을 팠다. 쓰레기 바구니에 담긴 음식물 찌꺼기를 마치 두엄을 두듯 골고루 고랑에 털어 넣었다. 흙을 덮었다. 그 위에 다시 낙엽을 덮었다. 호미를 들고 멀거니 서 있던 이 씨는 마루턱에 앉았다.

"아버지!"

열쇠로 대문을 따고 막 마루로 올라서려는 이 씨 등 뒤에서 소리가 났다. 준오는 가로로 용틀임하며 내뻗친 백일홍 나뭇가지 위에 앉아 있었다.

"준오야, 왜 그곳에 올라가 앉았니, 학교는 어쩌고?"

가지 위에 올라앉은 준오가 이 씨의 얼굴을 내려다보았다. 이 씨의 발부리에 물방울이 뚝 떨어졌다. 비는 오지 않았다. 그런데도 물방울은 또다시 이 씨의 발 앞에 떨어졌다. 준오가 울고 있었다.

"병섭이가 반장이 되었어."

이 씨가 팔을 벌렸다. 준오는 팔뚝으로 눈물만 닦아 냈다.

"니가 반장이 안됐대도 아버지는 하나도 서운치가 않구나."

준오는 머리에 닿은 나뭇가지를 날쌔게 휘어잡더니 똑 부러뜨렸다.

"병섭이가 반장이 된 건 병섭이 아버지가 사장이기 때문이래. 내가 반장이 못 된 건 아버지가 택시 운전수기 때문이고."

이 씨는 한걸음 물러섰다.

"그건 그렇지가, 않단다."

눈물을 거둔 준오는 나무에 걸터앉은 채 다리를 간드락거렸다.

"칫, 우리 반 애들도 다 알고 있는걸. 아버지만 바보같이 모르는 거야."

준오는 나무에서 내려올 생각을, 않았다. 이 씨는 마루턱에 앉아 준오를 마주 보았다.

"그곳이 좋으면 밥을 먹고 나서 다시 올라 가려므나"

준오는 해가 저서야 제 발로 내려왔다. 마루턱에 이 씨와 나란히 앉았다.

"아버지, 택시가 그렇게 나쁜 거냐? 종필이하고 순호는 그런 적이 없는데, 여기 애들은 시골뜨기라고 놀리고 아버지가 택시 운전수라고 놀리고 자꾸만 그런다."

붉게 물들었던 하늘에 이미 어둠이 깔리고, 깔린 어둠 속에서 하나 둘 별빛이 기척을 내기 시작했다.

"순호, 종필이야 그럴 리가 없지. 모두 시골뜨기인데다 가들 아버지, 할아버지, 또 할아버지의 아버지가 이 아버지하고 똑같은 농군이었으니까."

이 씨는 소리로만 허허 웃었다. 준오는 소리로도 웃지 않았다.

"공부로 대결할 테야. 난 병섭이를 꼭 이기고 말걸."

어둠 속에서 준오는 입을 앙다물었다. 이 씨는 뻑뻑해진 가슴 한편을, 쓸 듯 준오의 머리를 쓸었다.

"마음속에 복수심을 키우면 큰사람이 못 되는 법이라."

이 씨는 다시 수돗가에 흩어진 꽃잎들을 주워 왼손바닥에 올려놓았다. 그때 반쯤 닫혀 있던 대문이 삐그덕 소리를 내며 활짝 열렸다. 열린 문 앞에 사람이 서 있었다. 이 씨의 고개 숙인 눈길에 사람의 구두코가 걸렸다. 이 씨는 호흡을 가다듬었다. 고개를 들었다. 대문 지붕 위로 옮겨온 해 아래 청년의 형체가 드러났다. 아뜩한 현기증에 눈을 감았다. 청년은 준오였다. 심장에서 시작된 경련이 전신으로 파도쳤다. 경련으로 이 씨는 손을 내려뜨렸다. 왼손바닥에 담겨 있던 꽃잎들이 후루루 떨어져 나렸다. 한차례 경련이 쓸고 가자 이 씨는 비로소 몸을 가눌 수 있었다.

이 씨는 다시 자리에 주저앉았다. 난분분히 흩어진 꽃잎들을 다시 또 손에 담기 시작했다.

"꽃이 다 졌구나."

이 씨의 말투는 일상적이었고 평화스러웠다. 이 씨가 말문을 열자 준오는 그제야 문안으로 들어왔다.

"가을이 다 갔으니까요."

마루턱에 앉은 준오의 말투도 평화로웠다.

"이 나무는 느이 죽은 애미가 시집오던 해에 심은 거란다."

마당 위 하늘에 마지막 모습을 드러낸 해는 잎새들을 내리쪼였다.

"서울로 이사 올 때 아버지가 옮겨 심은 것이죠."

마당에 드리워진 나무 그림자는 아까보다 길었다. 조용한 바람이 마당 위를 쓸고 지나갔다. 잎새들이 흔들렸다. 잎새에 부딪친 볕들도 희뜩희뜩 요란스레 흔들렸다. 흔들리는 볕의 숫자는 잎새 숫자만큼이나 많고, 그 크기는 잎새 크기만큼이나 작았다.

"언젠가 니가 이렇게 거짓말처럼 돌아올 줄 믿었다."

각막을 휘젓는 햇살의 희뜩거림에 준오는 눈을 감았다. 눈을 감으면서도 어쩔 수 없는 가을 햇살이라고 생각했다. 폭염을 토해내며 작열하는 여름 햇살과는 다르게 저물이기는 가을 햇빛에는 이미 쓸쓸함이 배어 있었다.

준오의 침묵이 이 씨의 가슴을 짙은 불안감으로 물들였다. 준오의 잘 닦여진 구두코를 보는 순간부터 번지기 시작한 불안감이었다. 이 씨는 대문 편으로 옮겨 앉았다. 그곳의 꽃잎들을 주웠다.

"그래, 니가 고향 친구들 생각날 때 이곳 친구들하고 올라타라고 예까지 가져왔지."

이 씨는 다시 나무 얘기로 돌아갔다. 준오는 이 씨가 놓아둔 호미를 계단참에 톡톡 쳤다.

"하지만 그 나무에 올라간 건 저 혼자였죠. 같이 올라갈 친구가 이곳엔 없었으니까요."

호미에 묻어 있던 갈색 흙들이 부스스 떨어졌다. 이 씨는 말없이 꽃잎만 모았다.

"새엄만 어디 가셨나요?"

"새엄마 딸도, 명희도 아직 돌아오지 않았나요?"

갈색 흙이 다 떨어져 나간 호미엔 오랜 세월 전부터 묻어 있었을 황토색 흙만이 딱딱하게 굳어 있었다. 어쩌면 고향에서 묻혀왔을 흙일지도 몰랐다. 준오는 수돗가의 세숫대야에 물을 받았다. 물이 세숫대야에 넘치자 호미를 담갔다. 이 씨는 소복하게 담긴 꽃잎을 들고 일어났다.

"이젠 그만 돌아오려므나."

서편으로 해가 기울자 나무 그림자도 계단참까지 길게 가로누웠다. 이 씨의 그림자 끝이 준오의 머리에 닿았다.

"그러기엔 너무 늦었어요. 아버지. 내 몸속엔 약 기운이 너무 많은걸요. 내 혈관은 크리스탈 프리베이스를 기다리고 있고, 내 팔다리 갈비뼈는 구멍이 숭숭 뚫린 닭뼈 같아요. 힘껏 눌러버리면 아마 형체도 없이 부서질 거예요."

이 씨가 맥없이 손을 놓아버렸다. 손바닥에 들려 있던 꽃잎들이 이 씨의 발밑으로 쏟아졌다. 가는 바람에 실려 온 한 점이 준오의 대야에 나붓이 내려앉았다.

"공부가 너를 망쳤구나, 모두가 내 잘못이다."

준오는 이 씨를 올려다보았다. 이 씨의 얼굴엔 핏기가 없었다. 귀밑머리는 하얗게 슬어있었다. 준오는 고개를 떨구었다. 대야 속에 내려앉은 파아란 하늘을 보았다. 대야 속의 하늘엔 한 조각 구름이 흘렀고, 오판화 꽃잎이 그 구름에 실려 함께 흘렀다. 준오는 대야 속의 물을 가만히 저었다.

"아니에요. 불확실하긴 했지만, 공부는 제 인생의 한 가지 가능성이었어요. 나를 바꿔놓은 건 사랑, 그래요, 사랑이에요. 눈앞에 실체로 나타난 사랑을 선택한 거죠. 그것이 나를 바꿔놓은 거예요."

대야 속의 물에 작은 파도가 일었다.

"들어 보렴. 그렇게도 애타게 기다리던 힝둥새가 이제야 우는구나."

쯔이쯔이 지지쮸 지지지…… 이 씨는 힝둥새 소리를 들었다. 준오는 귀를 기울였다.

"제 귀엔 아무것도 들리질 않는걸요. 이곳에선 힝둥새가 울지 않아요. 힝둥새는 어렸을 때 우리 동네에나 찾아왔었죠. 우리가 나무막대로 논가 풀밭을 휘저으면 깜짝 놀란 힝둥새가 나뭇가지 위로 뛰어오르곤 했는데, 하지만 이곳엔   ."

준오 귀엔 아무것도 들리지 않았다. 준오는 이 씨가 환청을 듣고 있다고 생각했다.

"그래, 니가 선택한 그것이 네게 무엇을 가져다주었니?"

이 씨의 시선은 파도에 일렁이는 순백색 오판화에 머물렀다.

"윤주와 난 처음부터 맞닿을 수 없는 평행선 같은 거였어요. 그 아인 검사의 딸이었거든요. 내겐 운명을 건 사랑이었는데, 그 아인 사랑을 버리고 자기 세계로 돌아갔어요. 하지만 난 돌아가야 할 나의 세계가 없는걸요."

준오의 시선이 대야 속의 구름과 함께 흘렀다. 망망연한 준오의 눈길에 윤주가 걸어오는 모습이 아른거렸다.

멀리서 윤주가 걸어왔다. 플레어스커트 자락이 바람결에 춤을 췄다.

준오는 왼쪽 주머니에 넣어둔 잭나이프를 만져보았다. 금속성의 쇳내가 손끝에서도 느껴졌다. 오른쪽 주머니에 손을 넣었다. 크리스탈 가루와 주사기를 넣은 비닐봉지를 쓸었다. 온기 없는 비닐의 무미한 감촉에 입 맛이 썼다. 마지막 밤이었다. 양쪽 주머니 중 어느 쪽을 선택하게 되는지, 어느 쪽을 선택하고 싶은지조차 준오는 알 수 없었다. 양쪽 다 선택하게 될지도 모른다고 생각했다.

"너희 집 담벼락은 너무 높더군."

강물 위로 별과 달이 내려앉았다. 준오는 손에 닿은 나슬나슬한 잔디 를 잡아 뜯었다.

"꼭 하고 싶다는 얘기가 뭐야?"

바람결 따라 물살이 반복하여 밀려 내려갔다.

"같이 걷고 싶어."

준오는 일어섰다. 윤주도 따라 일어섰다. 물감처럼 번진 강 위의 달이 둘을 따라왔다. 물고기를 속이려는 밤낚시꾼들의 불빛이 군데군데 강물 을 비추었다.

"이거 오늘은 영 손님들이 낚싯밥을 물어주질 않는군."

밤낚시꾼의 나른한 푸념이 등 뒤에서 들려왔다. 준오는 계속 걸었다. 한걸음 뒤에서 따라오던 윤주가 멈추어 섰다. 둘을 따라오던 강 위의 달 도 문득, 멈추어 섰다. 준오는 돌아서서 윤주를 마주 보았다.

"난 빨리 돌아가야 해. 할 말 있으면 여기서 해."

낚시꾼들의 불빛은 아득히 멀게 느껴졌다. 인적이 드문 곳을 찾아다니 는 연인들도 눈에 띄지 않았다. 준오는 왼쪽 주머니를 선택해야 할 때라고 생각했다. 윤주의 블라우스 앞섶을 낚아채어 잡아당겼다. 윤주가 준오의 품속으로 들어왔다.

"넌 내 운명의 반쪽이야. 난 이미 그렇게 결정했어. 우리 같이 죽어버리자."

준오의 몸이 순식간에 불덩이처럼 달아올랐다. 준오는 아무런 동요 없는 윤주의 심장 소리를 들었다. 준오의 몸이 이내 식었다. 준오의 몸이 식자 윤주가 준오를 떼어냈다.

"난 죽을 수가 없어. 난 아버지에게로 돌아가야 해. 내가 선택할 수 있는 길은 그것뿐이야."

준오가 왼쪽 주머니에서 잭나이프를 빼 들었다. 윤주가 몇 걸음 뒤로 물러섰다. 쇄이 바람이 불어오는 듯했다. 물결이 빠르게 흐르는 듯도 했다. 천체가 아주 빠른 속도로 돌았던 건 분명했다. 찰나였다. 준오는 입 주변을 손바닥으로 쓸어냈다. 끈적한 액체가 묻어났다.

"비겁하게…… 병신. 우리 아버지가 그렇게 호락호락한 사람인 줄 알았어? 해볼 테면 당당하게 대결해. 이런 식의 유치한 방법 말고 말야."

윤주는 서너 명의 남자들과 함께 서 있었다. 윤주 머리 위에 선명한 반쪽 달이 윤주와 함께 준오를 내려다보았다.

"한 번이라도 좋다. 니 몸을 마음껏 안아보고 싶어. 크리스탈을 가져왔어. 환각 속에서 너를 안고 싶다고. 이것이 마지막이라도 좋아. 그때처럼 말야, 한 번만이라도."

남자들에게 둘러싸여 멀어져가는 윤주의 뒷모습을 바라보며 준오는 소리쳤다. 윤주는 대답 없이 사라졌다. 이 애비처럼 구질구질하게 살지 않으려면 공부해야 한다. 이놈아, 공부를…… 아버지의 애끓는 소리가 준오의 귓전을 울려왔다.

준오는 아버지가 당당하길 원했었다. 그런데 자신이 윤주에게 애걸하고 있었음을 자각했다. 아버지가 자신에게 애걸했듯이. 땅에 떨어진 잭나이프를 들었다. 비틀거리며 일어섰다. 온 몸뚱아리가 아려왔다. 아 아 아 아…… 있는 힘을 다해 나이프를 던졌다. 물감처럼 번진 달 속으로 나이프가 떨어졌다. 물감은 심하게 동요하며 잠시 더 크게 번졌다. 물속에 떨어지는 자그마한 쇳덩이 소리의 여운을 들으며 준오는 오열을 터뜨렸다. 바람 소리에 한강이 울었다.

준오는 물을 세차게 저었다. 호미에서 우러난 흙 때문에 대야의 물은 흙탕물로 변해갔다. 대야 속에 내려앉았던 하늘이 사라졌다. 좁은 대야에 갇힌 오판화의 몸체가 흙탕물 속에서 정신없이 뒤흔들렸다. 준오는 계속해서 오판화를 괴롭혔다.

"윤주의 아버지가 윤주를 그들의 세계로 데려갔어요. 하지만 난 돌아갈 나의 세계가 없는걸요."

이 씨의 그림자가 준오의 등을 타고 넘었다. 준오의 몸이 이 씨의 그림자 속으로 온전히 들어왔다.

"이곳이 네 집이다. 이렇게 나무가 서 있고, 집이 있는데 왜 돌아올 곳이 없단 말이냐?"

세차게 저어대던 준오의 손놀림이 멈추었다.

"이곳은 내가 돌아올 곳이 아니에요. 그러기엔 내가 너무 많이 변한걸요."

누워 있던 나무 그림자의 형체가 허물어져 갔다. 준오를 품고 있던 이 씨의 그림자도 허물어져 갔다.

"그렇지 않다. 사랑은, 사랑이란 결코 사람을 망쳐놓질 않는다."

준오는 대야에 떠 있던 꽃잎을 걷어냈다. 나무꼬챙이로 호미에 말라붙어 있던 흙을 긁어내기 시작했다.

이 씨는 신발장 밑에 있던 연장통을 꺼냈다.

"돈이 너를 망쳤구나."

호미 목에 붙어 있던 흙덩이가 떨어져 나갔다.

"아주 많이 벌 거예요. 그리고 아주 빠른 속도로. 시속 180킬로쯤의 속도로."

이 씨는 연장통에서 사포를 찾아냈다.

"부정하게 번 돈은 언제나 사람을 병들게 하지. 돈이 너를 망쳤구나."

준오는 긁어낸 흙을 헹궈내고 또다시 긁어내기를 반복했다.

"윤주 아버지는 그렇게 많은 돈을 갖고도 병들지 않았어요. 세상은 오히려 부러워만 하는걸요. 돈으로 대결할 거예요. 반드시 윤주 아버지를 이기고 말걸요."

말간 호미 날이 점차 원래의 모습을 드러냈다.

"돈이 너를 망쳤구나. 서울이라는 이 도시가 너를 망쳤구나. 모두 내 잘못이다."

이 씨는 창고 구석을 뒤졌다. 거미줄이 엉켜 있는 톱과 도끼, 낫을 찾았다. 서울 온 이후로 한 번도 쓰지 않은 것들이었다. 톱날과 도끼날이 녹슬어 있었다. 이 씨는 계단참에 앉아 사포로 톱날부터 밀기 시작했다. 둘 사이엔 말이 없었다. 이미 나무 그림자도 이 씨의 그림자도 없었다. 마당 구석구석, 잎새 하나하나에도 어스름이 내려앉았다. 활짝 열린 대문 안으로 이씨 부인이 들어섰다. 계단참에 앉아 톱날을 사포로 닦아 내는 이 씨의 모습과 호미의 흙을 꼬챙이로 긁어내고 있는 낯선 청년의 모습이 무슨 의미인지 이씨 부인은 알 수 없었다.

"주, 준오 아니냐?"

준오는 호미를 놓고 일어섰다. 둔한 날이 반지르르하게 원래 모습을 드러냈지만, 목 밑에 몸체 일부처럼 붙어 있던 흙 더께는 그대로였다. 그것은 분명 고향의 흙이리라 준오는 생각했다.

"고기, 고기라도 한 근 사 와야지."

고요한 두 사람 사이에서 이씨 부인만이 덴겁하며 갈피를 잡지 못하고 허둥댔다.

"전 지금 갈 겁니다."

혹한 속의 냉수 같은 한마디가 이씨 부인의 정수리에 쏟아졌다.

"이런 법은, 이런 법은 없다. 여보, 이런 법은 없어요. 가더라도, 가더라도 밥 한술은 뜨고 가야지. 세상에 어쩌다 이런 일이."

이씨 부인은 이 씨에게 도움을 청하고 싶었다. 이 씨는 어스름 속에 웅크리고 앉아 도끼날만 손질했다.

"아버지, 이젠 준오에게서 자유로워지세요. 지금껏 저를 기다리고 계셨을 테죠? 이젠 기다리지 마세요. 그 말을 꼭 전하고 싶어 찾아왔습니다."

374

준오는 대문간을 나섰다. 이씨 부인이 준오 방으로 뛰어 들어갔다. 점퍼를 손에 든 이씨 부인이 뒤늦게 준오를 쫓아 나갔다.

이 씨는 창고에서 사다리를 꺼냈다. 오랫동안 쓰지 않던 것이었다. 사다리 끝을 지붕 난간에 대었다. 이 씨는 한 칸 한 칸 밟고 하늘로 올라갔다. 사다리의 이음목에서 삐걱대는 소리가 심하게 났다. 이 씨는 지붕 위에 서서 동네를 내려다보았다. 언덕을 타고 줄지어진 집, 집마다 불빛이 새어 나왔다. 불빛 속에선 하루해를 마감한 저마다의 일상들이 째갈거리며 펼쳐지고 있을 터였다. 이 씨의 눈길은 저편 아래쪽 큰길까지 이어진 골목길을 따라갔다. 가로등 밑에 준오의 모습이 나타났다 사라졌다. 이 씨는 그 아래쪽 가로등을 뚫어지게 내려다보았다. 다시 아주 작아진 준오의 모습이 나타났다, 또다시 사라졌다. 다음엔 그 어느 가로등에서도 준오의 모습은 없었다. 낯선 사람들만이 간혹 오르내렸다.

"여보, 그 위에서 뭘 하는 거예요?"

이 씨는 먼 데까지 눈길을 휘둘러 보았다. 야광 구슬을 한 아름 뿌려놓은 것처럼 도시의 밤은 황홀했다.

"이제 아주 떠났다오. 우리 아이가 떠났는데 웬 놈의 달은 이다지도 밝은 거요."

이 씨는 고개를 젖혔다. 빙그르르 우주가 돌았다. 지구 표면에 붙어서서 자신조차 우주 일부가 되어 함께 돌고 있음을 느꼈다. 자신의, 몸이 하늘과 땅을 잇는 피뢰침같이 생각되었다.

"준오야, 왜 혼자 저녁을 먹고 있니?"

잠결에 딸깍거리는 수저 소리를 들었다. 이 씨는 눈을 떴다. 누운 채로 귀를 기울였으나 아무 소리도 나지 않았다. 꿈결인가 싶었다. 눈을 감았다. 그때 아주 조심스럽게 수저를 스텐 그릇에 다닥뜨리는 소리를 다시 들었다. 이 씨는 방문을 열었다. 열한 살짜리 준오가 혼자서 라면을 먹고 있었다.

"피곤하게 주무시는 아버지를 깨우지 않으려고요."

열한 살짜리 준오가 대답했다.

"혼자 자는 것보다는 너랑 같이 밥을 먹는 게 아버지는 더 좋구나."

이 씨는 아들이 기특하고 어른스러운 거라고 여기고 싶었다. 허사였다. 한없이 멀어지는 아들의 뒷모습을 예감하는 자신만이 확인될 뿐이었다. 준오는 이 씨의 밥상을 차려 놓고 제 방으로 들어갔다. 이 씨는 밥상 앞에서 눈물을 삼켰다. 목이 메어 한술도 뜨지 못했다.

"여보, 날씨가 추워졌어요. 어서 내려오세요."

이 씨는 하늘을 마지막으로 한번 우러렀다. 한 칸 한 칸 땅으로 내려갔다. 낡은 사다리에서 올라갈 때보다 더욱 요란한 소리가 났다. 땅에 내려온 이 씨는 톱날을 물빛에 비쳤다. 도끼날도 비춰 보았다. 더께 앉은 녹은 다 떨어져 쓸만해 보였다.

"마당에 불을 켜 주오."

이 씨는 백일홍 밑동에 톱날을 들이댔다. 거칠게 나무껍질을 파고들던 날이 나무 속살에 닿으면서 안정감 있게 움직이기 시작했다. 이 씨의 태도는 침착하고 신중했다. 장차 백 년 동안 써야 할 농짝을 짜는 목수의 그

376

것처럼 조심스럽고 섬세했다. 이 씨의 등 뒤에서 이씨 부인이 지켜보았다. 이 씨의 침착성과 신중함, 조심스러움과 섬세함이 이씨 부인을 두렵게 했다. 그 두려움이 이씨 부인의 말문을 막았다.

"당신……."

이 씨의 이마에 땀이 송글송글 맺혔다. 톱날이 밑동의 반이 넘도록 파고 들어갔다.

"이거 좀 잡아 주지 않으려오."

도움을 청하는 이 씨의 어투가 일요일 날 구들장을 손보는 가장의 그것처럼 평화스러웠다. 그 평화스러움이 이씨 부인을 끌어당겼다. 나무가 마당 한가운데로 쓰러졌다. 굵은 가지들엔 계속해서 톱날을 들이댔다.

"이걸 무엇에 쓰시려고요?"

잔가지들은 낫으로 찍어냈다. 잎 달린 가지들을 쳐낸 크고 작은 알몸뚱이 나무들이 마당 가에 나란히 누웠다.

"사람은 아무래도 흙을 만지며 살아야 하는가 보오. 고향으로 돌아가면 이 나무들은 땔감으로 살라버립시다."

이씨 부인이 울음을 터뜨렸다. 마당엔 가로누운 매끈한 나무들이 늘어갔다.

"준오가 다시 오면 어쩌려고요. 언제는 대문도 못 닫게 하시더니. 훌쩍 떠나버리면 우릴 어디서 찾는단 말예요."

잎, 가지들을 걷어낸 나무들을 좀 전에 잘라낸 둥치 위에 얹었다. 이 씨는 장작개비만큼의 길이로 패기 시작했다.

"그 아인 안 올 거요. 정히 돌아올 마음이 있거든 반드시 내 있는 곳까지 찾아올 거요. 내가 저를 알듯이 그 아이도 나를 아니까 말이오."

장작개비가 되어버린 나무토막들이 마당 구석에 쌓여 갔다. 이씨 부인은 울음을 멈추지 않았다.

"우리, 우리 명희가 돌아오면 어떡하고요."

이씨 부인은 자신이 데려 들어온 딸, 명희를 생각하며 눈물을 쏟고 있었다. 불현듯 이 씨는 도끼질을 멈추었다.

"한마디 내색도 없더니만, 당신도 그 아일 기다리고 있었구려."

몸통에서 쳐낸 잎 달린 잔가지들이 마당 구석에 쌓였다. 마당 구석은 우거진 숲과도 같았다. 이 씨는 톱과 도끼, 낫을 제 있던 자리에 옮겨놓았다. 준오가 호미에서 톡톡 털어냈던 흙이 개미집처럼 잘게 부서져 쌓여 있었다. 이 씨는 흙을 양손에 담아 마치 뼛가루를 강물에 뿌리듯 흙밭에 뿌렸다.

"이 집에서 살 사람들에게 편지를 남겨놓고 갑시다. 당신 아이가 돌아오면 우릴 찾아올 수 있게 말이오. 그 아이도 돈이 망쳐놓은 거요. 그리고 서울이라는 이 도시가. 우리는 이곳에서 두 아이를 모두 잃었구려. 그래, 그 아이도 흙 있는 곳으로 돌아오게 합시다."

이 씨는 수도꼭지를 비틀었다. 꼭지에서 수돗물이 거칠게 쏟아져 나왔다. 이 씨는 꼭지 밑에 머리를 디밀었다. 땀에 절었던 등줄기가 금세 식어버렸다. 팔등에 아스스 소름이 돋았다.

"날씨가 추워졌소. 그만 눈을 붙여요."

이 씨는 옷을 갈아입었다. 날 서게 다려놓은 기사복의 단추를 잠갔다.

"오늘은 차를 갖고 그냥 집에 오세요. 한숨 주무시고 일하셔야죠."

이 씨는 나무가 서 있던 빈자리를 바라보았다. 마당이 휑뎅그렁하게 느껴졌다. 가슴 속의 어느 부위를 들어낸 것처럼 허전했다.

"꽃이 다 졌구나…… 가을이 다 갔으니까요."

이 씨는 준오와 주고받는 듯이 혼자 말했다.

"이 씨, 엔진오일을 보충해야 할 거요. 타이어 바람도 넣고. 실빵구가 났을지도 모르니까 타이어 손 좀 봐요."

누군가 2층 기숙사에서 내려다보며 이 씨에게 소리 질렀다. 이 씨는 듣고 있지 않았다. 정비실에 세워 둔 차를 몰고 그대로 회사 문을 빠져나왔다. 차는 강변도로로 접어들었다. 네 개의 창을 모두 내렸다. 숨이 막힐 만큼 거센 새벽바람이 들이쳤다. 바람은 찼다. 이 씨의 눈엔 헤드라이트가 비춰주는 아스팔트밖에 보이지 않았다. 그 이외엔 모두 칠흑 같은 어둠이었다.

돌아가기엔 너무 늦었어요. 아버지. 내 몸속엔 약 기운이 너무 많은걸요. 내 혈관은 크리스탈, 프리베이스를 기다리고 있고, 내 팔다리 갈비뼈는 구멍이 숭숭 뚫린 닭뼈 같아요. 힘껏 눌러버리면 아마 형체도 없이 부서질 거예요.

아들을 잃었다는 상실감이 뒤늦게 이 씨의 전신을 휘감았다. 손에 담은 꽃잎들이 후루루 날아갈 때도, 지붕 위에서 사라지는 준오의 뒷모습을 확인할 때도, 나무의 밑동을 베어낼 때도 미처 다 알지 못했던 상실감이었다. 이 씨의 뺨이 세찬 강바람에 얼어버릴 것 같았다. 표지판을 보았다. 미사리가 가까웠다. 돌아가야 할 때가 되었다. 서서히 깃드는 여명이 어둠을 조금씩 걷어내고 있었다. 푸르렀던 가로수의 잎새들이 푸른 빛을 잃고 땅바닥에서 뒹굴었다. 가으내 무성했던 잎새들을 여읜, 스산한 가지들만이 가난하게 대지를 지켜주고 있었다.

"꽃이 다 졌구나. 준오야!"

이 씨가 준오를 불렀다. 그때 차체의 밑바닥에서 무언가 심하게 부딪치는 굉음이 울렸다. 동시에 차체의 뒷부분이 내려앉는 듯했다. 손써 볼 틈도 없이 핸들이 오른쪽으로 휙 쏠렸다. 이 씨는 반사작용처럼 브레이크 페달을 밟으며 핸들을 왼쪽으로 돌려보려 했지만 이미 늦은 것을 깨달았다. 끼리릭 쿵! 차 앞머리의 우측 모서리가 가로수를 있는 힘껏 들이받았다.

"돈이, 이 도시가 너를 망쳤구나."

이 씨는 의식을 잃으며 머리를 핸들 위에 처박았다. 이 씨의 축 처진 머리가 경적을 눌러 이 씨의 차는 경적을 끝없이 요란하게 내며 울었다. 지나가던 차들이 비상등을 켜고 섰다. 사람들이 웅성거리며 이 씨의 차 주변으로 모여들었다. 충격으로 일그러진 보닛이 들려져, 사정없이 부서져 버린 차체의 내부를 드러냈다. 떨어져 나간 타이어 캡이 저만치서 혼자 뒹굴었고, 굳건히 서 있던 가로수는 차체 앞머리가 깊숙한 곳까지 파고든 상처를 입었다. 이 씨의 입에서 검붉은 피가 흘러나왔다. 그의 눈가엔 눈물이 맺혀 있었다.

조합장 선거 1

-강순구의 출마 결정

심한 갈증 때문에 눈을 떴다. 어둠 속에서 휘청거리며 냉장고 문을 찾았다. 벌컥벌컥 냉수를 들이켜자 정신이 들었다. 오랜만에 과음이었다. 폭주였다. 머리맡에 놓여 있던 탁상시계의 야광 바늘이 새벽 3시 10분을 가리키고 있었다. 오전반 근무일 때 어김없이 눈을 뜨는 시각이었다.

"영락없는 운짱이구먼."

그렇게 술을 마시고도 출근 시간에 맞춰 눈을 뜬 내가 어이없게 느껴졌다. 빗소리가 들렸다. 때늦은 가을비가 처마 끝을 치적치적 힘없이 때리는 소리였다. 창의 유리문은 어두웠다. 바깥 하늘엔 빛 한 점 없는 모양이었다. 어둠 속에 누워 간밤의 기억을 되짚었다. 동강 난 기억들이 마디마디 순서 없이 떠올랐다.

"니, 니 말이데이. 상준이를 만나드래도 그 이 얘기는 하지 말그라. 그 아는 아직 어리니께."

가장 먼저 떠오른 것은 헤어질 때 원갑이 형이 내게 한 말이었다.

해가 지면서 나는 원갑이 형네 포장마차를 찾아갔었다. 초저녁부터 혼자 소주잔을 기울이는 내가 심상찮게 느껴졌던지 형은 장사를 아예 형수에게 맡겨버리고, 나와 다른 술집을 찾아가서 술잔을 나누었다. 하지만 아무것도 먼저 묻진 않았다.

"형, 나 노동운동 다시 하면 어떻겠소?"

결국 내가 먼저 그 말을 던졌을 때, 난 이미 어지간히 취해 있었다. 원갑이 형은 내 말에 아무런 대답도 하지 않았다. 술잔을 들이켜는 속도만 빨라졌다. 분명하게 기억나는 것은 거기까지였다. 그리곤 아마 난 버스

전용차선에 대한 얘길 한 것 같고, 형도 요즘 벌이가 시원찮다는 등의 얘길 한 것 같다. 아, 그랬다. 난 윤태 얘길 꺼내고야 말았다.

"윤태, 윤태 기억나지요?"

정말이지 술 탓이었다. 절대 원갑이 형이나 상준이에게 윤태 얘길 하지 않으리라 마음먹었는데, 내 머릿속에서 떠나지 않는 윤태 얘길 얼결에 꺼내놓고 말았다. 윤태라는 이름을 듣는 순간 원갑이 형 눈에 반짝 빛이 일었다.

"일간지를 사서 샅샅이 뒤져보면 윤태, 아니 그건 성진제강 시절 이름이고 이호준이라는 이름을 보게 될걸요. 이호준이 그게 윤태요."

의외로 원갑이 형은 놀라는 기색이 없었다. 알았다는 듯이 고개만 자꾸 끄덕였다.

"신문기자라, 잘된 일이구마. 하모, 잘된 일인기라. 우리랑은 다린 사람이니께, 잘된 일이제."

원갑이 형은 잘됐다는 말만 반복했다. 우리는 또 한참을 별말 없이 술잔을 주고받았던 것 같다.

"니 서운하제?"

뜬금없이 원갑이 형은 내게 물었다. 난 그 의미를 이내 눈치챘다. 그냥 씨익 웃었다. 내가 웃자 형은 벽력같이 소리를 질렀다.

"병신 겉은 짜석, 노동운동 다시 할라니께, 그때 일이 마음에 걸리드나? 그리서 니 내 찾아왔제? 니 그리 안 봤드마, 참말로 옹색시런 놈이데이. 그렇게 쫄쫄하게 굴라카믄, 애지녁에 시작도 하지 말그라."

원갑이 형은 나를 성난 눈빛으로 노려보았다. 그 순간 나는 술이 깨는 것 같았다. 동시에 나는 알았다. 왜 내 발걸음이 막연히 원갑이 형의 포장마차로 행했는지를. 나는 형한테서 욕을 먹고 싶었던 거였다. 나의 옹졸함이 여지없이 깨지기를 원했고 다시금 나를 추스르고 싶었던 것이었다.

"그눔아도 그땐 할 만큼 했는기라. 우리가 뭐 그눔아를 위해 싸왔을 기도 아이고, 그눔아가 싸우락 캐서 싸운 기는 더더군다나 아이고, 마땅히 해야 헐 일을 헌 것뿐이제. 우리사 뭐 애시당초 가진 기이 없으이, 잃어뿌릴 것도 읂고."

형은 윤태를 두둔했다. 이상하게 형의 말이 내게는 한없는 위안이 되었다.

"요즈막에도 텔레비전 뉴스 보고 있을라모 속에서 이런 기이 불뚝불뚝 치밀어 오를 때가 한두 부이 아이지만, 사내 자석이 꽁치 꽁뎅이나 구워 감서 살아서는 안 될긴데, 그라도 니 옛날처럼은 하지 마래이. 시상도 많이 달라짔고 인자 마누래, 자석새끼 생각도 해야 헐 때가 아이가."

난 취중에도 형의 한마디 한마디 속에 박힌 속마음을 읽을 수 있었다. 그 속마음에서 나는 잃었던 평정을 되찾아 갔다. 난 자꾸만 실실 웃었다. 결국, 형은 내가 형에게 기대했던 그 모든 것을 다 해주었다. 듣고 싶었던 욕을 해주었고, 용기를 주었으며, 진심 어린 걱정을, 그리고 마지막으로 위로와 격려를 해주었다. 나는 자꾸만 웃었다. 그 이후론 기억나는 것이 전혀 없다. 몇 시쯤 헤어졌는지, 뭘 타고 집에 왔는지. 나는 어디서 헤어졌을까, 떠올려보려 애썼다. 술이 깨자 가장 먼저 떠올랐던 형의 그 한마디 이외에는 도무지 떠오르는 것이 없었다.

"니, 니 말이데이. 상준이를 만나드래도 그 얘기는 하지 말그라. 그아는 아직 어리니께."

악수를 나누고 걸어가던 원갑이 형이 무엇인가 골똘히 생각하더니 돌아와서 덧붙인 한마디였다. 윤태 얘기를 하지 말라는 거였다. 휘여휘여 걸어가는 형의 뒷모습을 보던 나는 찌르르 가슴이 저리는 것을 느꼈다. 겉으론 아닌 것 같아도 속으론 형도, 많이 서운했던 것이었다. 우리에겐 그때 그 일이 이토록 오랜 세월이 지나서도 잊힐 수 없는 응어리로 남아 있었다.

여전히 창밖은 어두웠다. 나는 눈을 감았다. 어둠 속에서 전해져 오는 빗소리에 귀 기울였다. 이 고요한 빗소리를 흔들어 놓을 전화벨 소리를 기다렸다. 영규의 전화를 기다리고 있는 내 모습에 피식 웃음이 나왔다.

영규이 얼굴을 처음 본 순간부터 니는 직감적으로 그가 어떤 유의 인물인가를 알아보았다. 그러니까 그게, 1987년, 1988년도의 일이다. 난 영규와 같은 표정의 사람들을 여러 번 보았다. 나로서는 맞는 얘긴지 틀린 얘긴지 가늠할 수 없는 장황한 이론을 토해내던 입술, 우리에게 실천은 당위, 그래 당위라는 말로 강조하던 눈, 자신들의 기득권은 휴지 조각처럼 버렸음을 알려주는 꽉 다물린 턱뼈, 그러나 노동엔 익숙지 못한 해사하고 얄상한 손마디들. 특히나 영규의 얼굴 위에 자꾸만 다른 하나의 얼굴이 겹치는 것은 나로서도 어쩔 수 없는 일이었다. 윤태. 썩 기분 좋은 기억은 아니었다. 솔직히 말하자면 한때는 지독한 배신감이 오장을 휩쓸었던 기억이다. 생각해 보면 그 배신감이라는 것도 사실은 쥐뿔도 없이 못나고 옹졸한 이 강순구의 제 서러움에 불과한 거였지만.

"지독시레 추운 날씨구먼."

출근 시간 유인물 배포조로 나갔던 창수의 입술은 시퍼렇게 질려 있었다. 뒤따라 들어온 상준의 입술도 마찬가지였다. 열린 문틈으로 매운바람이 들이쳤다.

"춥제? 고생 많았데이. 어서 들어온나. 이짝으로 앉그라."

우리 중 가장 연장자였던 원갑이 형이 자신의 체온으로 덥혀 놓았던 이불 밑자리를 바쁘게 내주었다. 혹한에 얼어버린 두 사람의 몸을 녹여 줄 온기가 그곳밖에 없었다. 문간에 놓인 주전자 물엔 살얼음으로 덮여 있었다. 나는 말없이, '해고자 원직 복직'이라는 스티커만 찍어댔다. 붉은 색 스탬프잉크에 냉기로 곱은 내 손가락도 붉게 물들여졌다.

"순구행, 워째 맨날 빨간 글씨요? 그라니 자들이 우리더러 빨갱이라 안하요? 이번에 그 뭣이냐 노오란 색이나 파아란, 녹색 같은 것 좀 써보라니께."

창수가 너스레를 떨었다.

"지랄하지 마라. 나는 씨뻘건 색이 젤로 좋더라. 그래야 노동 투사 안 같냐? 그건 그렇고 오늘은 반응이 어떻데?"

"유인물도 안 받고 그냥 지나가 버리는 사람이 점점 느는 것 같아요. 관리자들도 여전히 구경만 하고요."

우리 중에 가장 연소자였던 상준이 대답했다.

"아, 의리라고는 쥐방울 만침도 없는 짜석들. 추우니께 잠바 주매이 속에 무슨 보물맨치로 손을 쑤시넣고 뺄라고도 않는 기라."

창수가 뒤늦게 변명처럼 추위 탓을 했다.

"근데 윤태, 야는 워데 갔노?"

원갑이 형이 말을 돌렸다.

"볼일이 좀 있다고 늦게 오겠대요."

상준의 대답에 아무도 말이 없었다. 창수는 이불 속에 벌러덩 드러누웠고, 상준은 이제껏 얼어 있다가 이불 밑에서 그나마 녹아 발그레해진 볼을 하고서는 내가 찍어놓은 스티커를 차곡차곡 정리했으며, 원갑이 형은 소매 속에 손을 구겨 넣은 채『노동법』책을 뒤적거렸다.

"행임, 우리 쐬주 한잔 안 할라요?"

창수가 불현듯 술 소리를 꺼냈다.

"대낮부터 무슨 술은……."

원갑이 형은 불분명하게 반대 의사를 표시했지만, 말끝에 자신도 모르게 입맛을 쩍 다셨다.

해고 조치가 떨어지자 복직 투쟁을 효과적으로 벌임과 동시에 생활비를 아끼기 위한 공동생활을 윤태가 제안했을 때, 우리는 별 이의 없이 동의했었다. 여러 사람이 같이 산다는 게 쉬운 일이 아닐 거라는 원갑이 형의 우려가 있긴 했지만, 우리로서는 달리 뾰족한 수가 없었다. 길어봐야 두세 달이면 결판나리라 믿었던 우리는 꼼꼼하게 공동생활의 수칙을 짰다. 매일 한 시간씩의 새벽 운동, 절연과 절주, 세 끼 식사와 학습을 거르지 말 것, 대자보, 스티커 유인물을 통한 선전전, 법적 절차에 따른 복직 투쟁 일정, 취침 전 하루 생활 보고와 평가 등. 빈틈없이 짠 생활 일정을 우리는 처음 두어 달 동안은 무던히 견뎌냈었다. 하지만 달 수가 차감에 따라 우리의 생활은 늘어지기 시작했다. 끝이 보이지 않는 싸움에 지치기 시작했고, 수칙상 금지되어 있던 술판도 여러 차례 벌였었다.

"그래, 뭐, 한잔, 하자. 상준아, 니, 가서 소주 세 병만 사 오거라."

나는 결단을 내리듯 창수 의견에 동의했다. 원갑이 형은 말이 없었고, 상준이는 불만인 듯 입을 움찔거렸으나 결국 버스비 하려고 모아둔 동전 중에서 내가 내준 백 원짜리를 들고 나갔다.

"캬, 야근 끝내고 포살롱에서 쐬주 한잔 걸칠 때, 그때가 행복했는 기라."

술잔을 털어 넣고 김치를 집으며 창수가 공장 앞 네거리에 있던 포장마차에서 술잔 돌리던 때를 그리워했다.

"그라모, 얼근하게 술이 달아오르믄 참말로 맴이 푸지게 따땃했제."

원갑이 형도 공장 다니던 때를 그리워했다.

"순구행, 이제 묵을 쌀도 다 떨어졌제?"

"어디 떨어져 가는 게 쌀뿐이냐? 보시다시피 연탄은 어제부로 종 쳤고, 김치도 오늘내일하는 중이다."

우리는 각자의 전셋돈을 빼서 투쟁자금과 생활경비를 충당했다. 들어오는 돈 한 푼 없이 곶감처럼 빼먹기만 했던 기간이 근 8개월에 이르자, 당장 써야 할 차비도 감당하기 힘들 만큼 생활은 벼랑 끝에 와 있었다.

"쳇, 묵을 게 있이야 세 끼를 꼬박 챙기 묵지."

창수는 벽에 써 붙여놓은 생활 수칙 중 식사를 거르지 말고 하자는 대목을 노골적으로 비웃었다. 내내 마땅찮은 표정으로 앉아 있던 나이 어린 상준의 눈꼬리가 매서워졌다.

"형, 이렇게 어려운 때일수록 그런 말, 조심해야 하는 거 아니에요?"

그랬다. 우리 사이엔 작게 금이 가기 시작했다. 끝을 알 수 없는 복직 투쟁은 대체 언제까지 계속해야 하는 것인가? 대체 복직이 되기는 된단 말인가? 누구나의 마음속에 회의는 싹트고 있었지만, 밖으로 내보인 것은 창수뿐이었다. 상준은 벌떡 일어섰다. 1부터 250까지 숫자가 쓰인, 벽에 붙여놓은 모조지 위의 237을 매직으로 가위표 쳤다. 복직 투쟁 237일째였다. 처음엔 100까지 썼었다. 그걸 써놓을 때만 해도 설마 그 안에야 무슨 결단이, 나겠거니 믿었다. 그게 다 지워지고 150까지 다시 써놓았다. 차마 200까지 써놓을 엄두가 나질 않았다. 그런데 그다음은 200, 또 그다음은 250. 250까지 써놓을 때 사실 우리에겐 이미 희망이 없었는지도 모른다.

"야, 상준아. 니는 어데까지 지워삐야 복직이 된다 생각카나? 일어선 찬에 한 천까지 써놓고 앉으라모."

취기가 오른 창수는 서로에게 상처가 될 말을 거침없이 내뱉었다.

"창수, 니 취했냐? 취했다고 말, 막하면 안된다."

나는 상준의 얼굴을 훔쳐보며 창수를 달랬다. 상준의 볼따구니는 시뻘겋게 달아 있었다. 그건 이미 추위 탓이 아니었다.

"내사 마 모리겠네. 상여금 100 프로 인상? 쳇, 싸워서 얻은 기이 뭐 있노, 말이다."

창수는 손을 휘휘 저어가며 설레발을 쳤다.

"상준이 말이 맞데이. 어려분 땔수록 힘을 합체야지, 취했다고 맴에 없는 말, 막하믄 쓰겠나? 이러다 보믄 볕들 날도 오겠제."

원갑이 형은 맘에 없는 말이라고 했다. 하지만 우린 알고 있었다. 술기운을 빌려 비로소 터트렸을 뿐, 그건 창수의 맘에 있는 말이었고, 우리 모두의 마음속에 있는 말이었다.

"볕들 날이요? 행임 노동해방 말허는 갑네. 좋제, 하문 좋제, 노동자가 주인되는 시상이 오믄 우에 안 좋겄노?"

'노동해방'이라는 단어를 처음으로 우리에게 가르쳐 준 것은 윤태였다. 창수의 독설은 이번엔 윤태를 향한 것이 분명했다.

"생각히보믄 윤태, 그아도 오죽 힘들겄노? 그 좋은 핵교 나와서 이 개고생 아이가?"

원갑이 형도 취했다. 모른 척 지나쳤어야 좋을 윤태 얘기를 표면에 꺼낸 것은 취한 때문이었다.

"내 말이 그말 아이겄소. 행임도 한분 생각혀보믄 알것지마는, 집 있고 돈 있고 학벌 있는 놈이사 이러다가도 입 싹 씻으믄 그 졸업장 팔아묵어 감서 살 낀데, 우리맨치로 부랄 두 쪽밖에 가진 기이 읎는 신세만 오갈 데 읎이 빳빳해질기라 그 말 아이요? 아, 회사서도 건들지 않는 기이 뭐 땜이것노? 다 그 뒷심 땜인기라."

창수는 넘지 말아야 할 선을 넘고 있었다. 하지만 창수의 말엔 분명 일리가 있었다. 우리는 누구나 윤태가 구속될 줄 알았다. 그런데 어쩐 일인지 회사 측에선 우리를 윤태와 떼놓고 우리를 공장 동료들과 격리하고, 윤태가 싸움에서 손을 떼도록 종용하기만 할 뿐, 해고 이상의 강경 조치는 취하지 않았다.

"비겁하게 뒤에서 이러지들 말고 윤태형을 비판하려거든 앞에서 해요!"

상준의 얼굴이 붉으락푸르락하며 입언저리에 파르르 경련이 일었다.

390

상준은 윤태를 존경했었다. 윤태의 지식, 논리적인 언변은 상준을 감동케 했다. 해고당하면서, 윤태가 대학 출신임이 밝혀지자 상준은 윤태를 더욱 따랐다. 하지만 창수는 달랐다. 윤태와 동갑내기였던 때문인지 위장취업자들은 자신들의 사상을 실험하는 도구로, 우리를 이용할 뿐이라는 회사 측의 역선전 때문이었는지, 아무튼 창수는 윤태의 학벌을 안 이후로 공동생활을 하면서도 늘 윤태와는 거리를 두려 했다.

"느그 아부지도 참말로 사장이가?"

공동생활을 막 시작할 즈음 딱, 한번 창수가 윤태에게 물은 적이 있었다. 그때 윤태의 눈에 불꽃이 이는 듯했다.

"우리 아버진 농사지으셔. 그따위 헛소문은 다 우릴 갈라놓으려는 쟤네들의 음모라고. 그걸 모르겠어?"

윤태는 낮고 단호한 목소리로 대답했었다.

창수는 상준의 얼굴을 바로 보았다. 매처럼 날카로워진 상준의 눈을 본 창수는 그제야 자신이 지나친 실수를 했음을 자각한 모양이었다.

"미안타, 내 잘못했는 기라, 누굴 헐뜯을라는 기 아니고오, 술김에 그저 답답해서 안 그라나."

그 이후로 창수는 다신 윤태 아버지 얘길 꺼내진 않았다. 하지만 윤태의 말끝에 종종 먹물이라 다르구마이라고 입버릇처럼 토를 달곤 했다. 그때마다 윤태는 모른 척하며 웃어넘겼다.

전화벨이 울렸다. 시계를 보았다. 어김없는 3시 40분이었다. 수화기를 들었다.

"형, 저예요. 영규. 운행일지 받아서 지금 가요. 오늘도 30분 동안 기다릴게요."

끊어졌다. 이번엔 영규 쪽에서 먼저 끊었다. 벌써 닷새째다. 내 운행일지까지 받아 서는 우리 집 앞에서 내가 출근하기를 30분씩 기다리다 혼자 돌아간 것이.

지난봄이 다 갈 무렵, 영규는 우리 낚시 친목회에 들어왔다. 낚시라 해봐야 한 달에 한 번 야간반에서 오전반으로 바뀌는 일요일, 한강 고수부지 귀퉁이에 낚싯대를 드리워 놓고 술잔이나 기울이는 거였지만. 나는 나도 모르게 영규의 동태를 주시하게 되었다. 그런데 의외로 영규는 별말이 없었다. 으레 술자리에서 회사의 문제점이나 부당한 근로조건을 걸고 넘어지리라 생각했던 나의 예견은 여지없이 무너졌다. 낚싯대를 드리워 놓고 고기가 찌를 문 것도 모른 채 붉게 물들여진 강물을 하염없이 쳐다보기만 할 때가 많았다. 그럴 땐 어찌나 처량해 보이던지 내가 혹시 뭘 잘못 짚은 것은 아닌가 의심하기도 했었다.

그 무렵 여기사들이 생리휴가를 회사에 요구했다는 소문이 돌았다. 처음 들었을 때만 해도 난 그냥 그런 일이 있거니 하고 지나쳤다. 그런데 노름쟁이 노총각 배영만이 남자기사들 동조 서명을 받겠다고 설쳐댔던 일은 온통 회사의 화젯거리가 되었다. 배영만이 미스 권을 짝사랑한다는 것은 그 일로 해서 공공연한 비밀이 되었다. 나 역시 서명을 해주긴 했지만 그즈음 해서는 그 문제가 누군가의 머리에서 치밀하게 계획된 것이라는 느낌을 지울 수가 없었다. 더구나 여기사 다섯 명이 연서하여 의견요청서라는 걸 조합에 제출하였다는 얘기를 들었을 땐, 나는 내 예감을 확신하였다. 의견요청서라는 걸 작성했다는 사실 자체도 그랬지만, 그걸 회사에 직접 제출한 것이 아니라 바지저고리 허깨비 조합에 갖다주었다는 것은, 울며 겨자 먹기로 조합이 나서지 않을 수 없게 만들겠다는 타산이 분명 깔려 있었다. 파업과 해고, 일여 년에 걸친 복직 투쟁의 경험이 이 모든 사실의 뒷면을 보게 했다. 아니나 다를까, 그 배후엔 영규가 있었다. 목동 오거리로 가는 손님을 태우고 화곡 시장 앞을 지나치다 우연히 건너편에서 미스 권이 고정으로 타는 4127호차에 영규가 올라타는 장면을 나는 목격했다.

시계를 보았다. 3시 57분. 나는 골목 입구 쪽으로 귀를 기울였다. 영규가 몰고 올 차의 엔진 소리를 기다리고 있었다. 여전히 비가 내렸다. 빗소리 너머로 들려오는 모든 소리에 청각을 곤두세웠다. 엔진 소리가 골목길을 울렸다. 그 소리가 빗소리를 흔적도 없이 삼켰다. 나는 창문을 소리 없이 열었다. 다세대 주택의 3층 창에서 내려다본 골목길을 막 택시 한 대가 들어서고 있었다. 헤드라이트가 꺼졌다. 엔진 소리와 함께 빈 차임을 알리는 모자등도 꺼졌다. 다시 빗소리만이 남았다.

"이 돈으로 차비 해 갖고 고향 가서 농사나 지을란갑다."

설날 연휴 나흘 전이었다. 윤태는 돈을 구해왔다. 각자에게 삼십만 원씩 돌아갈 수 있는 큰 액수였다. 돈을 내놓는 윤태의 손이 떨렸고, 입에서는 술 냄새가 풍겼으며, 핏발선 눈에는 눈물이 그렁그렁했다. 그것은 싸움의 종지부를 뜻하는 돈이었다. 10개월이 넘는 복직 투쟁의 패배를 의미하는 돈이었다. 속마음이야 다들 어떠했건 우리 중에 가장 먼저 백기를 든 것은 이제껏 싸움을 주도해 왔던 윤태였다. 아무도 돈을 어디서 구해왔는지를 묻지 않았다. 하지만 우리는 누구나 알고 있었다. 그 돈은 윤태 집에서 나온 것이었고, 윤태는 집으로 돌아가게 되리라는 사실을. 오랜 침묵 끝에 창수만이 돈을 챙겨 넣었다.

"이대로 끝낼 수는 없어요!"

울부짖듯 한마디를 토해낸 상준은 방문을 박차고 나가버렸다.

"일이사 여하튼지 간에 윤태 니도 그간 맴 고생 많았데이."

원갑이 형은 결국 사태를 받아들였다. 물기에 젖은 목소리였다. 난 끝까지 한마디도 할 수 없었다. 그것으로 우린 헤어졌다. 우리는 이른바 블랙리스트에 오른 요주의 인물, 말하자면 빨갱이가 되어 있었다. 영원히 성진제강으로 돌아갈 수 없게 된 것이다. 상준이는 문래동 영세공장에 용접공으로 취직했고, 창수는 고향에 내려간 뒤 정말 농사를 짓는 것인지 소식이 없었다. 원갑이 형은 가리봉동 뒷골목에 포장마차를 차렸고, 나는 공사판에 잡부로 일을 나갔다. 원갑이 형과 상준의 소식은 간간이 들을 수 있었고, 원갑이 형의 포장마차에서 만나 술도 여러 차례 마신 적이 있었지만, 창수와 윤태의 소식은 전혀 알 길이 없었다. 각자 기반을 잡고 반년 후에 다시 만나기로 한 약속에 그들 두 사람은 나오지 않았다.

그러다 윤태를 우연히 다시 부딪친 것은 헤어진 지 이태가 되었을 즈음이었다.

아주 기분이 착잡한 날이었다. 태능 빌라 공사장에 나가고 있을 때였는데, 그 며칠 전 정 씨 아저씨가 벽돌을 지고 올라가다 발을 헛디뎌 떨어진 것이었다.

"다리뼈가 부러졌다 하드라."

정 씨 아저씨를 병원에 데려다주고 온 이 씨의 말이었다. 정 씨 아저씨를 알고 지내던 사람들의 일손에 맥이 빠졌다. 정 씨 아저씨와 친했던 우리 몇몇은 나의 제안으로 비가 와서 일이 없는 날, 노동부에 찾아가기로 약속했었다. 산재 보상이 어떻게 처리되는지 정확하게 알아보자는 것이 목적이었다. 그날, 그러니까 윤태를 만나게 됐던 그날은 오후부터 비가 쏟아지기 시작했다. 모두 일손을 놓을 수밖에 없었다. 기다렸다는 듯이 사람들은 우루루, 함바로 몰려가서 소주를 들이켰다. 우리 몇몇은 현장을 빠져나와서 노동부를 찾아갔다.

일용근로자의 경우는 그 처리가 매우 애매하다는 그야말로 애매한 답변을 듣고 어깨에 힘이 빠져 노동부 정문을 막 나서려는데, 누군가 아주 바쁘게 계단을 뛰어 올라 내 어깨를 치고 지나갔다. 나는 힐끗 뒤를 돌아보았다. 상대편도 미안하다 하려 했는지 내 쪽을 돌아보았다. 순간 그쪽 눈길과 내 눈길이 맞부딪쳤다.

"너, 너 윤태 아니냐?"

상대편도 나를 알아보았다.

"아니 형, 오랜만이에요. 여긴 어쩐 일루?"

난 반가운 마음에 윤태 손을 덥석 잡았다. 윤태의 손이 해사하고 따뜻하게 느껴졌다.

"우리가 여기 드나들었던 게 어디 한두 번이냐? 살다 보니 이렇게 만나기도 하는구나. 그래 그동안 어떻게 지냈어?"

윤태는 예전보다 더 투박해진 내 손을 내려다보았다.

"형은 여전하군요. 술은 아직도 많이 해요?"

윤태의 눈이 쓸쓸해 보였다. 나는 겸연쩍은 생각이 들어 옆에 서 있던 우리 일행을 괜스레 슬찟 쳐다봤다. 막걸리 흔적을 지우기라도 하듯이 손바닥으로 입 주변을 쓸어냈다.

"사는 게 그렇지 뭐, 우리 어디 가서 술 한잔, 아니 차 한잔, 안 할래?"

술잔을 잡기엔 이른 시각이었다. 윤태는 시계를 들여다보았다. 난처한 표정을 지었다.

"어쩌죠. 약속한 일이 있어서. 다음에 차 아니라 걸쩍하게 술판이나 벌이죠."

난 몹시 서운했다.

"일이 있다면 할 수 없지. 그래, 그건 그렇고, 니, 뭐 하고 지냈냐?"

이번엔 윤태가 겸연쩍게 웃었다. 양복 안주머니에서 지갑을 꺼냈다. 지갑 속에 있던 명함을 꺼내 건네주었다. 윤태의 이름은 호준이었다. 이호준. 나는 윤태의 본명을 그때야 처음 알았다.

"사실은 공보관이랑 인터뷰할 약속이 있어서요. 제 출입처거든요. 형은 어떻게 지내세요?"

윤태는 정말 바쁜 듯이 엘리베이터 쪽에 눈길을 던졌다. 윤태의 직업은 신문기자였다. 난 그제야 윤태 가슴에 기자들이 다는 출입증이 달린 것을 보았다. 노동해방을 우리에게 일러주었던, 우리와 함께 성진제강 작업복을 입었던, 가리봉동 월세방에서 라면으로 끼니를 때우며 복직 투쟁을 했던 윤태의 직업은 신문기자였다.

"내야 뭐 가진 게 있어야지. 공사판에 나간다. 그래, 바쁠 텐데 어서 가

봐라."

나는 윤태의 등을 떠밀었다.

"형…… 연락처라도."

윤태는 머뭇거리며 내 연락처를 물었다.

"뜨내기가 돼놔서 어디…… 내가 연락하지 뭐."

윤태는 씁쓸하게 웃으며 돌아섰다.

"그럼 형, 꼭 연락해요. 한번 만나서 그간 쌓였던 회포나 풀자고요."

나는 윤태가 탄 엘리베이터 문이 닫힐 때까지 그 자리에 서 있었다. 일행 중의 한 사람이 내 어깨를 툭 쳐서야 나는 돌아섰다.

"그 친구 기자 아이가? 앗따, 이제, 보니 순구 니, 빽이 든든하구마."

누군가 내 등 뒤에서 농을 쳤지만 나는 우산도 없이 앞서서 내처 걷기만 했다. 얼굴을 쓸었다. 차가운 비에 젖은 눈가에 자꾸만 뜨거운 눈물이 찔끔찔끔 흘러나왔다.

윤태가 신문기자가 됐구먼. 잘된 일이지 뭐. 큰 고기는 큰물에서 놀아야 하고 송충이는 솔잎 먹고 사는 게 세상 이치니까. 그런데 왜 자꾸 내 눈에서 눈물이 나는 건지 모르겠네. 아무래도 정 씨 아저씨 일이 잘 안 풀릴까 봐 그러는 거지.

넋두리처럼 중얼거리며 걸음을 옮겨놓는데 귓전을 생생하게 울리는 말이 있었다. 이 년 전에 창수가 했던 말이었다.

집 있고 돈 있고 학벌 있는 놈이사 이러다가도 입 싹 씻으믄 그 졸업장 팔아묵어감서 살 낀데, 우리맨치로 부랄 두 쪽밖에 가진 기이 읎는 신세만 오갈 데 없이 빳빳해질기라 그 말 아이요?

난 솔직히 부인할 수 없었다. 내 눈물의 원인은 일종의 배신감 같은 감정에 있었다는 사실을.

강순구, 니도 참 옹졸한 놈이다. 윤태 그놈, 지가 잘나서 잘된 거를 갖고 축하하는 못 해 줄망정, 이 무슨 사내자식이 못나게스리 눈물이나 찔끔거리고. 참, 창수 그놈아는 잘사는지 모르것네.

자신을 나무라고 또 나무라도 내 눈에선 눈물이 그치질 않았다. 그 후로 나는 윤태에게 연락하지 않았다. 원갑이 형과 상준이에게도 윤태 소식을 전하지 않았다. 그러다 그 케케묵은 얘기를 어젯밤 원갑이 형과의 술자리에서 꺼내고 만 것이다.

영규가 시동을 걸었다. 시동 소리가 골목길을 뒤흔들었다. 비상등이 깜빡거렸다. 헤드라이트가 서너 번 골목길을 비추었다 꺼지기를 반복했다. 매번 영규는 돌아갈 때는 그렇게 비상등을 켜고 헤드라이트를 켰다 끄곤 했다. 내가 창으로 내려다보고 있으리라는 걸 알고 있었고, 내게 그만 돌아가겠다는 신호를 보내는 거였다. 아쉬운 듯 아주 천천히 영규의 차가 골목 모퉁이를 돌아나갔다. 나는 영규를 또 빈 차로 돌려보냈다. 깜깜한 새벽 이렇게 어두운 골목 귀퉁이가 아니라, 밝은 대낮, 밝은 대낮에 다시 만나고 싶었다.

영규가 내게 조합장 선거에 출마하라는 제안을 한 것은 참으로 뜻밖이었다. 한 달에 하루 휴가 주는 대신 이것저것 수당을 뗀다는 식으로, 득실을 따지기엔 아주 어정쩡하게 여기사들 생리휴가 문제가 정리되고 나서도 영규는 달라진 게 없었다. 여전히 술자리에서는 별말이 없었고, 낚시

할 때면 하염없이 강물만 바라보았다. 정말 영규가 생리휴가 문제에 간여했을까라는 의문이 또다시 고개를 쳐들 지경이었다. 그러던 중 현 조합장이 개인택시를 받아 나가게 되었다. 회사가 조합장에게 소나타를 사줄 거라는 소문이 기사들 사이에서 거미줄처럼 퍼졌다. 그런 식의 소문은 매번 임금협상 때마다 돌던 것이었다. 타결 조건으로 오백만 원을 받았느니 천만 원을 받았느니, 실제 어느 정도의 액수가 거래되었는지는 조합장 당사자와 장 회장밖에 아무도 모르는 일이지만 돈거래가 오고 간 건 분명했다. 아무튼 현 조합장이 퇴사하게 된다면 일 년 몇 개월 남은 잔여 임기에 대한 보궐선거가 치러져야 함을 의미했다. 편하게 한몫 잡아보려는 축들이 조합장 자리를 노리는 분위기로 여기저기서 술렁거렸다. 그즈음 영규가 내게 그 이야기를 한 것이었다.

"젯밥에만 관심 가진 사람들이 조합을 차지하도록 내버려 둘 순 없잖아요."

가슴이 철렁 내려앉는 것만 같았다.

"너 사람 잘못 봤다."

영규의 눈빛은 진지했다.

"전 형을 믿어요."

"어떻게, 무슨 근거로?"

"그냥 보면 알아요."

영규의 눈빛엔 흔들림이 없었다.

"난 그런 일에 관심 없다."

난 영규를 외면했다. 더 이상 영규는 말하지 않았다. 그건 물러섬을 의미하는 건 아니었다. 그 후로 영규는 나와 부딪히기만 하면 눈빛으로 말을 건네왔다. 난 그 무언의 중압감이 견디기 힘들어 그때마다 고개를 돌렸다. 낚시모임에도 나가지 않았다. 나로서는 나 자신을 배반하는 것만큼이나 몹시도 고통스럽고 힘겨운 일이었다. 그런데 지난 월요일 퇴근을 하고 집 앞 골목을 막 들어섰을 때였다. 누가 내 앞을 가로막았다. 영규였다. 난 영규 옆을 그냥 지나쳤다. 영규는 말없이 따라왔다.

"형, 망설일 시간이 많지 않아요."

내가 대문을 들어서자 영규는 그때에야 겨우 내 등 뒤에다 한마디를 던졌다. 나는 천천히 돌아섰다.

"정 니, 생각이 그러면 니가 직접 출마하면 될 거 아니냐?"

난 영규의 아픈 데를 찔렀다.

"형이 가장 적합해요. 나이로 봐도 그렇고, 회사에 다닌 기간도 그렇고, 기사들 사이의 평판도 그렇고, 그리고……."

"그리고, 그리고 또 뭐냐?"

난 따지듯이 물었다.

"그리고 넌 대학 출신이라는 걸 감추고 있는 처지라 안 된단 말이지?"

영규의 눈빛이 심하게 흔들렸다.

"니가 나를 알아봤듯이 나도 첫눈에 널 알아봤다. 참 귀신이 하품할 일이지. 요즘 세상에도 노동해방을 꿈꾸고 위장취업 하는 친구들이 있다는 건 나도 놀란 일이다만."

"노동해방을 꿈꾸는 것도 아니고, 위장취업을 의도했던 것도 아니에요. 이건 그냥, 그냥 내가 선택한 내 삶의 방식이에요."

영규의 대답은 의외였다. 하지만 난 그 말뜻을 이해할 수가 없었다.

"그게 뭐건, 니, 속마음이 뭐건, 난 하여튼 너희 같은 먹물들하고는 상대하기가 싫다."

영규는 가시 돋친 내 말에 아무런 저항도 하질 않았다.

"같이 죽고 같이 사네 하다가도 돌아서면 너희는 갈 곳이 있잖냐? 하지만 난 달라. 어떡하든 이 회사에 죽치고 앉아 있다가 개인택시라도 한 대 받아야 한단 말이다."

영규는 고개를 떨구었다.

"대학 졸업장 따위를 기득권처럼 써먹을 수 있는 나이는 저도 지났어요."

난 한동안 말없이 영규를 물끄러미 바라다보았다. 그리곤 조용히 내 문을 닫았다. 영규는 대문 밖에 그대로 서 있었다. 영규를 밖에 둔 채 나는 집으로 들어왔다. 다음날부터 어제까지 회사에 나가지 않았고, 영규는 매일 새벽 우리 집 앞에서 기다리다 돌아가곤 했다.

난 옷을 갈아입었다. 잘 다려진 기사복을 오랜만에 입었다.

오전 결에 비가 그쳤다. 하늘은 쾌청해졌고, 가을 공기는 더없이 맑았다. 교대 시간에 맞춰 들어온 차들이 회사마당에 가득했다. 들어온 차들을 돌아보았지만, 영규 차는 아직 들어오질 않았다. 나는 등나무 쪽으로 걸어갔다. 등나무 밑에는 한 무리의 기사들이 둘러앉아 있었고, 배영만은 또 침을 튀겨가며 썰을 풀고 있었다.

"성님, 요즘 얼굴 보기 와, 이리 힘들게라우."

말을 하던 중에도 영만은 내게 손짓했다. 애당초 내 대답은 들을 생각도 없었다는 듯이 곧바로 사람들에게 하던 얘기를 계속했다.

"그리서 저 자석헌티 손님얼 뺏깃구나 생각했지. 그란디 이 여재가 그 스텔라럴 그냥 보내. 내사, 뒤서 쫄쫄 따라가다가 택시 탈 사램이 아이었던 모앵이라고 또 생각했지. 그라고 막 지나치려는디 이 여재가 내 차에 손얼 버쩍 드는 기 아님가배. 이기이 웬 떡이가 싶데. 또개치 빈찬디 스텔라는 보내뿔고, 프린스럴 잡는 이유가 뭐이 것냐, 이, 말이여?"

"그래, 갈수록 차종을 골라 타는 손님이 많아지더라."

"장거리 갈 심사였던가 보지."

"바로 고거여. 내 생각이 바로 고거였구매. 올타구나 싶었지. 아칙 열 시쯤 되얐을 때이까네 오죽 손님이 없을 시간이냔 말여. 스텔라헌티는 좀 안된 이얘기지만서두 입금 맻천 원 더 내뿔고 프린스 타는 재미가 요런거이다 싶드란 말이씨."

"입금이 비싸도, 좋은 차 타는 게 결국 버는 거라고 내 말했잖아."

"아, 그래서 어떻게 됐어? 얼마짜릴 물었길래 저렇게 사설이 긴가, 모르겠네."

"음메 좋은 거, 배영만이 입이 찢어졌겠네."

"금상첨화란 기 똑 요런 말이씨, 이거 히야까시나 하믄서 즐겁게 되얐구나 생각허고는 어서 옷씨요, 손님. 어데로 모시지라. 내딴에는 아 최대에 싸비스럴 발휘했지. 음마, 근데 고 가시내가 뭐래는 줄 알어라? 내 참 기가 차뿐져서. 아저씨 다리가 아파서 그러는데요. 조기 조 언덕꼭대기 마을버스 종점까지만 부탁해요. 이라는 거이씨. 장거리 하나 물었다고 좋아혔는디 장위동 밑바닥서 장위동 꼴채기꺼정 기어 올라가기 되얐으이."

들던 사람들은 웃음을 터뜨렸다.

"고 짧은 거리를 가면서 차는 뭣 하러 골라 탔을까? 심사를 모르겠네."

"지 말씀이 그 말씀인디, 골목골목으로 혀서 가패른 언덕빼기럴 기어 오르재니 울화통이 터지서 승질얼 못 참겠더구매. 그래서 나가 물었지. 보시씨요. 아가씨, 앞차도 빈 차였는디, 와 그 차는 안 타고 해필이면 이 차럴 잡아뿌요? 그맀더니 그 지잡아 먹은 거맨치로 씨뻘건 입쏘리럴 쌜 죽거리믄서 히는 말이 전번에 스텔라를 잡고 올라가자고 했더니 그 아저 씨가 스텔라는 힘이 딸려서 이렇게 높은 언덕은 못 올라간다고 그러더라 고요."

인제히 폭소가 터졌다.

"프린스가 스텔라한테 한 방 먹었구먼."

"어찌 됐건 프린스가 입금 비싼 값을 했네, 그려. 스텔라가 못하는 일 을 한 셈이니 말야."

저마다 한 소리씩 영만을 놀려대며 자리에서 일어났다. 그때 영규의 차가 막 들어왔다. 난 등나무 밑에 선 채, 영규 쪽을 바라보았다. 차를 세 운 영규가 나를 보더니 단숨에 달려왔다.

"교대 시간 입빠이 되도록 돈 벌어서 뭐에다 쓰려고 그러냐?"

영규는 어설프게 웃었다.

"밥도 안 먹고 밟아대도 두 사람 입금은 못 벌겠던데요."

"내 운행일지 줘라. 오늘은 나도 벌었다. 아, 그리고, 나흘 치 입금은 내 가 벌어서 갚을 거다."

나의 단정적인 어조에 영규는 어깨만 으쓱했다.

"우리 낚시모임 사람들이 기사식당에 모여 있댄다. 가서 한잔, 해야지?"

"조옿죠!"

영규는 기분 좋게 응수했다. 우리는 나란히 기사식당을 향해 걸었다.

"그런데 내 생각엔 말야. 저번 생리휴가 건에서 의견요청서까지 작성한 건 아무래도 실수였어. 여기사들 짱구에서 그런 생각이 나겠냐 말야. 조 부장을 조심해. 어차피 회사 실권은 조 부장이 장악하다시피 한 거고 그 영악스러운 조 부장은 반드시 누군가가 배후에 있을 거라고, 의심하고 있을 테니까. 그 사람 보통 사람이 아냐."

영규는 고개를 끄덕거렸다. 그리곤 나의 지적을 인정한다는 듯이 겸연쩍게 웃었다. 우리 사이엔 아주 빠른 속도로 탄탄한 연대의 감정이 뭉쳐났다. 나로서는 성진제강 시절 이후로 처음 맛보는 뿌듯함이었다. 나는 기사식당 앞에서 발을 멈추었다. 영규의 눈을 들여다보았다.

"그냥 내가 선택한 내 삶의 방식이라는 말이 무슨 뜻이지?"

영규는 또다시 겸연쩍게 웃었다.

"차차 얘기하기로 해요. 제 생각이 옳지 않은 것일 수도 있는 일이고요. 그런데 저도 물어볼 말이 하나 있는데……."

나는 무슨 말이냐는 뜻으로 눈을 동그랗게 뜨고 턱을 가볍게 내밀었다.

"형은 왜 그렇게 먹물들을 싫어하죠?"

나는 무색해졌다.

"차차 얘기하기로 하지. 내 생각이 옳지 않은 것일 수도 있는 일이고."

우리는 같이 웃었다. 나는 기사식당의 문을 열어젖혔다. 식당 안은 뿌연 담배 연기와 함께 왁자지껄하는 동료들의 웃음소리가 가득했다.

조합장 선거 2

-사라진 한 표

1

"공약사항은 핵심적인 두세 가지로 압축하자."

순구는 영규가 정리해 온 후보 연설문을 들여다보다 단호하게 말했다.

"왜요? 이미 일곱 가지를 대자보로 발표했잖아요?"

영규는 의아한 표정으로 순구의 얼굴을 들여다보았다.

"내 얘기가 바로 그거야. 관심이 있는 사람들은 이미 조합 게시판을 찬찬히 읽어봤을 테고, 그러면 기호 3번 강순구가 뭘 주장하는지 알고 있을 거란 말야. 나머지는 대부분 이래도 그만 저래도 그만인 사람들이야. 조합에 별 관심도 없고 기대도 없는 사람들이지."

"그러니까 선거장에서 정확히 알려줄 필요가 있는 거 아닐까요?"

"아니지, 그런 사람들은 길고 지루한 걸 싫어해. 그리고 그전 선거에서 다들 한두 번씩은 들어봤지만 하나도 실행이 된 게 없는 식상한 얘기라고 생각할 뿐이지. 머릿속에 쏙 박힐 수 있는 한두 가지를 명확히 찔러주는 것이 가장 좋은 방법이라고 나는 판단되는데."

순구는 미스 권 쪽으로 고개를 돌렸다. 미스 권의 의견을 묻는 거였다.

"그건 강순구 씨 말씀이 옳다고 생각해요. 우리가 정리한 공약사항은 이미 지난번 선거에서 현 조합장이 다 써먹은 거예요."

미스 권이 순구 편을 들었다. 미스 권과 순구는 동시에 영규의 얼굴을 바라보았다. 동의를 구하는 눈길들이었다.

"좋아요. 제가 두 분 의견을 따르죠. 그럼 뭘로 압축하는 게 좋을까요?"

순구는 대답 대신 뭔가를 잠시 생각하는 눈치였다.

"음, 그리고 말야. 영규, 너 한마음 낚시회에 대해서 어떻게 생각하나?"

"같은 회원인데, 다들 형을 찍겠죠."

순구는 미스 권을 돌아보았다. 미스 권은 영규 의견과 마찬가지라는 뜻으로 고개를 끄덕였다.

"물론 그렇겠지. 선거 시작이 몇 시지?"

"세 시요."

영규가 대답했다.

"오전반 사람들 다 퇴근하고 오후반 사람들도 출근하는 걸 감안하면 실제 시작은 아무리 일러도 세 시 반, 네 시쯤 돼야 가능할 거예요."

미스 권이 대답했다.

"그래요. 그러면 선거 끝나면 몇 시쯤 될까?"

순구가 다시 물었다.

"후보 세 명이 기조연설을 하고, 지지 발언까지 하고서야 투표에 들어갈 거니까, 몇 명쯤 선거에 참여할 것 같아요?"

영규가 혼자서 어림해 보다가 미스 권에게 물었다.

"제 생각엔 최소한 삼백 명은 넘을 것 같은데요."

미스 권의 추산에 순구는 고개를 끄덕였다.

"그러면 아무리 빨리 끝나도 다섯 시는 넘겠는데요."

영규는 스스로 결론을 지으며 난감한 표정이 되었다.

"개표하는 시간까지 계산에 넣는다면 다섯 시 반은 될 거예요."

미스 권도 입술 선이 분명하여 당차 보이는 입매에 힘을 주었다.

"바로 그거야. 낚시모임 사람들은 휴일을 맞춰 놓았잖냐? 그러니 선거

날엔 다들 오후반일 테고. 물론 내게 표를 던지겠지. 하지만 일할 시간을 두세 시간 까먹으면서까지 투표장에 남아 있으리라는 보장은 없는 거지. 그렇게 탄탄한 조직이 아니라고."

세 사람의 표정은 한순간 긴장감에 휩싸였다.

"속전속결을 봐야 우리에게 유리하겠군요."

영규의 목소리에는 비장함마저 배어 있었다.

"그렇지! 회사 측이 빵떡 김 씨를 밀고 있다는 소문이 돌지만 그건 분명히 조 부장의 농간일 거고, 어차피 이번 선거는 두수 쪽이랑 결판을 봐야 할 텐데. 그건 그렇고 공약을 뭐로 내세울까? 확실하게 밀어붙일 수 있는 것으로 하자고."

순구는 다른 두 사람을 둘러보았다.

"제 생각엔 의무적으로 도급 타는 것을 자유화시키겠다는 안을 내세우는 게 어떨까 해요."

미스 권이 조심스럽게 의견을 내놓았다.

"저도 도급 문제를 거는 것이 좋을 거라고 생각은 하는데요. 단 자율화가 아니라 도급일 입금 삼만 육천 원, 사만 원을 무료화하는 쪽으로 바꾸면 어떨까요. 어차피 그날 한몫 벌려는 기사들이 태반이니까요."

영규가 미스 권의 의견에 자기 생각을 덧붙였다.

"그러고 보니 그쪽이 훨씬 낫겠네요. 이미 그렇게 하는 회사들도 있고, 어차피 무료화는 자율화를 포함하는 것이니까."

"난 무조건 동의! 그럼, 또 하나를 선택해볼까?"

세 사람은 머리를 맞대고 이미 작성해놓은 일곱 가지 공약을 다시 훑어보았다.

"저, 좀 파격적인 제안인지 모르겠는데, 군더더기 없이 이거 하나로만 밀어붙이는 게 어때요? 대신 이거 하나부터 반드시 관철하겠다. 단, 입금 이나 임금 조정 없는 전제하에서 관철하겠다고 하는 거죠."

미스 권이 말했다.

"하긴, 한 달 휴일 나흘 중에 도급일이 두 번 돌아오니까, 그것만으로도 월 이틀 휴일, 아니면 칠만 원이 넘는 그야말로 파격적인 임금인상 효과 가 있게 되네요."

"그거 하나 따내려고 해도 머리 터지게 싸워야겠군. 그런 내용으로 영 규가 간단하게 연설문 초안을 다시 작성하기로 하고, 다음번엔 표 점검 을 해보지?"

순구는 안건을 넘겼다.

"배영만 씨 쪽은 어때요?"

영규는 미스 권을 쳐다보았다. 미스 권의 볼이 금세 붉어졌다.

"얘기는 해봤는데, 아무래도 눈치가……."

"아니, 애인 표도 못 잡아요?"

순구는 영규에게 눈을 껌벅하면서 미스 권을 힐책했다.

"아니에요. 우리 그런 사이."

미스 권은 손을 내저으며 도리질을 쳤다.

"에이, 회사에 파다하게 소문이 났던걸요."

이번엔 영규가 순구에게 눈을 껌벅했다.

"글쎄 아니라니까요. 괜히 생리휴가 때문에."

미스 권은 아예 머리를 숙인 채 들지를 못했다.

"그렇게 씩씩하던 처녀 얼굴이 홍당무가 됐네, 핫하하. 영만이는 지금쯤 사랑과 의리 사이에서 방황하고 있을걸. 하지만 빵떡 김 씨하고는 같은 고향 출신인데다 오랫동안 노름판에 어울려 다녔던 사이 아냐. 결국 누가 뭐래도 분명히 그쪽을 선택할 거야. 그 친구 의리 하난 끝내주니까. 영만이가 우리 쪽에 붙어 주면 일은 상당히 쉽게 풀릴 수도 있을 텐데 말야. 워낙 붙임성 있고 입사한 지 오래돼서 아는 사람도 많고. 미스 권, 요즘 세상에 영만이 같은 의리의 싸나이도 없어요. 노름에 빠진 거, 하나가 걱정이긴 하지만 조합장 선거운동에선 동지가 못 돼도, 버릇 잘 고쳐서 배후자 감으로 만들어 봐요. 그리고 막판까지 놓지 말고 데이트 겸해서 설득 작전도 펴시고."

순구와 영규는 함께 웃었다. 미스 권은 여전히 고개를 숙이고 있었다.

"그건 그렇고 여기사들 쪽은 확실하죠?"

영규가 물었다. 그제야 미스 권이 고개를 들었다. 볼에는 붉은 기운이 채 가시질 않았다.

"그쪽은 확실해요."

좀 전보다 목소리가 한결 커졌다.

"그런데 이 씨 아저씨는 힘들지 싶어요. 왜, 아들이 가출했다잖아요. 그런 분한테 선거운동을 부탁드리기도 그렇고."

영규는 난색을 표명했다.

"아니, 아니. 아저씨는 내가 잘 알아. 눈에 띄지 않게 노장파들 표를 우리 쪽으로 몰아올 거야. 그쪽은 나한테 맡겨두고, 그다음 연섭이 형님 쪽은 어때?"

"그 형님은 입사한 지 오래되지 않아 친한 사람들이 많진 않지만, 신입을 중심으로 열심히 뛰겠다고 약속했어요. 지지 발언을 맡기면 그것도 해주실걸요."

영규는 자신 있게 말했다. 순구는 신중하게 고민하는 기색이었다. 그러더니 고개를 저었다.

"그 양반은 회사가 부도나서 어쩔 수 없이 핸들 잡게 된 사장 출신이야. 더구나 대학물까지 먹은 건 알 만한 사람들은 다 알고. 아무도 그 사람이 우리랑 똑같은 택시 기사라고 생각하지 않을걸. 그 자신도 어떡하든 사업을 다시 일으켜 이 바닥에서 손 뗄 궁리만 하고 있을 테고."

순구는 흘깃 영규의 눈치를 살폈다. 영규의 안면이 굳어지는 듯하더니만 이내 밝은 표정으로 순구의 의견에 따랐다.

"그래요. 지지 발언은 예정대로 미스 권이 하죠. 생리휴가 사건 때문에 우리 회사에서는 일약 유명 인사가 됐으니 미스 권의 말발이 먹힐 거예요."

세 사람은 동시에 웃음을 터뜨렸다.

"두수 쪽과 막상막하 대결이 되겠는걸. 조 부장이 더 이상 무슨 농간만 피우지 않는다면 승산이 있긴 하겠는데 말야."

자리를 털고 일어서며 순구가 혼잣말처럼 뇌까렸다.

의논을 끝낸 세 사람은 출정을 앞둔 병사가 된 기분으로 순구의 집 대문을 함께 나섰다. 가을 해가 이미 저물어 어스름이 내리고 있었고, 세 사람의 뺨에 닿은 바람은 겨울을 예고하듯 싸늘했다.

2

"준비는 잘돼 갑니까?"

조 부장은 소파에 등을 기댄 채 두수에게 말문을 열었다.

"뭐, 그런대로요."

두수의 말투도 조 부장의 그것처럼 퉁명스러웠다. 두수는 담배를 꺼내 물고 길게 연기를 뿜어냈다. 여유 있는 태도였다.

"후보 연설문을 준비하셨으면 좀 보여주시겠어요?"

두수는 담배를 몇 모금 더 빨고는 늑장을 부리며 점퍼 안주머니에서 몇 장의 종이를 꺼냈다. 종이를 건네받은 조 부장은 눈길을 위아래로 주며 대강 훑어보았다. 여유 있는 태도였다. 다 훑어보고 나서도 조 부장에게서는 아무 말이 없었다.

"게시판에 써 붙여놓은 공약사항을 자세히 설명한 겁니다."

조 부장의 침묵이 지루했던지 두수는 넌지시 말을 붙였다.

"확실한 표야, 현 집행부 간부들 선을 통해 다져놓았겠지만, 선거 당일에는 부동표를 잡아야 하지 않겠어요?"

"그, 그야 물론이죠."

두수는 조 부장의 의도를 명확히 간파하지 못했다는 듯 떨떠름한 표정이었다.

"부동표라는 건 그만큼 조합에 관심이 없거나 아니면 어느 쪽이 확실한지 아직 판단하지 못한 사람들이 아니겠어요? 내 생각엔 연설문이 너무 장황해요. 저번 선거에서 현 조합장이 내세웠던 거랑 다를 바가 없고요. 부동표를 잡을 수 있는 핵심적인 한두 가지를 선택해서 집중적으로 공략하는 것이 효과적일 거다, 그 말이에요."

두수는 눈에 보일 듯 말 듯 약하게 고개를 주억거렸다.

"딴은 그렇군요."

조 부장의 입가에 싸늘한 미소가 스쳤다.

"어떤 요구조건이 가장 핵심적이어야 하는가는 당사자가 더 잘 알 테고. 최두수 씨, 요즘 기사들 사이에서 현 조합장에 대한 지지도가 어느 정도라고 생각하세요?"

두수의 표정이 의아해졌다.

"뭐, 확실히는 알 수 없지만, 그렇게 썩 좋은 편은……."

"썩 좋은 편이 아닌 게 아니라, 나쁜 편이라고 밀힐 수 있겠죠?"

두수의 말을 잡아채어 조 부장이 다시 물었다.

"솔직히 말하자면 그런 셈이죠."

"그런 셈인 게 아니라 내 눈으로 보기엔 확실히 그렇던데요. 올 초 임금 협상 때도 뒷돈을 챙겼다는 소문이 파다했고, 나로서는 정확한 내막이야 알 순 없지만, 이번에는 회장님이 개인택시로 쓸 소나타를 샀다는 소문이 기사들 사이에서 공공연히 돌지 않습니까?"

조 부장은 기사들 사이의 여론을 꿰뚫어 보듯이 말했다.

"그, 그렇죠."

두수의 표정엔 불편한 기색이 역력했다.

"그런데 최두수 씨는 그 조합장 밑에서 총무부장이라는 직책을 맡지 않았습니까?"

마치 두수를 나무라듯이 조 부장은 따지고 들었다.

"?"

"회장님이 뒤에서 밀고 있다는 소문이야 김 씨가 뒤집어쓰고 있으니까 상관없겠지만, 최두수 씨의 경우는 현 조합장 밑에 있었다는 약점이 치명적일 수 있다, 이 말입니다. 내 얘기 알아듣겠어요?"

두수의 기색을 훑으며 조 부장은 재차 물었다.

"그러니까, 현 집행부의 행적에 대해 공격해야겠군요."

"그렇죠. 생각보단 빨리 알아들어 다행이군요. 내가 간여할 문제는 아니지만, 어느 후보보다 신랄하게 성토해야 할 겁니다. 모르긴 몰라도 최두수 씨에겐 백 가지 공약보다 그 한 가지로 더 큰 효력을 보게 되지 않을까 싶은데요?"

두수의 얼굴이 벌겋게 달아올랐다. 두수의 표정엔 아랑곳하지 않고 조 부장은 말을 이었다.

"그리고 선거관리 위원장한테 투표함은 하나만 설치하라고 하세요."

"?"

두수는 멀거니 조 부장을 바라보기만 할 뿐이었다.

"사람이 많다고 두세 개 설치하는 일이 없도록 하라는 겁니다. 투표하는 데 시간을 많이 잡아먹게 말이에요. 그리고 시간이 아무리 지체돼도 최두수 씨에게 표를 던질 사람들이 선거 끝나기 전에 자리를 뜨지 않도록 역점을 두십시오."

"그, 그러도록 하지요."

두수는 여전히 조 부장의 속뜻을 알아듣지 못한 표정이었으나 명령적

416

인 기세에 눌려 얼결에 대답하고 말았다.

"마지막으로 한 가지만 더, 선거 끝날 때까지 나를 찾아오는 일은 없도록 하세요. 혹시 다른 사람들 눈에 띄면 피차간에 좋은 게 없을 테니. 그럼, 나갑시다."

조 부장은 바람이 일 만큼 빠른 속도로 두수 곁을 지나 카운터로 갔고, 두수는 뒤늦게 조 부장을 따라 나갔다. 황급하게 두수는 지갑을 뒤졌으나 이미 조 부장이 찻값을 지불하고 다방 문을 나선 후였다.

다방 앞에서 두 사람은 서로 반대 방향을 향해 걸어갔다. 어수선하게 흩어져 내린 가로수 낙엽들이 두 사람의 발길에 덧없이 걷어 채였다.

3

"이기 후보 연설문이라는 긴디, 좀, 봐 주실라요?"

빵떡 김 씨는 바지 뒷주머니에 접어놓은 종이를 펴서 조 부장에게 주었다.

"아이고, 김 씨. 작성하느라 수고 많으셨어요. 그럼 어디 좀 볼까요?"

조 부장은 담뿍 미소를 지으며 빵떡 김 씨가 건네준 종이를 받아들었다. 천천히 마지막 한 자까지 다 읽고 난 후, 조 부장은 역시 미소를 짓고 있었다.

"행팬 없지라우."

빵떡 김 씨는 어색하게 웃었다.

"아, 아니에요. 아주 좋은데요. 근데 이것 말고도 기사들이 개선되었으면 하고 바라는 게 많지 않습니까? 예를 들어서 차를 수리할 때는 시간 공제해야 한다든가, 세차비를 회사가 일괄적으로 부담해야 한다든가, 가스 지급량을 늘리는 문제라던가, 도급제 폐지 등 얼마나 많습니까? 왜 그런 건 하나도 안 쓰셨어요?"

"그란 거이사 뭐 이자껏 선거 때마다 일껏 나왔지만서두 하나두 고치진 기 없으이 사램들이 비웃을 긴데."

빵떡 김 씨는 괜히 너부죽한 손바닥으로 입 주변을 쓸었다.

"꼭 그렇지는 않지요. 새로 들어온 사람들한테는 신선한 제안으로 들릴걸요. 그 사람들을 위해서라도 개선해야 할 점을 구체적인 사례를 들어 하나하나 정확하고 세밀히 설명해 주어야 합니다. 지난번 선거 이후에 새로 들어온 신입사원들이 얼마나 많은데요."

빵떡 김 씨는 자신의 판단이 조 부장의 의견과는 다르다고 생각하는 모양이었다.

"그라도 다들, 질게 이 얘기 저 얘기 늘어놓은 거 싫어할 기……."

"저를 믿으세요. 그 문젠 그렇게 하시고. 에, 그럼 표는 어떻게 많이 나올 것 같습니까?"

조 부장은 빵떡 김 씨의 말을 일방적으로 끊고 말을 돌렸다.

"내사 마 영마이 그눔아만 꽉 믿고 있는디, 워찌크롬 될랑가는 두고 봐야 허지 않겠습니껴? 그리뵈도 그 아가 오지랖이 널브니께."

조 부장이 머리를 여러 번 반복해서 끄덕였다.

"그럼요, 그럼요. 배영만 씨를 꽉 잡으셔야 합니다. 혼자서 열 몫은 할 거니까. 다른 사람은 다 놓쳐도 배영만 씨는 절대 놓쳐서는 안 됩니다."

조 부장은 같은 말을 여러 번 반복했다. 빵떡 김 씨는 만족스러운 듯이 헤실헤실 웃었다.

"그 자석이 의리는 있는 놈이께, 걱정 안 혀도 될 거구만이라."

조 부장은 미덥지 못한 듯, 빵떡 김 씨의 눈을 뚫어져라 쳐다보았다.

"그래도 끝까지 방심하시면 안 됩니다. 특히나 저하고의 관계는 부인하셔야 합니다."

"하문요, 하문요. 그라잖혀두 매칠 전에 회사서 성을 민다는 소문이 돌던디 사실이어라우 하구, 지한테 묻더구만요. 그래서 지가 펄쩍 뛰문서 나가 조 부쟁님을 만나서 점심 한끼 나눈 적은 있는디, 그걸 보고 워떤 쓸게 삐긴 눔들이 소문을 피드리뿐진 기라고 오리발을 내밀있어라우. 아무튼지 간에 그눔아 걱정은 허시지 말라니께요. 그 아아가 읎이면 지도 개털이 돼야 뿔 긴데, 어떡허든 바지가랭이 잡고 늘어지기로 작정혔구만요."

조 부장은 입꼬리에 웃음을 달더니 이내 심각한 표정이 되었다.

"그러면 그 문제도 그렇게 넘기고, 김 씨 생각은 어떠세요? 최두수 씨 쪽과 강순구 씨 쪽, 어느 쪽 표가 더 많을 거 같습니까?"

"글씨, 그게."

빵떡 김 씨도 모자 밑으로 내려온 뒷머리를 쓸며 심각한 표정이 되었다.

"제 생각엔 말이죠. 강순구 쪽이라고 생각되는데, 낚시회 사람들만 해도 서른 명이 넘지 않습니까?"

조 부장은 조심스럽게 빵떡 김 씨의 표정을 살폈다.

"두수 쪽도 만만치는 않을 긴데, 조합 간부들이 발 벗고 나서주니께."

"그게 오히려 불리한 면도 있을 거라 이 말입니다. 아, 왜 조합장이 회사랑 짜고 뒷돈을 받았다느니, 요번에도 소나타를 받았다느니, 말들이 많잖아요? 그러니 현 집행부 출신이라는 게 오히려 핸디캡, 그러니까 약점으로 작용할 수 있지 않을까요?"

"그란 점도 있긴 하지만서두"

빵떡 김 씨는 고개를 가볍게 끄덕이긴 하면서도 완전히 수긍할 수는 없다는 듯 말꼬리를 흐렸다.

"제 판단이 틀림없을 겁니다. 문제는 강순구 쪽인데 말이지요. 낚시회 사람들 표를 떨굴 방법이 없을까요?"

"글씨요."

빵떡 김 씨는 영 자신 없는 표정이 되었다.

"잘 생각해보세요. 그 사람들 낚시하려고 휴일을 맞춰 놓지 않았어요. 그러니 선거 날에는 모두 오후반이 될 텐데, 무슨 방법이 없겠어요?"

조 부장은 집요한 눈길로 빵떡 김 씨를 바라보았다.

"금메, 오후반이니께, 그래도 선거 끝나고야 일들 나가지 않겠어라우?"

빵떡 김 씨는 어리벙벙한 눈길로 조 부장을 마주 보았다.

"선거가 아주 늦게 끝나버리는 경우라면 어떨까요?"

조 부장은 한순간도 빵떡 김 씨의 눈에서 눈길을 떼지 않았다.

"해 지도록 기속해 뿔믄 일들 나가겠지만, 투표를 두 분 허믄 모릴까,

어채피 한분 하는 긴데, 혀보야 두 시간 안짝으로 걸릴 기고, 다들 그 정도는."

조 부장의 얼굴에 슬쩍 웃음이 깃들었다가 이내 사라졌다.

"그러니까 투표를 두세 번 하는 방법밖에 없다 이거군요. 그럼 투표를 한 번 더 하게 만들 방법을 찾으면 된다는 말이 되겠네요."

"말히자믄 처분에 하는 거는 일부로 히방을 노믄 될기다 그 말씀이구먼요."

빵떡 김 씨는 그제야 감이 잡힌다는 듯이 눈확이 밝아졌다. 조 부장은 모래 속에서 동전을 주운 아이처럼 만족스러운 표정이 되었다.

"말하자면 그렇다는 건데, 그 방법이야 김 씨가 한번 고민해보시고 좋은 빙인이 있으믄 며칠 후에 다시 얘기를 나눠보죠."

두 사람은 다방 문을 나섰다.

"그라믄 지는 히사로 들어가 보겠어라."

"아, 저도 회사에 가야 하는데 제 차를 타고 같이 가시죠."

빵떡 김 씨는 손을 내저었다.

"사램들 눈에 띠면 우짤락꼬."

조 부장은 시계를 들여다보았다.

"아직 교대 시간 한참 전인데요, 뭘. 타시죠."

"일 일찍 끝내고 들어온 사램들도 있일 긴데"

빵떡 김 씨는 떨떠름한 표정으로 조 부장의 차에 올랐다. 두 사람을 태운 차가 천천히 덕진실업을 향해 출발하였다.

4

"장 회장도 눈이 삐었지. 천하에 노름꾼을 누가 찍어줄 거라고 하필이면 빵떡을 미는 건지 모르겠네."

선거장을 향해 걸어가는 세 명의 기사 중에 한 사람이 말했다.

"이런 맹추, 소문 못 들었어? 빵떡은 들러리고 회사에서 정작 미는 건 두수 쪽이래잖아."

다른 한 사람이 비밀스럽게 말을 건넸다.

"뭔, 소리여, 아 접때 빵떡이 조 부장 차를 같이 타고 오는 걸, 내, 이, 두 눈으로 똑똑히 봤는디."

또 다른 한 사람이 자신 있게 주장했다.

"그게 다 뱀대가리 조 부장이 머리를 굴리는 거란 말야."

"에이, 설마. 설사 두수를 민다 해도 그렇지, 그 친구 저번 조합장이 회사랑 짰었다고 아예 까놓고 씹어대던데, 그런 친구를 설마하니 회사가 밀겠어?"

"참 미치겠네. 설마가 사람 잡는다니. 오후반 사람들 중에는 선거가 끝날 때까지 메다 찍는 셈 치고 자리 뜨지 말라고 두수한테서 돈 받은 사람도 있다는데 그 돈이 어디서 났겠어?"

"누가 돈을 받았다는 거여? 첨 듣는 소리구마이. 니는 아무래도 순구강 누군가 하는 그 아 편인 모양이제."

"누구 편이어서 이런 말 하는 게 아니고."

"내사 마 무슨 도깨비판인지 모르겠네. 연필 굴려서 찍어야 할 판이로

422

구면."

세 사람은 교양실 강당에 들어섰다. 강당엔 투표하려고 모인 사람들로 미어터질 듯이 가득 찼다.

"이제, 그만. 시작하입시더, 빨리 가서 메다 찍어야 안 하겠씁니꺼?"

누군가가 소리를 치자 일제히 폭소가 터졌다.

"아, 조용히들 하세요. 그러면 이 자리에 모이신 덕진실업 조합원 여러분, 얼추 숫자를 헤아려본 결과 삼백 명이 넘어, 재적인원의 3분의 2가 훨씬 넘었으니 지금부터 제3대 노동조합 위원장 보궐선거를 시작하겠습니다. 저는 선거관리위원장 노병국이라고 합니다."

"노 사장, 니 출세했다야."

또다시 웃음소리와 함께 박수 소리가 강당을 울렸다.

"감사합니다. 그러면 첫 번째로 기호 1번, 최두수 후보의 후보 연설이 있기 전에 최 후보의 추천 발언부터 듣겠습니다."

사람들이 주변을 둘러보았다. 앞쪽 머리에 앉은 한 사람이 일어섰다.

"4244호 고정 기사 최경천입니다. 제가 최 후보를 지지하는 것은 종씨여서도 아니고, 술 한잔 얻어 마셔서도 아닙니다."

여기저기서 킥킥거리는 웃음소리가 났다.

"이건 정말입니다. 술 한잔 얻어 마셔본 적이 없이 오히려 내 돈 내고 술 사줘 가면서 최 후보더러 출마하라고 권유한 것은, 오랫동안 조합 일을 보면서 쌓인 최 후보의 실무능력과 전 조합 집행부에서 가장 강직한 일꾼으로 평판이 나 있기 때문입니다. 한마디로 구관이 명관 아니겠습니까? 동료 여러분들의 깊은 통찰력으로 모쪼록 최 후보에게 한 표를 던져

주시길 바랍니다. 이상입니다."

박수 소리가 울렸고, 박수 소리가 채 그치기 전 단상에 두수가 서자, 뒷좌석 쪽에서 와 하고 지지하는 의미의 함성이 터졌다.

"저는 간단하게 몇 마디만 하겠습니다. 아시다시피 저는 조합에서 총무부장을 지냈습니다. 그런데 여러분도 아시다시피 회사와 결탁했느니 어쩌니, 전 집행부에 대해 안 좋은 소문들이 구구하게 있어, 왔습니다. 그 집행부의 일원으로서 이런 불미스러운 일이 다시는 일어나서는 안되겠다는 각오로 이렇게 나왔습니다. 깨끗한 조합, 진정 우리 근로자를 위한 조합을 만들기 위해 최선을 다할 것이며, 그렇게만 된다면 자연 모든 문제가 해결되지 않겠습니까? 백 마디 말보다 이 한 가지 사실이 더욱 중요하다고 생각하며, 바로 이것을 동료 여러분들 앞에 분명히 약속드리는 것으로 후보 연설을 갈음합니다."

"맞데이, 노조가 끼끗히야 허는 기라, 그라믄 다 되는 기지."

누군가 혼잣말처럼 뇌까렸고, 또 다른 사람들은 박수 중에도 여기저기서 머리를 맞대고 두런거렸다.

위원장이 다음 진행순서를 발표하자 영만이 어정쩡하게 일어섰다.

"지는 39호를 고정으로 타는 배영만이라 허는디, 기호 2번 빵떡, 아이 설중이 성임과 지는 전라남도 구례, 그라니께 같은 고향 출신 인연으로, 사적으루다 오리 사귀본께 사람 좋기가 그지없어라우. 뱁이 읎어도 살 사램인께, 믿고 한분 찍어 보시더라고요."

지지 발언하는 사람답지 않게 영만의 목소리는 축 처져 있었다.

"자가 와 저리 매가리가 없노."

424

어정쩡하게 다시 자리에 앉는 영만을, 앞쪽 자리에 앉은 사람들은 힐 끗힐끗 뒤돌아보았다.

"에 게시판에 부치논 대자보를 보시서 지 주으주장이사 이미 알고들 기시겠지만서두, 이 자리서 다시 한분 말씸 디리겠어라. 첫 분찌로 우리 기사들이 채가 고쟁이 나서 일 중간에 들어와야 할 때가 많은 걸루 알고 있는디, 그라도 히사는 시간 공제를 안 히 주는 걸루 알고 있지라. 지 겉 은 갱우에도 매칠 전에 마시타실린더가 시서, 두 시간 넘게 고치느라 저 녁 일곱 시가 다돼 뿌맀는디, 그란디도 한 시간도 공제를 받지 못했고, 또 맺주 전에는 메다기가 나가뿌릿심더. 그리서 천호동부텀 히사꺼지 빈 채로 들어오는디. 질이 막혀 장장 두 시간 반이 걸렸고, 또 저분 달에 는   ."

"빵떡 일 많이 했네. 화투장을 들고 핸들 잡았는갑다."

"에, 에, 조용히들 하세요. 투표가 끝날 때까지 특정 후보를 모략하는 발언은 금해 주십시오."

"야, 노 사장이 니더러 입닥치란다."

"니, 지금, 나가 빵떡을 모략했다 그 말이가?"

위원장이 좌중 속의 발언을 제지했으나, 정작 빵떡 김 씨는 태연했다.

"그라고 두 분찌로 세차비 문제에 대히서 말씸디리자믄……."

"앗따, 뭔 사설이 저래 기노. 저거 다 들을라믄 오늘 마누라 입금은 글 렀다이."

"마누라 입금? 그게 뭔데요?"

"아, 매일매일 회사에 갖다준 건 회사 입금, 매일매일 마누라쟁이한테 갖다 바치는 건 마누라 입금이지."

"그게 얼만데요?"

"니 같은 총각은 몰라도 된다."

빵떡 김 씨의 연설이 길고 지루해지자 사람들은 수군수군 제각각 얘기를 나누었다.

"이상으로 마치고, 그러면 끝으루다가…….."

마칠 듯하다가 다시 이어지는 빵떡 김 씨의 연설에 몇몇 사람들이 우 일어서서 복도로 나갔다. 복도에 나가서 담배를 돌리는 사람들 사이에 연섭과 영만이 끼어 있었다.

"이건 선거장인 게 아니라 아예 도떼기시장 난장판이군."

연섭은 아주 불쾌한 표정을 지었고, 영만은 여전히 맥이 빠진 듯 어깨마저 처져 있었다.

빵떡 김 씨는 30분 가량이 지나서야 연설을 마치고 자리에 앉았다. 기호 3번 순서가 되자 미스 권이 자리에서 일어섰다.

"음마, 부부가 핀이 갈렸네. 이 일을 우짜노."

미스 권과 뒤편에 선 영만의 얼굴을 번갈아 보며 누군가 소리를 치자 일시에 폭소가 터져 나왔다. 미스 권의 볼이 새빨개졌다. 영만도 씁쓰레하게 웃었다.

"거, 누구예요? 객쩍은 농담 좀 그만하고 진지하게 선거에 임해 주세요."

강당 안이 웃음바다가 되자 위원장이 급히 한소리를 했으나, 그 자신조차 자리에 앉으면서 씨익 웃음을 참지 못했다.

426

"제가 강순구 씨를 지지하는 것은 말만이 아니라 진실한 행동으로 우리 조합원을 위해 싸워줄 유일한 후보라고 생각하기 때문이에요."

미스 권은 붉어진 얼굴과는 다르게 선명한 발음으로 또박또박 생각을 밝히고는 자리에 앉았다. 다음으로 순구가 강단에 섰다. 여태껏 손에 들고 있던 연설문을 아예 바지 주머니 속에 넣어 버리고는 정면을 바라보며 말하기 시작했다.

"앞선 후보들의 말씀 잘 들었습니다. 여러분 기억해 보십시오. 이것과 똑같은 얘기를 지난번 선거 때는 못 들으셨습니까? 하지만 현 집행부가 이날 이때껏 그중에 단 한 가지라도 이루어낸 것이 있습니까?"

"없소!"

"이 강순구는 싸우겠습니다. 열 가지, 백 가지 다 제쳐놓고 도급 무료화, 어떠한 임금 조정이나 임금 조정이 없는 도급 무료화, 그 한 가지부터 머리가 터져라, 조합원 여러분과 함께 싸워나가겠습니다. 그래서 기필코 따내겠습니다. 이상입니다."

"쌈박하구마이."

오랫동안 자리를 지키고 앉아 있던 사람들이 웅성웅성 일어섰다.

"자, 자, 제 설명을 들으세요. 저기 휴게실 앞에서 관리위원한테 투표용지를 받은 후, 명부에 사인하시고, 한 명 한 명씩 차례로 휴게실 안에 설치된 투표소에서 기표하시고, 휴게실 뒷문 앞에 놓인 투표함에 넣으세요. 한 명 한 명 차례로 순서를 지키세요."

"언제 이 많은 사람이 한 명 한 명 다 끝나냐?"

"투표소를 여러 개 설치하지. 답답하기는……."

여기저기서 불만 섞인 소리가 터져 나왔으나 이미 투표는 시작되고 있었다.

5

"그럼 결과를 발표하겠습니다. 기호 1번 최두수 후보 131 표, 기호 2번 김설중 후보 19표, 기호 3번 강순구 후보 154표, 무효 2표, 이로써 기호 3번 강순구 후보가 최다득표자가 되긴 했습니다만, 문제가 하나 생겼는데, 그러니까 총 307표 중 세 후보가 얻은 표와 무효표를 합치면 306표가 됩니다. 다시 말해서 표 한 장이 어디로 사라져 버렸는데……."

위원장이 말을 마치기도 전에 강당은 술렁거리기 시작했다.

"귀신이 곡할 노릇이네."

"그 한 장이 워데 갔이까 잉?"

사람들은 서로의 얼굴을 쳐다보며 물었고, 개중에는 자기 주변에 떨어져 있기라도 한 듯 발밑을 뚤레뚤레 돌아보았다.

"아, 조용, 조용, 일이 이렇게 되었으니 저희, 선거관리위원회에서는 부득불, 재투표를 해야 하지 않을까라는 결론을 얻었는데, 여러분의 생각은 어떠신지?"

"미치고 환장하겠네."

"미꾸라지 한 마리가 개울물을 흐려놓는다더니."

"뭐 하러 다시 하노. 그깟노무 한 표 누구한테 가드라도 똑같을 긴데."

"아이다, 이건 원칙상 안되는 기다."

"내사 마 모리겄다."

"조용조용 조용히 하세요."

입 가진 이들은 저마다 한마디씩 떠들어댔고, 강당은 순식간에 아수라장이 되었다.

"위원장님, 제가 한 말씀 하겠습니다."

사람들의 시선은 일제히 소리 나는 쪽으로 쏠렸다. 벌겋게 열이 오른 영규가 벌떡 일어섰다.

"4173호 고정 기사 백영굽니다. 어떤 이유로 이런 문제가 발생했는지는 알 길이 없으나, 원칙상 문제가 생긴 건 인정하겠습니다. 하지만 그 한 표가 세 후보 중 누구에게 가더라도 표차에는 별 영향을 미치질 않습니다. 더구나 최다득표자의 득표율은 154표로, 총 투표수를 307표로 계산해도 과반수가, 넘습니다. 그리고 이미 오후반 근무자들이 일 나가기에 너무 늦은 시간이 되었습니다. 그러니, 재투표를 한다는 것은 무리한 일이고 실종된 한 표는 무효표로 처리하는 것이 바람직하다고 생각합니다."

영규는 격앙된 목소리로 숨 한번 쉬지 않고 단번에 말을 매듭지었다.

"씨언하게 말 한분 잘해 뿐지네."

"옳소, 옳소, 또 투표하다가는 오늘 입금도 바쁠 판이다."

"아이다. 이건 원칙상의 문제인 기라."

"내는 메다 찍으러 갈란다."

영규가 말을 맺자 또다시 장내는 와글거렸다. 이미 자리를 뜨는 사람도 군데군데 눈에 띄었다. 이때 빵떡 김 씨가 주춤주춤 일어섰다. 후보 연설을 할 때와는 달리 뭔가 눈치 보는 듯도 했고, 자신감도 없는 태도였다.

"위, 위원쟁임요. 지도, 지도 한 말씀 디리겠어라우. 지야 표는 쪼매밖에 몬 은었지만, 후보의 한 사램으로 말씀디리자믄 이 기는 안 되는 기라 싱각허는디, 비록 한 표이긴 하지만서두 여그는 부정이 있일지도 모리는 일이구."

부정이라는 말이 나오자 사람들이 웃음을 터뜨렸다.

"거창하게 나오는데."

"빵떡이 니, 입도 안 아프나, 그만하고 앉그라."

"하여간에 원칙대로 혀야 한단 말이씨."

빵떡 김 씨는 입언저리를 쓸며 슬그머니 자리에 주저앉았다.

"관리위원들이 다시 의논해 봤는데, 이 문제는 미묘한 사안인 만큼 당사자인 후보 세 사람이 결정짓는 것이 가장 현명하다는 결론입니다. 어떻습니까?"

위원장은 잠시 좌중을 훑어보았고, 갑작스러운 제안에 아무도 말을 하지 못했다. 위원장은 세 후보와 머리를 맞대고 몇 마디를 나누더니 다시 단상으로 나왔다.

"2 대 1로 재투표하자는 쪽으로 결론이 났습니다. 그럼 아까와 같이……."

"눈 가리고 아웅이네. 물어보나 마나 2 대 1이 될 거는 뻔한 거지."

"140으로 밟아대도 오늘 마누라 입금은 좀 쳐 부렀네."

"넌 투표하고 와라. 난 일 나가봐야겠다."

술렁거리는 분위기 틈새로 삼삼오오 짝지어 투표장을 빠져나가는 사람들이 있었다. 투표장을 나가는 사람들 속엔 연섭도 끼어 있었다. 망연히 연섭의 뒷모습을 바라보던 영규가 고개를 돌렸다. 순간, 순구의 눈길과 맞부딪쳤다. 바깥에서는 시동 거는 소리가 요란하게 들려왔다.

"기호 1번 최두수 후보 123표, 기호 2번 김설중 후보 6표, 기호 3번 강순구 후보 116표, 무효 1표, 기권 61표. 이로써 기호 1번 최두수 후보가 실 투표수 246표 중 과반수를 얻어 제3대 노동조합 보궐위원장으로 당선되었습니다."

위원장이 선거 종료를 알렸을 때 강당 벽시계의 바늘은 7시 52분을 가리키고 있었다. 떠진실업 마당엔 이미 깊은 어둠이 깔렸다.

조상근의 대응 전략

2층 사무실 창에서 내려다본 마당을 장 회장이 경중대며 가로질러 가고 있었다. 아직 교대 시간이 끝나지 않았는데도 자리를 뜨는 것이었다. 아들 장 사장에게 부동산 서류 일체를 도둑맞고, 아니 솔직히 말하자면 내가 그 서류를 허깨비 사장 장진광에게 빼돌리고 난 이후 장 회장은 매사가 저런 식이 되었다. 배차 사무실 골방에서 골골 기침하며 앓다가도, 벌떡 일어나 어디론가 황망하게 달려가는가 하면 어디를 쏘다니는지 교대 시간에 늘 앉아 있던 소파도 제대로 지키지 않고 황급히 사라지기도 하였다. 바쁘게 서두르는 듯한 몸짓이었지만 실제 걸음은 예전보다 훨씬 느려졌고, 그나마도 보기에 안타까울 정도로 자꾸만 헛디뎌 휘청거렸다. 등은 훨씬 구부러졌고, 체구도 더욱 옹그라들어 아주 작아 보였다.

난 예전에 저것보다 훨씬 비참한 뒷모습을 본 적이 있다. 혼과 넋이 다 빠져나간 몸뚱이를, 지탱할 기력도 없어 자꾸만 무릎이 꺾여 드는 발걸음. 어깨에는 아무런 의지도 실려 있지 않았고, 곧았던 허리는 짐 지기 힘든 삶의 무게로 휘어져 있었으며, 타박타박 내딛는 발뒤꿈치에는 각다분한 인생살이의 고단함과 절망감이 뚝뚝 묻어나고 있었다.

"박 대리, 자네 지금 뭘 하나?"

김 부장이 박 대리 뒤에 서서 박 대리 어깨를 넘겨다보았다. 서류 용지에 뭔가를 써넣고 있던 박 대리가 깜짝 놀라며 돌아보았다.

"아, 예. 부장님. 저 저, 경남지역 영업실태 보고서를 작성하고 있습니다."

김 부장은 고개를 끄덕였다.

"끝나려면 아직 멀었는가?"

"아뇨, 아뇨. 이제 막 다 됐습니다."

박 대리는 성급하게 고개를 저었다. 정말 서류작성이 끝났음을 보이기라도 하려는 듯 책상 위에 널려 있던 서류들을 한데 모아 간추리기 시작했다. 김 부장은 역시 고개를 끄덕이더니 돌아서서 사무실 밖으로 나갔다. 나는 김 부장의 뒷모습을 바라보았다. 그러다 박 대리와 눈길이 부딪혔다. 박 대리는 난처하다는 듯이 어깨를 한번 으쓱해 보이더니 간추렸던 서류를 펼쳐놓고 다시 쓰기 시작했다.

화장실에 갔다가 담배 두어 대를 태웠을 만한 시간이 지난 후, 김 부장은 다시 사무실 안으로 들어왔다. 김 부장이 나타나자 사원들은 각자 제 책상에 더욱 납작하니 상체를 숙이고 저마다의 업무에 몰두하는 듯한 자세를 취했다. 멀거니 창밖 도심을 내다보던 김 부장이 백지에 무엇인가 쓰기 시작했다. 한참 동안 끄적이던 김 부장이 다시 망연히 창밖을 내다보았다. 그러더니 뒤편에 앉은 연 과장의 책상으로 다가가 이번엔 연 과장에게 물었다.

"연 과장, 자넨 지금 뭘 하나?"

"신상품 영업 기획안입니다."

연 과장이 일손을 놓지 않은 채 김 부장에게 말하는지, 계속해서 컴퓨터 키보드를 두들기는 소리가 들렸다.

"그래, 그, 뭐, 내가 도와줄 만한 일은 없는가?"

김 부장은 몹시 더듬거리며 말했다.

"아닙니다. 혼자 할 수 있습니다."

"그, 그렇구먼."

김 부장은 또다시 자리로 돌아갔다. 담배를 물고 늘 그러듯이 창밖으로 하염없는 눈길을 던지고 있었다. 나는 김 부장을 쳐다보았다. 책상머리로 고개를 돌리던 김 부장과 내 눈이 마주쳤다. 텅 비어 있는 눈이었다. 나는 눈길을 급히 내려뜨렸다. 잠시 후 김 부장이 일어서서, 내 쪽으로 걸어오고 있음을 느꼈다. 나는 급한 티를 내지 않고 천천히 일어나서 김 부장의 발길이 미처 내 자리까지 닿기 전에 자리를 떴다.

회사에는 한창 감원 돌풍이 불고 있었다. 감원 대상은 말단직원이 아닌 간부급들이었다. 따라서 우리 같은 하급 직원들이야 별걱정이 없었지만, 과장급 이상 간부들은 언제 그들 머리 위로 감원의 철퇴가 내려질지 몰라 바늘방석에 앉은 눈치들이었다. 우리 부서 직원들은 어느 순간부터 김 부장이 감원 대상으로 찍혔음을 눈치챘다. 저녁 8시, 9시가 넘어도 사무실을 떠나지 못할 만큼 업무에 시달리던 김 부장이 일손을 놓기 시작한 지 근 두 달이 되도록 업무 없이 자리만 지키고 있었다. 그래도 그는 결근하지 않았다.

"월급이 나오는 한은 자리를 지키겠다는 배짱인 모양이야."

라며 은근히 김 부장을 비웃는 축들도 있었고,

"아니 무슨 소리야, 네가 이기나 내가 이기나 끝까지 한번 해 봐야지."

하며 회사 측의 감원정책을 질타하는 이들도 있었으며,

"뼈 빠지게 몸 바친 회사에서 결국 이런 대접을 받는 김 부장 속은 오죽하겠어. 다 딸린 식솔 때문에 어쩔 수 없이 저 수모를 견디는 거지."

라고 말하는 동정파도 있었다.

술자리에만 앉으면 뒤에서 이런저런 얘기로 수군거리다, 김 부장이 저러느니 사표 쓰고 나가는 게 낫다, 아니다 끝까지 자리를 지켜야 한다는 등 말싸움까지 종종 일어났다. 하지만 난 말 한마디 거들지 않았고, 그 어느 편에도 가세하지 않았다. 여하튼 술자리 말싸움은 '어이구, 그놈의 밥줄이 뭔지' 하는 식으로 끝나곤 했다.

그러던 어느 날 영업 2부 고 부장이, 우리 영업 1부의 자리 배치를 다시 하라고 지시했다. 김 부장이 자리에 없을 때였다. 자리 배치라 해봐야 외부인 상담용 탁자를 하나 더 놓고 거기에 맞추어 우리 자리를 조금씩 당기는 간단한 것이었다. 그런데 문제는 자리 정돈이 아니었다. 상담용 탁자가 들어앉은 넓이만큼의 자리를 내주어야 했는데, 그러기 위해서 김 부장의 책상을 치워야만 했었다. 우리는 모두 아연했다. 아무도 선뜻 손을 대는 사람이 없자 재차 고 부장의 지시가 내려왔고, 연 과장이 서두르는 바람에 결국 김 부장의 책상을 복도 밖으로 끌어내고 말았다. 나는 김 부장의 서랍 속 물품들을 박스에 챙겨 넣었다. 물품을 챙기다 책상 한구석의 백지들 틈에서 뭔가를 끄적거려 놓은 종이를 발견했다.

마흔일곱 사내의 가슴에 두 줄기 강물이 흐른다.
가을밤 울어대는 풀벌레 소리도
가로등 불빛에 나방처럼 춤추며 떨어지는 눈발도
청춘 녘에 품었던 그 생생하던 사랑도 꿈도 열망도
이젠 그 의미를 다한 거야

돌아서야 하나 보다.

찰나의 순간조차 놓은 적 없는 삶의 속도와 긴장의 끈

어여 놓고 돌아가라 시리게 채찍하네

아, 누추하여라

마흔일곱 사내의 가슴에 두 줄기 눈물이 강물 되어 흐른다.

김 부장이 쓴 시인 모양이었다. 제목도 없이 쓴 시 밑엔 노여움으로 가
득 찬 듯 휘갈겨진 필체로 또 이렇게 써 있었다.

이제 해는 지고 있다.

달빛에 쫓긴 해는 산마루를 넘고 있다.

산마루 너머 그곳은 대체 어디란 말이냐?

"난 어렸을 때 시인이 되고 싶었지."

언젠가 술에 취한 김 부장의 볼이 정말 소년처럼 수줍게 붉어지던 기
억이 떠올랐다.

김 부장이 들어왔다. 연 과장은 슬며시 자리를 피했고, 우리는 아무도
김 부장에게 눈길을 보내지 않았다. 원래의 자리 쪽으로 걸어가던 김 부
장의 발걸음이 뚝 멈추었다. 우리의 가슴 속에서도 무엇인가 뚝 하고 떨
어졌다. 하지만 모두 바짝 고개만 숙일 뿐이었다. 김 부장이 힘없이 돌아
섰다. 상담용 탁자가 놓인 자리에 외부인처럼 앉았다. 김 부장은 종이에
무엇을 적었다. 나는 그것이 사직서이리라 생각했다.

모두 창가에 모여 섰다. 난쟁이처럼 작아진 김 부장이 회사 현관을 나서고 있었다. 타박타박 걸어가던 그가 17층 고층 건물을 돌아다보았다.

"우린 모두 한낱 부속품에 지나지 않는 거라고. 부속품이란 게 뭐야? 쓰다가 낡아졌다 싶으면 갈아 끼워 버리면 그만인 것 아니냔 말야?"

김 부장의 뒷모습을 내려다보며 누군가 푸념을 했다.

사라져가는 김 부장을 보면서 나는 그가 썼던 시 구절을 떠올렸다. 인생의 패배자 김 부장이 자살할지도 모른다고 생각했다. 예감은 적중했다. 그 며칠 후 사무실에는 김 부장의 죽음을 알리는 부고장이 날아왔다. 난 그의 장례식에 참석하지 않았다. 다만, 회사엔 절대 자기의 죽음을 알리지 말아 달라는 유언을 남겼다는 사실과 김 부장의 마지막을 모르는 부인이 그래도 사람도리다 싶어 부고장을 보냈었다는 얘기만 동료로부터 전해 들었다. 김 부장의 부고장을 받은 그날 이후 나는 회사를 그만두기로 결심했다. 대기업에서 용빼는 재주를 부려봐야 그 거대한 구조의 한낱 부속품에 지나지 않으며, 결국은 폐기 처리되고 말리라는 사실을, 두 눈으로 똑똑히 보았기 때문이었다.

폐기 처리되지 않는 인생은 내 사업을 갖는 길뿐이었다. 늦어도 십 년 안에 마흔셋까지는 무슨 수를 써서라도 내 사업을 갖겠다는 인생 계획을 세웠다. 나의 모든 신경은 예민해졌고, 작은 가능성 앞에서 나의 두뇌는 빠르게 회전했다. 그러한 나의 촉수에 걸린 것이 덕진실업이었다. 망나니 아들이 사장 자리를 차고 있고 저승 갈 날이 머지않은 노친네가 실제 운영권을 쥐고 있는 덕진실업이 가능성을 엿보는 나의 예민한 촉수에 딱 걸려든 것이다. 결국 나는 인척 관계를 이용해 직장을 덕진실업으로 옮겄다. 버젓한 대기업을 그만두고 별 전망도 없는 택시회사 과장 자리로 옮기는 나를 동료들은 의아해 했지만, 나에겐 타산이 있었다. 그 타산을 동료들은 몰랐다. 어찌 보면 도박 같은 결단이었다. 하지만 난 인생에서 한두 번은 이러한 도박의 순간이 온다는 사실을 믿었다,

"김 씨, 조합장 선거에 출마하셨다면서요?"

나는 짐짓 크게 소리를 질렀다.

"아이구, 부장님이시구만이라우, 야, 지가 출마를 헌 기 사실인게라."

나는 여전히 최두수가 들을 만큼의 목소리로 말했다.

"그럼, 어떻게 되는 겁니까? 강순구 씨 하고 김 씨, 두 분이 경쟁하시는 겁니까?"

"아즉꺼지는 그런 게라우. 말들은 구구허기 많은디, 정작 등록허는 사램은 없는 게비여. 내일이 마즈막 날인게 혹 낼 등록허는 사람이 있일런가는 몰러두."

나는 김 씨 옆에 바싹 다가섰다. 그리고 빠르고 낮은 목소리로 말했다.

"배영만 씨를 꽉 잡으세요. 아셨죠?"

김 씨도 낮은 목소리로 말했다.

"하믄, 알구 말구만이라우."

나는 다시 목소리를 높였다.

"야, 일 끝난 사람은 좋겠군요. 저는 내일이 월급날이라 밤 열 시까지 꼬박 혼자서 사무실을 지켜야 할 판인데."

최두수는 내 목소리를 충분히 들었을 터였다. 나는 종일 일없이 지키

고 있을 배차 사무실로 향했다.

김 씨는 내 권고대로 출마했다.

며칠 전, 김 씨가 밤을 새우고 종일 내도록 노름판에서 시달린 듯한 후 줄근한 차림새로 저녁 무렵 회사에 온 적이 있었다. 한창 거리를 달리고 있을 시간이라 마당엔 기사들이 아무도 없었다. 나는 김 씨를 불렀다. 등 나무 의자에 앉은 김 씨가 떼꾼한 눈으로 나를 보았다.

"김 씨 생각에는 이번 선거에 누가 출마할 것 같아요?"

"순구가 했다는 소리는 들었는디."

현 조합장 박성천이 개인택시를 받고 나가서 치르게 된, 조합장 보궐 선거 후보 등록 첫날이었다. 회사가 박성전에게 소나타를 사 주었다는 소문이 이미 기사들 사이에 파다하게 깔려 있었다. 부러운 마음에 소문을 퍼뜨리는 사람이 있는가 하면, 비난하는 마음에서 욕설을 퍼붓는 사람도 있었다. 김 씨는 부러워하는 경우였다. 바로 이날 오전에 강순구가 후보 등록을 한 것이다. 난 이미 그 사실을 알고 있었다. 노름판은 항상 소문의 집결지인 만큼 김 씨 역시 노름판에서 그 새 소식을 들은 모양이 었다.

"그 사람 한 명만 한다던가요? 또 다른 사람은 없나 보죠?"

"글씨, 지는 잘 모르겠구만이어라우."

김 씨는 그런 걸 왜 자기한테 묻느냐는 투로 게슴츠레한 눈동자를 뚤뚤 굴렸다.

"그렇군요. 김 씨는 조합에 관심이 없으신 모양이죠?"

"?"

"아, 아닙니다. 전 김 씨 같은 분이 출마할 생각이 있으실, 줄 알았거든요."

"?"

"하하하, 됐습니다. 회사 입장에서야 김 씨처럼 두루두루 원만하신 분이 조합을 맡아주셨으면 더 이상 바랄 게 없겠다 싶은 생각을 해본 거죠. 그런데, 뭐, 김 씨가 관심이 없으시다니……."

나는 김 씨에게 미끼를 던졌다. 매번 임금협상 때마다 조합장이 뒷돈을 받고 도장 찍었다는 소문이 기사들 사이에서 돌았다. 그러니 내가 던진 미끼대로 뭔가 일이 잘 풀리기만 하면 김 씨로서는 한몫 잡을 수 있는 절호의 기회가 되리라는 것을, 그는 충분히 알아들었을 것이다. 꽃향기를 맡고 벌이 꼬이듯 예상대로 김 씨는 내가 던진 미끼에 빨려들어 왔다. 빨려드는 김 씨가 한없이 측은하게 생각되기도 하였다. 일도 않고 노름만 하는 것으로 소문이 난 데다, 여기저기 노름빚만 늘어놓고 자기 앞가림도 제대로 못 챙기는 김 씨가 표를 얻으면 얼마나 얻겠는가? 제 분수조차 가늠 못하고 허황된 미끼에 빨려드는 어리석음에 차라리 가엾게 보일 지경이었다.

난 사실 조합장 선거에 이렇게 깊이 간여할 생각이 아니었다. 현 조합장 박성천이 최두수를 추천해 주었고, 내 생각에도 최두수 정도면 박성천과 마찬가지로 돈푼이나 쥐여주는 것으로 마찰을 피할 수 있으리라고 판단했다. 조합 간부들이 나서면 누구와 경쟁한대도 과반수 표를 차지하는 것은 그다지 어렵지도 않을 터였다. 단 한 가지 걸린 것이 있다면 최두수는 박성천보다 훨씬 성깔이 있고 욕심도 많다는 점이었다. 나는 초장부터 최두수의 야코를 팍 눌러야 한다고 생각했다. 선거 문제와 관련하여 내가 할 일이란 그 정도라고 판단했다. 그래서 박성천이 최두수를 한번 개인적으로 만나 조합 문제를 의논해 보라고 몇 번씩이나 권유했지만 난 짐짓 조합장 선거에 별다른 관심이 없는 듯한 태도로 일관했다.

"그거야 본인이 할 마음이 있으면 찾아오겠죠. 누가 해도 할 건데 뭐 그럴 필요까지 있겠어요?"

나는 그런 식이었고, 나의 태도를 분명히 전해 들었을 최두수는 출마자 등록 마감을 하루 앞둔 오늘까지도 나를 찾아오지 않았다. 등록도 하질 않았다. 하지만 그는 분명히 오늘 중으로 나를 찾아올 것이다. 편하게 사무실에 앉아, 하나 마나 한 설문조사나 하고, 체육대회나 명분 치레로 열면서 한몫 잡을 기회를 그가 놓칠 리는 없었다. 속이 뒤집히고 자존심이야 상하겠지만 결국 그는 나를 찾아올 터였다.

아무튼 적당히 최두수와 줄다리기만 하면 끝나리라 생각했던 내 판단에 치명적인 오차가 있을지도 모른다고 생각하게 된 건 강순구의 출마였다. 실제 강순구가 후보 등록을 하기 일주일 전부터 뭔가 석연치 않은 일이 벌어지고 있다는 예상은 나도 가졌다.

교대 시간이 끝나고 나서 마당이 텅 비면 나는 늘 서 있는 차들의 번호를 확인하곤 하였다. 오전에는 10시쯤, 오후에는 8시쯤. 오후엔 선 차들을 점검하는 것으로 내 업무를 마감하고 퇴근했다. 그런데 일주일 전 그날에, 63호 차가 서 있는 것을 보았다. 처음 한 번 보았을 땐 정비를 하거나 쉬는 날이겠지 하는 정도로 생각했다. 그런데 그 후에 배차 사무실에서 넘어온 입금표에는 분명히 63호의 입금도 포함되어 있었다. 나는 고개를 갸웃했다. 63호는 다음날, 오전에도 또 서 있었다. 배차일지를 점검해 보았다. 강순구의 고정 차량임을 다시 한번 확인했다. 삼 일째가 되는 날도 서 있는 것을 확인한 나는 배차 주임에게 물었다.

"강순구 씨가 왜 연속 삼 일이나 결근을 하는 거죠?"

배차대에 닿을 만큼 불룩 튀어나온 배를 쓸면서 텔레비전 축구 경기를 보고 있던 배차 주임은 시선을 화면에 박은 채로 무신경하게 대답했다.

"63호? 아냐, 결근한 적 없어."

"매일, 아침마다 회사마당에 서 있던걸요."

"아이고, 저런, 좀 더 세게 찼어야지. 뭐, 늦게 출근하는 모양이지."

나는 배차 주임의 태연함에 화가 치밀었다.

"오후 교대 시간까지 내내 서 있었단 말예요."

가시 돋친 내 목소리가 의외였던지 배차 주임은 화면에서 눈을 떼고 나를 힐끗 쳐다보았다.

"글쎄, 입금은 매일 들어온다니까."

자신의 업무에 부당하게 간여한다고 생각했는지 배차 주임의 목소리도 한결 억세졌다.

"그건 나도 아는 사실이고요. 누가, 강순구 본인이 직접 입금해요?"

나는 목소리를 누그러뜨렸다.

"아냐, 거, 백영규라고 있잖아. 요 며칠 동안은 그 친구가 운행일지를 받아 가고, 입금도 대신 했어."

주임의 목소리도 다시 낮아졌다.

"백영규, 백영규라……, 강순구 씨 요즘 혹시 노름에 손대나요?"

"아냐, 그 친구가 무슨, 어디 몸이라도 아픈 모양이지."

강순구가 노름할 인물이 아니라는 것은 나 역시 잘 아는 사실이었다. 하지만 배차 주임의 입에서 백영규의 이름이 튀어나온 것은 의외였다. 2층 사무실 창을 통해 늘 기사들의 동태를 관찰해온 내 눈에, 그 두 사람은 특별히 친분이 있어 보인 적이 없었기 때문이다. 더구나 대신 입금을 해 줄 만큼은 절대 아니었다.

강순구, 백영규, 강순구, 백영규……. 이름을 몇 번씩 뇌까려 보았지만, 해답이 나오질 않았다.

그런 강순구가 일착으로 조합장 후보 등록을 한 것이다. 강순구가 등록했다는 소식을 듣는 순간, 내 머릿속에선 불꽃을 튀기며 세 개의 서로 다른 사건이 하나의 명료한 끈으로 접선이 되었다.

첫 번째 사건은 올 초에 있었던 일이었다. 임금협상 때 박성천이 뒷돈 천만 원을 챙긴 대가로 임금 2천 원 인상에 합의해 주었다는 소문이, 기사들 사이에서 구구하게 돌 때였다. 실제 기본급을 4만 원 인상하고 특별수당으로 2만 원 지급하는 대신, 임금을 일주일 2천 원 인상한다는 것이 합의 내용이었다. 결국 임금 인상은 8천 원으로 낙착 본 셈이었고, 그것도 특별수당은 무사고 무위반 무결근인 경우에만 지급하기로 했으니 경우에 따라선 임금 인하가 되었다고 해도 과언이 아니었다. 기사들의 불만은 들끓었지만 이미 조합장 박성천이 도장을 찍어버린 후였다. 시간이 지나면 자연히 잠잠해질 일이었다. 그럴 즈음 박성천과의 술자리에서 강순구가 탁자를 엎어 버린 사건이 있었다.

"조합장이 할 일이란 게 조합원들 피 빨고 등쳐먹는 일이냐?"

가끔 기사들 사이에 벌어지는 사소한 시비 정도로 볼 수도 있었으나, 그날 그 술자리에서 강순구가 박성천에게 했다는 그 말은, 나의 뇌리에 깊숙이 각인되어 있었다.

두 번째 사건은 생리휴가 문제였다. 초여름에 난데없이 여기사들이 생리휴가에 관한 의견요청서라는 걸 조합을 통해 회사에 제출했던 일이 있었다. 거기다 배영만이 남자기사들의 동조 서명까지 받으러 휘젓고 돌아다녔던 일은, 온 회사를 왁짜하게 만들었던 일대의 에피소드였다. 생리휴가 문제에 앞장을 섰던 미스 권을 배영만이 짝사랑한다는 소문은 기사들 대부분을 동조 서명하게끔 이끌었다. 사람들은 재미있는 에피소드 정도로 생각했지만, 나는 그렇지 않았다. 의견요청서라는 걸 작성해서 여기사들 다섯 명을 연서케 함으로써 서로 벗어날 수 없는 연대감과 책임감으로 확실하게 묶어놓았던 거며, 배영만을 앞세운 남자기사들 동조 서명으로 회사를 들썩거리게 했던 일련의 과정은 절대 미스 권의 머리에서 나오지 않았을 거라는 확신 때문이었다. 도급을 타지 않겠다거나, 배차 문제를 공정하게 처리해 달라거나 등등의 요구가 기사들 사이에서 가끔 있었다. 하지만 그때마다 한, 둘이 찾아와 말로 부탁하는 식이었고, 시간을 두고 생각해 보자는 식으로 적당히 시간을 끌면 늘 흐지부지되고 말았다. 이날 이때껏 기사들의 근로조건에 대한 요구를 이렇게 서류와 절차를 밟아 집단으로 해결하려는 움직임은 한 번도 없었다. 누구인지는 알 수 없지만, 그 배후에는 분명 누군가 있을 것이 분명했다.

세 번째 사건은 바로 출마 등록 직전에 있었던 강순구의 결근과 백영규의 대리 입금이었다. 강순구와 백영규, 미스 권과 배영만. 어느 기사들과는 달리 침착하고 말이 없으며 지적으로 보이던 백영규. 이들 사이를 이어주고 있는 것은 분명 백영규였다. 강순구는 결근 5일째인가 출근했었다. 여느 때 교대 시간보다 늦게 들어온 백영규가 등나무 밑에 서 있던 강순구에게로 단숨에 달려가는 것을 나는 사무실 창으로 내려다보았다. 그들 둘이 어깨를 나란히 하고 회사를 나서는 모습도 보았다.

나는 더 이상 조합장 선거를 강 건너 불구경하듯 바라보고만 있을 수는 없음을 깨달았다. 강성 조합이라도 만들어져 회사의 부실 경영 운운하며 회사 경영 문제에 개입해 들어온다면, 나로서는 정말 지난 수년간에 걸쳐 바늘같이 치밀하게 추진해왔던 계획과 노력이 하루아침에 수포가 될지도 모를 심각한 문제였기 때문이었다.

강순구의 출마 소식을 듣고 나름의 추리를 끝낸 나는 첫 번째 활동을 개시했다. 평소 기사들 사고처리 문제로 잘 알고 지내던 김 형사에게 신원조회를 부탁하는 것이었다. 서너 시간도 걸리지 않아 결과를 얻을 수 있었다. 예상대로 백영규는 대졸 학력에다 2년 6개월의 수감생활을 한 바 있는 시국사범 전과자였다. 나는 더욱 치밀하게 고민했다. 섣부르게 건들면 문제만 커질지 모른다는 판단에서였다. 경영하던 회사가 부도나서 들어온 성연섭도 대학 나온 사람 아니냐, 요즘 세상에 대졸자라고 해서 택시 하지 말라는 법 있냐고 반격하면 할 말이 없을 테고, 전과기록이야 이미 법적으로 처리된 문제임에 특별히 걸고넘어질 수는 없다고 생각했다. 굳이 법적으로 해결하자면 사문서 위조 같은 것으로 고발할 수도 있겠지만, 공연히 벌집을 쑤셔놓는 결과를 낳을 수도 있었다. 더욱 문제는 백영규가 선거와 관련해서 표면에 나서지 않을 가능성이 많다는 데 있었다. 결국 나는 당분간 백영규 문제를 덮어두기로 했다. 나 혼자만의 비밀로 간직하고 있다가 결정적이다 싶을 때 칼날을 뽑으리라 마음먹었다.

강순구의 당선 가능성을 점검해 보았다. 30명이 넘는 한마음 낚시회는 회사 내에 있는 가장 큰 기사들 친목회였고, 강순구는 그 회원이었다. 그다음은 여기사들이었고, 또 그다음은 배영만의 인간관계였다. 특히나 배영만은 그대로 놔두면 생리휴가 때처럼 미스 권 편을 들 것이 분명했고, 노름판, 조기축구회 같은 데서 표를 강순구에게로 몰아갈 것이다. 그렇다면 충분히 강순구의 당선이 가능했다. 따라서 배영만을 떼어놓아야 한다는 결론을 쉽게 얻을 수 있었다. 미스 권을 강순구 편에서 떼어놓는 것은 불가능해도 배영만을 떼어놓는 것은 가능하다는 생각이 들었다. 그 방법으로 가장 적합하다고 결정한 것이 빵떡 김 씨였다. 배영만과는 동향 출신인데다 밤낮으로 노름판에 함께 어울려 다니는 사이니, 배영만을 김 씨 편에 묶어두는 것이 좋으리라는 타산이 섰다. 강순구 표를 김 씨 쪽으로 몰고 가는 것까지야 하지 않더라도 최소한 부동표가 강순구 쪽으로 가는 것을 도와주지만 않는다면 나름대로 분명 성공일 것이었다. 생각이 여기까지 미치자 나는 일을 그렇게 벌이면 김 씨를 최두수와의 심리전에도 이용할 수 있을 거라는 결론을 얻었다. 이로써 김 씨는 이번 선거에서 아주 중요한 역할을 하게 되었다. 김 씨 자신이야 상상도 못할 일이겠지만 최두수의 야코를 죽이는 견제 도구, 들러리 역할에다 또 한 가지, 배영만을 강순구에게서 떼어놓는 역할을 그가 맡게 된 것이었다.

장 회장이 힘없이 배차 사무실로 들어왔다. 나를 힐금 바라보더니 말없이 골방으로 들어갔다. 난 배차대 옆에 놓인 텔레비전을 끄고 골방으로 따라 들어갔다. 장 회장은 이불도 덮지 않은 채 벽면을 바라보고 요 위에 모로 누워 있었다. 틈이 벌어진 사장과 회장 사이에 은밀히 파고들어 이들 부자지간을 완전히 결별케 만드는데 근 일 년이라는 세월이 걸렸다. 이제야 사장은 부동산 등기서류를 챙겨서 완전히 사라졌고, 이 회사엔 늙고 병든 살쾡이 같은 장 회장만 남았다. 사장이 사라지고 나서 나는 두어 차례 장 회장을 시험해 보았다. 부품업체 결재서류를 적당히 가짜로 만들어 장 회장에게 보여준 것이다. 한번은 십만 원 단위의 항목을 백만 원 단위로 써넣은 것이었고, 다른 하나는 총액이 백만 원 단위인 것을 천만 원 단위로 조작했다. 돋보기를 끼고 한참을 들여다보던 장 회장은 조작된 부분을 전혀 눈치채지 못하였다. 사정이 완전히 짐작하고 나시는 정신력마저 급속도로 떨어지고 있는 것이 분명했다. 이제 덕진실업은 내 것이나 마찬가지였다.

"회장님."

나는 나직이 장 회장을 불렀다.

"끙."

신음 소리와 함께 장 회장은 내 쪽으로 돌아누웠다. 눈가가 거뭇하게 죽은 모습이었다.

"저 이번 조합장 선거에는 강순구, 빵떡 김 씨, 최두수, 이렇게 세 명이 출마하게 될 거 같습니다."

장 회장은 기침을 쿨럭쿨럭하였다. 기침 때문에 자리에서 일어나 앉았다. 가쁜 숨을 들이쉬는 목구멍에서 심하게 가래 끓는 소리가 났다.

"예정대로 최두수를 밀면 별문제는 없을 것 같고요."

기침을 참으며 장 회장은 거우 대답하였다.

"그, 그 문제, 문제는 자, 자네가 알아서."

귀찮다는 듯이 장 회장은 손을 내저었다. 장 회장은 확실히 많이 변했다. 예전 같으면 조합장 선거 문제에 시시콜콜 간섭하고 나설 것이 분명했다. 아니, 분명히 자기 자신이 선두 지휘를 했을 것이다. 사장은 부동산 등기서류와 함께 장 회장의 혼까지 가져가 버린 것이 분명했다. 거우 기침을 가라앉힌 장 회장의 이마빡에 식은땀이 함빡 배어 나왔다.

나는 시간이 바쁘다는 사실을 깨달았다. 이러다 장 회장이 죽기라도 하면 만사는 어그러져 버린다. 장 회장이 죽으면 아무리 장 회장이 싫다고 발버둥을 쳐도 덕진실업은 사장의 손으로 넘어가게 되어 있고, 사장은 필시 회사를 처분한 후 그 자금을 호텔인지 콘도인지 미쳐 날뛰고 있는 레저사업에다 탕진해 버릴 것이다. 덕진실업에서 나의 독자적인 사업자금을 뽑아내기 위해서는 장 회장이 최소한 몇 년간은 이 상태 그대로 살아 있어 주어야 한다.

"회장님, 웅담 같은 거라도 좀 구해 드셔야겠습니다."

나는 진심으로 말했다. 장 회장은 기침을 토해내는 데 기운을 다 써버렸는지, 썩은 나무처럼 자리에 쓰러졌다. 나는 이불을 덮어 주고는 골방에서 나왔다.

썩은 나무처럼 무너져가는 장 회장을 보자 내 마음은 말할 수 없이 바빠졌다. 부품매입을 담당하는 송 차장을 더 이상 재지 말고 내 편으로 만드는 작업을 본격적으로 개시하기로 작정했다. 송 차장하고 손만 잡으면 이중장부를 만들어 장 회장의 눈을 속이는 것은 식은 죽 먹기일 것이다. 마음이 바빠지자 강순구, 백영규에 대한 분노감이 새삼스럽게 더욱 솟구쳤다. 제 눈앞에 보이는 몇 푼어치 이익을 더 챙기기 위해 막판까지 나와 보이지 않는 줄다리기를 하는 최두수가 경멸스럽게 느껴졌다. 하지만 오늘 저녁 최두수는 내게로 올 것이다. 백기를 들고 비참한 몰골로 나타날 것이다. 조금 작은 몫이 되더라도 자기 일생의 유일한 기회가 될 지금을 결코 놓칠 리 없는 영악한 위인이니까.

마지막으로 남아 있던 경리, 미스 최를 끝으로 직원들이 모두 퇴근하자 사무실엔 나 혼자 남았다. 정비사들도 퇴근한 모양이었다. 정비실에서는 아무런 기계 소음도 들리지 않았다. 창을 내다보았다. 벽돌담으로 둘러쳐진 덕진실업의 마당이 내려다보였다. 사고 때문에 문짝을 다 뜯어낸 차가 어스름한 정비실 불빛에 살벌한 모습을 드러내었다. 21호일 것이다. 일 나가지 않은 차들이 마당 군데군데 웅크리고 있었다. 정문 옆에 세워진 간이 사무실, 세차장 수도, 등나무…… 모두가 내게는 피붙이같이 살갑게 느껴졌다.

시계를 보았다. 9시 30분이 넘었다. 난 초조해지기 시작했다. 오늘 밤까지 최두수가 나를 찾아오지 않는다면 내일은 내 쪽에서 서둘러 그를 찾아야 한다. 그러면 그는 속으로 쾌재를 부르며 나를 비웃고, 자신의 승리를 자축할 것이다. 당장 선거에 필요한 자금부터 이런, 저런 명목으로 요구해 들어올 것이다. 돈도 돈이지만 최두수 같은 인간에게 내가 무릎을 꿇는 것은 나 자신에게 용납되지 않는 일이다. 나는 내 인생의 어떠한 패배도 용납할 수가 없다. 관자놀이에서 맥박의 속도가 빨라지는 것을 느낄 수 있었다. 움켜쥔 손바닥에서 땀이 났다. 나는 바지 솔기에 자꾸만 땀을 닦아냈다. 그래도 금세 땀으로 손바닥이 축축해졌다. 그때였다. 한 사람이 회사마당으로 들어서는 모습이 보였다. 난 눈을 크게 떴다. 등나무에 걸린 전등 앞을 지날 때 나는 그가 누구인지 알아보았다. 최두수였다.

나는 야멸찬 미소를 지었다. 그리고 내 책상 앞에 앉아, 평온해진 모습으로 서류를 펼쳤다. 층계에 오르는 구두 소리를 들었다. 잠시 후에 사무실 문을 두드리는 노크 소리가 들렸다.

"들어오세요."

내가 아주 잔잔하고 평화로운 목소리로 노크 소리에 답했다. 문이 열렸다. 최두수가 사무실 안으로 들어왔다.

돌아서야 할 때

등나무 앞에 걸린 백열등 불빛 밑으로 희끗희끗 눈발이 내렸다. 영만은 차 안에 앉은 채, 자신의 이름과 날짜를 운행일지에 써넣으며 배차 사무실을 쳐다보았다. 형광등이 환하게 켜진 사무실은 주변의 어둠에 싸여 더욱 밝게 보였다. 밝게 빛나는 형광등 빛은 따스한 온기를 담고 있었다. 좀 전까지 웅성거리며 난로를 쬐고 있던 기사들이 하나둘씩 빠져나간 사무실 안에선 소리 없는 불빛만 뿜어져 나오고 있었다. 사무실이 비기를 기다리며 공연히 시간만 끌던 영만이 재빠른 몸짓으로 차문을 열었다. 영하 10도에 이르는 새벽공기는 몹시 찼다. 추위에 부르르 진저리를 친 후 영만은 서둘러 배차 사무실 문을 열어젖혔다. 나른하게 기지개를 켜던 배차 주임은 힐끗 영만을 쳐다보고는 배어 나온 눈물을 손바닥으로 꾹꾹 찍어냈다.

"주임님, 쬐게 늦었구만이어라."

영만은 운행일지와 입금을 주임에게 건네주며 어줍잖은 인사말을 붙였다. 주임은 아무 말 없이 입금을, 받아서 액수를 확인한 후 옆에 놓인 돈통에 넣었다.

"근디 저분에 말씸디렀십니다만, 35호, 4735호 죽고, 시차 나오믄 미스 권허고 지가 탔으면 수픈디."

영만은 난처한 표정으로 주임의 기색을 살폈다.

"글쎄, 그 차 죽기를 학수고대하는 사람이 어디 한둘이라야지."

주임은 자신에겐 별다른 관심사가 아니라는 듯, 늘 하던 식으로 긍정도 부정도 아닌 애매한 대답을 퉁명스럽게 내뱉었다.

"아, 지야 지금 타는 프린스 타도 그만이겠지만, 미스 권은 그만허믄 시차 탈 만도 안 허거써라? 저분 여름도 에어컨도 안 되는 스텔라 갖고 을매나 고상혔는지……."

"스텔라 갖고 고생한 사람이 어디 미스 권 하나야?"

주임은 담배를 피워물며 딴전을 피웠다.

"앗따, 주임님도, 지 맴을 다 암시로 그래싸요? 눈 딱 감고 노총각 혼새 길 한분 열어 줏씨요, 잉."

영만은 주임의 말허리를 눙치며 미리 준비해 둔 흰 봉투를 주임 앞으로 밀어놓았다.

"새 차는 반드시 도급을 타야 한다고. 미스 권은 일요일마다 꼬박꼬박 쉬려고 들던데, 정 생각이 있으면 미스 권한테 물어보고 다시 얘기하든가 그러지 뭐."

영만이 내민 봉투를 슬며시 끌어당겨, 안주머니에 챙겨 넣으며 주임은 여전히 떨떠름한 표정을 버리지 않았다.

"물어보구 자시구가 있간디요. 당연지사루다 탈 거구만이라. 그럼 지는 먼저 들어가 보것씨요."

배차실 문을 나서자 금세 한기가 영만의 몸을 파고들었다. 점퍼의 지퍼를 목덜미까지 올리고 다시금 추위에 진저리를 쳤다.

'결국 한입 베어먹고서야 토해내는구매. 능구랭이가 따로 없어야. 썩을 눔 같으니라고.'

영만은 속엣말로 주임에게 욕설을 퍼부었다. 등나무 전등에 한층 굵고 많은 눈발이 날렸다. 영만은 머리를 흔들었다. 새 차가 나올 때마다 몇 푼씩 뜯어내고서야 선심 쓰듯 배차해주는 주임의 수법에 화가 났고, 그 수

법에 못 이기는 척 촌지를 쥐어준 자신의 처사가 마땅찮았지만 잊기로 했다.

'숙희 씨가 알믄 안될 긴데.'

이젠 좋은 생각만 하기로 했다. 얼마 안 있으면 숙희와 교대하게 될 것이고, 그러면 하루에 두 번은 반드시 얼굴을 보게 될 것이었다. 생각만으로도 기쁨이 가슴 속에서 뭉싯뭉싯 피어올랐다. 영만은 춤을 추듯 경중경중 뛰어오르며 큰길로 내달았다. 아스팔트에는 그새 내린 눈으로 얇게 덮여 있었고, 그 위로 지나간 차들의 바퀴 자국이 어지럽게 달리고 있었다. 빈 택시를 향해 손을 들었다.

"신정동이요."

택시 앞자리에 오른 영만이 콧노래를 흥얼거렸다.

"이른 새벽부터 무슨 좋은 일이 있으신 모양이지요."

영만을 슬찟 쳐다보며 기사가 말을 건넸다.

"조언 일이라, 하문, 조언 일이 있구만이라."

영만은 숙희와 가까워지게 되었던 작년 가을을 떠올리며 입가가 벌쭉해졌다. 효창운동장 뒷길을 빈 차로 지나가고 있을 때였다. 길가에 보닛을 열어젖힌 채 김을 풀풀 토해내고 있는 덕진실업 차가 있었다. 영만은 그 차 뒤에 자신의 차를 세웠다. 회사에서 여러 차례 얼굴을 본 적이 있던 숙희의 차였다.

"항시 트렁크에 물통을 준비혀갖구 다니시야지라."

영만은 제 트렁크에서 물통을 꺼내, 열린 차 앞머리의 냉각수통에 부어주며 숙희에게 말했다. 어쩔 줄 몰라 쩔쩔매고 있던 숙희는 영만의 출현에 반가움을 감추지를 못했다.

"엔진이 식을라믄 시간이 걸리겄네."

영만과 숙희는 엔진이 식기를 기다리느라 길가 그늘에 나란히 앉았다.

"제가 자판기 커피는 즐대로 읃어먹는 뱁이 없어라. 이담에 레스토랑서 사시고 오눌 자판기 커피는 지가 내겄구만요."

두 사람은 종이컵에 담긴 커피를 마시며 엔진의 열이 식기를 다시 기다렸다.

"온도 메다가 빨간 금을 넘어가믄, 오바이트를 할 징조니께 얼른 회사로 들어가야 허는구만요. 에어컨을 틀믄 에어컨 팬이 돌믄서 엔진을 식혀주니께, 쬐께는 시간을 벌 수 있대는 것두 알아두면 좋을 거구. 그나저나 택시 시작허신 지 얼마 안 됐지라?"

영만은 숙희에게 필요할 만한 상식을 조단조단 일러주다가 문득 숙희의 사생활이 궁금해졌다.

"봄부터 시작한 거예요."

"뭔 노무 아가씨가 이 험한 바닥에 뛰어들어 고상이래? 참허기 있다가 조언 냄편 만내서 시집이난 가잖쿠."

숙희의 눈매에 쓸쓸한 빛이 스며들었다. 그 쓸쓸한 빛을 영만이 보았다. 영만은 말을 돌렸다.

"첨 택시 허니께 애루은 일이 많지라? 어떤 기이 젤로 애루운지, 한분 말씸해 봇씨요. 지가 이래뵈도 핸들 잡은 걸루 따지믄 까마득한 선배니께."

"글쎄요. 제일 힘들었던 거는 한여름에 에어컨이 먹히지 않았을 때였어요. 아마 그때 흘린 땀을 다 모으면 한 바케쓰는 될 거예요. 저도 힘들 었지만 제 차를 탄 손님들한테 미안해서 몸 둘 바를 모르겠더라고요."

종이컵의 주둥이를 한 바퀴 돌려가며 차례로 구기고 있는 숙희의 말투 는 담담했다.

"빌어묵을 짜석, 여재들헌티는 쫌 나언 차를 주잖쿠……. 써금써금한 꼬물 스텔라는 그렇구만요. 이 차를 참허기 몰다가 내년 여름 되기 전에 시차를 받으시야지라. 뒷구녕으루 호박씨 까는 배차 주임이 선선허기 내 주지는 않겠지만. 또 뭣이 힘든 일이어라?"

"또…… 밤늦게 술 취한 사람들이요. 잠이 들어서 아예 깨어나지 못하 기도 하고 자기 집을 못 찾는 사람도 있어요. 게다가 괜히 시비 거는 사람 들도 있고요."

숙희는 지금 당장 눈앞에 그런 취객을 만나기라도 한 듯이 미간을 찌 푸렸다.

"요리 봐서 많이 취했다 수프른 무조건 태우지를 마시고, 타고나서 히 야까시 거는 사램들은 그저 말대꾸헐 것도 읎이 파출소에다 내리놓고 경 찰 입회하에 요금을 받어부리요. 가만, 있자……."

영만은 라디에이터에 손을 대었다.

"쪼매만 더 식으믄 되겠는디, 마지막으로 하내만 더 들어보지라."

골똘히 생각하는 듯 숙희는 머리를 한편으로 갸웃했다.

"잔돈이 없을 때 큰돈 내는 사람들요."

"천 원째리 기본요금 거리 가믄서, 만 원째리 내는 사램들 증말 싫지 라?"

458

"아니, 다른 사람들도 다 그런가 보죠?"

숙희는 자기 경험을 꿰뚫어 보는 듯한 영만을 신기하다는 듯이 쳐다보았다.

"근디. 천 원째리 기본거리 가믄서 만 원째리 내는 사램보다, 더 미운 기이 워떤 사램인줄 알어라?"

"?"

"막 내릴라꼬 헐 때 찰칵 메다가 올라가서 천백 원 나왔는디, 만 원째리 내는 사램. 그런 사램 한분 만내믄, 천 원째리 백 원째리 홀라당 털리뿐진당께."

두 사람은 함께 큰소리로 웃음을 터뜨렸다. 학교를 마치고 집으로 돌아가던 초등학교 꼬마들이 보닛을 열어놓은 차를 둘러서서 신기한 듯 들여다보았다.

"앞으론 십 원째리를 구백 개로 바꾸서 한 봉지씩 가지고 다녀라. 그런 사램 만내믄 느그는 큰돈 배끼 없냐, 내는 잔돈 배끼 읎다 하믄서 십 원째리를 한주먼지 앤기 주믄 질리뿌릴께니."

영만의 농담에 밝은 표정을 짓다가도 어딘가 모르게 어두운 그림자가 스치곤 하던 숙희는 아이처럼 깔깔거렸다. 숙희의 웃음소리가 공연히 영만의 마음을 흐뭇하게 했다. 가방 멘 꼬마들이 이번에는 두 사람을 구경하고 서 있었다. 영만은 눈을 부릅뜨고 무서운 표정을 지어 꼬마들에게 흘겼다. 아이들은 저만치로 폴짝폴짝 달아났다. 아이들이 달아나는 모습을 허하고 바라다보던 영만이 엉덩이를 털며 일어섰다. 한낮의 가을 햇살이 두 사람을 환하게 내리쪼였다.

"다 아시것지만 라지에타 뚜껑을 열 때는 조심혀야 허구요. 웬만큼 식
히고 난 뒤에라도 이렇기 젖은 걸레루다 뚜껑을 싸서 조금 열다가 뜨거운
짐이 다 빠지 나간 댐에 완전히 열어야 허구만요."

영만은 자신의 물통에 담겨 있던 물을 숙희의 라디에이터에 가득 부어
주었다.

"곧장 히사로 들어가시서 정비사헌티 라지에타허고 써머스타트에 이
상이 읎는지 봐달라고 부탁허요."

숙희가 운전석에 올라앉자 영만은 창 너머로 숙희에게 일러주었다.

"오늘 너무, 고마웠어요."

인사 소리와 함께 끼리리릭 털털털 시동 소리가 요란하게 울렸다.

"레스토랑 커피는 잊지 말어라우!"

막 움직이기 시작한 숙희의 차를, 두어 걸음 따라가면서 영만은 소리
쳤다. 숙희는 차창 밖으로 손을 흔들었다. 멀어져가는 숙희의 차를 바라
보는 영만의 가슴은 살랑이며 차오르는 풋풋함으로 가벼운 경련이 일었
다.

"신정동 어디예요?"

"아, 예, 바루 저그 네거리 직전서 시워주믄 되겠구만요."

생각에 빠져 있던 영만이 엉겁결에 대답했다.

아직 아무도 밟은 이가 없는, 골목길에 덮인 눈이 가로등 불빛에 반사
되었다. 첫발자국을 내면서 영만은 연신 자신의 발자국을 돌아보았다.
곧바로 걸어보고, 갈짓자로도 걸어보고, 오던 길을 돌아서서 뒷걸음질
쳐보기도 했다. 그러다가 성큼성큼 덩실덩실 발걸음을 큼직하게 떼 보기

도 했다. 영만의 발걸음은 어느새 자취방 앞에까지 와 있었다.

방에는 어제 오후에 먹고 나간 밥상이 바쁘게 내팽개쳐진 대로 놓여 있었다. 이 방에, 바로 이 시간에, 숙희가 자신을 기다리고 있는 모습을 상상해 보았다. 가슴이 뻐개지도록 즐거웠다. 영만은 빈 그릇들을 차곡차곡 챙기기 시작했다. 그때 전화벨이 요란하게 울렸다.

"영만이냐? 내다."

익숙한 아버지의 음성이었다.

"이른 새복에 주무시잖쿠 와 또 전화허시는 게라우?"

"지 시간에 들어온 거 본께 니, 참말 노름은 끊은 모양이구매?"

"하믄, 지가 아부지헌티 그짓부렁허는 거 보싰어라?"

"그랴, 니 싱각 한분 잘 묵었어야. 그건 그라구, 니 곰곰허니 다시 싱각혀 봤냐?"

"아부지, 지가 맻 분썩이나 말혀야 알아묵겄소? 지 일은 지가 알아서 할 거구만."

"갸가 을매나 참헌 샥씬줄 니가 몰러서 허는 말이여. 애비 말 믿구 얼굴 한분 보란 말여. 그만허믄 밉상도 아닌디다, 집안 좋구, 어른 공갱헐 줄 알구, 일 잘허구, 눈 까뒤집고 찾을려도 그런 샥씨감은 없어야. 니 나이도 이젠 생각혀야지."

"글씨, 지는 선 안 볼 거구만이라."

"원노무 짜석이 뭐를 믿구 이래 고집이 씨노. 좌우당간 요분 설 때 내리오믄 자리를 매련헐팅께 그리 알고 있더라고."

전화가 툭 끊겼다. 요즘 들어 2, 3일에 한 번씩 걸려 오는 똑같은 내용의 전화였다.

"지두 다 믿는 구석이 있어서 그러는 거만이라. 아부지는 것도 모름시
로."

영만은 씨익 웃었다. 잘만 되면 오는 설에는 숙희를 아버지에게 보여
주게 될지도 모른다는 생각에 마음이 들썩거렸다. 영만은 자리에 누웠
다. 잠자리에 들자 또다시 숙희의 모습이 아른거렸다. 야무지면서도 한
없이 부드러웠던 숙희의 입술에 자기 입술이 가닿던 그 감촉에, 온몸이
공중에 붕붕 뜨는 것만 같았다. 그때 분명 숙희는 자기 입술을 거절하지
않았다고 영만은 생각했다. 잠 속으로 빠져들면서 영만은 더 이상 망설
이지 않겠노라 스스로 다짐했다.

사진 속의 동욱은 생시처럼 웃고 있었다. 웃는 입에서 소리가 터져 나
오고, 소리와 함께 동욱은 사진 속에서 걸어 나올 것만 같았다. 서늘한 동
욱의 눈매를 바라보던 숙희의 눈가에 눈물이 맺혔다.

"동욱 씨, 미안해요. 내가 잠시 딴생각을 먹었나 봐요. 나, 아주 못된 여
자죠? 그래도 용서한다고 말 좀 해봐요. 왜요? 용서가 안 되나 보죠. 미안
해요. 미안해요."

숙희는 동욱에게 끊임없이 말을 건넸다. 동욱은 그저 웃고만 있을 뿐
이었다. 눈물이 맺힌 숙희의 마음은 강릉으로 대관령으로 달려가고 있었
다. 이름도 기억나지 않는 강릉의 어느 종합병원 영안실에 누워 있던 동
욱의 얼굴은 밀납처럼 해사했다. 숙희의 눈엔 아무런 상처도 보이지 않
는데, 의사는 동욱이 영원히 일어날 수 없다고 했다.

462

"죄송합니다. 제가 끝까지 말렸어야 하는 건데…… 너무 장시간 쉬지 않고 달려서 라이닝이 다 타버렸어요. 결국 브레이크가 파열돼버린 거죠. 휴게소에서 쉬었다 가라고 그렇게 말했는데도 원 사람 무슨 고집이 그렇게도 센지, 국수 한 그릇만 후딱 먹고 번개처럼 달려가더니만…… 가는 뒷모습이 그렇게도 씩씩하고 즐거워 보였는데 이런 일이 벌어질 줄이야 누군들 알았겠습니까?"

동욱의 동료가 사고의 원인을 설명했지만, 숙희의 귀에는 아무것도 들리지 않았다. 이렇게 멀쩡한 얼굴로 누워 있는 동욱이 왜 일어날 수 없다는 것인지 숙희는 아무것도 이해할 수가 없었다.

"동욱 씨, 왜 여기 이렇게 누워 있는 거예요? 빨리 서울 가야지요. 우리 아가 이름을 지어야 하잖아요. 동욱 씨, 어쩌자고 누워만 있는 거예요? 아가 얼굴이 보고 싶지도 않아요? 지금 내 말 듣고 있는 거죠, 동욱 씨. 이게 다 거짓말이죠, 그렇죠? 이렇게 누워만 있으면 나는 어떡해요, 우리 아간 대체 어쩌란 말예요? 일어나요, 어서, 내년 봄엔, 당신 친구들 다 불러놓고 우리 결혼식 올리기로 했잖아요. 결혼식, 결혼식을 나 혼자 올릴 순 없잖아요."

숙희는 누워 있는 동욱을 미친 듯이 흔들었다. 이미 나무토막처럼 굳어져 버린 동욱의 몸체는 미동도 하질 않았다. 동욱의 반응이 없으면 없을수록 숙희는 오장을 쥐어뜯는 안타까움으로 울부짖었다.

"언니! 뭘 그렇게 넋 놓고 보고 있수."

느닷없는 숙현의 목소리에 숙희는 깜짝 놀라, 보고 있던 사진을 급하게 책갈피에 끼워 넣으며 눈물을 훔쳐냈다.

"너 소리도 없이 언제 들어왔니?"

"소리도 없긴, 노크를 해도 대답이 없길래 들어온 거지."

숙현은 책갈피에 미처 감춰지질 않아 귀퉁이가 삐져나온 사진을 보았다. 숙현은 사진을 낚아챘다.

"아니, 애!"

숙희가 사진을 낚아채는 숙현의 손을 잡았다. 이미 사진은 숙현의 눈 안에 가득 들어왔다. 사진 속에선 숙희와 동욱이 나란히 웃고 서 있었다. 청명한 가을하늘 아래 북한산의 능선들이 두 사람의 등 뒤로 펼쳐지고 있었다.

"아유, 이 청승! 언니, 이젠 좀 제발 잊어버려. 이미 저세상으로 가버린 사람, 기억을 자꾸만 곱씹으면 뭐가 나아지우? 그 잘난 추억 따위는 탈탈 털어버리고 언니 살길이나 찾으라고!"

숙희는 숙현에게 손을 벌렸다. 숙현은 숙희의 눈가에 채 거두어지지 않은 눈물 자국을 보았다. 말과는 달리 숙현은 순순히 사진을 숙희에게 돌려주었다.

"살다 보면 사람에겐 마음으로도 어쩔 수 없는 일이 있단다."

숙희는 혼잣말처럼 중얼거리며 사진을 책갈피에 조심스레 끼워 넣었다.

"내사 모르겠수. 아무튼 난 언니 같은 청승은 질색이라고. 그나저나 오늘 언니 약속 있다면서, 빨리 준비하고 나가요."

숙현의 말에 아랑곳없이 숙희는 빗자루를 들고 방을 쓸기 시작했다.

"언니!"

숙현은 가시 박힌 목소리로 숙희를 불렀다.

"아냐, 약속 취소됐어. 너, 볼일 보러 나가렴. 학교 가서 공부하던가, 건이는 내가 볼 테니 걱정 말고."

숙희는 여전히 숙현에게 눈길조차 주지 않고 방을 쓸었다.

"언니. 대체 왜 이러는 거야. 언니도 그 사람 마음에 있잖아. 언니 나이 이제 스물여덟이야. 돌아볼 것도 없는 과거 때문에 앞날이 구만리 같은 언니 인생 버릴 거야? 이런 기회 쉽지 않아. 놓치지 말라고."

쓸던 빗자루에서 손길을 떼고 숙희는 숙현을 마주 보았다.

"숙현아, 그 사람은 총각이야. 난 두 살박이 애가 딸린 미혼모고. 더군다나 그 사람은 이런 사실을 까맣게 모르고 있어. 그게 어디 될 성싶은 일이니? 내 마음이 허락지 않아. 내 일은 내가 알아서 할게. 그리고 난 후회하지 않을 거야."

낮고 단호하게 말을 맺은 숙희는 다시 방을 쓸기 시작했다.

"어, 언니, 이, 이건 정말 어려운 일이지만……."

숙현이 말을 몹시 더듬었다. 숙희는 말없이 방만 쓸었다. 숙현은 말을 한동안 멈추었다가 결심한 듯이 다시 말문을 열었다.

"나도 곰곰이 밤새 잠 못 자고 고민해봤어. 건이 말야, 건이, 딴 사람한테 주자. 아직 건이 어려서 아무것도 기억 못 하는 나이라고. 더 늦기 전에."

순간 숙희의 손길이 숙현의 뺨을 후려쳤다. 숙희의 눈확에 불이 일었다.

"어쩜, 어쩜, 니가 나한테 그런 말을. 배운 애들은 다 그러니? 동욱 씨

차가 굴러떨어졌던 그 자리에 내 손으로 동욱 씨 뼛가루를 뿌렸어. 그때 동욱 씨 몫까지 내가 책임지고 우리 아기를 키우겠다고. 지난주에 그 자리에 한번 가 봤어. 부서졌던 난간이 말끔하게 때워지고 그 위에 눈비가 내리고 세월만큼 먼지도 않았더구나. 하지만 난 금세 알아보았지. 때운 자국을 말이야. 내가 아무리 잊으려고 발버둥을 쳐도 마음속에 이렇게 깊게 남은 흔적을 누가 지울 수 있겠니? 남들보다 몇 배는 더 악착같이 살아내려고 택시 핸들 잡은 거, 너도 알잖아. 그런데 니가 어떻게 그런 말을……."

눈확에 일던 불길은 어느새 사그라들고 숙희 눈에선 굵은 눈물방울이 맺혀 주루루 흘러내리고 있었다. 숙희 목소리에 놀라 깼는지 건넌방에서 아이의 울음소리가 들려왔다. 숙희는 정신없이 뛰어가 아이를 안았다.

"그래, 그래, 우리 건이 착하지. 울지 마라. 누가 뭐래도 엄마랑 우리 건이 씩씩하게 살아야지, 바보같이 울면 안 돼요."

아이를 달래는 숙희의 뒷모습을 숙현이 열린 문틈으로 바라보고 서 있었다. 숙현의 눈에도 눈물이 맺혔다.

숙현이 소리 없이 다가가 숙희의 어깨에 손을 얹었다. 숙희의 어깨가 가늘게 떨리고 있었다.

불과 네 시간도 못 자고 영만은 깨어났다.

"뭘 시간이 이리도 안 가능가배?"

시계는 오전 9시를 막 넘고 있었다. 여느 때 같으면 아직도 아득한 잠속에 떨어져 있을 시각이었다. 약속 시간까지는 다섯 시간이나, 남았다.

영만은 한숨 더 눈을 붙여볼 작정으로 다시 이불 속에 누웠다. 잠을 청할수록 의식은 더욱 또렷해졌다. 또렷해진 의식 한가운데 숙희가 있었다. 하는 수 없이 영만은 이부자리를 걷어찼다. 장 속에 넣어둔 선물용 종이 가방을 꺼냈다. 가방 안 비닐에는 베이지색 바탕에 파란색 띠로 주머니를 두른 등산조끼가 있었다.

"숙희 씨, 그 뭐냐, 취미가 뭐, 뭡니껴?"

택시 얘기만 하던 영만이 엉뚱하게 숙희의 취미를 물었다. 숙희는 의아한 눈빛으로 영만을 넘겨다보았다.

"취미요?"

"야, 취미 말요."

"그진에는, 등산을 많이 다녔어요."

한참 동안 대답 없이 앉아 있던 숙희가 가까스로 입을 열었다.

"아, 등산 말이어라. 그라믄 산을 많이 다니싰겠네."

등산이라는 대답은 영만에게 의외였다. 영만은 고등학교 때 수학여행으로 설악산 중턱 머리까지 올라가 본 기억 외에는 산에 다녀본 적이 통 없는 터였다.

"많이 다녀본 건 아니지만, 북한산에는 아마 마흔 번쯤 올라가 봤을 거예요. 북한산도 알고 보면 꽤 큰 산인데다 코스도 많거든요. 주말에 다니기는 아주 괜찮아요."

북한산 얘기를 하던 숙희의 눈길이 갑자기 먼 데 하늘로 날아 올라갔다. 흡사 북한산 어느 자락을 더듬고 싶다는 듯, 숙희의 눈길은 애타는 갈증으로 가득해졌다. 숙희는 동욱과 함께 북한산의 모든 등산로를 샅샅이 뒤지고 다니던 그때를 기억했다.

"저 능선들을 좀 봐. 능선과 능선 사이엔 깊은 산그늘이 져 있겠지? 그리고 저 너머에는 사람이 살고 있고…… 난 이다음에 죽어서 산에 묻히고 싶어."

동욱의 눈길은 능선 속으로 빨려들어 가는 것만 같았다. 북한산의 능선들은 저물어 갔다. 마지막 붉은 기운을 토해내며 해는 막 산마루를 넘고 있었다. 산마루에 층층이 넓게 펼쳐진 구름도 몹시 붉었다. 거리를 가늠할 수 없는 공중에 새 한 마리가 날아와 마지막 남은 노을을 가로질러 저편 능선으로 사라졌다. 해가 떨어지고 있는데도 동욱은 내려갈 생각을 하지 않았다. 동욱은 산에만 오르면 한없이 깊어지고 겸허해지는 자신을 발견한다고 했다. 아무런 외로움도 없다고 했다. 그렇게 한세상 살다가 가고 싶다고도 했다.

'결국 산에 묻히셨군요. 그래요. 동욱 씨를 산기슭에 뿌려드렸어요. 외롭지 말라고요.'

갈증으로 가득했던 숙희의 눈길은 점점 그리움과 서러움으로 겨워졌다. 영만은 숙희의 눈길을 깊숙이 들여다보았다. 하지만 그 눈길의 의미를 영만은 헤아릴 수 없었다.

"요즈막에도 북한산에 자주 다니시는 게라?"

북한산 자락을 더듬는 듯하던 숙희의 눈길이 갑자기 탁자 위로 툭 떨어졌다.

"야뇨, 못가 본 지 이 년도 넘은걸요. 이제 삼 년이 다 되어가네요."

숙희는 아이를 가지고 나서부터 북한산을 가 본 적이 없었다. 그것이 벌써 이태가 훨씬 넘어 삼 년을 헤아리게 되었다.

"아니, 그리 좋아한담시로 와?"

숙희는 영만의 얼굴을 마주 보았다. 애써 장난기 어린 웃음을 지었다.

"왜냐면 말이죠. 음, 이건 비밀인데, 사실은 등산조끼가 다 낡아서 떨어졌거든요."

"?"

숙희는 웃었다. 영문을, 모른 채 영만도 따라 웃었다. 숙희가 환하게 웃으면 영만은 그저 자신의 마음도 환해져 따라 웃곤 했다. 하지만 그때의 웃음이 석연치 않다는 것을 영만은 느꼈다.

'와 그래실까?'

영만은 숙희에게 주려고 사둔 등산조끼를 손으로 한번 쓸어보았다. 옷걸이에 걸어놓은 제 조끼도 걸쳐 보았다. 숙희 것과 똑같이 생긴, 크기만 두 치수 큰 조끼를 입고 거울에 비춰 보았다. 다음번 휴일에는 꼭 같은 조끼를 입고 북한산에 숙희와 함께 오르고 싶었다.

영만은 종이가방을 들고 대문을 나섰다. 눈은 여전히 내리고 있었다. 굵은 송이눈이었다. 골목길엔 눈이 꽤 쌓여 있었고, 동네 꼬마들이 장난질을 쳐놓은 길모퉁이는 제법 미끄러웠다. 영만은 시계를 보았다. 아직 약속 시간까지는 시간이 넉넉했다. 마음먹었던 대로 이발소를 향해 걸어갔다.

"어떤 스타일을 원하세요?"

이발사가 물었다.

"아, 긍께, 다름 사램이 보기에 저 사람이 뭔가 맴을 새로이 묵었구나,

이자부텀 참말로 지낸 날과는 다르기 살아가기로 맴을 묵었구나, 허는 거를 느끼게 만들라믄 워떤 스타일이 좋겠어라?"

이발사는 유심히 영만의 얘기를 듣더니 뭔가 알았다는 듯이 웃음을 지으며 고개를 끄덕였다.

"가끔 술, 담배를 끊겠다거나, 노름을 끊겠다거나, 오입질을, 아, 네, 네, 물론 손님이 그렇다는 얘기는 아니고, 아무튼 보통 사람들이 그 비슷한 결심을 했을 땐 짧게, 아주 짤막하게 스포츠를 치지요."

영만은 거울 속에 비친 이발사의 눈을 보며 씨익 웃었다. 자기가 뱉은 말에 스스로 난처해 하던 이발사도 영만의 웃음을 따라 겸연쩍게 웃었다.

"지 생각이랑 똑같구만이라. 그라믄 스포츠루 팍 쳐 줏씨요 잉."

"알았습니다. 손님."

이발사의 가위 끝에서 영만의 머리카락이 여지없이 잘려져 나갔다.

핸들을 잡은 영만에게 숙희가 물었다. 숙희는 영만의 세차가 끝날 때까지 기다리는 동안, 등나무 밑에서 영만이 다른 기사들에게 하던 말을 들었다.

"야, 누가 내 사무실 지붕에다 깡통을 올려났어?"

누군가 캔 콜라를 마시고 난 빈 통을 영만의 고정 차 위에 올려놓은 것을 보고 영만은 버럭 소리를 질렀었다.

"그기이 니 사무실인가배? 허믄, 이동 사무실이라 허믄 말핼 사램 웂을 게다."

빵떡 김 씨가 영만을 놀렸다. 사무실 어쩌고 한 것이야 농담이긴 했지만, 사실 영만은 날이면 날마다 택시를 그만두고 다른 직업을 찾아볼 궁리에 빠져 있었다. 하지만 늘 막연한 궁리였을 뿐, 현실적으로는 아무런 계획도 대책도 가지고 있지 못했다.

"성임, 택시말구 뭐 딴 거 헐 거 없이까?"

이것은 당시 영만이 늘 입에 달고 다니던 말이었고, 그날도 영만은 빵떡 김 씨에게 그런 식의 속절없는 질문을 던졌었다. 그때 입금하고 사무실을 나와 등나무 앞을 지나던 숙희가 그 말을 들은 것이다.

"영만 씨는 택시 그만두려고요?"

오후반이었던 영만이 퇴근하는 숙희를, 숙희의 집 정류장까지 태워다 주던 중, 숙희에게서 받은 그런 질문이 영만의 뒤통수를 한방에 후려치는 듯 날카롭게 느껴졌다. 영만은 얼굴이 확 달아올랐다.

"아, 뭐 그렇디기 보램은, 이렇다허기 전맹이 읎으니께."

뭔가 한마디를 할 것 같던 숙희는 아무 말 없이 창밖만 내다보았다.

"숙희 씨는 택시가 조언 모앵이구만이라."

숙희는 여전히 눈길을 창밖에 둔 채 대답했다.

"전 무슨 일을 당하든 당당하게 헤쳐 나갈 작정이에요. 절대 나약하거나 비굴하지 않을 거예요."

숙희는 흡사 자기 자신에게 다짐하듯 말을 끝낸 입술을 힘주어 꼭 다물었다. 숙희의 말이 영만에겐 마치 자신을 나무라는 것처럼 들렸다. 영만은 이렇다 할 실체를 꼬집기 힘든, 언짢은 심사로 자존심이 상했던 것이 사실이었다. 숙희가 내릴 때까지 두 사람은 서로 아무 말도 건네지 않았다.

"제가 주제넘은 말을 해서 기분이 안 좋으셨죠?"

내리기 위해 차 문을 연 채 숙희는 영만에게 사과했다.

"아, 아니, 뭐."

영만은 의외의 사과로 또 한방, 얻어맞은 기분이었다.

"사과하는 마음으로, 지난번 효창운동장에서 도와주신 데 대한 감사의 표시로, 다음번엔 레스토랑 커피 반드시 제가 살게요."

영만은 바닥에 떨어진 제 머리카락을 손바닥에 올려놓고 들여다보았다. 10센티는 족히 넘을 법했다. 짧게 처진 머리를 거울에 이리저리 비춰보았다. 낯설었다. 하지만 유쾌했다. 영만은 달뜬 마음으로 강변 카페로 향했다. 여러 차례 손님을 내려준 적은 있지만 자신이 들어가 본 적은 여태껏 없는 카페였다. 한강이 다 내려다보인다는 얘기를 손님들한테 들은 기억이 있어 영만은 숙희와의 약속을 그곳으로 잡은 것이었다.

시계가 2시를 가리켰다. 이제 조금 있으면 숙희가 저 문을 열고 들어오리라 생각하니 영만의 심장은 마구 뛰기 시작했다. 두근거리는 가슴을 진정시키느라 뜨거운 보리차를 한 모금 마셨다.

'말을 워찌끄럼 꺼내는 기이 조으까?'

영만은 내내 뾰족한 수가 생각나지 않았다. 매일 아침 눈을 떴을 때, 내 곁에 누운 당신의 얼굴을 확인하고 싶습니다. 어느 드라마의 청혼 장면에서 들었던 대사가 기억났다. 어쩐지 너무 낯간지러운 말같이 느껴졌다. 괜스레 영만은 혼자서 얼굴을 붉혔다.

'이래 힘든 긴 줄 알았이믄 물 찬 제비 그눔아 헌티라두 사전 교육을 쪼매 받아 갖고 올 긴데······.'

답답한 마음에 영만은 '물 찬 제비'라는 별명을 가진 경천마저 떠올렸다. 삼십대 중반이 되었음에도 늘 앞머리에 무쓰를 바르고, 밤에도 까만 선글라스를 끼고 다니며, 날 서게 다려입은 와이셔츠 위에 한여름에도 넥타이를 벗는 법이 없는 경천이. 영만의 배짱에는 맞지 않았으나, 이 순간에는 경천에게서라도 조언을 듣고 올 걸 하는 후회가 앞섰다. 홀짝거리며 한 모금씩 털어 넣던 보리차가 어느새 바닥이 났다. 영만은 손을 번쩍 들어 웨이터를 불렀다. 웨이터가 급히 뛰어왔다.

"뭘 드시겠습니까?"

"쪼매만 있이믄 손님이 올 기니께 그때 시키고, 물 한 컵만 더 수실라요?"

웨이터가 빈 컵을 가져가고, 다시 따뜻한 보리차를 한 잔 갖다 놓았다.

'눈땜에 차가 막혀서 몬 오는가?'

영만은 카페의 벽시계를 올려다보았다. 20분이 지났다. 자신의 손목시계도 들여다보았다. 역시 20분이 지났다. 영만은 건물 바로 밑으로 난 강변도로를 내려다보았다. 느린 속도로 차들이 지나가고 있었다.

'내사 워낙 일찍이 나왔으니께, 시간 맞추 나왔이믄 늦을끼라.'

영만은 스스로를 위로했다. 강변도로를 지나는 택시를 세기 시작했다. 영만이 앉아 있는 건물을 기준으로 자유로 쪽에서 마포대교 쪽으로 지나는 택시가 오십 대가 될 때까지 세기로 마음먹었다. 그 안에 숙희는 카페 문을 열고 들어서리라 생각했다. 열 대, 스무 대, 서른 대는 그런대로 금방 지나갔다. 서른두 번째를 막 세려고 할 때 택시가 멈추어 섰다. 영만은 목을 길게 빼고 마포대교 쪽을 내려다보았다. 자가용끼리 가벼운 접촉 사고가 생긴 모양이었다. 비상등을 켠 채 운전자들이 차에서 내려와서, 삿대질하며 싸우는 모습이 작게 보였다. 사고 차량을 피해 가려던 차들이 서로의 앞길을 막아 차들은 옴싹달싹 하질 못했다.

'서른둘, 서른두 번째가 와, 이리 힘들어야?'

영만은 문득 자신의 나이가 서른둘임을 깨달았다. 왠지 불길한 생각이 들었다. 영만은 나쁜 생각을 잊고 싶을 때마다 하는 버릇으로, 제 머리를 흔들었다. 이윽고 차들이 빠지기 시작했다. 다시 쉽게 숫자들을 셀 수가 있었다. 마지막 오십 대를 세고 난 후 영만은 문 쪽을 쳐다보았다. 문밖에 누군가 올라와서 옷에 앉은 눈을 터는 모습이 불투명한 유리 너머로 보였다. 다시금 심장이 후두두 뛰기 시작했다. 영만은 눈을 감고 깊게 숨을 들이마셨다. 문이 열렸다. 발걸음이 영만이 앉아 있는 탁자 쪽으로 가까워지는 듯했다. 영만은 눈을 떴다. 들어온 사람들은 한 쌍의 연인이었다. 두 사람은 평화스럽고 행복한 표정으로 들어와 영만의 옆자리에 앉았다. 영만은 다시 손목시계를 들여다보았다. 47분이었다. 벽시계도 47분이었다. 영만은 웨이터가 자꾸만 자신을 쳐다본다고 느꼈다. 손을 들어 웨이터를 불렀다.

"맥주 두 병허고 과일 안주 부탁허요."

술과 안주가 왔다. 영만은 갈증을 달래기 위해 단숨에 맥주를 한 병 비웠다. 이젠 숙희가 나타나면 무슨 말로 시작해야 할지에 대한 고민 같은 건 잊었다. 어쩌면 숙희는 이 자리에 나타나지 않을지도 모른다는 불안

감이 고민을 살라 먹기 시작한 것이다. 영만은 요의를 느꼈다. 화장실에
가려고 일어섰다가 다시 자리에 앉았다. 자신이 화장실에 있는 동안 숙
희가 왔다가 자신을 발견하지 못하고 돌아갈까 불안했다. 영만은 탁자
위에 놓인 이쑤시개를 분지르기 시작했다. 한 개의 이쑤시개를 더 이상
부러뜨릴 수 없을 만큼 잘게 부수는 데 2분 40초가 걸렸다. 영만은 또 한
개의 이쑤시개를 잡았다. 이번에는 2분 30초가 걸렸다. 다시 하나를 잡
았다. 2분 30초가 또다시 부러졌다. 영만은 2분 30초를 세 번 더 부러뜨
리기로 했다. 모두 여섯 개의 2분 30초가 잘게 부스러져 탁자 위에 흩어
졌다. 영만은 숙희가 이제 막 택시에서 내려 건물 앞에 섰을는지도 모른
다고 생각했다. 머리에, 어깨에 앉은, 아니면 쓰고 온 우산에 두껍게 덮인
눈을 털고 있나고 생각했다. 영만의 촉각은 엘리베이터를 타고 한 층 한
층 올라왔다. 엘리베이터에서 내렸다. 우산을 접고 옷자락에 남은 물기
를 다시 털었다. 카페 문고리를 잡았다. 바로 이 순간! 영만은 문고리에
눈길을 내리꽂았다. 아무도 문을 열지 않았다.

영만은 털썩, 몸을 소파 등에 기대었다. 초점이 흐려지고, 머릿속이 텅
비었다. 남아 있던 맥주를 마저 비웠다. 천천히 몸을 일으켜 화장실을 갔
다. 아랫배에 가득 차 있던 배설물을 다 쏟아냈다. 다시 맥주를 시켰다.
이젠 더 이상 시계를 쳐다보지도 않았다. 기다림도 없었다. 무엇인가 자
신의 몸속을 한바탕 휘저은 후 온갖 기운을 다 앗아간 것처럼 힘이 없었
다. 술을 들이키며 창밖에 펼쳐진 강물을 내다보았다. 거대한 강물이 쏟
아져 내리는 수많은 눈송이를 하염없이 삼키고 있었다. 영만은 다시 잔
을 채웠다. 누군가 영만의 탁자 옆에 와서 멈추어 섰다. 영만은 고개를 들

었다. 숙희였다. 순간 영만의 눈이 말할 수 없는 기쁨으로 빛났다.

"내내 건물 앞, 나무 뒤에 서 있었어요. 영만 씨가 자리를 뜨는 걸 지켜보고 저도 가려 했는데……."

숙희의 머리와 어깨엔 눈이 소복하게 쌓여 있었다. 추위에 지친 입술과 뺨이 파랗게 질려 있었다. 영만의 기쁨은 잠시였다. 숙희의 모습을 확인하는 순간, 기쁨은 강 건너로 아득히 사라지고 다시금 불안감과 안타까움이 해일처럼 밀려들었다. 숙희는 영만의 맞은편에 앉았다. 웨이터가 보리차를 가져왔다. 얼어서 곱은 손으로 간신히 컵을 잡고 한 모금 들이켰다. 영만은 말없이 숙희를 지켜보았다. 영만의 가슴도 추위에 지쳐 얼어버리는 것 같았다.

"이젠 개인적으로 만나는 일, 없었으면 해요. 제가 퇴근할 때 데려다주시지도 말고요."

오늘 아침까지, 이 카페에 오기 전까진 상상조차 할 수 없었던 숙희의 말이었으나 영만은 어쩐지 올 것이 왔다는 생각이 들었다. 잔을 든 영만의 손끝이 파르르 떨려왔다.

"와, 와? 무, 무신 이유루?"

영만의 목소리는 손끝보다 심하게 떨고 있었다.

"지가 노름쟁이라 그런 게라?"

영만의 목에서 쉰 소리가 섞여 나왔다. 숙희는 영만의 머리가 짧은 스포츠형으로 바뀐 것을 보았다. 이내 그 의미를 깨달았다. 굳이 짧게 깎인 머리카락이 아니어도 이미 오래전부터 영만이 노름판에 발길을 끊었다는 사실을 숙희는 진작부터 알고 있었다. 숙희는 가볍게 머리를 저었다.

476

"지가 머리를 짤라 뿌렀소. 와 그맀는지는 숙희씨가 알것지라."

숙희는 다시 머리를 가볍게 끄덕였다.

"35호 죽으믄 시 차 받아서 우리 둘이 교대할라꼬 일을 다 맨글어 놨단 말요."

영만의 목소리엔 아이 같은 울음기마저 배어 있었다.

"안 돼요. 전 일요일엔 반드시 쉬어야 해요."

숙희의 목소리는 낮았지만 단호했다.

"?"

온기로 인해 숙희의 뺨이 발갛게 달아올랐다. 머리 위에 앉아 있던 눈이 녹아 물이 뚝뚝 떨어져 내렸다. 숙희의 눈길이 푸드득 창밖으로 날아갔다.

"서로를 아주 많이 사랑했던 한 남자와 여자가 있었어요. 몹시 가난했고 외로운 사람들이었죠. 남자는 고아였고 여자에겐 친혈육이라곤 여동생 하나였으니까요. 둘은 너무도 함께 있고 싶다는, 간절한 바람으로 앞뒤 재지 않고 함께 살기 시작했죠. 그들이 함께 살았던 일 년은 몹시 행복했어요. 꼭 일 년이 지났을 때 여자는 아이를 가졌습니다. 여자가 아이를 낳던 날, 남자는 여자 곁을 지킬 수가 없었어요. 일을 해야 했으니까요. 아이를 낳고 있을 여자 곁에 단 한 시간이라도 빨리 닿으려고 남자는 쉬지 않고 서울로 차를 달렸죠. 대관령 고개를 넘던 어느 내리막길에서 남자가 몰던 화물트럭에 이상이 생겼어요. 브레이크 파열이었지요. 트럭과 함께 남자는 산기슭으로 굴러떨어졌고 그는 그 자리에서 숨졌어요. 그 남자의 아내가 바로 저 권숙희예요."

영만은 가슴이 먹먹해졌다. 숙희가 하는 말을 듣긴 들었으나 무슨 의미인지를 분명히 알아들을 수가 없었다. 하지만 지금 숙희가 짓고 있는 바로 저 눈길은 분명 언젠가 영만이 본 것이었다. 북한산 얘기를 꺼냈을 때 한없는 갈증과 그리움과 서러움으로 가라앉던 그 눈길이었음을 영만은 깨달았다. 숙희의 앞머리에서 물이 떨어져 볼을 타고 내려왔다. 영만은 숙희의 눈물이 눈이 되어 머리 위에 앉았다가 이제야 떨어져 내리고 있는 건지도 모른다고 생각했다. 그러나 숙희는 울고 있지 않았다. 무겁고 그늘진 눈매에 푸른 빛이 감돌았다.

"지는 무슨 말씸인지 한나도 몬 알아 듣것구만이라."

영만은 넋을 잃고 중얼거리듯 말을 했다. 초점 잃은 눈길은 속절없이 허공에서 갈 길을 잃고 허둥거렸다.

"그래요, 전 두 살박이 아이 엄마예요. 아버지도 없는, 여태껏 호적에도 못 올린. 건이라는 아이의 엄마예요. 이제 아시겠죠? 제가 왜 저희 집, 연락처를 알려드릴 수 없었는지. 왜 일요일엔, 일을 할 수 없는 건지. 일요일은 우리 건이 놀이방이 쉬는 날이에요."

영만은 정신을 가다듬었다. 눈을 감았다. 이 순간 자신이 무슨 말을 해야 하는 건지 생각해 보았다. 눈을 감자, 숙희와의 첫 입맞춤을 하던 기억이 가장 먼저 떠올랐다.

"그라믄 와 지난주에?"

숙희는 고개를 떨구었다.

"영만 씨, 제가 나쁜 여자예요. 미안해요. 바로 그, 다음날, 그이가 목숨을 잃었던 자리, 제가 그분의 유골을 가루로 만들어 바람결에 날려 보

478

내드렸던 그 자리에 찾아갔었어요. 그곳에서 저는 깨달았지요. 제 마음 어디에도 그분 이외에 다른 이의 사랑을 받아들일 자리가 없다는 사실을 요.”

숙희의 말 한마디 한마디가 영만의 폐부를 찌르고 들어왔다. 온 살갗을 날카로운 그 무엇으로 도려내는 것처럼 전신이 아려왔다. 더 이상 영만의 귀엔 아무것도 들려오질 않았다. 절망의 벼랑 끝에 섰을 누군가가 있다면 바로 자신과 비슷하리라 생각했다.

“이제 드릴 말씀을 다 드렸어요. 그만 일어날게요. 마음을 다해서 사과 드려요.”

숙희가 일어났다. 영만은 숙희가 떠나고 있다는 사실조차 느끼지를 못했다. 오랫동안 감고 있던 눈을 이윽고 떴다. 한강이 영만의 시야에 들어왔다. 한강은 여전히 수많은 눈꽃을 소리 없이 삼키고 있었다.

“이런 기이 필요헌 여재가 있다믄 드리소.”

영만은 숙희에게 주려던 등산조끼가 담긴 종이가방을 웨이터에게 주었다. 카페를 나서는 영만의 다리가 휘청거렸다. 영만은 하늘을 올려다보았다. 영만의 얼굴 위로 눈송이가 내려앉았다. 내려앉은 눈송이들이 금세 녹아 볼을 타고 흘렀다. 영만은 자신의 눈물이 눈이 되어 하늘 위에 숨었다가 이제야 떨어져 내리고 있다고 생각했다.

‘나가, 와 자꾸 웃고 있는 건지 모리겄네.’

영만의 볼 위로 눈물이 흘렀고, 입가엔 어처구니없게도 언제부턴가 피식피식 자꾸만 웃음이 비어져 나오고 있었다.

밤이 으슥해져서야 영만은 회사에 들어갔다. 몹시 취해 있었다. 영만의 흐린 눈에 2층 기숙사의 환한 불빛이 어른거렸다. 기숙사 쪽으로 발길을 내디뎠다. 기숙사에는 자욱한 연기에 싸인 채 일고여덟 명이 둘러앉아 판을 벌이고 있었다.

"에헤, 이런, 또 따라지 신세구먼."

"그쪽 보담은 내가 훨 낫네, 그랴. 중앙청이여, 중앙청."

"그럼 이번 판은 내가 먹는가 본데. 삼팔구 짓고 일곱끗."

"어허, 이거 미안혀서 워쩐다냐. 끗발은 낮어두 땡이여, 하나땡~."

"저렇게 연짱으로 판을 쓰는 걸 보니 한 주일 입금은 챙기겠구먼."

"아니여, 아직 그랄라믄 갈 길이 멀당께."

한판이 끝나고 다시 패를 나눌 때가 되자 그제야 사람들은 영만에게 눈길을 돌렸다.

"쟈 얼굴 한번 보기 드럽게 어렵네, 어이 영만이, 한잔 했구먼. 기분인데 오랜만에 한판 붙어 볼텨?"

"그런데 머리는 왜 그렇게 싹둑 잘랐어?"

영만은 제 머리를 어눌하게 쓰다듬어 보았다.

"아, 이 머리 말이어라? 이제부텀 본격적으루다 판꾼이 되야 볼까 허는 기맥힌 뜻이지라."

"야, 떡판! 니, 그렇게 털리고도 계속할 거야? 물러나 앉아 찍세나 하거라."

"아이다. 내사마 주머이도 빘고, 개팽이라도 을을라믄 하냥없이 기둘리야 헐 것 같고, 거그다 오늘은 꽁지꾼도 없잉께, 이자 그만, 털린 거 땜

빵하러 메다나 찍을란갑다."

빵떡 김 씨가 패를 돌리기 시작했다. 게슴츠레한 눈으로 판을 내려다보던 영만이 방 한쪽 구석에 이윽고 쓰러졌다. 영만의 귀에서 패를 잡은 이들의 목소리가 아득하게 멀어져 갔다. 영만의 입가에 또다시 피식거리며 웃음이 흘러나왔다.

"성임요, 택시말구 뭐 딴 거 헐 거 없이까?"

영만의 입 속에서 말이 맴돌았다. 서로가 쥐고 있는 패에 신경이 곤두서 있는 판꾼들은 아무도 영만의 혼잣말을 듣지 못했다. 어느 결에 영만은 잠의 나락으로 빨려 들어갔다.

.

희망새를 찾아서

"글씨, 이거는 자샐이 아니란께, 그라네들."

영만은 속이 터질 것 같은 답답함으로 제 가슴을 퉁퉁 쳐댔다.

"회사에서는 자살한 거라고 그러던데……. 그 뭣이냐 아들 땜에."

"그려, 자살인지 아닌지는 몰라도 이 씨가 집 나간 아들 땜에 마음고생 많이 한 건 사실이지."

"사고처리 담당 이 부장이 사고 현장에 갔다 와서 하는 소리를 나도 똑똑히 들었는걸. 일부러 가로수를 들이받은 거라고."

오후반 퇴근자들은 차마 자리를 뜨지 못하고 아직도 어둠에 싸인 회사 마당 구석구석에 짝지어 서서 이 씨의 죽음에 대한 얘기를 주고받았다. 오전반 출근자들도 연신 시계를 쳐다보면서 사태의 추이를 바라보았다.

"자, 이거 가심에 달더라고. 오늘은 출근도 퇴근도 안 히야 하는겨. 우리 운짱들 의리루다가 장지꺼지 가서, 마즈막 저승 가는 길 지켜봐야지라. 아, 그기 사램의 도리가 아닝가 말이씨."

영만과 함께 몇몇 기사들은 여기저기서 숙덕대고 있는 사람들 사이를 누비고 다니며 검은 리본과 핀을 나눠주었다. 많은 사람이 배차실에서 난로를 쬐고 있었다.

"이렇게 한다고 뭔 일이 되는 게 아니잖아."

두수가 막 배차실로 뛰어들려는 영만의 팔을 거머쥐었다.

"그라믄, 조협쟁임 싱각에는 워치끄럼 혀야 일이 된단 말요? 한분 말히 보시씨요."

영만은 자기 팔을 거머쥔 두수의 얼굴을 뚫어지게 노려보았다.

"그러니까, 죽은 사람 안된 거야 나 역시 마찬가지지만, 이렇게 우루루 장지로 몰려간다고 해서 무슨 일이 나아지겠는가 하는 거지. 장지는 오늘 휴무자하고, 퇴근자 중에서 가고 싶은 사람들만 가는 게 합리적이란 말이야. 그리고 조합의 상근 간부들이 간다니까."

두수는 영만의 팔을 잡았던 손을 슬그머니 놓았다.

"오오라, 그란께 조협쟁임은 오눌 갤근은 즐대로 용납 몬허시것다 그 말이제라?"

영만과 두수 사이에 실랑이가 벌어지자 배차실에서 웅성거리던 기사들이 두 사람께로 모여들기 시작했다.

"용납이고 뭐고 그런 게 아니고, 회사에 할 도린 해야 우리 조합도 회사에 뭔가 요구를 할 수 있지 않겠냔 말이요."

사람들이 모여들자 두수의 말투는 어느새 존칭으로 변해 있었다.

"조협이 나서서 뭔가 히결허겠단 말씸 겉은디, 여래분들, 오눌 우리 이 자리서 딱 부러지게 조협쟁임 말씸, 하분 들어보는 기 어떻겠어라? 조협쟁임, 본의 아니게 이렇기 자리도 매련됐인께, 이분 새고 보생 문제 워쩌케 밀고 나갈 긴지 한분 말씸혀 보시더라고."

영만은 모여든 기사들을 둘러보며 크게 소리 질렀고, 영만의 목소리에 멀리 수돗가에 서 있던 사람들까지 모여들었다. 정비실 앞 전등 밑에 영만의 눈이 푸르게 빛을 뿜었고, 영만과 마주 선 두수의 표정이 쓴 약을 삼킨 것처럼 몹시 일그러졌다. 영만의 뒤쪽엔 검은 리본을 나누어 주던 기사들이 둘러섰고, 두수 뒤엔 조합 간부들이 배수진을 쳤다. 배차실에 있던, 정비실에 있던, 등나무 밑에 서 있던, 각기 자신의 차 안에 앉아 있던 기사들이 이들을 둘러쌌다.

"그, 그거야 조합 간부들이 우선 충분한 협의를 거친 후에……."

"충분헌 협이? 이봇씨요, 조협쟁임! 사램이 죽었지라, 사램이…… 이씨 아재씨가 혼수상티루다가 이십일일 넘기 뱅원에 누버 있는 동안 조협서 헌 기이 뭔지 알 사램은 다 알구만이라, 우리 기새들이 상조비조로 거둔 삼십만 원 달랑 전해준 거 말고 뭐 혔냔 말여. 오죽 혔이문 우리가 나시서 디책위원히럴 꾸렀겄나, 이 말여."

영만의 눈에 이글이글 불꽃이 달아올랐다.

"글쎄, 사람이 죽은 거야 누군들 마음이 아프지 않겠어요? 하지만 이번 사고원인은 안된 일이지만 운전자에게 과실이……."

"운전자 과실이라 했어라? 그라문 조협쟁임도 히사맨치로 이 씨 아재씨가 히사차 갖고 자샐을 혔다. 부러 가로수를 들이받었다, 그말이씨."

"꼭 자살이라고 단정 지을 순 없겠지만."

두수는 자신의 말꼬리를 흐렸다.

"그라믄, 그라믄, 새고 원인이 뭐이란 말요?"

"그거야 조합 소관이 아니질 않소. 회사 사고처리 담당자들과 경찰이 규명헐 문제지."

두수의 목소리가 날카롭게 신경질적으로 변했다.

"보소, 조협쟁임, 차래리 씨언허기 말히뿌지씨요. 그 기이 말 허기도 편코 듣기도 수울 거니께로. 조협 입쟁은 히사 입쟁허고 다를 바 하내도 읎다고 말이지라."

"아무튼 이런 식으로 집단적인 결근을 하면 그건 파업이나 하등 다를 바가 없어요. 그리고 그런 불법파업에 대해선 조합 차원에서 아무런 사

후 책임도 질 수 없다는 것만 분명히들 아시고요."

"블, 뱁, 파, 읍?"

두수의 말이 땅바닥에 떨어지기도 전에 영만은 두수의 멱살을 와락 거머쥐었다. 영만이 두수의 멱살을 잡자 두수 뒤에 서 있던 조합 간부들이 영만의 팔을 끌어 잡았고, 동시에 검은 리본을 나누어주던 기사들이 조합 간부들을 영만에게서 떼어내고자 달겨들었다. 칠팔 명의 사람들이 영만과 두수를 중심으로 몸싸움을 벌이기 시작하자 구경하던 기사들도 싸움을 말리려 뒤엉켰다.

"이제, 그만, 그만들 하세요!"

몸싸움이 점점 격렬해질 듯하니 뒤에 서서 여태껏 사태를 관망하기만 하던 연섭이 크게 소리를 질렀다. 갑작스러운 목소리에 잉켜 있던 사람들이 움찔 손길을 멈추고 연섭 쪽을 쳐다보았다.

"제가 나설 자리는 아니지만 보기가 하도 딱해서 결례를 무릅쓰고 나섰습니다. 오늘은 이 씨 형님의 장례식 날입니다. 이게 대체 무슨 짓들입니까? 고인에게 부끄럽지도 않습니까? 저는 뒤에서 쭉 지켜봤지만, 조합장님 생각이나 배영만 씨 생각, 양쪽 다 일리가 있다고 봅니다. 그러니 오늘은 우선 고인에게 애도의 뜻을 충분히 표할 방법을 찾아보고 보상 문제는 그 문제대로 차후 시간을 갖고 합리적이고 순차적으로 풀어나가는 것이 옳다고 봅니다."

몸싸움을 하던 사람들이 하나둘씩 손을 떼기 시작했다. 두수는 어깨를 한번 으쓱한 다음 옷을 털었다. 노여움에 숨을 가쁘게 몰아쉬던 영만이 갑자기 둘러섰던 사람들 틈새를 비집고 나갔다. 사람들은 영만의 움직임에 물살이 열리듯 길을 비켜주었다. 모여든 사람들 밖으로 빠져나간 영만은 바로 옆에 서 있던 4113호 차의 보닛 위로 번쩍 올라섰다. 모여 섰던 사람들의 눈길이 영만을 올려다보았다. 어둠 속에서 영만의 얼굴이 창백하게 떨렸다. 영만의 입에서 허연 김이 뿜어져 나왔다.

"다들 아시다시피 지는 4139호 타는 배영만인디, 지가, 이렇기 나시는 이유는 딱 한 가지어라. 이분 이 씨 아재씨 새고 원인얼 명백히 짐작허는디다 히사가 그 원인을 아재씨헌티 뒤집어씌워 책임얼 안 질락 허는 기이 분허서 나싰구만요. 사고 당일낼 쩌그 구석찌에 앞대가리가 부숴진 아재씨 채가 딱 하로 서 이씼든 거 아실 것이여."

사람들은 영만의 손끝이 가리키는 곳으로 고개를 돌렸다. 마당 구석에 처참하게 부서진 몰골로 견인돼왔던 이 씨의 차가, 마치 지금도 서 있다는 듯이 사람들은 이제 어둠밖에 남지 않은 그 자리를 유심히 살펴보았다.

"그걸 본 사림은 뒤편 오른짝 바쿠허고 연결된 쇼바 모가지가 뿌라진 것도 보싰을 게라. 본 사램 있이믄 한분 말히 보시씨요."

"그럼요. 4분의 3이 넘게 녹이 슬어서 끄트머리만 간신히 붙어 있던 쇼바네크가 똑 부러져 있던 거를 나만 본 게 아니고, 연섭이 형님도 봤고, 김 씨 아저씨도 같이 봤지요."

사람들의 눈길은 소리 나는 쪽으로 모여졌다.

"그라요, 와 앞대가리를 부딪치는데 뒤꽁지에 있는 쇼바가 부러지냐 이 말이요. 이건 공곰이 생각혀보믄 뻔허요. 데꾸보꾸 지내는 충객에두 뿌라질 맨치 녹이 슬어서 간댕간댕허든 쇼바 모가지가 뿌라지믄서 뒤짝이 내리앉고, 그라믄서 핸들이 휙 돌아간 기라 이 말이어라. 새고원인은 그란께 녹이 슨 쇼바고, 정비불량이지라. 다시 말혀믄 히사책임이라, 이 말여. 그란디 히사는 가심 아픈 아재씨네 가정사럴 이용혀서 자샐로 몰아가고 있는디, 보시씨요. 아재씨 차두 딱 하로 쩌그 서 있다 사라지뿔렀소. 이기는 징거 인멜이지라. 우리가 나시지 안으믄 보생은커녕 뱅원비도 유족들헌티 덮어씌울라 들기 뻔한 일이지라."

"맞습니다."

"옳아요."

여기저기서 박수 소리가 났고, 사람들은 저마다 옆 사람과 두런거렸다. 두수와 조합 간부들은 슬그머니 자리를 빠져나갔다.

"이분 새고 디책위원히 대표 강순구 성임이 지금 사부실서 히사측 간부허고 오눌 장례식 문제럴 햅상 중에 있구마요. 갤과럴 기둘리 보구, 안 되믄 자발적으루다 출근 거부허구, 장지꺼지 가는 기 옳다는 기 지 싱각이구만이라."

영만의 목소리는 새벽 공기를 뚫고 2층 사무실까지 가 닿았다. 조 부장과 배차 주임이 한편에 앉아 있고, 맞은 편에 순구와 다른 두 명의 대책위원이 앉아 있었다. 서로들 말없이 밖에서 들려오는 영만의 목소리에 귀 기울이고 있었다. 밖에서 박수 소리가 나자 배차 주임의 얼굴엔 불안감이 서렸으나 조 부장은 그 속을 헤아릴 수 없을 만큼 무표정했고 냉랭했다. 아무도 쉽사리 범접할 수 없는 침묵과 긴장의 시간이 날카롭게 흘렀다.

"어떡하시겠습니까?"

꽤 오랫동안 입을 다물고 있던 순구가 긴장의 끈을 조였다. 배차 주임은 조 부장의 안색을 흘낏 살폈다. 조 부장이 입을 열었다.

"저희 입장은 누차 말씀드린 바와 같습니다. 보상 문제는 회장님의 소관이시고, 사고원인에 대한 문제는 사고처리 담당부장의 소관입니다. 모든 것이 순리대로 풀리도록 노력은 하겠지만, 현재 우리로서는 아무런 말씀도 드릴 수 없습니다."

"아니. 병원에 누워 있는 회장님이 어떻게 이 문제를 해결한단 말입니까? 그리고 야비하게 코빼기도 보이지 않는 이 부장에게 책임을 돌려도 되는 겁니까?"

순구 오른편에 앉아 있던 대책위원이 분기를 참지 못하고 벌떡 일어서며 버럭 소리를 질렀다. 순구가 그의 손을 잡아 눌러 앉혔다.

"타협의 실마리가 전혀 없단 말씀이시군요."

순구의 목소리에는 아무런 감정도 실리지 않았다.

"근로자들의 의사를 수렴하여 모든 문제를 풀어나가는 데는 엄연히 조합이라는 합법적인 단체가 있습니다. 시간을 두고 회사에서는 조합과 합리적으로 의논해 나갈 겁니다."

조 부장은 순구의 얼굴을 정면으로 바라보았다.

"결렬이 났군요. 우리는 출근을 거부하고 장지로 떠날 겁니다. 오늘 일로 기사들에게 불이익을 준다면 우리는 계속해서 거기에 걸맞은 대응을 할 겁니다. 그리고 내일 오전까지 보상 문제에 대한 회사 측 공식 입장을 밝혀 주십시오. 그렇지 않으면 우리는 역시 우리가 할 수 있는 최선의 방식을 동원할 수밖에 없습니다.

순구는 일어섰다. 두 명의 대책위원들도 일어섰다.

"이것은 불법행위입니다. 회사는 그에 대해 아무런 책임도 질 수 없음을 경고합니다."

조 부장의 목소리에 칼날이 서 있었다. 대답 없이 순구 일행은 사무실을 나왔다.

"성임, 워치케 됐어라?"

순구가 마당으로 나오자 영만이 순구에게로 달려왔다. 사람들이 순구에게로 모여들었다. 다들 순구의 입을 주목하였다. 순구가 고개를 들어 하늘을 올려다보았다. 어슴푸레한 박명이 하늘을 물들이고 있었다.

"협상은 결렬되었습니다. 하지만 우리는 십삼 년 동안 덕진실업에서 인생을 묻었던 이 씨 아저씨의 저승길을, 바래다 드릴 것이며, 보상 문제가 해결될 때까지 싸워나갈 것입니다."

순구는 간단히 말을 맺었다. 간단한 끝맺음이 사람들에게 더욱 비장감을 느끼게 했다.

"조 부장하고 배차 주임이 나와서 한다는 말이 보상 문제는 회장 소관이고 사고원인 규명 문제는 이 부장 소관이라나, 내 참 치사하고 더러운 자식들!"

순구와 동석했던 대책위원이 투덜거렸다.

"그라믄 일이 우짜되는 것고?"

"어떻게 되긴 뭐가 어떻게 돼. 따라나서면 일당 수당 다 까겠지."

"해도 너무 하는구먼. 말이 쉽지 십삼 년 동안이나 묵묵하니 일해준 사람인데, 아마 이 씨가 제일 오래된 사람이지?"

"그라제. 헤, 칩다 치버, 워째 이 내 맴도 썰렁하구마이."

사람들은 다시 둘, 셋, 넷씩 짝을 지어 두런거리며 장지까지 갈 건지 말 건지를 제각기 의논하였다. 개중에는 괜히 애꿎게 차의 먼지만 터는 사람도 있었고, 슬그머니 차에 시동을 거는 사람들도 있었다. 그러나 아무도 선뜻 차를 몰고 나가지는 못했다.

"성임, 인자 들어오는구만이라."

영만이 순구에게 소리쳤다. 어둠이 서서히 가시기 시작한 회사마당으로 들어서고 있었던 건, 이 씨의 관을 실은 영구차였다.

"41호, 72호, 37호, 저리로 좀 빼고, 자, 오라이 오라이."

출근 차량으로 가득 찬 회사마당으로 영만은 영구차를 조심스럽게 인도하였다. 영구차는 정비실 문 앞을 가로지른 채 멈추었다. 이제껏 차마 발길을 돌리지 못하고 있던 사람들이 영구차 주변으로 모여들었다.

영구차 안에는 이씨 부인이 소복을 하고 앉아 있었다. 푸석푸석한 얼굴에 초점 잃은 눈길은 이씨 부인이 거의 탈진상태에 있음을 알 수 있게 했다. 소복을 입은 건 이씨 부인 혼자였다. 두건만 쓴 서너 명의 기사들과 이 씨의 친척뻘 되는 몇몇의 사람들이 영구차에서 내렸다.

"아저씨, 고생이 많으셨지요."

순구가 영구차에서 내려오는 최 씨를 맞았다.

"뭐, 나야 당연지사 할 일을 하는 거네만, 여기 있던 사람들이 고생 많았지?"

이 씨가 살아생전 가장 가깝게 지냈던 동료기사 최 씨였다. 반백의 최씨 머리가 전등 불빛을 받아 희붐한 어둠 속에서 하얗게 빛났다. 머리를 손바닥으로 쓸어 넘긴 후 최 씨는 정성스레 다시 두건을 썼다.

"죄송합니다. 협상은 결렬됐습니다."

"숭헌 놈들."

최 씨는 혀를 끌끌 찼다.

최 씨 뒤를 따라 내려온 기사들이 마당에 상을 폈다. 그들 중엔 빵떡 김 씨도 있었다. 김 씨는 오늘만큼은 빵떡모자 대신 두건을 쓰고 있었다. 상 위에 하얀 모조지가 깔리고 이 씨의 영정이 그 위에 올려졌다. 영정 속의 이 씨는 웃고 있었다. 아들 자랑할 때 짓던 수줍은 미소가 입가에서 눈가로 번졌다. 영정 앞에 과일과 떡이 놓였다. 최 씨가 그 앞에 무릎을 꿇고 앉았다. 사람들이 영정을 호위하듯, 마치 무언가로부터 최 씨를 보호하듯 둘러섰다. 앞쪽에 섰던 사람들은 아예 찬 바닥에 눌러앉았고, 맨 뒤에 서서 영정을 볼 수 없었던 사람들은 차 보닛 위에 섰다. 심지어는 차디차게 얼어 있을 차 지붕 위에까지 걸터앉은 사람도 있었다. 최 씨는 가슴 안 주머니에 미리 준비해 둔 종이를 펼쳐 들었다. 최 씨의 손이 파르르 떨렸고, 이윽고 힘겹게 터져 나온 목소리는 깊이 잠겨 있었다. 최 씨의 목소리에 뒤에서 두런거리던 사람들은 입을 다물었다.

"밭갈이하고 소 치던 농투산이 손에 핸들이 잡힌 지 어언 십삼 년이네. 조랑말 포니부터 소나타까지 자네 손을 거쳐 간 차가 대체 몇 대이던가? 엑셀, 스텔라, 캐피탈, 콩코드. 이런 것들이 바로 자네 손때 묻었던 차들이지. 십삼 년을 하루같이, 이 마당으로 차를 몰고 들어오고 또 나가던 그 모습 눈에 선하다네, 이렇게 자네 기억이 생생한데 다시는 이 마당을 밟을 수 없다니, 매연과 교통체증의 지옥에서 이제사 벗어난 자네가 갈 곳이 무덤 속 흙이라니. 그래, 어쩌면 핸들 놓자 무덤인 게 우리 운짱인 게야. 언젠가 야산을 오르며 하얗게 슨 귀밑머리 밑으로 흐르는 땀을 씻던 자네가 허허 웃으며 말했지. 운짱 세월 십 년에 이제 야산 오를 다리심도 잃어버린 모양이라고. 농사꾼은 그저 흙으로 돌아가야 할까 보다고. 이제 흙으로 돌아가네. 이 자리에 두건 쓰고 상복 입고 섰어야 할, 단 하나 자식마저 각박한 아스팔트 도시에 잃어버린 채 흙으로 돌아가네. 어여, 가게. 세상사의 인연일랑 미련일랑 다 버리고 어여 돌아가게. 손님 내려놓고 홀로 먼 길 돌아오던 밤길처럼 외롭게 가지 말고 웃으면서 이 길 가게. 새처럼 노래하고 너울너울 나비처럼 춤을 추며 가게나. 이젠 그 지루한 적색신호 기다릴 필요 없고, 시속 140키로의 생사를 걸어놓은 과속질주도 한낱 이승에서의 아픈 기억일 뿐. 그곳은 취객을 만나 실랑이 벌일 일도 없고, 딱지 떼는 경찰 눈과 숨바꼭질할 이유도 없으이. 한여름 이글거리는 햇볕에 일사병 걸릴 위험도 없고 빙판 위에 미끄러져 사고 날 위험도 없네. 한치, 앞을 내다볼 수 없는 빗속 안개 속……."

최 씨의 목소리에 차츰 물기가 스며들더니, 어느덧 최 씨는 더 이상 읽지 못하고 통곡을 터뜨리고 말았다. 낮게 울리는 최 씨 목소리를 숨죽인 채 듣고 있던 사람들의 눈에서도 소리 없는 눈물이 주루루 흘러내렸다.

"아직도 이승의 연을 다하지 못하여 부질없이 살아남은 우리는 자네가 생각나면 어찌할까? 처음 자네가 핸들을 잡았던 조랑말 포니를 떠올리면 되겠나, 자네를 저승까지 태우고 간 소나타를 떠올리면 되겠나……."

최 씨는 머리를 숙이고 바닥에 엎드렸다. 그 어깨가 격렬하게 흔들렸다. 순구가 다가가 최 씨의 어깨를 잡았다. 그러고도 한참을 말없이 고개

숙이고 있던 최 씨가 이윽고 고개를 들었다.

"삼가 자네의 영전에 명복을 비네. 이승에서 짐 졌던 온갖 설움 홀홀 털고 가게나. 부디, 부디 잘 가게."

"여보. 저도 데려가세요, 저도요."

내내 영정 옆에 서 있던 이씨 부인이 쓰러지듯 영정을 부여안았다. 둘러섰던 사람들의 소맷자락이 눈물에 젖었다. 최 씨가 잔을 들었다. 영만이 잔에 술을 부었다. 최 씨가 술을 마당의 이곳저곳에 뿌렸다. 이 씨가 지나다녔을 그 모든 곳에 술을 뿌린 최 씨가 재배했다. 순구, 영만, 김 씨가 차례로 영정 앞에 절을 하자, 사람들이 열을 지었다. 한 명씩 차례로 절을 하였다.

"이 풍진 세상을 만났으니 너의 희망이 무엇이냐 부귀와 영화를 누렸으면……."

누군가의 입에서 나지막이 노래가 시작되었다. 입에서 입으로 노래가 전달되어 회사 마당은 노래에 울었다. 노래 속에서 마지막 한 사람까지 재배를 마치자 빵떡 김 씨가 이 씨의 옷에다 석유를 뿌렸다. 이 씨가 생전에 입었던 파란색 기사복이었다. 불이 붙은 옷에서 연기가 올랐다. 타들어 가는 옷 중에는 노오란 병아리색 기사복도 있었다. 잠시 이 씨가 개인택시를 하던 시절 입었던 것이었다. 최 씨가 영정을 안고 영구차에 올랐고, 이씨 부인이 뒤를 따라 올랐다. 젊은 기사들이 대신 영정을 맡겠다고 했으나 최 씨는 한사코 영정을 놓지 않았다.

"제기, 매우니까 눈물이 나네."

"니는 우짤래, 내는 장지꺼정 갈 기다."

"말이라고 하나, 가야지."

"다른 일도 아니고 사고로 사람이 죽었는데, 같은 운짱끼리 바래다 드리는 게 도리지."

벌게진 눈시울을 부끄러운 듯 닦아내며 사람들이 술렁술렁 서로의 의사를 묻고 또 의사를 밝혔다.

"서루 서루 의논들 히시서 오인 일조루 조를 짜란께. 밤새 근무헌 사램들은 핸들 잡지 마시구 새루 출근허신 분들만 운전을 맡어라우. 떠낼 차들 본네트 위에다 이거를 붙이구."

'謹弔'라고 쓴 마름모꼴의 백지를 영만이 사람들한테 나눠 주었다. 가장 먼저 영만에게 내미는 손이 있었다. 연섭이었다. 영만은 말없이 謹弔 근조를 건네주었다.

"자네는 내 차를 타고 가지."

연섭이 영만의 눈길을 외면한 채 영만에게 말했다.

"그라도 되고, 그라믄 성임은 맨 꽁지에 붙어라. 지는 꽁지루 갈긴께로."

연섭이 말없이 고개만 끄덕이며 영만에게서 멀어져 갔다.

"여기 두 자리가 비었는데, 어이 경상도 선생, 이 차 타지 그래."

"니는 치와라. 마, 내가 운전할 기다."

"와 여그 와서 빈대 붙노. 여그는 다 찼다, 말이다."

즉흥적으로 조를 짜서 분승하는 사람들이 저마다 질러대는 고함과 여기저기서 부릉대는 시동 소리에 회사 마당은 아수라장이 되는 것 같았다. 어찌 보면 조금 전의 침통했던 장례 분위기는 간 곳이 없고, 흡사 잔

치를 한판 벌이러 떠나는 사람들처럼 분위기는 들떠 있었다. 영구차는
회사마당을 빠져나가 큰길 앞에서 기다렸다.

그 뒤를 검은색과 흰색의 천으로 휘장을 친 다섯 대의 덕진실업 택시
가 꼬리를 물고 세워졌다. 다섯 명씩 분승을 완료한 차들이 '謹弔'를 앞세
우고 한 대 한 대 그 뒤에 자리를 잡고 섰다.

"성임, 총 마흔시 대가 가는구마요. 꼬랑지는 아즉꺼정 회사 안에 있어
라."

한 대씩 정돈하며 자리를 잡아주던 영만이 큰길까지 달려 나와 영구차
에 앉은 순구에게 말을 건넸다. 순구는 말없이 고개만 끄덕였다.

"그라믄 기사님 인자 출발허시씨요. 지는 맨 꽁지에 붙어서 갈 긴께,
천천히 뒤차랑 속도를 맞치서 가시더리고."

영구차의 몸체가 움직이기 시작했다. 일정한 간격을 두고 검고 흰 휘
장이, 그다음엔 謹弔가 차례차례 뒤를 이었다. 한 대씩 떠나는 걸 넋 놓고
지켜보던 영만은 불현듯 회사안으로 뛰어 들어왔다. 맨 뒤 정비실 앞자
리에 세워진 연섭의 차 문을 열었다. 차 문을 잡은 채로 영만은 하늘을 올
려다보았다. 이미 날은 환희 맑았다. 하지만 눈이라도 쏟아져 내릴 듯 하
늘은 검고 낮았다.

"하눌이 꼭 이 씨 아재씨 맴 겉다야."

덕진실업 택시들의 긴 행렬의 파동이 연섭의 차에까지 전해져왔다. 영
만이 올라타자 연섭은 기어를 넣고 서서히 가속페달을 밟았다. 연섭의
차를 마지막으로 떠나야 할 차들은 모두 떠났다. 2층 사무실에서 조 부장
과 배차 주임은 긴 행렬의 꼬리가 회사 밖 골목 내리막길로 사라지는 걸

창에서 보았다.

"생각보다 많이들 가는 거 같은데."

배차 주임은 까슬까슬한 턱수염을 문지르며 조 부장의 기색을 살폈다.

"안 간 사람들도 많아요."

마당에선 정비실, 배차실, 마당 구석, 자신의 차 안에서 행렬의 이동을 지켜보기만 하던 사람들이 움직이기 시작했다. 여기저기서 시동 소리가 들렸다. 뒤늦게 출근을 서두르는 차들이 회사마당을 빠져나갔다.

"생각보다는 그렇다는 얘기지."

조 부장이 자신의 의견에 동조하지 않자, 배차 주임의 목소리는 시큰둥해졌다.

"글쎄요. 길고 짧은 건 끝까지 대봐야 하지 않을까요? 장례식날 분위기에 휩쓸리는 걸 보고 지레 겁을 먹을 필요는 없다 이 말입니다."

배차 주임은 더 이상 대꾸 없이 문을 열고 배차실로 내려갔다. 이미 갈 사람 다 가고, 떠날 사람 다 떠난 마당을 조 부장은 하염없이 내려다보며 깊은 생각에 빠져들었다.

맨 앞에 선 영구차는 벽제 공동묘지로 향했다. 지나가던 버스에 탔던 사람들이 창밖으로 고개를 내밀고 운구행렬을 신기한 듯이 구경했다. 길 가던 사람들도 발걸음을 멈추고 행렬의 꼬리가 멀어질 때까지 지켜보았다.

교차로를 건너던 행렬의 말미에서 신호가 바뀌었다. 교통경찰이 호각을 불며 손을 들어 다른 차들의 교차로 진입을 제지하고 운구행렬의 마지막 꼬리인 연섭이 교차로를 넘도록 도와주었다. 적색신호의 교차로를 건

너는 덕진실업의 기사들은 일제히 창을 열고 교통경찰에게 휘파람과 손짓으로 응답해 주었다.

얼마 지나지 않아 행렬은 도심을 벗어나 외곽으로 접어들었다. 앙상한 겨울나무 가지들만이 길가에 서서 영구차를 지켜보았다. 외곽으로 접어든 행렬의 속도는 빨라지기 시작했다. 헐벗은 겨울나무들이 영구차 곁을 빠른 속도로 지나갔다.

"자네 아까 나 때문에 마음이 좀 언짢았지?"

연섭이 핸들을 잡은 채로 영만에게 말했다.

"아, 아니구만이라. 사람 생각이란 기, 다 똑같을 수는 읎인께로. 덕분에 지도 그 많언 사람들 앞에 나시서 떠들어대야것구마, 맴도 묵었고."

연섭은 대답이 없었다. 잠자코 있던 영만이 다시 말을 이었다.

"요상허요이. 항시 성임 말은 맞는 것두 겉고 틀린 것도 겉고. 이 핀인 것두 겉고, 저 핀인 것두 겉고……. 허지만 맞지라? 성임은 우리랑은 생각이 다르지라?"

영만이 고개를 돌려 연섭의 옆모습을 바라보았다.

"생각이 다르다기보다도 극한적인 대립은 피했으면 하는 거지. 회사를 운영하는 입장에선 남모르는 고민도 있을 수 있는 거고, 아무튼 무난하게 끝맺었으면 싶네."

"극한적인 대립얼 피했이믄 허는 건 지도 마찬가지어라. 그란디 히결책이 있어야 말이씨. 누가 일얼 요로크롬 맨그는 기냐, 이 말이여."

영만은 다시 고개를 돌렸다. 앞서가는 차의 꽁무니에 쓰인 덕진실업이라는 글씨를 말없이 바라보았다.

"미안한 일이네만, 난, 가급적이면 이번 일이 마무리되는 걸 끝까지 지켜봤으면 싶네만, 어쩔 수 없이 회사를 그만두어야 할 것 같아. 그전에 하던 사업, 다시 시작할 동업자가 생겨서…… 시기가 공교롭게 됐구먼."

영만이 사람 좋은 웃음을 터트렸다.

"허허, 성임 뭐가 미안시럽소? 송충이는 솔잎얼 먹어야지라. 성임을 지 겉은 운짱이라고 한분도 싱각 안 히 봤어야. 하믄, 여그 일이사 우리네 진짜배기 운짱들이 짐 져야지라. 성임은 성임 갈 길 가소. 가서두 조언 사쟁임 되믄 될거고마."

두 사람 사이에는 말이 끊겼다. 침묵 사이로 차가 바람을 가르는 소리만 한층 거세어졌다.

영구차 안에는 네 사람이 깨어 있었다. 벽제를 향해 속도를 올리고 있는 기사와 최 씨, 이씨 부인, 그리고 순구였다. 나머지 사람들은 밤새 한숨도 못 잔 탓에 차창에 이마를 찧으며 잠들어 있었다.

장례식과는 무관하다는 듯, 기사는 무표정하게 펼쳐진 아스팔트에만 시선을 주고 있었다. 위잉 우는 바람 소리에서 최 씨는 이 씨의 목소리를 들었다.

'우리 아들놈이 말야. 이번에도 전교, 일등을 했지 뭔가. 내 한잔 사지.'

이 씨는 벙싯벙싯 입이 벌어졌다. 수줍음이 가득한 웃음이었다.

"그저 저 입이 벌어지면 그땐 아들 자랑이지. 이거 아들래미 없는 놈 서러워서 살겠나 원."

최 씨는 영정을 내려다보았다. 그때처럼 이 씨는 웃고 있었다.

바람 소리에서 이씨 부인은 준오의 목소리를 들었다.

'아버지, 이젠 준오에게서 자유로워지세요. 지금껏 저를 기다리고 계셨을 테지요. 이젠 기다리지 마세요.'

대문간에 선 채 준오는 이 씨에게 말했다.

'우리 아이가 떠났는데 웬 놈의 별은 이다지도 많은 거요.'

이씨 부인의 눈에서 다시금 눈물이 흘러나왔다. 이 씨의 목소리가 가슴 속에서 연이어 울렸다.

'돈이, 서울이라는 도시가 우리 아이를 망쳤구려, 흙으로 돌아갑시다. 돈이, 서울이라는 도시가 우리 아이를 망쳤구려, 흙으로 돌아갑시다, 흙으로……'

바람 소리에서 순구는 영규의 목소리를 들었다.

'전자 싸워야 할 때 껴만 편히 쉬게 되었고요. 형님, 이번 싸움에 세 문제는 절대 거론하지 마세요. 오히려 싸움에 불리하게 작용할 거예요. 게다가 한 일이 없으니 저는 쉽게 풀려나게 될 거고요.'

유치장 속의 영규는 핏기가 없어 보였다.

'그래, 판이 벌어지기도 전에 우리가 조 부장의 농간에 또 당했구나.'

순구는 눈을 감았다. 몸은 한없이 고단했으나 정신은 갈수록 맑아 왔다.

행렬의 맨 끝에서 달리던 영만은 바람 소리에서 숙희의 목소리를 들었다.

'저와 결혼하는 것은 제 마음이 허락하질 않아요. 영만 씨가 불행해질 거예요.'

숙희의 눈가에 물기가 어렸다.

'사랭이 모든 어려움을 이기게 히줄 기라요. 내도 이 시상을 숙희 씨맨치로 씩씩허구 당당허기 살아 갈기란 말요. 숙희 씨, 아가 우리 아가를 겉이 키움서.'

영만은 창문을 내렸다. 차가운 바람이 영만의 머리카락을 흩트렸다.

운구행렬은 장지에 도착했다. 평일 오전의 묘지엔 사람이 없었다. 영구차가 서고 차례로 택시들이 들어서 줄을 맞춰 주차하였다. 또다시 최씨가 영정을 안고 앞장섰다. 순구, 영만을 비롯한 기사들이 관을 들고 산지를 오르기 시작했다. 연섭도 관 자락을 잡았다. 어설픈 상석과 제때 손본 흔적이 없는 초라한 무덤들이 빽빽하게 산등성이를 층계처럼 덮고 있었다. 누군가가 놓고 갔을 꽃다발이 마를 대로 마른 채, 무덤 앞에 쓰러져 있는 모습도 간간이 사람들 눈에 띄었다. 이 씨의 자리는 마루턱을 거의 다 올라간 왼편 구석 쪽이었다.

관을 내리자 이씨 부인이 흙을 한 줌 떠서 관 위에 뿌렸다. 관 위에 흙 떨어지는 소리가 사람들 가슴을 적셨다. 최 씨, 순구, 영만, 김 씨의 순으로 한 삽씩 떠넣자 이내 여러 사람이 이 씨의 무덤을 덮기 시작했다. 평지만큼 흙이 덮이자 무덤 한가운데에 대나무가 꽂혔다. 대나무에는 새끼줄과 헝겊 조각들이 어지럽게 걸려 있었다. 사람들이 대나무를 중심으로 돌기 시작했다. 흙이 다져졌다. 꼭꼭 다져진 흙 저 밑에 이 씨의 관이 누워 있었다. 새 흙이 한 켜씩 쌓일 때마다 사람들이 잇달아 대나무를 돌았다. 봉분이 올라갈수록 대나무엔 만 원짜리, 오천 원짜리, 천 원짜리들이 색색으로 매달렸다. 금세 봉긋하게 봉분이 올라왔다. 마지막으로 떼를 입히자 흙냄새가 물씬한 새 무덤이 하나 만들어졌다. 갓 만들어진 무덤 앞에 사람들은 절을 하고 술을 올렸다. 무덤을 둘러 가며 술이 뿌려졌다.

"자, 인자 막걸리 잔얼 돌리더라고. 운전헐 사램들언 즐대로 입에 술얼 대문 안 되지라."

영만을 비롯하여 몇 사람이 여기저기 둘러앉은 사람들에게 막걸리 통을 돌렸다. 사람들은 두런두런 얘기를 나누며 술잔을 기울였다. 갈수록 택시 하기 힘들다는 얘기, 이 씨의 경우를 봐서라도 앞으론 정비를 철저히 해야 한다는 얘기, 오늘 같은 날 회사의 처사는 정말 잘못된 거라는 얘기, 그런 얘기들과 함께 술잔은 자꾸만 돌았다.

순구는 무덤 머리맡에 앉아 생각에 잠겼다. 빵떡 김 씨가 술잔을 들고 순구 곁으로 갔다.

"내 미안시럽구마."

김 씨의 얼굴은 그새 술기운이 올라 있었다.

"무슨."

순구는 김 씨가 내미는 술잔을 받으며 되물었다.

"조헙쟁 선거띠 나가 방해를 안 놨이도 자네가 됐일 긴데, 그라믄 요분 보생 문제도 수울하게 히결이 됐을지도 모릴기고."

"다 지난 일인 걸요 뭐."

순구는 다시 술잔을 김 씨에게 넘겨주었다.

"순구 성임 일루 와서 겉이 어울리시씨요. 아, 여래분, 이참에 우리 디책위원히 대표님 말씸 한분 들어보는 기이 으떻겄어라?"

영만이 술잔을 든 채 순구를 불렀다. 사람들이 와 하고 박수를 보냈다. 어쩔 수 없다는 듯 순구는 사람들 쪽으로 걸어갔다. 사람들이 순구를 올려다보았다.

"우리는 단 하루도 사고의 위험에서 벗어났던 날이 없습니다. 이 씨 아저씨는 사고로 돌아가셨고요. 아저씨의 죽음은 바로 우리 자신의 문젭니다. 지금으로선 이번 보상 싸움이 어떻게 끝날지 아무도 장담할 수 없습니다. 단 하나 분명한 건 우리가 얼마나 뭉치냐에 달린 거죠. 이제부터 시작입니다. 끝까지 함께 합시다."

순구가 말을 마치고 앉았다.

"자는 말 짧게 하는 데 일가견이 있구먼. 접때 조합장 선거에서도 두세 마디밖에 안 할 때 내 알아봤지."

누군가 조합장 선거 얘기를 꺼내자 빵떡 김 씨의 얼굴이 벌겋게 달아올랐다.

"조 부쟁, 조상근이 그눔아가 무서분 아안디, 대맨대맨 보믄 안 될기라."

김 씨는 아무에게도 말 못할 비밀을 되새기듯 혼자 중얼거렸다.

"내일 아침결에 히사 입장얼 공식적으로 밝히라 혔은께, 구치적인 방뱁이사 두고 볼 일이지만서두 아무튼 오늘 참가 안 헌 사램들 각자 각자 잘 설득히서 이분 싸움에 동참얼 히도록 헙시다요이."

영만이 순구의 말을 받아 사람들에게 일렀다.

"이 사람 죽어서도 참 좋은 일 하는구먼. 서로 얼굴 한번 맞대기도 어려운 우리 기사들 이렇게 좋은 자리에서 좋은 얘기 나눌 수 있게 만들어 주니. 내 이날 이때까지 이렇게 회사 사람들 많이 모여서 어울려 본 건 처음일세, 그려."

504

최 씨가 울음 반 웃음 반 섞인 얼굴로 사람들을 둘러보며 말했다.

"자, 우리 그란 의미루다가 한 잰씩 헙시다요. 이 씨 아재씨, 맹복얼 빌고, 또 보생 싸음얼 위하야!"

"위하여!"

일제히 잔을 들었다.

겨울 해가 어느덧 기울기 시작했다. 오랜 시간, 산에 머물렀던 사람들에게는 오쏙오쏙 소름이 돋칠 정도로 한기가 들었다. 사람들이 산을, 내려가기 시작했다. 이 씨의 무덤에 눈길을 한번 준 후 사람들은 멀어져 갔다. 끝내 발길을 돌리지 못하는 건 최 씨와 이씨 부인이었다.

"잘 있게. 이승은 추워도 저승이야 안 춥겠지."

술에 취한 최 씨가 지77만 무덤을 쓸었다. 이씨 부인은 신 채로 눈물만 흘렸다.

"아저씨. 그만 아주머니를 모시고 내려가셔야죠."

순구가 최 씨에게 말했다. 그제야 최 씨는 일어섰다.

"참말로 좋은 사람이었는데."

이 풍진 세상을 만났으니…… 거나해진 기사들이 아침에 불렀던 노래를 다시 부르기 시작했다. 부귀와 영화를 누렸으면 희망이 족할까……. 노래가 긴 꼬리를 달고 사람들 입으로 전해졌다. 텅 빈 묘지를 온통 노래가 채웠고, 그 소리에 무덤 위의 메마른 풀잎들이 가늘게 떨렸다.

하늘엔 별이 없었다. 종일 침울했던 하늘엔 달그림자도 없었다. 내일을 기약하고 모두가 떠난 자리에 두 사람이 걸었다.

"성임, 오늘 일이사 썩 잘 됐지라?"

순구는 말없이 고개만 끄덕였다.

"낼부텀 워찌 될랑가 사실 지는 깜깜허요이. 영규가 있이으믄 큰 심이 되얐을틴디."

종일 나서서 자질구레한 뒤처리까지 도맡아서 치렀던 영만의 목소리가 갑자기 낮게 가라앉았다.

"영규는 주어진 제 길을 가야지. 이제 쓰임새가 더 있는 곳으로. 사람은 각자 정확한 자기 자리를 지켜야 빛을 낼 수가 있는 법이니까."

순구의 목소리도 낮았다. 영만에게 하는 소리가 아니라 혼자 되뇌는 독백 같았다.

"가끔 지는 가가 와 그 학벌갖구 여그 있나, 내사 돈두 읎구 공부도 몬히서 꿈도 못 꾸본 학곤디. 모르겠어라, 성임이 무신 말씸 허는 긴지…… 참, 오늘 낮에 연섭이 성임이 그만둘기라 하더마요."

"떠날 사람 떠나겠지."

"맴이 이상허요. 돈이락 허믄 눈에 불얼 키든 장 회장이 오늘낼 허고 있고, 우리 히사서 젤로 오래 댕깄던 아재씨가 땅에 묻히고, 워찌보믄 두 사램이 참말로 달른 인생얼 살아왔음서 비슷헌 띠 마갬얼 허고 있지 않어라?"

"그래, 한세월이 저편으로 넘어가고 있다는 생각이 드는구나."

"……"

"성임, 무신 싱각허요?"

영만이 침묵을 가르며 다시 물었다.

"이 씨 아저씨 생각."

순구는 하늘을 올려다보았다. 찬바람만 검게 빈 하늘을 스쳐 갔다.

"준오 그눔아두 참, 지 아부지 땅에 묻힌 줄도 모리고 워디서 워치케 처박히서. 성임두 봤지라? 아재씨네 집에 있었던 그 낭구 백일홍이락 허든가, 참 멋있게 생깄었구마요. 부잿집에서 수천만 원 주고 정원수루 살 법도 할 만큼 신기허기 생깃었어야. 아재씨가 그 낭구럴 다 비버렸더구만이라. 시굴서 부러 파 갖구 옮기 심근 낭구였다든디. 사램이 절맹 끝에 서믄, 맴이 요상시러바 지는 모앵이지라."

"절망을 넘어서면 희망도 오는 법인데 아저씨가 그 산을 넘어보지 못하고 가셨어. 절망 끝에 선 마음을 니도 헤아리는가 보네."

순구가 걸음을 멈추고 영만을 돌아보았다. 영만은 괜스레 하늘을 뚤레뚤레 올리다보았다.

"헤헤, 이거 눈이 올라능가배."

영만은 딴청을 부렸다. 둘은 다시 걷기 시작했다. 긴 골목길을 빠져나와 큰길로 접어들었다. 갑자기 영만이 걸음을 멈추었다. 순구도 멈추었다. 큰길 어귀 가로등 밑에 숙희가 서 있었다. 숙희가 두 사람에게로 다가왔다. 숙희의 코끝이 추위에 빨갛게 얼어 있었다.

"저 죄송해요. 장례식에 참석도 못 하고. 이거 얼마 안 되지만 부조금이에요. 대신 전해주셨으면."

숙희가 순구에게 흰 봉투를 내밀었다.

"아, 예, 그, 그건 그렇고. 미스 권 아니 숙희 씨는 어떻게 옮긴 회사에선 지낼 만하시던가요?"

순구는 엉겁결에 봉투를 받아 들고 숙희의 안부를 물었다.

"하믄, 승진혔는디."

"승진?"

순구가 영만을 돌아보았다.

"스텔라 타다, 소나타 타기 되았는디, 우리 운짱들 헌티는 그기 승진이지라."

순구가 웃었다. 숙희도 희미하게 미소를 지었다.

숙희가 돌아서서 걸었다. 순구가 영만에게 눈짓으로 숙희를 가리켰다.

"그, 그라믄."

머뭇거리던 영만이 뒤늦게 숙희를 쫓아 경중경중 뛰어갔다.

"싸움은 이제부터 시작이다."

순구는 영만의 뒤통수에 대고 소리를 질렀다.

"성임. 방금 눈 떨어지는 거 봤어라? 눈이 나리는구만요."

뒤돌아선 영만이 손나팔을 하고는 순구에게 소리를 질렀다. 순구는 고개를 들었다. 굵은 송이눈이 순구 얼굴에 떨어졌다. 첫눈이었다. 여느 해보다 아주 이르게 내리는 첫눈이었다.

추천사 _ 시대의 우울에 담긴 조마조마한 희망

무명의 역사

유명 작가나 사상가의 원고가 세월이 한참 지나 출간되는 경우가 종종 있다. 작품이 미완성 상태였거나, 저자가 어떤 이유로든 발표하지 않았을 수 있다, 혹은 글을 쓸 당시에는 위험한 사상이 담겼거나, 뒤늦게 발견돼 가치를 인정받았을 수도 있을 테다. 어느 쪽이든, 저작이 쓰일 당시의 사회상과 저자가 접한 시대의 흐름을 파악할 수 있는 귀중한 자료가 된다.

'무명'의 작가가 쓴 글도 마찬가지다. 한국 문학계에서 '작가'라는 호칭은 통념상 언론사나 정기 간행 문예지의 공모전에 입상해 등단한 직업 문인들을 가리킨다. 그러나 꼭 형식적 인증을 거친 이들만이 기록자는 아니다. 보통 사람들, 민초들이 남긴 수십, 수백 년 전의 일기나 편지, 심지어 간단한 메모 같은 글이 동시대의 구체적이고 세밀한 삶의 단면을 증언한다. 그런 사초 같은 증언들이 구전에 그치지 않고 기록으로 남으면 역사가 된다.

한미선이 1990년대 중반에 쓴 단편소설들도 그렇다. 무려 30년 전이다. 한미선은 무명 작가다. 이전까지 작품을 공개 발표한 적도, 신춘문예

509

등을 통해 등단한 이력도 없다는 뜻에서 그렇다. 이 단편집에 실린 작품들은 1993년 5월부터 1997년 3월까지 4년이 채 안 되는 시간에 집중적으로 쓰였다. 특히 2부 연작으로 묶인 10편은 1996년 5월부터 10월까지 불과 다섯 달 새 한꺼번에 쏟아졌다. 산술적으로 한 달에 두 편씩 써낸 셈이다.

작가가 원고를 쓰고도 30년 가까이 어디에도 공개하지 않고 간직해오다 뒤늦게 스스로 작품집을 펴내는 것은 매우 드문 일이다. 한미선의 단편집이 더 놀라운 것은 분량이 방대하고 문학적 완성도도 아마추어의 습작을 훨씬 뛰어넘는 수준급이라는 점이다. 단편 모음이라지만 모두 합치면 200자 원고지로 1,700매가 훌쩍 넘는다. 여기에는 작가 자신이 직접 선택했거나 예기치 못하게 겪은 경험들이 농축돼 있다. 마치 30년 전 봉인된 타임캡슐을 여는 것 같다. 지은이가 마음속 서랍 속에 소중히 간직해 온 작품들을 뒤늦게 출간하는 배경은 뒤에 설명하려 한다.

16편 중 10편은 택시운전사 경험을 바탕으로 한 연작 소설

한미선 단편선은 크게 1부와 2부로 짜였다. 1부에 실린 6편은 주제가 서로 다른 작품들이 한데 묶였다. 2부 '창밖으로 세상이 보인다'는 지은이의 택시 운전사 경험을 바탕으로 한 10편의 연작 소설이다. 각 작품은 서로 다른 이야기를 하는 독립적 단편이면서, 동시에 하나의 문제의식이 시간의 흐름을 타고 흐르는 옴니버스 같다. 지은이가 거의 30년 전에, 그즈음과 조금 더 과거의 시공간을 배경 삼아 들려주는 이야기들은 정치,

경제, 사회적으로 이전과는 질적으로 다른 변화의 희망과 몸살이 뒤섞였던 한국사회의 단면을 고스란히 보여준다.

한미선은 1960년대에 태어나 1980년대에 대학을 다닌, 이른바 '86세대'다. 언제부턴가 '86세대'라는 단어는 '기득권은커녕 온갖 위험과 불이익을 감수하며 사회변혁 운동에 헌신한 세대'가 아니라 '정치·경제·사회적 기득권을 독점하고 상징 권력에 집착하는 낡은 세대'를 가리키는 말이되어 버렸다. 그러나 당대를 살았던 한 사람 한 사람을 모두 그렇게 뭉뚱그려 비난하는 건 적절하지 않다. 심지어 1980년대에 4년제 대학 진학률은 20%대에 그쳤다. 늘 그렇듯, 눈에 띄는 소수보다 드러나지 않는 밑바닥 다수의 힘이 세상을 움직이는 법이다. 지은이는 세칭 명문대를 졸업한, 당시 기준으로 보면 고학력자다. 상대적으로 좋은 직업을 갖고 풍족한 삶을 누릴 기회가 많은 편이었다. 그런데 한미선의 관심은 힘없고 소외된 이들, 당연히 누려야 할 권리를 빼앗기고도 억울하다 하소연조차하기 어려운 이들, 하루하루가 생존 전쟁이면서도 권리를 되찾기 위해분투하는 이들을 향했다.

수학도가 마주한 1980년대 암울한 민중 현실

한미선은 강원도 소도시에서 태어나 어린 시절을 지냈다. 중학생 때가족이 서울로 이사했다. 어려서부터 수학을 좋아했는데, 대학도 자연계열 수학과로 진학했다. 작품 속 주인공의 독백이 작가 자신의 고백임을눈치 채는 건 어렵지 않다.

"내게도 그런 시절이 있었다. 원점에서 X축과 30도 각도로 세워진 10센티미터의 막대를 Y축을 중심으로 360도 돌렸을 때 생기는 삼각뿔의 체적이 얼마인지, 무게 3킬로그램의 공이 지상 12미터의 높이에서 땅에 떨어졌을 때 생기는 에너지의 양이라든가 관계대명사의 용법 같은 것. 뭐, 그런 것에 나의 온 운명을 걸었던 시절 말이다. 그땐 정말이지 사인, 코사인값에, 유기화합물 명칭 하나하나에 내 인생의 열쇠가 숨겨져 있는 것으로 알았다."

  -「창밖으로 세상이 보인다」 중에서

  그랬던 작가의 삶의 나침반은 대학 진학과 함께 전혀 다른 쪽을 가리켰다. 1980년대 초중반 한국사회의 암울한 정치적 상황과 최소한의 기본권조차 짓밟힌 '민중'의 현실을 한미선은 외면하지 못했다. 그로부터 10년이 더 지나 쏟아질 한미선 소설의 소재이자 토양이 됐다.

  1980~90년대 한국사회는 격변의 시대였다. 1979년 신군부의 우두머리 전두환이 주도한 12·12 군부 쿠데타와 1980년 5월 광주항쟁, 극심한 폭압과 격렬한 반독재 투쟁, 1987년 6월 범국민 민주화운동 이후 정치적으로 열린 공간, 1988년 서울 올림픽 성공에 따른 자신감과 국제화, 1991년 옛소련과 동유럽 공산권의 붕괴에 따른 냉전 종식, 경제적 급성장과 신자유주의 체제 편입까지 숨 가쁜 변화의 소용돌이 한가운데 있었다. 1990년대 들어 외국 여행이 보편화하고, 오렌지족과 X세대가 등장하고, 새로운 소비 문화가 폭발했지만, 그 뒤로는 한참 후진적인 인권 상황과 노동 탄압과 공안 통치가 여전했고 급격한 계급 분화와 경제적 양극화의 그림자가 한층 짙어지고 있었다. 자유와 기대, 억압과 회의가 뒤섞인 불

확실성의 시대였다.

한미선의 소설에는 그 혼돈의 시대 한가운데서 사회적 정의를 고민하고 더 나은 세상을 꿈꿨던 흔적이 역력하다. 작가의 청춘 시절 삶 자체가 그랬다. 대학에 들어가서는 또래의 상당수가 그랬던 것처럼 학생운동과 노동운동에 적극 참여했다. 노동 야학을 하면서는 어린 나이에 진학 대신 생계를 위해 직업 전선에 나섰으나 배움의 열망을 버리지 않는 청소년들을 보며 많은 걸 배우고 깨달았다.

1995년, 출소 후 속리산에 칩거하면서 소설에 몰입

대학 졸업 뒤에는 한동안 노동자 종합교양 잡지 월간『노동자의』기자로 활동했다. 진보 성향 월간지『말』에도 여러 차례 글을 실었다. 한미선이 기사만 쓴 건 아니었다.『그래도 못다한 이야기: 전 감사관 이문옥 고백록』(1991)의 대필 작가였고,『김대중·김영삼, 경쟁과 공존의 역사』(1992)를 한상휘라는 필명으로 당시 월간『말』기자이던 오연호 오마이뉴스 대표와 공저를 내기도 했다. 문학 작품이 아닌 영역에서는 한미선은 이미 활발한 활동 경력을 가진 기록자인 셈이다.

한미선은 하루하루를 힘겹게 살아내는 서민들의 삶을 더 잘 이해하기 위해 서른 살 즈음에 택시 회사에 취업해 한동안 택시 운전사로 살았다. 1995년에는 공안 사건에 연루돼 6개월가량 옥살이를 하기도 했다. 구속과 수사, 재판과 수감은 지은이에게 '잠시 멈춤'의 기회가 됐다. 출소 직후 속리산에 들어가 글을 쓰기 시작했다. 성찰과 숙고의 시간이자, 해소

되지 못하고 맺혔던 응어리가 터져 나오는 시간이었다. 이 소설집 2부에 실린 10편의 연작이 그렇게 쓰였다. 모두가 택시 운전사 시절의 경험이 바탕이 됐다. 1년 남짓한 속리산 칩거는 얼핏 세상과의 단절처럼 보였지만, 실은 혼자만의 시공간 속에서 지은이는 맹렬하게 자신을 돌아보고 세상과 소통하는 나름의 의례를 치른 셈이다.

> "평생 핸들 잡고 살았다는 그이 손에 수십 개의 백 원짜리 동전 떨어지는 소리가 영규 귀에 울린다. 퇴근하는 이 길, 헤드라이트로 가야 할 어둠 속의 길을 비춘다. 두 개의 눈이 차보다 영규보다 밤길을 먼저 달려나간다.
> 종일 가슴에 맺혀 있던 응어리가 조용히 녹아내려 눈으로… 배어난다. 영규는 울고 있다."
> - 「새로운 시작은 눈물로」의 마지막 단락.

두 차례의 뇌졸중 수술, 그리고 꺼내든 소설 원고

지은이는 속리산 칩거를 마치고 집으로 돌아온 뒤부터 경기도의 한 소도시에서 수학학원 강사로 일하며 유기농 과일 농사도 지었다. 몇 년 전부터는 알기 쉽고 재미있는 수학 학습서를 쓰려는 구상도 했고, 청소년에게 통일교육을 하기 위한 계획도 짰다.

그러던 중 뜻밖에도 큰 불행이 닥쳤다. 몇 년 전 뇌혈관 출혈(뇌졸중)이라는 위급한 질병으로 쓰러진 것이다. 응급수술로 목숨은 건졌으나, 부분적 뇌 손상에 따른 심각한 후유 장애에 시달리며 병마와 싸우는 중이다. 힘겹게 재활치료를 이어가고 있지만 녹록지 않다. 당장 불편한 것은 혼자 힘으로 보행과 거동이 자유롭지 않은 것이다. 그러나 그보다 더 답답하고 안타까운 것은 현재로선 언어 기능을 거의 상실했다는 점이다.

다른 사람의 말은 다 알아듣는데, 정작 자신의 생각과 감정을 말로 자유롭게 표현할 수 없는 현실은, 누구보다 앞장서 세상을 향해 외치고 민중과 소통해왔던 지은이에겐 가장 가혹한 시련일 수 있다. 가족의 헌신적 도움에 힘입어 몇 년째 절망적인 상황을 극복하려 투병하는 지은이가 30년 전에 썼던 소설 원고들을 뒤늦게 떠올리고 출간하겠다는 마음을 먹은 것은, 많이 늦은 감이 있지만 당연하고 자연스러운 일일 테다.

앞서 밝힌 것처럼, 작품들의 배경은 1980년대 민주화운동과 노동운동이 사회 전반에 확산하던 시기다. 86세대 작가의 자전적 소설인 셈이다. 소설 속 인물들은 각자가 처한 상황과 위치에서 시대에 편승하려고 하거나, 저항하거나, 인정받지 못해 몰락하거나, 포기하지 않고 자신의 권리를 찾으려는 꿈을 꾼다.

대다수 소시민의 삶이란, 이상과 현실 사이에서 갈등하고 배회하며 그나마 최선을 선택하고 온힘을 다해 살아내는 것이다. 특히 1980년대 사회 경제적으로 중산층 이하 계급의 일상은 지루하거나 비루하기 십상이었을 테다(이런 현실은 2023년 지금도 크게 다르지 않다).

시대의 우울 속에 담긴 희망

한미선의 소설이 요즘 젊은 작가들의 흐름처럼 경쾌하고 속도감 있게 전개되는 글은 아니다. 맛깔스러운 유머 코드가 심어진 경우도 드물다. 거개가 진지하고 묵직하다. '시대의 우울' 같은 게 내장된 듯하지만 희망의 끈을 놓지 않는다. 이 소설은 자전적 이야기에 바탕을 두고 있지만 자칫 신파로 흐르기 쉬운 통속적 회고록과는 거리가 멀다. 은근히 자화자찬을 흘린 무용담은 더욱 아니다. 인물들의 심리 묘사는 치밀하고, 이야기 전개는 뜬금없는 우연에 기대지 않으며 개연성과 긴장감을 잃지 않는다. 한미선의 소설은 은은하게 독자를 몰입하게 하는 맛이 있다. 폭죽 같은 환희와 거대한 기대보다는, 작지만 절실해서 더 소중하고 조마조마한 희망이 서정적 문장들과 어우러진다. 그렇게 전개되는 글의 풍경이 극적인(혹은 시적인) 효과와 아련하고 따뜻한 정념을 자아낸다.

"내가 이담에 돈 많이 벌어, 아버지 소 더 많이 사주께."

나의 말이 아버지의 슬픔을 쫓아버릴 수 있을 거라 믿었다.

"준오야, 애비는 니한테 돈 바란 적이 없데이. 니가 있으면 소는 없어도 되는고마."

아버지의 슬픔은 달아나지 않았다. 오히려 아버지를 화나게 한 것이 나는 안타까웠다. 나는 아버지 등 위로 얼굴을 묻었다. 바람이 지나갔다.

자꾸만 자꾸만 바람이 지나갔다.

"그럼 난 학교 가서 공부만 열심히 하면 되나?"

"준오야, 니, 서울 가고 싶나? 서울 가 공부하고 싶다 했제?"

아버지의 목소리에서 슬픔이 달아난 것 같았다. 슬픔이 없는 아버지 목소리가 반가웠다.

"응, 서울 가고 싶다. 서울 가 공부하고 싶다."

"그럼, 니, 말이다. 종필이 하고 순호, 대식이 못 봐도 괜찮쟈?"

난 미처 동네 친구들 생각을 하지 못했었다. 아버지가 종필이, 순호, 대식이 얘기를 꺼내자 나는 정말 불안해졌다.

"그럼, 난 누구하고 메뚜기 치나?"

"서울에도 니, 또래 아들이 많다. 새로 친구를 사귀야제."

-「새로운 시작은 눈물로」중에서

한 편의 잘 만든 단편영화 같은 「구들 밑에 일군 밭」

지은이는 동시대를 살이있던 다양한 인물 군상이 각각 특징한 상황에서 어떤 선택을 했는지, 왜 그랬는지, 또 각기 다른 선택들이 일으키는 갈등이 어떤 양상으로 전개되는지, 심지어는 선택과 무관하게 닥쳐온 일이 한 사람의 인생을 어떻게 바꿔놓을 수 있는지를 관찰하듯 응시하고 묘사한다. 비극적이거나 충격적인 사건, 사고 상황을 서술할 때조차 그렇다. 그저 등장인물의 말을 담담히 들려주고 보여주되, 손쉽고 뻔한 결말을 내거나 섣불리 개입하지 않고 사태의 가능성을 열어둔다.

「구들 밑에 일군 밭」은 한 편의 잘 만든 단편영화를 보는 것 같다. 이웃집 총각 금수가 군대에 갔다가 매를 맞고 미쳐 돌아온다. 금수는 동네 아이들과 어른들에게는 두려움과 놀림의 대상이지만, 화자인 '나'에겐 언제나 순수한 미소를 잃지 않고 보내는 따뜻한 어른이다. '나'는 열 살짜리 소녀다. 지은이는 금수에 대한 마을 사람들의 부당한 시선과 고약한 행동을 소녀의 눈으로 보여주면서 '정상'과 '비정상'의 경계에 대한 성찰적 질문을 던진다. 급속한 산업화와 도시화에 밀리고 해체되어 가는 농촌공동체를 배경으로, 가상의 상황을 상상하고 이야기를 펼쳐나가는 힘이 탄탄하다.

> "그날 밤엔 꿈을 꿨다. 그가 소를 몰고 나타났다. 동네 아이들이 떼 지어 뒤쫓으며 그를 놀려댔다. '그 음수우는 미쳤대요. 그 음수는 미쳤대요.' 반복되는 합창 소리가 카랑카랑 마을 어귀를 퍼져갔다. 나도 아이들 틈에 끼어 있었다. 하지만 난 그 합창을 한마디도 따라 할 수가 없었다. 멀찍이 앞서가던 그가 갑자기 돌아섰다. 아이들은 순식간에 흩어졌다. 나만이 남아 공포에 질린 얼굴로 그를 마주보았다. 그는 말없이 나를 건너다보았다. 수염이 없는 말간 얼굴이었다. 그러더니 입술 새로 하얀 이가 살짝 드러났다. 언젠가 보았던 그 미소보다 더욱 작고, 조용했으며, 한결 따뜻해 보였다. 그는 다시 돌아서서 언덕을 넘어갔다. 파란 풀들이 하늘하늘 춤추는 언덕이었다. 그의 발, 허리, 끝내는 머리까지 차례로 언덕을 넘어 내려갔다. 소도 함께 넘어갔다. 언덕이 텅 비어버릴 때까지 난 그 자리를 지켰다."
>
> -「구들 밑에 일군 밭」 중에서

「개구리의 죽음」은 1980년 5월 광주항쟁 과정에서 벌어진 끔찍한 국가 폭력이 인간의 내면을 어떻게 황폐하게 만들었는지를 고발한다.

518

"어쩌면 우리는 다 개구리인지도 모르지요. 군대에서 내 돌에 맞아 죽은 개구리 말입니다. 계엄군 총에 맞아 죽은 정수도, 눈 내리던 날 마지막으로 봤던 해연이도, 매 맞고 유산 당한 내 마누라도, 그래서 이 더러운 세상 구경도 못 하고 저세상으로 간 우리 애기도…… 그리고 나 역시 어쩌면 한 마리 개구리 같은 존재인지도 모르겠습니다. 군대에서 내 돌에 맞아 죽은 그 개구리 말입니다."

- 「개구리의 죽음」 중에서

「산이 흐르다」는 한국전쟁 이후 좌우익의 대립이 전통 농업사회의 단란함을 비극적으로 파괴했을 뿐만 아니라, 반세기가 넘도록 여전히 낙인 찍기의 해묵은 갈등이 이어지는 현실을 비판한다. 지은이는 소설 속 인물들의 화해 가능성을 얻어 놓은 채, 결론을 맺지는 않는다. 개인을 넘어 한국 사회가 함께 풀어야 할 역사적 과제이기 때문일 테다.

마지막 작품의 제목이 「희망새를 찾아서」인 이유

소설이나 시 중에는 작가가 말맛이나 문학적 예술성을 위해 표준어를 변형하거나 지어내는 낱말들도 더러 있다. 한미선의 소설에는 그런 단어가 없다. 그런데도 그의 작품들을 읽으면서 종종 국어사전을 들춰봤다. 추천자도 기사와 칼럼이라는 형식의 글을 쓰는 게 생업인데도 고개를 갸우뚱하게 하는 낯선 낱말들이 종종 나와서다.

사전에는 해당 단어들이 틀림없이 있었다. 그렇게 새로운 우리말을 배우거나 확인하는 재미도 있었다. 그중엔 예쁜 순우리말도 있었고 한자어도 있었는데, 단어의 쓰임새가 놀랍도록 적확하고 자연스러웠다. 강원도, 경상도, 전라도, 충청도까지 전국 각 지역의 방언(사투리)를 살려 쓴 대사들도 자연스럽게 입에 붙는다. 그런 단어와 표현을 발견하고 느끼는 맛은 아직은 '무명작가'인 한미선의 단편들을 읽는 또 다른 재미다.

지은이가 2부 연작을 쓰면서 붙인 제목들이 눈길을 끈다. 작품이 쓰인 순서대로 「새로운 시작은 눈물로」, 「창밖으로 세상이 보인다」, 「먹이사슬의 꿈」, 「꽃이 진 자리」, 「조합장 선거」, 「조상근의 대응 전략」, 「돌아서야 할 때」, 「희망새를 찾아서」로 이어진 제목들은 그 자체로 시간의 흐름이자 지은이의 체험과 의식의 흐름 같기도 하다. 꽃이 진 자리에는 새싹을 틔우는 씨앗이 떨어져 퍼지는 법이다. 마지막 작품의 제목이 「희망새를 찾아서」인 것도 같은 이유가 아닐까?

한미선이 하루빨리 투병의 고통을 끝내고 건강을 회복하길, 다시 사람들에게 말을 걸고 글을 쓸 수 있기를 진심으로 바라고 기대한다. 그땐 2000년대 이후의 삶과 세상 보는 눈을 담은 작품들이 나올지도 모를 일이다.

조일준 · 「한겨레」 선임기자

구들 밑에 일군 밭

초판 1쇄 발행 | 2023년 6월 15일

지은이 | 한미선
펴낸이 | 최진섭
디자인 | 플랜디자인
펴낸곳 | 도서출판 말

출판신고 | 2012년 3월 22일 제2013-000403호
주 소 | 인천시 강화군 송해면 전망대로 306번길 54-5
전 화 | 070-7165-7510
전자우편 | dream4star@hanmail.net
ISBN | 979 11 87342 37 3